KNAUR

Im Knaur Taschenbuch Verlag
ist von der Autorin bereits erschienen:
Das Leuchten des Sanddorns
Der Tanz der Kraniche

Über die Autorin:
Judith Kern, 1968 geboren, studierte Politische Wissenschaften, Germanistik und Romanistik in Paris und Tübingen, bevor es sie in den hohen Norden zog, wo sie seitdem als Journalistin, Texterin und Autorin in Hamburg lebt.
»Himmel über den Klippen« ist nach den Bestsellern »Das Leuchten des Sanddorns« und »Der Tanz der Kraniche« ihr dritter Roman und spielt wie jene ebenfalls an der Ostseeküste.

JUDITH KERN

Himmel über den Klippen

ROMAN

KNAUR

Besuchen Sie uns im Internet:
www.knaur.de

FSC
www.fsc.org
MIX
Papier aus verantwortungsvollen Quellen
FSC® C083411

Originalausgabe April 2014

Ein Unternehmen der Droemerschen Verlagsanstalt
Th. Knaur Nachf. GmbH & Co. KG, München

Redaktion: Dr. Gisela Menza
Umschlaggestaltung: ZERO Werbeagentur, München
Umschlagabbildung: © Nico Stengert/Novarc/Corbis; FinePic®, München
Satz: Adobe InDesign im Verlag
Druck und Bindung: CPI books GmbH, Leck
ISBN 978-3-426-51234-0

2 4 5 3 1

Erster Teil

1

Das Spiegelbild war nicht freundlich zu ihr. Wie überhaupt das ganze Leben nicht freundlich zu ihr gewesen war in den vergangenen Monaten. Überall auf ihrem Gesicht glaubte sie Falten zu sehen. Um ihre Augen, ihren Mund, selbst auf ihrer bislang makellosen Stirn hatten sie sich eingegraben. Was hatte sich Ferdinand nur dabei gedacht, sie hierherzuverschleppen in diese Wildnis, zu diesen Trampeln, in dieses unwirtliche Leben.

»Auguste! Bist du so weit?« Seine Stimme klang aufgeregt wie die eines Schuljungen, der seinen ersten Schultag kaum erwarten kann. Seit er sich in den Kopf gesetzt hatte, den Weg seines Großvaters zu beschreiten, lag in seiner Stimme dieser überhitzte Ton. Wenn sie es nicht besser wüsste, sie hätte geschworen, er sei nicht ihr Mann.

Sie tat so, als würde sie ihn nicht hören. Auch auf das Klopfen an ihrer Tür zeigte sie keine Reaktion. Und dennoch streckte er Sekundenbruchteile später seinen Kopf in ihr Zimmer.

In Berlin hätte er gewartet, bis sie ihm ein Zeichen zum Eintreten gegeben hätte. Aber hier schienen andere Regeln zu gelten. Ach was, Regeln, hier herrschte reinste Anarchie. Als sie vor einer Woche angekommen waren, standen in der Eingangshalle noch zwei Schränke und eine Kommode von diesem Mehrich und seiner Familie. Und im obersten Stockwerk belegte er noch immer ein Zimmer mit seinen Sachen – Stühle, ein Tisch, Papiere, Zeitungen. Ein kurzer Blick hatte genügt, und sie wusste, dass sie das Zimmer erst würde desinfizieren müssen, bevor sie es benutzen konnte. Alles roch nach Gülle. Sie brauchte dringend eine Haushälterin, die sich darum kümmerte.

»Es ist Zeit. Die Leute warten schon«, sagte er, seinen Zylinder in der Hand, den er ungeduldig gegen seinen Oberschenkel schlug.

»Ich weiß noch nicht einmal, was man zu so einem Anlass anzieht«, erwiderte sie, ohne sich nach ihm umzudrehen.

»Dein bestes Kleid natürlich.«

»Für so eine Sauerei?« Allein der Gedanke daran ließ sie würgen. »Wenn wir in die Oper gingen oder ins Theater. Herrje, Ferdinand, sag bitte, dass das alles nur ein böser Traum ist.«

Er lachte, er konnte einfach nicht anders. Seitdem sie hier waren, hätte er am liebsten die ganze Welt umarmt. Selbst die schlechte Laune seiner Frau vermochte seiner Freude nichts anzuhaben. Dieses Gut zu kaufen war die beste Entscheidung seines Lebens gewesen. Wie herrlich es hier roch. Und dann der Blick. Über sanft abfallende Hügel, wogenden Wellen ähnlich, schaute man direkt aufs Meer. Und dabei hingen in diesen Novembertagen tiefe Wolken über Rügen. Wenn erst die Sonne schien, wenn die Felder in voller Pracht stünden, offenbarte sich der Ort auch seiner Frau als Paradies, daran zweifelte er nicht. Er jedenfalls hatte sich von der ersten Sekunde an heimisch gefühlt.

»Beeil dich, bitte. Wir wollen doch einen guten Eindruck hinterlassen.«

Sie sagte nichts, aber einen guten Eindruck hinterlassen war so ziemlich das Letzte, was sie wollte. Sie wollte mit all diesen Menschen da draußen nichts zu tun haben. Sie wollte einfach nur nach Hause. Langsam stand sie auf. Der samtene Stoff ihres Kleides fühlte sich schwerer an als sonst, als hätte er all die Feuchtigkeit in sich aufgesogen, die sich in diesem kalten Gemäuer über ein Jahrhundert angesammelt hatte. Das Kleid würde sie danach ohnehin wegwerfen können. Nur gut, dass sie nicht ihr bestes gewählt hatte.

Sie streckte ihren Rücken durch und blickte ihren Mann mit einem Widerwillen an, den er geflissentlich übersah. »Dann lass es uns hinter uns bringen.«

Ein Raunen ging durch die Menge, als sie am Kopf der Treppe erschienen. In Windeseile stellten sich die Kinder zu einem Spalier auf. Alle Augen richteten sich jetzt auf sie beide, die der Kinder ebenso wie die des Kutschers, des Schweinemeisters, des Melkmeisters, der Tagelöhner, der Bauersfrauen, des Inspektors und seiner Familie. Für einen Moment herrschte ehrfürchtige Stille.

Es lagen nur fünf Stufen zwischen der Eingangstür des Gutshauses und dem mit Kies aufgeschütteten Hofplatz, aber für Auguste von Salen war es, als käme sie Stufe um Stufe dem Ungeheuerlichen, Unabwendbaren, der schrecklichen Wirklichkeit immer näher. Eine Woche lang hatte sie so getan, als wäre sie gar nicht hier, war nicht einmal vor die Tür gegangen, hatte alles Rosa überlassen, ihrer Köchin aus Berlin. Und nun gab es kein Entrinnen mehr.

Rechter Hand lagen die Schweineställe, und Ferdinand von Salen führte seine Frau geradewegs dorthin. Sein aufrechter Gang, sein edler Frack, alles an ihm verriet seinen Stolz. Auf Augustes Gesicht war keine Regung zu erkennen. Sie hatte sich fest vorgenommen, sich nichts von ihrem Ekel anmerken zu lassen. Schließlich ging das nur sie

und Ferdinand etwas an. Allenfalls ihre Kinder durften noch wissen, wie widerwärtig ihr das alles hier war.
Um sie herum herrschte nun geschäftiges Treiben. Wassereimer wurden geschleppt, Messer gewetzt, Bottiche vor dem Stall aufgestellt. Während Auguste gerade eben noch geglaubt hatte, in die immergleichen groben, vom Wetter gegerbten Gesichter zu blicken, erkannte sie jetzt Viktor, ihren Ältesten, der gerade mit zwei großen leeren Eimern an jeder Hand aus dem Stall kam. Ihm folgte Luise, die Jüngste. Sie trug eine Decke unter dem Arm. Und etwas abseits sah sie auch Anton stehen, neben einer in ihren Augen selbst für diese Gegend sonderbar kauzigen Gestalt.
Es war Schlachttag, ihr und ihrem Mann und ihren Kindern zu Ehren. Und wie es sich für eine Gutsherrin gehörte, war es ihr vorbehalten, das Blut umzurühren, damit es nicht gerann.
Der Schlachter führte die Sau aus dem Stall. In Augustes Ohren schrillte ihr Quieken schlimmer als jeder Presslufthammer, den sie neuerdings in Berlin zum Bau der U-Bahn einsetzten. Wie gern wäre sie jetzt dort gewesen. Direkt neben eine der Baustellen hätte sie sich gestellt, freiwillig, einen ganzen Tag lang. Aber Berlin war weit weg. Das hier, dieses Gut, dieser Hof, diese Menschen, dieses Fest – ja, sie hatten es ein Fest genannt, Ferdinand und ihre Kinder, sogar Anton hatte sich darauf gefreut, was ihr unbegreiflich war –, war jetzt ihr Leben.
Schnell hatte sich um sie und das Tier und den Schlachter ein Kreis gebildet. Viktor rieb sich aufgeregt die Hände, Luise drängte sich nach vorn, damit sie besser sehen konnte, Ferdinand stand dicht neben ihr, die Arme verschränkt. Sie erkannte Paul Mehrich, den Inspektor, der, aufgelehnt

auf seinem Stock, einer Gruppe Männern Anweisungen zu geben schien. Auch der Mehrich hat einen Zylinder auf, wie Ferdinand, dachte Auguste noch, aber da hob der Schlachter auch schon seinen Vorschlaghammer, und alle Aufmerksamkeit richtete sich jetzt auf ihn.
Es war mucksmäuschenstill. Nur das Quieken der Sau hallte über den Hof. Auguste hätte am liebsten die Augen geschlossen, dabei kam das Schlimmste erst noch.
Ein gezielter Schlag genügte, und das Tier war verstummt. Ohne zu zögern, rannten die jüngeren Kinder zu dem betäubten Schwein und streichelten über seinen prallen warmen Bauch. Das hatten hier noch alle Kinder gemacht, und das Ritual gehörte ebenso zu einem gelungenen Schlachtfest wie das Schwarzsauer am Abend.
Der Schlachter packte das Schwein an den Hinterhachsen und hängte es kopfüber auf.
»Gnädige Frau.« Er zeigte auf den großen Eimer neben Auguste. »Wenn Sie nun den Bottich …«
Wortlos stellte sie ihn unter das Tier, direkt unter dessen Kopf. Eine der Bauersfrauen reichte Rosa, der Köchin, einen langen Holzrührlöffel, den diese an Auguste weitergab. Die Blicke der beiden Frauen trafen sich nur kurz, aber Auguste glaubte auf Rosas Gesicht den Ekel der ganzen Welt zu erkennen.
Das Messer traf das Schwein mitten ins Herz.
»Gnädige Frau«, hörte sie wenig später den Schlachter erneut sagen, »Sie müssen jetzt rühren.«
Aus dem toten Tier rann das Blut, erst in einem dünnen Rinnsal, dann immer kräftiger. Es roch grauenvoll. Dabei hatte sie schon viel schlimmere Gerüche in der Nase gehabt, Gerüche wie Mist und Moder, Gerüche der Verwe-

sung. Dieses Blut, dieses tote Fleisch, diese klaffende Wunde hingegen rochen nach einem letzten Aufbäumen ohne Hoffnung.
Kaum füllte sich der Eimer, schien der blutrot gefärbte Schweinekopf um sie zu kreisen. Auch der Stall und der Schlachter wackelten bedenklich. Die anderen Menschen verschmolzen vor ihren Augen zu einem Klumpen. Es fehlte nicht viel, und sie wäre gefallen. Mit etwas Pech direkt in den Bottich. Aber Auguste hielt sich beharrlich an dem Stück Holz fest und rührte das Blut.
Langsam löste sich die Menge um sie herum auf. Weitere Schweine standen auf der Schlachterliste, ebenso zwei Rinder. Außerdem gab es viel zu bereden. Nicht nur, dass alle guter Stimmung waren, schließlich versprach dieser Tag für das kommende Jahr fette Würste, dicke Schwarten und feinste Braten, auch die neuen Gutsbesitzer wollten genau in Augenschein genommen werden.
»Siehst du, wie blass sie um die Nase ist?«, fragte eine der Bäuerinnen eine andere, die wie sie mit verschränkten Armen etwas abseits stand.
»Ach, ich finde, sie hält sich wacker. Wenn ich da an die anderen denke. Ich frag mich nur, was er eigentlich die ganze Zeit zu lachen hat.«
»Dem wird das Lachen schon noch vergehen, glaub mir. Allen ist hier noch das Lachen vergangen«, sagte sie, ohne ihren Blick von Auguste abzuwenden.
Für Auguste, die wie in Trance rührte und noch nicht einmal Wortfetzen des Gesprächs aufgeschnappt hatte, kam die Erlösung in Gestalt von Luise. Unter anerkennendem Murmeln des Schlachters löste sie ihre Mutter ab.
Auf wackligen Beinen zwar, aber den Kopf hoch erhoben,

ging Auguste von Salen über den Hof. Von allen Seiten trafen sie Blicke. Sobald sie jedoch näher kam, wichen die Menschen zurück und senkten die Köpfe. Keiner sagte etwas, nur einmal schnappte sie ein Nicken auf.

»Auguste, warte.« Ferdinand war ihr mit schnellen Schritten gefolgt. Eine kurze Unterredung mit seinem Inspektor hatte ihn abgelenkt, so dass er nicht wie geplant seine Frau gleich nach dem Ereignis hatte beglückwünschen können. »Komm.« Er reichte ihr seinen Arm zum Unterhaken. »Lass uns ein ruhigeres Plätzchen suchen.«

Nur widerwillig ging sie mit ihm mit, erneut vorbei an den Ställen, dem Wirtschaftsgebäude, der Tenne, in der am Abend das große Fest stattfinden würde, bis hinter die Hofanlage vor zu den Feldern.

»Herzlich willkommen auf Gut Blietzow«, sagte er feierlich, als sie endlich allein waren. »Darf ich dir zu deiner gelungenen Initiation als Gutsherrin gratulieren?«

Auguste zog die Augenbraue hoch. »Initiation? Was für eine gewählte Wortwahl in dieser Wildnis. Du weißt, dass ich gut darauf hätte verzichten können.«

»Ich weiß, meine Liebe, ich weiß.« Seine gute Laune war unerschütterlich. »Aber glaub mir, Berlin war ein Irrtum, nicht Rügen. Schließlich gehörte das alles einmal meinem Großvater. Ich finde, es wurde höchste Zeit, dass dieses Gut wieder in den Familienbesitz zurückgekehrt ist.«

»Du hast gut reden. Wer hat denn eben das Blut gerührt, du oder ich?«

Sein Backenbart hüpfte unter seinem Zylinder, so sehr freute er sich. »Der Mehrich hat mir erzählt, dass die Frau des letzten Gutsbesitzers beim ersten Schlachten ohnmächtig geworden sei. Kannst du dir den Tratsch vorstellen?

Unser Einstand hingegen ist phantastisch. Gleich nächste Woche habe ich einen Termin mit dem Ortsvorsteher von Lohme, und vor Weihnachten noch will mich der Landrat empfangen.« Er legte seinen Arm um ihre Schultern. »Auguste, sag doch, ist es nicht herrlich hier?«
Auguste schwieg, während ihr Blick über die Felder hinunter zum Wasser glitt. Trostlos sahen sie aus in diesem diesigen Licht, fast ebenso grau wie das Meer, das sich kaum vom Himmel unterschied.

2

Am Abend fand das große Schlachtfest statt. In der Tenne war ein langer Tisch aufgebaut. Suppenteller stapelten sich am linken Ende, und daneben lag ein Berg Löffel. An die Balken hatte jemand zwei Strohknäuel gehängt, die mit viel Wohlwollen als Schweineköpfe gedeutet werden konnten. Ansonsten war es karg, vor allem aber kalt in dem Raum. Auguste hatte gefroren wie noch nie in ihrem Leben, als sie am Nachmittag gemeinsam mit Rosa den Platz in Augenschein genommen hatte.

Um den Tisch und die Stühle hatte sich Alma Mehrich, die Inspektorenfrau, gekümmert. »Unser Willkommensgeschenk«, wie sie gesagt hatte, bevor sie nach Jakob und Ella gerufen hatte, ihren Kindern, die ihr beim Aufbauen helfen sollten. Fürs Essen und die Getränke hatten die von Salens zu sorgen. So wollte es der Brauch, und Auguste war klug genug, um zu wissen, dass sie sich dem ebenso wenig widersetzen konnte wie dem Blutrühren am Mittag.

»Ein Schlachtfest.« Auguste schüttelte den Kopf. »Rosa, ich vertraue auf dich. Ich hoffe, du weißt, was du zu tun hast.«

»Aber Frau von Salen!« In Rosas Augen stand das Entsetzen. »Schwarzsauer. Ich habe so etwas noch nie gekocht.«

»Dann hol dir Hilfe. Da draußen ist schätzungsweise ein gutes Dutzend Frauen, und ich bin mir sicher, dass jede Einzelne von denen schon mehr als einmal in ihrem Leben Blutsuppe zubereitet hat.«

»Blutsuppe.« Rosa würgte. »Bitte sprechen Sie dieses Wort nicht aus. Keinen Löffel werde ich davon nehmen.«

»Rosa, Liebes, denk an die schönen Karpfen und Rehrücken, die du für uns in Berlin serviert hast. Weißt du noch, wie General Schmeritz einmal zu dir in die Küche gekommen ist, um dich für deine Rotweinsauce zu loben? Heute Abend soll dir ganz Rügen zu Füßen liegen. Die sollen die beste Blutsuppe bekommen, die sie hier auf dieser vermaledeiten Insel jemals gegessen haben.«

Der Topf, den Rosa am Abend mit Viktors Hilfe in die Tenne brachte, war für ihr Gefühl größer als alle Töpfe zusammen, die sie in Berlin je zur Verfügung gehabt hatte. Es roch nach Lorbeer und Nelke, nach Pfeffer und Wurzelgemüse, aber der Anblick war nicht annähernd so gut wie der Duft. Zumindest nicht für Rosa, die sich beim Zubereiten geschworen hatte, so etwas nie wieder kochen zu wollen, und sich jetzt über die leuchtenden Augen der Männer und Frauen wunderte, die erwartungsfroh auf sie und den Topf mit ihrer ersten Schwarzsauer-Suppe blickten. Die Kartoffelklöße waren dagegen ein Klacks gewesen, auch wenn sie so viele hatte machen müssen wie noch nie zuvor in ihrem Leben.
Die Schüsseln mit den Klößen trugen Anton und Luise. Rosa hatte sie dazu verdonnert, und der vierzehnjährige Anton, der sich vergeblich geweigert hatte, sah entsprechend missmutig aus, als er die Klöße auf den Tisch stellte.
»Was ist denn mit dem los?« Ella Mehrich, die fünfzehnjährige Tochter des Inspektors, stupste ihren Zwillingsbruder an. »Der geht ja wie der alte Kahnick.«
»Sieht ganz schön behindert aus«, sagte Jakob und zog wie zum Beweis sein linkes Bein nach.
»Ein Hinkebein.« Ella stöhnte. »Das hat uns gerade noch gefehlt. Ich frag mich ohnehin, was die hier wollen. Und

diese Luise in ihrem feinen Kleidchen. Wenn sie sich das bloß mal nicht schmutzig macht.«

Jakob zuckte mit den Schultern. »Die bleiben nicht lange, da kannst du drauf wetten. Vater meint, dass der von Salen keine Ahnung hat.«

»Was hast du da gerade gesagt?« Viktor von Salen, ein Jahr älter als die Geschwister und um einen Kopf größer, baute sich vor den beiden auf.

»Geht dich gar nichts an.« Ella grinste.

»Geht mich wohl was an«, erwiderte Viktor grimmig. »Ihr steht hier auf meinem Grund und Boden.«

»Sein Grund und Boden. Hast du das gehört, Jakob?«

Jakob nickte seiner Schwester verschwörerisch zu, während er wie Viktor seine Hände in die Hüften stemmte.

»Ihr wisst wohl nicht, mit wem ihr sprecht?«

Jakob und Ella brachen fast zeitgleich in Lachen aus. »Doch«, kam es wie aus einem Mund, »mit einem aufgeplusterten Gockel.«

»Ihr seid ja noch einfältiger, als ich mir euch Bauernlümmel vorgestellt habe. Es ist höchste Zeit, dass man euch mal etwas Respekt beibringt.«

»Wenn du meinst«, sagte Ella spöttisch und stellte sich mit herausforderndem Blick vor ihren Bruder. »Dann zeig mal, was du so kannst.«

»Ich prügle mich doch nicht mit kleinen Mädchen.«

»Und was ist mit großen Jungs, hast du vor denen auch Angst?«

Jakob schob seine Schwester zur Seite, so dass er jetzt direkt vor Viktor stand. Angestrengt blickte er zu diesem auf. Viktors Augen funkelten, aber er rührte sich nicht. Dabei hätte ein Schlag genügt, und Jakob hätte am Boden gelegen. Das spürte auch Jakob, und dennoch senkte er nicht seinen Blick. Ella wurde es langsam mulmig. Als sie kurz davor war, ihren Bruder von Viktor wegzuziehen, schallte zu ihrer Erleichterung Ferdinand von Salens tiefe Stimme durch die Tenne.

»Pass in Zukunft bloß auf, was du sagst«, flüsterte Viktor Jakob noch ins Ohr, bevor er sich an die Seite seines Vaters gesellte, der seine ersten Begrüßungsworte als Gutsherr sprach.

»Es erfüllt mich mit Stolz, Sie heute hier willkommen zu heißen. Zu unserem ersten gemeinsamen Schlachtfest«, begann er und sprach dabei so bedächtig, dass auch die Letzten noch Zeit fanden, sich zu setzen. Dann hob er seine Stimme. »Und was für ein Fest das ist! Zehn Schweine und zwei Rinder wurden heute geschlachtet!« Und als könnte er es kaum glauben, wiederholte er die Zahl gleich noch einmal. »Zehn Schweine und zwei Rinder! Was das in Würsten ausgedrückt bedeutet, muss ich Ihnen sicherlich nicht sagen. Dass damit aber der Grundstein gelegt wurde für ein erfolgreiches Jahr 1908, will ich nicht versäumen zu betonen.«

Ein Raunen ging durch die Menge, Blicke wurden getauscht. Jemand flüsterte seinem Tischnachbarn zu: »Säen wir jetzt mit Würsten aus?«

Unbeeindruckt fuhr Ferdinand von Salen fort. »Wie Sie vielleicht wissen, ist dieses Gut nach mehr als siebzig Jahren in den Familienbesitz der von Salens zurückgekehrt. Und glauben Sie mir, ich und meine Frau und meine Kinder«, er winkte seine Familie näher zu sich heran, »wir sind uns der Verantwortung, die damit verbunden ist, wohl bewusst. Wir wollen das Gut wieder zu dem machen, was es einmal war – der Stolz der von Salens und ein Paradies auf Jasmund.« Er hielt kurz inne, als würde er auf Applaus warten, aber alle sahen ihn nur mit großen Augen an. Auch kein Flüstern war mehr zu hören, nur Alwine, das Nesthäkchen der Mehrichs, rutschte ungeduldig auf ihrem Stuhl herum. »Mir ist wohl bewusst, dass das Gut schwierige Zeiten hinter sich hat. In den letzten Jahren war die kaiserliche Zollpolitik der Landwirtschaft nicht gerade freundlich gesinnt. Darüber hinaus hat das schlechte Wetter im vergangenen Jahr meinem Vorgänger im wahrsten Sinne des Wortes die Ernte verhagelt und Ihnen damit auch Ihren Lohn. Aber lassen Sie uns positiv in die Zukunft blicken. Mit Inkrafttreten der neuen Zolltarife im vergangenen Jahr ist meines Erachtens bereits ein wichtiger Schritt in die richtige Richtung gemacht worden.« Sein Blick traf auf Paul Mehrich am anderen Ende des Tisches, der ihm kaum merklich zuzunicken schien. »Natürlich wäre es vermessen zu behaupten, wenn ich sagen würde, ich hätte auch eine Lösung gefunden, wie wir in Zukunft das Wetter zu unseren Gunsten beeinflussen können, aber ich verspreche Ihnen, ich werde alles daransetzen, Möglichkeiten zu finden, um uns gegen derartige Katastrophen besser zu wappnen.«

»Na, da bin ich ja mal gespannt«, flüsterte der Kutscher seinem Tischnachbarn zu, aber der zuckte nur mit den Schultern.

»Alle zwei Jahre ein neuer Gutsbesitzer. Da wird man ja irre im Kopf.«

Ferdinand von Salen, der von alldem nichts mitbekommen hatte, lachte jetzt wieder sein breitestes Lachen. »Es sei denn, unter Ihnen befindet sich jemand mit einem direkten Draht zum Himmel. Der möge sich bitte nachher vertrauensvoll an mich wenden.«

»Der Kahnick, der kann das Wetter riechen«, rief Ella. Jakob und einige andere lachten, während Alma Mehrich ihrer Tochter einen bösen Blick zuwarf. »Hör bloß auf mit diesen Spukgeschichten«, zischte sie.

»Ella! Still jetzt!« Paul Mehrich sah entschuldigend zu Ferdinand von Salen, während es am Tisch langsam unruhig wurde.

»Wie lange will der denn noch reden?«, beschwerte sich einer, ohne sich sonderlich Mühe zu geben, leise zu sprechen. »Wenn der so weitermacht, versäumt er noch die Frühjahrssaat.«

Viktor, dem diese Bemerkung nicht entgangen war, hatte Mühe, sich zu beherrschen. Mit geballten Fäusten stand er neben seinem Vater und stellte sich vor, wie er später den Stallburschen für seine Frechheit bezahlen ließ.

Sein Vater zeigte sich dagegen amüsiert. »Es freut mich, dass Sie auch jetzt, da diese wunderbare Blutsuppe auf uns wartet, noch immer an die Arbeit denken. Glauben Sie mir, ich weiß das zu schätzen, denn auch meine Gedanken kreisen unermüdlich um die Zukunft dieses Guts. Und darum möchte ich Ihnen hier und heute noch ein Versprechen geben: Spätestens in zwei Jahren wird auch das Gut Blietzow über einen Anschluss an die Kleinspurbahn verfügen.«

Der Applaus war verhalten, zu viel war ihnen in den vergangenen Jahren schon versprochen worden – Platz im Stall für eine eigene Kuh, ein größeres Stück Land zur privaten Nutzung, fließend Wasser. Was brauchten sie da einen Anschluss an die Bahn? Damit würden nur noch mehr Fremde nach Lohme kommen und die Jungen noch schneller das Weite suchen.

3

Je mehr Bier an diesem Abend floss, desto ausgelassener wurde die Stimmung. Schnell war die von den meisten als ermüdend empfundene Rede vergessen, und auch dass die Blutsuppe nicht annähernd so gut schmeckte wie die von Alma Mehrich, sorgte irgendwann nicht mehr für aufgeregtes Flüstern.
Kaum hatte nämlich Rosa die leeren Teller und Schüsseln abgeräumt, erhob sich der Schweinemeister und lobte wie jedes Jahr einen Wettbewerb aus. Wem es als Erstes gelänge, einen der am Balken befestigten Strohschweineköpfe mit einem Holzstab abzuschießen, würde zum neuen Schlachterkönig gekürt.
»Unser amtierender König hat uns ja leider im letzten Sommer Richtung Spycker verlassen. Nutzt also die Gelegenheit, seinen Rekord von nur drei Würfen zu brechen«, sagte der Meister und forderte alle Männer ab zwölf Jahren zum Mitmachen auf.
Tisch und Stühle wurden zur Seite geschoben, eine Leiter geholt, Helfer bestimmt und zwei Gruppen festgelegt. Bis auf Ferdinand von Salen, der als Gutsherr vom Wettbewerb ausgeschlossen war und nun ganz vorne neben Auguste Platz nahm, stellten sich alle Männer in zwei Reihen auf.
Es ging Mann gegen Mann. Den Anfang machten zwei Stallburschen. Der Bessere benötigte neun Würfe. Der Kutscher gewann sein Duell gegen den Schweinemeister in sieben Versuchen, einer der Tagelöhner schaffte es gegen den Melkmeister ebenfalls in sieben, ein anderer benötigte nur

sechs Versuche, die meisten blieben jedoch über acht Würfe. Als Viktor an der Reihe war, hatte Anton seinen aussichtslosen Kampf gegen Jakob gerade verloren und kam, den Kopf gesenkt, zurück an seinen Platz. Direkt hinter seinen Eltern stellte er sich neben Luise.

»Sag nichts.« Er sah sie grimmig an. »Ich weiß auch so, dass ich mich vor allen lächerlich gemacht habe.«

»Ach was, immerhin hast du im Gegensatz zu Jakob gleich beim ersten Mal dieses Strohungetüm getroffen«, sagte sie, ohne Viktor aus den Augen zu lassen.

»Dafür hat mein Bruder nur sieben Würfe gebraucht«, zischte Ella triumphierend, die dicht hinter den beiden stand.

»Ja, Glückwunsch. Das war toll«, erwiderte Luise, die noch immer ihren Blick auf Viktor gerichtet hielt.

»Aber gegen so ein Hinkebein …« Ella schüttelte den Kopf. »Ich weiß gar nicht, ob das überhaupt zählt.«

Luise, die unwillkürlich dichter an Anton heranrückte, als wollte sie sich schützend vor ihn stellen, obwohl sie mindestens einen Kopf kleiner war, drehte sich jetzt doch zu ihr um. »Was soll das denn heißen?«

»Sag bloß, du hast noch nicht bemerkt, dass dein Bruder gar nicht richtig gehen kann.«

»Aber beim Werfen muss er doch nicht laufen«, sagte sie, in der Hoffnung, Ella würde verstehen, dass für sie dieses Thema damit beendet war.

»Meine Güte, wo kommst du denn her?« Ella schüttelte belustigt den Kopf. »Hinkebein bleibt Hinkebein, egal, was man tut.«

»Was weißt du denn schon«, sagte Anton leise, aber es war jetzt so laut um sie herum geworden, dass Ella ihn nicht

mehr hören konnte. Hätte er doch bloß nie an diesem Wettbewerb teilgenommen. Hätte er sich doch einfach neben seinen Vater gesetzt und das Spektakel über sich ergehen lassen, dachte er, während er seine Mutter und seine Schwester lautstark »Viktor, Viktor, Viktor« rufen hörte.
Seit er denken konnte, wurde er wegen seines steifen Beins gehänselt. »Krücke«, »Humpelfuß« und »Hinkebein« waren noch die harmlosesten Namen, die man ihm in den vergangenen Jahren gegeben hatte. Irgendwann war es so schlimm geworden, dass er nicht mehr zur Schule hatte gehen wollen. Danach hatte Auguste ihn und Luise zu Hause unterrichtet. Auf Rügen, so hatte er gedacht, würde alles besser werden. Er hatte sich vorgestellt, wie er über die Felder reiten würde, vorbei an rotgetränkten Mohnblumenwiesen, wie er tagelang niemandem begegnen, wie er stundenlang den Wellen lauschen, wie er durch den Buchenwald streifen würde, von dem ihm sein Vater erzählt hatte, aber er hatte nicht bedacht, dass auch hier Menschen lebten.
Sein Blick streifte Viktors Wurfhand, die gerade ausholte. Er wusste nicht, der wievielte Versuch es war, aber er sah, dass nicht mehr viel fehlte, bis dieser lächerliche Strohschweinekopf herunterfallen würde. Vermutlich hatte er gerade einmal zwei Würfe hinter sich. Gleichsehen würde es ihm ja, dachte Anton, während er über sein ihn jetzt schmerzendes Bein strich.
»Nur sechs Versuche.« Luise klatschte begeisterten Beifall. »Das soll dein Bruder erst einmal nachmachen.«
»Pah, mit einem Kopf größer ist das ja auch kein Kunststück«, giftete Jakob sie an.
»Jakob!« Luise errötete, was in dem Petroleumlicht jedoch

nicht zu erkennen war. »Du? Ich dachte …« Sie stockte. »Entschuldige.«

»Entschuldige was?«, ging Ella dazwischen. »Na, traust du dich jetzt nicht mehr?«

»Du warst toll vorhin«, sagte Luise, noch immer knallrot im Gesicht. »Wirklich, aber …«

»Aber nicht so gut wie Viktor«, entgegnete Anton, ohne eine Miene zu verziehen.

»Immer noch besser als du, Hinkebein.«

Luises Blick verfinsterte sich. Nicht auch noch Jakob. Dass Ella sich was traute, hatte sie ja schon gemerkt, aber Jakob schien irgendwie vernünftiger zu sein als seine Zwillingsschwester. Zumindest hatte sie das geglaubt. Die Ernsthaftigkeit, mit der er gestern die Pferde gestriegelt hatte, hatte sie jedenfalls beeindruckt. »Warum könnt ihr Anton nicht einfach in Ruhe lassen? Er hat euch doch nichts getan.«

»Lass, Luise, die beiden sind es doch gar nicht wert.«

Aber du bist es wert, wollte sie sagen und blickte stattdessen in Jakobs feindseliges Gesicht. Reglos stand er vor ihr, die Hände in den Taschen, vielleicht einen halben Kopf größer als sie. Sie begriff es einfach nicht. Anton war der feinste Mensch, den sie kannte. Aber vielleicht war sie mit ihren dreizehn Jahren zu jung dafür. Am besten, sie sagte nichts. Auch Jakob sagte nichts. Und dennoch ließ er sie nicht aus den Augen. Luise war sein Blick unangenehm. Es war, als wollte er sie immer weiter in die Enge treiben. Ob sie lächeln sollte? Aber sie wollte auf keinen Fall Anton in den Rücken fallen. Sich wegdrehen? Das wäre viel zu feige. Vielleicht sollte sie doch etwas sagen, etwas Versöhnliches, etwas in der Art wie: »Lasst uns doch Freunde sein.« Aber so naiv war sie dann doch nicht. Also sagte sie nichts. Und vermutlich wären sich die beiden noch eine ganze Weile stumm gegenübergestanden, sich immer weiter von ihrer Umgebung entfernend, wenn es nicht Ella irgendwann zu bunt geworden wäre.

»Was glotzt du denn so?«, raunzte sie Luise an.

Jakob zuckte kaum merklich zusammen, während Luise sich kopfschüttelnd wegdrehte. »Dumme Kuh«, flüsterte sie.

»Luise!« Auguste, die dem Zwist in ihrem Rücken bislang keine Beachtung geschenkt hatte, drehte sich abrupt zu ihrer Tochter um. »So etwas will ich nie wieder hören.«

»Ja, Mutter.« Luise senkte den Kopf. »Aber sie hat Anton …«

»Still jetzt. Solche Ausdrücke dulde ich nicht. Haben wir uns verstanden?« Sie sah ihre Tochter eindringlich an. Das fehlte gerade noch, dass ihre Kinder in dieser Einöde Sitte und Anstand vergaßen. Sie riss sich schließlich auch zusammen. Wie lange saß sie jetzt schon hier auf diesem harten Stuhl und feuerte jeden noch so ungeschickten Werfer an? Gefühlt jedenfalls eine Ewigkeit.

Luise nickte mit zusammengekniffenen Lippen, während sie aus dem Augenwinkel Ella grinsen sah. Und was für eine dumme Kuh sie war!

In der Zwischenzeit hatte sich Anton unbemerkt von allen anderen aus der Tenne geschlichen, während Viktor im Stechen mit den Besten als Erster ausgeschieden war. Den Kampf um die Krone des Schlachterkönigs fochten nun Paul Mehrich und ein Stallbursche aus.

Ferdinand von Salen saß kerzengerade auf seinem Stuhl und sah wie gebannt zu den beiden Kontrahenten. Schon sein Großvater hatte ihm in den letzten Jahren seines Lebens von diesen Spielen erzählt, und dass er jetzt tatsächlich leibhaftig dabei sein durfte, erfüllte ihn nicht nur mit Stolz, sondern vor allem mit Demut. Schließlich hatte er dessen unrühmliches Ende auf Rügen nicht vergessen. »Keinen Taler war unser Leben danach mehr wert«, hatte sein Vater ihn stets angeherrscht, wenn er mit ihm über Rügen und das Gut hatte sprechen wollen, und damit jede Unterhaltung gleich zu Beginn abgewürgt.

Es war jetzt ganz still in der Tenne.

»Drei, zwei, eins, los«, rief der Schweinemeister, und die beiden warfen fast zeitgleich ihre Stäbe nach oben, Paul Mehrich mit ausladendem Schwung, der Stallbursche mit Kraft von unten. Keiner der beiden Strohschweineköpfe wackelte.

»Gibt es denn gar kein Erbarmen?«, flüsterte Auguste, nachdem auch der zweite Versuch ohne Erfolg geblieben war, aber Ferdinand hatte jetzt kein Ohr für seine Frau.

Diese Tenne, dieser Strohgeruch, diese vielen Menschen, die nun für ihn arbeiten würden, forderten seine ganze Aufmerksamkeit. Genauso und doch ganz anders hatte er sich das alles hier vorgestellt. Denn erst jetzt merkte er, dass er sich, noch in Berlin, das Leben auf Jasmund hauptsächlich aus der Vogelperspektive ausgemalt hatte. Jetzt aber saß er mittendrin, mitten in der Erzählung seines Großvaters, die in Wirklichkeit lauter und bunter war. Allein die Gesichter, rotbraun zerfurchte Landschaften. Und die Hosen der Knechte, mit grünem, blauem, gelbem Garn geflickt, waren Fleckenteppichen ähnlicher als seinen Beinkleidern.

Paul Mehrich hob zum vierten Versuch an. Und kaum jemand in der Tenne war so erleichtert wie Auguste, als mit etwas Verzögerung der Strohballen doch noch zu Boden fiel. Alle klatschten und johlten, während der geschlagene Stallbursche aus Ehrerbietung seine Mütze zog.

»Gott sei's gedankt«, stöhnte Auguste leise, »auch wenn ich dem Jungen die Krone mehr gegönnt hätte.«

Ferdinand nickte zufrieden. »So ist es gut. So ist es sogar sehr gut«, sagte er und erhob sich von seinem Stuhl, um dem frischgekürten Schlachterkönig »Paul I., inthronisiert am 16. November 1907«, wie der Schweinemeister salbungsvoll verkündete, zu gratulieren. Dass ausgerechnet sein Inspektor die Krone gewonnen hatte, schien ihn in seinem Entschluss, Paul Mehrich dieses wichtige Amt anvertraut zu haben, endgültig zu bestätigen.

4

Eiskalt, aber glasklar lag der Himmel über Rügen. Auch die Sonne konnte nicht darüber hinwegtäuschen, dass das Thermometer an diesem Februartag nur minus zehn Grad anzeigte. Ferdinand von Salen holte seinen besten Pelz aus dem Schrank und gab seinem Kutscher Anweisung, die offene Kutsche mit Kufen zu versehen. Seit Wochen schon lag ganz Rügen unter einer dicken Schneedecke begraben, aber erst seit drei Tagen schien endlich auch die Sonne. Diesen glitzernden Anblick wollte er sich nicht entgehen lassen. Zum Leidwesen von Paul Mehrich, der keinen Pelz besaß, ließ er seinen Kutscher sogar einen Umweg über Nipmerow, Hagen und einen kleinen Teil der Stubnitz fahren.

Wie Ausrufezeichen standen die silbern glänzenden Buchenstämme im strahlend weißen Schnee. Hier und da blinzelte ein Ast oder eine Wurzel hervor, umgestürzte Bäume waren mit weißen, weichen Rundungen versehen, Büsche und Sträucher mit einer dünnen Eisschicht überzogen. Wäre er mit Auguste hier gewesen, Ferdinand hätte seinen Kutscher geheißen, anzuhalten. Er hätte der Stille gelauscht, dem Knacken der Eisschollen unten am Ufer zugehört, er hätte Auguste in die Arme geschlossen und Gott gedankt für diesen Tag. Aber neben ihm saß ein ungeduldiger und immer verständnisloser wirkender Paul Mehrich, der sich zwar alle Mühe gab, nicht zu zeigen, dass er fror, dessen gekrümmte Haltung ihn dennoch verriet, und so ließ Ferdinand seinen Kutscher weiterfahren.

Außer ihnen schien bei der Kälte keine Menschenseele un-

terwegs zu sein. Auch die Lohmer Dorfstraße war wie ausgestorben. Vor dem Strandhotel, direkt am Hochufer gelegen, brachte der Kutscher die Pferde zum Stehen. Im Speisesaal war ein runder Tisch gedeckt, an dem bereits der Ortsvorsteher Hagemann mit dem Strandvogt Lenz und dem Baumeister Kunz saßen. Ferdinand von Salen kannte keinen der Herren, aber Paul Mehrich begrüßte die drei so freundschaftlich, dass der Ton schnell vertraulich wurde.
Man sprach über die nun schon so lange währende Kälte, die Schäden, die aufgrund des Frostes entstanden waren, und über die Hoffnung, dass nun bald der Frühling kommen möge.
Ferdinand, dessen Blick immer wieder hinauswanderte zu den mächtigen Eisbrocken, die sich vor Lohme zu Bergen stapelten, wunderte sich über diese entspannte Atmosphäre. Nachdem das ursprünglich für Dezember anberaumte Treffen wieder und wieder verschoben worden war, war er darauf vorbereitet gewesen, sich gegen Anfeindungen oder Unterstellungen behaupten zu müssen. Als Nicht-Rügener müsse er eben mit Misstrauen rechnen. Aber hier an diesem Tisch schienen ihm alle wohlgesinnt.
»Ich habe Ihren Großvater sogar noch gekannt«, sagte der alte Lenz.
»Erzählen Sie mir von ihm«, bat Ferdinand, doch der Strandvogt winkte ab.
»Ich war noch jung damals, wissen Sie, und Ihr Großvater ein mächtiger Mann.«
»Sehr mächtig«, bestätigte Paul Mehrich leise und strich sich dabei nervös über seinen Bart.
»Zu schade, dass er das Gut aufgeben musste. Bis zu seinem Tod hat er die Insel sehr vermisst. Ich glaube, er hätte

alles dafür gegeben, noch ein letztes Mal herkommen zu können.«

»Da bin ich mir nicht so sicher«, brummte Paul Mehrich, den Kopf Richtung Fenster gerichtet, so dass ihn keiner der Anwesenden richtig verstand.

»Was haben Sie gesagt?« Ferdinand sah ihn neugierig an.

»Ich habe mich nur gewundert, wie kalt es plötzlich geworden ist«, erwiderte Paul Mehrich und nahm hastig einen Löffel von seiner Fischsuppe.

Kalt? Erstaunt sah Ferdinand zu seinem Inspektor, der, ohne den Blick noch einmal zu heben, seinen Teller auslöffelte. Ihm war warm geworden hier drin. In der Ecke knisterte der Kamin, und die Suppe tat ihr Übriges. Und dennoch war auch ihm nicht entgangen, dass die anfänglich freundliche Atmosphäre sich deutlich abgekühlt hatte. Keiner machte Anstalten, die Unterhaltung voranzutreiben, alle beugten sie sich jetzt über ihre Teller und Gläser und aßen und tranken schweigend.

»Herr von Salen«, ergriff der Ortsvorsteher Hagemann schließlich das Wort und hob sein Glas, »lassen Sie uns auf unsere gemeinsame erfolgreiche Zukunft anstoßen.«

Nach und nach hoben der Strandvogt und der Baumeister ihre Gläser und prosteten Ferdinand zu, und auch Paul Mehrich schien sich wieder gefangen zu haben. »Auf den Lohmer Hafen«, sagte er, bevor er mit ihm anstieß.

Ferdinand sah ihn irritiert an. »Den Hafen?«

»Wir freuen uns sehr, dass Sie sich so großzügig erweisen wollen, uns bei diesem Bau zu unterstützen«, erklärte Hagemann. »Ohne Ihre Hilfe würden wir das Projekt nicht beenden können, aber das hat Ihnen Paul sicherlich schon erläutert. Deswegen habe ich heute auch den Baumeister

Kunz extra zu uns gebeten. Er wird Ihnen für alle Fragen zur Verfügung stehen.«
Noch ehe Ferdinand etwas sagen konnte, hatte er bereits die Kostenaufstellung vor sich liegen sowie einen Stapel mit Bauplänen, die nach und nach für ihn ausgebreitet wurden. Hagemann ratterte Zahlenkolonne um Zahlenkolonne herunter, der Strandvogt überschlug sich vor Dankbarkeit, »vor allem im Namen der Lohmer Fischer«, und Paul Mehrich erörterte Punkt für Punkt, warum der Hafen auch für das Gut Blietzow nur Vorteile bot.
»Direkte Anbindung«, »Verladung der Ware direkt vor Ort«, »sicheres Anlanden«, »87850 Mark« – Ferdinand hörte ihm und den anderen bloß mit halber Aufmerksamkeit zu, so dass er nur Wortfetzen aufschnappte. Ihn interessierte nur eins: Warum hatte Paul Mehrich ihm nichts gesagt? Er warf seinem Inspektor einen scharfen Blick zu, aber der diskutierte gerade mit dem Baumeister das Für und Wider eines Lastaufzugs vom Hafen hinauf ins Dorf und schenkte Ferdinand keine Beachtung. Am liebsten hätte er mit der Faust auf den Tisch gehauen und seinen Inspektor zur Rede gestellt, doch er zögerte nicht eine Sekunde, den Irrtum aufzuklären. Die Folgen konnte er sich lebhaft ausmalen. Paul Mehrich, den er wegen seiner vielfältigen Kontakte dringend brauchte, würde im Handumdrehen seine Glaubwürdigkeit verlieren, er damit einen wertvollen Mittelsmann auf der Insel, und sein Gut wäre dem Ende geweiht, noch bevor er zum ersten Mal die Saat ausgebracht hätte.
Ferdinand setzte sein freundlichstes Lächeln auf, ließ sich alle Details erläutern und unterschrieb zum Schluss eine Abmachung, die ihn auf eine Beteiligung von eintausendfünfhundert Mark verpflichtete.

»Was haben Sie sich nur dabei gedacht«, platzte es aus Ferdinand heraus, kaum dass sie das Strandhotel hinter sich gelassen hatten, »mich so zu brüskieren?«
»Es ist doch wunderbar gelaufen.«
»Wunderbar?«
»Die Herren waren sehr zufrieden.«
»Aber ich bin es ganz und gar nicht, mein lieber Mehrich. Denken Sie nicht, dass es angebracht gewesen wäre, diese wichtige Angelegenheit mit mir vorher zu besprechen?«
»Lieber Herr von Salen, bei allem Respekt, aber haben Sie schon vergessen, warum Sie mich zum Inspektor berufen haben?«
Berufen, wiederholte Ferdinand in Gedanken und schüttelte innerlich den Kopf. »Ich habe Sie angestellt«, sagte er, bemüht, ruhig zu bleiben, »weil ich weiß, dass Sie ein kompetenter Mann sind.«
»Sehen Sie. Und zu meiner Kompetenz zählt auch, die Eitelkeiten der Rügener zu kennen. Und glauben Sie mir, nichts schätzen die Herren mehr, als zu wissen, die Zügel in der Hand zu halten. Verstehen Sie?«
Ferdinand, noch immer wütend über den Alleingang seines Inspektors, schüttelte den Kopf. »Nein, ganz und gar nicht.«
»Ich will es Ihnen erklären. Dadurch, dass ich bei den Herren den glaubwürdigen Eindruck vermitteln konnte, ich sei es gewesen, der sie dazu gebracht hätte, in den Hafen zu investieren, konnte ich wertvolles Vertrauen schaffen. Ich bin einer der ihren, und einem der ihren vertrauen sie eher als einem Fremden. Glauben Sie mir, die eintausendfünfhundert Mark sind gut investiert. In Zukunft werden uns Türen und Tore offen stehen.«

»Sie hätten dennoch mit mir reden müssen, Mehrich.«
»Aber ich wusste doch, dass Sie sich nur für die Kleinspurbahn interessieren, Herr von Salen.«
Ferdinand atmete tief durch. Dass man Intrigen spann, das kannte er aus Berlin, dass man nur die halbe Wahrheit sagte, auch, aber dass man einfach schwieg, um einen vor vollendete Tatsachen zu stellen, war ihm neu. »Wenn das die berühmte Sprache der Rügener sein soll, frag ich mich, warum mein Großvater sie so sehr bewundert hat«, meinte er nachdenklich.
»Hat er das?«
»Von nichts anderem hat er in seinen letzten Jahren geschwärmt, abgesehen von der Landschaft natürlich.«
»Tja, wer weiß, ob er die Rügener immer richtig verstanden hat«, erwiderte Paul Mehrich lachend. Bei genauem Hinsehen konnte man jedoch deutlich ein nervöses Zucken um seine Mundpartie erkennen. Er streckte Ferdinand seine Hand hin. »Auf eine gute Zusammenarbeit, Herr von Salen. Wir wollen beide doch nur das Beste für Blietzow.«
Ferdinand zögerte. »Ich hoffe, Sie enttäuschen mich nicht«, sagte er, bevor sie sich kräftig und wie zum Beweis, dass sie nach dieser Erfahrung erst recht zusammengehörten, die Hände schüttelten.

5

»Luise! Wie oft muss ich es dir denn noch sagen. Zieh die Schuhe aus, wenn du von draußen reinkommst. Glaubst du, ich hab sonst nichts zu tun, als den ganzen Tag den Dreck wegzuwischen, den ihr mir hier ins Haus schleppt?« Auguste blickte von der Galerie direkt hinunter in die Eingangshalle, in der sich eine Spur Erdklumpen von der Tür bis fast zum Speisezimmer erstreckte.

»Ich wollte doch nur …«

»Schuhe aus. Und danach machst du sauber.«

»Aber …«

»Und das Gleiche gilt auch für dich, Viktor«, rief sie ihrem Sohn entgegen, der kurz nach Luise ins Haus gekommen war und jetzt ungerührt die Treppe nach oben direkt auf seine Mutter zuging.

»Was habe ich gerade gesagt?« Auguste sah ihren Sohn ungläubig an.

»Bin schon wieder weg. Ich wollte nur kurz was holen.«

»Ich auch. Ich bin eigentlich gar nicht da«, ergänzte Luise leise und ging auf Zehenspitzen zurück zur Tür.

Auguste hielt sich am Geländer fest und schloss die Augen. Wenn sie das alles doch nur träumte. Seit mehr als vier Monaten lebte sie jetzt schon diesen Alptraum, und es sah nicht danach aus, als dass es für sie demnächst ein Erwachen geben könnte. Ständig platzte jemand ins Haus. Vom Kutscher bis zum Knecht hatten sie alle schon bei ihr in der Eingangshalle gestanden, etwas gefragt, abgeholt oder auf ihren Mann gewartet, und natürlich hatte auch von denen keiner seine Schuhe ausgezogen. Dass aber auch niemand auf ihre Anzeige reagierte. Bald würde mit der Saat begonnen, und sie hatte noch immer keine Haushälterin gefunden. Seitdem Rosa zurück nach Berlin gegangen war, wo sie nun für General Schmeritz arbeitete, musste sie auch noch selbst kochen.

»Luise! Du machst auf der Stelle sauber«, rief sie nach unten. Doch Luise war längst nach draußen verschwunden.

Kopfschüttelnd sah Auguste in die leere Eingangshalle. An den Wänden hingen noch immer die Jagdtrophäen der zahlreichen Vorbesitzer. Eigentlich hatte sie die gleich im ersten Monat abnehmen wollen, aber die Einrichtung der Salons und der Gästezimmer hatte Vorrang gehabt. Allein für den großen Eichentisch einen Platz zu finden hatte lange gedauert. Jetzt stand er so, wie Ferdinand ihn von Anfang an hatte haben wollen, mit Blick vom Kopfende über die Felder hinunter zum Wasser. Was allerdings zur Folge hatte, dass der Raum alles andere als harmonisch wirkte. Der Tisch presste sich an die Fensterfront, während der Rest des Zimmers wie verwaist aussah. Hätte Auguste sich durchgesetzt und ihn in der Mitte plaziert, wäre Ferdinands Blick statt auf die Natur auf die rotbraune von hauchdünnen Fäden durchwirkte Tapete gefallen. Auch ihr Kompromiss, den Tisch quer zu stellen, so dass er wenigstens auf die Ställe hätte sehen können, gefiel ihm nicht.

Das holzgetäfelte Musikzimmer war dagegen ganz nach ihrem Geschmack. Nicht, weil darin die moosgrüne Récamiere stand, auf der liegend sie schon in Berlin am liebsten den Grammophonklängen gelauscht hatte, sondern weil dieser Raum der einzige im ganzen Haus ohne Fenster war, sah man von der Speisekammer und sonstigen Arbeits- und Vorratsräumen einmal ab. Hier konnte sie sich ganz

der Illusion hingeben, nicht auf Gut Blietzow, sondern an einem in ihren Augen zivilisierten Ort zu sein.
Momentan half jedoch alles Träumen nichts. Der Dreck in der Eingangshalle schien sie regelrecht anzuschreien. Als sie sich gerade wieder so weit gefangen hatte, dass ihr die Aussicht, gleich mit einem Wischlappen über das Parkett kriechen zu müssen, nicht mehr gänzlich unzumutbar erschien, fiel ihr Blick auf Alma Mehrich. Die Arme bis zu den Ellbogen in ihrer Schürze vergraben, stand sie am Eingang, unsicher, wie und ob sie sich bemerkbar machen sollte.
»Kann ich Ihnen helfen?«, rief Auguste von oben in die Eingangshalle hinunter, kaum bemüht, freundlich zu klingen.
»Ich möchte nicht stören. Ich …«, sagte Alma Mehrich stockend und blickte verunsichert nach oben.
»Sie sehen ja, Dreck, wohin das Auge reicht.« Auguste ging mit langsamen Schritten die Treppe hinunter. »Ich wollte gerade aufwischen.«
»Tauwetter«, erwiderte Alma Mehrich und hob dabei entschuldigend die Schultern, als trüge sie dafür die Verantwortung.
»Und? Was kann ich für Sie tun?«
»Mein Mann schickt mich.«
»Aha.«
»Er …« Sie stockte erneut, während ihr Blick auf den Dreckklumpen haften blieb. »Er meint, dass … Na ja.« Wieder zuckte sie mit den Schultern. »Er sagt, sie hätten … Alwine!«, rief sie plötzlich entsetzt, machte einen Sprung nach vorn und packte ihre Tochter am Arm. Das Mädchen hatte sich unbemerkt von den beiden Frauen in die Halle

geschlichen, eine alte Decke hinter sich herziehend, die auf dem Boden braune Schlieren hinterließ. »Ich hab doch gesagt, du sollst draußen warten. Raus mit dir.« Sie gab ihrer fünfjährigen Tochter einen Klaps auf den Hintern, bevor sie sie Richtung Tür schob. »Entschuldigen Sie vielmals, Frau von Salen.« Alma Mehrich wäre am liebsten im Erdboden versunken. »Das wird nicht wieder vorkommen.« Auguste nickte. »Schon gut«, erwiderte sie, obwohl sie am liebsten laut geschrien hätte. Natürlich war nichts gut. Es reichte doch, wenn ihre eigenen Kinder sich hier wie kleine Monster aufführten.

»Mein Mann sagt, Sie suchen noch immer eine Haushälterin«, fuhr Alma Mehrich schnell fort.

»Sieht man das nicht?« Auguste konnte sich diesen Anflug von Ironie nicht verkneifen.

»O nein. Wissen Sie, um diese Jahreszeit sieht es auf Rügen in allen Gutshäusern so aus.«

»Wenn Sie glauben, dass mich das tröstet, täuschen Sie sich«, entgegnete Auguste trocken. Als sie aber merkte, dass Alma Mehrich vor Schreck ganz blass geworden war, fügte sie beschwichtigend hinzu: »Ich wollte nur sagen, dass damit meine Hoffnung auf eine gründlich arbeitende Haushaltskraft nur noch mehr schwindet.«

»Deswegen bin ich hier. Die Marta, also Marta Klemm, würde gerne für Sie arbeiten.«

»Und wer ist diese Dame?«

»Paul, ich meine, mein Mann, er kennt sie noch aus seiner Zeit auf Wittow. Zuletzt war sie auf Schloss Spycker in Stellung.«

Auguste sah Alma Mehrich eindringlich an. »Ihr Mann kennt sie also«, sagte sie, während ihr Blick über die mit roten Äderchen überzogenen Wangen glitt. Es verging kaum ein Tag, an dem sie Alma Mehrich nicht wenigstens von weitem sah, aber an deren Erscheinung hatte sie sich noch immer nicht gewöhnt. Wie klein die Nase im Verhältnis zu diesen kräftigen Wangen war. Und dann diese schwulstigen Lippen. Ein Gesicht wie aus dem Lot geraten, dachte Auguste einmal mehr, während Alwine, die noch immer draußen auf den kalten Stufen saß, ein Kinderlied anstimmte.

»Ja, er kennt sie«, erwiderte Alma Mehrich.

»Was für eine schöne Stimme Ihre Tochter hat.« Auguste trat etwas näher an die Tür, um Alwine besser hören zu können.

»Schlaf, Kindlein, schlaf! Der Vater hüt't die Schaf, die Mutter schüttelt's Bäumelein, da fällt herab ein Träumelein. Schlaf, Kindlein, schlaf.«

Auguste wiegte ihren Kopf im Rhythmus des Liedes. Wie gern hätte sie jetzt die Augen geschlossen, hätte sich hinwegtragen lassen von Alwines Gesang. Seitdem sie auf Gut Blietzow lebte, war ihr noch nichts so Schönes begegnet.

»Sie sollte Gesangsunterricht nehmen.«

Alma Mehrich senkte den Blick. »Ich sag ihr, dass sie still sein soll.«

»Nein, nein, lassen Sie. Diese Stimme ist eine Wohltat für meine Sinne.« Sie nickte Alma freundlich zu. »Also, Ihr Mann kennt die Dame. Und er hat sie gefragt, ob sie auf Gut Blietzow arbeiten möchte?«

»Ja.«

»Und sie hat nichts von einer anderen Stelle in Lohme, dem Wunsch, lieber auf Wittow statt auf Jasmund arbeiten zu wollen, oder dem kurzfristigen Entschluss, eine Hausmädchenstelle in Binz anzutreten, gesagt? Oder gar etwas von einer bevorstehenden Hochzeit gemurmelt?«

»Gott bewahre, nein. Marta hat die vierzig schon überschritten.«

»Und sie weiß, für wen sie da arbeiten würde?«

Alma nickte.

»Schön«, sagte Auguste, noch immer Alwines Gesang im Ohr, »dann soll er sie zügig vorbeischicken. Und wenn Sie nichts dagegen haben, werde ich dafür sorgen, dass der Kantor von Bobbin mal die Stimme Ihrer Tochter zu Gehör bekommt.«

»Aber Frau von Salen.« Alma Mehrich wurde ganz rot. »Mein Mann sagt immer, sie singe wie ein Kätzchen mit einer Maus im Maul.«

Auguste lachte laut auf. »Richten Sie Ihrem Mann schöne Grüße aus, er soll doch bitte noch einmal genauer hinhören. Es wäre ein Jammer, wenn er dieses Talent verkümmern ließe.«

Am Abend – Ferdinand hatte den ganzen Tag draußen zugebracht, damit beschäftigt, gemeinsam mit Paul Mehrich die Felder zu bestimmen, die in den kommenden Tagen für die Saat des Getreides und der Kartoffeln bereitet werden sollten – platzte Auguste in sein Arbeitszimmer, wo er bei Kerzenlicht über einer alten Karte von Jasmund saß.

»Was glaubt dieser Mehrich eigentlich, wer er ist?« Die Arme verschränkt, hatte sie sich direkt vor seinem Schreibtisch aufgebaut.

»Wieso, was ist denn?«, fragte er, obwohl er in Gedanken noch immer mit der alten Karte beschäftigt war. Gerade hatte er mit seinen Augen die dort eingetragenen Grenzlinien von 1846 abgefahren, die am Spyckerschen See vorbei nach Polkwitz zum Hoch Selow über Hagen bis hinunter nach Krievitz führten. Sogar ein Teil der Stubnitz fiel damals in den Besitz von Gut Blietzow. Ungläubig sah er noch einmal auf die Karte. Wenn man ihn gefragt hätte, er hätte stets behauptet, dass ein Großteil dieses Gebiets schon immer der Fürstenfamilie gehört hatte. Aber es gab keinen Zweifel, sein Großvater hatte damals diese gestrichelten Markierungen eingetragen.

»Dein werter Herr Inspektor führt sich auf wie Graf Riesengroß.«

»Soso.« Ferdinand hob jetzt doch seinen Kopf und sah Auguste mit einem Schmunzeln an. »Graf Riesengroß.«

»Ich weiß wirklich nicht, was daran so amüsant sein soll, wenn dein Inspektor den Gutsherrn mimt.«

»Warum Gutsherr?« Der Einfall des Kerzenlichts ließ seine ansonsten weder ungewöhnlich große noch kleine Nase wie eine im Abendlicht funkelnde Bergspitze leuchten.

In Berlin hätte Auguste keine Sekunde gezögert, sich über den Tisch gebeugt, gelacht und ihn schließlich geküsst, aber hier auf Rügen hatte sie noch nicht einmal einen Blick für diese Besonderheit. »Bei aller Liebe, Ferdinand, aber glaubst du nicht auch, dass der Mehrich einen Schritt zu weit geht, wenn er überall verkündet, dass auf Gut Blietzow noch eine Haushälterin gesucht wird?«

»Nun, so ist es doch.«

»Ja, so ist es. Ganz recht.« Auguste atmete tief durch. »Aber es ist nicht seine Aufgabe, sondern unsere, Ferdinand, dafür Sorge zu tragen, dass diese Stelle endlich besetzt wird. Wem gehört denn das Gut, ihm oder uns?«

»Konnte er denn behilflich sein?«

»Du scheinst es nicht verstehen zu wollen. Es geht nicht darum, ob er behilflich war oder nicht, es geht darum, was ihm zusteht und was nicht.«

»Sieh es doch von der positiven Seite. Er kennt halb Rügen. Wir sollten ihm dankbar sein, dass er sich ganz in unsere Dienste stellt«, sagte Ferdinand, froh darüber, dass er Auguste nichts von Paul Mehrichs Alleingang erzählt hatte. Von Anfang an hatte sie kein gutes Haar an ihm gelassen, erst waren es die Möbel, dann seine Art, mit den Tagelöhnern zu reden, und jetzt eben seine Einmischung in ihr Leben. Auch wenn ihn die Hafengeschichte noch immer ärgerte, Zweifel an dessen Loyalität hegte er nicht. Sicher, etwas mehr Unterwürfigkeit würde ihm gut zu Gesicht stehen, aber Ferdinand konnte ihm sein forsches Auftreten nicht verdenken. Er wusste eben um seinen Wert für das Gut. »Ich bin jedenfalls froh, dass du endlich durch eine Haushälterin entlastet wirst«, fügte er energischer hinzu, als er es eigentlich gewollt hatte. Aber er hatte wirklich genug zu tun und war nicht gewillt, sich mit Auguste über Paul Mehrich zu streiten. Bald stand die erste Saat seines Lebens an. Dafür brauchte er all seine Kraft. Schließlich wollte er zeigen, dass er ein ebenso guter Landwirt war wie jeder andere, auch wenn er seine Kenntnisse bislang nur aus Büchern gewonnen hatte.

Auguste schüttelte verständnislos den Kopf. »Du verstehst es wirklich nicht. Hast du schon einmal beobachtet, wie er über den Hof stolziert? Als würde er seinen Besitz abschreiten.«

»Du siehst Gespenster«, sagte er, während sein Blick noch einmal auf die Karte fiel. Wessen Besitz hatte sein Großvater da bloß eingezeichnet?

Auguste zog die Augenbrauen hoch, wie sie es immer tat, wenn sie nicht weiterwusste. Vielleicht hatte Ferdinand ja recht. Vielleicht war ihr Blick einfach nur durch ihren Widerwillen getrübt. Gedankenverloren strich sie mit ihren Händen über ihre Taille, die sie sanft hin und her kreisen ließ. »Das alles macht mich noch ganz krank hier.«

6

Keine zwei Sekunden später sprang Ferdinand auf, packte Auguste an der Hand und zog sie aus seinem Arbeitszimmer.
»Was soll das?«, jammerte sie, nachdem er ihr ihren Mantel umgehängt hatte und sie nun in die kalte Nacht hinauszerrte. »Ferdinand, bitte. Was hast du vor?«
Statt ihr zu antworten, packte er ihre Hand nur noch fester und ging schnellen Schrittes Richtung Pferdestall, Auguste im Schlepptau, die wie ein störrisches Kind protestierte.
»Kahnick!«, rief er. »Mach mir den Einspänner fertig.«
Der Alte rieb sich die Augen. Er hatte seine Kammer gleich neben dem Eingang zum Stall und war gerade eingeschlafen. »Jawohl, Herr von Salen«, nuschelte er, während er mit seinen Gichtfingern versuchte die Kordel an seiner Hose enger zu schnüren. Alles schlotterte an ihm, die zigfach geflickte Hose, das blau-weiß gestreifte Hemd, das einmal einem Fischer gehört hatte, die Jacke, die ihm fast bis zu den Knien reichte.
»Und gib mir die Lene.«
»Jawohl, Herr von Salen.« Er nahm die Petroleumlampe und hinkte davon.
»Ferdinand«, flüsterte Auguste, »was soll das? Es ist mitten in der Nacht.«
»Es ist neun Uhr abends, Zeit für die große Oper«, antwortete er seelenruhig, noch immer darauf bedacht, ihre Hand nicht loszulassen.
Plötzlich drang ein Rascheln aus Kahnicks Kammer.
»Hast du das gehört?«

Ferdinand schüttelte den Kopf.
»Doch, hör doch.«
Beide spitzten sie die Ohren. Und tatsächlich, jetzt hörte er es auch.
»Sicherlich Mäuse«, sagte er.
Wieder raschelte es, dieses Mal jedoch leiser, und mit einem Mal war es still.
»Mäuse«, wiederholte sie und verdrehte die Augen. »Und das in dieser Kälte mitten in der Nacht.«
»Das nenn ich mal eine gelungene Ouvertüre«, entgegnete er trocken. »Aber wart's nur ab, gleich kommt der Paukenschlag.«
Währenddessen hatte Kahnick, der schon als kleiner Junge nicht bei seinem Vornamen genannt worden war, mit einiger Mühe das Pferd vor den Wagen gespannt. Längst fehlte ihm die Übung, so dass ihm das Halfter immer wieder aus den Fingern geglitten war. Der Kutscher, der mit seiner Familie am Fuß des Hügels wohnte, ließ ihn für gewöhnlich nur noch den Stall sauber machen. »Wünschen Sie gefahren zu werden?«
»Danke, Kahnick. Leg dich wieder schlafen.« Ferdinand ließ sich von ihm die Zügel geben, bevor er Auguste auf den Kutschbock half.

Wenig später lenkte Ferdinand die Kutsche den Hügel hinunter, dann nach rechts und direkt auf den Wald zu. Linker Hand lag die See fast regungslos vor Rügen. Hätte Ferdinand das Pferd zum Stehen gebracht, sie hätten das leise Rauschen gehört, so aber nahmen sie nur das Klappern der Hufe und Räder wahr. Es war lauter als tagsüber. Zumindest kam es Auguste so vor. Als sie in den Wald einbogen, war ihr jedenfalls, als würde es von jedem der unzähligen kahlen Buchenstämme widerhallen.

Ferdinand legte seinen Arm um Auguste, während er mit der linken Hand die Zügel umklammert hielt. Er sagte nichts. Auch Auguste schwieg. Seitdem sie auf dem Kutschbock saßen, hatten sie noch kein einziges Wort gewechselt. Auch wenn sie noch immer nicht wusste, was er mit diesem nächtlichen Ausflug bezwecken wollte, hatte sie mittlerweile verstanden, dass es sinnlos war, sich weiter dagegen zu wehren.

Zaghaft schimmerte der Mond durch die Bäume, so dass die auf dem Waldboden mäandernden Wurzeln und in den Weg ragenden Äste schemenhaft zu erkennen waren. Dennoch kamen sie nur langsam voran. Ferdinand, der bislang erst zweimal eine Kutsche gelenkt hatte, einmal als Kind, einmal vor drei Tagen auf dem Weg nach Glowe, als sein Kutscher dem Stellmacher auf Gut Neddesitz zu Hilfe geeilt war, wollte nichts riskieren. Nicht auszudenken, wenn sie hier gestrandet wären. Augustes Gezeter konnte er sich lebhaft vorstellen. Und diese ständige Nörgelei zehrte langsam an seinen Nerven.

Rechts von ihnen lag jetzt ein Tümpel, auf dessen pechschwarzer Wasseroberfläche der Mondschein silberne Spuren hinterließ. Auguste, die noch nie an Geister oder Hexen geglaubt hatte, hätte es in diesem Moment nicht verwundert, wenn eines dieser phantastischen Wesen vor ihre Kutsche gesprungen wäre. Sie hätte sich auch nicht die Augen gerieben, wenn es sie gezwungen hätte anzuhalten und mitzukommen in seine aus Ästen und Moos gebaute Hütte. Sie hätte noch nicht einmal Angst gehabt, denn nichts schien ihr in diesem Augenblick selbstverständlicher zu sein als die Existenz derartiger Zauberei. Und daher wunderte sie sich auch nicht, als sie mitten in der Nacht ein Eichhörnchen über einen quer im Tümpel liegenden Baumstamm huschen sah.

»Wir sind gleich da«, sagte Ferdinand, als er bemerkte, dass Auguste sich auch die zweite Decke um die Beine wickelte.

Aber sie beklagte sich nicht. Je länger sie durch diesen Wald fuhren, in den sie freiwillig keinen Fuß gesetzt hätte, desto wohler fühlte sie sich. Und das trotz der Kälte, die ihr in alle Poren kroch. Auch das anfänglich tosende Klappern hatte sich verändert. Viel leiser hörte es sich jetzt an, als hätte die Stille des Waldes den Lärm aufgesogen. Auguste schmiegte sich enger an Ferdinand. Es war fast wie früher, als sie dicht an dicht sitzend durch das nächtliche Berlin gefahren waren.

Ihr Weg führte sie über immer schmaler werdende Pfade, bis es schließlich für die Kutsche nicht mehr weiterging. Noch befand sich der Abgrund in einiger Entfernung, aber das helle Meer konnte man bereits durch die schwarzen Buchenstämme blinzeln sehen. Ohne etwas zu sagen, griff Ferdinand nach Augustes Hand, half ihr vom Bock und ging mit ihr, noch immer schweigend, vorbei an dem für Kronprinzessin Victoria errichteten Gedenkstein bis zur Steilküste.

Und da erhob er sich, direkt vor ihnen, der vom Mondlicht erleuchtete Königsstuhl über einer milchig weißen See.

Bislang hatte Auguste nur von ihm gehört, aber wenn sie ehrlich war, Ferdinands überschwenglichen Erzählungen keinen Glauben geschenkt. Unter Schönheit verstand sie eine vollendete Stimme oder eine Opernaufführung Unter den Linden, aber gewiss keinen Felsen auf einer entlegenen Insel. Das zumindest hatte sie stets gedacht. Aber jetzt stand sie hier, mitten in der Nacht, diesen Kreidefelsen vor Augen, und meinte Caruso singen zu hören.

»Ist es das nicht wert?«, fragte Ferdinand.

»Pst.« Sie legte den rechten Zeigefinger auf ihren Mund.

»Was ist?«

»Hörst du es denn nicht?«

»Was meinst du?«

»Diesen herrlichen Gesang«, flüsterte sie.

»Ach, die Brandung?«

»Nein.« Sie schüttelte den Kopf. »Du musst genauer hören.«

Aber Ferdinand hörte nur das Meeresrauschen.

»Und?«

Er nickte und tat so, als würde er ebenfalls einer wundervollen Stimme lauschen.

»Findest du nicht auch, dass es sich wie ein Klagelied anhört? Als würde der Fels jeden Millimeter, den er an das Meer verliert, beweinen?«

Ferdinand hätte am liebsten laut aufgelacht. So etwas Verrücktes hatte er noch selten gehört. Aber er kannte Auguste gut genug, um zu wissen, dass sie, wenn sie erst einmal von etwas ergriffen war, die absonderlichsten Ideen entwickeln konnte. Nur zu gut erinnerte er sich noch an einen Opernbesuch, bei dem er alle Mühe hatte, sie nach dem Ende der Vorstellung davon abzuhalten, hinter die Bühne zu eilen, um alle dort anwesenden Frauen vor Don Giovanni zu warnen, der kurz zuvor unter großem Getöse vom Bühnenboden verschluckt worden war. Dass der Anblick dieses Kreidefelsens sie jetzt ebenfalls derart berührte, dass ihre Phantasie mit ihr durchging, konnte ihm eigentlich nur recht sein. Er fasste ihre Hand und drückte sie sanft. »Ich bin froh, dass es dir gefällt.«

»Es ist, als hätten wir die ganze Oper nur für uns allein«, flüsterte sie und legte ihren Kopf an seine Schulter. »Mit einem Bühnenbild wie aus einem Traum.«

»Aber das ist die Wirklichkeit, Auguste, das ist noch viel besser.«

»Die Wirklichkeit bei Nacht«, erwiderte sie, noch immer den Kopf an seine Schulter gelehnt, und schloss die Augen. »Die Wirklichkeit bei Nacht, Ferdinand.«

»Weißt du noch damals in Berlin? Als du auch nicht geglaubt hattest, dass mein Vater jemals seine Zustimmung zu unserer Hochzeit geben würde? Da hatte ich dir auch gesagt, dass du mir nur vertrauen müsstest. Dass sich alles zum Guten wenden würde. Und schließlich hat mein Vater in seiner Borniertheit die Kaufmannstochter doch akzeptiert.«

Sie lächelte. »Und wir haben ein herrliches Leben geführt.«

»Wir führen eines, Auguste. Das war doch erst der Anfang einer langen Reise.«

»Ich wünschte, es würde nie wieder Tag werden.«

»Das hast du damals auch gesagt, in der Kutsche, als ich dich zum ersten Mal nach Hause begleitet habe.«

»Ja?«

»Erinnerst du dich nicht?«

»Sprich weiter, sprich einfach nur weiter«, sagte sie und schmiegte sich noch enger an ihn.

»Ich habe dir versprochen, dass die Tage mit mir ebenso hell erstrahlen werden wie die Nächte.«

»Das stimmt, das haben sie.«

»Und das werden sie wieder, so wahr ich Ferdinand von Salen heiße.« Er schob ihren Kopf sanft von seiner Schulter, griff nach ihren Händen und stellte sich direkt vor sie, während sie langsam ihre Augen öffnete. »Auguste, ich bitte dich. Ich habe dich damals nicht enttäuscht, und ich werde es auch dieses Mal nicht tun. Vertrau mir einfach.«

Ihr war nach Weinen zumute, so schön war es hier. So schön wie schon seit langem nicht mehr. Am liebsten wäre sie ihm um den Hals gefallen und hätte ihn angefleht, sie von hier wegzubringen. Diese Schönheit war kaum zu ertragen angesichts der bitteren Realität. Andererseits wollte sie für immer bleiben. Mit ihm, bei Nacht, diesen Gesang im Ohr, vor diesem weißen Felsen und den Buchen, die wie dunkle Pfeile über den Abgrund ragten.

»Tust du das? Vertraust du mir?«

Damals hatte sie ihm nicht geglaubt. Schließlich war sie eine gerade eben erst volljährig gewordene Kaufmannstochter gewesen und er ein sechsundzwanzigjähriger adliger Offizier. Wie hatte sie da annehmen können, dass er sein Versprechen halten würde. Dass er vorhatte, seinen Militärdienst zu quittieren und eine Stelle bei Siemens & Halske anzunehmen, hatte sie zwar nicht gewusst, aber selbst wenn sie es gewusst hätte, sie hätte stets gedacht, dass zwischen ihnen Welten liegen würden. Und dann hatte er sie doch eines Besseren belehrt, und sie hatten fünfzehn Jahre eine glückliche Ehe geführt. Bis zu jenem Tag, als er den Kaufvertrag für das Gut unterschrieb. Wie sehr sie diesen Tag verfluchte, und jetzt in dieser Nacht war wieder alles wie früher.

»Auguste, bitte.«

Sie nickte, aber sie brachte ein »Ich vertraue dir« nicht

über die Lippen. Dabei wäre ihr in diesem Moment nichts lieber gewesen, als diese Worte leichten Herzens aussprechen zu können. Wie befreiend sie gewesen wären, wie viel Last sie von ihr genommen hätten, das ahnte sie. Aber außer dieser Nacht und Alwines Gesang am Morgen schien alles gegen ihn zu sprechen – das Gut, der alles durchdringende Stallgeruch, Mehrich mit seinem Hochmut, die anderen in ihrer Plumpheit, das Land, das nichts als Dreck hinterließ, überhaupt diese ganze Einöde.

»Versprich mir, dass wir so oft wie möglich diesen nächtlichen Ausflug wiederholen werden«, sagte sie. Und nach einem Moment des Schweigens, in dem er ihren Kopf in beide Hände genommen und sie wie früher geküsst hatte, fügte sie leise hinzu: »Dann werde ich versuchen mich mit einem Leben auf Blietzow anzufreunden.«

7

Mehr als einmal musste Kahnick in den folgenden Jahren den Einspänner richten. In den ersten Monaten fast jede Woche, danach nur noch in den Nächten vor Beginn der großen Ernte. Das erste Mal, weil Ferdinand vor Aufregung nicht hatte schlafen können, das zweite Mal, weil die erste Ernte ein voller Erfolg gewesen war und er auf Wiederholung hoffte, das dritte Mal aus Tradition. Anfangs wäre Auguste am liebsten jede Nacht mit Ferdinand zum Königsstuhl geflohen, doch mit der Zeit und nach einigen Veränderungen wurden diese Fluchten weniger dringlich.

Gleich nachdem sie Marta eingestellt hatten, hatte Auguste damit begonnen das Haus nach ihren Vorstellungen umzugestalten. Statt der Jagdtrophäen, die nun in einem Schuppen lagerten, hingen in der Eingangshalle persische Teppiche an den Wänden. Den Tisch im Salon hatte sie Ferdinand zuliebe stehenlassen, dafür aber die dunkle Tapete durch eine helle goldfaserige ersetzt. Im Kaminzimmer war die düstere Holzvertäfelung einer tiefroten seidenen Wandbespannung gewichen. Zu ihrer eigenen Überraschung hatte die größte Veränderung ihr Musikzimmer erfahren. Es lag jetzt direkt unter dem Giebel und verfügte über das einzige ovale Fenster.

Jahrelang hatte Mehrich seine Sachen darin aufbewahrt, so dass das Zimmer für Auguste nur ein weiterer kalter, dunkler Raum gewesen war. Als er es nach zahlreichen Ermahnungen endlich leer geräumt hatte, traute sie ihren Augen kaum. Es besaß als einziges Zimmer im Haus einen unverstellten Blick aufs Wasser. Keine Ställe, keine Maschinen, keine Tiere versperrten die Sicht. Stattdessen sah sie, wie sich frühmorgendlicher Dunst über die wogenden Felder und Wiesen stülpte, wie die See in diesem Licht verschwand und wie Kap Arkona, bestrahlt von der ersten Sonne, einem Lichtball gleich über der Landzunge schwebte.

Diesen ersten Blick aus dem kleinen Dachfenster verglich sie später gerne mit ihrer ersten Nacht am Königsstuhl. Damals aber war ihr, als hätte jemand den Vorhang zu einer traumschönen Kulisse geöffnet, die sie nur mit Musik füllen musste. Im Nu hatte sie den Raum goldgelbfarben gestrichen, das Grammophon nach oben gebracht und die moosgrüne Récamiere so gestellt, dass sie von dort über die Tromper Wiek bis zum Kap Arkona sehen konnte.

Mit dem Wissen um diese Fluchtburg inmitten von Dung, Rüben, Kartoffeln, Schweinen und Gänsen fand sie langsam Gefallen an ihrem Leben auf Blietzow. Was nicht hieß, dass sie, wenn Ferdinand beschlossen hätte, sein Landwirtleben aufzugeben und zurück nach Berlin zu gehen, nicht sofort mit ihm gefahren wäre, aber an manchen Tagen konnte es jetzt sogar passieren, dass sie morgens das Fenster aufstieß, ihre Augen schloss, die Seeluft aufsog, sich langsam zu Ferdinand umdrehte und ihm zuraunte: »Was für ein herrlicher Tag heute. Ich werde nach Lohme fahren und ein Bad nehmen.« Oder aber sie sagte: »Ein Tag wie eine Feier. Heute sattle ich die Lene und begleite Alwine nach Bobbin.« Oder: »Marta kann sich heute um das Silber kümmern. Ich werde mir den Wind um die Nase wehen lassen und am Bahnhof von Sagard die Bestellungen in Empfang nehmen. Anton wird mich kutschieren.« Wenn sie allerdings die Vorhänge zurückzog und schwieg, wusste Ferdinand, dass sie an diesem Tag Marta freie Hand lassen und für den Rest des Tages in ihrem Refugium verschwinden würde.

Ferdinand war alles recht, solange sie nur ihr gemeinsames Leben auf Blietzow nicht mehr in Frage stellte. Schließlich hatte er alle Hände voll zu tun. Noch immer besaß das Gut keinen Anschluss an die Kleinspurbahn, so dass er seine Ernte mühsam über Sagard oder per Schiff verladen musste. Und das, obwohl er bereits zweimal unmittelbar vor einem Vertragsabschluss mit der Betreibergesellschaft gestanden hatte. Mittlerweile glaubte er, dass der Fürst zu Putbus seine Pläne torpedierte. Er hätte auf einen Teil seines Jagdreviers verzichten müssen, das exakt in die von seinem Großvater markierte Grenzlinie fiel.

Momentan hatte er jedoch ganz andere Sorgen. Nach dem Abschluss der Landwirtschaftsschule beanspruchte Viktor einen Platz auf dem Gut. Zurzeit noch als rechte Hand von Mehrich tätig, hatte er schon mehr als einmal darauf gedrängt, die Stelle des Verwalters einnehmen zu wollen. Was in Ferdinands Augen gleichbedeutend war mit der Drohung, sich das ganze Gut unter den Nagel zu reißen.

Auf Mehrich konnte er jedenfalls nicht verzichten. Ihm hatte er schließlich einen lukrativen Vertrag mit der Zuckerrübenfabrik in Stralsund zu verdanken und, was fast noch wichtiger war, die billigsten Saisonarbeiter auf ganz Rügen. Jahr für Jahr verstand es Paul Mehrich, polnische Arbeiter zur Erntezeit für einen Spottpreis nach Blietzow zu locken. »Beziehungen«, antwortete er schulterzuckend, wenn Ferdinand ihn fragte, wie er es wieder geschafft habe, so viel Geld einzusparen.

Und an Beziehungen mangelte es ihm nach wie vor, dachte er, während er in seinem Arbeitszimmer über den Abschlussbilanzen für das Jahr 1911 saß. Zwar hatte er den Ortsvorsteher von Lohme mittlerweile besser kennengelernt, auch den Landrat traf er hin und wieder, aber von einem Vertrauensverhältnis konnte man deswegen noch lange nicht sprechen. Auch war er seit einem Jahr Mitglied des Provinzialverbands, in der Hoffnung, auf diesem Wege endlich zu seiner Kleinspurbahn zu kommen. Und natürlich war er in Kontakt mit den Kollegen des Landbunds. Das alles war wichtig, um die Stellung des Guts innerhalb Pommerns zu festigen, weniger allerdings für das tägliche Geschäft. Da war Mehrich nach wie vor unersetzlich. Das hatte er Viktor schon zigmal gesagt, aber der wollte davon nichts wissen.

Erst beim gemeinsamen Abendessen hatte er wieder davon angefangen. Wie er es nur zulassen könne, dass sich »dieser Mehrich« allen Neuerungen verweigere, dessen altertümliche Vorstellung von Landwirtschaft sei längst überholt, moderne Maschinen seien das A und O für ein erfolgreiches Gut. Mehrich wirtschafte wie im Mittelalter. Es war seine ewige Leier.

Mittelalter? Ferdinand rümpfte die Nase. Viktor hatte wirklich keine Ahnung, auch wenn die Vorwürfe mehr an ihm nagten, als ihm eigentlich lieb war. Aber er konnte sich doch kein eigenes Kraftwerk bauen, wie es Viktor bei einem Rittergutsbesitzer in Ostpreußen gesehen hatte. Sicher, die Erträge waren gut. Wenn das so weiterging, würde er in vier Jahren, spätestens 1918, den Kaufpreis für das Gut erwirtschaftet haben. Aber ein Kraftwerk? Nur um noch teurere Maschinen anzuschaffen? Das Risiko war einfach zu groß. Immerhin besaßen sie bereits einen Dampfpflug und seit zwei Jahren auch eine dampfbetriebene Dreschmaschine.

»Vater«, Luise steckte den Kopf ins Zimmer, »darf ich kurz stören?«

»Nimm Platz«, sagte er, froh über jede Ablenkung, und zeigte auf den Stuhl vor seinem Schreibtisch, dem einzigen Erbstück seines Großvaters, das er vor dem Vernichtungswahn seines Vaters hatte retten können. Sein langes Leben sah man dem Stück mittlerweile deutlich an. Risse durchzogen das braune Leder, das Holz hatte seinen Glanz verloren, die gepolsterten Armlehnen waren abgeschabt, aber er liebte den Stuhl so, wie er war. Und an Stabilität schien er über all die Jahre nichts eingebüßt zu haben. Luises energische Art, sich zu setzen, überstand er jedenfalls schadlos.

»Euer Streit vorhin, zwischen dir und Viktor«, begann sie vorsichtig, wohl wissend, dass sie sich auf heiklem Terrain bewegte. »Ich versteh ja, dass du dich ärgerst, wenn er so redet, aber …«

»Sag bloß, du bist gekommen, um mir zum Kauf der neuesten Dresch-, Drill- und Düngerstreumaschinen zu raten?«, fragte er belustigt.

»Nein, ich habe einen besseren Vorschlag«, sagte sie selbstbewusst, während sie sich eine Strähne aus dem Gesicht strich. Seit einiger Zeit band sie ihr langes fast tiefschwarzes Haar am Morgen nur noch flüchtig, so dass es am Abend kaum noch zusammenhielt.

»Da bin ich aber mal gespannt«, erwiderte Ferdinand und ließ Luise dabei nicht aus den Augen.

»In den letzten beiden Jahren habe ich doch bei der Ernte geholfen.«

Er nickte.
»Und du weißt, wie viel Spaß ich dabei hatte.«
Er nickte erneut.
»Und du weißt, dass du immer auf mich zählen kannst. Ich meine, wirklich immer.«
»Ja?«
»Wenn es sein muss, kann ich richtig anpacken. Sogar Mehrich kam neulich nicht umhin, mir ein Kompliment zu machen, als ich Jakob geholfen habe, den Dung auf den Rübenfeldern auszubringen.«
»Luise, worauf willst du hinaus?«
»Ich dachte, vielleicht ist es besser, wenn zwei deiner Kinder eine ordentliche Landwirtschaftsausbildung durchlaufen«, sagte sie und gab sich Mühe, seinem Blick standzuhalten. Beinahe hätte sie noch hinzugefügt, damit du nicht immer zwischen Viktor und Mehrich stehst, schwieg aber lieber. Sie wollte auf keinen Fall, dass er sich angegriffen fühlte.
»Du weißt doch, dass Antons Behinderung das nicht zulässt. Außerdem scheint er mir mit seiner Arbeit bei Kahnick recht zufrieden zu sein.«
»Ja, Pferde sind seine ganze Leidenschaft«, sagte sie und hätte normalerweise zufrieden gelächelt, jetzt aber ging es um sie, da durfte sie keine Schwäche zeigen. »Aber ich spreche ja auch nicht von Anton, sondern von mir.«
»Du, Luise? Du möchtest die Landwirtschaftsschule besuchen?« Seiner Stimme war deutlich anzuhören, dass er im Traum nicht an diese Möglichkeit gedacht hätte. »Du meinst sicherlich die landwirtschaftlichen Haushaltungsschulen?«
Luise schüttelte den Kopf. »Ich habe mich erkundigt. Im

nächsten Winter, von November bis März, werden wieder Wanderlehrer nach Sagard und Bergen kommen. Jakob wird deren Vorträge besuchen. Und Frauen sind dort nicht ausdrücklich ausgeschlossen. Das heißt, ich könnte ebenfalls dorthin. Natürlich nur, wenn du einverstanden bist«, fügte sie eilig hinzu.

Ferdinand war sprachlos. Da hatte er stets geglaubt, seine Tochter sei noch immer das kleine Mädchen, das er vor mehr als vier Jahren von Berlin nach Rügen mitgenommen hatte, und jetzt musste er sich eines Besseren belehren lassen. Zwar hatten ihn andere Gutsbesitzer schon oft darauf hingewiesen, was für eine schöne junge Frau aus ihr geworden sei, nicht ohne die Namen ihrer Söhne zu erwähnen, für ihn war sie dennoch immer sein »Luischen« geblieben. Aber jetzt, da sie mit diesem ernsten Gesichtsausdruck vor ihm saß und wie eine Erwachsene zu ihm sprach, blieb auch ihm ihre Anmut nicht verborgen. Ihr ungewöhnlich heller Teint schimmerte wie Elfenbein unter dem dunklen Haar. »Was hat eigentlich Jakob Mehrich damit zu tun?«, fragte er wie aus heiterem Himmel.

»Nichts.« Luise sah ihren Vater verwundert an.

»Neulich mit Jakob ..., Jakob geht zu den Vorträgen ... Ein bisschen viel Jakob, findest du nicht?«

»Wir verstehen uns einfach gut«, antwortete sie so beiläufig wie möglich. Nach dem ersten Schlachtfest hatte sie zwar noch gedacht, er sei nicht besser als seine Schwester, doch das hatte sich rasch geändert. Kaum einen Monat später bot er sich ihr als Reitlehrer an, und weil er ihre Bedingung, auch Anton zu unterrichten, klaglos akzeptierte, mochte sie ihn von diesem Augenblick an. Seitdem waren sie Freunde. Mit ihrem Wunsch, eine richtige Landwirtin zu werden, hatte er aber nichts zu tun. Außerdem, was konnte sie dafür, wenn er mittlerweile der Einzige war, mit dem sie reden konnte? Auguste hatte ja nur das Haus und Marta und Alwines Gesang im Kopf, Anton seine Pferde und sein steifes Bein, und Viktor war ebenso besessen von seinen Maschinen wie Ferdinand von seinem Bahnanschluss.

»Hat er dir das eingeflüstert?« Ferdinands Stimme klang schroffer, als er es eigentlich beabsichtigt hatte. Es war ja gar nicht so, dass er Luises Idee abwegig fand. Jakob also, dachte er und spürte, wie ihn eine Welle von Eifersucht ergriff. Kein Wunder bei diesen blauen Augen. Die hatte sie von seinem Großvater. Und der musste ein Frauenheld gewesen sein, schlimmer als Casanova, zumindest seinen Erzählungen nach.

»Natürlich nicht.« Luise setzte sich jetzt kerzengerade hin. »Ich habe nur darüber nachgedacht, wie wir es alle gemeinsam schaffen können, ein friedliches Auskommen auf Gut Blietzow zu finden. Und was Besseres, als dass ich mir ebenfalls landwirtschaftliche Kenntnisse aneigne, die sowohl vor unserem lieben Inspektor als auch vor Viktor Bestand haben werden, ist mir nicht eingefallen.«

Ferdinand lachte laut auf. »Du willst die beiden also in ihre Schranken weisen?«

Ja, natürlich, hätte sie am liebsten aufgeschrien, du kannst es ja nicht, du hast ja keine landwirtschaftliche Ausbildung. Stattdessen aber sagte sie: »Ich möchte lediglich für eine dritte kompetente Meinung sorgen. Vielleicht gibt es dadurch weniger Streitereien.«

Wie klug seine Tochter war. Sein stolzer Blick traf ihr ernstes Gesicht. Dass er nicht selbst darauf gekommen war. Immer dieses Gezeter mit Viktor und dann die Beschwerden von

Mehrich, ewig würde das nicht gutgehen. Er besaß zwar das letzte Wort, aber was war das schon wert, wenn er immer gezwungen war, sich auf die Urteile der beiden Streithähne zu verlassen? Was er brauchte, war ein Mittler oder eben eine Mittlerin. »Weißt du, Luise«, sagte er und tat so, als dächte er nach, »wenn ich ehrlich bin, habe ich mich auch schon gefragt, ob du nicht vielleicht ... Na ja.« Ferdinand kratzte sich am Bart, während er seinen Kopf bedächtig hin und her wiegte. »Ich meine, es ist mir natürlich nicht entgangen, wie eifrig du auf dem Gut mithilfst.«

»Also ja?« Luise sah ihn mit strahlenden Augen an.

»Warum nicht«, antwortete er schulterzuckend. »Schaden tut's sicherlich nicht.«

»Bestimmt nicht«, sagte Luise lachend und sprang auf. »Ich hatte gehofft, dass du bemerkt haben würdest, wie sehr ich das alles hier liebe, Blietzow und Jasmund und überhaupt diese Insel. Genauso sehr wie du«, fügte sie hinzu und drückte ihm zwei Küsse auf die Wangen. Dass er vorgab, selbst schon mit dem Gedanken gespielt zu haben, sie stärker in das Gut einzubinden, störte sie nicht im Geringsten, im Gegenteil. Je mehr er glaubte, es sei seine Idee gewesen, desto selbstverständlicher würde sie auch vor Mehrich und Viktor bestehen können.

»Du bist eben eine echte von Salen«, sagte er stolz und musterte sie erneut von Kopf bis Fuß. Diese Leidenschaft für das Gut, die hatte sie von ihm. Und ihren schlauen Kopf. Die anderen hatten wirklich recht, sie war die schönste Gutsbesitzertochter auf der ganzen Insel. In Zukunft würde er ein Auge auf sie haben müssen, dachte er, während sie ihm den Rücken kehrte und mit tänzelnden Schritten das Zimmer verließ.

8

Schon am frühen Morgen hatte sich der Himmel in strahlendem Blau gezeigt. Und jetzt, da sich die Sonne ihren Weg über die Kreideküste und den Buchenwald gebahnt hatte, lag auch Blietzow in hellem Sonnenschein. Bereits um neun Uhr war es so warm, dass Auguste am liebsten ihre Korsage aufgeschnürt hätte. Allein der Gedanke, noch bis zum späten Abend in dieses Kleid gezwängt zu sein, ließ sie in Schweiß ausbrechen. Doch der 23. Juni 1912 war ein besonderer Tag, und nicht einen Moment war sie ernsthaft versucht, sich im Schatten der Apfelbäume über die Tromper Wiek hinaus auf die See zu träumen, wie sie es an anderen heißen Sonntagen gerne tat. An diesem Sommertag fand das Lohmer Hafenfest statt, und alle hatten sich seit Wochen auf dieses Fest gefreut. Zuallererst die Lohmer Fischer, die stolz darauf waren, seit drei Jahren endlich über einen eigenen Hafen zu verfügen, und die zu diesem Anlass ihre Boote festlich schmückten. Auch der Ortsvorsteher und die Hotelbetreiber ließen sich nicht lumpen. Es gab Kaffee und Kuchen und Bockwürste und Bier umsonst, was die Feriengäste veranlasste, jedes Jahr zahlreicher nach Lohme zu kommen. Und selbst Auguste hatte diesem Tag entgegengefiebert, diesem, wie sie sagte, »bedeutenden Tag für unsere kleine Künstlerin«. Alwine, die jüngste Tochter der Mehrichs, deren Gesangstalent Auguste seit Jahren förderte, sollte zum Höhepunkt des Abends das *Ave Maria* singen.

Dass sie Alwine angeboten hatte, in der Kutsche der von Salens mitzufahren, war für Auguste daher selbstverständlich. Dass aber auch Alma und Ella Mehrich neben Alwine Platz nehmen würden, hatte sie nicht eingeplant. In ihre schönsten Kleider gepresst, belegten sie den Platz, der eigentlich für Luise bestimmt gewesen war. Weder Ferdinand noch Auguste war darüber glücklich, aber keiner von beiden brachte es übers Herz, einer der Mehrich-Damen die Kutschfahrt zu verweigern.

Als Anton sich gerade bereit erklären wollte, seinen Platz auf dem Kutschbock für Luise zu räumen und stattdessen nach Lohme zu reiten, reagierte Jakob blitzschnell. Ohne etwas zu sagen, griff er nach Luises Arm und hob sie zu sich aufs Pferd.

Und da saß sie nun, noch immer leicht verdattert, und klammerte sich an ihm fest. Denn kaum waren sie ein paar Schritte hinter der Kutsche hergetrabt und damit auch hinter Ellas grimmigem Gesicht, hatte er dem Pferd die Sporen gegeben und war an der Festgesellschaft vorbeigerauscht. Luise war so erschrocken gewesen, dass sie Mühe gehabt hatte, nicht vom Pferd zu fallen.

Felder mit grünem Klee flogen an ihnen vorüber, Weizen, Roggen, eine Weide mit träge grasenden Kühen und immer wieder Kornblumen, die sich wie ein blaues Band den steinigen Weg entlangzogen.

Jakob wählte nicht den direkten Weg, sondern ritt Richtung Blandow und bog dann nach rechts zum Ufer ab. Erst als sie die Küste mit ihren efeuumrankten Bäumen erreicht hatten, verlangsamte er das Tempo.

»Herrlich, oder?« Er drehte sich zu ihr um und musste unwillkürlich schmunzeln. Luise sah aus wie jemand, der versehentlich der Dreschmaschine zu nahe gekommen war. Ihr Haar stand nach allen Seiten ab, ihr Gesicht war knallrot, Schweiß rann ihr die Schläfen entlang, und durch ihren weit geöffneten Mund rang sie nach Luft.

»Ja«, keuchte sie. Sie war zwar selbst eine gute Reiterin, aber in einem Kleid, im Damensitz, ohne Sattel, im Galopp hinter einem Mann sitzend durch die Landschaft zu fliegen war eine Erfahrung, die sie so noch nicht gemacht hatte. »Es wäre allerdings nett«, japste sie, »du könntest mich das nächste Mal warnen, wenn du wieder vorhast, Umwege zu nehmen und dabei abzuheben.«

Er lachte. »Ganz wie du möchtest.«

Eine Weile ritten sie schweigend am Ufer entlang. Gemächlich plätscherte die glitzernde See gegen den steinernen Strand, während Luise langsam wieder zu Atem kam.

»Was klappert da eigentlich die ganze Zeit?«, fragte Jakob unvermittelt. »Hab ich dir etwa Angst eingejagt?«

Jetzt war es Luise, die lachte. »Keine Sorge, das sind nicht meine Zähne.«

»Aber das hört sich an, als käme es von dir.«

»Warte.« Sie kramte in ihrer Rocktasche und fischte ein Stoffsäckchen hervor. »Meine Glücksbringer«, sagte sie und hielt ihm das Säckchen vor die Nase. »Kleine Hühnergötter, alle unten am Strand von Lohme gesammelt.«

»Und die trägst du immer mit dir herum?«

»Ich liebe diesen scheppernden Klang«, entgegnete sie und schüttelte das Säckchen. »Hört sich an, als ob das Meer dagegenbranden würde.«

»Aha.«

»Und wenn man das Säckchen knetet und dabei die Augen schließt, glaubt man am Strand zu sein.«

Jakob zog an den Zügeln und brachte das Pferd zum Stehen. »Aber du kannst doch jederzeit an den Strand gehen, wenn du möchtest«, sagte er verständnislos, nachdem er sich erneut zu ihr umgedreht hatte.

»Das ist nicht das Gleiche. Manchmal ist es einfach schöner, sich nur zu erinnern. Aber eigentlich geht es nur darum, dass ich etwas bei mir habe, woran mein Herz hängt. Es ist, als würde ich ganz Jasmund mit mir tragen.«

Er sah sie noch immer verständnislos an.

»Ist nicht so wichtig, du musst das nicht verstehen«, erklärte sie und steckte das Säckchen wieder ein.

»Würde ich aber gern.«

»Vielleicht kannst du es ja erst, wenn du einmal von hier weggehst«, sagte sie spontan und ertappte sich dabei, wie sie der Gedanke traurig stimmte. Sie hatte vorher nie darüber nachgedacht, doch vielleicht war dies genau der Grund, warum sie so an den Steinen hing. Damals, als sie Berlin verlassen musste, hatte sie jedenfalls nichts dergleichen mitgenommen, und ihr altes Leben war in Windeseile zu einem kaum mehr fassbaren Traum verblasst. Aber vielleicht war sie da auch nur zu jung gewesen. Jetzt war sie achtzehn, und ihr Blick aufs Leben war ernsthafter geworden.

»Weggehen? Ich?« Jakob schüttelte den Kopf. »Niemals.«

Sie lachte erleichtert. »Natürlich nicht. Warum auch?«

»Eben. Hier ist alles, was ich brauche«, sagte er entschieden und berührte dabei wie zufällig Luises Arm.

Mit einem Schlag war es, als wären sie beide erstarrt.

Da hatte sich Luise die ganze Zeit über an Jakobs Hüften festgehalten, hatte sich im Rhythmus seines Körpers bewegt, hatte geschwitzt, gelacht, geflucht und nicht einen Moment daran gedacht, dass sie eine Frau war und er ein Mann, und jetzt brachte sie diese flüchtige, ja, beiläufige

Berührung derart aus dem Tritt, dass sie den Atem anhielt und mit weit aufgerissenen Augen in Jakobs nicht minder erregtes Gesicht starrte.
Verunsichert zog Jakob ein Taschentuch aus seiner Hose und wischte sich den Schweiß von der Stirn. Luise lächelte jetzt, wusste aber ebenso wenig wie er, was sie tun oder sagen sollte.
»Ich glaube, wir müssen weiter«, meinte sie schließlich, nachdem die Stille zwischen ihnen für ihr Gefühl schreiend laut geworden war.
»Ja, natürlich«, sagte er mit einer Stimme, die von weit her zu kommen schien, während er seinen Blick nicht von ihr nahm.
»Jakob«, flüsterte sie, nachdem wieder etwas Zeit verstrichen war, »bist du noch da?«
Er nickte, bevor er sich wie in Trance umdrehte und dem Pferd Zeichen gab, dass es weiterging. Im Schritttempo ritten sie den schmalen Weg entlang.
Nicht nur, dass Luise noch immer nicht wusste, was sie sagen sollte, sie wagte es auch kaum mehr, sich an ihm festzuhalten. Jede Berührung war jetzt unweigerlich mit einer Erschütterung verbunden, die sie bis in die Zehenspitzen durchwehte.
Plötzlich zog Jakob so kräftig an den Zügeln, dass Luise gegen seinen Rücken prallte.
»Entschuldige«, murmelte er, während er regungslos sitzen blieb, seinen Blick stur den Küstenpfad entlang gerichtet.
»Was ist?«, fragte Luise nach einer Weile verunsichert, da er sich auch weiterhin nicht rührte. Alles schien jetzt möglich zu sein, dass er sich zu ihr umdrehte, nach ihrer Hand griff, in ihr Haar fasste, über ihre Schenkel strich oder sie

bitten würde, den Rest des Weges zu Fuß zu gehen, weil sie ihm zu nahe gekommen war. »Soll ich absteigen?«
Jakob nickte.
Ohne etwas zu sagen, ließ sich Luise nach unten gleiten. Der Weg war hier so eng, dass sie unweigerlich in den efeuumrankten Büschen landete. Trotz ihres Bemühens, eine Stelle zu erwischen, die weniger verwildert aussah, verfing sich ihr bodenlanges Kleid in den Ästen. Ihr Versuch, sich mit einem beherzten Schritt zu befreien, scheiterte kläglich. Sie verlor den Halt und fiel in das spitze Gestrüpp. Es ging alles so schnell, dass sie noch nicht einmal aufschrie und ihre missliche Lage erst erkannte, als Jakob bereits neben ihr kniete und sie mit besorgtem Blick ansah.
Wie sie so dalag, Efeuranken in ihrem zerzausten Haar, das sonnengelbe Kleid zwischen den Zweigen verhakt, sah sie nicht gerade aus wie eine der betörend schönen Sagengestalten, von denen es auf Rügen so viele gab, aber genau die glaubte Jakob in diesem Moment in ihr zu sehen.
»Hast du dir weh getan?«, fragte er, während er versuchte ihr Kleid aus dem störrischen Buschwerk zu befreien.
Luise kicherte. Dass sie nicht losprustete, war nur Jakobs ernstem Gesicht geschuldet. »Ich glaube«, sagte sie und begutachtete dabei ihre Hände, deren Innenflächen mit blassroten Striemen durchzogen waren, »es ist nicht annähernd so schlimm wie die Blasen, die du vom Mähen bekommst.«
»Sicher?« Sein Blick verriet noch immer Besorgnis.
»Keine Sorge, es ist nichts passiert. Na ja, fast«, erwiderte sie noch immer kichernd, da sie gerade vergeblich versuchte sich aufzurichten. Nirgendwo fand sie eine Möglichkeit, sich abzustützen, und das Gestrüpp in ihrem Rücken hielt sie ebenfalls fest. »Und das alles am großen Tag deiner Schwes-

ter. Das nenn ich mal eine schöne Bescherung«, sagte sie, nicht ahnend, dass ihr Sturz nichts war gegen das, was sie noch erwarten würde. »Reichst du mir mal deine Hände?«

Jakob zögerte.

»Bitte. Ich schaff es sonst nicht.«

Erst vorsichtig, dann immer kräftiger umfasste er ihre Handgelenke und zog sie hoch, bis sie aufrecht zwischen all den Ästen und Zweigen und Blättern saß und wieder zu kichern begann.

»Du hast noch Efeu im Haar«, erklärte er und dachte, dass er noch nie etwas so Schönes gesehen hatte wie diesen Blätterschmuck in diesem Haar. Aber er wagte es nicht, ihr das zu sagen, und so zog er stattdessen an der Ranke, die sich so sehr in Luises langem Haar verbissen hatte, dass er ihr dabei versehentlich ein kleines Haarbüschel mit ausriss.

»Au!« Luise griff sich unwillkürlich an den Kopf.

»Entschuldige.« Jakobs Gesicht, vor Aufregung und Hitze ohnehin schon rot, wurde schlagartig noch röter.

»Nicht weiter schlimm«, beeilte sie sich zu sagen. Jakob so verlegen zu sehen war ihr unangenehm. Ob sie jetzt einfach nach seiner Hand greifen sollte und abwarten, was passierte? Er war schüchtern wie nie, aber sie traute sich nicht. »Warum hast du vorhin eigentlich so abrupt angehalten?«, fragte sie, in der Hoffnung, er würde endlich wieder der, den sie kannte, und eben doch ein anderer, einer, der wie sie auch atemlos darauf hoffte, dass sie sich endlich ganz nah sein würden.

Schweiß stand ihm auf der Stirn, und sein sonst wild gelocktes fast schwerelos wirkendes blondes Haar klebte ihm am Kopf. »Komm, ich helfe dir erst einmal aus diesem Gefängnis heraus.«

Luise sah ihn eindringlich an. Hatte sie sich womöglich getäuscht? Hatte nur sie diese Erregung gespürt? Erneut durchfuhr sie ein Schauer. Wie rot seine Wangen noch immer waren, so rot, dass sein Gesicht an diesem schattigen Ort hell erleuchtet zu sein schien. Sie nahm all ihren Mut zusammen. »Du wolltest mir vorhin doch bestimmt etwas sagen. Ich meine, warum sonst hast du so plötzlich an den Zügeln gezogen? Ich würde es wirklich gerne wissen«, fügte sie leise hinzu.

»Du willst es wirklich wissen?«

Sie nickte.

»Wirklich?«

»Wirklich«, antwortete sie lächelnd.

Jakob biss sich auf die Lippe. Sie so lächeln zu sehen brachte ihn schier um den Verstand. Diese Grübchen, diese meerblauen Augen, diese vollen Lippen, die zuckten und bebten, als risse sie gleich eine Böe davon. Aber sie war doch die Tochter des Gutsbesitzers. Des Gutsbesitzers, von dem sein Vater noch immer sagte, dass er von Ackerbau so viel Ahnung habe wie er selbst von der kaiserlichen Flottenpolitik und dass er mit seiner Familie bestimmt nicht mehr lange auf Rügen bleibe. Er, Jakob Mehrich, der Sohn des Inspektors, konnte doch unmöglich diese Gutsbesitzertochter lieben. Andererseits war sie die schönste Frau, die er kannte, schöner als jedes Mädchen, dem er bislang begegnet war, schöner sogar als die Tochter des Schulmeisters, die früher alle Blicke auf sich gezogen hatte. Er musste es einfach wagen. Er würde es sich nie verzeihen, wenn er diese Gelegenheit verstreichen ließe. Die Vorstellung, sie vielleicht an einen dieser Gutsbesitzersöhne zu verlieren, die jetzt neuerdings immer öfter zu Besuch nach Blietzow kamen, ließ ihn endgültig alle Zweifel beiseiteschieben. »Du glaubst ja gar nicht, wie froh ich bin, dass du damals nach Rügen gekommen bist«, sagte er.

»Deswegen hast du angehalten, um mir das zu sagen?«, rutschte es Luise heraus, und zu ihrem Leidwesen war ihr die Enttäuschung deutlicher anzuhören, als sie beabsichtigt hatte. Dass sie sich gut verstanden, war ja kein Geheimnis mehr, aber jetzt ging es doch um etwas ganz anderes. Merkte er das denn nicht? Luise spürte, wie sie sich verkrampfte. Gleich würde sie aufstehen und so tun, als wäre nie etwas geschehen. Nicht, dass er sich noch etwas darauf einbildete, sie abgewiesen zu haben.

Jakob, der so sehr damit beschäftigt war, die richtigen Worte zu finden, hatte Luises stillen Rückzug nicht bemerkt. Hätte er gesehen, wie steif sie plötzlich vor ihm saß, wie angespannt ihre Gesichtszüge waren, er hätte geschwiegen. So aber fuhr er unbeirrt fort. »Weißt du, Luise, du hast mir doch von deinem Steinsäckchen erzählt und davon, welche Bedeutung es für dich hat. Und als wir vorhin an dieser friedlichen Küste entlanggeritten sind, kam mir plötzlich diese unglaubliche Erkenntnis. Plötzlich wusste ich, dass ich immer etwas von dir mitnehmen würde.«

Luises ganze Anspannung löste sich mit einem Mal. Ihr war, als würde in ihr eine stürmische See toben. Alles zitterte, ihre Hände, ihre Lippen, ihre Lider, selbst das Gestrüpp unter ihren Beinen. »Du hast es also doch auch gespürt?«, fragte sie leise.

»Ich spüre es schon lange«, sagte er, griff ohne zu zögern in ihr Haar und küsste sie – ganz selbstverständlich und doch mit all der Vorsicht, der Angst, dem Ungestüm eines ersten Kusses.

9

Als sie mit reichlich Verspätung in Lohme eintrafen, war das Fischerfest bereits in vollem Gange. Sommergäste wie Einheimische waren auf dem Weg zum Hafen, in den gerade mit Kornblumen und Blättergirlanden festlich geschmückte Boote einfuhren. Zur Begrüßung spielte eine Kapelle alte Seemannslieder.

Auf dem mit Abstand größten und schönsten Boot stand Auguste an der Reling, ihren Arm um Alwines Schulter gelegt. Daneben starrte Anton unbeteiligt ins Leere. Vom Kopf der steilen Treppe aus, die hinunter in den Hafen führte, konnte Luise außerdem Viktor, ihren Vater, den Rest der Mehrich-Sippschaft und den Ortsvorsteher Hagemann erkennen. Und dann waren da noch drei weitere Männer, von denen sich später herausstellen würde, dass der eine in Neddesitz ein Kreidewerk besaß, der andere ein Gut auf Wittow und der dritte ein Provinzialverbandsvertreter war, den Ferdinand eingeladen hatte.

Luise und Jakob schlängelten sich durch die Menschenmasse die Treppe hinunter, immer darauf bedacht, sich so nah zu sein, dass sich ihre Hände wie zufällig berührten.

Wie durch ein Wunder hatte Luises Kleid den Sturz beinahe unbeschadet überstanden. Zwar zog sich an der linken Seite ein schmaler Riss von der Taille bis hinunter zum Saum, doch der Rock war so weit geschnitten, dass ihn jede Bewegung nahezu unsichtbar machte.

Ein Boot nach dem anderen erreichte jetzt den Hafen, und auf allen zeigte sich das gleiche Bild – lachende, von der Sonne gebräunte Ausflügler, die von der Wucht des Königsstuhls noch immer sichtlich beeindruckt waren. Wie jedes Jahr stand auch in diesem Jahr ein Ausflug zum Kreidefelsen auf dem Festprogramm, und einmal mehr hatte er sich aus den zumeist nussschalengroßen Booten von seiner furchteinflößenden Seite gezeigt.

»Stell dir vor, es hätten sich Felsbrocken gelöst. Wir waren doch nichts weiter als Ameisen«, hörte Luise eine Urlauberin ihrem Begleiter zuraunen, an den sie sich klammerte wie an einen Rettungsring, als würde sie fürchten, der Fels könne sie auch noch in Lohme zermalmen.

Luise schmunzelte. Ganz offensichtlich war es das erste Fischerfest für die beiden. Für sie war es das vierte, aber sie erinnerte sich noch gut an ihre erste Fahrt zum Kreidefelsen. Um den Königsstuhl in seiner vollen Pracht zu sehen, musste sie ihren Kopf so weit in den Nacken legen, dass ihr noch am Abend schwindlig gewesen war.

Fast zeitgleich mit dem Boot der von Salens erreichten Luise und Jakob den Steg. Auguste winkte ihnen zu. »Kommt rauf. Wir warten hier oben noch ein wenig, bis sich der ganze Trubel etwas beruhigt hat.«

Wie es schien, hatte sie sich keine Sorgen gemacht, jedenfalls stellte sie keine Fragen. Ihre ganze Aufmerksamkeit galt an diesem Tag ohnehin Alwine, was Luise nur recht war. Auch ihr Vater schien ihre Abwesenheit nicht weiter bemerkt zu haben. Bei ihrem Eintreffen redete er im Beisein von Viktor gerade lautstark auf den Vertreter des Provinzialverbands ein und nickte ihr nur flüchtig zu. Mehrich stand mit Hagemann und den beiden anderen Herren etwas abseits am Bug des Schiffs. Alle vier steckten ihre Köpfe so eng zusammen, dass man meinen konnte, sie hätten etwas Geheimes zu besprechen. Als Luise sich gerade darüber wun-

dern wollte, machten zwei von ihnen einen Schritt zurück, so dass die Gruppe wieder aussah wie jede andere auch, die einfach nur das schöne Wetter und den freien Tag genoss.
Viel Zeit für derartige Überlegungen blieb ohnehin nicht. Kaum hatten Luise und Jakob die Bootsplanken betreten, nahmen die Mehrich-Damen sie auch schon in Beschlag.
»Da bist du ja endlich«, sagte Alwine, die Unterlippe weit nach vorne geschoben, während sie ihren Blick stur an Jakob vorbeilenkte. »Ich dachte schon, du hättest mich vergessen.«
Jakob lachte. »Hier, für dich.« Er reichte seiner zehnjährigen Schwester einen Strauß aus Kornblumen und Margeriten, den sie auf dem Weg eilig gepflückt hatten. »Wir konnten zu deinem großen Tag doch nicht ohne Blumen erscheinen.«
»Für mich?« Alwine sah Jakob und Luise verblüfft an. Noch nie hatte ihr jemand Blumen geschenkt. Sie steckte ihre Nase in den vollen Strauß. Wie herrlich die Margeriten dufteten. »Danke«, sagte sie erst leise und dann immer lauter: »Danke, danke, danke.« Selbst Ellas grimmiger Blick konnte ihr die Freude nicht verderben.
Alma nickte Luise freundlich zu, als wollte sie sich bei ihr für diesen Einfall bedanken, doch noch ehe sie etwas sagen konnte, ging Ella schnell dazwischen.
»Blumenpflücken«, sagte sie verächtlich. »Und dafür braucht man so lange?«
Diesen Ton in Ellas Stimme kannte Luise nur zu gut. Wenn sie es genau nahm, begleitete er sie, seitdem sie auf Blietzow war. Oder zumindest, seitdem Jakob ihr zum ersten Mal Reitstunden gegeben hatte.
Während Luise noch darüber nachdachte, was, vor allem

aber, wie sie Ella antworten sollte, schroff wie immer oder doch eher versöhnlich, sagte Jakob: »Für Alwine ist das Beste gerade gut genug.«

»Für Alwine«, äffte Ella ihn nach. »Erzähl das mal deiner Großmutter.«

»Wo ist denn unsere Heldin des Tages?«, fragte Jakob irritiert, nachdem Alwine nicht mehr dort war, wo er sie vermutet hatte.

Verdeckt durch den Bootsmast stand sie neben Anton und blickte Richtung Mole. Sollten die sich ruhig ohne sie streiten. Ihr reichte schon, wenn sich ihr Vater und ihre Mutter wegen der Gesangsstunden beim Kantor zankten.

»Alwine!«

Sie sah Anton kopfschüttelnd an. »Geschwister sind wirklich das Letzte.«

»Wer, wenn nicht ich könnte ein Lied davon singen«, erwiderte Anton mit einem Augenzwinkern. »Lass uns einfach abhauen. Bis zum Abend haben wir noch viel Zeit. Außerdem ist es hier schrecklich langweilig. Nichts als Wichtigtuer und blöde Urlauber, die so tun, als hätten sie noch nie ein Boot oder Wasser oder Steine gesehen. Dabei gibt es hier noch nicht einmal einen richtigen Strand.«

»Alwine!«, schallte es wieder über das Boot.

»Hier.« Sie winkte Jakob, Ella und ihrer Mutter hastig zu. »Dieser Sandhaufen, den sie für die Feriengäste neben dem Damenbad aufgeschüttet haben, ist doch lächerlich.«

Während Alwine und Anton sich weiter darüber unterhielten, wen oder was sie bislang an diesem Tag am Unerträglichsten gefunden hatten – Alwine favorisierte erst ihre Familie, bevor sie doch dem Landrat den Vorzug gab, der mit seinem Monokel »einfach lächerlich« aussah, Anton entschied sich für die Urlauber wegen ihrer »scheußlichen Fröhlichkeit« –, wandte sich Jakob erneut Ella zu.

»Wir haben eben nach den schönsten Blumen gesucht«, sagte er, »das dauert nun einmal seine Zeit.«

Luise hatte Mühe, sich ein Schmunzeln zu verkneifen. Wenn Ella wüsste. Allein dieser erste Kuss hatte eine kleine Ewigkeit gedauert. Und dann der zweite, der dritte, der vierte … Am Ende hatten sie sich alle beide in dem Efeugestrüpp verfangen.

»Für dich hätte ich es nicht anders gemacht«, fügte Jakob hinzu und versuchte seinen Arm um die Schulter seiner Zwillingsschwester zu legen. Doch bei der ersten Berührung zog sie sich kopfschüttelnd zurück. Er kannte sie besser als jeder andere und wusste, wie schwierig es sein würde, sie wieder versöhnlich zu stimmen. Schließlich waren sie seit zwanzig Jahren unzertrennlich. Jetzt, da sie älter geworden waren, verbrachten sie zwar nicht mehr ganze Tage miteinander, und dennoch war es zwischen ihnen immer etwas Besonderes geblieben, vertrauter, näher, enger als mit jedem anderen. Manchmal glaubte er sogar ihre Gedanken lesen zu können. Und nun las er: Lass bloß die Finger von dieser dummen Gans. Möglich, dass er sich täuschte, aber in einem war er sich sicher, der Kuss heute würde alles verändern. Er spürte förmlich, wie es ihn zu Luise hinzog und nicht mehr zu Ella. »Komm schon«, sagte er sanft, »der Tag ist viel zu schön für schlechte Laune.«

»Ich habe keine schlechte Laune«, blaffte Ella ihn an. »Außerdem habe ich nicht dich gefragt, sondern die da.« Sie zeigte auf Luise, die noch immer in Gedanken mit Jakob im Efeu lag. Was würde sie darum geben, wenn sie sich auf der Stelle dorthin zurückzaubern könnte.

»Wir haben uns eben Sorgen gemacht«, ging Alma Mehrich schnell dazwischen, »das verstehst du doch sicherlich. Schließlich war verabredet, dass wir alle zum Königsstuhl fahren. Zum ersten Mal gemeinsam mit den von Salens«, betonte sie und warf ihrer Tochter einen strengen Blick zu. Wenn es um die von Salens ging, verstand sie keinen Spaß. Etwas Besseres als die Familie von Salen hätte ihnen gar nicht passieren können. Ihnen hatten sie alles zu verdanken, zumindest glaubte sie das, das schöne neue Inspektorenhaus mit dem großen Garten zum Bewirtschaften, Pauls hervorragenden Ruf, der, wie sie heute wieder mit Genugtuung festgestellt hatte, bis nach Wittow reichte, Jakob seine Anstellung auf dem Hof und natürlich, was alles überstrahlte, Alwines Sangeskunst. Wenn Auguste von Salen nicht gewesen wäre, Alwine würde nicht jeden Sonntag in der Bobbiner Kirche singen, und sie würde auch heute Abend nicht auftreten. Vor all diesen feinen Leuten, wie Alma dachte. »Es hätte ja auch etwas passiert sein können«, sagte sie, während sie Luise freundlich zunickte. »Denk nur an deinen Reitunfall vom letzten Jahr. Wir hätten es uns nie verziehen, wenn das Fräulein von Salen sich verletzt hätte, nur weil wir in der Kutsche mitgefahren sind.«
»Machen Sie sich mal keine Sorgen, Frau Mehrich«, erwiderte Luise, wohl wissend, welche Last sie damit von deren Schultern nahm. »Ihr Sohn ist ein ganz hervorragender Reiter. Ich war in besten Händen.«
»In besten Händen. Das glaube ich sofort.«
»Ella!«
»Was denn?« Sie sah ihre Mutter jetzt ebenso grimmig an wie zuvor noch Luise.
»Hast du denn kein Benehmen?«

»Jetzt streitet euch nicht. Es ist doch alles gutgegangen.« Jakob versuchte wieder seinen Arm um die Schulter seiner Schwester zu legen, doch die entzog sich ihm erneut.
Ella sah ihn nur kopfschüttelnd an. »Du hast doch keine Ahnung«, flüsterte sie.
»Wovon?«
»Davon, wo dein Platz ist«, antwortete sie so leise, dass er sie kaum hörte, was aber auch daran lag, dass Luise ihm im selben Augenblick mit hochgezogener Augenbraue zu verstehen gab, ihre Familie begrüßen zu wollen. Während er sich noch fragte, ob dies eine Einladung an ihn gewesen war, mitzukommen, drehte sie ihm auch schon den Rücken zu und ging einfach davon.
»Siehst du, sag ich doch. Du hast keine Ahnung.«
»Ella, bitte.« Almas Stimme bebte fast.
»Ich weiß wirklich nicht, wovon du sprichst«, entgegnete Jakob deutlich gereizt, während sein Blick Luise folgte, die sich gerade gemeinsam mit Auguste zu Anton und Alwine gesellte.
»Ist ja gut, ich halt schon meinen Mund. Ich will nur nicht, dass Jakob später sagt, ich hätte ihn nicht gewarnt.«
»Wovor gewarnt?« Alma Mehrich verstand kein Wort.
»Keine Ahnung, und ganz ehrlich, mich interessiert momentan etwas völlig anderes«, erwiderte Jakob schulterzuckend. Wenn er seiner Schwester nicht sofort aus dem Weg ging, schaffte sie es tatsächlich noch, ihm diesen Tag zu verderben. »Ich werd mal nachsehen, ob es noch irgendwo heiße Bockwürste gibt, ich verhungere nämlich gleich«, sagte er so beiläufig wie möglich, nickte seiner Mutter und seiner Schwester kurz zu und ließ die beiden Frauen stehen.
Verblüfft sahen sie ihm hinterher, doch weder Alma noch Ella waren darauf erpicht, das Gespräch fortzuführen.

10

»Nein«, kam es fast zeitgleich aus Augustes und Almas Mund. »Das kommt überhaupt nicht in Frage.«

»Bitte. Was ist denn schon dabei?« Alwine setzte ihr unschuldigstes Lächeln auf, doch die beiden Frauen verzogen keine Miene. »Bis zum Abend bin ich doch längst wieder zurück. Ich will doch nur ein bisschen ausreiten.«

»Nein. Keine Diskussion«, sagte Alma.

»Aber es ist so schrecklich langweilig hier«, erwiderte sie leise und dachte eigentlich, dass sie sich wie lebendig begraben fühlte. Tu dies nicht, pass auf, iss von der Brühe, nimm nicht so viel Fleisch, geh die Noten noch einmal durch, vergiss deinen Einsatz nicht, den ganzen Tag musste sie sich schon diese Ratschläge anhören, die eher nach Befehlen klangen. Und seitdem sie auf dieser Hotelterrasse saßen, war alles nur noch schlimmer geworden.

Seit gut drei Stunden tafelten die von Salens und Mehrichs mit den Hagemanns, dem Kreidewerksbesitzer Kerk und dem Wittower Gutsherrn jetzt schon auf Einladung des Hotelbesitzers. Der hatte das Haus erst vor gut einem halben Jahr erworben und wollte sich die Gelegenheit nicht entgehen lassen, anlässlich des Hafenfestes die wichtigsten Männer des Orts davon zu überzeugen, dass er ebenfalls zu ihnen gehörte. Unter weit aufgespannten Sonnenschirmen, mit direktem Blick auf die See und abgeschirmt vom Festplatztrubel, hatte er seinen Gästen nicht nur den schönsten Platz herrichten lassen, sondern seinen Koch auch angewiesen, die feinsten Speisen zuzubereiten.

Fischsuppe, Ostseezander in Senfsauce, Rehrücken mit

Preiselbeerreduktion und ein in Weißwein gegartes Perlhuhn lagen schon hinter ihnen, ebenso wie Speckbohnen, glasierte Möhren und Kartoffeln in allen Variationen, als Taler, als Püree, gebacken und gegart. Gerade trugen die Kellner Apfel- und Birnenkuchen auf und dazu eine silberne Schale, die überquoll vor Sahne.

Während sich Ferdinand und Viktor mit dem Wittower Kollegen angeregt über das Für und Wider von eigenen Kraftwerken unterhielten und Mehrich sich mit Kerk schnell einig war, dass dieses »neumodische Zeugs« nichts als Geldverschwendung sei, warfen sich Luise und Jakob verstohlene Blicke zu. Wie Alwine hätten auch sie alles dafür gegeben, diese Festrunde verlassen zu können. Ella ließ sie keine Sekunde aus den Augen und klebte mit ihrem Blick an ihnen wie eine lästige Fliege.

»Alwine, die Limonade ist Teufelszeug für deine Stimme. Du musst Tee trinken«, schimpfte Auguste, als der Kellner ihr gerade eine Zitronenlimonade hinstellte.

Wortlos griff Alwine nach dem Glas und trank.

»Hörst du nicht?« Alma Mehrich entriss ihrer Tochter das Glas. »Entschuldigen Sie bitte, Frau von Salen.«

»Alwine, wir haben doch oft genug darüber gesprochen. Deine Stimme ist dein wertvollstes Gut. Das musst du hegen und pflegen.«

»Ja, Frau von Salen.«

»Wo ist denn das Tuch, das dir Frau von Salen gegeben hat, damit du deinen Hals warm halten kannst. Das mit den rosafarbenen Blüten?«

»Mutter«, Alwine atmete tief durch, »dafür ist es doch heute viel zu heiß.«

»Deine Mutter hat recht. Später frischt der Wind vielleicht

auf. Hier«, Auguste reichte ihr einen zitronengelben Seidenschal, »nimm den. Den hatte ich eigentlich für mich eingesteckt, aber deine Gesundheit geht heute vor.«
Alwine band sich missmutig den Schal um den Hals und nippte an dem für ihren Geschmack viel zu heißen Tee, den ihr der Kellner auf Augustes Anweisung gebracht hatte. Wenn das doch alles bald ein Ende hätte. Sie wollte ja singen. Seit Wochen freute sie sich auf diesen Abend. Hätte sie allerdings geahnt, dass sie dafür den ganzen langen Tag unter der erbarmungslosen Aufsicht dieser beiden Frauen stehen würde, sie hätte am Morgen schreckliche Halsschmerzen bekommen, wäre nach Glowe geritten und hätte sich dort im Sand liegend vorgestellt, wie ein Vogel fliegen zu können. Dabei war singen wie fliegen, zumindest glaubte sie jedes Mal, wenn sie sang, ein paar Meter über der Erde zu schweben. Aber bis zu ihrem Auftritt waren es noch knapp sechs Stunden, und wenn das so weiterging, würde sie keinen Ton herausbringen. Diese Bevormundungen ließen einem ja kaum Luft zum Atmen.
»Lass uns gehen«, flüsterte sie Anton zu, der gerade eine große Portion Sahne auf seinen Apfelkuchen geklatscht hatte und nun dabei war, seinen Kuchen unter einem akkurat gezogenen Gittermuster zu begraben.
»Mit Vergnügen.« Ohne zu zögern, ließ er die Kuchengabel auf den Teller fallen und stand auf.
»Alwine! Du bleibst hier.« Alma Mehrichs Stimme zitterte.
»Bitte, Alwine, du willst dir doch den Auftritt nicht verderben.« Auguste warf Anton einen strengen Blick zu. »Sei vernünftig.«
»Wir gehen nur kurz rüber zum Festplatz«, ging Anton rasch dazwischen. »Die Füße ein bisschen vertreten.«

»Wartet, ich komm mit«, meinte Luise und stand blitzschnell auf.
»Ich auch.« Jakob erhob sich ebenfalls. Jetzt standen sie schon zu viert um den Tisch, und Auguste und Alma wussten für einen Moment nicht, was sie sagen sollten.
Dann erhob sich Ella langsam von ihrem Stuhl. »Ich komm auch mit«, erklärte sie in fast trotzigem Ton. Die Vorstellung, noch länger an diesem Tisch ausharren zu müssen, mit diesem eingebildeten Viktor und diesen anderen Langweilern, war ihr unerträglicher als alles andere.
»Da siehst du mal, was du angerichtet hast«, schimpfte Alma, während sie am ganzen Körper zu zittern begann. Ihre ganze schöne Welt, in der Alwine die Göttin war und sie der Göttinnen Mutter, diese ganze schöne Welt schien sie mit einem Schlag zerstört zu haben. Am Tisch klafften jetzt überall Wunden – neben Viktor eine große, dort hatten Luise, Anton und Alwine gesessen, neben Alma war Ellas Platz frei geworden und zwischen Paul Mehrich und Kerk der von Jakob.
Alma senkte ihren Blick, aber sie entkam Augustes Verachtung nicht oder vielmehr dem, was sie für Augustes Verachtung hielt, denn Auguste sagte nur: »Wenigstens ist Luise dabei. Sie wird sicherlich ein Auge auf Alwine haben. Auf meine Tochter ist in dieser Hinsicht Verlass. Festbinden kann man sie schließlich nicht.«
Alma verstand jedoch: Sie hätten es anketten müssen, dieses ungezogene, undankbare Kind, meines hingegen ist prächtig.

11

Bis zum Strand von Glowe benötigten sie im Galopp eine knappe Stunde. Trotz Zuredens von Luise, Jakob, Ella und schließlich auch von Anton war Alwine nicht davon abzubringen gewesen, ausgerechnet dorthin reiten zu wollen.

»Ich muss wieder fliegen lernen, und das kann ich nur dort«, sagte Alwine mit einer Entschiedenheit, die nicht verhandelbar gewesen war. Und gute Argumente, auf dem Festplatz zu bleiben, fanden die anderen nicht. Dort war es laut und heiß, Kinder wuselten einem um die Beine, und etliche Besucher hatten schon zu viel Freibier genossen.

Als sie in Glowe angekommen waren, sprang Alwine als Erste vom Pferd, rannte zum Wasser und ließ sich rittlings in den warmen, weichen Sand fallen. Die Arme und Beine ausgebreitet, richtete sie ihren Blick gen Himmel, suchte sich eine der dort kreisenden Möwen aus und folgte ihr mit den Augen. Sie flogen die Schaabe entlang, immer über dem Strand, dann, als Alwine schon dachte, sie verlöre sie aus dem Blick, ging es hinaus auf die Tromper Wiek, direkt auf einen Ausflugsdampfer zu, der auf dem Weg zum Kap Arkona war. Dort stritten aber schon zu viele andere Möwen um die Brotkrumen der Urlauber, so dass sie kurze Zeit später zurück nach Glowe flogen, wo sich die Möwe auf einen Poller setzte und da so lange sitzen blieb, bis Alwine die Lust an dem Tier verlor.

Zufrieden richtete sie sich auf und ließ ihren Blick über den langen Strand schweifen. Nichts als weißer, feiner Sand, begrenzt durch saftig grüne Kiefern, gab es hier und niemand, der ihr sagen würde, was sie tun und lassen sollte. Für einen Moment war ihr, als wäre sie ganz allein und als sänge sie heute nur für sich. Doch die Idylle war trügerisch.

»Geht das nicht auch ein bisschen schneller?« Ellas herrische Stimme durchbrach die Stille.

Erst jetzt bemerkte sie Anton und Ella, die in einiger Entfernung Merkwürdiges zu tun schienen. Zumindest sah es so aus, als triebe Ella, die Arme vor der Brust verschränkt, Anton an, mit bloßen Händen ein Loch zu schaufeln.

»Was macht ihr da?«, fragte Alwine, nachdem sie sich ihnen langsam genähert hatte.

»Wetten«, antwortete Ella knapp, während sie Anton nicht aus den Augen ließ.

»Wetten?«

»Das Hinkebein hat behauptet, ich käme ihm auf der Suse nicht hinterher, wenn er seinem Pferd erst einmal die Sporen gegeben hätte. Lächerlich. Ich kämpfe doch nicht gegen einen Krüppel. Jetzt muss er erst einmal zeigen, dass er überhaupt ein Gegner sein kann.«

Alwine verstand nicht, was sie meinte.

»Weißt du nicht mehr? Jakob und ich haben uns früher doch immer beim Sandbuddeln gemessen?«

Sie schüttelte den Kopf.

»Du wirst schon sehen. Dein Freund da muss jetzt jedenfalls erst einmal beweisen, dass er in der Lage ist, ein menschengroßes Loch zu schaufeln.«

»Als ob das eine Herausforderung wäre«, schnaubte Anton schweißgebadet, während er sich Zentimeter um Zentimeter vorarbeitete. Dieser Kuh würde er schon beweisen, dass er alles andere als ein Krüppel war. Seitdem er wusste,

dass der Kaiser einen lahmen linken Arm besaß, waren die Zeiten vorbei, in denen er den Spott wehrlos ertrug.
»Soll ich dir helfen?«, fragte Alwine, nachdem sie Anton eine Weile dabei zugesehen hatte, wie er sich mühte.
»Wehe.« Ellas Augen funkelten.
»Danke, ist nett, aber ich schaff das schon«, keuchte Anton, der bereits bis zu den Knien in dem Sandloch stand, das zügig größer wurde.
»Außerdem will ich nicht, dass du dir dein Kleid schmutzig machst. Mutter würde es nicht ertragen, dich dreckig vor all den Leuten zu sehen.«
Alwine stöhnte. »Jetzt fang du nicht auch noch an. Wo ist eigentlich Jakob?«
»Bin ich seine Aufpasserin?«, erwiderte Ella patzig.
»Und Luise habe ich auch schon länger nicht mehr gesehen.«
»Dann such sie doch, wenn du sie so vermisst.«
»Manchmal spinnst du wirklich«, sagte Alwine kopfschüttelnd, drehte sich um und ging vor zur See.
Während sie ihre nackten Fußsohlen vom Wasser kitzeln ließ, ging sie in Gedanken noch einmal den Auftritt vom Abend durch. Erst würde ein altes, mit Reisig gefülltes Fischerboot aufs Wasser geschleppt und dort verankert werden, dann sollte sich der Bobbiner Kirchenchor bei Einbruch der Dunkelheit am Kopf der Hafentreppe zu einem Halbrund aufstellen und zu Ehren der Fischer ein Seemannslied anstimmen, und danach hätte sie ihren großen Moment. Nachdem das Boot entzündet worden wäre, es lichterloh über dem Wasser stünde und sich die erste Aufregung gelegt hätte, sollte sie wie aus dem Nichts kommend das *Ave Maria* singen.
Der Kantor hatte sich dieses Szenario ausgedacht, und sie hatten es hundertmal geprobt. Nur das brennende Boot

hatten sie nicht simulieren können, ebenso wenig wie die vielleicht kreischenden, vielleicht in Ehrfurcht erstarrten, vielleicht auch gelangweilten Menschenmassen, die oben am Hochufer stehen und dabei zusehen würden, wie sich vor Lohme ein Feuerball aus dem Wasser erhob.

In der Gewissheit, dass schon alles gutgehen würde, drehte sie sich zu Anton und Ella um. Doch dort, wo Anton vorher noch das Loch ausgehoben und Ella auf ihn hinuntergeblickt hatte, war jetzt niemand mehr zu sehen. Überhaupt war der Strand menschenleer. Auch Jakob und Luise waren noch immer nicht wieder aufgetaucht.

Für einen Moment blieb sie noch sitzen, ließ noch einmal das Wasser über ihre Füße gleiten, spielte ein letztes Mal mit ihren Zehen im feuchten Sand, bevor sie sich langsam erhob.

Das Sandloch war größer, als sie es sich vorgestellt hatte. Neugierig geworden, ließ sie sich nach unten gleiten. Wenn sie auf Zehenspitzen stand, reichte sie mit ihrer Nasenspitze gerade einmal bis zur Kante. Sie bückte sich und strich mit ihrer Hand über die fast ebenmäßig glatte Sandwand. Wie angenehm kühl es hier unten war.

»Anton! Ella!«, rief sie. »Wo seid ihr?«

Es kam keine Reaktion.

»Jakob! Luise!«

Auch die beiden hörten sie nicht.

Alwine setzte sich auf den feuchten Boden. Es war totenstill um sie herum. Noch nicht einmal Möwen schrien. Den Kopf in den Nacken gelegt, schaute sie in den tiefblauen Himmel. Nicht eine Wolke war zu erblicken, auch keines der hellweißen, sich im Nichts verlierenden Schleierbänder, die in dieser Jahreszeit oft zu sehen waren.

Sie schloss die Augen. Wenn es doch nur immer so friedlich

wäre. Wenn sie mit ihrer Stimme einfach alle zum Schweigen bringen könnte, ihre Mutter mit ihrem Stolz, ihren ständig unzufriedenen Vater, Ella, die kein gutes Haar an den von Salens ließ. Wenn sie heute Abend ihr Bestes gäbe, vielleicht würde sich dann endlich bewahrheiten, was Auguste von Salen immer behauptete, dass Musik eine versöhnliche Kraft besaß.
Während sie in Gedanken wieder bei ihrem Auftritt war, spürte sie ein merkwürdiges Kitzeln an ihrem Bein. Langsam öffnete sie die Augen. Und da sah Alwine, wie ein schwarzer, in der Dunkelheit des Sandlochs unheimlich anmutender Käfer unter ihr Kleid kroch.
Hastig stand sie auf, rutschte dabei aus, prallte mit ihrer Schulter gegen die Wand, die im selben Augenblick zu bröckeln begann, stieß mit ihrem Fuß eine Kuhle in die gegenüberliegende Seite, versuchte sich aufzurappeln, glitt erneut aus, und ehe es ihr gelang, sich aufzurichten, brachen auch schon von allen Seiten Sandberge ab, die sie so schnell unter sich begruben, dass sie noch nicht einmal mehr um Hilfe rufen konnte.

Als Anton und Ella von ihrem Wettrennen zurückkamen, war das Sandloch kaum mehr zu erkennen. Einzig eine kleine Mulde zeugte von dem einst tiefen Loch.
»Na, hast du Helferlein beauftragt, mein Werk zu zerstören?«, fragte Anton und grinste. »Ist schwer zu ertragen, so eine Niederlage. Glaub mir, ich weiß das.«
»Jetzt spiel dich bloß nicht so auf«, erwiderte Ella verärgert und kickte mit ihren Zehen Sand in die Luft. Hätte ihr dieser Ast nicht die Sicht versperrt, sie hätte niemals gegen diesen Krüppel verloren. »Du hast Glück gehabt, das ist alles.«

»Wie du meinst.«
»Halt einfach deinen Mund, ja.«
Anton grinste noch immer, verkniff sich aber eine weitere Bemerkung.
»Wird ohnehin Zeit, dass wir von hier wegkommen«, sagte Ella beim Blick gen Himmel. »Es scheint schon nach sechs Uhr zu sein. Alwine!«, rief sie und sah sich suchend um. »Verdammt, wo steckt sie denn?«
Auch Anton wandte sich jetzt nach allen Richtungen, entdeckte aber nur Jakob und Luise, die in gebührendem Abstand voneinander den Strand entlanggeschlendert kamen. Ihre Gesichter sprachen jedoch eine eindeutige Sprache. Anton, der nichts von derlei Glück verstand, lief den beiden entgegen. »Ist Alwine bei euch?«
»Ist sie denn nicht hier?«, fragte Luise verblüfft. »Wir sollten langsam zurück. Es ist schon spät.«
Anton schüttelte den Kopf.
»Na, wieder Blumenpflücken gewesen?« Ella verzog ihr Gesicht zu einer Grimasse.
»Blumen? Wieso Blumen? Siehst du irgendwo Blumen?« Anton sah erst Ella, dann Luise und Jakob an, doch keiner der drei machte Anstalten, ihn aufzuklären.
»Alwine! Komm jetzt, wir müssen los!«, rief Ella erneut.
»Weit kann sie nicht sein. Vorhin habe ich sie jedenfalls noch am Wasser sitzen sehen.«
»Alwine!« Auch Luise rief jetzt ihren Namen. »Komm schon, sonst verpasst du noch deinen Auftritt.«
»Dann tun wir ihr eben den Gefallen und suchen sie. Luise, nimm du den Strand, ich geh in den Wald, Ella, vielleicht ist sie ja vorne am Aussichtspunkt, und du Anton bleibst hier. Einer sollte auf jeden Fall die Stellung halten.«

Anton, der als Einziger immer blasser und stiller geworden war, wagte es nicht, Jakob zu widersprechen. Sein Blick verharrte an der Stelle, an der er das Sandloch ausgehoben hatte, aber noch war es ja nur eine Ahnung, und er wollte niemandem unnötig Angst einjagen.

Luise kam als Erste zurück. Ihr Atem ging schwer. Sie war fast die ganze Strecke gerannt und hatte ununterbrochen nach Alwine gerufen. Zuerst sah sie nur Anton. Wie er so dasaß, mit seinem eingefallenen Oberkörper, den ausgestreckten Beinen und den schlaff hinunterhängenden Armen, musste sie an eine Marionette denken, der man die Fäden durchtrennt hatte. Als sie ihm gerade etwas zurufen wollte, etwas, das ihn aus seiner Teilnahmslosigkeit herausreißen sollte, bemerkte sie den zitronengelben Seidenschal auf seinen Beinen.

Und erst da nahm sie auch alles andere wahr, die vielen Sandhaufen, das Loch, Alwines blassen Kopf, ihre geschlossenen Augen, den nur halb befreiten Brustkorb, die zur Kralle verformte Hand, den Fuß, der wie ein Stück Treibholz aus dem Sand herausragte.

Wie in Trance beugte sich Luise zu Alwine hinunter, suchte vergeblich nach deren Puls, schaufelte Sand beiseite und gab kurze Zeit später kraftlos auf. Ohne ein Wort zu sagen, setzte sie sich neben Anton in den Sand, griff nach dessen Hand und umklammerte sie so fest, wie sie noch nie zuvor eine Hand umklammert hatte.

Mit einem Mal waren alle Gedanken gelöscht. Nur dieses Bild grub sich in ihr Gedächtnis ein. Alwines leichenblasser Kopf in diesem leichenblassen Sand.

12

»Warum?«

Zum wiederholten Mal stellte Alma diese Frage. Allen hatte sie diese Frage schon hundertmal gestellt, Gott, dem Pastor, dem Kantor, Paul, Jakob, Ella, den von Salens, vor allem Auguste, die in den ersten Wochen nach der Beerdigung fast täglich gekommen war. Es sei ein schreckliches Unglück gewesen, hieß es. Ein Unglück! Als ob nur sie wüsste, dass es eine Sünde war, ihr dieses Kind zu nehmen, ausgerechnet dieses Kind, das so viele Versprechen in sich geborgen hatte.

»Hör auf damit.« Paul Mehrich schlug so kräftig mit der Faust auf den Tisch, dass die Schöpfkelle gegen die Suppenschüssel knallte. »Wie oft soll ich es dir denn noch sagen. Du kennst meine Meinung.«

Alma kniff die Lippen zusammen. Dann liefen ihr die Tränen über die Wangen, unaufhaltsam, wie jeden Tag seit Alwines Tod.

Auch Ella kämpfte mit den Tränen. Anfangs hatte sie noch gedacht, alles sei ihre Schuld. Wenn sie es nur nicht zugelassen hätte, bis nach Glowe zu reiten, wenn sie nicht Anton dazu gebracht hätte, das Loch zu schaufeln, wenn sie sich nicht auf diese dämliche Wette eingelassen hätte … Aber dieses Wettrennen war Antons Idee gewesen, wie überhaupt Alwines Auftritt auf Augustes Mist gewachsen war, nicht zu vergessen deren Belehrungen, Bevormundungen, Besserwissereien. Kein Wunder, dass Alwine hatte fliehen wollen. Mittlerweile teilte sie jedenfalls die Sicht ihres Vaters, der davon überzeugt war, dass Alwine nur wegen der von Salens sterben musste. Weil Auguste sie zum Singen »genötigt« hatte, wie er sagte, und weil Anton dieses Loch gegraben hatte.

»Gäbe es die von Salens nicht, würde Alwine noch leben«, sagte Paul Mehrich forsch. »Das ist die einzige richtige Antwort auf deine Frage.«

Alma weinte lautlos.

Jakob legte seinen Arm um die Schulter seiner Mutter. »Es ist schrecklich, was passiert ist«, sagte er leise, »ein fürchterliches Unglück, aber niemand trägt Schuld an Alwines Tod.«

»Du machst es dir ganz schön leicht«, erwiderte Ella und legte jetzt ebenfalls ihren Arm um ihre weinende Mutter, so dass Alma, beschützt von ihren beiden Kindern, wie ein Kind in deren Mitte saß. »Wenn Auguste ihr nicht diesen Furz in den Kopf gesetzt hätte, dass sie ein großes Gesangstalent besäße …«

»Sie hat gerne gesungen, meine Alwine, sie hat immer gerne gesungen«, unterbrach Alma sie schniefend. »Wenn sie gesungen hat, hat ihr ganzes Gesicht geleuchtet.«

Ella schluckte. »Entschuldige, aber Vater …«

»Nein.« Alma schüttelte den Kopf. »Es war nicht die Musik. Alwines Musik hat alles gutgemacht.«

Paul Mehrich ballte beide Hände zu Fäusten und versuchte tief durchzuatmen. Allein bei dem Wort Musik hätte er schon an die Decke springen können. Und was hieß das schon, »hat alles gutgemacht«? Führten sie etwa kein gutes Leben? Konnte er seiner Familie nicht allerhand bieten? Ein großes Haus, größer als die meisten auf Jasmund, ein gutes Einkommen, fließend Wasser, wer hatte das schon? Aber er sagte nichts. Sie mussten jetzt zusammenhalten.

»Was soll daran gut sein? Diese Musik hat uns den Tod gebracht«, erwiderte Ella trotzig.
Alma sah ihre Tochter mit großen Augen an, als würde sie sich fragen, wie Ella es wagen konnte, den Tod an diesen Tisch zu lassen, dann riss sie ein Weinkrampf davon.
Ella und Jakob streichelten ihrer Mutter besänftigend über den Rücken.
»Es ist gut, alles ist gut«, flüsterte Ella, während sich ihre und Jakobs Hand immer wieder berührten.
Ella umfasste seine als Erste. Aber kaum lag ihre Hand auf seiner, drückte er ihre so fest, dass nicht klar war, wer von beiden das größere Bedürfnis nach dem anderen hatte. Ella jedenfalls fühlte sich an früher erinnert, als sie nachts zu ihm ins Bett gekrochen war und er sich so eng an sie geschmiegt hatte, dass sie geglaubt hatte ihn vor der Dunkelheit beschützen zu müssen. Sie sahen sich nicht an, aber Jakob glaubte auch so zu wissen, was Ella dachte. Vorsichtig löste er seinen Griff.
»Bleib, bitte, bleib.«
»Wir sollten Mutter ins Bett bringen«, sagte er und rutschte mit seinem Stuhl etwas zur Seite.
Erst zitterten nur Ellas Lippen, dann ihre Wangen, kurz darauf ihre Lider. Sie kämpfte, aber sie hatte sich nicht mehr im Griff. Als hätte Jakob in ihr etwas zum Einstürzen gebracht, liefen ihr die Tränen wie Sturzbäche übers Gesicht. Alles an ihr zitterte jetzt, die Beine, die Arme, die Hände, die sie vor ihr Gesicht geschlagen hatte, um die Laute zu unterdrücken, die aus ihr drangen wie aus einem tiefen, tiefen Brunnen.
Für einen Moment war nur Ellas gurgelndes Schluchzen zu hören. Selbst ihr Vater war vor Schreck erstarrt. Auch er

hatte Ella noch nie so außer sich gesehen. Noch nicht einmal als Kind hatte sie derart hemmungslos geweint.
»O Gott«, wimmerte Alma und legte ihre Arme um Ellas bebenden Körper. »Sieh doch, was du angerichtet hast.«
»Bleib, bitte, bleib«, flüsterte Ella, immer wieder unterbrochen von Weinkrämpfen, die sie würgen ließen. »Bitte.« Mit ihrer linken Hand suchte sie jetzt nach Jakobs Hand, der wie versteinert auf seinem Stuhl saß, viel zu weit von ihr entfernt, als dass sie ihn hätte erreichen können.
Alma, die glaubte, Ella suche in ihrer Trauer nach Alwine, bemühte sich vergeblich, Ellas erregten Arm festzuhalten. »Gott hat sie uns genommen«, sagte sie leise. »Sie kann nicht bleiben.« Dann fing auch sie wieder heftig an zu weinen.
»Tu doch was«, zischte Paul, nachdem seine Frau und seine Tochter noch immer von Krämpfen geschüttelt wurden. Aber es war nicht klar, wen er meinte, Gott, Jakob, vielleicht sich selbst. Sein Blick jedenfalls ging ins Leere, und sein Gesicht zeigte seine ganze Hilflosigkeit.
Wortlos stand Jakob auf. Ihm war, als würde sich ein Loch in ihm ausbreiten. Alle seine Gefühle schienen darin zu verschwinden, seine Tränen für Alwine, sein Band mit Ella, seine Zuneigung zu seinen Eltern, seine ganze Liebe.
»Du darfst nicht gehen«, schrie Ella, als ginge es um ihr Leben, bevor sie aufsprang und sich an ihn klammerte wie an einen Rettungsanker, während er, die Arme schlaff, einfach nur stehen blieb und auf sie hinabsah wie auf eine Fremde.
»Was ist denn bloß in dich gefahren?«, brach es aus ihrem Vater heraus, der jetzt seinerseits aufsprang, seine Tochter unter den Achseln packte und sie von Jakob losreißen

wollte. Doch Ella wehrte sich mit Händen und Füßen. »Lass das jetzt«, schrie er, während sie wie wild um sich schlug. »Glaubst du nicht, dass unser Unglück schon groß genug ist? Reiß dich jetzt verdammt noch mal zusammen.« Schließlich ließ Ella los, kauerte auf dem Boden und vergrub ihr Gesicht in beide Hände. »Entschuldige, Vater«, schluchzte sie, »ich will doch nur, dass Jakob endlich begreift, dass Alwines Tod gesühnt werden muss, dass es nicht Gottes Wille war, dass sie gestorben ist.«

»Was redest du denn da?« Jakob stand noch immer regungslos an der Stelle, an der Ella ihn kurz zuvor zu fassen bekommen hatte. Doch während er vorhin noch geglaubt hatte, alles in ihm sei erloschen, spürte er jetzt, wie sich eine schreckliche Vorahnung in ihm breitmachte.

Für einen Moment war es ganz still. Auch Alma gab keinen Mucks von sich. Erschöpft, aber in der Annahme, das Schlimmste für diesen Tag überstanden zu haben, ging Paul Mehrich zurück an seinen Platz und ließ sich auf seinen Stuhl fallen.

»Du denkst wohl, du könntest zu deiner Luise, und alles sei wieder wie früher«, brach es aus Ella heraus. Ihre vor Hass getränkte Stimme lag jetzt über dem ganzen Zimmer. »Aber da täuschst du dich. Du kannst nicht so tun, als hätte es unsere kleine Schwester nie gegeben.«

Jakob war wie versteinert. Die Gedanken rasten in seinem Kopf, aber er war unfähig, auch nur einen davon zu fassen zu kriegen. Immer wieder tauchte Alwines Gesicht vor ihm auf.

»Hab ich das gerade richtig verstanden?«

Sein Vater sah ihn mit durchdringendem Blick an, doch Jakob schien ihn nicht gehört zu haben. Noch immer ver-

suchte er Ordnung in seine Gedanken zu bringen, die doch nur überlagert wurden von diesem einen Bild, diesem Bild, das ihn Tag für Tag und Nacht für Nacht verfolgte.
»Jakob! Ich rede mit dir.«
»Ja?« Er warf seinem Vater einen irritierten Blick zu.
»Luise von Salen und du? Was ist da zwischen euch?«
Jakob sah ihn zwar an, aber es schien, als nähme er seinen Vater noch immer nicht wahr.
»Jakob! Mir reicht es jetzt langsam für heute.«
»Wie kannst du nur behaupten«, begann Jakob schließlich leise und drehte sich zu seiner Schwester um. »Wie kannst du es überhaupt nur wagen zu behaupten, ich würde so tun wollen, als hätte es Alwine nie gegeben?« Tränen stiegen ihm in die Augen, während er mit brüchiger Stimme fortfuhr: »Weißt du eigentlich, was du da sagst? Glaubst du etwa, ich hätte Alwine nicht geliebt? Glaubst du das wirklich?« Er sah Ella unverwandt an. »Ich habe sie genauso sehr geliebt wie ihr alle, wie du, wie Mutter, wie Vater.«
Die Tränen liefen ihm übers Gesicht, und Jakob ließ sie einfach laufen. Auch als sich auf seinem Hemd bereits ein nasser Fleck abzeichnete, nahm er kein Taschentuch zur Hand. Reglos wie ein Mahnmal stand er vor Ella, die ihn ebenso reglos anstarrte. Es fehlte nicht viel, und sie hätte es gewagt, erneut nach seiner Hand zu greifen, doch die schneidende Stimme ihres Vaters kam ihr dazwischen.
»Was ist mit Luise von Salen und dir? Antworte endlich auf meine Frage.«
Jakob sah seinen Vater müde lächelnd an, sagte aber nichts. Nur die Tränen wischte er sich aus dem Gesicht. Erneut streifte er Ellas Blick. Er glaubte so etwas wie eine Ent-

schuldigung darin zu erkennen, aber vielleicht täuschte er sich. Vielleicht waren die Zeiten vorbei, in denen er ihre Gedanken lesen konnte.

»Jakob! Antworte! Wenn du und die kleine von Salen …«

Er schüttelte den Kopf. »Niemals, Jakob, niemals werde ich das zulassen. Wenn du wüsstest, wie viel Unglück diese Familie schon gebracht hat.«

Ohne etwas zu sagen, ohne seinen Vater noch einmal angesehen zu haben, selbst ohne seiner Mutter, die jetzt wieder schluchzte, ein paar tröstende Worte zugeflüstert zu haben, drehte Jakob sich um und ging aus der Tür. Noch aus der Ferne hörte er seinen Vater toben, doch längst hatte sich wieder dieses Bild vor seine Gedanken geschoben. Dieses Meer aus Leichenblässe.

13

Die Erntezeit nach Alwines Tod fiel in eine ungewöhnlich warme Periode. Bis Ende Oktober schien fast durchgehend die Sonne, aber niemand auf Blietzow wagte es, sich nach der Feldarbeit an dem schönen Wetter zu erfreuen. Selbst die Schnitter, die wie jedes Jahr aus Polen gekommen waren, unterhielten sich nur im Flüsterton. Dass sie in den Jahren zuvor am Abend im Gutshof bei Bier und Würsten zusammengesessen hatten, dass sogar Ferdinand von Salen ihnen ab und an Gesellschaft geleistet und selbst Mehrich nach drei Krügen Bier seinen Befehlston gegen freundlichere Worte eingetauscht hatte, daran dachte in diesem Jahr niemand. Auch das traditionelle Erntedankfest fiel aus. Die Strohpuppe, die einige der Helfer dennoch am letzten Erntetag an die Gutshaustreppe gebunden hatten, ließ Mehrich noch in der Nacht verbrennen, ohne vorher mit Ferdinand von Salen Rücksprache gehalten zu haben.

Viktor schäumte vor Wut, als er davon erfuhr. Nicht nur, dass dies seine erste »echte Ernte« gewesen war, wie er sagte, eine, bei der er von seinem Vater ganz offiziell als Mehrichs Stellvertreter eingesetzt worden war, es war auch eine außergewöhnlich ertragreiche. Noch nie zuvor hatten sie so viele Zuckerrüben und Kartoffeln und Weizen eingebracht. Und auch wenn er Verständnis dafür hatte, dass in diesem Jahr kein Erntefest stattfand, dieses Zeichen des Dankes war das mindeste, was er sich für seinen unermüdlichen Einsatz erhofft hatte.

Ferdinand ließ Mehrich in diesem Herbst gewähren. Immer wenn er begann sich über ihn zu ärgern, stellte er sich vor, wie es wäre, wenn er Luise verloren hätte. Allein der Gedanke jagte ihm jedes Mal einen Schauer über den Rücken. Auch Auguste, die nach wie vor nicht gut auf Paul Mehrich zu sprechen war, sah anfangs über dessen immer merkwürdiger werdendes Verhalten hinweg.

Dass er unangemeldet und ungefragt in der Eingangshalle stand und nach Marta rief, dass er sich von ihr wie selbstverständlich mit Würsten, Speck, Schinken, Brot und Marmelade versorgen ließ, dass er an Luises Arbeit, sei es auf dem Feld, an der Dreschmaschine oder im Stall, ständig etwas auszusetzen fand, dass er sich sogar bei Ferdinand über Luises Leistung beschwerte, was so weit ging, dass er drohte, dafür zu sorgen, sie vom Unterricht der Wanderlehrer auszuschließen, all das nahmen sie in den ersten Monaten nach Alwines Tod hin. Zu sehr nagte die Schuld an ihnen, vor allem an Auguste. Und die Gerüchteküche machte es ihr nicht leichter.

Auch wenn sie sonst nicht viel darauf gab, was andere sagten, dass es mittlerweile immer öfter hieß, ihr »selbstsüchtiger Ehrgeiz« habe Alwine in den Tod getrieben, ließ sie nicht ungerührt. Vielleicht hatte sie ja tatsächlich zu viel verlangt von diesem Kind, das doch nur ein Bauernkind gewesen war, wie sie jetzt manchmal dachte. Vielleicht hätte sie sich mit ihrem Grammophon und den nächtlichen Ausflügen zum Königsstuhl begnügen sollen. Aber Alwines Talent war unbestritten. Was konnte sie dafür, wenn diese Trampel in Lohme, Sagard oder Saßnitz nichts von Caruso und der großen Bühne verstanden.

Auguste vermisste Alwine. Sie vermisste ihre fast täglichen Besuche, sie vermisste es, mit ihr gemeinsam auf der Récamiere zu liegen und Arien zu hören, und wie alle anderen vermisste sie ihren Auftritt beim sonntäglichen Gottesdienst in Bobbin. In den Wochen nach ihrem Tod hatte sie noch geglaubt ihre glockenhelle Stimme von den steinernen Wänden der Kirche hallen zu hören, aber das Echo verblasste von Mal zu Mal, und Auguste wusste, dass es nicht mehr lange dauern würde, bis es ganz verstummte.

An einem Sonntag im Februar 1913 war es so weit. An diesem Tag versuchte sie vergeblich Alwines Stimme zwischen all den Stimmen der Kirchenchormitglieder herauszuhören. Weder in den Steinritzen noch im Kirchengestühl oder in der Kanzel war der winzigste Rest von ihr zurückgeblieben. Auguste standen die Tränen in den Augen. Als sie an Ferdinands Arm aus der Kirche trat, direkt auf eine Nebelbank zu, die während des Gottesdienstes vom Jasmunder Bodden hoch zu ihnen auf den Hügel gestiegen war, beschloss sie, diese Kirche nie wieder zu betreten.

Vielleicht, dachte sie, hatte Paul Mehrich Ähnliches an diesem Sonntag erlebt. Anders konnte sie es sich jedenfalls nicht erklären, dass er am darauffolgenden Tag früh morgens, während sie noch alle am Frühstückstisch saßen, in ihren Salon stürmte, sich ungefragt setzte und »diese Ungeheuerlichkeit« von sich gab, wie sie sein Ansinnen noch viele Jahre später nennen würde.

»Ich will nicht lange drum herumreden«, begann er. »Wie wir alle wissen, ist meine geliebte Alwine jetzt seit über einem halben Jahr tot. Und wie wir ebenfalls alle wissen, hat Anton das Sandloch ausgehoben, in dem meine Tochter den Tod gefunden hat.«

»Zügeln Sie Ihre Worte, Mehrich. Bei allem Verständnis für Ihre Trauer, und glauben Sie mir, auch wir vermissen

Ihre Tochter schmerzlich, sollten Sie keine falschen Zusammenhänge herstellen«, sagte Auguste, während sie aus dem Augenwinkel Ferdinand beobachtete, der nachdenklich über seinen Bart strich. »Und ganz abgesehen davon müssten Sie langsam wissen, dass wir zur Essenszeit nie gestört werden wollen, sei es am Morgen oder am Abend. Marta wird Ihnen das sicherlich schon mehr als einmal gesagt haben. Wenn ich Sie also bitten darf? Meine Familie würde sehr gerne in aller Ruhe noch ihr Frühstück einnehmen.«
Während Auguste Paul Mehrich mit ihren Blicken schier zu durchbohren schien, dachte sie, dass sie gleich nachher mit ihrer Haushälterin ein ernstes Wort würde sprechen müssen. Offensichtlich hatte ihre letzte Unterredung nicht gefruchtet. Und dabei hatte sie noch geglaubt, Marta habe endlich verstanden, wann sie Besuch eintreten lassen durfte und wann nicht.
Paul Mehrich lächelte. »Werte Frau von Salen, ich entschuldige mich in aller Förmlichkeit, aber diese Angelegenheit duldet leider keinen Aufschub mehr. Nur meinem Respekt vor den Toten haben Sie es zu verdanken, dass ich bislang meiner Forderung noch keinen Ausdruck verliehen habe.« Dann wandte er sich an Ferdinand von Salen. »Ich will es kurz machen, es ist ganz einfach. Es wäre ein Leichtes, Ihren Sohn Anton wegen dieses Tötungsdelikts vor Gericht zu bringen«, sagte Paul Mehrich mit einer Beiläufigkeit, die den Ernst seiner Worte nur noch mehr unterstrich.
Ferdinand glaubte seinen Ohren nicht zu trauen. Hatte er gerade tatsächlich die Frechheit besessen, von einem »Tötungsdelikt« zu sprechen? Nachdenklich sah er ihn an, während er die Arme vor der Brust verschränkte. »Mein lieber Mehrich«, sagte er, »wenn wir Ihnen unser Mitge-

fühl nicht deutlich genug zum Ausdruck gebracht haben sollten, dann bitte ich Sie hiermit aus tiefstem Herzen um Entschuldigung. Aber eine Anklage gegen Anton, bei allem Verständnis, das geht wirklich zu weit. Der Tod Ihrer Tochter war ein tragisches Unglück, das wissen Sie genauso gut wie ich.«

»Glauben Sie mir, ich habe mich erkundigt.«

»Erkundigt? Bei wem, wenn ich fragen darf?«

»Bei niemand Geringerem als dem fürstlichen Justiziar.«

»Eduard von Bernsburg hat Sie empfangen?«, fragte Ferdinand erstaunt.

»Er hat mir seine Einschätzung der Sachlage über den Verwalter von Schloss Spycker zukommen lassen.«

Ferdinand verzog keine Miene. Das fehlte ihm gerade noch, dass sich der Verwalter von Schloss Spycker in seine Angelegenheiten mischte. Hatte Mehrich denn ganz vergessen, dass das Verhältnis zwischen den beiden Gütern seit geraumer Zeit mehr als unterkühlt war? »Mein lieber Mehrich, wie lange arbeiten Sie jetzt schon für mich? Sechs Jahre? Und ich kann sagen, dass ich mit Ihrer Arbeit bislang immer sehr zufrieden gewesen bin. Ach was, mehr als das, außerordentlich zufrieden sogar. Ich hoffe, Sie wissen das.« Er hielt kurz inne und sah Mehrich mit durchdringendem Blick an, aber auf dessen Gesicht war keinerlei Regung zu erkennen. »Natürlich wissen Sie das, sonst hätten Sie nicht alles getan, um dieses Gut so weit voranzubringen. Nicht wahr?«

»Blietzow könnte noch viel besser dastehen, wenn wir endlich …«, warf Viktor ein, doch sein Vater gab ihm mit einer Handbewegung zu verstehen, dass er schweigen sollte. Und dieses Mal gehorchte er ohne Widerworte.

»Mit diesem Erfolg haben wir uns nicht nur Freunde gemacht«, fuhr Ferdinand fort. »Auch das wissen Sie selbstverständlich. Denken Sie nur an den Ärger, den wir im vergangenen Jahr mit Schloss Spycker wegen der an deren Rübenfelder angrenzenden Weiden hatten. Sie haben doch selbst miterlebt, wie uns der Verwalter für seine niedergetrampelten und geplünderten Felder in die Pflicht nehmen wollte? Dabei wusste er nur zu gut, dass er leider einmal mehr Opfer einer Horde Wildschweine geworden war.«

»Herr von Salen, das mag ja …«

»Lassen Sie mich ausreden«, unterbrach er ihn barsch. So gutmütig er manchmal ja gewesen sein mochte, aber jetzt war mit ihm nicht mehr zu spaßen. »Wenn Ihnen der Spyckersche Verwalter ausrichten lässt, dass Sie mit einer Klage gegen meinen Sohn Anton gute Chancen vor Gericht hätten, dann muss ich Sie leider auf den Umstand hinweisen, dass es hierbei weniger um Ihre arme Tochter Alwine geht, noch um Sie und Ihre Familie oder um eine Entschädigung für ein Unglück, das nicht zu entschädigen ist, sondern einzig und allein um den Machthunger eines ehrgeizigen Verwalters, der darauf hofft, mir und damit Gut Blietzow schaden zu können. Verstehen Sie, was ich meine?« Er sah Paul Mehrich herausfordernd an, aber der schien wenig beeindruckt. Zumindest glaubte Ferdinand ihn selbstgefällig lächeln zu sehen. »Ich will es Ihnen gerne erklären, mein lieber Mehrich«, fuhr er in gereiztem Ton fort. »Wenn es mit dem Gut bergabgeht, geht es auch mit Ihnen bergab, und dann haben Sie nicht nur Ihre Tochter verloren, sondern auch Ihre gut honorierte Stelle, und Ihre Familie müsste aus dem schönen Haus ausziehen, Sie müssten vermutlich wieder in einer der schäbigen Katen leben, ohne fließend Wasser ...« Ferdinand hielt kurz inne und lächelte. »Aber wir wollen den Teufel ja nicht an die Wand malen. Was ich sagen will, Sie sollten nicht alles für bare Münze nehmen, was man Ihnen aus dem Innersten des Schlosses so zuträgt.«

Paul Mehrich atmete tief durch. Da wollte ihm dieser von Salen doch wirklich drohen. Aber damit war ja zu rechnen gewesen. Bei diesem Großvater!

»Aber mein lieber Herr von Salen«, sagte er, »für wen halten Sie mich? Natürlich habe ich auch anderweitig Erkundigungen eingezogen. Und wie man es dreht und wendet, Ihr Sohn bleibt derjenige, der dieses unglückselige Loch gegraben hat.« Und Ihre Frau diejenige, die Schuld daran trägt, dass es überhaupt so weit kommen musste, dachte er im Stillen.

»Aber doch nicht, damit Alwine darin zu Tode kommt«, erwiderte Auguste verärgert.

»Ich unterstelle ja auch keinen Vorsatz«, entgegnete Mehrich kühl.

Auguste glaubte nicht richtig zu hören. Was sich dieser Mehrich da gerade erlaubte, war ungeheuerlich. Hätte Ferdinand ihr doch nur einmal zugehört, einmal ihren Vermutungen Glauben geschenkt, dass dieser Inspektor alles andere als ein treuer Wegbegleiter war. Aber es waren ja immer seine »blendenden Verbindungen«, sein »glückliches Händchen mit den Zwischenhändlern«, sein »durch Nichts aufzuwiegendes Wissen«, seine »Rügener Art«, an die sie sich eben gewöhnen müsse, die Ferdinand stets zu seiner Entschuldigung ins Feld geführt hatte. Augustes Blick haftete auf Paul Mehrich. Wie akkurat er heute seinen Seitenscheitel gezogen hatte, und wie penibel sein Bart gestutzt war.

Anton, der inzwischen ganz blass geworden war, räusperte sich. »Wenn ich auch mal etwas …«

»Nein!« Ferdinand warf ihm einen strengen Blick zu. »Halt dich da raus. Und was soll das überhaupt, warum sitzt ihr hier eigentlich alle noch herum? Habt ihr denn nichts zu tun? Anton, warum bist du noch nicht bei Kahnick im Stall? Und du, Luise, müsstest du nicht längst auf dem Weg nach Sagard sein? Es ist doch wieder Wanderlehrerwoche. Und Viktor, du solltest dich gleich noch einmal um das neue Saatgut aus Schweden kümmern. Nicht, dass es Herbst wird, bis es endlich den Weg zu uns gefunden hat.«

Viktor stand als Erster auf. Wenn er jetzt nicht aufbegehrte, wenn er seinem Vater jetzt zeigte, dass er verstand und dass er seine Arbeit ernst nahm, vielleicht würde er dann endlich begreifen, dass er der richtige Mann für dieses Gut war und nicht dieser ungehobelte Kerl, der keinerlei Respekt besaß. »Habt ihr nicht gehört?« Er gab seinen Geschwistern Zeichen, sich zu erheben.

»Aber«, widersprach Anton zögerlich, »ich finde, ich …«

»Anton, das ist eine Sache zwischen Mehrich und mir.«

»Aber es geht doch auch …«

»Schluss jetzt! Raus hier!« Ferdinands Stimme hallte durch das ganze Zimmer. Noch nie zuvor hatte er Anton derart angeschrien. Noch nicht einmal damals vor vier Jahren, als er nach langer Zeit einmal wieder mit Auguste nachts zum Königsstuhl hatte fahren wollen und er ihn schlafend neben Kahnicks Pritsche vorgefunden hatte.

In Anton brodelte es. Begriff denn niemand, dass es hier um ihn ging? Um ihn, der das Loch gegraben hatte? Sah denn niemand, dass er bereit war, über seine Schuld zu sprechen? Allein schon, um damit nicht mehr so allein sein zu müssen. Doch selbst Mehrich schien sich nicht für das zu interessieren, was er zu sagen hatte. Er ignorierte ihn wie immer. Wortlos stand Anton auf. Aber der Blick, den er erst seinem Vater und dann seiner Mutter zuwarf, dieser Blick voller Hass und Schuld sagte alles. Auguste fröstelte es, als er sie traf.

»Das gilt auch für dich, Luise!«

Gedankenverloren nickte sie ihrem Vater zu. Erst vor wenigen Tagen hatte sie ihrer Mutter noch gesagt, wie froh sie sei, nicht mehr von Alwines leichenblassem Gesicht verfolgt zu werden, dass sie jetzt endlich wieder arbeiten und lernen und schlafen könne, ohne aufzuschrecken. Und nun kam Mehrich daher, sprach diese unglaubliche Drohung aus, und mit einem Schlag war auch dieses Bild wieder zurück. Schärfer als je zuvor. Wie benommen stand sie auf. Dass sie gleich gemeinsam mit Jakob nach Sagard fahren würde, machte alles nur noch schlimmer. Seit Wochen sprach er nur das Nötigste und wich zur Seite, sobald sie sich neben ihn auf den Kutschbock setzte. Noch nicht einmal ein leises Lächeln hatte er für sie übrig. Zur Begrüßung schenkte er ihr lediglich ein wortloses Nicken.

Es war, als wäre ihr ganzes Leben vergiftet durch Alwines Tod.

14

Als die beiden Männer allein waren, sahen sie sich für einen Moment schweigend an. Auf ihren Gesichtern war weder Triumph noch Wut abzulesen.

»Mehrich, Mehrich«, sagte Ferdinand schließlich, während er den Kopf bedächtig hin und her wiegte. »Was haben wir nicht schon alles miteinander durchgemacht. Denken Sie nur an den Hafenbau, die vielen Maschinen, die wir angeschafft haben, unser neues Saatgut. Habe ich Ihnen nicht immer freie Hand gelassen? Habe ich Ihnen nicht immer mein ganzes Vertrauen entgegengebracht? Soll das jetzt der Dank sein für meine Großzügigkeit?« Er machte eine kurze Pause, fuhr dann aber, ohne Mehrichs Antwort abzuwarten, zügig fort. »Ich verstehe ja, dass Sie mit Ihrem Schicksal hadern. Ich verstehe, dass Sie dieses schreckliche Unglück, das da über Sie und Ihre Familie gekommen ist, am liebsten ungeschehen machen möchten. Aber ebenso, wie Sie wissen, dass das unmöglich ist, wissen Sie auch, dass niemand Schuld an diesem Unfall trägt, dessen bin ich mir sicher, weder mein Sohn Anton noch Ihre Tochter Ella im Übrigen. Denn …«, er atmete tief durch, »denn Sie sollten bedenken, dass es Ihre Tochter war, die meinen Sohn erst dazu gebracht hat, dieses schreckliche Sandloch zu graben.«

Paul Mehrich hatte Mühe, sich zu beherrschen. Die von Salens waren doch alle vom gleichen Schlag, überheblich, anmaßend, sich nie auch nur eines Vergehens bewusst. Und dabei trugen sie die Schuld schon seit Generationen im Blut. Zumindest seitdem Gottfried von Salen geglaubt hatte sich unbedingt auf Rügen niederlassen zu müssen.

»Herr von Salen, nicht dass wir uns falsch verstehen. Mir liegt nichts daran, Ihren Sohn Anton vor Gericht zu bringen«, sagte Mehrich und ballte in Gedanken die Fäuste. Früher hätte er einfach zugeschlagen. Früher hätte er keine Sekunde gezögert und einen wie Ferdinand von Salen niedergestreckt. Nichts hasste er mehr, als von oben herab behandelt zu werden. Aber mit den Jahren hatte er dazugelernt. Mittlerweile wusste er, dass er mit Bedacht vorgehen musste, wenn er sein Ziel erreichen wollte.
Ferdinand ließ sich zwar nichts anmerken, aber innerlich atmete er erleichtert auf. Nur ungern hätte er Mehrich damit gedroht, im Fall der Fälle auch Ella verklagen zu müssen. Und dass er die besseren Anwälte hätte beschäftigen können, hätte er, wenn es darauf angekommen wäre, natürlich nicht verschwiegen. Viel lieber war es ihm aber, wenn er sich und seiner Familie das alles ersparen konnte. Und das nicht nur aus Sorge um Anton. Die endgültige Entscheidung über den Bahnanschluss stand kurz bevor, und ein öffentlicher Skandal hätte sich negativ ausgewirkt. Außerdem verlangte das Gut seine ganze Konzentration, seitdem Viktor sich mit aller Vehemenz in den Vordergrund drängte. Am allerwichtigsten war aber, dass er gerade jetzt unmöglich auf Mehrich verzichten konnte. Im Frühjahr würde zum ersten Mal die neue Saat ausgebracht, und Mehrich war der Einzige, der bereits mit ihr gearbeitet hatte, damals vor zehn Jahren auf Wittow. Das Gut wurde daraufhin zum erfolgreichsten Rügens gekürt. Und auch wenn Ferdinand wusste, dass dieser Erfolg für das viel zu kleine Blietzow unerreichbar war, sein großes Ziel bestand darin, das ertragsreichste Gut auf Jasmund zu sein. Momentan hatte Schloss Spycker die Nase noch hauchdünn vorne.

»Mir liegt allerdings sehr wohl etwas daran, eine angemessene Anerkennung für meine Arbeit zu erfahren«, ergänzte Mehrich.

»Ach, Sie sind mit Ihrem Lohn unzufrieden? Warum sagen Sie das denn nicht gleich?«

»Um genau zu sein dachte ich an eine Beteiligung.«

»Eine Beteiligung?«

»Ich bin der Meinung, dass es nur recht und billig ist, wenn Sie mir die Hälfte des Guts übertragen«, präzisierte Paul Mehrich.

»Die Hälfte des Guts?«

»Für Alwine«, legte Mehrich nach. »Die ja auch fast so etwas wie Ihre eigene Tochter gewesen ist, zählt man mal all die Stunden zusammen, die sie bei Ihrer Frau verbracht hat.«

Ferdinand wäre beinahe in schallendes Gelächter ausgebrochen, so absurd war diese Forderung. Die Hälfte des Guts? War Mehrich denn vollkommen von Sinnen? Ferdinand sah seinem Inspektor direkt in die Augen. Dessen Blick war klar und fest, und nichts schien darauf hinzudeuten, dass er den Verstand verloren hatte. Nachdenklich strich Ferdinand über seinen Bart. Mehrich schien es wirklich ernst zu meinen. Herrje, die Hälfte des Guts, darüber lohnte es sich noch nicht einmal, nachzudenken. In was für eine verfahrene Lage hatte er sie beide da bloß gebracht? In Berlin hätte er einen wie Mehrich spätestens jetzt der Tür verwiesen, da hätte er sich dieses Verhalten nicht gefallen lassen, aber hier, auf Rügen, wo man froh sein musste, überhaupt genügend gute Arbeiter zu finden, konnte er unmöglich auf seinen fähigsten Mann verzichten.

»Gut«, sagte er, während er Mehrich nicht aus den Augen ließ, »ich mache Ihnen einen Vorschlag. Der Plan, es einmal mit einem anderen Saatgut zu versuchen, stammt ja von Ihnen. Wenn die Saat so gut anschlägt, wie Sie prophezeit haben, dann beteilige ich Sie mit fünfzehn Prozent am Gewinn. Ist das ein Wort? Ich verspreche Ihnen außerdem, für Alwine einen Gedenkstein errichten zu lassen«, fügte er hinzu, nachdem sein Inspektor keinerlei Reaktion gezeigt hatte. »Das wäre dann für mich das, was ich eine wohlverdiente Anerkennung nennen würde. Denn mal ganz ehrlich, die Hälfte des Guts zu fordern muss doch auch in Ihren Ohren abwegig klingen?«

Zum ersten Mal an diesem Tag huschte ein Schmunzeln über Paul Mehrichs Gesicht. Natürlich wusste er, dass dies eine törichte Forderung war. Niemals würde er sich nur mit der Hälfte des Guts begnügen. Wenn seine Zeit erst einmal gekommen war, würde sich Ferdinand von Salen noch sehnsüchtig an dieses Gespräch erinnern. »Fünfzig Prozent«, erwiderte er forsch.

Auch Ferdinand schmunzelte jetzt. Sein Plan schien aufzugehen. Mehrich begann zu spielen, und wenn er ihn ein bisschen gewähren ließ, würde er sich am Ende als Sieger fühlen. »Sechzehn, höchstens«, sagte er und machte dabei ein ernstes Gesicht.

»Neunundvierzig.«

»Herrje, Mehrich, Sie pokern ja richtig. Meinetwegen, dann siebzehn Prozent, aber höher gehe ich nicht.«

»Achtundvierzig.«

»Achtzehn. Und damit ist aber Schluss.«

»Siebenundvierzig.«

Bei fünfundzwanzig Prozent schlug Mehrich ein.

Kurz darauf verließ er das Gutshaus mit hocherhobenem Kopf. Ferdinand von Salen sah nicht weniger zufrieden aus.

15

Bei Sonnenaufgang hatte noch Tau auf dem Land gelegen. Wie ein zarter Film hatte er sich über die hügeligen Felder gebreitet, als wollte er die jungen, gerade erst aus der Erde sprießenden Halme schützen. Und nun, am Nachmittag, stand Rügen so fest, so sicher im gleißenden Licht, dass man meinen konnte, jegliches Zaudern und Zögern vom Morgen sei für immer vergessen.
Diese Stimmung schien sich auch auf Luise übertragen zu haben. Zum ersten Mal seit Alwines Tod hatte sie das Gefühl, weit über das Kap Arkona hinausblicken zu können, ohne dass gleich Himmel und Meer ineinanderverschmolzen. Fischerboote schaukelten auf der Horizontlinie entlang, geradewegs auf weiße Wolkenberge zu, die sich aus der glitzernden See erhoben.
Blietzow in ihrem Rücken, ging sie auf dem schmalen Feldweg, der sie an den Rübenfeldern vorbei in die Stubnitz führte. Im Wald war es kühl. Luise knöpfte ihre Jacke zu und beschleunigte ihren Schritt. Sie musste aufpassen, nicht auszurutschen. Das Laub war noch feucht, und die Frühjahrsstürme hatten Geröll auf den unebenen Pfad geschoben. Auch umgestürzte Bäume behinderten immer wieder ihren Weg.
Hoffentlich würde Jakob kommen. Vorhin hatte sie versucht ihm deutlich zu machen, dass sie ihn heute unbedingt am Strand von Krievitz treffen wollte. Aber Anton hatte danebengestanden, und auch Kahnick war nicht weit gewesen, so dass sie nur in Andeutungen hatte sprechen können.
Zu ihrer Linken, am Fuß des Steilufers, schlug die See

gleichmäßig gegen das Ufer. Auch die Maiglöckchen, die sich wie ein Flickenteppich über den Waldboden breiteten, entfalteten eine beruhigende Wirkung. Und dennoch gelang es Luise nicht, ihre Aufregung abzuschütteln.
Die vergangenen Monate waren die schlimmsten ihres Lebens gewesen. Über Blietzow lag eine Stille, die zum Schreien war. Dabei sah es auf den ersten Blick so aus, als ginge wieder alles seinen gewohnten Gang.
Mehrich und Viktor stritten wie immer. Dieses Mal wegen des neuen Saatguts, das nicht anschlug wie erhofft. Mehrich warf Viktor vor, die falsche Saat in Schweden bestellt zu haben, während Viktor behauptete, Mehrich habe ihn absichtlich mit fehlerhaften Informationen versorgt. Ferdinand versuchte zu retten, was zu retten war, und setzte auf Mehrichs Vorschlag hin einen neuen Dünger ein, den dieser über einen Händler aus Greifswald bezog. Auch Auguste schien wieder in ihr gewohntes Leben zurückgefunden zu haben. Sie kümmerte sich um das Haus, nahm sich Auszeiten in ihrem Dachzimmer, ließ Alma gelegentlich Reste bringen und war ansonsten froh, dass man sie nicht mehr zu den »Damenrunden« einlud, die von den Rügener Gutsbesitzergattinnen regelmäßig veranstaltet wurden und zu denen sie ohnehin noch nie gegangen war. Selbst Anton hatte wieder Tritt gefasst. Statt sich bei den Veteranen des Krieger- und Militärvereins herumzutreiben, wie er es anfangs noch getan hatte, verbrachte er jetzt wieder die meiste Zeit bei Kahnick und den Pferden. Und Ella half, wie früher auch schon, ihrer Mutter, nur dass sie jetzt noch mehr Pflichten übernahm.
Alma sah man den Kummer deutlich an. Sie hatte an Gewicht verloren und fühlte sich oft schwach.

Wie sie hatte sich auch Jakob verändert. Im Gegensatz zu früher sprach er kaum. Er erledigte seine Pflicht und war ansonsten nicht zu sehen. Auch Luise war es bislang nicht gelungen, ihm wieder näherzukommen, obwohl es an Gelegenheiten nicht gemangelt hätte. Allein die gemeinsamen Fahrten zu den Wanderlehrerseminaren hätten Momente der Eintracht sein können. Aber Jakob hatte jeden ihrer Versuche zu reden abgeblockt. Bei jeder Berührung, ob zufällig oder nicht, war er zurückgezuckt. Und dennoch glaubte Luise zu spüren, dass er sich nichts sehnlicher wünschte, als aus diesem Gefängnis auszubrechen.

Sie jedenfalls war fest entschlossen, ihr Leben in die Hand zu nehmen. Nur deswegen hatte sie heute noch einmal diesen Schritt gewagt. Nur deshalb hatte sie sich kerzengerade vor ihn gestellt und ihn mit festem Blick angesehen, nur deshalb wollte sie ihm zeigen, dass er für sie wichtig war, dass sie sich nicht so leicht einschüchtern ließe.

Luise stemmte sich gegen das Gefälle. Der Weg, der vom Waldrestaurant in Krievitz hinunter zum Strand führte, war schmierig wie ein gerade gebohnerter Parkettfußboden. Sie schlitterte mehr, als dass sie ging, und musste sich immer wieder in letzter Sekunde an einem der Baumstämme festhalten, um nicht hinzufallen. Kurz bevor sie unten angelangt war, löste sich eine kleinere Gerölllawine, die wenige Zentimeter neben ihr niederging. Mit zittrigen Knien passierte Luise den frisch aufgetürmten Steinhügel am Fuß des Hangs. Für einen Moment blieb sie stehen und ließ ihren Blick über die Ostsee schweifen. Das Meer war hier so weit, dass man meinen konnte, es läge kein Land mehr dahinter.

Noch aber war sie nicht am Ziel. Vorsichtig balancierte sie

auf den zum Teil mit Algen bewachsenen Steinen weiter Richtung Westen. Als sie zu einem Findling gelangte, der wie ein Mahnmal inmitten dieser steinernen Wüste lag, war sie endlich an ihrem geheimen Platz angekommen. Nur Jakob wusste von ihm. Damals in Glowe, vor dem Unfall, als sie mit ihm allein gewesen war, hatte sie ihm davon erzählt. Weder Urlauber noch Einheimische verirrten sich an diesen unwegsamen Strand. Hier, so schien es ihr, konnte sie die klarsten Gedanken fassen. Nichts verstellte den Blick, noch nicht einmal der Horizont schien ein Hindernis darzustellen. Die Idee mit dem Steinsäckchen war ihr hier gekommen, wie sie auch hier zu der Überzeugung gelangt war, Landwirtschaft studieren zu wollen, egal, was die anderen sagten.
Luise setzte sich auf den dunklen Stein. Wenn sie der See den Rücken kehrte, hatte sie den Hang sowie weite Teile des Strands im Blick.
Jakob musste einfach kommen.
Langsam begann es zu dämmern, und Luise wurde immer nervöser. Fünf Hühnergötter lagen neben ihr, die sie in der Zwischenzeit gefunden hatte. Den sechsten Stein hielt sie fest in der Hand. Er sah aus wie ein weinendes Gesicht. Das kleine Loch ging quer durch den Stein und war erst auf den zweiten Blick zu erkennen, dafür stachen die schwarzen Kerben in der grauen Fläche sofort heraus. Zwei ungleiche Augen und ein schräg nach unten gebogener Mund.
Mittlerweile saß Luise mit dem Rücken zum Hang und sah der See dabei zu, wie sie sich wieder und wieder an den Steinen brach. Es war nahezu windstill, und dennoch glaubte sie das Meer tosen zu hören. Wenn sie sich nur auf den Ausschnitt ihr zu Füßen konzentrierte, schienen sich

die kleinsten Kieselsteine in gewaltige Felsen zu verwandeln, die harmloseste Gischt in mächtige Sturzwellen. Luises ganze Aufmerksamkeit galt dieser kleinen Welt, in der es nur so rauschte und tobte, in der es außer diesem Getöse nichts mehr zu geben schien.

Als Jakob kam, hörte sie ihn nicht. Noch immer brandete das Meer wie bei einem Orkan gegen das Ufer. Erst als er schon eine ganze Weile neben ihr gestanden hatte, die Hände in den Hosentaschen, war ihr, als hätte sich eine Wolke vor die Sonne geschoben. Dabei war die schon längst hinter Hiddensee verschwunden. Abrupt wandte sich Luise nach links.

»Da bin ich«, sagte er, den Blick geradeaus auf die See gerichtet.

Mit einem Schlag war die Stille zurück.

»Schön, dass du gekommen bist.« Ihre Stimme krächzte, als hätte sie Jahre des Schweigens hinter sich.

Er nickte.

»Willst du dich nicht setzen?«

»Ich stehe lieber.«

»Gut.« Luise ließ ihn nicht aus den Augen, während Jakob stur geradeaus blickte. Er sah merkwürdig zerknautscht aus. Zwei tiefe Furchen zogen sich von der Schläfe bis zum Kinn, eine lag quer zu den beiden, begleitet von vielen kleineren, als hätte er zu lange im Stroh gelegen.

Sie schwiegen.

Auch Luise richtete ihren Blick jetzt aufs Wasser, das in der Dämmerung immer schwärzer zu werden schien.

»Es geht nicht«, sagte Jakob plötzlich.

»Was geht nicht?«

»Du und ich. Ich fühle nichts mehr.«

Seine Worte trafen sie im Innersten. Für einen Moment saß sie wie erstarrt auf ihrem Stein und glaubte die schwarze See immer näher kommen zu sehen. Was aber danach mit ihr geschah, konnte sie sich erst Jahre später erklären. In diesem Augenblick verstand sie nicht, warum sie plötzlich eine tiefe Ruhe durchströmte, als würde ein warmer Windzug durch sie hindurchwehen. Ungläubig horchte sie in sich hinein, aber es gab keinen Zweifel. Langsam drehte sie sich zu Jakob, der sie noch immer nicht ansah. »Du hast also keine Gefühle mehr?«, fragte sie.

Er nickte kaum merklich.

»Für mich?«

Jakob schwieg.

»Jakob, hast du keine Gefühle mehr für mich?«

Er zuckte mit den Schultern.

»Warum bist du gekommen?«

»Um dir das zu sagen«, antwortete er so leise, dass sich seine Stimme in der Brandung zu verlieren schien.

»Du kannst mir doch noch nicht einmal in die Augen sehen«, entgegnete sie.

Jakob drehte den Kopf nach rechts, aber sein Blick ging in die Ferne.

»Ist es wegen Alwine?«

»Nein.«

»Wegen Ella?«, fragte Luise nach einer Weile leise.

»Nein.«

»Wegen Anton?«

»Nein.«

»Weswegen dann? Erklär es mir doch wenigstens.« Luise sprach mit fester Stimme.

Jakob schwieg.
»Setz dich neben mich.« Luise streckte ihm ihre Hand entgegen. »Bitte. Ich will es nur verstehen.«
Er rührte sich nicht.
»Bitte.« Sie sah ihn unverwandt an. Wenn er sich nicht bald bewegte, würde sie aufstehen und ihn an die Hand nehmen wie ein kleines Kind.
Jakob setzte sich auf die Kante. Ohne zu zögern, rutschte Luise näher und legte ihre Hand auf seine. Sie zitterte, aber er zog sie nicht zurück.
»Ist es, weil ich die Tochter des Gutsbesitzers bin?«, fragte sie, nachdem sie erneut geschwiegen hatten.
»Nein.«
»Dann gibt es also gar keinen Grund?«
»Doch.« Er schluckte. »Ja, nein, ich meine, mein Vater … Ich weiß es doch auch nicht.« Wie gut sich ihre Hand anfühlte. Wie ein schweres Federbett.
Luise war noch immer ganz ruhig. Am Himmel zeigten sich die ersten Sterne. Nicht mehr lange, dann wäre es tiefste Nacht. »Ist es nicht schön hier?«
Er nickte. Seine ganze Familie tauchte vor ihm auf, seine schwermütige Mutter, Alwines Leichengesicht, seine eifersüchtige Schwester, sein tobender, in Rätseln sprechender Vater, wenn es um die von Salens ging. Er fühlte sich wie ein Verräter. Aber Luises Hand lag so warm auf seiner. Er konnte jetzt sogar ihren Atem spüren. Sein Blick ruhte auf Luises weicher Haut, die ihre Handknochen nur erahnen ließ. Die Erinnerung an ihre erste Berührung war wieder lebendig. Jakob schloss die Augen.
Luise streichelte Jakobs Finger, erst den Zeigefinger, dann den Mittelfinger, den Ringfinger, den kleinen Finger, den

Ringfinger, den Mittelfinger und immer weiter. Sie zitterte jetzt auch.
Auf der dunklen See schienen Lichtpunkte hoch und nieder zu wippen.
Jakob, der seine Augen noch immer geschlossen hielt, sah Luises efeuumranktes Gesicht vor sich, ihre Fingerkuppen auf seiner Haut, ihre Finger, die über seine Hand strichen, so sanft und doch mit einer Intensität, dass er glaubte zu verbrennen.
Luises Atem ging schnell. Ihr war, als würde die See gegen sie branden. Wieder meinte sie es tosen und rauschen zu hören. Ihre Finger bebten auf Jakobs Hand.
Er kämpfte, aber es gab kein Zurück. Jakob fasste Luise an der Hüfte, zog sie zu sich heran, umklammerte sie, rieb sein Gesicht in ihrem Haar, ihrem Nacken, auf ihren Schultern, und dann endlich küssten sie sich.

Spät in der Nacht gingen sie am Strand zurück nach Lohme. Luise fühlte sich, als hätte sie eine schwere Krankheit überwunden. Ausgelassen balancierte sie über die rutschigen Steine und ließ sich immer wieder in Jakobs Arme fallen.
Jakob küsste sie ohne Unterlass, als wollte er alle entgangenen Küsse auf einmal nachholen. Immer wieder packte er Luise so fest, dass sie sich freistrampeln musste, um wieder atmen zu können.
In diesen Augenblicken, wenn sie sich für Sekunden trennten, war ihm, als würde die ganze Vergänglichkeit des Lebens zwischen ihnen stehen. Er sah Alwines blasses Gesicht, er sah seine untröstliche Mutter, er glaubte seinen Vater wüten zu hören. In diesen Momenten musste er sich

wieder und wieder sagen, dass es an dieser Liebe nichts Verbotenes gab, dass er kein Verräter war.

Luise ahnte von alldem nichts. Sie spürte seine Küsse auf ihren Wangen, auf ihren Lippen, auf ihrer Nase, auf ihrem ganzen Gesicht. Sie spürte, wie er für sie brannte, wie die Trauer langsam von ihm abzubröckeln schien.

Wie sehr er ihr gefehlt hatte, wurde ihr erst in dieser Nacht bewusst. Seine Hände zu fühlen, sein Gesicht abzutasten, ihn mit Küssen zu bedecken war für sie, als wäre sie endgültig erwachsen geworden.

16

»Frau Mehrich?« Auguste streckte vorsichtig ihren Kopf in den Flur. »Frau Mehrich?«, rief sie wieder. Nichts rührte sich.

Vor dem Haus stand ein Bottich mit gräulicher Seifenlauge, über den sie beinahe gestolpert wäre. Wäsche lag noch darin, das Waschbrett lehnte daneben.

»Ich wollte Ihnen und Ihrer Familie nur etwas von dem Gulasch bringen, das Marta heute gekocht hat.«

Auguste ging durch den Flur in die Küche. Auf dem Herd standen Kartoffeln, ansonsten war alles penibel aufgeräumt. Holzscheite lagen ordentlich gestapelt neben dem Ofen sowie alte Zeitungen, die aussahen, als wären sie geplättet worden.

»Frau Mehrich?«

Sie stellte den Topf mit dem Gulasch neben die Kartoffeln und ging zurück in den Flur. Nicht eine Fotografie hing dort, nicht einmal ein Kalenderblatt. Auguste fröstelte. Selbst die einfachsten Katen der Tagelöhner machten einen freundlicheren Eindruck. Bislang hatte Marta die Essensreste gebracht. Heute aber war ihr freier Tag, und Auguste wollte die Gelegenheit nutzen, Alma zum ersten Mal seit Mehrichs »unglückseligem Auftritt« wieder einen Besuch abzustatten. Am Morgen, als sie aufgewacht war, hatte sie geglaubt Alwine singen zu hören.

»Frau Mehrich? Alma?« Ihre Worte hallten wie Donnerschläge durch den Flur, so totenstill war es in diesem Haus. Niemand antwortete. Vorsichtig drückte Auguste eine Klinke. Zu ihrem Erstaunen ließ sich die Tür lautlos öff-

nen. Ihr Blick fiel auf einen Ofen, ein Büfett, einen Holztisch und vier Stühle. Hier hatte sie nach Alwines Tod fast jede Woche gesessen und versucht tröstende Worte für das Unglück zu finden. Hinter der nächsten Tür verbargen sich ein Waschtisch und zwei Betten. Auf eines hatte jemand ein nicht mehr weißes Hemd geworfen.
»Alma? Frau Mehrich?«
Auguste wollte gerade die steile Treppe nach oben gehen, als sie im Garten Schritte hörte.
»Frau Mehrich? Sind Sie das?«
Sie ging den Flur zurück Richtung Haustür. Als sie aus der Tür trat, bog Paul Mehrich um die Ecke, einen Eimer mit schäumender Milch in der Hand. Auguste sah ihn erstaunt an. »Sie?«
Mehrich verzog keine Miene. »Soweit ich informiert bin, wohne ich hier.«
»Aber Sie sind doch heute früh mit meinem Mann und Viktor nach Bergen gefahren. Der Termin beim Landrat. Sie wissen schon.«
»Ich glaube nicht, dass ich als Geist vor Ihnen stehe«, erwiderte Mehrich kühl. »Was verschafft mir denn die Ehre?«
»Paul?« Oben hatte sich ein Fenster geöffnet. Alma streckte den Kopf heraus. »Frau von Salen?«, rief sie erschrocken und fuhr sich durch ihr zerzaustes Haar. »Wenn ich gewusst ... Entschuldigen Sie bitte, ich hätte doch ... Ach je, einen Moment bitte ... Paul, führ Frau von Salen doch in die Stube.« Alma blickte noch einmal ungläubig auf die beiden hinunter, bevor sie das Fenster schloss.
»Wenn ich bitten darf?« Mehrich wies Auguste den Weg ins Haus.
Auguste zögerte. Nicht nur, dass sie keinen Drang verspürte,

zurück in dieses unwirtliche Haus zu gehen, sie hatte auch kein Bedürfnis, sich mit Mehrich an einen Tisch zu setzen. Seit seiner Drohung, Anton vor Gericht zu bringen, stand ihr Urteil endgültig fest. Er war der »widerlichste Mensch«, den sie kannte. So jedenfalls drückte sie sich Ferdinand gegenüber aus. Warum war er nicht mit den anderen in Bergen? Wenn sie geahnt hätte, ihn hier anzutreffen, hätte sie das Gulasch lieber an die Schweine verfüttern lassen.

»Kommen Sie?«

In der Stube war es feuchtwarm. Auguste setzte sich auf den Stuhl, den Mehrich ihr zugewiesen hatte. Ihr Blick fiel auf das Büfett am anderen Ende des Tisches. In einem wilden Durcheinander lagen dort Papiere, Briefe und Zeitungsausschnitte gestapelt. Ohne etwas zu sagen, packte Mehrich den Haufen und schob ihn in den hintersten Winkel.

»Was verschafft uns also die Ehre?«

»Ich wollte nur etwas Gulasch bringen und mich nach dem Befinden Ihrer Frau erkundigen. Ihre Frau war schon lange nicht mehr bei uns oben auf dem Gut. Wie geht es ihr denn?«

»Dass Sie persönlich kommen.« Mehrich nickte anerkennend, während er sich ans Büfett lehnte.

Treppenstufen knarrten, dann hörte man es in der Küche klappern.

Auguste verfluchte sich, hierhergekommen zu sein. Dass Mehrich sich aber auch nicht setzte. Mit gekreuzten Beinen lehnte er am Büfett und schien auf sie hinabzublicken wie auf eine wohlschmeckende Beute.

»Wann dürfen wir denn mit der Enthüllung des Gedenksteins rechnen?«, fragte Mehrich unvermittelt. Die Freundlichkeit in seiner Stimme hätte nicht unechter sein können.

»Wenn ich mit der Arbeit vom Steinmetz zufrieden bin«, antwortete Auguste und ließ ihn dabei nicht aus den Augen. Warum war er bloß hier? Hoffentlich hatte Ferdinand eine gute Erklärung dafür.

»Und wann wird das sein, wenn man fragen darf?«

»Gut Ding will Weile haben, das wissen Sie doch.«

»Und ob ich das weiß«, rutschte es ihm heraus. Für einen Moment legten sich tiefe Furchen auf seine Stirn, aber er hatte sich rasch wieder im Griff. »Alwines erster Todestag jährt sich demnächst.«

Auguste nickte. »Glauben Sie mir, das habe ich nicht vergessen.«

Als Alma schließlich mit drei Tassen samt Untersetzern und einer dampfenden Kanne Tee zur Tür hereinkam, schwiegen sich die beiden an. Alma lächelte verlegen. Dunkle Ringe lagen um ihre Augen, um ihren Mund hatten sich Falten gegraben. Mager, wie sie geworden war, wirkte ihr ungleichmäßiges Gesicht noch schiefer als früher.

»Ich freue mich sehr, dass Sie zu uns gekommen sind, Frau von Salen«, sagte Alma mit zittriger Stimme. Jedes Wort, jeder Schritt, jede Bewegung schien sie unendlich viel Kraft zu kosten.

Auguste erschrak, sie so zu sehen. »Ich würde Ihnen gerne etwas Gebäck anbieten, aber …«

»Bitte, machen Sie sich keine Umstände.«

»Sie sind so freundlich, Frau von Salen.« Alma zwang sich zu einem Lächeln, während ihr Kopf hin und her schwankte, als könnte sie ihn kaum halten.

Für einen Moment wusste Auguste nicht, was sie sagen sollte. Alma wirkte so schwach, dass sie fürchtete, jedes noch so leise Geräusch könnte sie zutiefst erschrecken.

»Hühnerbrühe«, sagte sie nachdenklich, als spräche sie zu sich selbst, »Sie brauchen Hühnerbrühe. Ich werde gleich Marta Bescheid geben, dass sie einen großen Topf Hühnerbrühe aufsetzen soll.«

Alma sah sie mit leerem Blick an.

»Damit Sie wieder auf die Beine kommen, Frau Mehrich.« Auguste nickte ihr aufmunternd zu.

Paul Mehrich blickte kopfschüttelnd zu Auguste, sagte aber nichts.

»Hühnerbrühe hat mir schon meine Großmutter gekocht. Die hat noch immer Wunder gewirkt.«

Alma saß mit eingefallenen Schultern auf ihrem Stuhl und wippte mit ihrem Oberkörper kaum merklich vor und zurück.

Augustes Blick streifte Mehrich, der noch immer am Büfett lehnte. Auf seinem Gesicht glaubte sie seine Hilflosigkeit zu erkennen, aber vielleicht war es auch ihre eigene.

»Frau Mehrich«, Auguste streichelte Alma vorsichtig über die Schulter, »ich lasse Ihnen nachher Hühnerbrühe bringen. Und zur Sicherheit schicke ich Ihnen auch Marta vorbei. Sie weiß über sämtliche Kräuter Bescheid. Sie hat bestimmt das richtige Mittelchen, damit Sie wieder zu Kräften kommen.«

»Erst Hühnersuppe und dann Kräuter.« Mehrich verdrehte die Augen.

»Wir sollten es wenigstens einmal versuchen. Ihre Frau braucht Hilfe, sehen Sie das denn nicht? Ich werde jedenfalls nicht tatenlos herumsitzen.« Wie Sie!, hätte Auguste am liebsten geschrien, aber sie riss sich zusammen.

»Tatenlos war ich noch nie«, erwiderte Mehrich mit schneidender Stimme, »darauf können Sie sich verlassen.«

Alma, aufgeschreckt durch diesen harschen Ton, zitterte am ganzen Körper. Sie warf ihrem Mann einen traurigen Blick zu. »Entschuldigen Sie, Frau von Salen, er …«
»Schon gut, schon gut.« Auguste ging schnell dazwischen. Mehrich interessierte sie momentan nicht im Geringsten. »Ich schicke Ihnen jetzt erst einmal Marta vorbei, und wenn sie nicht helfen kann, sorge ich dafür, dass der Arzt zu Ihnen kommt.«
»Kräuter«, schnaubte Mehrich erneut verächtlich. »Wenn Sie wüssten, wie nutzlos dieses Kräuterzeugs bei meiner Großmutter gewesen ist. Als ob es so einfach wäre.«
»Ihre Großmutter? Hat sie denn eine ähnliche Tragödie erlebt?«, fragte Auguste zögerlich, nicht sicher, ob es überhaupt klug war, in Almas Gegenwart Alwines Tod auch nur anzudeuten.
»O nein, ganz im Gegenteil.«
»Ganz im Gegenteil? Ich fürchte, ich verstehe nicht ganz.«
»Wenn die Zeit gekommen ist, werden Sie es begreifen.«
Auguste spürte, wie es in ihm brodelte. Wenn die Zeit gekommen ist. Es war, als wollte er ihr drohen. Sie sah ihn verständnislos an, während sie ihn in Gedanken verdammte. Aber sie riss sich erneut zusammen. Mit ruhiger Stimme sagte sie: »Ich denke, wir sollten uns der Gegenwart zuwenden, meinen Sie nicht auch?«
Mehrich antwortete nicht. Stattdessen ging er zu seiner Frau, sprach so liebevoll mit ihr, dass sich Auguste fragte, ob dieser Mann tatsächlich der sein konnte, der ihr unermüdlich Gelegenheit gab, ihn zu verfluchen, half ihr vorsichtig hoch und führte sie, ohne Auguste eines weiteren Blickes zu würdigen, aus dem Raum.
Für einen Moment blieb Auguste sitzen, das Knarren der

Holzbohlen im Ohr. Zu viel ging ihr noch durch den Kopf – Almas trauriger Anblick, ihre Kinder, die lebten, Ferdinand, der schon lange nicht mehr so zärtlich mit ihr gesprochen hatte wie Mehrich eben mit seiner Frau. Dieser Mann war ihr ein Rätsel. Niemals hätte sie gedacht, dass er zu so viel Mitgefühl fähig sein könnte.

Als Auguste aus dem Haus trat, fielen erste Regentropfen. Wolken standen wie Drohungen am Himmel. In der Ferne hörte man es donnern. Sie hatte den Fuß des Hügels noch nicht erreicht, da ächzte das Land bereits. Rinnsale bildeten sich, Steine wurden weggespült, Weizen und Roggen lagen plattgedrückt am Boden. Der warme Regen rann ihr von der Stirn über die Wangen bis in den Ausschnitt. Ihr Kleid klebte an ihr wie eine zweite Haut.

Auguste blieb stehen und schloss die Augen. Neben ihren nächtlichen Ausflügen zum Königsstuhl waren ihr diese Sommerregen die liebsten Fluchten. Sie schienen ihr das Versöhnlichste zu sein, was Rügen zu bieten hatte. Nicht nur, dass sie sich auf ihrer Haut wie warme Berührungen anfühlten, sie waren auch wie Boten eines Neuanfangs. Der Duft von frisch gewaschenem Gras danach, der Blick in einen klaren, von dunklen Spuren beseitigten Himmel ließen sie jedes Mal hoffen, Vergangenes abschütteln zu können.

Der Donner kam immer näher. Über der Stubnitz gingen Blitze nieder. Schaumkronen wirbelten auf der See. Der Regen schlug ihr direkt ins Gesicht.

Kurz bevor sie den Hofplatz erreichte, sah sie Jakob aufgeregt ins Gutshaus rennen. Er schien etwas zu rufen, aber sie hörte nur Regenprasseln und Donnerschläge. Wenig später

stürmte Luise hinter ihm aus dem Haus. Und erst jetzt verstand Auguste, was sie schrien.
Der Schweinestall brannte.
Auguste raffte ihr Kleid und rannte so schnell sie konnte, vorbei am Wirtschaftsgebäude, von dessen Dach der Regen in Sturzbächen fiel, vorbei am Gutshaus, der Tenne, am Pferdestall. Von überall her kamen jetzt Stallburschen, Tagelöhner, Schnitter geeilt.
Das schrille Quieken der Schweine vermischte sich mit dem Donnergeheul zu einem ohrenbetäubenden Krach. Aufgeregt irrten die Tiere über den Hof, mittendrin der Schweinemeister, der vergeblich versuchte seine Tiere zusammenzuhalten. Auguste drängte sich an den Schweinen vorbei Richtung Stall. Von dort bis zum Brunnen hatte sich in Windeseile eine lange Kette gebildet.
»Schneller. Ihr müsst schneller machen!«, schrie Jakob gegen den Lärm an. »Wir brauchen mehr Eimer. Luise, Marta, holt alles, was ihr finden könnt. Weiter, weiter!« Jakob schüttete Eimer um Eimer auf das Feuer. »Ihr zwei.« Er zeigte auf zwei Stallburschen. »Holt aus dem Pferdestall alle Decken, die ihr finden könnt. Und beeilt euch. Wir haben keine Zeit.«
Auguste schleppte Bottiche, Eimer, Decken heran. Dann reihte sie sich in die Kette ein und wuchtete wie alle anderen auch die schweren Wassereimer weiter.
»Schneller, schneller!«, schrie Jakob unermüdlich. Und schließlich, als das Feuer nur noch an wenigen Stellen glimmte: »Ja, wir schaffen es. Wir schaffen es. Noch zehn Eimer. Schneller, nicht nachlassen. Einer noch. Wir schaffen es.«
Nach gut zwei Stunden war der Brand gelöscht. Von Kopf

bis Fuß mit Ruß beschmiert, fielen sich Jakob und Luise in die Arme. Andere ließen sich kraftlos in den Matsch sinken. Alle schwiegen. Für einen kurzen Augenblick war es ganz still auf dem Hof. Selbst die Schweine hatten aufgehört zu quieken. Das Gewitter war weitergezogen, langsam klarte der Himmel auf.

Auguste, die aussah, als hätte sie sich mit den Schweinen im Schlamm gesuhlt, betrachtete das Desaster. Der Stall war zur Hälfte abgebrannt, in der hintersten Ecke lagen Tierkadaver, es roch nach verbranntem Fleisch. Hätte man ihr am Tag ihres ersten Schlachtfestes gesagt, dass sie in diesem Moment nicht schreiend davonlaufen würde, sie hätte laut gelacht. Aber sie haderte nicht. Zu ihrer eigenen Überraschung blickte sie mit Stolz auf die vielen erschöpften Helfer – auf den Schweinemeister, dem es gelungen war, seine Tiere zu beruhigen, auf Marta, die sich in einen leeren Bottich hatte fallen lassen, auf die Tagelöhner und Stallburschen, die auf dem matschigen Boden saßen, auf Anton, der sich an die Brunnenpumpe lehnte, auf Luise, die dicht neben Jakob stand und doch weit genug von ihm entfernt. Selbst die Asche, der Dreck, der Schlamm schienen Auguste mit Stolz zu erfüllen.

»Ich danke Ihnen allen von ganzem Herzen«, sagte sie. »Ohne Ihren unermüdlichen Einsatz hätten wir das Feuer nicht so schnell gelöscht. Danke. Vielen, vielen Dank. Blietzow wird Ihnen das nie vergessen. Und Ihnen, Jakob, gebührt ein besonderer Dank.« Auguste hielt kurz inne und nickte ihm anerkennend zu. »Durch Ihr schnelles Eingreifen haben Sie viel Schaden abgewendet.«

Luises stolzer Blick ruhte auf Jakob, der noch ganz benommen wirkte. Als sich die anderen langsam aufrappelten,

übernahm sie, ohne zu zögern, das Kommando. Sie wies jedem seine Aufgabe zu – Schutt wegbringen, Kadaver versorgen, den Stall reparieren. Tagelang würden sie noch damit beschäftigt sein, die Spuren dieses Gewitters zu beseitigen.
Auguste begleitete Marta zum Gutshaus. Trotz allem hatte sie Alma Mehrich nicht vergessen. Wie versprochen trug sie alles ihrer Köchin auf. Und dennoch war ihr, als wäre sie nicht mehr die, die sie vor wenigen Stunden noch gewesen war, die, die im Mehrichschen Haus gesessen hatte.
Zum ersten Mal in den sechs Jahren, in denen sie jetzt auf Blietzow lebte, glaubte sie erahnen zu können, mit welcher Entschlossenheit Ferdinand von Anfang an auf dieses Land geblickt haben musste.

17

Du willst ihm das wirklich durchgehen lassen?« Viktor sah seinen Vater verständnislos an. »Er hat uns nach allen Regeln der Kunst ausgespielt. Das ist dir doch hoffentlich bewusst?«

Ferdinand, der hinter seinem schweren Schreibtisch saß, hielt seinen Blick auf die vor ihm liegende Karte gerichtet. Seit einer kleinen Ewigkeit schon, zumindest fühlte es sich für ihn so an, diskutierte er bereits mit Viktor über ihren gemeinsamen Besuch beim Landrat. Das heißt, sie stritten über ihren Besuch beim Stellvertreter des Landrats von Rügen, denn nur der hatte sie empfangen.

»Vater, bitte, ich will einfach nicht glauben, dass nur ich sehe, was hier wirklich vor sich geht. Spätestens nach diesem Reinfall muss doch auch dir klar sein, dass Mehrich gegen dich arbeitet. Gegen uns! Gegen das Gut, Vater!« Sein Gesicht glühte so sehr, dass die Sommersprossen auf seinen Wangen und der Nase kaum noch zu erkennen waren. »Vater, begreifst du denn nicht, Mehrich steht nicht auf unserer Seite!«

»Du musst nicht so schreien, ich bin nicht taub. Außerdem wird deine Behauptung nicht wahrer, je öfter du sie wiederholst.«

»Du scheinst vergessen zu haben, was du dir einmal vorgenommen hast.«

»Ach ja, und was, wenn ich fragen darf?«

»Du wolltest Blietzow zu dem machen, was es einmal gewesen ist. ›Ein Paradies auf Rügen‹, deine Worte, Vater. Ich habe sie noch sehr gut im Ohr.«

»Ich weiß wirklich nicht, wie du auf den Gedanken kommst, dass ich das vergessen haben könnte«, erwiderte er verärgert. »Erinnerst du dich nicht mehr, wie hier am Anfang alles ausgesehen hat? Aus Brachland haben wir Weideland gemacht, aus Geröllhalden prächtige Kleewiesen. Wir haben den Zuckerrübenanbau verdoppelt, wir pflanzen mehr Roggen und Weizen als je zuvor ... Ach, was rede ich, du hast doch selbst Augen im Kopf. Aber mein lieber Herr Sohn interessiert sich ja nur dafür, andere für seine Fehler verantwortlich zu machen. Zu behaupten, Mehrich trage Schuld daran, dass der Landrat just an jenem Tag, als wir mit ihm über den Bahnanschluss verhandeln wollten, vom Fürsten zu einem Gespräch einbestellt worden war, ist lächerlich. Mehrichs Einfluss mag ja weit reichen, aber du überschätzt ihn, wenn du denkst, er hätte irgendetwas damit zu schaffen.«

»Und warum ist er dann nicht wie ursprünglich geplant mitgefahren?«

»Seine Frau war krank, aber das habe ich dir schon hundertmal gesagt.«

»Als ob du nicht wüsstest, dass sich Ella um ihre Mutter kümmert.«

»Zum weiß Gott wievielten Mal, seine Tochter musste an diesem Tag überraschend nach Saßnitz zu Verwandten.

»Meinetwegen. Aber was ist mit der Saat?«

»Der Dünger ist ein Wundermittel. Die Felder stehen in voller Blüte. Ich erwarte in diesem Herbst unsere beste Ernte. Ich weiß wirklich nicht, was du Mehrich vorzuwerfen hast?«

»Das fragst du noch? Ich glaube einfach nicht, dass du wirklich so blind sein kannst.«

»Zügle deine Zunge, Viktor.«

»O nein, Vater«, Viktor hielt es kaum noch auf seinem Stuhl, »ich werde nicht zusehen, wie sich dieser Mann klammheimlich unser Gut einverleibt. Begreifst du denn nicht, dass alles seinem Plan folgt? Die neue Saat war keinen Pfifferling wert, und er wusste das genau. Warum glaubst du hat er mich die Verhandlungen mit Schweden führen lassen? Er gibt doch sonst auch keinen Millimeter seines Verantwortungsbereichs freiwillig preis. Auch wenn du es nicht hören willst, ich bin mir sicher, dass Mehrich das neue Saatgut nur ins Spiel gebracht hat, um mich schlecht aussehen zu lassen. Mit seinem Dünger ist er doch jetzt der ideale Retter in der Not. So macht er sich bei dir einmal mehr unentbehrlich und mich zu einem überflüssigen Trottel«, fügte er leise hinzu.

»Es würde dir gut zu Gesicht stehen, dich nicht ganz so wichtig zu nehmen. Und eines will ich mal klarstellen. Nicht Mehrich hat dir die Verhandlungen für die neue Saat übertragen, sondern ich. Nicht Mehrich bestimmt auf dem Gut, was passiert, sondern ich. Ich bin hier der Gutsherr, falls du es vergessen haben solltest.« Er sah seinen Sohn eindringlich an. »Und als Gutsherr sage ich dir, dass du erst einmal lernen solltest, mit Niederlagen umzugehen. Die Verantwortung für die schlechte Ware Mehrich in die Schuhe zu schieben ist wahrlich kein feiner Zug. Ein echter von Salen macht so etwas nicht. Und das willst du doch immer sein, ein echter von Salen.«

»Ich bin einer«, erwiderte Viktor trotzig.

»Dann reiß dich gefälligst zusammen. Dieser selbstmitleidige Ton in deiner Stimme passt nicht zu unserer Familie. Wir stehen kerzengerade, auch wenn der Boden schwankt.

Nimm dir ein Beispiel an deiner Schwester. Dass der Schweinestall nicht gänzlich abgebrannt ist, ist vor allem ihr und ihrem schnellen Handeln zu verdanken. Stell dir vor, sie hätte erst einmal nach dem Verantwortlichen für das Feuer gesucht. Wenn sie wie du wäre, hätte sie ihn sicherlich in Mehrich gefunden, deinem idealen Sündenbock für alle Schwierigkeiten auf diesem Gut, und mit ihm erst einmal stundenlang über das Für und Wider seiner Schuld diskutiert. Glaub mir, in der Zwischenzeit hätte das Feuer ganz Blietzow in Schutt und Asche gelegt.«

»Du bist ungerecht, Vater. Du weißt ganz genau, dass ich ebenfalls alles getan hätte, um den Brand schnellstmöglich zu löschen.«

Ferdinand zog nur seine linke Augenbraue hoch.

»Was denkst du bloß von mir?«

Ferdinands Blick ruhte auf seinem Sohn. Er sagte nichts. Schon zigmal hatte er ihm diese Frage beantwortet, auch wenn Viktor sie ihm in dieser Form noch nie gestellt hatte. Er war es leid, seine immergleichen Grundsätze wiederholen zu müssen. Innerlich betete er sie ihm dennoch vor: Suche die Schuld niemals bei anderen, versuche auch einer Niederlage immer etwas Gutes abzutrotzen, kenne die Grenzen deiner Möglichkeiten und, vor allem, vergiss nie, dass du auf dich allein gestellt ein Niemand bist. »Ich fürchte, du hast noch viel zu lernen«, sagte er nachdenklich.

»Warum glaubst du diesem Mann mehr als deinem eigenen Sohn?«

»Du scheinst noch immer nicht zu verstehen, Viktor. Es geht hier nicht darum, wem ich was glaube oder wer was wie eingefädelt haben könnte, um dem anderen zu schaden. Mein Interesse gilt ganz allein dem Gut. Und wenn du deine Nase zur Abwechslung mal in die Bücher stecken würdest, statt dich um deine Eitelkeit zu sorgen, wüsstest du, dass das Gut prächtig dasteht.«

Viktor kannte die Zahlen. Natürlich, ja, es stimmte, das Gut stand »prächtig« da. Wie er dieses Wort inzwischen hasste. Aber was würde morgen sein, übermorgen, überübermorgen? Die Getreidepreise würden nicht ewig steigen.

»Manchmal denke ich, ich habe hier einen kleinen Wilhelm auf dem Gut«, fuhr Ferdinand fort. »Noch größere Boote, noch mehr Kolonien, noch schönere Uniformen. Du scheinst keine Vorstellung davon zu haben, wohin uns diese Gier führt.«

»Ich weiß wirklich nicht, was das jetzt mit unserer Situation zu tun haben soll. Ich will doch nichts weiter, als dass du erkennst, dass Mehrich nicht auf deiner Seite steht. Sechs Jahre und noch immer kein Bahnanschluss? Denkst du, das geht mit rechten Dingen zu? Jedes Gut unserer Größe auf Rügen hat Zugang zu einer Schmalspurbahn. Wir sind nicht irgendwer. Die Deutschen nicht und die von Salens erst recht nicht. Du aber glaubst in Bescheidenheit Erfolg haben zu können. Es würde mich nicht wundern, wenn du bei den Wahlen im vergangenen Jahr auch noch den Sozialdemokraten deine Stimme gegeben hättest.«

Ferdinand schob die Karte beiseite und sah seinem Sohn direkt in die Augen. »Lass dir eines von mir gesagt sein. Krieg, mein lieber Viktor, ist das, was auf Eigensucht und Rücksichtslosigkeit folgt. Die Geschichte ist voll davon. Das ist die größte Sünde, blind zu bleiben, wenn man die Augen öffnen sollte. Merk dir das.«

»Dann öffne du deine Augen doch endlich mal.«

»Viktor, du ermüdest mich.«
»Weil du die Wahrheit nicht sehen willst.«
Ferdinand stöhnte leise. »Denkst du, es wäre sinnvoll, wie ein Berserker aufzutreten, um seinen Willen durchzusetzen? Glaub mir, auch ich brenne darauf, endlich diesen vermaledeiten Bahnanschluss zu bekommen. Aber ich käme im Traum nicht auf den Gedanken, Mehrich dafür verantwortlich zu machen, dass daraus noch immer nichts geworden ist. Da haben ganz andere ihre Finger im Spiel. An vorderster Front der Fürst. Und so ärgerlich es auch sein mag, aber da kommt man nur mit diplomatischem Geschick und guten Beziehungen weiter. Auf verbrannter Erde hat noch keiner gut gewirtschaftet.«
»Das scheint Mehrich aber ganz anders zu sehen.«
»Bitte, Viktor, es reicht jetzt.«
»Hast du denn schon vergessen, dass er dich mit Anton erpressen wollte?«
»Herrje, natürlich nicht. Aber das ist längst aus der Welt. Mehrich hat seine Lektion gelernt. Es kam nie etwas hinterher. Du solltest auch lernen zu verzeihen.«
Viktor glaubte sich verhört zu haben. »Du verlangst allen Ernstes von mir, dass ich diesen himmelschreienden Auftritt vergesse?«
»Verzeihen, habe ich gesagt, nicht vergessen.«
»Ich soll also zu allem ja und amen sagen? Ist es das, was du willst?«
Ferdinand erwiderte nichts.
»Nur zu deiner Erinnerung, vor ein paar Tagen bin ich zweiundzwanzig Jahre alt geworden. Ich bin also kein kleines dummes Kind mehr, dem man Blech für Gold verkaufen kann.«

»Geduld, Viktor, ist ein hohes Gut.«

Geduld, Geduld, Geduld, als ob er sich nicht schon seit Jahren in Geduld üben würde? Wozu war er denn auf den besten Schulen gewesen? Wozu hatte er denn gelernt, was es hieß, ein Gut in die Moderne zu führen? Sicherlich nicht, um sich von einem Nichts wie Mehrich zum Gespött machen zu lassen. »Bin ich denn der Einzige mit Überblick auf diesem Hof?«

»Schluss jetzt.« Ferdinand schlug mit der Faust auf den Tisch. »Ich habe wirklich Wichtigeres zu tun, als mich von meinem eigenen Sohn beleidigen zu lassen.«

»Was denn? Willst du wieder diese ominösen Linien auf dieser alten Karte nachfahren? Wenn du meine Meinung dazu wissen willst, sind das nichts weiter als Hirngespinste eines alten Mannes.«

»Es reicht. Raus jetzt!«

Viktor bewegte sich nicht.

»Raus, habe ich gesagt. Wenn du glaubst auch noch deinen Urgroßvater entehren zu müssen, hast du auf diesem Gut nichts mehr zu suchen.« Ferdinands dröhnende Stimme füllte den ganzen Raum.

Viktor saß wie festgefroren auf seinem Stuhl. »Du wirfst mich raus?«

»Das Andenken eines Toten beschmutzt man nicht.«

»Du wirfst mich wirklich raus?«, fragte Viktor erneut. Seine Stimme zitterte.

»Geh jetzt.«

Er rührte sich noch immer nicht.

»Geh!«

Viktor lag eine Entschuldigung auf den Lippen. Es wäre ein Leichtes gewesen, seinen Vater versöhnlich zu stimmen.

Drei, vier nette Sätze über die Familie, Blietzow, Rügen, Jasmund, seine Ausbildung, seine Arbeit, und sie hätten bald schon weitergemacht wie immer. Aber alles in ihm sträubte sich.

»Hörst du schlecht?« Ferdinand schlug erneut mit der Faust auf den Tisch.

Ganz langsam, als wollte Viktor seinem Vater Gelegenheit geben, seine Entscheidung zu korrigieren, erhob er sich. Doch Ferdinand sagte nichts. Und er schwieg auch dann noch, als Viktor vor seinem Schreibtisch stand und ihn eindringlich ansah.

Als Viktor auf den Flur trat, war ihm, als würde das ausufernde Blumenmuster der weinroten Tapete auf ihn zustürzen. Er tastete nach der Wand. Sein Atem ging schnell, und er meinte keine Luft zu bekommen. Die Hände auf die Knie gestützt, versuchte er sich zu beruhigen. Allmählich ließ der Druck nach.

Sein Blick ruhte auf der verschlossenen Tür des Arbeitszimmers. Wenn er einfach die Klinke drückte, einträte und sich doch entschuldigte? Ein von Salen macht sich kerzengerade, dachte er und streckte seinen Rücken durch. Noch immer starrte er auf die Tür. Ihm war, als wäre es totenstill dahinter.

Als er schließlich ging, aufrecht und dennoch zögerlich, durchzuckte ihn ein Schauer. Es war ihm vorher noch nie aufgefallen, aber jetzt fröstelte ihn, als er merkte, dass seine Schritte auf dem schweren Perserteppich keinen Widerhall erzeugten.

18

Seit über einer Stunde wartete sie schon inmitten des Rübenfelds und dennoch geschützt vor unliebsamen Blicken. Luise saß auf einem der großen Steine, die zum Giegnitzer Hügelgrab gehörten. Der Platz war umgeben von dichten Wildrosenbüschen und für sie und Jakob seit einigen Wochen zum wichtigsten Treffpunkt geworden. Von Blietzow aus brauchte man bis dorthin noch nicht einmal zehn Minuten. Zwar herrschte hier tagsüber reges Treiben, am Abend aber war dies der einsamste Ort in unmittelbarer Nähe des Guts. Niemand verirrte sich nach getaner Arbeit freiwillig aufs Feld.

Viel Zeit blieb ihr nicht. Spätestens in einer halben Stunde würde sie zurück sein müssen. Noch einmal konnte sie es sich nicht erlauben, zu spät zum Abendessen zu kommen. Schon beim letzten Mal hatte ihr Vater eine seltsame Bemerkung gemacht.

»Da ist ja unsere Heldin. Fehlt nur noch der Held dazu.«

Seine Worte gingen ihr seitdem nicht mehr aus dem Kopf. Vor allem nicht dieser Ton in seiner Stimme, der sich, je länger sie ihn sich in Erinnerung rief, immer bedrohlicher anhörte.

Wo war Jakob nur? Er verspätete sich sonst nie.

Luise schob ihren Rock nach oben und fuhr an den Innenseiten ihrer Oberschenkel entlang.

Seit der Nacht mit Jakob am Strand schien ihre ganze Welt verändert. Fast täglich gelang es ihnen, sich wenigstens für einige Minuten davonzustehlen. Wie Jakob sie dann ansah, mit dieser Ernsthaftigkeit, die sie schon früher an ihm gemocht hatte und die ihr jetzt das Gefühl gab, etwas ganz

Besonderes zu sein. Und wie er mit ihr sprach. Nie zuvor hatte sie jemanden so sanft mit einem anderen Menschen reden hören.

»Schließ die Augen.«

Seine Worte im Gedächtnis, strich Luise über ihre nackten Beine.

»Leg deinen Kopf in den Nacken … langsam, ganz langsam … Nun öffne sie wieder. Nicht hersehen! Sieh in den Himmel. Was siehst du dort?«

»Wolken … nein, warte … Es sieht aus, als lägen Locken um ein Gesicht. Und da, da sind die Augen … und eine Nase … etwas knollig vielleicht … Nein, sie verändert sich gerade, sie ist jetzt lang und kräftig, fast wie deine … Und dein Mund, dein Mund ist da, dieser satte, weiche, große Mund … Jakob! Ich sehe dich! Dein Gesicht ist dort oben in den Wolken!«

Luise lächelte. Auch jetzt glaubte sie ihn dort zu erkennen. Sie erhöhte den Druck auf ihre Schenkel.

»Was machst du denn da?«

Erschrocken fuhr Luise hoch.

Anton starrte auf seine Schwester, die, rot geworden, hastig ihren Rock über die Knie zog.

»Machst du das auch mit Jakob?«, fragte er und grinste.

»Sei still, ja!«

»Du musst nicht denken, dass ich zurückgeblieben wäre.«

»Warum hältst du nicht einfach deinen Mund?«

»Weißt du, ich finde es schön, wenn es Sterne vom Himmel regnet.« Er lachte. »Man kann nie genug davon aufsammeln. Glaub mir, ich weiß, wovon ich spreche.«

»Anton! Bitte!« Luises Stimme zitterte. Wenn sich jetzt die Erde auftäte, sie würde als Erste darin verschwinden.

Anton grinste noch immer, während er ihr seine Hand hinhielt. »Komm, wir müssen. Man erwartet uns schon.«
»Ist es schon ... Hab ich ... Ich meine ... Wie spät ...?«
»Mutter hat nach dir schicken lassen.«
»Aber woher ...?« Sie sah ihn irritiert an. »Ich meine, wieso wusstest du, wo ...? Spionierst du mir etwa nach?«
»Meine Güte, Luise, ich hab zwar ein lahmes Bein, aber blind bin ich deswegen noch lange nicht.«
»Du hast uns ... Ich meine, du hast mich gesehen?«
Er lachte. »Euch, Luise. Ich habe euch gesehen.«
»Aber wir sind doch ...«
»... nie zusammen den Hügel nach oben gegangen, wolltest du sagen?«
Luise nickte.
»Mathematik war zwar nie eines meiner Lieblingsfächer, aber eins und eins zusammenzählen, das kann ich noch.«
»Weiß sonst noch jemand davon?« Ihre Stimme zitterte.
Er zuckte mit den Schultern. »Ich kann nicht hellsehen. Und wenn, was ist so schlimm daran?«
»Das fragst du noch?«
»Du meinst, weil Vater immer diese Gutsbesitzersöhnchen nach Blietzow schleppt?«
»Auch, ja.«
Anton sah sie kopfschüttelnd an. »Glaub mir, letztendlich interessiert sich Vater nur für seine Geschäfte. Solange du dich nicht auffällig benimmst und schön deine Arbeit machst, wird er sich nicht weiter darum scheren. Ihm ist es doch am liebsten, wenn er von uns seine Ruhe hat.«
»Wie kommst du darauf?«
»Denkst du, du hättest diese Landwirtschaftskurse besuchen dürfen, wenn er sich wirklich um dich sorgen würde?«

»Wie kannst du nur so etwas sagen?«
»Erfahrung«, erwiderte er knapp und lachte dieses Mal nicht. Für einen Moment sah es sogar so aus, als läge sich eine bleierne Schwere auf sein Gesicht.
»Was meinst du damit?«
»Komm jetzt.« Anton reichte ihr erneut seine Hand. »Mutter wird sonst ungeduldig.«
»Was heißt Erfahrung? Wovon sprichst du?«
»Komm.«
»Anton, bitte, lass mich nicht wie ein dummes Mädchen sitzen. Du hast mir für heute schon genügend Schrecken eingejagt. Jetzt sag mir wenigstens, warum du so schlecht auf Vater zu sprechen bist.«
Anton sah sie nachdenklich an. »Hast du etwa schon vergessen, wie er mich nach Alwines Tod mundtot gemacht hat?«
»Mundtot?«
»Er hat mich nicht einmal zu Wort kommen lassen. Auch später nicht. Jeden meiner Versuche, mit ihm über dieses Unglück zu sprechen, hat er sofort abgeblockt. Du weißt das.«
»Aber er will dich doch nur schützen. Stell dir vor, du müsstest dich für diesen Unfall vor Gericht verantworten. Das wäre doch nicht auszudenken.«
Anton sagte nichts.
»Oder etwa nicht?«
Er zuckte mit den Schultern.
»Etwa nicht?«
»Komm, wir müssen.«
Luise zögerte. »Anton«, sagte sie, »versprich mir, dass du das für dich behältst.«

»Du meinst die Romanze zwischen Jakob und dir?«
»Versprich es mir.«
»Das ist doch Ehrensache«, erwiderte er und hielt seine Finger zum Schwur. »Im Namen unseres ehrfürchtigen Urgroßvaters Gottfried von Salen, von unserem Vater zum Heiligen ernannt, schwöre ich, dass ich für immer schweigen werde.«
Luises Blick klebte an Anton wie an einem Freund, der einem fremd geworden war. Er lachte jetzt wieder. Lachte er sie etwa aus? Anton packte sie wie ein Kind an der Hand. Für einen Moment ließ sie es geschehen, aber neben ihm zu gehen war ihr unangenehm. Zum Glück war der Weg so schmal, dass Antons ausschweifender Gang fast den ganzen Platz beanspruchte. Es sah so aus, als würde er den Hügel nach unten rudern.
»Jakob hat dich wohl sitzenlassen«, sagte Anton, während er mit seinem gesunden Bein mühsam versuchte das Gleichgewicht auf diesem sandigen und abschüssigen Weg zu halten. Immer wieder rutschte er auf einem der lockeren Kieselsteine aus.
Luise, die in Antons Rücken ging, zuckte mit den Schultern. Niemals würde Jakob sie sitzenlassen. Allein die Vorstellung war schon derart ungeheuerlich, dass es ihr unmöglich schien, sie mit Jakob in Verbindung zu bringen. Ihrem Jakob, der so sanft und zuverlässig war wie niemand sonst, den sie kannte.
»Ich habe ihn vorhin mit Mehrich wegfahren sehen«, fuhr Anton ungefragt fort. »Er sah dabei nicht unglücklich aus.«
Dafür gibt es sicherlich gute Gründe, dachte Luise. Gleich morgen würde sie ihn fragen, und alle Aufregung würde sich schnell in Wohlgefallen auflösen.

»Kahnick hat ihnen extra den Vierspänner herrichten lassen. Den Vierspänner! Du kannst ja sagen, was du willst, aber der kommt sonst nur zum Einsatz, wenn Vater einen wichtigen Termin hat. Macht einfach mehr her, vier Pferde vor eine Kutsche gespannt. Da hat man doch gleich den Eindruck von Größe und Wichtigkeit.«
Warum hielt Anton nicht einfach seinen Mund?
Aber Anton plapperte ohne Unterlass, über Kahnick, der auf Jakobs Geheiß die Kutsche noch hatte säubern müssen, über die Pferde, »die jetzt weiß der Teufel wo unterwegs« seien und die bis morgen doch erholt sein müssten für die harte Arbeit auf dem Feld, über Ella, die er glaubte gesehen zu haben, wobei er sich nicht sicher war. »Ella hat sich bei uns auf dem Gut ja schon lange nicht mehr blicken lassen.« Einmal drehte er sich auch zu ihr um, aber er schien nicht zu erwarten, dass sie etwas sagte.
Und tatsächlich hörte Luise ihm schon lange nicht mehr zu. Ihr war, als trüge der Wind Antons Worte direkt aufs offene Meer hinaus.

19

Es gab vieles, was Luise beim Betreten des Salons irritierte. Als Erstes aber stachen ihr Augustes ungewohnt zerzausten Haare in die Augen. Der Dutt baumelte schief in ihrem Nacken, Haarsträhnen fielen ihr ins Gesicht. Und dann bemerkte sie, wie düster es war. Nicht eine Kerze brannte, auch die Petroleumlampe hatte niemand entzündet. Schließlich sah sie, was sie am meisten stutzig machte. Der Tisch war nicht gedeckt. Und das, obwohl sie Tag für Tag um diese Uhrzeit aßen. Fast heilig konnte man Augustes Verhältnis zu diesen gemeinsamen Abendmahlzeiten nennen. Es musste schon Schlimmes geschehen, wenn sie nicht auf diese familiären Zusammenkünfte beharrte. Bislang hatte es nur zwei Ausnahmen gegeben, Alwines Tod und das Feuer.

»Endlich!«

Vor Schreck fuhr Luise zusammen. Sie hatte Viktor noch gar nicht bemerkt. Er stand in der dunkelsten Ecke des Raums, zwischen der hüfthohen Kommode und dem Bildnis Gottfried von Salens.

»Du glaubst wohl, du hättest Sonderrechte.«

»Was ist denn passiert?« Luise, die in Gedanken noch bei Jakob war, sah ihren Bruder erstaunt an.

»Mutter möchte, dass du mit mir redest. Weil du dich mit den Mehrichs doch so gut verstehst«, fügte er spöttisch hinzu.

Da war sie schon wieder, diese Anspielung auf Jakob. Dabei waren sie doch immer vorsichtig gewesen, zumindest hatte sie das gedacht. Besonders Jakob legte größten Wert darauf, dass niemand sie gemeinsam sah.

»Du sagst gar nichts?« Viktor stand noch immer in seiner Ecke wie ein beleidigtes Kind.

Aber Luises Gedanken kreisten jetzt einzig um Jakob. Wo war er nur hingefahren? Vor allem aber, warum hatte er ihr vorher nicht wenigstens ein Zeichen gegeben? Er konnte sie doch nicht einfach sitzenlassen. Dieses dumme Wort. Hätte nur Anton nie etwas gesagt.

»Luise?«

»Ja?« Sie erhob erstaunt den Kopf.

»Wenn wir schon auf dich warten mussten, wäre es schön, du würdest uns jetzt mit deiner Anwesenheit beehren. Setz dich.« Auguste zeigte auf den Stuhl ihr gegenüber. »Viktor, bitte.« Sie nickte ihm zu.

Als Viktor sich gerade räusperte, platzte Marta zur Tür herein. »Frau von Salen …«

»Nicht jetzt, Marta.«

»Aber …«

»Nicht jetzt habe ich gesagt.«

Etwas Unverständliches murmelnd schloss Marta die Tür.

»Die bringt mich noch um den Verstand«, stöhnte Auguste. »Selbst scheint sie ja keinen zu besitzen. Also, Viktor, bitte. Erzähl Luise von deinen Plänen.«

»Ich gehe weg«, sagte er nur.

»Wohin?«, fragte Luise, noch immer nicht ganz bei der Sache.

»Du verstehst nicht, Luise. Dein Bruder verlässt uns.«

»Du willst weg? Für immer?«, fragte sie verwundert.

»Und das nur, weil er nicht bereit ist, sich wieder mit Vater zu versöhnen und sich mit Mehrich zu arrangieren«, sagte Auguste verärgert. »Dein Bruder will einfach nicht verstehen, dass es zum Leben dazugehört, nicht gleich bei jedem

Problem davonzulaufen. Wer, wenn nicht wir beide, wüsste das am besten.«

»Wie meinst du das?« Luises Atem stockte. Keine Anspielung auf Jakob, bitte keine Anspielung auf Jakob, dachte sie. Nicht, dass schon alles zu Ende war, bevor es zwischen ihnen richtig begonnen hatte.

»Die Kurse in Landwirtschaft, Luise. Du bist die erste und einzige Frau auf Rügen, die sie jemals besucht hat. Und ich glaube zu wissen, wie schwierig es für dich gewesen sein muss zwischen all diesen einfältigen Bauernburschen. Vermutlich habe ich dir das nie gesagt, aber deine Willenskraft hat mich immer sehr stolz gemacht.«

Zu jedem anderen Zeitpunkt hätte sich Luise über Augustes Bekenntnis gewundert, in diesem Moment aber war sie nur erleichtert.

»Bitte, Luise, sprich mit ihm. Auf dich hört er vielleicht.«

»Was ist denn vorgefallen?«

In knappen Sätzen wiederholte Auguste das, was Viktor ihr erzählt hatte. Seinen Verdacht das Saatgut betreffend, den Streit mit Ferdinand und schließlich seinen Rauswurf, den sie allerdings so darstellte, als wäre er nur des Zimmers verwiesen worden und nicht des Guts.

»Ich weiß nicht.« Luises Blick blieb auf Viktors grimmigem Gesicht haften. »Vielleicht ist es am besten, wenn du einfach noch einmal mit Vater redest.«

»Luise, bitte. Viktor kann uns und Blietzow doch nicht im Stich lassen. Nach all den Jahren«, sagte Auguste und meinte, nach all den Jahren, in denen sie sich zusammengerissen hatte. Sie war schließlich auch nicht gegangen, obwohl sie mehr als einmal am liebsten die Koffer gepackt hätte. Und jetzt, jetzt liebte sie dieses Land, dachte sie, nicht ohne sich noch immer ein wenig über sich selbst zu wundern. »Du kannst nicht gehen. Wir sind eine Familie. Und als Familie müssen wir zusammenhalten. Gerade jetzt. Der Fürst zu Putbus soll ein Auge auf unsere Felder am Waldrand geworfen haben. Denkst du etwa, es lohnt sich nicht, dafür zu kämpfen?«

Auguste war derart aufgebracht, dass sich ihr ohnehin nur noch an wenigen Nadeln befestigter Dutt vollends löste. Luise, die ihre Mutter noch nie so außer sich gesehen hatte, noch nicht einmal nach Alwines Tod, staunte über diesen Gefühlsausbruch. Für einen Moment herrschte Schweigen.

»Wir brauchen dich hier«, fügte Auguste energisch hinzu.

»Dumm nur, dass ich bei Vater davon nichts merke.«

Viktors sarkastischer Ton versetzte Auguste einen Stich. »Luise, bitte, jetzt hilf mir doch.«

Aber noch ehe sie etwas sagen konnte, dröhnte Viktor aus der Ecke: »Was erwartest du? Sie hat noch immer zu Vater gehalten. Vaters kleiner Sonnenschein.«

Was war nur aus ihrem großen Bruder geworden? Früher hatte sie ihn für seinen unerschütterlichen Stolz bewundert. Seitdem sie mit ihm zusammenarbeitete, kannte sie allerdings auch die andere Seite dieser Medaille. Die ständigen Machtkämpfe und Rechthabereien machten ihnen das Leben jedenfalls nicht leichter. »Du willst also wirklich gehen?«, fragte Luise, allein um ihrer Mutter einen Gefallen zu tun.

»Vater muss Mehrich nur feuern, dann bleibe ich«, erwiderte er trotzig.

Luise lief es kalt den Rücken hinunter. Mehrich zu entlassen war gleichbedeutend mit Jakob wegzuschicken.

»Mehrich bleibt!«
Verwundert blickte Luise zu ihrer Mutter.
»Er ist kein so schlechter Mensch, wie du denkst«, fügte Auguste hinzu.
Luise glaubte noch immer sich verhört zu haben.
»Ich weiß, ich weiß, du musst es nicht wiederholen«, zischte Viktor. »Ich kann es nämlich nicht mehr hören. Nur weil du einmal gesehen haben willst, wie liebevoll er mit seiner Frau umgegangen ist, bist du jetzt plötzlich auf seiner Seite. Das beweist noch gar nichts. Dass du dich davon blenden lässt, ist wirklich ungeheuerlich.«
»Viktor! Vater braucht ihn, seine Frau braucht ihn. Wir können ihn nicht entlassen.« Dass sie sich einmal auf Mehrichs Seite schlagen würde, hätte Auguste nie gedacht. Aber dieser Tag vor drei Wochen, als er erst so zärtlich zu seiner Frau gewesen war und sie ihre Liebe zu Blietzow entdeckt hatte, hatte alles verändert.
»Mutter hat recht, er hat sich wirklich zum Guten gewandelt. Du solltest ihm eine zweite Chance geben«, sagte Luise, die sich daran erinnerte, wie oft Mehrich sich in letzter Zeit anerkennend über ihre Arbeit geäußert hatte.
Kopfschüttelnd blickte Viktor erst zu Luise und dann zu seiner Mutter. »Dass ihr es partout nicht verstehen wollt. Nichts hat sich verändert. Allenfalls versteht er es mittlerweile besser, seine Hinterhältigkeit zu verstecken. Ich weiß wirklich nicht, was er im Schilde führt, aber glaubt mir, es ist nichts Gutes.«
»Meine Güte, Viktor, mal doch nicht gleich den Teufel an die Wand.« Luise klang gereizt. Was sollte sie denn sagen? Sie hatte heute umsonst auf Jakob gewartet.
»Wenn Mehrich bleibt, gehe ich, so einfach ist das.«

»Du gehst nicht!« Auguste schrie schon fast.
»Vater hat mich rausgeworfen, schon vergessen?«
»Er hat es nicht so gemeint. Jetzt sei verdammt noch mal ein Mann.«
»Du hast es doch selbst gesagt, Mehrich wird gebraucht.«
»Herrgott noch mal. Jetzt fluche ich deinetwegen schon.«
»Schieb mir dafür nicht auch noch die Schuld in die Schuhe.«
Müde von diesem immer sinnloser werdenden Wortgefecht, sah Auguste Viktor schweigend an. Schon als Kind hatte sie ihn öfter als die anderen zu Gehorsam und Geduld mahnen müssen. Aber jetzt war er ein junger Mann, und ein junger Mann stand nicht in der Ecke, gekränkt bis aufs Blut.
Er war ihr Sohn. Ihr einziger wahrer Sohn, wie sie nicht ohne Schuldgefühl dachte, während ihr Blick Anton streifte, der noch immer schweigend neben dem Türrahmen lehnte.
»Viktor, denk doch wenigstens noch einmal in Ruhe darüber nach. So eine Entscheidung will gut überlegt sein. Schlaf darüber! Ein, zwei, drei Nächte, und du wirst sehen, die Welt sieht schon viel freundlicher aus. Glaub mir, ich weiß, wovon ich spreche.«
Ihr flehentlicher Ton ließ auch Viktor nicht unberührt. »Und was ist, wenn ich trotz allem zu dem Schluss komme, dass es besser ist zu gehen?«
»Dann hast du meinen Segen, und ich lasse dich ziehen, das verspreche ich dir.«
Viktor schluckte. Erst jetzt schien ihm zu dämmern, was es bedeutete, das Gut zu verlassen. Sein Plan, erst Mehrichs Posten zu übernehmen, um schließlich in die Fußstapfen

seines Vaters zu treten, wäre jedenfalls mit einem Schlag zunichte.

»Wo ist eigentlich Vater?«, fragte Luise unvermittelt. »Wenn ich mich schon in Dinge mische, die mich nichts angehen, möchte ich wenigstens auch die andere Seite hören. Vielleicht ist ja alles gar nicht so dramatisch, wie Viktor es darstellt.«

»Dein Vater ist leider wie vom Erdboden verschluckt«, erwiderte Auguste gereizt. »Du bist ihm vorhin nicht zufällig begegnet?«

Das hätte ihr gerade noch gefehlt. Erst Anton, dann ihr Vater und weit und breit keine Spur von Jakob. Ihr Blick ging nach draußen. Über Blietzow lag dieses warme Licht der Abendsonne. Das ganze Gut leuchtete, als wäre es mit Gold überzogen. Der Kies auf dem Hof, die Holzlatten der Scheunentüren, das backsteinerne Wirtschaftsgebäude, sogar der Dampfpflug wirkte weich und grazil. Was würde sie nur darum geben, jetzt gemeinsam mit Jakob oben beim Hügelgrab zu sitzen. Die Felder glühten in diesem Licht, und das Meer schien ein unendlicher glitzernder Zauberteppich zu sein. Wo war er nur?

Plötzlich ging die Tür auf.

»Frau von Salen …«

»Was habe ich vorhin gesagt?«

»Aber Ihr Mann …«

»Was ist mit meinem Mann?« Auguste saß mit einem Schlag kerzengerade.

»Weil Sie doch nach ihm gesucht haben«, erwiderte Marta stockend.

»Sagen Sie schon, was ist mit ihm?«

»Er ist zurück.«

»Seit wann?«, fragte Auguste erstaunt, die weder die Eingangstür ins Schloss hatte fallen hören noch Schritte in der Halle.

»Ich wollte Ihnen das vorhin schon sagen, aber …«

»Ja, ja, schon gut. Ist er oben?«

Marta nickte.

»Worauf warten Sie dann noch?«

Unschlüssig stand Marta im Türrahmen, den Türgriff in der Hand.

»Tragen Sie das Essen auf.«

»Wie Sie wünschen, gnädige Frau.«

»Und beeilen Sie sich, es ist schon spät.«

Zum ersten Mal an diesem Abend wirkte Auguste erleichtert. Wenn Ferdinand und Viktor erst einmal gemeinsam an einem Tisch sitzen würden, wäre der Weg zur Versöhnung nicht mehr weit.

Die Salzkartoffeln waren nur noch lauwarm, der Zander vom langen Garen viel zu fest, die Mehlsoße klumpte, aber noch nicht einmal Auguste störte sich daran. Nachdem sie vergeblich versucht hatte von Ferdinand zu erfahren, wo er gewesen war, herrschte eisiges Schweigen am Tisch.

Wie immer saß Ferdinand am Tischende, doch statt wie sonst seinen Blick über die Köpfe seiner Familie hinweg durch den schmalen Spalt zwischen Scheune und Geräteschuppen den Hügel hinunter auf die See schweifen zu lassen, hob er heute kaum den Kopf. Und wenn er doch einmal aufsah, weil auch er nicht ewig stur nach unten schauen konnte, schien sein Blick ohne Begierde zu sein.

Solange Ferdinand derart in sich gekehrt und ganz gegen seine Gewohnheit Bissen um Bissen kaute, wagte niemand,

etwas zu sagen. Auch Luise nicht, die wie Auguste unwirsch von ihm abgewiesen worden war. Anton schien die gespannte Stimmung am wenigsten zu beeindrucken. Zweimal nahm er sich Kartoffeln nach, einmal vom Fisch, während Auguste, Luise und Viktor kaum etwas aßen. Nachdem Ferdinand den letzten Rest Soße auf seinem Teller aufgekratzt, seinen Mund mit Bier ausgespült und anschließend mit seiner Serviette abgetupft hatte, sah er Viktor so lange schweigend in die Augen, bis dieser beschämt seinen Blick senkte. Erst danach hob er seine Stimme.
»Morgen früh bringt dich Kahnick nach Saßnitz. Das Schiff nach Stettin geht um neun Uhr zwanzig. Tags darauf um sechs Uhr fünf fährt dein Zug Richtung Königsberg. Dort wirst du abgeholt und zum Rittergut Breitenstein gebracht. Graf von Breitenstein-Osterfelde erwartet dich bereits. Geld für die Fahrkarten findest du in diesem Kuvert.« Er schob Viktor einen versiegelten Umschlag über den Tisch. »Außerdem habe ich dir für die ersten Wochen zwanzig Mark beigelegt. Danach wirst du wie alle anderen auch einen Lohn erhalten«, sagte er und stand auf. »Und jetzt entschuldigt mich bitte.«
Sprachlos sahen ihm Auguste, Luise und Anton hinterher, während Viktor seinen Blick unverwandt auf das Kuvert gerichtet hielt.
»Ferdinand, warte!« Als Auguste ihre Sprache wiedergefunden hatte, war er bereits an der Tür. Wortlos drehte er sich zu ihr um. Sein erschöpfter Blick ließ Auguste erneut verstummen. Statt aufzuspringen, ihn einzuholen, mit ihm zu reden, ihn wachzurütteln, ihn zur Besinnung zu rufen, lauschte sie nur seinen sich langsam entfernenden Schritten.

Ohne etwas zu sagen, erhob sich Viktor von seinem Stuhl. Auguste folgte ihm mit entsetztem Blick. »Bleib, bitte«, sagte sie leise.
Er schüttelte den Kopf.
»Bitte, Viktor.«
»Niemals.«
»Ich rede mit ihm. Gleich nachher rede ich mit ihm. Du wirst sehen, er meint es nicht so«, sagte sie mit zitternder Stimme, obwohl sie wusste, dass auch sie ihn nicht mehr würde umstimmen können. Wenn in ihrer einundzwanzigjährigen Ehe auf etwas Verlass gewesen war, dann war es Ferdinands Wort. Was er sagte, das tat er auch, sei es, sie zu heiraten, alles für Blietzow zu geben, mit ihr Nacht für Nacht zum Königsstuhl zu fahren, Luise zu den Wanderlehrern zu schicken oder für Alwine einen Gedenkstein errichten zu lassen.
Viktor nahm den Umschlag und steckte ihn in seine Westentasche. Dann verließ er, wie zuvor schon sein Vater, schweigend den Raum.

20

Auguste ritt nicht, Auguste flog über frisch gemähte Felder, vorbei an Heugarben, die zu Kegeln geschichtet über das ganze Land verteilt waren, durch blutrote Ahornalleen, die Hügel hinauf und die Hügel hinunter, an Mooren, Kreidebrüchen, Tümpeln entlang, immer in der Hoffnung, nicht wieder von ihrer Wut, ihrer Angst, ihrer Sorge überrollt zu werden.

Ihr Gesicht brannte vom Wind, ihre Schenkel fühlten sich an, als hätte man ihnen die Haut abgezogen, in ihrem Rücken glaubte sie Messerstiche zu spüren, aber sie dachte nicht daran, ihr Tempo zu drosseln.

»Wie konntest du deinen Sohn nur vom Hof jagen? Wie einen Verbrecher! Und jetzt, jetzt ist er verschwunden. Wie vom Erdboden verschluckt. Bis heute ist er nicht in Breitenstein angekommen. Und du, du sitzt hier seelenruhig und brütest über deinen Büchern.«

»Er wird sich schon durchschlagen.«

»Du scheinst nicht zu wissen, was du ihm angetan hast.«

»Er muss erwachsen werden, Auguste. Es wird ihm guttun, auf sich gestellt zu sein.«

»Seit vier Wochen haben wir kein Lebenszeichen von ihm. Lässt dich das denn vollkommen unberührt? Vielleicht ist er in eine Prügelei geraten, vielleicht liegt er irgendwo schwer verletzt und weiß nicht mehr, wer er ist, vielleicht ist er tot!«

»Auguste! Deine Phantasie geht wieder einmal mit dir durch. Viktor geht es gut, da bin ich mir ganz sicher.«

»Woher willst ausgerechnet du das wissen? Wenn Viktor etwas zustößt, werde ich dir das nie verzeihen.«

»Es passiert ihm nichts.«
»Dein Wort in Gottes Ohr.«
»Viktor ist alt genug. Es war an der Zeit zu gehen.«
»Ich erkenne dich kaum wieder.«
»Nein, Auguste, ich bin der, der ich immer gewesen bin. Du hast dich verändert.«
Immer wieder schoben sich diese oder ähnliche Gesprächsfetzen in Augustes Gedächtnis, während sie weiter und weiter flog, über sandige Pfade, steinerne Wege, vorbei an Orten, an denen sie zuvor noch nie gewesen war. Kirchtürme blitzten auf und verschwanden wieder, Rohrdächer wölbten sich über rot-gelb-violetten Stockrosengärten, umgepflügte Ackerflächen lagen wie Offenbarungen zwischen Stoppelfeldern, und über allem ruhte ein mit schneeweißen Wolken übersäter Himmel.
»Wie hat es nur so weit kommen können?«
»Er ist mein Sohn, er ist ein von Salen, er gibt nicht eher auf, bis er nicht das bekommt, was er will.«
»Du hättest ihm beibringen können zu warten.«
»Genau das mache ich jetzt.«
»Und was ist, wenn er nicht warten will? Vielleicht ist er auf dem Weg nach Amerika. Vielleicht ist er auch schon dort. Hast du eine Ahnung, wie viele Welten zwischen dieser und unserer liegen?«
»Deine Phantasie spielt dir wieder Streiche, Auguste.«
»Vielleicht kommt er nie wieder.«
»Er kommt zurück, glaub mir.«
»Du hast ihn vertrieben, für immer.«
Auguste preschte direkt auf den schmalen Damm zwischen Großem und Kleinem Jasmunder Bodden zu, ließ eine Droschke hinter sich, rauschte an einem Fuhrwerk vorbei,

wich gerade noch rechtzeitig einem entgegenkommenden Gespann aus, ohne die wütend hinter ihr herschimpfenden Kutscher zu bemerken. Als sie den Damm erreichte, war ihr, als würde sie ein von Wasser gesäumtes Tor durchbrechen. Für einen Moment verlor sie sich in der hellen Weite, doch ihr Pferd galoppierte ohne ihr Zutun weiter, so dass das Dunkel des Waldes sie schon bald wieder verschluckte. Ihr ganzer Körper schien zu einem tauben Klumpen verformt, ihre Beine waren steif, das Kopfsteinpflaster polterte in ihrem Kopf.

»Viktor lässt sich nicht unterkriegen. Er ist ein von Salen, Auguste. Ein von Salen gibt niemals auf.«

»Ihr seid dickköpfig und unnachgiebig, nichts weiter. Hol ihn zurück. Such ihn. Fahr nach Berlin. Sprich mit dem Polizeipräsidenten oder am besten gleich mit General Schmeritz. Er soll alle Militärposten informieren. Mach etwas, Ferdinand. Sie werden ihn finden. Bitte, Ferdinand. Diese Ungewissheit bringt mich sonst um.«

»Wieso vertraust du ihm nicht?«

Auguste jagte weiten Ackerflächen entgegen, leeren, gerupften Feldern, toten Orten gleich in diesem ohnehin kargen Land. Plötzlich tauchte eine Gruppe Sensenmänner vor ihr auf. Aufgeschreckt von dem Pferdegetrappel hoben sie ihre Köpfe. Augustes hüftlanges Haar stand fast waagrecht im Wind, Sand wirbelte durch die Luft. Den Mähern war, als würden sie von einer Erscheinung heimgesucht. »Die schwarze Reiterin«, flüsterte einer und starrte ihr auch dann noch hinterher, als sie längst am Horizont verschwunden war.

»Er ist auch dein Sohn. Er hat unser Vertrauen verdient.«

»Dass ausgerechnet du das sagst.«

»Jeder junge Mann sollte von zu Hause fort. Auch ich habe meinen eigenen Weg gesucht.«

»Ach, und als Nächstes jagst du Anton davon?«

»Natürlich nicht. Anton kann nirgendwohin.«

»Was ist, wenn er nie wiederkommt?«

»Er kommt.«

»Was ist, wenn nicht?«

»Er kommt, Auguste.«

»Ich vermisse ihn.«

»Vertrau ihm.«

Abrupt brachte Auguste ihr Pferd zum Stehen. Ihr war, als wäre sie am Ende der Welt angelangt. Vor ihr lag nur noch Wasser. Das Land auf der anderen Seite des Boddens schien unerreichbar zu sein. Vorsichtig ließ sie sich zu Boden gleiten. Aber es dauerte, bis sie überhaupt wieder aufrecht stehen konnte. Ihr Körper war ein Schlachtfeld mit aufgescheuerten Händen, wunden Beinen und einem Rücken in tausend Teilen. Der Schmerz durchzuckte sie bei jedem Schritt.

Sie führte ihr Pferd an einen Tümpel, bevor sie zum Ufer ging. Eine Entenfamilie durchpflügte das Schilf, Möwen schrien, ein Kormoran stürzte sich ins Wasser und tauchte Sekunden später ohne Beute wieder auf. In der Ferne war ein Ruderboot zu sehen, jemand legte Netze aus. Unermüdlich flatterten Vögel von Strauch zu Strauch. Noch immer aber war ihr, als würde die ganze Umgebung durch sie hindurchrauschen.

»Warum vertraust du ihm nicht?«

»Du hast ihn so verletzt.«

»Vertraust du mir? Auguste! Vertraust du mir? Erinnere dich an unsere erste Nacht am Königsstuhl. Habe ich nicht gehalten, was ich versprochen habe? Ist dieses Land nicht zu deinem geworden? Blietzow ist unser Leben, deines, meines, das Leben unserer ganzen Familie. Das war so, ist so und wird immer so bleiben. Du weißt, dass ich recht habe. Du vertraust mir doch? Auguste, bitte, ich brauche dich jetzt. Es stehen uns vielleicht schwere Zeiten bevor. Die Preise fallen, aber die Zwischenhändler kassieren nach wie vor den vollen Satz. Wenn das so weitergeht, weiß ich nicht, wie ich die Raten für die beiden neuen Motorpflüge zahlen soll.«

»Wenn ihm nur nichts zustößt.«

»Stehst du an meiner Seite?«

»Wenn er doch morgen vor der Tür stünde, gesund und wohlbehalten.«

»Kann ich auf dich zählen, Auguste? Können Blietzow und ich auf dich zählen?«

»Ja.«

»Ich vertraue dir.«

Träge plätscherte das Wasser ans Ufer, während ein Entenküken verzweifelt nach seiner Mutter schrie. »Ich vertraue dir.« Ferdinands letzte Worte vom Morgen gingen ihr nicht mehr aus dem Kopf. »Ich vertraue dir.«

Langsam ließ der Schmerz nach.

Am frühen Abend, die Sonne stand bereits tief über Kap Arkona, fuhr sie mit der Wittower Fähre über den Bodden und ritt im Schritttempo nach Hause.

21

Das Damenbad war nur noch ein Trümmerhaufen, Boote hatten sich zwischen Baumstämmen und Geröll verkeilt, armdicke Äste lagen über den ganzen Hafen verteilt. Die Giftbude, ein Kiosk und im Sommer einer der wichtigsten Orte für Feriengäste, war nicht wiederzuerkennen. Einzig das Schild mit der Aufschrift, das wie durch ein Wunder unbeschadet geblieben war, zeugte noch von dessen Existenz.

Am Morgen des 1. Januar 1914 sah nicht nur der Lohmer Hafen, sondern die ganze nördliche Rügener Küste wie ein Schlachtfeld aus. In der Nacht hatte eine Sturmflut getobt, die für das neue Jahr nichts Gutes versprach. Nur Hagemann, der Ortsvorsteher, witterte seine Chance. Noch in der Nacht eilte er zu Mehrich, der wiederum am Morgen bei Ferdinand vorstellig wurde.

»Ein frohes neues Jahr«, sagte er und fügte ohne Umschweife hinzu: »Wollen wir hoffen, dass es tatsächlich froh werden möge. Leider fängt es ebenso unerfreulich an, wie das alte aufgehört hat. Und ich spreche jetzt nicht von diesem gewaltigen Sturm heute Nacht. Gestern habe ich erfahren, dass man in Stralsund Wind davon bekommen hat, dass unsere polnischen Arbeiter das Land nicht wie vorgeschrieben für sechs Wochen verlassen haben. Man will uns wohl eine gewaltige Strafe aufbrummen. Wenn Sie mich fragen, hat da mal wieder der Fürst seine Finger im Spiel, aber das ist jetzt ein anderes Thema. Kurzum, mir ist da ein Gedanke gekommen. Wir machen Gebrauch von der Ausnahmeregelung und melden eine Notlage an. Im

Hafen sieht es nicht gut aus. Vielen hat der Sturm ihre Existenzgrundlage genommen, und unser Gut ist davon nicht minder schwer betroffen, bedenkt man, dass wir unsere Ware noch immer zum Großteil von hier verschiffen. Wenn wir also …« Aber er kam nicht weiter.

Ferdinand, der sein letztes Vermögen schon dahinschwinden sah, unterbrach ihn abrupt. »Mehrich, Sie sind ein Genie! Gleich morgen schicken Sie alle verfügbaren Arbeiter nach Lohme. Sie sollen die Schäden beseitigen und Hilfe beim Wiederaufbau leisten. Und sorgen Sie dafür, dass Stralsund davon erfährt.«

Auch Jakob gehörte zu jenen, die seitdem versuchten diese Sturmflut vergessen zu machen. Seit Wochen war er schon damit beschäftigt, den Hafen von zerborstenen Planken und zertrümmerten Booten zu befreien. Immer wieder verzögerten Schlammlawinen die Aufräumarbeiten, und spätestens Ende Januar schwand die letzte Hoffnung, zügig voranzukommen. Eine bittere Kälte hatte ganz Rügen im Griff und binnen kurzer Zeit eine Eisschicht über Steine, Schlamm und Holz gelegt, so dass an Arbeit eigentlich nicht zu denken war.

Ferdinand schickte die Helfer dennoch nach Lohme, zu groß war seine Angst vor möglichen Repressionen wegen seines Verstoßes gegen das Wanderarbeitergesetz. Nicht nur, dass er eine Geldstrafe fürchtete, die er wegen der schlechten Zahlen vom Herbst kaum hätte begleichen können, noch größere Sorge bereitete ihm der Gedanke, einmal gefangen, sich nie wieder aus den Klauen der Justiz befreien zu können. Er, der auf Rügen noch immer als »der Neue« galt, wusste, dass er im Zweifel nicht mit Rückhalt zu rechnen hatte.

Mehrich, der es sich nicht nehmen ließ, täglich die Fortschritte zu kontrollieren, auch jetzt, da seine Arbeiter vor allem gegen Eis und Schneestürme kämpften, stand mit Hagemann am Kopf der verwüsteten Hafentreppe und blickte hinunter auf die bizarre Szenerie. Über zwei Dutzend Männer versuchten sich mit Spitzhacken gegen die Naturgewalten zu stemmen.

»Im Mai beginnt die Dampfersaison. Du weißt, was das bedeutet? Wenn wir bis dahin keinen funktionsfähigen Hafen aufweisen können, dann streicht uns der alte Geizkragen Bülow von seiner Route. Dem kommt diese Katastrophe doch gerade recht. Von Jahr zu Jahr wird es immer schwieriger, ihn davon zu überzeugen, auch Lohme anzusteuern. Das Ausschiffen, sagt er, koste unnötig Geld. Außerdem wollten die meisten ohnehin nur zum Kap Arkona und dann wieder zurück in ihre Logierhäuser nach Binz oder Sellin. Wenn wir eine Seebrücke hätten, wäre das ein großer Gewinn für unseren Ort. Vielleicht könnten wir sogar dem Bülow Konkurrenz machen. Jetzt, da wir uns auch ganz offiziell Seebad nennen, wäre eine eigene Dampfergesellschaft doch eine gute Investition«, sagte Hagemann, während er dabei zusah, wie eine Handvoll Männer unter Jakobs Anleitung gerade versuchte die Reste des Herrenbads vom Eis zu befreien. »Was ist eigentlich mit deinem Sohn?«, fragte er unvermittelt. »Will er auf Blietzow bleiben? Er scheint doch ein patenter Kerl zu sein, der gut sein eigener Herr sein könnte. Erst neulich habe ich gehört, dass im Muttland neue Bauernstellen entstehen sollen. Ein Gut bei Poseritz hat offensichtlich den Preisverfall des Getreides nicht überstanden und wird jetzt aufgeteilt.«

»Ist mir auch schon zu Ohren gekommen.«

»Wenn du willst, könnte ich mal meine Fühler ausstrecken. Immer nur abhängig sein …«
»Danke, nicht nötig«, unterbrach Mehrich ihn knapp.
»Ganz wie du meinst, aber Jakob hat …«
»Danke, Karl, ich weiß dein Angebot zu schätzen. Ich war deswegen schon in Bergen.«
»Und?«
»Abwarten.«
Hagemann zuckte mit den Schultern. »Geht mich auch nichts an. Also, was ist? Was hältst du von der Idee mit der Seebrücke und der Dampfergesellschaft?«
»Da werde ich Ferdinand von Salen wohl ausrichten lassen müssen, dass ihn die Herren in Stralsund noch immer auf dem Kieker haben.«
Karl Hagemann konnte sich ein Grinsen nicht verkneifen. »Wie gut, dass wir beide uns verstehen. Auf eine glänzende Zukunft, Paul«, sagte er und reichte ihm die Hand.
Kaum hatte der Ortsvorsteher sich verabschiedet, schlitterte Mehrich auf dem notdürftig angelegten und zum größten Teil vereisten Zickzackweg den Abhang hinunter.
»Weitermachen«, rief er noch auf der Hälfte des Hangs einem der polnischen Arbeiter zu, der gerade im Begriff war, sich auf eine Eisscholle fallen zu lassen. »Ausruhen kannst du dich später. Und ihr da.« Er wedelte mit seinem rechten Arm in Richtung dreier Gehilfen, die erschrocken aufsahen. »Wie lange soll es eigentlich noch dauern, bis die ganzen Bretter endlich aus dem Hafengelände verschwinden? Uns bleibt nicht ewig Zeit.«
»Eis«, rief einer der Arbeiter zurück. »Alles Eis. Gefährlich.«
»Nix gefährlich. Bretter schultern und weg damit. Oben

steht das Fuhrwerk und wartet. Das sage ich euch schon seit Tagen.«

Fluchend tastete er sich den restlichen Weg nach unten, wohl wissend, dass mehr als einer der Arbeiter ihn gerne stürzen gesehen hätte. Aber den Gefallen tat er ihnen nicht. Zwar entglitt ihm immer wieder der Boden unter den Füßen, doch ebenso oft gelang es ihm, sich in letzter Sekunde wieder in Balance zu bringen.

»Verfluchtes Eiswetter«, schimpfte er, als er sich Jakob näherte. »Kann dieser Gott da oben nicht einmal etwas richtig machen? Wozu gehe ich denn jeden Sonntag in die Kirche? Doch nicht, damit er mir diesen Mist hier beschert. Ich sag dir eins, Jakob, noch eine Woche Eis und Schnee, und ich stelle das Beten ein. Da kann deine Mutter sagen, was sie will. Ist sowieso eine Schande, dass wir noch immer jeden Sonntag nach Bobbin fahren. Dabei müsste man ihn mit Nichtachtung strafen, diesen verdammten Heiligen, nach allem, was passiert ist. Beten, beten, beten.« Er machte eine wegwerfende Handbewegung. »Das bringt doch nichts als Unglück. Sieh dir doch dieses Durcheinander hier an.«

Jakob, der in der Zwischenzeit seine Hacke zur Seite gelegt hatte, ahnte nichts Gutes. »Zu deiner Beruhigung kann ich dir sagen, dass es schlimmer aussieht, als es ist. Wenn alles wie geplant läuft, werden wir noch heute die Reste der beiden Bäder abbauen können, und spätestens übermorgen dürfte dann alles abtransportiert sein.«

»Hörst du dir eigentlich beim Reden zu?«

»Was meinst du?«

»Du sprichst in Wahrscheinlichkeiten, um genauer zu sein, in Unwahrscheinlichkeiten, Jakob!« Er packte seinen Sohn an der Schulter. »Lass uns ein Stück Richtung Wald gehen. Was ich mit dir zu besprechen habe, ist nicht für fremde Ohren gedacht.«

Schweigend gingen sie über den zu spitzen Hügeln gefrorenen Schlamm, bis sie zu einer Stelle kamen, die weit genug von den anderen entfernt lag. Am Ufer türmten sich Eisschollen dick wie Baumstämme. Wenn es aber ganz still war, so wie in dem kurzen Moment, als beide auf die graue See hinaussahen, war noch immer das beruhigende Plätschern des Wassers zu hören. Wenige Schritte von ihnen entfernt schoben sich Luftblasen wie durchsichtige Quallen unter der schimmernden Eisfläche entlang.

»Hast du endlich eine Entscheidung getroffen?« Mehrich hatte sich an einen Baumstamm gelehnt und starrte auf das milchig trübe Eis.

»Ich dachte, wenn …«

»Schon wieder. Unwahrscheinlichkeiten, Jakob, Unwahrscheinlichkeiten. Ja oder nein?«

»Wenn ich die nächste Ernte noch …«

»Wenn, wenn, wenn. Jetzt ist die Zeit, zuzugreifen. Sogar Hagemann sieht das große Potenzial und fragt sich, warum du noch immer auf Blietzow arbeitest. Hagemann! Ausgerechnet! Wenn der sich schon das Maul zerreißt, möchte ich nicht wissen, wer sonst noch alles über uns redet.«

Jakobs Blick haftete an einem der vielen Risse, die sich durch das Eis zogen, ein schmaler dunkler Strich, eingeschlossen von eisiger Kälte. »Nein«, sagte er.

»Was heißt nein?«

»Du wolltest doch eine Antwort. Meine Antwort lautet nein.«

»Du scheinst nicht zu wissen, was du sagst. Man bekommt

nicht jedes Jahr freies Bauernland angeboten und muss kaum etwas dafür bezahlen. Hast du eigentlich eine Vorstellung davon, wie viele Hebel ich dafür in Bewegung setzen musste? Sogar beim Provinzialrat bin ich vorstellig geworden. Und glaub mir, es war nicht leicht, ihn davon zu überzeugen, dir eine der Bauernstellen zu überlassen. Es gibt viele Bewerber, viele, die wissen, welche Chancen sich ihnen da offenbaren. Die Freiheit, dein eigener Herr zu sein, ist mit nichts aufzuwiegen.«

»Ich bin glücklich hier. Blietzow ist mein Leben«, sagte Jakob entschieden.

»Das ist kein Leben, in der Knechtschaft eines Gutsherrn zu stehen.«

»Die Sklaverei ist abgeschafft, falls du es vergessen haben solltest.«

»Lohnsklaverei ist keinen Deut besser.«

»Wenn es bei den von Salens so schrecklich ist, warum gehst du dann nicht? Und am besten, du nimmst Ella gleich mit. Die scheint es hier ja auch kaum auszuhalten«, entgegnete Jakob. Der Trotz in seiner Stimme war nicht zu überhören, aber das scherte ihn nicht. Hauptsache, sein Vater begriff, dass er nicht gewillt war, sich von ihm Vorschriften machen zu lassen. Gleich würde er ihm sicherlich wieder die von Salenschen Verfehlungen aufzählen, angefangen von Augustes Einfluss auf Alwine bis hin zu Ferdinands mangelnden Landwirtschaftskenntnissen. Auch den fehlenden Bahnanschluss ließ er nie aus, wie er es bei solchen Gelegenheiten niemals versäumte zu erwähnen, dass ein Sohn wie Anton ein Taugenichts sei und dass es in dieser Familie vor Taugenichtsen nur so wimmle.

»Und ausgerechnet den Fähigsten, den, der wirklich etwas

von Ackerbau verstand, den jagt er vom Hof«, sagte Mehrich und rieb sich dabei die Hände. »Ausgerechnet Viktor musste gehen. Wenn das mal kein Zeugnis von Dummheit ist. Und du denkst, unter diesen Umständen könnte ich mein Gut im Stich lassen?«

Jakobs Blick haftete wieder an den Rissen im Eis. Längst hatte er es aufgegeben, seinem Vater zu widersprechen, wenn dieser über Blietzow von seinem Gut sprach. Auch die kryptischen Andeutungen über die von Salensche Geschichte war er leid. Zu oft hatte er schon nachgefragt und zu oft keine Antwort erhalten. Dass er sich davon einmal hatte einschüchtern lassen, konnte er sich heute kaum noch vorstellen.

Jakob zählte die Risse im Eis, während sein Vater nicht müde wurde, ihm die Bauernstelle in Poseritz schmackhaft zu machen. Er schwärmte von der Nähe zu Stralsund, von den Möglichkeiten, die sich dadurch ergäben, davon, dass er nur Zuckerrüben und Kartoffeln anbauen müsste, was ja viel einträglicher sei als »dieses Elend mit dem Getreide«. Alles nichts Neues für Jakob.

Als er gerade den dreiundfünfzigsten Riss gezählt hatte, hob sein Vater die Stimme und sagte: »Und dann heiratest du ein tüchtiges Mädchen. Die Tochter des Stellmachers zum Beispiel kann ordentlich zupacken.«

Die kleine von Salen schlag dir bloß aus dem Kopf, äffte Jakob seinen Vater in Gedanken nach, ahnend, dass es nicht mehr lange dauerte, bis er exakt diesen Satz von ihm hören würde, dem stets eine nicht enden wollende Belehrung über die Arroganz der Großgrundbesitzer folgte.

»Die kleine von Salen«, fuhr sein Vater fort, »hat ihr Interesse an dir zum Glück ja verloren.«

Die Worte saßen wie ein Faustschlag. Vor Schreck verlor Jakob den Halt auf dem eisigen Untergrund und knallte auf den Boden. So schnell, wie er gefallen war, richtete er sich zwar wieder auf, doch sein Missgeschick konnte er nicht mehr ungeschehen machen.

Mehrich, der so tat, als würde er aufs offene Meer hinausschauen, beobachtete jede seiner Regungen ganz genau. »So eine Gelegenheit kommt nie wieder, Jakob. Denk also noch einmal darüber nach. Spätestens bis zum Sommer musst du dich entschieden haben. Der Landrat rechnet damit, dass der Vertrag mit der Pommerschen Landgesellschaft im Herbst unter Dach und Fach sein wird. Je früher du also dran bist, desto größer ist der Kuchen, den du abbekommst. Jakob?« Zum ersten Mal, seitdem sie an dieser Stelle standen, drehte er sich zu seinem Sohn um. »Hörst du mir überhaupt zu?«

Jakob, dessen Gedanken einzig und allein um Luise kreisten, nickte.

»Dann gehe ich davon aus, dass du mich verstanden hast. Enttäusch mich also nicht. Und jetzt schnell wieder an die Arbeit. Hagemann möchte aus dem Hafen ein kleines Schmuckstück machen.«

Jakob nickte wieder, obwohl er noch immer nur Wortfetzen aufgeschnappt hatte.

»Was ist? Worauf wartest du?«

»Der Wind hat gedreht«, sagte Jakob nachdenklich, während er seinen Blick über die Eisschollen auf die offene See gleiten ließ. Wellen türmten sich am Horizont und schoben sich immer näher.

»Dann bläst er jetzt eben von vorne.«

»Der Sturm drückt das Eis an Land.«

»Es bleibt noch eine Stunde bis zum Anbruch der Dunkelheit. Bis dahin macht ihr weiter.«

Schweigend musterte Jakob seinen Vater. Wie immer war er für einen Gutsinspektor viel zu fein gekleidet. Das makellose Weiß seines Hemds blitzte unter der hüftlangen Jacke hervor. Fehlte nur, dass er aus seiner Brusttasche eine goldene Taschenuhr zog oder sich auf einem mit einem Schlangenkopf verzierten Stock aufstützte, dachte Jakob. Aber sein Zylinder war an diesem unwirtlichen Ort schon unpassend genug. Zumal jetzt Schnee von der Wasserseite aufs Land peitschte, der sich binnen Sekunden zu einem Wall auf dem Hutrand türmte. Jakob klopfte seine Mütze aus, bevor er in seine Fäustlinge schlüpfte. »Dann wollen wir mal«, sagte er.

Seinen Ärger und seine Verunsicherung verriet er mit keinem Ton.

22

Mittlerweile schneite es seit fast zwei Wochen. Meterdick lag der Schnee auf dem zerstörten Hafen. Was von oben wie eine Kulisse zu einer Märchenaufführung aussah, war für die Helfer unten zum Alptraum geworden. Drei von ihnen lagen mit gebrochenen Beinen in ihren notdürftig eingerichteten Baracken, zwei klagten über hohes Fieber, die anderen schaufelten vergeblich gegen die Schneemassen an, immer in der Gefahr, auf dem darunterliegenden Eis unglücklich auszurutschen.
Noch bei Dunkelheit brach Jakob morgens auf und kehrte bei Dunkelheit wieder zurück. Auch tagsüber war Sonnenlicht rar, allenfalls leuchteten die dichten Wolken graugelb. Überhaupt schien ganz Jasmund mit grauer Farbe bemalt. Graue Buchenstämme, die sich kaum vom Himmel unterschieden, weißgraue Ackerflächen und eine dunkelgraue See bestimmten das Bild.
Als Jakob an einem dieser Tage nach Hause kam, deckte Ella gerade den Tisch. Suppenteller, Suppenlöffel, zwei Krüge, zwei Tassen, Stoffservietten für jeden, ihr Abendbrottisch glich einem unveränderbaren Ritual. Die Kerze für Alwine, die geschützt hinter Glas auf dem Fensterbrett stand, hatte sie bereits entzündet.
Im Flur lag der Geruch von Kartoffelsuppe und heißem Fett. Jakob folgte dem Duft in die Küche. Würste brutzelten in der Pfanne, während Alma mit einem Eisenstab versuchte die Glut erneut zum Lodern zu bringen. Ohne seine Mutter wie sonst üblich zu begrüßen, griff sich Jakob eine der beiden Bierflaschen, die auf dem Küchentisch standen,

und knallte sie mit dem Boden auf die Platte. Den Trick hatte er sich von den Waldarbeitern aus Saßnitz abgeschaut, die seit Jahren das traditionelle Wetttrinken gegen die Lohmer Fischer gewannen. Gleich nachdem sich der Verschluss geöffnet hatte, galt es, die Flasche anzusetzen und sie in einem Zug zu leeren. Jakob wischte sich mit dem Handrücken Schaum vom Kinn, bevor er die zweite Flasche nahm, die er ebenso zügig austrank.

»Wenn dein Hunger so groß ist wie dein Durst, können wir unsere Vorräte ja gleich den Polen in den Rachen schieben«, sagte Ella, die einen Korb mit feuchten Holzscheiten neben den warmen Ofen stellte. »Und am besten unser Holz gleich mit. Denkst du eigentlich auch mal an uns?« Sie schnappte sich die beiden leeren Flaschen und stellte sie in die Vorratskammer. »Einmal bitte ich dich um etwas, einmal nur. Und was haben wir jetzt davon? Das ganze Holz ist nass geworden. Du kannst von Glück reden, dass noch genügend trockenes zum Kochen da war. Aber beschwer dich bloß nicht, wenn es morgen nur Brot und Speck gibt. Warum hast du denn heute Morgen das Holz nicht ins Haus gebracht? Du weißt doch, dass ich auch noch den Pastorenhaushalt zu versorgen habe. Seitdem die alte Sager gestorben ist … Ich sag dir, da türmt sich die Wäsche. Bei sechs Kindern ist das ja auch kein Wunder. Soll ich mich denn etwa zerreißen und auch noch deine Arbeit machen? Wir hatten doch abgemacht, dass wir beide Mutter unterstützen, solange sie unsere Hilfe braucht.«

»Tut mir leid, ich hab's vergessen«, erwiderte Jakob, während er aufstand und sich aus der Vorratskammer ein weiteres Bier holte.

»Ich verlange wirklich nicht viel. Ich wasche, ich putze, ich koche, da wirst du doch an das verdammte Holz denken können.«

Dieses Mal öffnete Jakob den Bügelverschluss auf herkömmliche Weise, bevor er auch diese Flasche in einem Zug leerte.

Ella sah ihren Bruder mit einem vorwurfsvollen Blick an. »Willst du wie die Sager enden? Zum Schluss habe ich jeden Morgen eine leere Kornflasche unter ihrem Bett hervorgeholt. An Aufstehen war gar nicht mehr zu denken. Aber ihr Bett bis zum Kopfkissen vollscheißen, das konnte sie noch. Hast du eine Vorstellung davon, wie jämmerlich so ein Säuferleben ist?«

»Ella!« Alma schaute ihre Tochter tadelnd an. »Deck den Tisch.«

»Das habe ich schon längst erledigt, Mutter.«

»Dann füll die Suppe um.«

Mit mürrischem Gesicht hob Ella den schweren Topf vom Herd und schüttete die dickflüssige Suppe in die mit einem blauen Band verzierte Terrine. »Ich warne dich, Jakob«, sagte sie, »behandle mich nicht wie Luft. Du wirst noch froh sein, jemanden wie mich an deiner Seite zu haben.«

Für einen Moment schloss Jakob die Augen und spürte der Wärme des Ofens nach. Seine Wangen glühten. Sollte sie doch reden. Sollten sie doch alle reden, sein Vater, seine Schwester, er hörte ihnen schon lange nicht mehr zu, auch wenn er das Gefühl nicht loswurde, sie seien die Einzigen, die noch mit ihm sprachen.

Die Stimme, die er viel lieber gehört hätte, die ihm Gänsehaut verursachte, die ihn zum Lachen brachte, war verstummt. Erst heute wieder war Luise nicht zu dem von ihm benannten Treffpunkt gekommen. Auch ihr Lächeln war verschwunden. Wenn sie ihn sah, schien sie ihn kaum noch zu kennen.

»Hast du deinen Kräutertee schon getrunken?«, fragte Ella ihre Mutter, als Jakob aufstand, um sich die vierte Flasche Bier aus der Vorratskammer zu holen.

»Nach dem Essen.«

»Du weißt doch, dass er nur dann hilft, wenn du ihn auf nüchternen Magen trinkst.« Die Widerworte ihrer Mutter nicht beachtend, setzte sie Wasser auf.

»Das Essen wird kalt«, sagte Alma und starrte dabei auf die Terrine wie auf ein unlösbares Rätsel.

»Du wolltest, dass ich die Suppe umfülle.«

»Jakob hat doch bestimmt Hunger.« Alma schob ihm die Schüssel direkt unter die Nase.

»Wir essen drüben, wie immer«, sagte Ella, schnappte sich die Suppenschüssel und stellte sie auf die gusseiserne Fläche neben dem Ofen.

»Dein Bruder arbeitet hart. Gib ihm wenigstens einen Kanten Brot.« Alma streichelte ihrem Sohn über die rauhe Hand. »Komm doch nächsten Sonntag mit nach Bobbin. Der Pastor wird ein Totengebet sprechen.«

»Für die Sager, Mutter.« Ella verdrehte die Augen. »Er wird Hanne Sager gedenken, nicht Alwine.«

»Wie kannst du nur so etwas sagen? Das Gebet ist für alle Toten.«

Jakob mühte sich, seiner Mutter ein mitfühlendes Lächeln zu schenken. Für tröstende Worte fehlte ihm die Kraft.

»Jetzt, da dein Vater sich entschieden hat, dem Gottesdienst fernzubleiben, könntest du Ella und mich doch begleiten? Wo bleibt denn das Brot, Ella?«

»Danke, ich hab keinen Hunger«, sagte Jakob und setzte

die Flasche an. Langsam zeigten sich erste Spuren des Alkohols. Mit glasigen Augen schaute er seiner Mutter direkt ins Gesicht. Sie sah alt aus, alt wie die Tagelöhnerfrauen, deren gebückte Haltung ihn schon immer erschreckt hatte. Tiefe Furchen durchzogen ihre Wangen, als hätten sich ihre Tränen dort Wege gegraben. Erneut setzte er die Flasche an. Er trank Schluck für Schluck.

»Hast du Alwines Kerze entzündet?«, fragte Alma, die sich jetzt wieder ihrer Tochter zuwandte.

»Ja, Mutter. Trink jetzt. Vater kommt bestimmt gleich, dann essen wir.« Sie stellte ihrer Mutter einen dampfenden Becher mit einem grünschwarzen Gebräu hin. Es roch nach verschimmeltem Heu, aber Ella schwor, dass die Mischung vor allem aus Kampfer und Huflattich bestand.

»Wir sollten in jedes Zimmer eine Kerze stellen«, meinte Alma.

Ella erwiderte nichts, aber es war deutlich zu sehen, wie sehr sie mit sich kämpfte. Ihr rechtes Augenlid zuckte, während sie versuchte nichts Unbedachtes zu sagen. Solange ihre Mutter sich nicht in der Lage sah, sich selbst um die Kerzen zu kümmern, stellte sie auch keine weiteren auf. Unzählige Male hatte sie ihr das schon gesagt, aber bislang wurde ihre Hoffnung stets enttäuscht, ihre Mutter würde den Verlust endlich verwinden. »Wenn der Schnee geschmolzen ist, kannst du nach Saßnitz fahren und für Alwine Kerzen und Glas besorgen«, entgegnete Ella kühl. »Und jetzt trink bitte deinen Tee.«

»Jakob.« Alma streichelte wieder seine Hand. »Es wäre doch schön, wenn wir Alwine in jedem Zimmer bei uns hätten, meinst du nicht auch?«

»Natürlich, Mutter.« Sein Blick klebte noch immer auf den

Furchen in Almas Gesicht. Niemals wollte er diesen Schmerz fühlen, diesen Schmerz, der einen derart entstellte. Ein letztes Mal setzte er die Flasche an, bevor er sich erhob und sie zu den anderen leeren Flaschen in die Vorratskammer brachte. »Esst ohne mich«, sagte er, als er bereits im Türrahmen stand. »Ich hab noch etwas zu erledigen.«

23

Eigentlich hätte es nach Wellenrauschen klingen müssen, nach Meer, nach Weite, nach unbeschwerten Momenten am Strand, so wie es eben immer geklungen hatte, wenn sie, das Steinsäckchen knetend, sich schöne Erinnerungen herbeigeträumt hatte. Stattdessen aber klang es nur nach dem, was es war, nach einem dumpfen Geräusch, erzeugt von aneinanderreibenden Steinen.

Seit Wochen ging das schon so. Seit Wochen saß Luise abends auf ihrem Bett, dieses bislang so zuverlässige leinene Säckchen in der Hand, und versuchte an die Sommertage vom vergangenen Jahr zu denken. Daran, wie Jakob sie küsste, wie sich seine Haut auf ihrer anfühlte, wie alles in ihr vibrierte, sich anspannte und löste. Sie versuchte sich seine Stimme in Erinnerung zu rufen, die sie ebenso sanft streicheln konnte wie seine Hände, sie hoffte sein Gesicht zu sehen, das ihr so oft in den Wolken erschienen war.

Aber die Bilder in ihrem Kopf ließen sich nicht überlisten. Die Bilder, auf denen Jakob fehlte, auf denen sie nichts weiter tat, als vergeblich auf ihn zu warten. Erst oben am Giegnitzer Hügelgrab, dann unten am Strand, später auch an einem lichten Uferstück vom Herthasee. Sogar am Fuß des Königsstuhls war sie gewesen, hatte sich die teils morsche Leiter nach unten gehangelt und Stunden später enttäuscht wieder nach oben, nachdem Jakob einmal mehr nicht gekommen war.

Luise schob die Steine zwischen ihren Händen hin und her, den immergleichen scheppernden Klang im Ohr, während sie den Schneeflocken zusah, die vor ihrem Fenster im Licht der Kerze tanzten.

Es war kalt in ihrem Zimmer. Das letzte Holzscheit hatte sie vor mehr als einer Stunde in den Ofen geschoben. Mittlerweile glimmte unter der Asche nur noch ein schwaches Feuer. Ihr klammes Federbett war schon zurückgeschlagen, bereit für eine weitere Nacht, an deren Ende sie sich einmal mehr fragen würde, was sie falsch gemacht hatte.

Luise legte das Steinsäckchen unter ihr Kopfkissen, bevor sie aufstand und zum Fenster ging. Hätte sie sich nach links gebeugt, sie hätte bis zu Mehrichs Haus am Fuß des Hügels gesehen. Selbst in dieser schneesturmumtobten Nacht hätte sie dort im Fenster die flackernde Kerze erkannt. Ihr Blick aber wurde von einer Fußspur gefesselt, die sich wie ein locker gespanntes Band vom Gutseingang über den Hof bis zum Pferdestall zog. Tritt für Tritt war deutlich zu erkennen.

Erst als der Neuschnee die letzten Andeutungen dieser Spur unter sich begraben hatte, verließ sie ihren Fensterplatz und ging zu ihrem Waschtisch. Die Kerze neben dem Spiegel erzeugte ein trügerisches Bild. Luise sah in ein sonnengebräuntes, strahlendes Gesicht. Für einen Moment hoffte sie, mit diesem Spiegelbild kämen die ersehnten Erinnerungen zurück, doch die Hoffnung zerschlug sich schnell. Kaum hatte sie ihre Hände in das mit einer dünnen Eisschicht überzogene Wasser getaucht und ihr Gesicht damit benetzt, war ihr, als wäre sie kopfüber in eine Schüssel mit unzähligen feinsten Nadeln gestürzt.

Als es leise an ihre Tür klopfte, schmerzten ihre Wangen noch immer.

Anton streckte den Kopf ins Zimmer.

»Ist etwas passiert?«, fragte Luise, nicht daran gewöhnt, so spät noch gestört zu werden.

»Du kannst kommen«, flüsterte er in den dunklen Flur.
Und da kam er, wie aus dem Nichts, er, den sie sich so sehnlich herbeigewünscht hatte, die Hände in den Hosentaschen, mit ernstem Gesicht.
»Entschuldige bitte die Störung«, sagte Jakob, kaum dass Anton die Tür von außen ins Schloss gezogen hatte, »aber ich sah sonst keine andere Möglichkeit, dich zu sprechen.«
Wie festgefroren saß Luise auf ihrem Stuhl. Die Kälte, die von ihm ausging, war eisiger als das Wasser, das ihr eben noch Schmerzen verursacht hatte.
»Wo warst du?« Die Frage begleitete sie seit Wochen, und dennoch war ihr jetzt, als spräche jemand anderes aus ihr. Aber Jakob schien sie gar nicht gehört zu haben. »Ich habe genug von deinen Spielchen«, sagte er. »Nur weil du die Tochter des Gutsbesitzers bist, lasse ich mir von dir noch lange nicht alles gefallen. So kannst du vielleicht mit einem eurer Stallburschen umspringen, aber nicht mit mir. Ich habe es nicht nötig, mich von dir wie den letzten Dreck behandeln zu lassen.«
Luise traute ihren Ohren kaum. Sie war es doch, die auf ihn hätte wütend sein müssen, sie, die so oft vergeblich auf ihn gewartet hatte. »Wo bist du gewesen?«, fragte sie erneut.
»Das fragst du mich?«
»Ich habe auf dich gewartet«, sagte sie leise. Noch immer fühlte sie sich wie benommen.
»Du warst nicht da«, entgegnete er erbost, »nicht in Krievitz, nicht am Königsstuhl, nicht am Herthasee. Du hast mich warten lassen, und ausgerechnet du fragst mich, wo ich gewesen bin. Es macht dir wohl noch immer Spaß, mich zum Trottel zu machen.«

»Ich war dort, am Königsstuhl, am Herthasee.«
»Ach, und heute, in Krievitz, da warst du auch?«
Sie schüttelte den Kopf.
»Na bitte, das sag ich doch. Du behandelst mich wie einen dummen Bauernburschen.«
»Aber heute …« Luise schluckte. »Heute, ich wollte einfach nicht …«
»Erspar dir deine Erklärungen.«
»Nein, Jakob, glaub mir. Ich war es einfach leid, immer nur auf dich warten zu müssen. Heute bin ich zum ersten Mal tatsächlich nicht gekommen, aber sonst war ich immer da.«
»Sei still.«
»Und ich dachte immer, zwischen uns, das wäre etwas Besonderes.«
»Und das soll ich dir glauben?«
»Ich war noch nie so glücklich wie letzten Sommer.«
»Luise, bitte, für wen hältst du mich? Du hast mich in letzter Zeit ja noch nicht einmal mehr gegrüßt.«
»Ich war verunsichert.« Ihre Stimme zitterte. »Ich habe einfach nicht verstanden, warum du nicht mehr zu unseren Treffpunkten gekommen bist.«
»Ich lasse mich von dir doch nicht für dumm verkaufen.« Seine Augen funkelten. »Wenn ich dich erinnern darf, ich habe gewartet. Du verstehst sicherlich, dass ich mir da meine Gedanken mache.«
»Nein, Jakob, ich habe gewartet. Auf dich. Vergeblich«, erwiderte Luise jetzt deutlich energischer.
»Du scheinst da etwas durcheinanderzubringen.«
»Und was war damals am Hügelgrab? Damit fing doch alles an.« Langsam wurde sie wütend. Wie selbstgefällig er

vor ihr stand, als hätte er nur noch Verachtung für sie übrig. Er schien ihr überhaupt nicht zuzuhören.
»Ich hatte Anton gebeten, dir auszurichten, dass ich mit meinem Vater überraschend nach Bergen musste.«
»Das behauptest du. Anton hat mir aber etwas ganz anderes erzählt.«
»Glaub doch, was du willst. Ich kenne die Wahrheit, aber in deinen Kreisen scheint es ja üblich zu sein, sie nach den eigenen Maßstäben auszulegen.«
»Was soll das denn heißen?«
Er zuckte mit den Schultern.
»Du hast wohl vergessen, dass du mich schon einmal wie Luft behandelt hast.« Ihre Wangen glühten vor Ärger, dabei war ihr eiskalt.
Jakob lachte verächtlich.
»Und ich dachte damals noch, dein abweisendes Verhalten sei deiner Trauer geschuldet.«
»Du hast wohl noch immer nicht genug. Macht es dir eigentlich Spaß, mich zu demütigen? Du bist noch hinterhältiger, als ich gedacht habe.«
Wie fremd er ihr war. Das war nicht der Jakob, von dem sie geglaubt hatte ihn immer um sich haben zu wollen. Vor allem seine weiche Stimme vermisste sie schmerzlich. Jetzt klang sie rauh, kantig, als würde er auf Geröllhalden marschieren, ohne nach links und rechts zu schauen.
»Ach was, hinterhältig, das ist doch schon bösartig, mir meine Trauer vorzuwerfen. Dir wäre es wohl lieb gewesen, wir hätten Alwines Tod einfach übergangen. Ella hatte ja so recht. Sie hatte es gewusst, sie hatte es von Anfang an gewusst.«
Luises Augen wurden feucht. Sie biss sich auf die Lippe.

»Sag mir nur noch eins. Wer ist der Neue, der als Nächstes von dir zum Trottel gemacht wird?«

Sein abfälliger Ton war schlimmer als alles, was er sagte. Er schien sich in sie einzunisten, als wollte er sie von innen heraus vergiften.

»Ist es dieser Lackaffe aus Wittow oder doch der von Gut Pansevitz, oder ist es ein ganz anderer? Vielleicht hat sich aber auch Viktor zwischenzeitlich gemeldet und dir den Sohn seines neuen Gutsherrn ans Herz gelegt. Im Osten lassen sich die von Salenschen Tugenden sicherlich bestens pflegen.«

»Was ist nur los mit dir? Ich habe auf dich gewartet, Jakob. Ich, ich bin da gewesen. Ich wollte dich sehen. Ich verstehe einfach nicht, wie du so ungerecht sein kannst.«

»Ich bin kein Trottel, Luise. Ich weiß längst, dass du einen Neuen hast. Also, wer ist es?«

Ihre Lippen zitterten. Wenn sie jetzt weinte, würde sie sich das nie verzeihen.

»Keine Sorge, ich verrate dich nicht. Ich werde ihm nicht sagen, was für ein Biest du bist.«

Luise brachte keinen Ton mehr heraus. Der Kampf gegen die aufsteigenden Tränen erforderte ihre ganze Kraft.

»Ach, was soll's. Ist mir doch egal, wer sich von dir täuschen lässt. Spätestens im Herbst bin ich ohnehin fort. Und jetzt entschuldige mich. Es ist spät, und ich muss morgen früh raus.«

Als die Tür ins Schloss fiel, war es vorbei mit Luises Beherrschung. Ihre Wut, ihr Schmerz stürzten aus ihr hinaus. Es dauerte lange, bis sie sich wieder beruhigte, und noch länger, bis sie wieder den ersten klaren Gedanken fassen konnte. Erst weit nach Mitternacht – in der Zwischenzeit war sie unzählige Male auf und ab gegangen, hatte das Fenster geöffnet und geschlossen, ihr verweintes Gesicht in den Schneesturm gehalten, ihre Hände so lange in das Eiswasser getaucht, bis sie sie nicht mehr spürte – beschloss sie, am nächsten Tag zu Jakob in den Hafen zu gehen. Sie hatte sich nichts vorzuwerfen. Jakob musste das doch begreifen.

Am nächsten Morgen notierte sie: »Kein Auge zugetan. Nachgedacht. Zu dem Schluss gekommen, wer mich derart beleidigt, ist meiner nicht wert. Gehe nicht zu ihm. Sinnlos! Ich liebe ihn nicht.«

Am Tag darauf, sie hatte die Nacht wieder schlaflos verbracht, schrieb sie: »Ich habe mich getäuscht. Hier von Liebe zu sprechen heißt Blietzow mit den fürstlichen Ländereien vergleichen. Einer wie Jakob denkt nur an sich. Habe ihn von weitem gesehen. Er tut so, als würde ich nicht existieren. Unfähig, über den eigenen Tellerrand zu schauen. Ein Bauernsohn bleibt ein Bauernsohn. Kleingeisterseele. Ich habe ihn nie geliebt. (Abenteuer?)«

Der letzte Eintrag datierte vom 14. März 1914. Unzählige waren diesem vorausgegangen, die zum Teil nur aus einzelnen Wörtern bestanden.

»Schlammlawine«

»Geröll ist keine Musik.«

»Eiseskälte«

»Augen schließen verboten.«

»Bin über meinen Schatten gesprungen«, stand auf der letzten von ihr beschriebenen Seite. »Habe Jakob abgepasst. Habe ihm gesagt, dass ich mir nichts zuschulden habe kommen lassen, dass es keinen Grund gebe, mich so abweisend zu behandeln. Er hat mir kein Wort geglaubt. Er hat mich eine ›Salensche Lügnerin‹ genannt. Engstirniger, kleingeistiger Bauerntrottel. Bin froh, wenn er endgültig nach Poseritz geht. Anton sagt, im Herbst sei es so weit. Was Anton alles weiß. Ellas Triumph ist am schlimmsten. Auch so eine Kleingeisterseele. Muss jetzt aber Vater beistehen. Aus Stralsund ist gestern ein Bescheid über ein Bußgeld von fünfhundert Mark gekommen. Noch mehr verbohrte Geister.

Die Steine klingen nicht mehr.«

Eine Woche später las sie den Eintrag zum letzten Mal. Danach legte sie die Kladde in die unterste Schublade ihrer Kommode, hinter Unterwäsche und Strumpfbänder, und holte sie erst im Sommer wieder hervor.

Zweiter Teil

24

Unzählige Male hatte Ferdinand am Morgen die Zeitung zur Hand genommen und wieder weggelegt. Entsprechend zerfleddert sah sie nun aus, da sie wie ein Mahnmal, bestrahlt von der Mittagssonne, noch immer auf dem von Salenschen Eichentisch lag. Die Druckerschwärze glänzte im Licht, und die dunklen Buchstaben, größer als je zuvor auf eine Zeitungsseite gedruckt, schienen sich vor dem beigefarbenen Untergrund wie Ausrufezeichen zu erheben.

Allgemeine Mobilisierung.

Anton, der das Wort bislang nur aus seinen Büchern kannte, vermochte seine Erregung nicht zu verhehlen. Gestern Abend war es nur ein Gerücht gewesen, nun gab es keinen Zweifel mehr. Den ganzen Morgen über lachte und scherzte er mit Kahnick, während er an anderen Morgen meist stumm geblieben war. »Endlich, endlich ist es so weit.« Er sprach leise zu sich selbst, während er über den Hofplatz ging, um eine Extraportion Futter aus dem Speicher zu holen. Das Lachen aus seinem Gesicht wollte nicht mehr verschwinden. Endlich würde er allen zeigen können, was in ihm steckte, ihm, dem besten Reiter auf Blietzow, nein, Rügens, ach was, dem besten Reiter ganz Pommerns. Jedes Kavallerieregiment konnte sich glücklich schätzen, einen wie ihn in den Kampf zu schicken. Diese Ungerechtigkeit musste gesühnt werden. Was glaubten die Russen denn, wer sie waren? Und die Franzosen erst. Ihr Hochmut war ihnen das letzte Mal schon nicht gut bekommen. »Ein Hoch auf Seine Majestät den Kaiser«, rief er Kahnick schon von weitem entgegen, der, aufgestützt auf einen Ast, in die Sonne blinzelte.

»Mach, dass du die Äpfel aus der Scheune holst. Die Tröge müssen aufgefüllt werden.«

»Wir ziehen in den Krieg!« Anton lachte. »Endlich lassen wir uns nicht mehr länger alles gefallen. Du natürlich nicht, du bleibst, wo du bist, aber ich, ich werde kämpfen, bis die Gerechtigkeit siegt. Ein Hoch auf den Kaiser«, rief er erneut, während er versuchte im Stechschritt an Kahnick vorbeizumarschieren, seinem steifen Bein zum Trotz.

Kahnick sagte nichts. Er blickte Anton noch nicht einmal hinterher, als der, den Kaiser noch immer laut preisend, im Stall verschwand.

Auf dem Hofplatz wimmelte es vor erhitzten Gesichtern. Stallburschen steckten die Köpfe zusammen, der Stellmacher gestikulierte mit dem Schweinemeister, Tagelöhner, um diese Uhrzeit sonst auf dem Feld, saßen in einem schattigen Winkel neben dem Wirtschaftsgebäude und tauschten die neuesten Gerüchte aus.

»Habt ihr schon gehört? Russische Agenten sollen in Berlin einen Anschlag auf den Kronprinzen verübt haben.«

»Die schrecken vor nichts zurück.«

»Und auf Nürnberg sollen schon Bomben fallen.«

»Wirklich?«

»Mein Cousin hat es von einem Freund, der gute Verbindungen nach Berlin hat. Er sagt, die Spione seien schon überall. Einer wurde dabei erwischt, wie er das Trinkwasser mit Cholera verseuchen wollte.«

Sie sprachen von zerstörten Brücken, von einer in die Luft gejagten Flugzeugfabrik, von russischen Truppen, die bereits auf dem Weg in den Westen waren. Ihre Stimmen klangen aufgeregt wie die von Anton. Je ungeheuerlicher die Erzählungen waren, desto kampfeslustiger zeigten sie sich. Jeder kramte aus seiner Erinnerung Kriegsszenen hervor, die er so oder so ähnlich schon einmal gelesen oder von seinem Großvater gehört hatte. Sie prahlten mit abgeschlagenen Köpfen, verwüsteten Dörfern, kahlrasierten Feldern, »größer als die gesamten Blietzowschen Ländereien«, mit versenkten Schiffen, die »prima Särge« abgaben.

Mitten in diese Abenteuergeschichten platzte Ferdinand von Salen. Noch nie zuvor hatte er die Handglocke benutzt, die sein Vorgänger auf dem Gut zurückgelassen hatte. Jetzt schien sie ihm angemessen.

In Windeseile versammelten sich Männer, Frauen, auch ein paar Kinder um ihn, all jene, von denen die meisten um diese Jahreszeit auf den Feldern zu tun gehabt hätten.

»Der Stellvertretende kommandierende General des Zweiten Armeekorps von Stettin, General von Linsingen, bittet um Ihre Aufmerksamkeit«, rief er in die Menge, aus der kein Laut zu vernehmen war. »Im Auftrag des obersten Befehlshabers von Pommern ergeht hiermit an alle Reservisten der Befehl, sich am 6. August um zwölf Uhr in Sagard am Bahnhof einzufinden. Lehmann, Petzold, Jensen, Dierbusch, Heinz, Dierbusch, Hermann, Dierbusch, Theo, Paulsen, Henrichs, Freese, Kosnick, Arnold, Müller, Friedrich. Kommen Sie im Anschluss an diese Bekanntmachung zu mir.« Ferdinand sprach mit jener schneidenden Stimme, von der er geglaubt hatte sie vor Jahren mit seiner Offiziersuniform für immer abgelegt zu haben. Auguste erschrak, als sie ihn hörte. »Wer sich als Freiwilliger melden möchte, wendet sich ebenfalls an mich. Ich leite den Antrag an die zuständige Stelle in Bergen weiter.«

»Was ist mit denen, die sich gestern Abend schon gemeldet haben?«, fragte einer der Tagelöhner. Seine Stimme überschlug sich fast. »Sollen wir auch zum Sagarder Bahnhof?«
»Wie viele von Ihnen sind davon betroffen?«
Nur der Tagelöhner hob die Hand.
»Sie warten auf Ihre Einberufung aus Bergen.«
»Aber ich werde gebraucht.«
»Sie stehen noch nicht auf der Liste.«
»Ich bin bereit zu kämpfen.«
»Sie warten, bis Sie Bescheid bekommen.« Ferdinands Ton duldete keinen Widerspruch.
Schon ganz Soldat, reihte sich der Tagelöhner wieder in die Menge ein, die, ansonsten noch immer mucksmäuschenstill, wie gebannt auf Ferdinand starrte. Selbst die Kinder, sonst nie verlegen um ein vorlautes Wort, schienen von dem Ernst des Moments ergriffen. Es war, als würden sie einer Predigt lauschen und darauf warten, dass Ferdinand das Schlussgebet sprach.
Nur Auguste, die neben Ferdinand am Eingang des Gutshauses stand, hielt es kaum an ihrem Platz. Immer wieder zupfte sie ihren Rock zurecht, strich sich eine nicht vorhandene Strähne aus dem Gesicht und versuchte den Gedanken, der sie seit dem Morgen quälte, zu verdrängen. Unruhig wanderte ihr Blick zwischen der noch immer wie erstarrt wirkenden Menschenmenge und Ferdinand hin und her.
Seine Stimme schnürte ihr die Kehle zu. Der Ton war eisiger als der, in dem er Viktor davongejagt hatte. Und damals hatte sie schon gedacht, den Gipfel der Unmenschlichkeit erlebt zu haben. Dabei, aber das hatte sie erst nach und nach begriffen, hatte aus jener Kälte seine ganze Ent-

täuschung gesprochen. Jetzt war ihr, als wäre Ferdinand hinter dieser Stimme verschwunden, hinter dieser Eisschicht, die ihn von ihr trennte.

Ferdinand war gerade dabei, den, wie er betonte, »vorläufigen Arbeitsplan« für die kommende Woche zu verkünden, als Luise aus dem Gutshaus trat. Sie kniff die Augen zusammen. Die Sonne schien ihr direkt ins Gesicht. Bislang hatte sie Ferdinands Ansprache im Schutz der Eingangshalle verfolgt, nun aber, da er über die anstehenden Arbeiten auf Blietzow sprach, glaubte sie, ihr Platz sei an seiner Seite.

Nachdem er im April die fünfhundert Mark Strafe an Stralsund hatten zahlen müssen, versuchte sie ihm nicht nur bei landwirtschaftlichen Entscheidungen zu helfen. Erst vor wenigen Wochen war es ihr gelungen, Hagemann dazu zu bringen, seine Forderung nach einer Seebrücke fallenzulassen. Seine Drohung, sie im Gegenzug nicht bei den Verhandlungen mit dem Kleinspurbahnbetreiber zu unterstützen, hatte sie mit einem Schulterzucken quittiert. Dieser Bahnanschluss war ohnehin längst zu einer fixen Idee verkommen, zumal sie mittlerweile mit ganz anderen Problemen zu kämpfen hatten. Die Getreide- und Zuckerrübenpreise waren noch einmal rapide gefallen, und die Einnahmen reichten kaum, um alle anfallenden Kosten zu begleichen.

Diese Sorgen hatten in den vergangenen Monaten ihr Leben bestimmt. Und an manchen Tagen hatte sie sich noch viel mehr davon gewünscht, nur um nicht an Jakob denken zu müssen. Sie hatte sich streikende Arbeiter ausgemalt, Zwischenhändler, die den doppelten Preis nahmen, Ärger mit dem Spyckerschen Gutsverwalter, nur an Krieg hatte sie nicht gedacht. Das Wort klang noch so fremd.

Langsam gewöhnten sich Luises Augen an das grelle Licht. In der Ferne glitzerte die See, aber weit und breit war kein Fischerboot zu sehen, auch kein Ausflugsdampfer, der das Kap Arkona ansteuerte. Während Ferdinand die Arbeiter für den nächsten Tag einteilte, eine Aufgabe, die eigentlich Mehrich oblag, wanderte Luises Blick von einem verschwitzten Gesicht zum nächsten. Sie kannte zu allen die Vor- und Familiennamen, selbst die polnischen wusste sie. Um Theo Dierbuschs Mund glaubte sie ein Zucken zu erkennen. Er war der jüngste der drei Brüder, aber mit Abstand der fleißigste. Keiner konnte ein Feld so schnell umpflügen wie er. Was machten sie nur ohne ihn? Auch ohne Hans Jensen würde es schwer werden. Erst kürzlich hatte er die Dreschmaschine, von der sie schon geglaubt hatten, sie sei nicht mehr zu reparieren, wieder zum Laufen gebracht. Auch mit den Macken der neuen Motorpflüge kannte er sich gut aus. Aber auch die anderen würden fehlen. Es war Erntezeit, da wurde jede Hand gebraucht.

»Ich möchte Sie noch einmal ausdrücklich an Ihre Pflichten gemahnen«, sagte Ferdinand gerade, als Luises Blick auf Jakob fiel.

Er stand zu weit von ihr entfernt, als dass sie auf seinem Gesicht irgendeine Regung hätte erkennen können. Sie sah aber, wie sich Mehrich zu ihm beugte, um ihm etwas ins Ohr zu flüstern. Jakob schüttelte den Kopf. Mehrich redete weiter. Erneut schüttelte Jakob den Kopf. Dann packte Mehrich seinen Sohn an der Schulter und zog ihn einen Schritt nach hinten, hinaus aus der Menge. Wieder beugte er sich zu ihm und redete auf ihn ein. Jakob verschränkte die Arme vor der Brust. Er ließ seinen Vater nicht aus den Augen.

Luise zwang sich, woanders hinzuschauen. Ihr Blick streifte Anton, dessen Gesicht schon am Morgen so unheimlich geleuchtet hatte, dass sie ihn auch jetzt kaum wiedererkannte. Karl Arnold und Peter Freese, die neben Anton in vorderster Reihe standen, sahen allerdings nicht weniger erregt aus.
Erneut wanderte Luises Blick zu Jakob. Offensichtlich hatte Mehrich ihn in der Zwischenzeit noch einige Schritte weiter nach hinten gezogen, so dass sie nun beide an der äußersten Ecke des Wirtschaftsgebäudes standen. Zwischen ihnen und den anderen klaffte eine Lücke von mindestens fünf Metern. Mehrich gestikulierte. Jakob schüttelte den Kopf. Es schien ein immergleiches, stummes Schauspiel zu sein, an dem Luise die Lust nicht verlor.
Zum ersten Mal seit ihrem Streit hatte sie das Gefühl, Jakobs Anblick ertragen zu können, ohne gleich von Wut überrollt zu werden. Dabei hätte sie auch dieses Mal Grund genug gehabt, ihn mit Schimpftiraden zu belegen. Bislang hatte er sie nicht eines Blickes gewürdigt. Und dabei konnte auch ihm nicht entgangen sein, dass sie mittlerweile neben ihrem Vater oben auf der Treppe stand. Aber es gefiel ihr, mit anzusehen, mit welcher Beharrlichkeit er sich gegen seinen Vater wehrte. Zu wissen, dass nicht nur sie unter seiner kompromisslosen Entschlossenheit zu leiden hatte, verschaffte ihr an diesem Mittag des 2. August 1914, einen Tag, nachdem Deutschland Russland den Krieg erklärt hatte, eine unverhoffte Erleichterung.
Unverwandt beobachtete sie die beiden, während Ferdinand den Zusammenhalt beschwor, der »in diesen schweren Zeiten ein überlebenswichtiges Gut« darstelle.
»Ich möchte noch einmal betonen, dass wir von nun an

alle unseren Beitrag leisten müssen, egal, ob an der Front oder auf dem Feld.«

Von Jakobs und Mehrichs Auseinandersetzung schien nur Luise Kenntnis zu nehmen, die anderen klebten noch immer an Ferdinands Lippen, dessen Rede zum Leidwesen von Auguste kein Ende nahm. Immer wieder strich sie mit ihren schweißnassen Händen über ihren Rock, während sie die Köpfe auf dem Gutshof zählte. Aber das Zählen beruhigte sie nicht, im Gegenteil, ihr war, als würde sie Tote zählen.

»Ferdinand«, flüsterte sie, »bitte. Die Menschen sind erschöpft.«

Ferdinand hörte sie nicht. Er sprach von Opferbereitschaft, Stolz und Treue, davon, dass sie von nun an der Befehlsgewalt des Militärs unterstünden und dass es die Pflicht aller sei, Gehorsam zu leisten.

Er redete, als würde er um sein Leben reden.

Dieser Gedanke kam Auguste allerdings erst sehr viel später. In diesem Moment glaubte sie ihn bereits verloren zu haben.

25

»Sei doch vernünftig. Etwas Besseres als dieser Krieg hätte uns gar nicht passieren können. Demnächst holen sie Ferdinand von Salen, da kannst du drauf wetten, und dann schlägt unsere große Stunde.«

Wie so oft seit Kriegsausbruch durchschritt Paul Mehrich seinen bescheidenen Salon, während er versuchte Jakob von seinem Vorhaben abzubringen.

»Die fünfundzwanzig Prozent, um genau zu sein Alwines fünfundzwanzig Prozent, werden sie uns in diesem Herbst nicht mehr auszahlen können. Und dann«, er konnte sich ein Grinsen nicht verkneifen, »dann zeige ich denen, was Recht und Anstand ist. Dafür brauch ich dich, Jakob. Du musst mir helfen, den Betrieb am Laufen zu halten. Glaub mir, unsere Armee ist auf dich nicht angewiesen. Spätestens zum Jahresende ist der Sieg errungen, aber wir müssen bis dahin unsere eigene Schlacht gewonnen haben. So eine Gelegenheit kommt nie wieder, begreif das doch. Wenn es nicht so vaterlandsverräterisch wäre, würde ich sagen, du musst den Russen danken.«

Jakob lachte laut auf.

»Es wird ja immer besser. Und den Franzosen soll ich auch noch das Du anbieten?«

»Du scheinst es noch immer nicht zu verstehen. Es geht hier nicht um irgendwelche Feinde, es geht nur um den einen, großen Feind, um unseren Feind, und sag mir nicht, dass es nicht auch deine Feinde sind, nach allem, was du mit diesen Herrschaften erlebt hast.«

Jakob zeigte keine Regung. Was immer sein Vater meinte,

von seiner Schmach konnte er nichts wissen. Und er war nicht gewillt, ihm diesen Triumph zu gönnen.
»Herrje, Jakob, begreifst du es noch immer nicht? Es geht um die von Salens. Die von Salens sind unsere Feinde.«
Seine Stimme dröhnte so laut, dass Alma aus der Küche in den Salon geeilt kam, den Rührlöffel noch in der Hand. Auf ihrem Gesicht war die Angst der letzten Tage zu erkennen, die ihr etwas Grimassenhaftes verlieh. »Um Himmels willen, Paul, was ist passiert? Bist du entlassen worden?«
»Natürlich nicht.« Mehrich winkte ab.
»Warum sagst du dann, dass die von Salens unsere Feinde seien?«
»So beruhig dich doch, es ist nichts.« Mehrich legte seinen Arm um ihre Schultern. »Geh zurück in die Küche, ich hab noch etwas Wichtiges mit Jakob zu besprechen.«
Alma rührte sich nicht. »Paul, bitte, versprich mir, dass du nichts Unüberlegtes tust.« Der Schweiß stand ihr auf der Stirn, und sie zitterte. Als ob nicht schon alles schlimm genug wäre. Erst Alwine, und nun wollte Jakob an die Front. »Vergiss nicht, die von Salens sind immer gut zu uns gewesen.«
»Ja, Alma, ja.« Paul Mehrich versuchte seine Frau aus dem Salon zu drängen, aber sie ließ sich von ihm nicht aus der Tür schieben. »Versteh doch«, sagte er, während er weiter versuchte sie mit sanftem Druck loszuwerden, »ich möchte Jakob nur davon überzeugen, nicht in diesen Krieg zu ziehen. Der Sieg ist uns auch ohne ihn gewiss, aber hier wird er gebraucht. Nichts anderes wollte ich ihm sagen.« Als er merkte, dass Alma noch immer keine Anstalten machte, zurück in die Küche zu gehen, fügte er leise hinzu: »Das

möchtest du doch auch, Alma. Du möchtest doch auch, dass Jakob bei uns auf Rügen bleibt.«

Tränen stiegen ihr in die Augen. Allein der Gedanke, Jakob in den Zug steigen zu sehen, war ihr unerträglich. Noch ein Kind, das sie verlor.

»Ihr tut ja gerade so, als würde ich für immer wegbleiben.« Jakob versuchte zu lächeln, doch seit einiger Zeit verrutschte ihm jedes Lächeln zu einem zynischen Grinsen. Dabei schmerzte ihn der Anblick seiner Mutter noch immer. Aber wie sein Vater schon sagte, etwas Besseres als dieser Krieg hätte ihm gar nicht passieren können. Die Bauernstelle in Poseritz wäre doch nur ein halbherziger Versuch gewesen, ein neues Leben zu beginnen. Nein, er musste weg von hier, weg von diesem Gut, weg von Luise, weg von allem, was ihn daran erinnerte, dass er nur ein unbedeutender Bauernsohn war.

»Du solltest auf deinen Vater hören, Jakob.« Almas Stimme zitterte.

»Ich bin sicher, ihr kommt auch eine Weile ohne mich zurecht. Wenn ich nach Poseritz gegangen wäre, hätte ich euch auch nicht helfen können.«

»Wenn ich dich daran erinnern darf, die Zeiten haben sich geändert. Wir sind im Krieg. Und im Krieg gibt es nur zwei Möglichkeiten, entweder du gewinnst, oder du verlierst. Und auf welcher Seite ich stehen möchte, muss ich dir wohl nicht sagen. Ich hoffe nur für dich, dass du nicht eines Tages auf der Verliererseite stehen wirst.«

Alma erschauerte. »Bitte, Jakob, geh nicht.« Es war das erste Mal, dass sie ihn darum bat.

»Mach dir keine Sorgen, Mutter. In den Zeitungen steht, dass der Sieg bald errungen sein wird. Die Frontlinien stehen sicher. Die Schlacht bei Tannenberg ist der beste Beweis dafür. Du hast es doch auch gelesen, die Russen wurden erfolgreich zurückgedrängt. Spätestens Weihnachten bin ich wieder da.«

Diese vielen neuen Wörter. Und hinter jedem lauerte der Tod. Über Almas Wangen liefen Tränen.

»Gott würde es sicherlich nicht gutheißen, wenn ich mich meiner Pflicht verweigerte«, sagte Jakob, nachdem ihn seine Mutter für Sekunden, die ihm wie eine Ewigkeit erschienen waren, weinend angesehen hatte. Er wusste, in welche Nöte er sie damit brachte. Noch immer verpasste sie keinen Gottesdienst, und neuerdings besuchte sie auch die Uferkirche in Lohme. Aber er war es leid, immer Rücksicht nehmen zu müssen. Seine Entscheidung stand.

»Gott hätte keinen Krieg gewollt«, erwiderte sie leise.

»Wie kannst du so etwas behaupten? Dein Gott hat schon viel zu viel Unrecht zugelassen«, entfuhr es Mehrich, doch er entschuldigte sich umgehend, als er sah, wie sich Almas Pupillen vor Entsetzen weiteten. »Es ist nur die Ungewissheit, Alma, verzeih, nur die Ungewissheit, die mich so etwas sagen lässt.«

Nichts schien Almas Tränen aufhalten zu können, auch nicht das Taschentuch, das ihr Mann ihr reichte.

Jakob konnte es kaum ertragen, seine Mutter so verzweifelt zu sehen. Aber während ihm früher selbst die Tränen in die Augen gestiegen wären, spürte er jetzt, wie sich in ihm alles verhärtete.

»Ich werde für dich beten. Jeden Morgen und jeden Abend werde ich für dich beten«, sagte sie mit tränengetränkter Stimme, »ich werde so lange für dich beten, bis du wieder mit uns an diesem Tisch …«

»Noch ist Jakob ja hier«, unterbrach Mehrich sie.

Alma nickte.

»Geh jetzt in die Küche, bitte.« Er schob sie zur Tür. »Während du das Abendessen kochst, werde ich Jakob davon überzeugen, dass er auf Rügen bleiben muss.«

Dieses Mal leistete Alma keinen Widerstand. Wortlos schlich sie davon.

»So, und nun zu dir, mein Freundchen«, sagte er, nachdem er die Tür geschlossen hatte. »Gleich morgen ziehst du deine Meldung zurück. Haben wir uns verstanden? Erstens werde ich nicht mit ansehen, wie deine Mutter erneut in eine Trauerstarre verfällt, nur weil ihr werter Herr Sohn meint Soldat spielen zu müssen. Und zweitens wirst du von mir schon bald zum neuen Gutsinspektor ernannt. Und was soll ich mit einem Inspektor anfangen, der, statt sein Land zu bestellen, sich irgendwo in Frankreich vergnügt. Also, sei vernünftig und tu, was ich dir sage.«

»Du kannst mir keine Vorschriften machen«, erwiderte Jakob in einer Seelenruhe, die Mehrich schier explodieren ließ.

Mit forschen Schritten, die Hände auf dem Rücken, durchpflügte er das Zimmer, als gälte es, Unrat aus dem Weg zu räumen. »Wenn mein Vater mir in deinem Alter so eine Möglichkeit offeriert hätte, weißt du, was ich da gemacht hätte?« Seine Stimme bebte.

»Du hattest doch gar keinen Vater.«

»Jeder hat einen Vater.«

»Du hast Ella und mir früher erzählt, du hättest keinen.«

»Ach.« Mehrich machte eine unwirsche Handbewegung. »Ich wäre ihm jedenfalls um den Hals gefallen. Das hätte ich gemacht.«

»Nicht so laut, Mutter kommt sonst gleich wieder aus der Küche gerannt.«
»Und wenn schon. Das kann sie ruhig hören.« Er war jetzt nicht mehr zu bremsen. »Ich hätte gewusst, was Dankbarkeit heißt. Dir kann man ja Gold vor die Füße werfen, und du trampelst darauf herum. Andere würden alles dafür geben, einmal in ihrem Leben so eine Chance zu bekommen. Nicht so mein Sohn, mein Sohn denkt, er hätte das alles nicht nötig.«
Jakob verdrehte die Augen. Er konnte es nicht mehr hören. Fünf Minuten gab er seinem Vater noch, dann würde er aufstehen und gehen.
»Nur weil du mal ein Stelldichein mit der kleinen von Salen hattest, bist du noch lange nichts Besseres. Meine Güte, Jakob, wach auf. Ohne Besitz bist du ein Niemand. Das wird auch deine Luise gemerkt haben. Warum sonst glaubst du hat sie dich von heute auf morgen links liegenlassen. Doch nur, weil du in ihren Augen ein armseliges Würstchen bist.«
Noch vor wenigen Wochen hätte er Jakob damit getroffen. Noch vor wenigen Wochen hätte Mehrich dabei zusehen können, wie sein Sohn in sich zusammengesackt wäre, so wie damals unten am Hafen. Aber Jakob ließ keine Gefühle erkennen. Er fragte sich noch nicht einmal, woher sein Vater das alles wusste. In Gedanken hatte er von Rügen längst Abschied genommen.
»Wir haben ein Recht auf dieses Gut, Jakob. Blietzow gehört uns und nicht den von Salens. Also bleib gefälligst und hilf mir, diese Angelegenheit zu Ende zu bringen. Das bist du mir und deiner Familie schuldig.«
»Entschuldige bitte, Vater«, Jakob sprach mit jener Gelas-

senheit, von der er wusste, dass sie seinen Vater provozierte, »aber du wirst verstehen, dass ich nicht begreife, wovon du sprichst. Soweit ich weiß, haben die von Salens das Gut vor sieben Jahren rechtmäßig erworben. Und es will mir einfach nicht in den Kopf, warum dieser Vertrag keine Gültigkeit besitzen soll.«

»Es ist, wie ich sage. Das Recht steht auf meiner Seite. Auf unserer, Jakob.«

»Ach ja?« Jakob verzog keine Miene. Eine Minute noch, dann war seine Zeit um. Was immer er ihm jetzt für eine Geschichte auftischte, es interessierte ihn nicht im Geringsten. Er stellte sich vor, wie er den Zug bestieg und Richtung Westen ratterte, hinein in ein Leben, von dem er sich keine Vorstellungen machen konnte. Es hatte etwas Berauschendes, nicht zu wissen, was auf ihn zukommen würde, zumal sein Vater einmal mehr von Verantwortung und Familie sprach und er nur daran dachte, wie er vom Zugfenster aus eine neue Welt bestaunte.

»Habe ich dich nicht immer gelehrt, dass der Respekt vor den Toten heilig ist? So wie ich dich auch gelehrt habe, dass Blutsbande stärker sind als alles andere? Du verrätst deine Familie, wenn du nicht an ihrer Seite stehst. Vergiss das nie.«

Die fünf Minuten waren um. Ohne etwas zu sagen, stand Jakob auf und ging. Mehrich war derart überrascht, dass er erst zu wüten begann, als Jakob bereits die Tür zu seinem Zimmer von innen verschlossen hatte.

Noch am Abend packte Jakob seinen Rucksack, der fortan am Fuß seines Bettes stand. Auch Ellas Flehen, er möge ihn im Schrank verstauen, hielt ihn nicht davon ab, dieses Zeichen zu setzen.

26

Von weitem sah es aus, als würde ein schwarz-weiß-roter Fluss durch das Land wogen, der sich in einem schwarz-weiß-roten See ergoss. Die Chaussee zwischen Glowe und Sagard, gesäumt von mächtigen Ahornbäumen, war mit Flaggen geschmückt, ebenso jedes Haus in dem Ort. Luise hatte den Weg über Hoch Selow genommen und ihr Pferd am höchsten Punkt des Hügels zum Stehen gebracht. Von keiner anderen Stelle auf Jasmund konnte man die Insel besser überblicken.

Die Flaggen, Überreste der Jubelfeier vom 2. September, an dem alljährlich der im Jahre 1870 siegreich geführten Schlacht von Sedan gedacht wurde, sollten auf Geheiß des Landrats »bis Ende des Monats oder aber bis zum Eintreffen der ersten Herbststürme« hängen. »Für unsere tapferen Soldaten als Ansporn und Vorbild, die wieder kurz vor einem Sieg über den Erzfeind stehen«, wie es auf der überall plakatierten Anweisung hieß.

Gegen Antons Widerstand, aber im Einvernehmen mit Ferdinand, hatte Auguste auf Blietzow die Fahnen bereits am frühen Morgen des 3. September entfernen lassen. Umso gewaltiger kam Luise diese Flaggenansammlung selbst aus der Ferne nun vor.

Auch in Neddesitz, zu ihrer Rechten, lag ein Meer aus Fahnen. Dort hatte der Kreidewerksbesitzer Johannes Kerk nicht nur sein Gutshaus schmücken, sondern am Eingang des Kreidebruchs auch einen Flaggenwald errichten lassen. Für einen Moment glaubte Luise nur noch schwarz-weiß-rot zu sehen. Selbst in Stralsund meinte sie die Farben auszumachen, aber von dort oben war auch an einem sonnigen Tag wie diesem allenfalls die verschwommene Silhouette der Stadt zu erkennen. Umso deutlicher lag der Jasmunder Bodden vor ihr, dessen glitzernde Fläche sich tief in das Land zu fressen schien.

Am Ufer des Boddens, in Martinshafen, wurden Lastkähne mit Schlämmkreide beladen. Luise entschied sich zu warten, bis einer der Kähne ablegen würde. Sie war viel zu früh dran, und die Aussicht, als eine der Ersten am Sagarder Bahnhof zu stehen und die Sekunden zu zählen, war weit weniger verlockend als ein Boot auf seiner Fahrt über den im Sonnenlicht leuchtenden Bodden zu begleiten.

Aufgeregt eilten Arbeiter zwischen den Booten und den Kreidewaggons hin und her. Eine lärmende Hektik lag über dem Hafen, die Luise nur erahnte. Von ihrem Platz aus war nichts weiter als Vogelgezwitscher zu hören.

Je länger sie dort oben stand, desto lauter schien dieses Zwitschern zu werden. Die ganze Luft war davon erfüllt. Irritiert schaute sie sich um, aber es gab nichts Ungewöhnliches zu sehen – Sträucher, Büsche, Ackerflächen, einen Tümpel am Fuß des Hügels. Für einen Moment glaubte sie sich die Ohren zuhalten zu müssen, so laut war es plötzlich.

Unterdessen fraß ihr Pferd in aller Stille. Luise streichelte seinen Rücken, griff in seine tiefbraune Mähne und schmiegte ihre Wange an das feste Haar.

Und dann, mit einem Mal, war wieder alles wie immer. Die Vögel zwitscherten nicht lauter als sonst, die Möwen schrien nicht schriller, nur in Luise schien sich etwas verändert zu haben. Unruhig rutschte sie in ihrem Sattel hin und her, während sie mit schweißnassen Händen die Zügel umgriff.

Dass zur gleichen Zeit der erste Kahn ablegte, um Kreide über den Bodden nach Greifswald zu bringen, bemerkte sie nicht. Sie dachte noch nicht einmal mehr daran, dass sie dieser Fahrt mit ihren Augen hatte folgen wollen.
Im Trab ritt sie weiter. Als sie ihr Pferd an der Tränke neben dem Sagarder Bahnhof festband, rann ihr der Schweiß über den Rücken.

Der Bahnhof füllte sich in Windeseile. Frauen, Kinder, junge Männer, viele von ihnen zu jung für den Krieg, drängten sich auf dem schmalen Bahnsteig, immer in der Sorge, das Entscheidende zu versäumen. Luise, die anfangs noch auf einer Bank gesessen hatte, war längst in der Masse verschwunden. Bekannte Gesichter tauchten vor ihr auf und wieder weg, noch ehe sie grüßen konnte. Es wurde geschubst und gestoßen, und niemand schien zu wissen, in welche Richtung die Menge drängte. Mal ging es zwei Schritte voran, dann zwei zurück, drei nach links, einen nach rechts. Jeder Versuch, sich dagegenzustemmen, endete in noch größerer Bedrängnis. Es war, als käme der Sturm von allen Seiten, aber niemand schien sich ernsthaft darüber zu empören. Im Gegenteil, fast alle genossen es, sich von der Menge treiben zu lassen. Auch Luise, die ausgerechnet in diesem Trubel ihre vorhin schon verloren geglaubte Ruhe wiederfand.
»Du bist ja doch gekommen.«
Luise war sich sicher, Antons Stimme gehört zu haben, aber als sie sich umdrehte, blickte sie nur in fremde Gesichter.
»Hier.«
Arme wurden gereckt, Namen geschrien.

»Hier, Luise, rechts von dir.«
Sein Gesicht blitzte vor ihr auf, wurde aber ebenso schnell wieder von einem anderen verdeckt. Luise drängte sich in seine Richtung.
»Ich hätte schwören können, dich hier zu treffen«, sagte Anton und packte sie unterm Arm, bevor sie von der Menge wieder davongespült werden konnte.
»Du wirst … unglaublich. Wenn ich … Uniform …«
Es war viel zu laut, als dass sie ihren Bruder hätte verstehen können. Immer mehr Menschen drängten auf den Bahnsteig. Als Luise gerade dachte, dass sie beim nächsten Schwung aufpassen musste, nicht auf den Gleisen zu landen, heulte das Pfeifen der Lokomotive über den Steig. Ein Aufschrei ging durch die Menge, Hurrarufe waren zu hören. Dann erst konnte sie den noch leeren Zug erkennen, der so laut ächzend in den Bahnhof einfuhr, dass man meinen konnte, er stöhnte stellvertretend für all jene, deren Angst sich in diesem Taumel verbarg.
»Da, da kommen sie!«
»Ich kann nichts sehen.«
»Da hinten.«
»Es ist zu voll.«
»Hör doch.«
»Ich bekomm keine Luft.«
Kleine Kinder weinten, manche schrien, es wurde immer heißer und enger.
»Hörst du …?« Der Rest von Antons Frage ging in dem anschwellenden Lärm unter.
Aber da hörte Luise sie schon, diese anderen Töne, die sich in das Stimmengewirr, das Kindergeschrei, die Hurrarufe mischten und die sich erst wie Getrampel anhörten und

dann wie Gebrüll und schließlich wie die Melodie zu jenem Lied, welches Anton seit Wochen jeden Tag pfiff.
Fast alle stimmten in den Refrain mit ein.
»Lieb Vaterland, magst ruhig sein,
fest steht und treu die Wacht, die Wacht am Rhein!«
Die Viermannkapelle des Krieger- und Militärvereins, die sich am Kopfende des Zugs postiert hatte, spielte ohne Unterlass.
»Hans? Wo ist mein Hans?«, hörte sie eine Frau rufen. »Lasst mich zu meinem Hans.«
»Paul! Hier, ich bin hier. So macht doch Platz.«
Luise spürte Hiebe in ihrem Rücken, Ellbogen landeten in ihrem Gesicht. Anton hatte sie längst aus den Augen verloren.
»Jakob!« Ellas Stimme. »Jakob, warte.«
Jetzt drängte auch Luise zu den Waggons, eine alte Frau im Schlepptau, die mit tränenerstickter Stimme nach ihrem Sohn rief. Auf Zehenspitzen versuchte sie einen Blick zu erhaschen. Sie sah Rosen in den Himmel ragen, als wüchsen sie aus der Menge. Dann erst sah sie, dass sie in Gewehrläufen steckten.
»Jakob!«
Luise reckte sich. Die Rosenblüten schienen über den Köpfen zu wippen, vor und zurück, hoch und nieder. Die weinende Frau war in der Menge verschwunden.
»Geh nicht, Jakob, bitte, geh nicht.«
Ellas Stimme war ganz dicht.
»Deutschland, Deutschland über alles«, tönte es von der Kapelle.
Über Luises Wangen liefen Tränen.
»Weinen Sie nicht, Fräulein, Ihr Verlobter kommt ganz

sicher wieder«, hörte sie in ihrem Rücken jemanden sagen. Als sie sich umdrehte, sah sie eine junge Frau in den Armen eines Mannes, der ihr Urgroßvater hätte sein können.

»Jakob! Bitte!«

Ellas Flehen kam immer näher.

»Hier!«

Anton hielt ihr ein Taschentuch direkt vors Gesicht. Erschrocken wandte sich Luise nach rechts.

»Wisch dir die Tränen ab. Das ist ein Freudentag, kein Tag der Trauer«, schrie er ihr so laut entgegen, dass sich auch andere nach ihm umdrehten.

»Geh nicht, bitte, bitte, geh nicht! Jakob!«

Für den Bruchteil einer Sekunde schloss Luise die Augen. Die Stimmen, das Stiefelklappern, die Musik dröhnten in ihrem Kopf. Jakob war nicht mehr weit.

Als sie die Augen öffnete, fiel ihr Blick auf Ella. Sie schleifte mehr auf dem Boden, als dass sie ging, während sie unablässig nach Jakob rief. Dass Ella an Jakob hing, dass sie sich an seinen Arm klammerte wie an einen Baumstamm auf hoher See, sah Luise nicht. Noch war sie gebannt von diesem Schmerz auf Ellas Gesicht, von diesem unablässig schreienden Mund, der sich über die Breite ihres Gesichts zog, als bestünde es nur aus ihm. Der ganze Bahnsteig schien von Ellas Schrei erfüllt. Es war wie vorhin, oben auf dem Hügel. Luise lief es kalt über den Rücken.

»Da vorne«, hörte sie Anton rufen. »Da vorne können wir besser sehen.«

Luise rührte sich nicht. Unverwandt starrte sie auf Ella, die Millimeter um Millimeter vorwärtskroch, während die anderen weiter schubsten und stießen.

Eine dieser Wellen gab Jakobs Kopf frei. Wie aus dem

Nichts tauchte er aus der Menge auf. Er sah aus wie immer, zumindest wie immer in letzter Zeit, mit diesem ernsten Blick, dem man nicht zutraute, dass er auch lächeln, geschweige denn lachen konnte.
»Jakob.« Luise flüsterte seinen Namen.
»Du musst lauter rufen«, zischte eine alte Bauersfrau, die neben ihr stand. »Lauter, Kindchen, sonst hört er dich nicht. Nun ruf schon, du willst dich doch verabschieden.«
Luise standen noch immer Tränen in den Augen.
»Jakob? Richtig?« Noch ehe sie antworten konnte, steckte die Alte sich Daumen und Zeigefinger in den Mund und pfiff so laut, dass Luise glaubte, alle anderen wären mit einem Mal verstummt. »Jakob«, rief die Alte, »hier ist jemand, der sich von dir verabschieden möchte. Nein, nicht du.« Sie stieß einen Grauhaarigen zur Seite, der versuchte seinen Arm um sie zu legen. »Jakob! He, junger Mann!«
Luise wäre am liebsten im Erdboden versunken.
»Ich glaube, er hat Sie gehört.«
»Ist er das?« Sie zeigte auf einen jungen Burschen.
»Nein, der da mit den Locken. Aber danke.«
»Kindchen, du willst doch nicht etwa aufgeben? Jakob!«, rief sie erneut. »Hier wartet jemand auf dich.«
So laut die Rufe in Luises Ohren auch klangen, kaum jemand nahm von ihnen Notiz. Überall umarmten die Menschen sich jetzt, Mütter ihre Söhne, Frauen ihre Männer, Kinder ihre Väter, und von allen Seiten war Ähnliches zu hören.
»Auf bald!«
»Weihnachten feiern wir zu Haus.«
»Bleib gesund.«
»Keine Angst, der Sieg ist nah.«

»Jakob!«, rief die Alte unermüdlich. »Jetzt sieh doch her.« Und als er drohte von der Masse verschluckt zu werden, pfiff sie erneut durch die Finger. »Hier!« Sie reckte ihren faltigen Arm in die Höhe. »Hier, Jakob! Hier!«
Während alle um sie herum schrien und riefen und weinten und schluchzten, wischte sich Luise mit Antons Taschentuch die Tränen aus dem Gesicht. Die Alte mit ihrem welken Fleisch, die Alte mit diesen dunklen Zähnen, die Alte, die pfiff und rief wie ein junger Bursche nach seiner Geliebten, brachte sie zum Lachen. Sie lachte immer lauter, so laut, dass Jakob tatsächlich seinen Blick hob.
»Lauf.« Die Bauersfrau schubste sie nach vorne. »Lauf. Lauf ihm in die Arme.«
Sie drückte und stieß Luise immer weiter voran, so dass sie ihm von Rücken zu Rücken stolpernd immer näher kam. Als zwischen ihr und Jakob nur noch ein Rücken stand, drehte sich Luise noch einmal zu ihr um, aber da hatte die Menge die Alte wieder verschluckt.
»Amüsiert dich der Krieg?«
Mit einem Schlag verschwand das Lachen aus Luises Gesicht.
»Geh nicht, Jakob!« Ellas Flehen flatterte ungehört davon. Noch immer hing sie an Jakobs Arm, verzweifelt bemüht, ihn davon abzuhalten, gleich in den Zug zu steigen. »Luise, bitte, sag ihm, dass er bleiben soll. Auf dich hört er bestimmt.«
Luise fröstelte es bei diesen Worten. Sie hatte einen Aufschrei der Empörung erwartet, den Versuch, sie von Jakob fernzuhalten, aber nicht, dass Ella sie um Hilfe bat.
»Hier, für dich.« Luise streckte Jakob ein sonnengelbfarbenes Leinensäckchen entgegen. »Es wird dich erinnern.«

An was, hätte er sie am liebsten angeschrien, an was soll es mich erinnern? Daran, dass ich nichts wert bin? »Danke, das brauche ich nicht«, sagte er stattdessen. Seine Stimme klang, als wäre sie von einer ihrer Dampfmaschinen gesprochen, so stakkatoartig und unpersönlich.

»Bitte, nimm es mit. Wer weiß, ob es nicht doch eines Tages vonnöten sein wird.«

Wie gewählt sie sich ausdrückt, dachte Jakob und wünschte sich eiliger denn je von ihr weg. »Leb wohl, Luise.«

»Jakob, nicht.« Ella weinte.

Auch Luise rannen wieder die Tränen über die Wangen. Unverwandt hielt sie ihm das Steinsäckchen hin.

Jakob beachtete es nicht. Entschlossen drängte er Richtung Waggon, an dessen Fenstern bereits die Ersten standen und winkten.

»Gib es mir«, sagte Ella und versuchte es ihr zu entreißen, aber Luise hielt es fest umklammert. »Schnell, sonst ist er auf und davon«, rief ihr Ella zu, die sich hinter Jakob durch die Menge zwängte, während Luise in die andere Richtung gestoßen wurde.

Im letzten Moment ließ Luise los, nicht sicher, ob Ella das Säckchen noch hatte greifen können.

Als der Zug anfuhr, war der Bahnsteig erfüllt von Hurrageschrei und Schluchzen, Rosen und Astern flogen durch die Luft, die Kapelle spielte ein Heimatlied. An den Zugfenstern drängten sich die Freiwilligen. Die meisten winkten, andere blickten ernst auf die Menge, auf einigen Gesichtern glaubte man Heimweh zu erkennen.

Luise versuchte einen letzten Blick auf Jakob zu erhaschen, aber sie winkte nur Fremden.

»Jeder Schuss ein Russ, jeder Stoß ein Franzos, jeder Tritt ein Britt, jeder Klaps ein Japs«, rief Anton, der sich dicht ans Gleis gestellt hatte.
Die um ihn Stehenden fielen in seinen Schlachtruf mit ein, während Ella sich an ihnen vorbeidrängte, dem abfahrenden Zug hinterher, bis zum Ende des Bahnsteigs, an dem sie selbst dann noch wie angewurzelt stand, als sich der Dampf der Lokomotive längst im Blau des Himmels verloren hatte.

27

Die Anweisung der Militärbehörde war unmissverständlich. »Zum 15. Oktober sind bereitzustellen: zwölf Pferde, alle Wagen.« Seit zwei Tagen wusste Ferdinand davon. Nur einen Tag später hatte er erfahren, dass er am 18. Oktober an die Westfront sollte. Keiner der Befehle war überraschend gekommen, und dennoch zögerte er diese, wie er fand, unerfreulichen, wenn auch notwendigen Neuigkeiten zu verkünden.

Gleich nach dem Abendessen hatte er sich in sein Arbeitszimmer zurückgezogen, um einen Plan für die kommenden Monate auszuarbeiten. Erst wenn er eine Vorstellung davon hätte, wie es auf Blietzow weitergehen konnte, wollte er Auguste unterrichten.

Ferdinand holte eine Liste mit den Namen der noch zur Verfügung stehenden Arbeiter hervor. Im Lauf der Wochen war sie deutlich geschrumpft. Jetzt waren dort nur noch Mehrich, der Schweinemeister, Anton, zwei Stallburschen und die Namen der Ehefrauen, deren Männer als Tagelöhner bei ihm gearbeitet hatten, vermerkt. »Insgesamt dreizehn, ausgenommen Kahnick, plus Auguste und Luise«, wie er zur Sicherheit dazuschrieb.

Die zweite Liste war noch kürzer. »Zwei Dampfpflüge, eine Dreschmaschine.« Nur für diese Geräte besaß er noch genügend Ersatzteile, alle anderen würden schon bald nicht mehr zu reparieren sein. Es sei denn, es ließe sich ein zweiter Jensen mit goldenen Händen finden, was allerdings unwahrscheinlich war. Also verwarf er den Gedanken so schnell, wie er ihm gekommen war, und notierte:

»Anton und einen der Stallburschen in die Mechanik einweisen.«
Bei Saatgut machte er einen Haken. Wie es schien, war der Ankauf gesichert. Das Futter hingegen wuchs sich schon jetzt zu einem nie geahnten Problem aus. Wie die meisten Gutsbesitzer hatte auch er seine Futtergerste aus Russland bezogen. Mit Kriegsbeginn endete diese Handelsbeziehung. »Damit rechnen, dass Einnahmen für Gerste im nächsten Jahr wegfallen. Auch Weizen und Roggen werden vermutlich zum Teil als Futtermittel gebraucht«, schrieb er an den Rand. »Verlust von 30 Prozent einplanen.«
Dünger strich er ganz. Die wenigen Reste, die sie noch besaßen, würden gerade noch für zwei, drei Felder reichen, denn auch da galt Einfuhrsperre. Wie er dieses Wort in den vergangenen Wochen zu hassen gelernt hatte. Immerhin fällt damit Mehrichs Anteil weg, dachte er und notierte. »Kein Dünger, keine 25 Prozent!«
»Mehr Kartoffeln, weniger Zuckerrüben, vier Felder nur für die Futterproduktion, Rinder zum Pflügen, Auguste alle Rechte übertragen, Mehrich die kommissarische Leitung überantworten, Luise übernimmt seine Stellvertretung.«
Skeptisch blickte er auf seinen Plan. »Alle Gänse schlachten«, schrieb er dazu, strich den Satz aber wieder. Vielleicht war er früher zu Hause, als er glaubte. Allerdings gehörte er nicht zu jenen, die blauäugig in diesen Krieg zogen. Was hieß es schon, Ostpreußen zu befreien, worüber in den Zeitungen gejubelt wurde, als wäre der Sieg schon errungen, wenn sie an der Marne nicht vorwärtskamen?
Die Liste der Gefallenen wurde auch von Tag zu Tag länger. Erst gestern hatte er erfahren, dass es auch einen seiner

Tagelöhner getroffen hatte. Damit erhöhte sich die Zahl der Toten auf einundzwanzig. Einundzwanzig Tote in nur fünfundsiebzig Tagen allein auf Rügen. Und schon bald war er selbst an der Front, verpflichtet auf Ehre und Treue. Er nahm die Papiere und legte sie in die oberste Schublade seines Schreibtisches. Den Tisch hatte er nach seinen eigenen Vorstellungen anfertigen lassen, gleich nachdem er den Kaufvertrag für Blietzow unterschrieben hatte. Ein Tisch aus Erlenholz, groß, aber, wie er fand, nicht mächtig, verziert mit Intarsien, die er als Kind bei seinem Großvater bewundert hatte. Auf der Tischplatte war ein Baum aus Buchenblättern zu sehen, auf den Frontseiten der acht Schubladen, vier links, vier rechts, Weizen-, Roggen-, Gerste- und Haferähren. Als Ferdinand über das glatte Holz strich, wie er es immer tat, bevor er seinen Schreibtisch verließ, ertappte er sich zum ersten Mal bei dem Gedanken, dass er an diesen Platz vielleicht nicht mehr zurückkehren könnte.

Auf Ehre und Treue, das hatte man ihm eingebleut. So beschwor er auch seine Angestellten. Niemals würde man von ihm etwas anderes hören. Und dennoch, das Gut verlassen zu müssen war das Schlimmste, das man von ihm verlangen konnte.

28

Als Anton die Pferde am Morgen des 15. Oktober 1914 aus dem Stall führte, ergriff ihn eine feierliche Stimmung. Über Blietzow lag jene frühmorgendliche Stille, die jeden neuen Tag zu einem Versprechen machte. Sogar diesen, vor dem er sich mehr gefürchtet hatte, als ihm lieb gewesen war. Nun aber, da sich der Dunst wie eine schützende Haut um das glänzende Fell der Tiere schmiegte, verwandelte sich seine Angst, sein Teuerstes zu verlieren, in Stolz, sein Liebstes geben zu dürfen. Als er seine Pferde in Reih und Glied auf dem Hofplatz stehen sah, war ihm, als wären sie die wahren Soldaten, edler und treuer als jeder, der unter Tränen und Wehklagen der Mütter und Ehefrauen die Heimat verlassen hatte.

»Ein Jammer ist das.« Kahnick kam aus seiner Kammer geschlurft und betrachtete ein Pferd nach dem anderen. »Wirklich ein Jammer. So gute Arbeitstiere. Und jetzt schickt man sie aufs Schlachtfeld. Was für eine Verschwendung.«

Anton tat so, als würde er ihn nicht hören. Seit Wochen nörgelte er an allem herum, sogar das Wetter fand er »falsch«, »diesen unerträglichen Sonnenschein«, wie er sagte. Auch an ihm ließ er kein gutes Haar, seitdem er ihm erzählt hatte, er habe sich beim Dragoner Regiment gemeldet und warte sehnlich auf eine positive Nachricht von dort.

»Wirklich eine ungeheuerliche Verschwendung«, wiederholte Kahnick und gab jedem Tier einen Klaps. »Ungeheuerlich.«

»Sei still, Kahnick, bitte.« Anton war nicht gewillt, sich diesen heiligen Moment nehmen zu lassen.
»Und du striegelst sie auch noch. Als ob sie mit glänzendem Fell einen schöneren Tod finden würden.«
»Bitte, Kahnick, mach mir nicht alles kaputt.«
»Du wirst dich noch an meine Worte erinnern, glaub mir. Noch nie gab ein Krieg Anlass zur Freude, denn nichts von dem, was diese altersschwachen Dummköpfe vom Krieger- und Militärverein in Promoisel erzählen, ist wahr. Von wegen Hurrageschrei. Vor Angst in die Hosen geschissen haben die sich wie alle anderen auch.«
»Man hat als Deutscher auch eine Pflicht zu erfüllen«, sagte Anton und hoffte, dass Kahnick nun endlich Ruhe geben würde. Nicht mehr lange, und die Sonne stieg über den Kreidefelsen empor, und damit wäre der Zauber des Morgens dahin. Wenigstens diese letzten Minuten wollte er mit seinen Pferden genießen, bevor er sie in fremde Hände gab.
»Ach, lass mich zufrieden mit deinem Geschwätz. Wenn nachher dieser Kerl kommt, na, du weißt schon, dieser Lackaffe aus Bergen mit seinen Gehilfen, dann sag denen, sie sollen sich in Acht nehmen, die Pferde riechen das Böse schon von weitem.«
»Du solltest aufpassen, was du sagst. Wenn du so weitermachst, landest du noch im Zuchthaus.«
Kahnick winkte missmutig ab. »Meine Strafe könnte nicht größer sein. Sieh doch, gleich wird es abgeholt, mein Leben. Wenn es doch nur wenigstens mal wieder richtig stürmen würde«, sagte er beim Blick in den dunstigen Himmel. »Ein Sturm, der alles hinwegfegt, das ist es, was diesem Land fehlt, und keine zwölf Pferde aus Blietzow.« Leise vor sich hin schimpfend trottete er zurück in den Stall.

Vier Pferde hatte man ihnen gelassen. Vier Pferde mit geschwollenen Gelenken, die kaum noch eine Last tragen oder einen Pflug ziehen konnten. Vier Pferde, die einen Gnadenschuss verdienten, wie er jetzt bei ihrem Anblick dachte, da sie ihm so verloren zu sein schienen in diesem leeren Stall.

Während Anton vergeblich versuchte wieder etwas von dem feierlichen Moment in sich wachzurufen, den Kahnick ihm mit seiner Besserwisserei verdorben hatte, ging der Alte in seine Kammer und nahm dort das Gewehr vom Haken.

Die Schüsse waren bis ins Gutshaus zu hören.

Nach dem ersten Schuss rannte Anton in den Stall. Auch den zweiten konnte er nicht verhindern.

»Leg sofort das Gewehr beiseite, Kahnick! Hörst du?«, schrie er so laut, wie er noch nie geschrien hatte. »Was ist denn in dich gefahren? Wenn du nicht sofort mit diesem Wahnsinn aufhörst, werde ich dich einsperren lassen. Du bist ja vollkommen von Sinnen.«

Wortlos richtete Kahnick das Gewehr auf Anton, bevor er sich wieder den Pferden zuwandte und den dritten und vierten Schuss setzte, schnell und gezielt, wie es sich für einen erfahrenen Jäger gehörte.

»Kahnick! Verdammt noch mal, was hast du bloß getan?«

Vor dem fünften Schuss zitterte er. Der Gewehrlauf rutschte ihm vom Kinn. Zweimal musste er neu ansetzen, dann drückte er ab.

»Nein!«

Antons Schrei verhallte in diesem letzten, alles betäubenden Knall.

Als Auguste in den Stall geeilt kam, saß Anton zitternd auf dem Boden, den Blick starr auf Kahnicks leblosen, blutverschmierten Körper gerichtet, der zwischen den Hinterbeinen der toten Lene zu Fall gekommen war.

Draußen kämpfte Luise mit den aufgescheuchten Tieren. Hufeschlagend jagten sie quer über den Hof, vom Wirtschaftsgebäude bis ans Ende der Stallungen. Ferdinand, ebenfalls aufgeschreckt von den Schüssen, knöpfte noch im Laufen seine Offiziersuniform zu, während er nach den beiden Stallburschen rief.

»Was zum Teufel ist hier los?«, schrie er. »Wo ist Anton? Verdammt!« Wie die anderen rannte er im Zickzack hinter den Tieren her. »Da hinten«, rief er einem der Stallburschen zu. »Auf dem Rübenfeld. Schnell, beeil dich, nicht dass es uns entwischt. Luise, hier.« Er übergab ihr eines der Tiere, das er gerade eingefangen hatte. »Bring es in den Stall. Es soll dort zur Ruhe kommen. Hast du Anton gesehen? Herrgott, er weiß doch, dass sich für heute Morgen Unteroffizier Wachsmann angekündigt hat. Er kann doch nicht …«, schrie er, als ihn Augustes Anblick verstummen ließ.

Kreidebleich trat sie aus dem Stall. Anton kam hinter ihr her. Sein Blick ging ins Leere, aus seinem Gesicht schien alles Leben verschwunden. Luise musste sofort an Alwine denken. Damals, am Strand von Glowe, hatte er auch so ausgesehen.

»Ausgerechnet Kahnick.« Ferdinand konnte es noch immer nicht fassen. Kahnick, der Blietzow besser kannte als jeder andere. Der hier schon beschäftigt gewesen war, als er noch mit Kinderaugen den Geschichten seines Großvaters lauschte. »Wie hatte es nur so weit kommen können?«

»Es ist der Krieg«, sagte Auguste leise. »Der Krieg macht alle verrückt.« Ihr Blick wanderte zu Anton, der ihr schräg gegenübersaß. Auch ihr Sohn war nicht mehr er selbst. Allein, dass er darauf bestanden hatte, trotz der Tragödie die Pferde wie geplant an Wachsmann zu übergeben, zeigte ihr, dass sie in Zukunft besser auf ihn achten musste.
»Geht! Geht alle! Ich erledige das hier«, hatte er geschrien und danach die Tiere erneut gestriegelt, als gälte es, ein Werk zu vollenden.
Auguste, die ihn aus der Ferne beobachtet hatte, schauderte es noch immer, wenn sie daran dachte. Zum ersten Mal in ihrem Leben war sie froh, Anton mit diesem lahmen Bein auf die Welt gebracht zu haben. Dieses Bein, dachte sie, während sie ihn nicht aus den Augen ließ, dieses Bein wird ihn retten.
»Kahnick war ein armer alter Trottel«, sagte Anton, »nichts weiter. Der Krieg hat damit nichts zu schaffen.«
»Er hat sich und vier unserer Pferde getötet.« Augustes Stimme zitterte. Ein Selbstmord. Vor ihrer Tür. Bis vor wenigen Stunden hätte sie sich das niemals vorstellen können. Aber seit Kriegsbeginn schien vieles möglich. Nicht nur, dass Ferdinand in Offiziersuniform mit ihnen am Esstisch saß. Jeden Tag Heeresberichte und Gefallenenlisten und jetzt dieses Unglück, und in drei Tagen musste Ferdinand an die Front.
»Ich dachte, er war dein Freund«, sagte Luise.
»Er hat nicht verstanden, worum es geht.«
Um Ehre, um Treue, um Gerechtigkeit, um Deutschland, um den Sieg, hätte Anton geantwortet, wenn ihn jemand gefragt hätte. Aber niemand fragte ihn. Luise und Auguste wussten ohnehin, was er erwidern würde, und Ferdinand,

der in diesem Punkt mit seinem Sohn ausnahmsweise einer Meinung war, hatte ihm gar nicht zugehört.
Der Anblick des toten Kahnick ging ihm nicht aus dem Kopf. Nicht, dass es im Stall wie auf einem Schlachtfeld ausgesehen hätte, eine Leiche und vier Kadaver machten noch keine Schlacht, aber der Gedanke, dass mit Kahnicks Tat Blietzow an die Kriegsfront gerückt sein könnte, ließ ihn nicht los.
»Auguste, wir sollten …«, begann Ferdinand, führte seinen Satz aber nicht zu Ende. Noch schien er sich seines Entschlusses nicht sicher.
»Ja?«
»Ich werde Mehrich bitten …«, begann er erneut, noch immer nachdenklich. »Ich werde ihn bitten, von allen Tagelöhnerfamilien die Gewehre einzusammeln. Er soll sie gut verwahren. Und du, Luise, du nimmst bitte alle Gewehre auf Blietzow an dich, auch die des Schweinemeisters und der Stallburschen. Ich bin mir sicher, da findest du mehr als eines. Und sieh in allen Kammern nach, auch in denen, die momentan nicht bewohnt sind. Ich möchte nicht, dass irgendwo auf diesem Gut auch nur ein Gewehr existiert, von dem ich nichts weiß. So eine Tragödie darf sich nicht wiederholen. Es reicht, wenn wir, das heißt, ihr«, er zuckte kurz zusammen, »wenn ihr zwei Gewehre griffbereit habt, nur für den Fall, dass die Wildschweine wieder Ärger machen. Ach ja, und vergiss bitte nicht, auch in Viktors Zimmer nachzusehen. Wahrscheinlich hat er seine beiden Jagdgewehre in seinem Schrank aufbewahrt.«
»Das ist nicht nötig, da sind sie nicht. Wahrscheinlich hat er sie mitgenommen«, sagte Auguste, erschrocken darüber, ausgerechnet jetzt, im Angesicht dieses Todes, aus Ferdi-

nands Mund Viktors Namen zu hören. Seit damals hatten sie nicht mehr über ihren Sohn gesprochen, obwohl sie noch immer jeden Tag hoffte, endlich ein Lebenszeichen von ihm zu erhalten.

»Sieh trotzdem zur Sicherheit nach. Und klopf den Boden ab«, fuhr er unbeirrt fort, »vielleicht entdeckst du einen Hohlraum oder irgendein Versteck.«

»Aber du denkst doch nicht etwa, dass so etwas Fürchterliches noch einmal passieren könnte?« Luise wurde ganz blass.

»Es ist Krieg, Luise. Im Krieg ist das Undenkbare ganz nah.«

Und tatsächlich war das Undenkbare längst eingetreten, diese Kriegserklärung, diese Toten, Jakobs Abschied von Rügen. Auch der war vor zwei Jahren noch unvorstellbar gewesen. Und demnächst wäre sie mit ihrer Mutter und Anton und Mehrich fast allein auf diesem großen Gut. Aber sie durfte sich von ihrem Vater nicht verrückt machen lassen. »Ich finde, wir sollten Kahnick ein gebührendes Begräbnis ausrichten und ansonsten alles so lassen wie bisher. Jede Veränderung wäre eine weitere Katastrophe«, sagte Luise, die spürte, wie die Angst bereits nach ihr griff. »Die Menschen«, fügte sie hinzu und dachte dabei vor allem an sich, »die Menschen brauchen die Sicherheit, dass ihr Leben weitergehen wird.«

»Davon verstehst du nichts. Krieg bedeutet auch, vorbeugende Maßnahmen zu ergreifen.«

»Es sind Jagdgewehre, Vater, Jagdgewehre, keine Waffen, die man auf Menschen richtet. Wir sollten Ruhe bewahren.«

Anton, der an nichts anderes als an dieses Gewehr in

Kahnicks Hand denken konnte, schreckte kurz auf. Wieder ein Toter, und wieder war er dabei gewesen. Wenn ihn das nicht für den Krieg befähigte. Er versuchte ruhig zu atmen.
»Mit so einem Jagdgewehr«, sagte Ferdinand, »hat Kahnick sich und vier unserer Pferde erschossen. Ich nehme nicht an, dass du das bereits vergessen hast. Und es ist ja nicht nur Kahnicks Tod, der Spuren hinterlässt. Hast du schon einmal darüber nachgedacht, was es bedeutet, für die Feldarbeit ab sofort keine Pferde mehr zur Verfügung zu haben? Was ist, wenn wieder einer den Verstand verliert und auch noch unsere Schweine erschießt? Oder die Kühe und die Rinder?«
Luise zitterte.
»Die Tiere sichern uns das Überleben.« Ferdinand erschrak erneut, als er merkte, dass er von einem Leben sprach, das bald nicht mehr seines sein würde. »Sie sind eure Existenz und eure Versicherung. Solange ihr die Tiere habt, müsst ihr euch keine Sorgen machen.«
Für einen Moment herrschte Schweigen.
Gerade war sich Luise noch so sicher gewesen, das Richtige zu tun, aber die Worte ihres Vaters ließen sie zweifeln. Das Undenkbare. Da war es wieder. An den Tod der Tiere hatte sie tatsächlich nicht gedacht.
»Wir sollten nichts überstürzen«, sagte Auguste schließlich, sich ihrer neuen Verantwortung zum ersten Mal bewusst. »Vielleicht ist es tatsächlich sinnvoll, Kahnick zu beerdigen und dann abzuwarten, wie sich die Lage entwickelt.«
»Herrje, Auguste.« Noch nie hatte Ferdinand in ihrer Gegenwart mit der Faust auf den Tisch geschlagen, aber jetzt tat er es. »Ich habe dir die Zeichnungsbefugnis für das Gut

nicht übertragen, um untätig zu bleiben. Das Gut, Blietzow, mein Leben, unser Leben, liegt von nun ab in deinen Händen.«

Auguste hätte jetzt mit ihm streiten können, sie hätte ihm sagen können, dass sie, Luise und Anton die Konsequenzen ihres Handelns zu tragen hätten und nicht er, aber ihre Angst um ihn war viel zu groß, als dass sie sich an einem ihrer letzten gemeinsamen Tage noch auf ein Kräftemessen eingelassen hätte. »Du musst mir vertrauen, Ferdinand«, sagte sie mit einer Stimme, die ebenso weich und warm klang wie seine früher, wenn er um ihr Vertrauen geworben hatte. »Du darfst dich jetzt nicht mehr um Blietzow sorgen. Ich werde mein Bestes für das Gut geben, das verspreche ich dir. Aber du wirst deine Kraft anderswo einsetzen müssen. Und ich beschwöre dich, vergeude sie nicht. Blitzow wird überleben. Viel wichtiger aber ist, dass du das auch tust.«

Dass er sterben könnte, hatte sie bislang kaum gewagt zu denken. Aber jetzt war es ausgesprochen, und zum ersten Mal glaubte sie so etwas wie Furcht in Ferdinands Gesicht zu entdecken. Sie legte ihre Hand auf seine. Sie war genauso kalt wie ihre.

Es schien alles gesagt.

29

Ferdinands Abschied fiel auf einen jener frühherbstlichen Tage, an denen Auguste normalerweise einen Moment innegehalten hätte, um sich vor dem nahenden Winter noch einmal den Verlockungen der Insel hinzugeben. Vielleicht wäre sie ein Stück in den Wald gegangen und hätte den braungelb gefärbten Buchenblättern dabei zugesehen, wie sie zu Boden taumelten. Vielleicht hätte sie auch nur die Vertrautheit ihres Musikzimmers aufgesucht, hätte das ovale Fenster aufgerissen und Caruso gehört. Gut möglich, dass sie dabei an Alwine gedacht hätte, vielleicht aber auch nur an die Besorgungen, die sie Marta auftragen musste, in jedem Fall hätte sie ihren Blick über die Felder hinunter zum Wasser schweifen lassen, wäre der sanften Rundung der Tromper Wiek gefolgt, hätte in Gedanken den Leuchtturm von Kap Arkona bestiegen und sich einmal mehr gefragt, ob man von dort aus Blietzow sehen konnte. Und vermutlich hätte sie am Abend, wenn Ruhe eingekehrt wäre, Ferdinand gedankt, sie nach Rügen gebracht zu haben.

An diesem milden Oktobertag aber tat Auguste nichts dergleichen. Unruhig schlich sie von einem Zimmer zum anderen, herrschte Marta an, wo denn der Kaffee bleibe, obwohl sie sonst immer Tee trank, beschwor Ferdinand, nichts zu riskieren, »auf einen toten Helden« könne sie gut verzichten, sprang auf, setzte sich, sprang wieder auf, bis schließlich Wachsmann am späten Vormittag kam, um Ferdinand im Automobil zum Zug nach Bergen zu bringen.

Es war ein Abschied ohne Tränen, mit gegenseitigen Versprechungen und einer langen Umarmung. Es war ihr erster Abschied seit mehr als zweiundzwanzig Jahren.
Noch am Abend war Auguste so kalt gewesen, dass sie später hätte schwören können, an jenem Tag sei der erste Herbststurm aufgezogen. Dabei schien auch zwei Tage später noch die Sonne. Halb Lohme war zu Kahnicks Beerdigung gekommen, um einen Toten zu betrauern, dessen Tod den meisten in diesen verlustreichen Zeiten noch sinnloser erschienen war. Sogar Mehrich hatte Tränen in den Augen, was nicht nur Luise verwunderte. Flankiert von Alma und Ella stand er in vorderster Reihe an Kahnicks ausgehobenem Grab und trauerte um den einzigen Menschen, von dem er als Kind nicht enttäuscht worden war. Niemand ahnte, was Mehrich mit Kahnick verband, selbst Alma nicht, und so dachte nicht nur Luise lange Zeit, der Krieg habe Mehrich weicher gemacht.
Nur wenige Tage nach der Beerdigung ging ein Raunen durch die Jasmunder Häuser und Katen. Ein Selbstmord auf Blietzow, wo es doch schon so viele Tote zu beklagen gab, schien vielen ein schlechtes Omen zu sein. »Der Tod ist dort zu Hause«, hieß es. Und manch einer fühlte sich wieder an Alwine erinnert, an dieses Unglück, für das »letztendlich ja doch dieser Krüppel verantwortlich« sei, wie sie sich nun zuflüsterten.
Auguste wunderte sich daher nicht, als Anfang November vier Tagelöhnerfrauen zu ihr kamen, um ihr zu sagen, dass sie fortan für Spycker arbeiten würden. Am Ende desselben Monats verließen noch ein Stallbursche und zwei weitere Frauen das Gut. Als der preußische Landwirtschaftsminister am 4. Dezember ein Rundschreiben an alle Landwirte

verschickte, standen nur noch acht Namen auf Ferdinands alter Liste.

Nachdem Auguste sich mit Luise besprochen hatte, bestellte sie Mehrich in Ferdinands Arbeitszimmer. Noch fühlte sie sich unbeholfen hinter dem großen Tisch, aber sie hatte Ferdinand ihr Versprechen gegeben, und anders als noch in den ersten Blietzower Jahren war diese Aufgabe für sie weit mehr als nur eine lästige Pflichterfüllung.
Mehrich klopfte kurz, dann trat er ein, noch ehe Auguste etwas erwidern konnte.
Ihr Blick fiel als Erstes auf seine dreckverschmierten Stiefel, und obwohl sie momentan ganz andere Sorgen hatte, stand ihr sofort die Spur vor Augen, die er von der Eingangshalle über die Treppe und den mit dickem Teppich ausgelegten Flur gezogen haben musste.
»Setzen Sie sich.«
»Danke, ich stehe lieber.« Die Hände in den Hosentaschen, blickte er über Augustes Kopf hinweg auf die alte Jasmundkarte, die Ferdinand kurz vor seiner Abreise noch hatte rahmen und dort aufhängen lassen.
»Gestern kam ein Schreiben aus Berlin«, sagte sie in einem Ton, der nichts von ihrem Ärger verriet. Auf keinen Fall wollte sie sich von Mehrich provozieren lassen, auch wenn es ihr von Tag zu Tag schwererfiel, diesen Vorsatz in die Tat umzusetzen. Erst neulich hatte er ihr die Saatgutbestellung kommentarlos auf den Esstisch gelegt, und heute betrat er mit diesen Stiefeln ihr Haus. Ausgerechnet Mehrich, der doch sonst immer so auf Ordnung bedacht war. »Wir werden aufgefordert, im nächsten Jahr weniger Zuckerrüben, dafür aber mehr Weizen und Roggen anzubauen.«

»Ist mir schon zu Ohren gekommen.«
»Sie müssen Ihre Saatgutbestellung noch einmal ändern. Außerdem brauchen wir jetzt dringend die Polen.«
»Sich von so einem Sesselfurzer vorschreiben lassen zu müssen, wie man sein Gut zu führen hat, ist wirklich ungeheuerlich. Erst diese Bestandszählung und nun diese Anweisung. Fehlt nur noch, dass uns die Ernte gleich vom Feld weg beschlagnahmt wird.«
»Ich fürchte, uns bleibt keine Wahl.«
»Auf Spycker sieht man das ganz anders.«
»Ich denke nicht, dass sich der Gutsverwalter Ärger einhandeln möchte. Hier, lesen Sie.« Auguste schob ihm die Anordnung über den Tisch.
Mehrich überflog den Text, dann zuckte er mit den Schultern. »Und wenn schon, Papier ist geduldig.«
»Ändern Sie die Bestellung, Mehrich. Wir können uns eine Geldstrafe nicht leisten.«
»Wie Sie meinen. Sie sind die Gutsherrin.« Aus seinem Mund klang das Wort wie eine Beleidigung. »Aber wenn Sie mich fragen, ist das der größte Blödsinn, den ich jemals gelesen habe. Die Zuckerrübenfelder werfen im Vergleich zu den Getreidefeldern das Dreifache an Ertrag ab. Außerdem kann man die Blätter als Futter verwenden. Ganz abgesehen davon, dass wir noch etwas Dünger für die Rüben haben, aber keinen mehr für das Getreide. Und dabei habe ich das Beste ja noch gar nicht erwähnt. Mit Getreide lässt sich doch gar kein Geld mehr machen.«
»Ich weiß, Mehrich. Die Preise sind mir auch ein Dorn im Auge.«
»Schön, dass wir da wenigstens einer Meinung sind. Ich wette mit Ihnen, spätestens im Sommer ist diese Anwei-

sung vom Tisch. Dann nämlich, wenn die in ihren Amtsstuben feststellen, dass ihnen nicht nur Mehl, sondern auch Zucker fehlt. Nur Klugscheißer, die nichts von Landwirtschaft verstehen, können eine derart gotterbärmlich dumme Anordnung in die Welt setzen. Aber wie ich schon sagte, Sie sind die Gutsherrin. Sie entscheiden.«

»Mehr Brotgetreide, Mehrich, so will es Berlin.« Ihr Blick glitt an seinem Oberkörper entlang. Wie schmächtig er letztendlich doch ist, dachte sie, während er sich wie zum Beweis des Gegenteils breitbeinig vor ihrem Schreibtisch aufbaute. »Haben Sie eigentlich die Angaben über die Kartoffelbestände übermittelt?«

»Natürlich.«

»Dann müssen Sie jetzt nur noch die Polen heranschaffen. Wir brauchen tatkräftige Hände, Mehrich. Bereits für August waren uns zehn Wanderarbeiter versprochen, und jetzt haben wir Dezember, und ich habe noch immer keinen von denen zu Gesicht bekommen.«

»Die Zeiten haben sich geändert.«

»Zehn Polen, Mehrich, das haben Sie noch mit meinem Mann vereinbart. Er hat auf Ihre Zusage gebaut.«

»Frau von Salen, wir sind im Krieg. Das ist jetzt nicht mehr so einfach.«

»Auf Wittow sitzen über zwei Dutzend Polen fest. Da werden Sie mir doch zehn beschaffen können.«

Was diese leidige Arbeiterfrage betraf, verlor Auguste langsam die Geduld. Erst hatte Mehrich versprochen, seine guten Kontakte spielen zu lassen, dann passierte nichts, und jetzt führte er den Krieg ins Feld. Auch auf Spycker waren noch zwölf Polen beschäftigt und bei ihnen nicht ein einziger. Und alles nur, weil Ferdinand seit seiner Strafzahlung vorsichtig geworden war. Statt wie sonst schon ab Mai hatte er dieses Mal erst ab August mit den Wanderarbeitern geplant, so dass vor Kriegsbeginn keiner auf dem Gut angekommen war.

»Versprechen Sie ihnen mehr Geld und obendrein ein Weihnachtsessen. Gans für alle und Bier im Überfluss oder was weiß ich, aber holen Sie mir diese Männer aufs Gut.«

Mehrich grinste.

»Die Grenzen sind dicht. Die können ohnehin nicht mehr in ihre Heimat zurück.«

»Sagen Sie.« Mehrich zeigte auf die Karte hinter Auguste. »Ist die eigentlich noch von dem alten von Salen?«

»Sie meinen Gottfried von Salen?«

Er nickte.

»Soweit ich weiß, ja. Aber da müssen Sie meinen Mann fragen, wenn er wieder da ist«, erwiderte Auguste und spürte, wie ihr im selben Moment ein Schauer über den Rücken lief. Vor zwei Tagen erst hatte sie einen Brief von ihm erhalten, in nichtssagendem Plauderton verfasst, der sie gerade deswegen in Aufruhr versetzt hatte. Eigentlich hatte er kaum mehr als einen detaillierten Wetterbericht aus Nordfrankreich geschickt, aber Auguste glaubte zwischen dem »wolkenlosen Himmel«, dem »kühlen Wind«, der »klaren Luft« Tote und Verwundete zu entdecken. Wenn nur bald alles ausgestanden wäre.

»Interessant. Wirklich sehr interessant.«

Auguste zuckte zusammen. Für einen Moment war sie ganz bei Ferdinand gewesen. »Wie bitte?«

»Die Karte.«

»Ach so, ja.«

»Ich darf doch?« Ohne ihre Antwort abzuwarten, ging er an ihr vorbei und stellte sich direkt vor den Rahmen.

»Was ist jetzt mit den Polen?«, fragte Auguste, während sie Mehrich beobachtete. Es fehlte nicht viel, und er hätte mit seiner Nasenspitze das Glas berührt, so dicht stand er vor dieser alten Karte. »Sie müssen mir versprechen, dass Sie sich darum kümmern. Bitte, Mehrich, es ist wichtig.«

»Keine Sorge, das regle ich schon. Aber sagen Sie, diese Linien hier«, er fuhr sie mit seinem Zeigefinger nach, »wer hat die eingezeichnet?«

»Ich sagte doch schon, das müssen Sie meinen Mann fragen. Also, kann ich mich auf Sie verlassen?«

»Selbstverständlich.«

»Sie werden verstehen, dass das momentan wichtiger ist als dieses alte Ding da an der Wand.«

»Machen Sie sich keine Gedanken«, sagte er, den Blick noch immer unverwandt auf die Karte gerichtet. »Haben Sie den Alten eigentlich noch gekannt?«

»Nein, er starb lange vor meiner Zeit«, erwiderte Auguste deutlich gereizt. Sie hatte momentan wirklich andere Sorgen. »Dann sind wir uns also einig, bis spätestens Weihnachten habe ich die Polen auf dem Gut?«

Mehrich war noch immer in die Karte vertieft.

»Wenn nicht, und das werden Sie sicherlich verstehen, werde ich beim Provinzialverband um Hilfe ersuchen müssen.«

»Ja, ja, machen Sie das.« Mehrichs Blick haftete jetzt auf der Grenzlinie, die bis in die Stubnitz führte. »Wirklich sehr interessant.«

»Ich fürchte, Sie haben mich nicht verstanden.« Augustes Stimme wurde lauter.

»Doch, sicher. Bis Weihnachten sind die Polen auf dem Gut. Wenn nicht, holen Sie sich Hilfe. Frau von Salen«, sagte er und drehte sich jetzt doch zu ihr um, »Sie tragen die Verantwortung.«

»Aber Sie sind der Verwalter.«

»Gewiss.« Er lächelte.

»Wir müssen Hand in Hand arbeiten, das ist Ihnen doch klar?«

»Ihr Mann hatte immer Vertrauen in mich.«

»Wer sagt denn, dass ich das nicht habe?«

»Sie setzen mir die Pistole auf die Brust.«

»Aber ich bitte Sie.« Auguste hätte ihn am liebsten angeschrien. Diese Überheblichkeit machte sie ganz verrückt. Aber sie riss sich noch einmal zusammen. »Wir besprechen doch nur die weiteren Schritte. In diesen ungewissen Zeiten sollte man alle Möglichkeiten in Betracht ziehen.«

»Sie bekommen Ihre Polen«, sagte Mehrich, während er einen letzten Blick auf die Karte warf. »Und die neue Saatgutbestellung. Und wenn Sie möchten, spreche ich auch mit der Zuckerrübenfabrik in Stralsund. Nicht, dass wir dort Strafe zahlen müssen, weil wir weniger als die vereinbarte Menge Rüben liefern.«

Auguste ließ sich nichts anmerken, aber innerlich zuckte sie zusammen. Daran hatte sie noch gar nicht gedacht. Die alten Verträge liefen über Jahre, und Ferdinand hatte erst im Frühjahr von der Zuckerrübenfabrik einen Vorschuss für die kommende Ernte erhalten. Mit dem Geld hatte er einen weiteren Motorpflug gekauft. Wie hatte sie diesen Kredit vergessen können? Dabei hatte Ferdinand sie vor seiner Abreise noch darauf hingewiesen. Sie musste sich wirklich nicht wundern, wenn Mehrich sie nicht ernst nahm.

»Also, was ist nun?« Mehrich ging in aller Ruhe um den

Schreibtisch herum, während er Auguste nicht aus den Augen ließ. »Wir sollten schnellstmöglich mit Stralsund in Verbindung treten. Ich will es mir mit dem Produktionsleiter nicht verscherzen. Sie wissen schon, gute Kontakte sind überlebenswichtig. Gerade in diesen Zeiten«, fügte er mit einem Lächeln hinzu.

»Natürlich.« Auguste hätte sich ohrfeigen können. Mehrichs triumphalen Blick hatte sie sich redlich verdient. »Am besten, Sie sprechen erst einmal mit Stralsund. Bitten Sie um ein Jahr Aufschub. Übernächstes Jahr ist der Spuk hoffentlich vorüber, und dann begleichen wir natürlich unsere Schulden.«

»Wie Sie wünschen.«

»Und halten Sie mich auf dem Laufenden.«

»Selbstverständlich, Frau von Salen«, sagte er, bevor er die Tür öffnete und in den Flur trat, noch immer eine nicht zu übersehende Dreckspur hinter sich herziehend.

30

Der Brief kam erst im neuen Jahr, war aber auf den 22. Dezember 1914 datiert.

»Eine weiße, hügelige Landschaft umgibt mich, fast so schön wie Rügen. Jetzt vor Weihnachten muss ich oft an Euch denken, an die verschneiten Wälder, an die gefrorene See und an den Duft von Weihnachtsgans und saftigem Schinken. Hier ist alles ruhig, und wir harren der Dinge. Vor zwei Wochen ist mir eine braunschwarze Mischlingshündin zugelaufen. Ich habe sie Claire getauft. Sie reicht mir gerade einmal bis unters Knie, kann aber mindestens genauso laut bellen wie der alte Schäferhund vom Stellmacher. Ihr erinnert Euch sicherlich an das Gekläffe, das manchmal auf halb Jasmund zu hören war. Ich muss ihr allerdings beibringen, stiller zu sein. Der Kompaniechef hat schon damit gedroht, sie nicht mehr lange dulden zu wollen. Momentan wärmt sie meine Füße und schläft. Auch für mich wird es langsam Zeit. Vorher will ich Euch aber noch herzliche Grüße aus Frankreich schicken und vor allem schöne Weihnachten und ein frohes neues Jahr wünschen. Euer Jakob.«

Als Ella den Brief am Nachmittag des 12. Januar 1915 zum ersten Mal in Händen hielt und schließlich mit zitternden Fingern öffnete, setzte sie sich auf Jakobs Platz, auf dem sie zu Almas Ärgernis jetzt immer saß, und sog Wort um Wort und Zeile um Zeile in sich auf, als würde es sich dabei um lang entbehrte Nahrung handeln. Schon beim Lesen des zweiten Satzes konnte sie ihre Tränen nicht mehr zurückhalten.

Nur zu gut war ihr das Weihnachtsfest noch in Erinnerung. Den ganzen Tag über hatte es geregnet, es war grau gewesen vom Morgen bis zum Abend. Die Nässe war durch alle Ritzen gedrungen und mit ihr diese unangenehme Kälte, die sich in jede Pore fraß. Sie hatten schweigend gegessen und schweigend Weihnachtslieder gesungen, so war es ihr im Nachhinein zumindest vorgekommen. Danach hatte sich eine Leere in ihr breitgemacht, die sie erst mit Jakobs Brief wieder füllen konnte.
Jakobs wenige Zeilen waren für Ella seitdem zu einem Gebet geworden. Ein unablässiges Murmeln umhüllte sie. Sogar Alma, die kaum etwas anderes tat, als an ihren Sohn zu denken, störte sich daran. Fast jeden Tag ermahnte sie ihre Tochter, damit aufzuhören, doch Ella begann immer wieder von vorne.

»›Eine weiße, hügelige Landschaft umgibt mich, fast so schön wie Rügen. Jetzt vor Weihnachten muss ich …‹«
Anton warf Luise einen vielsagenden Blick zu. Ella war gerade in den Schweinestall gekommen, dieses Gemurmel auf den Lippen. Aber Luise gab ihm ein Zeichen, mit seiner Arbeit fortzufahren, was ihn nur noch mehr ärgerte.
Ohnehin ging ihm alles gegen den Strich, seitdem man ihn endgültig für untauglich erklärt hatte. Erst hatte das Dragoner Regiment ihn abgewiesen, dann die Infanterie, und auch die Marine wollte ihn nicht.
»Sie werden zu Hause gebraucht, Herr von Salen«, hatte man ihm gesagt, »helfen Sie mit, die Ernährung an der Front und in der Heimat sicherzustellen.«
Sein Widerwillen stand ihm deutlich ins Gesicht geschrieben. Was sollte er auch auf einem Gut, wenn anderswo

wahre Opfer zu bringen waren? Jede Nacht träumte er davon, in eine Uniform zu schlüpfen und dem Feind erhobenen Hauptes gegenüberzutreten. Und wie zum Hohn verlangte man nun von ihm, Schweine zu schlachten. Wenn es wenigstens die von französischen oder russischen oder englischen Bauern gewesen wären.

»Aufgrund zu geringer Kartoffelvorräte im Land ordne ich die Schlachtung von 80 Schweinen auf Ihrem Gut an. Das Fleisch ist als Dauerware haltbar zu machen«, hieß es in einem Schreiben, das Luise ihm gestern gezeigt hatte.

Ellas Gemurmel hallte durch den Stall. »›Der Kompaniechef hat schon damit gedroht …‹«

Anton schnappte sich eine Heugabel und ging, die Zacken voraus, direkt auf sie zu. »Wenn du nicht augenblicklich still bist, werde ich dich wie ein totes Schwein aufspießen und über offenem Feuer braten.«

Früher hätte Ella gelacht und ihn einen dummen Krüppel genannt, jetzt drehte sie sich einfach um und ging zu dem nächsten Schwein, dessen Hinterhachsen sie festbinden sollte.

»Noch ein Wort aus deinem Mund und ich bringe dich um.«

»›Momentan wärmt sie meine Füße …‹«

»Wieso hält niemand diese Wahnsinnige auf?« Anton schrie so laut, dass die Schweine noch lauter quiekten. Aber weder der Schweinemeister noch der Stallbursche oder Luise schienen sich für ihn zu interessieren. Nur die fünf Polen, die Mehrich tatsächlich noch hatte auftreiben können, waren dankbar für diese Abwechslung.

»Weitermachen, Anton, Spaß«, rief einer.

»Spießschwein.«

»Alles Schwein tot.«

Die fünf lachten so laut, als hätten sie sich einen guten Witz erzählt.

»Haltet den Mund«, herrschte Anton sie an. »Wenn wir sie nicht zum Schweigen bringen, wird sie uns noch alle verrückt machen mit ihrem Gemurmel. Momentan wärmt sie meine Füße und schläft. Auch für mich wird es langsam Zeit«, äffte er Ella nach. »Und ob es Zeit wird.« Er hob jetzt wieder die Stimme. »Dieser Wahnsinn muss aufhören.«

»Komm schon.« Luise packte Anton an der Schulter und schob ihn in den hinteren Teil des Stalls. »Binde die Schweine da fest. Wir müssen heute noch fertig werden. Morgen kommt der Kontrolleur aus Bergen.«

»Du hättest doch allen Grund, auf meiner Seite zu stehen, findest du nicht?« Widerwillig ließ er sich von ihr vorwärtstreiben.

»Geh an die Arbeit. Wir haben noch viel zu tun.«

»Gib doch zu, dass dir dieser Singsang, dieses Jakob-Gefasel, dieses, ach, was weiß ich, diese Irre den letzten Nerv raubt. Mir machst du nichts vor«, sagte er und drehte sich um. »Jetzt halt endlich die Klappe«, brüllte er, obwohl er Ellas Gemurmel von dort, wo er jetzt war, gar nicht mehr hören konnte.

»Bitte, Anton, wir müssen fertig werden.«

»Ja, ja.« Er beugte sich nach unten und umfasste eines der Schweine mit beiden Armen. »Hier, da hast du deine Sau.« Das Quieken wurde immer lauter. Anton hielt das Schwein fest umklammert, während es vergeblich versuchte sich mit seinen kurzen Beinen freizustrampeln.

»Du weißt, was du zu tun hast.« Luise merkte zu ihrer

Überraschung, wie ihre Stimme brüchig zu werden drohte. »Los jetzt«, fügte sie noch hinzu, aber da spürte sie bereits die Tränen in ihren Augen. Sie drehte sich rasch um.

»Und die soll ich jetzt alle festbinden?«

Luise stand mit dem Rücken zu ihm und nickte.

»Luise?«

»Bitte, tu es einfach. Ich schau mal kurz nach dem Schlachter«, sagte sie leise und ging mit schnellen Schritten aus dem Stall. Draußen empfing sie eine feuchte Kälte. Es nieselte, aber sie empfand den Regen als wohltuende Abkühlung. Aus der gegenüberliegenden Tenne drangen Augustes und Martas Stimmen, in die sich jetzt auch die des Schlachters mischte.

»Da hinten links sollten sie noch einmal ran«, hörte sie ihn sagen, »links, nicht da.«

»Meine Güte, Marta.« Das war Augustes Stimme. Vermutlich verdrehte sie gerade die Augen.

»Links, rechts, herrje, wo jetzt?«

Luise wischte sich den Regen aus dem Gesicht. Zigmal war sie schon beim Schlachten dabei gewesen, zigmal hatte sie Schweine in Todesangst gehört, zigmal Blut gerührt, Würste gemacht, sogar Mägen ausgelöst. Noch nie war ihr dabei schlecht geworden, und noch nie hatte sie das Gefühl gehabt, etwas Unrechtes zu tun. Aber dieses Mal schien alles anders zu sein. Allein die Menge der toten Tiere übertraf alles Bisherige. »Die Tiere sind eure Existenz und eure Versicherung. Solange ihr die Tiere habt, müsst ihr euch keine Sorgen machen.« Die Worte ihres Vaters hatte sie noch deutlich im Ohr. Und jetzt nahm man ihnen einen Teil dieser Sicherheit, und ihre Mutter hatte noch nicht einmal versucht beim Landrat dagegen zu protestieren. Auch wenn der Protest vermutlich nichts geändert hätte, allein der Versuch wäre es wert gewesen, wie sie jetzt wieder dachte, da sie der Gedanke quälte, die Grundlage ihres Lebens wehrlos hergegeben zu haben.

Luise schaute in die Tenne. Überall standen Bottiche mit Blut, tote Schweine hingen kopfüber an der Wand, vier Zinkwannen waren allein mit Schwarten gefüllt. »Kommt ihr voran?«

»Frag nicht.« Marta wischte sich mit dem Handrücken den Schweiß von der Stirn.

»In einer halben Stunde könnt ihr noch fünf Tiere bringen«, sagte der Schlachter.

»Gut, dann bis gleich.«

Statt zurück in den Stall zu gehen, nahm Luise den Weg am verwaisten Pferdestall vorbei Richtung Felder. Es war kein schöner Anblick, der sich ihr dort bot. Überall wucherte Unkraut. Sehr lange würden sie mit dem Umpflügen nicht mehr warten können. Vorher stand allerdings noch die Reparatur des kaputten Dampfpflugs auf ihrer Liste. Sie durfte auch die Kohlen nicht vergessen, die sie neuerdings über einen Zwischenhändler aus Putbus bezogen, und an das Benzin für die Motorpflüge musste sie ebenfalls denken. Der Tank war fast leer.

»›Ich habe sie Claire getauft. Sie reicht mir gerade einmal bis unters Knie.‹«

Dieses verdammte Gemurmel. Jetzt glaubte sie es sogar schon hier auf diesem gottverlassenen Acker zu hören. Anton hatte recht, es war unerträglich, überall von Jakobs Worten verfolgt zu werden. Von Worten, die er nicht an sie gerichtet hatte, die nichts weiter waren als leere Hülsen mit viel zu viel Spielraum für ihre Phantasie.

Die Zeitungen waren voll von Berichten über Schützengräben, Verwundetentransporte, Kriegsgefangene, und er schrieb von einem Hund, dem er einen Namen gegeben haben will. Als ob sie auf einer Insel der Ahnungslosen leben würden.

Wenn er wenigstens ihr geschrieben hätte. Er musste ihr Steinsäckchen doch gefunden haben. Ella hatte es ihm gerade noch rechtzeitig in den Rucksack gesteckt, das hatte sie damals zumindest behauptet.

»Wer Brotgetreide verfüttert, versündigt sich am Vaterland und macht sich strafbar.«

Die Schlagzeile von vor ein paar Tagen fiel ihr plötzlich ein. Sie musste Mehrich endlich zur Vernunft bringen. Er durfte keinen Roggen mehr ins Futter mischen. Am besten, sie sprach noch heute mit ihm. Sicher würde dieser Kerl aus Bergen nicht nur die Anzahl der toten Schweine kontrollieren.

Unruhig trat sie von einem Bein aufs andere. Es gab so vieles, woran sie jetzt denken musste.

Vielleicht war Jakob das Säckchen auch aus dem Rucksack gefallen, noch bevor er es entdeckt hatte? Dass er nicht an sie erinnert werden wollte, dass er es weggeworfen oder irgendwo liegengelassen haben könnte, daran dachte Luise in diesem Moment nicht. Zu viele Leben hatte dieser Tag schon gekostet, dass sie nicht auch noch ihre Hoffnung auf eine Versöhnung opfern konnte.

Ihr Blick blieb auf Blietzow haften. Von hier aus machte das Gut den Eindruck, als wäre es in einen langen, tiefen Schlaf gefallen. Es war totenstill inmitten dieser ungepflegten Felder. Keine Vögel kreisten, auch das Meer bewegte sich kaum. Nur zu gerne hätte sich Luise ebenfalls schlafen gelegt. Für einen Moment schloss sie die Augen, während der Nieselregen lautlos zu Boden fiel.

Aber sie musste zurück in den Stall. Sie musste zurück in diese Hölle aus Schweinequieken und Ellas Gemurmel. Sie musste dafür sorgen, dass Anton keine Dummheiten machte, dass die Polen die Anweisungen des Schlachters befolgten, dass die anderen Tiere etwas zu fressen bekamen, und sie musste mit ihrer Mutter über Mehrich sprechen.

Wenn Jakob ihr wenigstens schreiben würde. Nur ein Brief. Nur ein paar Zeilen. Nur damit sie wüsste, dass er sie nicht vergessen hatte.

31

»Anton!«

Luises Rufe durchbrachen die mittägliche Stille, die in diesem Sommer trügerischer denn je über Blietzow lag. Auf den ersten Blick schien es ein Sommer wie jeder zu sein, mit summenden Bienen, flirrender Hitze, blühenden Wiesen, bunten Malvenstauden, allmählich reifenden Apfelbäumen, mit grünen Buchenkronen, Stoppelfeldern, Heugarben und einer leise plätschernden See. Und dennoch war dieser Sommer 1916 ein Sommer wie keiner.

»Hast du Anton gesehen?«

Erich, der Stallbursche, der im Schatten neben dem leeren Kuhstall döste, schüttelte müde den Kopf.

»Kann es sein, dass er mit Mehrich und den anderen aufs Feld gegangen ist?«

»Woher soll ich das wissen?«

»Vielleicht hast du ja etwas mitbekommen?«

»Wie denn? Ich bin den ganzen Tag im Stall.«

Was deutlich zu sehen ist, dachte Luise, sagte aber nichts. Jetzt war nicht die Zeit, sich über ihren Stallburschen zu ärgern. »Hast du ihn heute überhaupt schon zu Gesicht bekommen?«

»Wen, Mehrich oder Anton?«

»Anton natürlich.«

»Nein.«

Luise hatte Mühe, sich zu beherrschen. Früher war er ein umgänglicher Kerl gewesen, dem sie als Jugendliche oft zur Hand gegangen war. Und auch später, als sie begonnen hatte mehr Verantwortung zu tragen, hatten sie ein fast

freundschaftliches Verhältnis gepflegt. Aber seit Kriegsbeginn, seit es alle diese Futterbestimmungen gab, war er wie ausgewechselt. »Na schön, ich werde ihn schon finden. Und was ist mit dir? Hast du nichts mehr zu tun?«
Bedächtig knetete er seine Mütze.
»Ella müsste jeden Augenblick kommen. Ich habe ihr gesagt, dass du ihr beim Melken helfen wirst. Morgen müssen wir wieder fünfzig Liter Milch abliefern.«
»Auch das noch.«
»Ja, auch das noch«, erwiderte sie gereizt.
»Und wann bekomme ich endlich meine Butterration? Seit Wochen kocht meine Frau ohne Fett. Und ganz ehrlich, ich verstehe nicht, warum wir bei der Menge an abgegebener Milch kaum noch Butter zugeteilt bekommen. Wäre es da nicht sinnvoller, wieder selbst welche herzustellen, so wie früher?«
»Du weißt, dass das verboten ist.«
»Und warum? Doch nur, weil irgendjemand das irgendwo so beschlossen hat.«
»Nicht irgendwer und irgendwo, sondern das Kriegsernährungsamt in Berlin«, entgegnete Luise, die in Gedanken schon längst wieder bei Anton war. Wo konnte er nur stecken? Sie musste dringend mit ihm über ihre Vorräte sprechen, die er seit mehr als einem Jahr, seit dem großen Schweineschlachten, verwaltete.
Als sie vorhin die monatliche Lieferung für das Saßnitzer Lazarett hatte zusammenstellen wollen, war sie auf Ungereimtheiten gestoßen, die sie sich nicht erklären konnte.
»Andere halten sich doch auch nicht an die Gesetze«, sagte Erich.

»Andere sind auch nicht für das Wohlergehen des gesamten Landes mitverantwortlich wie wir Landwirte.«
Sie hatte jetzt wirklich keine Zeit, mit ihrem Stallburschen das Für und Wider der immer zahlreicher werdenden Vorschriften und Verbote zu diskutieren, die ihr Leben stetig komplizierter machten. Fütterungsverbote, Höchstpreise, Lieferbestimmungen, Abgabepflichten, Zuteilungen, manchmal schwirrte ihr davon selbst der Kopf.
»Der Nachbar meiner Schwiegereltern«, erklärte er, während er noch immer seine Mütze knetete, »hat neulich ein großes Stück Schweineschwarte auf den Tisch gebracht. Ich frage mich, wo er das herhatte.«
»Schweineschwarte sagst du?«
»Ja.«
»Und du bist dir sicher, dass es Schweineschwarte gewesen ist?«
»Wenn ich es doch sage. Meine Schwiegermutter hat sie mit eigenen Augen gesehen, und sie ist die gottesfürchtigste Frau, die ich kenne. Sie würde niemals lügen.«
Luise wiegte nachdenklich den Kopf. Wenn die Schwarte mal nicht aus ihren Vorräten stammte. Vor drei Monaten, irgendwann im April, hatte sie sich schon einmal über ihren, wie sie fand, vergleichsweise geringen Bestand an Speck und Schwarte gewundert. Aber da war sie noch zu dem Schluss gekommen, nicht alles im Blick behalten zu können.
»Du siehst mich so merkwürdig an. Sag bloß, du hast noch nie etwas vom Schwarzmarkt in Bergen gehört?«
»Doch, doch, natürlich.«
»Dieser fette Sack von Schuster hat seine Schwarte garantiert von dort. Und weißt du, was ich dabei nicht verstehe?

Wie kann einer, der noch nicht einmal in der Landwirtschaft arbeitet, der einfach nur kaputte Schuhe repariert, wie kann sich so einer einen fetten Braten leisten, während ich an der Quelle sitze und noch nicht einmal mehr Butter habe? Du bist doch schlau, du bist doch die schlaue Tochter des Gutsbesitzers, vielleicht kannst du mir das ja erklären.«

Luises Blick streifte seine Hände. Er schien seine Mütze ebenso unermüdlich kneten zu können wie sie früher ihr Steinsäckchen. Sie sollte es wieder hervorholen, dachte sie, sie sollte sich wieder an schöne Zeiten erinnern.

»Dafür hast du wohl auch keine Erklärung parat, was?«

»Es ist Krieg«, sagte sie nur.

Er sah sie kopfschüttelnd an. »Ich versteh diese Welt nicht mehr. Ich versteh sie einfach nicht.«

Ich auch nicht, hätte sie am liebsten erwidert, ich auch nicht. Das wäre so einfach gewesen. Aber damit hätte sie nur ihr Wissen um die Sehnsucht nach Anerkennung und die Gier nach Größe geleugnet. Der Krieg war eine Folge davon, Erichs Neid auf den Schuster eine andere. Und sie ahnte, dass es noch viele weitere gab.

Die Flotte, hatte ihr Vater einmal gesagt, und da war der Krieg noch nicht in Sicht, die Flotte sind des Kaisers neue Kleider.

Sie musste jetzt unbedingt Anton finden.

»Am besten, du machst dich einfach wieder an die Arbeit. Und was die Butterration betrifft, gedulde dich ein bisschen. Für nächste Woche ist die neue Zuteilung angekündigt.«

Erich rümpfte die Nase. »Geduld kann man in diesen Tagen ja nicht genug haben.«

»Vermutlich hast du recht«, erwiderte Luise und eilte dennoch mit schnellen Schritten davon.

»Anton!«, rief sie über den im Sonnenschein liegenden Hof. »Anton! Wo steckst du?«

Aber weder in den Ställen noch im Gutshaus oder auf den angrenzenden Feldern konnte sie ihn finden.

32

Luises Suche nach Anton blieb an diesem Tag vergebens. Am nächsten Morgen, Anton war nicht zum Frühstück erschienen, klopfte sie zum wiederholten Mal an seine Tür. Aber wie schon tags zuvor war er auch dieses Mal nicht in seinem Zimmer. Sein Bett sah unbenutzt aus. Akkurat gefaltet lag die dünne Decke über dem weißen Laken, das Kopfkissen war aufgeschüttelt. Martas Handschrift war deutlich zu erkennen, aber in der Regel machte sie die Betten nicht vor zehn Uhr, und jetzt war es gerade einmal sieben.

Auf Zehenspitzen schlich Luise durch sein Zimmer. Auf dem kleinen Tisch, der direkt am Fenster stand, lag ein Füllfederhalter ordentlich zur Längsseite ausgerichtet. Ein Tintenfass fehlte, ebenso die von ihr erhoffte Vorratsliste. Im Regal standen einige Bücher, zum Großteil Berichte aus dem Deutsch-Französischen Krieg, die sie von Anton bereits kannte, daneben fand sie Schillers gesammelte Werke, und, zu ihrer Verwunderung, *Die Leiden des jungen Werthers*. Am meisten staunte sie aber über die blassrosafarbene Muschel, die sie auf dem obersten Regalboden entdeckte. Sie wirkte wie ein Fremdkörper in diesem weitestgehend unpersönlichen Raum.

Im Vergleich dazu glich ihr Zimmer einem wilden Durcheinander. Steine und Muscheln lagen verstreut im ganzen Raum verteilt. Auf ihrer Kommode standen Einmachgläser, in denen sie seit gut einem Jahr versuchte einige der Orchideen aufzupäppeln, die bei den fürstlichen Jagdgesellschaften regelmäßig niedergetrampelt oder ausgerissen wurden. Ein lilafarbener Frauenschuh mit goldgelben Punkten hatte es ihr momentan besonders angetan. Zwischen diesen Fundstücken lag auch ihr Notizbuch, in das sie täglich ihre Aufgaben eintrug. Und für heute stand dort: »Mit Anton sprechen! Bestandsaufnahme der Vorräte!«

Luise trat ans Fenster. Von dort sah man direkt auf den Hofplatz. Wie immer zu dieser frühen Stunde hatte Mehrich alle Arbeiterinnen und Arbeiter zusammengetrommelt, um die Aufgaben für den Tag zu verteilen. Seit neuestem waren nicht nur acht Tagelöhnerfrauen aus Nardevitz und Nipmerow sowie einige von deren Kindern darunter, sondern auch zehn russische Kriegsgefangene, die sie im Pferdestall untergebracht hatten.

Seitdem wohnten auch drei Soldaten auf Blietzow. Einer hielt Nachtwache in Kahnicks alter Kammer, für die beiden anderen hatten sie ein Zimmer im Gutshaus geräumt. Augustes ehemaliges fensterloses Musikzimmer diente nun als Lagerstätte.

Jeden Morgen Punkt fünf öffnete sich die Tür, und die Soldaten marschierten durch die Eingangshalle in Martas Küche, wo schon ihr Frühstück bereitet stand – Getreidekaffee, Brot, Holundergelee. Der dumpfe Klang ihrer schweren Stiefel ließ Auguste jeden Morgen erzittern, und auch Luise hatte sich noch immer nicht an die Anwesenheit der Soldaten gewöhnt. Vor allem ihre über die Schulter gehängten Gewehre riefen unangenehme Erinnerungen wach.

Auch jetzt, da ihr ein einziger Blick genügt hatte, um festzustellen, dass Anton nicht auf dem Hofplatz war, stand ihr wieder das Bild vor Augen, wie Kahnick tot neben den vier toten Pferden lag.

Leise schloss Luise die Tür hinter sich, während draußen Mehrichs Stimme wie schon zu Ferdinands Zeiten über den Hofplatz hallte. Ausgerechnet dieser morgendliche Appell, der einem noch Stunden später in den Ohren dröhnte, war über all die Jahre unverändert geblieben.

33

Da bist du ja!« Auguste war die Treppe nach oben gekommen, und ihr Blick fiel nun direkt auf den langen, dunklen Flur, in dem Luise noch immer vor Antons Zimmer stand.

»Ich muss dich dringend sprechen.« Augustes Stimme vibrierte.

»Kann das nicht warten?«, fragte Luise, die eigentlich gerade Martas Vorratsräume noch einmal genauer unter die Lupe nehmen wollte.

»Nein, leider nicht.«

»Was gibt es denn so Wichtiges?«

»Das erzähl ich dir gleich. Kommst du bitte?«

Schweigend folgte Luise ihrer Mutter in Ferdinands Arbeitszimmer, das längst auch Augustes Stempel trug. Links und rechts der Jasmundkarte hatte sie zwei persische Wandteppiche anbringen lassen, und auf dem Schreibtisch blühte eine von Luises Orchideen, ein gelb-schwarzer Frauenschuh. Auch Augustes Grammophon war seit kurzem im Arbeitszimmer untergebracht. Statt im Musikzimmer auf einer stabilen Kommode, stand es nun auf einem dreibeinigen, mit Intarsien verzierten Wandtisch, den Auguste in einem Schuppen gefunden hatte.

»Setz dich doch«, sagte Auguste, während sie sich zu dem Grammophon beugte und die Nadel vorsichtig auf die Schellackplatte setzte. Erst war nur ein dumpfes Rauschen zu hören, kurz darauf aber füllte eine helle Frauenstimme den Raum, die Mehrichs schrillen Befehlston schnell vergessen ließ.

Entspannt lehnte Luise sich zurück. Die schlechten Nachrichten würden sie schon noch früh genug erreichen.
»Hörst du diesen reinen Ton in der Stimme?« Auguste schloss für einen Moment die Augen. »Diese Stimme kennt keine Mühsal.«
Auch Luise schloss jetzt die Augen. Ein Sommertag auf Jasmund, dachte sie, oben am Hügelgrab, mit einem Blick zum Träumen, in Gesellschaft von Jakob, den sie küsste und streichelte, mit dem sie redete und den sie umarmte, das wäre ein Tag, passend zu dieser Musik.
Sie lauschten dem Sopran, bis Auguste plötzlich die Augen aufriss, als hätte man sie abrupt aus einem schönen Traum geweckt. »Wir müssen reden«, sagte sie in einem Ton, der weit entfernt war von jener Zartheit, mit der sie eben noch die Sängerin gepriesen hatte.
Auch Luise war mit einem Schlag hellwach. »Was ist passiert? Hast du schlechte Nachrichten? Ist etwas mit Vater?«
»Nein, nein, mach dir keine Sorgen.« Erst vor drei Tagen hatte Auguste wieder einen Brief von Ferdinand erhalten. Seitdem hatte sie sogar berechtigte Hoffnung, Weihnachten gemeinsam zu feiern. Alles hing davon ab, wie sie gegen die Briten und Franzosen an der Somme vorwärtskämen, das hatte er zumindest geschrieben. Und er hatte auch geschrieben, dass er sich nach seinem Zuhause sehne, in dem sie die Sonne sei. »Jeden Abend fahre ich mit Dir zum Königsstuhl. Du wirst es kaum glauben, aber hier, weit weg von Dir und Rügen, kann ich zum ersten Mal die See singen hören.« Allein der Gedanke an diese Zeilen ließ Auguste regelmäßig die Tränen in die Augen steigen, so wie jetzt auch, was Luise nicht entging.

»Ist doch etwas mit Vater?«

Auguste schüttelte den Kopf. »Es geht ihm gut, wirklich.« Zwei Jahre hielt sie jetzt schon ohne ihn durch, zwei Jahre, in denen sie sich besser machte, als sie anfangs vermutet hatte, und dennoch warfen Ferdinands Briefe sie noch immer aus der Bahn. Seine meist wenigen Zeilen waren von einer Poesie, die sie ihm nicht zugetraut hätte und die ihre Sehnsucht nach ihm nur noch vergrößerte. »Vielleicht kommt er Weihnachten sogar nach Hause.«

»Das wäre wunderbar.«

»Das wäre es.« Über Augustes Gesicht huschte ein Lächeln, bevor sie Luise wieder ernst ansah. »Worüber ich mit dir sprechen muss, ist leider weniger erfreulich.«

»Was ist passiert?«

»Mehrich macht Probleme.«

»Mehrich?« Luise winkte ab. Ärger mit Mehrich war für sie schon so alltäglich, dass sie ihn kaum noch erwähnenswert fand. Mal hatte er Weizen ins Futter gemischt, obwohl das streng verboten war, mal mehr Zuckerrüben anbauen lassen als besprochen, mal mehr Kartoffeln. Doch oft genug hatten sich seine eigenmächtigen Entscheidungen auch als Glücksfall erwiesen, vor allem, als der Kartoffelpreis im vergangenen Jahr rasant gestiegen war. Zuletzt hatte sie ihn dabei erwischt, wie er zwei Eimer Milch für sich hatte abzweigen wollen. Sie hatte ihm beide gelassen, nachdem er versichert hatte, die Milch sei für Alma, die aus Sorge um Jakob kaum noch esse. »Was hat er denn dieses Mal angestellt?«, fragte Luise und dachte, vielleicht hat man ihn ja beim Klauen von Speck und Schwarte erwischt, womit auch ihr Problem mit einem Schlag eine Erklärung gefunden hätte.

Auguste stand auf und nahm die Nadel vom Grammophon. Die plötzliche Stille lastete so schwer im Raum, dass Luise unruhig über die Falten ihres Rocks strich. Schweigend ging Auguste an ihren Platz zurück. Erst als sie wieder hinter dem Schreibtisch saß, sagte sie: »Ich fürchte, wir werden ihn entlassen müssen.«

»Wie bitte?«

»Es geht um die Polen.«

»Die Polen? Aber warum? Die Ausreiseklausel, die Vater noch so viel Geld gekostet hatte, wurde doch längst aufgehoben.«

»Das ist auch nicht das Problem.« Auguste fuhr sich nervös über ihr ordentlich zusammengebundenes Haar. Sie wusste, wenn sie Luise jetzt alles erzählte, konnte sie nicht mehr zurück. Lange hatte sie mit sich gerungen, lange hatte sie geglaubt, aus Sorge um das Gut und, wenn sie ehrlich war, auch aus Sorge um sich Stillschweigen bewahren zu müssen, aber von Tag zu Tag fiel es ihr schwerer, Mehrich überhaupt noch gegenüberzutreten. »Er hat uns um tausend Mark betrogen«, sagte sie.

»Tausend Mark?« Luise saß kerzengerade.

»Eigentlich sollte es eine Sache zwischen mir und Mehrich bleiben.«

»Was für eine Sache?«

»Ich dachte damals, es sei das Beste für Blietzow. Ich wollte keinen Fehler machen, und außerdem hatte ich immer die Ermahnung deines Vaters im Ohr, das Erbe seines Großvaters, deines Urgroßvaters, gut zu verwalten.«

»Was hast du getan, Mutter?«

»Du weißt ja selbst, dass es für deinen Vater nichts Schlimmeres geben würde, als Blietzow zu verlieren.«

»Nicht nur für Vater, auch für mich«, sagte Luise entschieden.

»Natürlich, ich weiß.« Auguste zögerte kurz, entschied sich dann aber doch, fortzufahren. »Als Mehrich damals vor fast zwei Jahren zu mir gekommen ist, hatte ich jedenfalls geglaubt, dass wir kurz vor der Katastrophe stehen würden. Und ich wusste natürlich, dass Ferdinand es mir nie verziehen hätte, wenn ich Blietzow verloren hätte. Ich musste einfach handeln.«

»Was heißt handeln?«

»Vielleicht erinnerst du dich, damals tobte ein Unwetter über Rügen, das einen großen Schaden angerichtet hat.«

»Aber doch nicht bei uns auf Jasmund. Wenn ich mich richtig erinnere, war vor allem Mönchgut betroffen«, sagte Luise, die mittlerweile ganze vorne auf der schmalen Holzkante des alten Stuhls saß.

»Mehrich kam damals zu mir, um mir zu sagen, dass mit den Polen nichts mehr zu machen sei. Wir wären in diesem Jahr einfach zu spät dran, und dass dies Ferdinands Versäumnis sei. Er habe die Wanderarbeiter viel zu spät im Jahr verpflichtet. Nun müssten wir eben die Konsequenzen tragen, obwohl er sich nicht vorstellen könne, wie es auf Blietzow weitergehen solle ohne die zupackenden Hände der polnischen Arbeiter.«

»Und?« Luise wurde immer ungeduldiger.

»Er sagte, er werde natürlich trotz allem sein Bestmögliches versuchen, aber er sei sich ziemlich sicher, dass wir höchstens bis zum Ende des Jahres durchhalten würden, wenn nicht ein Wunder geschähe und wir nicht doch noch von unerwarteter Stelle Hilfe bekämen.«

Auguste hielt kurz inne, während Luise jedes Zucken, jedes

Blinzeln, jede ihrer nervösen Bewegungen aufmerksam beobachtete.

»Ich weiß nicht, ob du das verstehen kannst, aber damals sah ich Blietzow tatsächlich dem Untergang geweiht, und zu allem Überfluss tobte draußen dieser Sturm, der mir wie ein Vorbote unseres nahenden Endes vorkam. Und plötzlich machte Mehrich mir diesen Vorschlag.« Sie schluckte. »Ich weiß nicht, wie ich das sagen soll. Aus heutiger Sicht klingt das alles so ungeheuerlich, aber damals schien es die einzige Rettung zu sein.«

»Was, Mutter? Was hat Mehrich dir vorgeschlagen?«

»Er hat vorgeschlagen«, sagte Auguste zögerlich, »er hat vorgeschlagen, dass wir uns ein paar Polen kaufen.«

»Wie auf dem Sklavenmarkt?«, fragte Luise entsetzt.

»Mehrich meinte, er wisse da jemanden, der gegen Geld bereit sei, einige seiner Wanderarbeiter an uns weiterzureichen. Weiterreichen, dieses Wort hat er gebraucht, ich habe es noch deutlich im Ohr.«

»Und du hast zugestimmt?«

»Ich war in einer Notsituation. Ich hatte doch eine Verantwortung zu tragen. Ich musste dafür sorgen, dass es mit Blietzow weitergeht, allein schon um Ferdinands willen. Und dass der Krieg bald beendet sein würde, davon war damals schon keine Rede mehr.«

»Warum hast du nicht mit mir darüber gesprochen?«

»Das war meine Entscheidung, Luise, ganz alleine meine Entscheidung. Ich wollte dich da nicht mit reinziehen.«

»Du hast also tausend Mark gezahlt, und wir haben dafür Peter, Miroslav, Kamil, Adam und Robert bekommen?« Luise konnte es kaum glauben.

»Ich wusste mir nicht anders zu helfen.« Für einen Moment sahen sie sich schweigend an, aber Auguste fiel es schwer, Luises drängendem Blick standzuhalten. »Dieser Krieg, alles, was heute geschieht, ist einfach nicht mit früher zu vergleichen. Diese vielen Toten, diese vielen Verwundeten in Saßnitz, diese vielen Heeresberichte, hättest du gedacht, dass solche Ereignisse einmal unser Leben bestimmen würden?«

»Du musst dich nicht entschuldigen.«

»Ich versuche nur zu erklären.«

»Du musst auch nichts erklären.«

Luise sprach mit fast tonloser Stimme. Sie verstand ihre Mutter ja.

Vielleicht hätte sie ähnlich gehandelt. Zweihundert Mark für einen gesunden, kräftigen, jungen Mann, dachte sie, das war reinstes Mittelalter. Langsam schien sie zu begreifen, was Krieg tatsächlich bedeutete.

»Und dabei hätte es nie so weit kommen müssen«, sagte Auguste mit zitternder Stimme.

»Natürlich nicht, wir hätten es auch so geschafft.«

»Das meine ich nicht.« Auguste atmete tief durch. »Mehrich hat das ganze Geld für sich genommen.«

»Er hat was?«

»Er hat mich betrogen.«

»Was genau ist passiert?«

»Ich habe es erst kürzlich erfahren, aber man hat damals wohl zahlreiche Wanderarbeiter aufgegriffen, die unerlaubt über die Grenze wollten. Offenbar sind sie dann dem Provinzialverband überstellt worden, der sie wiederum an Güter im ganzen Land verteilt hat. Mehrich wusste offensichtlich davon, und er wusste anscheinend auch, dass wir fünf Polen zugesprochen bekommen würden.«

»Das sind also die berühmten Mehrichschen Verbindungen«, sagte Luise.

»Ferdinand hat sie oft genug erwähnt, ich weiß. Herrje, Luise, ich hatte doch keine Ahnung.«

Luises nachdenklicher Blick streifte Augustes zitternde Hand. »Trotzdem, Mutter, du hättest mit mir reden müssen. Ich habe den Großteil meines Lebens auf Blietzow verbracht, und ich möchte …« Aber sie sprach nicht weiter.

»Ich konnte doch nicht ahnen, dass Mehrich mich derart hintergehen würde. Früher ja, früher hätte ich ihm alles zugetraut, aber nach all den Jahren hatte ich geglaubt ihn besser zu kennen.«

»Trotzdem«, sagte Luise erneut, »trotzdem, du hättest mit mir reden müssen.«

Auguste strich sich über ihr Haar. »Dafür war damals doch gar keine Zeit. Glaub mir, es tut mir leid, dass es so weit kommen musste, aber ich kann es nicht mehr rückgängig machen. Ich werde Mehrich entlassen. Wir beide kommen doch auch ohne ihn zurecht. Meinst du nicht?«

Luise rieb sich nachdenklich die Stirn, wie sie es neuerdings immer tat, wenn sie sich einer Sache nicht sicher war.

»Dir ist die tägliche Arbeit vertraut, und mir macht keiner so leicht etwas vor, wenn es um die neuesten Vorschriften, Bestimmungen und was weiß ich alles geht. Gemeinsam schaffen wir das, da bin ich mir ganz sicher«, fuhr Auguste fort und sprach dabei so energisch, als müsste sie nicht nur Luise, sondern auch sich selbst davon überzeugen.

Luise sah ihre Mutter nachdenklich an, sagte aber nichts.

»Ich habe das mal durchgerechnet. Angenommen, Mehrichs Lohn fällt weg, dann sparen wir im Jahr sechshundert Mark, die wir gut gebrauchen könnten, um Kohle zu kaufen. Du weißt, unser Vorrat geht langsam zur Neige, und wo auch immer ich frage, keiner kann mehr liefern. Wir müssten also unseren Zwischenhändler im Ruhrgebiet kontaktieren, aber der nimmt mittlerweile Wucherpreise, die wir uns nicht leisten können.«

»Moment.« Luise rieb sich noch immer die Stirn. »Nur noch einmal für mich, damit ich das auch verstehe. Mehrich hat uns also um tausend Mark betrogen. Du hast ihm das Geld gegeben, um damit fünf Polen, ich sag mal, zu kaufen, die dann aber auf anderen Wegen gekommen sind, und jetzt willst du ihn rauswerfen, weil er das Geld genommen hat, das eigentlich für diesen anderen Gutsbesitzer gedacht gewesen war, den es aber natürlich nie gegeben hat.«

Auguste nickte. »So kann man das sagen. Und was denkst du, kommen wir ohne ihn zurecht?«

»Hast du dabei eigentlich auch einmal an seine Familie gedacht?«, fragte Luise. »Was ist mit Alma und Ella?« Und mit Jakob, fügte sie im Stillen hinzu. Nicht auszudenken, wenn ihr mit Mehrichs Rauswurf die Möglichkeit auf Versöhnung endgültig genommen würde.

»Natürlich habe ich das. Und ich bin zu dem Schluss gekommen, dass vor allem die arme Alma nichts für die Vergehen ihres Mannes kann. Ich nehme sogar an, dass sie noch nicht einmal weiß, dass er irgendwo tausend Mark liegen hat. Ich wäre also bereit, ihnen, zumindest vorerst, das Wohnrecht zu überlassen.«

Luise, die in der Zwischenzeit aufgestanden war, ging vor dem Schreibtisch auf und ab. »Ich weiß nicht«, entgegnete sie, »ich weiß nicht, ob das richtig ist.«

»Was? Mehrich das Haus zu lassen, oder was meinst du?«

»Nein, nein.« Luise ging noch immer auf und ab, ihren

Blick auf den Teppich gerichtet, dessen Muster vor ihren Augen zu einer rotbraunen Fläche verschwamm. »Ich finde nicht, dass wir Mehrich entlassen sollten«, sagte sie.

»Und warum nicht? Denkst du, wir kommen ohne ihn nicht zurecht?«

»Nein, das ist es nicht«, meinte Luise zögerlich. »Zur Not könnte auch Anton weitere Aufgaben übernehmen. Wo steckt er eigentlich?«, fragte sie, winkte aber gleich wieder ab. »Nein, entschuldige, das ist jetzt wirklich nicht wichtig. Nein, es gibt einen anderen Grund, warum ich denke, dass wir ihn nicht entlassen sollten.«

Jakob, dachte Auguste sofort. Aber Luise wusste noch nicht einmal, dass sie es wusste, und jetzt war wahrlich nicht der richtige Moment, ein Gespräch zwischen Mutter und Tochter über die Liebe zu beginnen.

»Es ist nicht allein seine Schuld, dass es so weit gekommen ist«, sagte Luise.

»Er hat das Geld geklaut.«

Luise zögerte. »Aber du hast dich auch auf diesen unlauteren Handel eingelassen.«

»Du weißt doch, warum.«

»Ich mache dir auch keine Vorwürfe.«

»Aber?«

»Aber vermutlich hättest du dich strafbar gemacht, wenn dieses Geschäft tatsächlich zustande gekommen wäre.«

»Es hat diesen Polenkauf aber nie gegeben«, erwiderte Auguste gereizt. Natürlich war es nicht richtig gewesen, so weit zu gehen, das wusste sie mittlerweile auch, doch … Ach, sie war es leid, sich wieder und wieder die Argumente vorzubeten, die damals für diese Abmachung gesprochen hatten.

»Ich fürchte, Mehrich würde nicht zögern, dich damit zu erpressen, wenn du ihn entlässt«, sagte Luise.

»Ich wüsste nicht, wie er das anstellen sollte.«

»Da mach dir mal keine Sorgen, dem würde garantiert etwas einfallen. Ich muss dich ja wohl nicht daran erinnern, was er sich mit Anton nach Alwines Tod geleistet hat. Außerdem solltest du seine Kontakte nicht unterschätzen.«

»Ja, ich weiß.« Zum ersten Mal wurde auch Auguste unsicher. Mehrich war schließlich alles zuzutrauen. Seitdem sie jetzt auf Blietzow lebte, seit fast neun Jahren, war er der Einzige, der immer wieder für Ärger gesorgt hatte.

»Außerdem«, sagte Luise, als Auguste gerade aufstand, um erneut das Grammophon anzustellen, »außerdem finde ich, dass Verantwortung zu tragen auch bedeutet, Verantwortung für die eigenen Taten zu übernehmen.«

Auguste, die glaubte Ferdinand aus Luise sprechen zu hören, musste unwillkürlich schmunzeln. »Vater hätte wie du argumentiert«, erwiderte sie.

»Und Mehrich nicht entlassen, meinst du?«

»Ich fürchte, ja.« Dieser verdammte Krieg. Was hatte er nur aus ihr gemacht? »Vermutlich wäre es mit ihm gar nicht so weit gekommen«, sagte Auguste und zweifelte zum ersten Mal an Ferdinands Entscheidung, ihr die Verantwortung für Blietzow übertragen zu haben.

34

Am selben Tag war Mehrich am frühen Morgen nach Bergen aufgebrochen. Seitdem ihm keine Kutsche mehr zur Verfügung stand, musste er erst mit dem Fahrrad nach Sagard und von dort mit dem Zug weiter. Dass er überhaupt ein Rad besaß, hatte er Hagemann zu verdanken, der im ersten Kriegsjahr einen Fahrradverleih für die wenigen verbliebenen Sommerurlauber organisiert hatte. Nach und nach hatte er die Räder dann gegen Kartoffeln, Butter und anderes eingetauscht. Von Mehrich hatte er das Versprechen erhalten, ihn beim Bau der Seebrücke zu unterstützen, wenn sie »dieses Elend« überstanden hätten.

Mehrich stellte sein Fahrrad hinter dem Bahnhof ab und klopfte sich die Hose aus. Noch immer hatte er sich nicht an diese Art der Fortbewegung gewöhnt. Sie schien ihm allenfalls etwas für Sommerfrischler zu sein, aber nicht für einen wie ihn, der keine Zeit zu verschenken hatte.

Am Bahnhof erwartete ihn die übliche Szenerie, weinende Mütter und Ehefrauen, die sich von jungen Männern in feldgrauer Uniform verabschiedeten. Mehrich senkte den Blick. Allein ihrer Unterhaltung zuzuhören war ihm unangenehm.

»Und vergiss nicht zu schreiben.«

»Hast du die warmen Strümpfe eingepackt?«

»Großmutter hat dir noch den Schal gestrickt.«

»Hier sind zwei Würste.«

»Aber ihr habt doch selber kaum noch was zu essen.«

»Nimm sie, du kannst sie gebrauchen.«

»Komm bald wieder.«
»Pass auf dich auf.«
Dieses Flehen und Wispern, diese Verzweiflung machten ihn ganz verrückt. Man sollte sie nie auf Heimaturlaub schicken, dachte er, während er versuchte seine Aufmerksamkeit auf den Fahrplan zu richten. Zehn Minuten noch. Mit halbstündiger Verspätung fuhr der Zug in den Bahnhof ein. Fluchend stieg Mehrich in einen der beiden Waggons und setzte sich auf den erstbesten Platz am Fenster. Der Zug bebte unter den schweren Schritten der Soldaten. Hoffentlich, dachte er, setzte sich keiner von denen ihm gegenüber. Aber da sah er auch schon in ein blasses Gesicht mit Flaum über den Lippen.
Je weiter sie sich von Sagard entfernten, desto ausgelassener wurde die Stimmung im Abteil. Als sie den Damm bei Lietzow passierten, sangen einige Soldatenlieder, während andere von ihren Fronterlebnissen berichteten, von abgerissenen Beinen, verstümmelten Gesichtern, hervorquellenden Därmen, als wollten sie sich mit Grausamkeiten überbieten. Nur Mehrich und der Junge schwiegen.
Mehrich holte seine Taschenuhr hervor. Für seinen Geschmack dauerte diese Zugfahrt schon viel zu lange.
»Wenn ich Sie höflichst fragen dürfte, wie spät ist es bitte?« Zu Mehrichs Verwunderung sprach der Junge mit einer tiefen, klaren Stimme.
»Höflichst«, äffte er ihn nach. »Wir sind hier doch nicht in Berlin.«
»Entschuldigen Sie. Aber wenn Sie mir dennoch ...?«
»Warum? Kannst du es etwa nicht abwarten, an die Front zu kommen?«
Der Junge schüttelte den Kopf. »Bitte, es ist nur ...«

»Schon gut, ich will es gar nicht wissen«, unterbrach Mehrich ihn barsch. »Nur damit du Ruhe gibst, es ist fünf vor halb acht.« Dann drehte er sich wieder zum Fenster und starrte auf frischgemähte Wiesen, magere Weiden und ein paar wenige Heugarben, die in diesem morgendlichen Sommerlicht blassrot glänzten.

In Bergen angekommen, verließ Mehrich eilig den Zug. Auch hier traf er wieder auf weinende Mütter und jungenhafte Soldatengesichter. Als ob in den vergangenen Jahren nicht schon genug Tränen geflossen wären. Jeden Morgen sah er in Almas verweintes Gesicht. Und Worte des Trostes fand er schon lange keine mehr.

Auf dem Weg hinauf zum Marktplatz überholte ihn ein Fuhrwerk, das Eisenteile und anderen Schrott transportierte. Auch eine Kutsche polterte an ihm vorüber, während Kinder einem Stoffknäuel nachjagten, das ihnen den Ball ersetzte. Plötzlich hallte eine wütende Stimme durch die Gasse. Ein Betrunkener rief nach Schnaps, danach fiel eine Tür krachend ins Schloss, der Mann schrie: »Ich schieß euch alle tot!«, woraufhin eine ältere Frau im Haus schräg gegenüber ihr Fenster schloss.

Mehrich ging ungerührt weiter.

Im Café Bismarck angelangt, tauschte er eine Scheibe Speck gegen eine Tasse Bohnenkaffee ein.

»Ich hab auch Zucker und Honig.« Die Frau hinter dem Tresen sprach so leise, dass er sie kaum verstand. »Und Kerzen. Und Streichhölzer. Alles, was Sie wollen.«

Mehrich schüttelte den Kopf.

»Ein Pfund Bohnenkaffee gegen ein Pfund Speck? Was halten Sie davon?«

»Danke, nein.«

»Sie würden Ihrer Frau eine große Freude machen.«
»Sind Sie taub?«
»Sie haben doch bestimmt auch Würste?«
»Kann man hier nicht in Ruhe seinen Kaffee trinken?«, fragte er verärgert.
»Ich dachte ja nur, weil Sie den Speck …«
»Lassen Sie mich in Frieden«, erwiderte er, nahm die Tasse und setzte sich an einen Tisch in der hintersten Ecke. Der Kaffee war viel zu dünn und schmeckte nicht annähernd so gut wie von ihm erhofft, aber er war nicht zum Kaffeetrinken hergekommen.
Als endlich die Tür aufging und ein Mann in Uniform erschien, hatte Mehrich bereits über eine Stunde gewartet. Entsprechend verärgert war er, als der Mann an seinen Tisch trat und nach seinem Namen fragte.
»Haben Sie ihn gefunden?«, fragte Mehrich ohne Umschweife, nachdem sich der andere zu ihm gesetzt hatte.
»Erlauben Sie mir erst einmal eine Gegenfrage. Gedenken Sie sich an unsere Abmachung zu halten?«
»Sehe ich so aus, als könnte ich es mir leisten, meine Zeit zu vergeuden? Also, was ist? Wo steckt er?«
»In einem Lazarett an der belgischen Grenze.«
»Und es gibt auch keine Zweifel?«
»Keine Zweifel.«
»Haben Sie seine Papiere gesehen?«
»Alles einwandfrei.«
»Ist er schwer verwundet?«
»Ein Granatsplitter hat sein linkes Auge verletzt, ansonsten hatte er Glück. Wunden an Armen und Beinen, mehr nicht.«
»Wann kann er entlassen werden?«

»In zwei, drei Wochen, sagen die Ärzte.«
»Ich gehe davon aus, dass Sie seinen Kompaniechef bereits in Kenntnis gesetzt haben.«
»Der Stellvertretende General des Zweiten Armeekorps wird noch heute ein Schreiben von mir erhalten, immer vorausgesetzt natürlich, Sie halten sich an unsere Vereinbarung.«
»Und woher weiß ich, dass Sie die Wahrheit sagen?«
»Hat Ihnen unser gemeinsamer Freund Dr. Waldow denn nicht ausrichten lassen, dass ich ein ehrenwerter Vertreter meines Berufsstands bin?«, fragte er mit einem Lächeln. »Ich fürchte, lieber Mehrich, es wird Ihnen nichts anderes übrigbleiben, als mir zu vertrauen. Die Kopie meines Schreibens nach Stettin werde ich Ihnen selbstverständlich zukommen lassen.«
»Natürlich habe ich nur Gutes über Sie gehört«, sagte Mehrich, während er sein Gegenüber erneut ausgiebig musterte. Wie es sich für einen Stabsoffizier gehörte, trug er geflochtene Epauletten, die mit silberfarbenen Schnüren durchzogen waren. Außerdem war sein Bart korrekt gestutzt, was er nicht weniger wichtig fand.
»Auch mir ist über Sie nur Bestes zu Ohren gekommen«, sagte der Offizier. »Wollen wir dann also zum Abschluss kommen? Ich habe ein strammes Programm vor mir und muss heute noch nach Berlin. Die Heeresleitung, Sie wissen schon ... Ich würde es daher begrüßen, wir könnten die Angelegenheit schnellstmöglich über die Bühne bringen. Sie haben das Geld doch dabei?«
»Wie ich schon erwähnte, auch ich habe keine Zeit zu verlieren.«
»Sehr gut.«

»Nur eines noch«, sagte Mehrich. »Wenn Sie mich hinters Licht führen wollen, dann werde ich Ihnen und Ihrer Familie das Leben zur Hölle machen, das verspreche ich Ihnen.«

»Mein lieber Mehrich.« Der andere lächelte. »Man droht doch keinem erfahrenen Offizier. Wenn Sie wüssten, in wie viele Abgründe ich fast täglich schaue … Aber wie dem auch sei, spätestens in vier Wochen haben Sie, was Sie wollen.«

Ohne etwas zu sagen, schob Mehrich ihm den Umschlag mit dem Geld über den Tisch.

»Fünfhundert?« Er zählte schnell nach. »Ich sehe, Sie halten Ihr Wort. Mein lieber Mehrich, es war mir eine Freude, mit Ihnen Geschäfte zu machen. Der gute Waldow hatte recht, Sie sind ein ehrenwerter Mann.« Er reichte ihm die Hand, bevor er hastig das Café verließ.

Mehrich merkte erst jetzt, wie sehr er die ganze Zeit über geschwitzt haben musste. Sein Hemd klebte ihm am Rücken, seine Hände waren feucht. Mit einem Taschentuch wischte er sich notdürftig den Schweiß von der Stirn.

Als er auf die Straße trat, fiel sein Blick als Erstes auf die Hauswand gegenüber. »Kauft Kriegsanleihen!«, las er dort. Er konnte sich ein Grinsen nicht verkneifen.

35

Am nächsten Morgen, die Sonne war noch nicht aufgegangen, wollte Luise sich über einige Fragen Klarheit verschaffen, die sie die Nacht über nicht hatten zur Ruhe kommen lassen. Noch im Nachthemd holte sie ihre Kladde aus der untersten Schublade ihrer Kommode und setzte sich an den kleinen Tisch direkt am Fenster.

»Wenn in Zeiten wie diesen die Not so groß ist, dass dem gewöhnlichen Menschen Ungewöhnliches normal zu sein scheint, was heißt es dann, schuldig zu sein?«, notierte sie als Erstes. »Gelten in Kriegszeiten andere Maßstäbe als in Friedenszeiten? Hat Mutter sich schuldig gemacht?«

Luises Blick glitt über den im Dämmerlicht liegenden Hofplatz. Wie still es draußen ist, dachte sie. Die Aussicht war berückend schön. Am Horizont stiegen orangefarbene Wolken aus der dunklen See, während Kap Arkona wie ein Schattenriss vor ihr lag.

»Die Not stellt die größte Gefahr dar«, notierte sie, als sie aus dem Augenwinkel eine Gestalt über den Hof huschen sah. Es war Anton, der Richtung Stubnitz verschwand. »Worin besteht Antons Schuld? Worin meine?«

Den ganzen Morgen über gingen ihr diese Gedanken nicht mehr aus dem Kopf. Dabei hatte sie sich bis gestern, bis zu jenem Gespräch mit ihrer Mutter, kaum mit derlei grundsätzlichen Fragen beschäftigt. Futterbestimmungen, Bedarfsanteile und der nicht mehr zu übersehende Mangel an Dünger, der ihre Ernte um fast die Hälfte verringerte, hatten ihr Leben zum Großteil bestimmt. Sie musste aufpassen, dachte sie jetzt, während sie einen Handwagen mit

Speck, zwei Kannen Milch, einem Sack Kartoffeln und Bohnen belud, dass sie sich in diesem Leben, das mehr und mehr einem Überleben glich, nicht auch noch verlor.

Nachdem sie den Wagen beladen hatte, zählte sie noch einmal die Fleischvorräte durch – achtunddreißig Wurstringe, davon dreißig Brüh- und acht Leberwürste, viermal gepökelten Schweinebauch und fünfmal Speck, wobei es drei große Stücke und zwei kleinere gab. Ihr Gefühl sagte ihr, dass mindestens drei Speckschwarten und etliche Würste fehlten. Am Abend, wenn sie aus Saßnitz zurück sein würde, musste sie endlich ihre Liste mit der von Anton vergleichen.

»Ist das für die Verwundeten?«, fragte Auguste, die gerade mit einem Korb Eier aus dem Hühnerstall gekommen war und deren Blick nun auf den nur halbvoll beladenen Wagen fiel. »Mehr nicht?«

»Unsere Vorräte gehen langsam zur Neige.«

»Dann nimm die Eier noch mit«, sagte sie und stellte den Korb auf den Wagen. »Nicht, dass die Petershagen sich wieder das Maul zerreißt. Das letzte Mal hieß es ja schon, wir wären geizig.«

»Wir tun doch, was wir können.«

»Natürlich.« Augustes Lächeln wirkte müde. »Das weiß die Petershagen nur nicht. Hast du Mehrich heute schon gesehen?«, wollte sie nach kurzem Zögern wissen.

»Nein.«

»Ich habe die ganze Nacht wach gelegen und mich gefragt, ob es richtig ist, ihn nicht zu entlassen.«

»Es ist besser so, glaub mir«, erwiderte Luise leise.

»Herrje, Luise, in was für eine Lage habe ich uns da nur gebracht? Es tut mir so leid.«

»Ich weiß.« Luise versuchte zu lächeln.
»Am besten, wir behalten die ganze Sache erst einmal für uns.«
»Ist gut.«
»Ich möchte auch nicht, dass Anton etwas erfährt.«
»Natürlich nicht.«
»Und Ferdinand werde ich selbst in Kenntnis setzen, wenn er wieder bei uns ist.«

Noch auf dem Weg nach Saßnitz, der sie über Hagen, am Baumhaus vorbei quer durch die Stubnitz führte, erschrak Luise, wenn sie an Augustes müden, fast resigniert wirkenden Gesichtsausdruck dachte. So hatte sie ihre Mutter noch nie gesehen, noch nicht einmal nach Viktors Verschwinden.
Auf Höhe Rusewase machte Luise Rast. Sie setzte sich auf einen der Steine am Wegesrand, aß eine Scheibe trockenes Brot und trank etwas Milch. Obwohl der Wagen nicht annähernd so beladen war wie noch im vergangenen Jahr, schien auch jetzt jeder Pflasterstein ein kleines Hindernis zu sein.
Luise massierte ihre Arme. Vom Ziehen waren sie steif geworden, und noch hatte sie erst die halbe Strecke hinter sich. Wenigstens war es im Wald angenehm kühl. Und momentan, da ihr Leiterwagen nicht über die Straße polterte, war es auch angenehm still. Außer Vogelgezwitscher war nichts zu hören, was ihr kurzfristig ein Gefühl von Normalität zurückgab. Das verschwand jedoch schnell wieder, als ein Automobil vorbeifuhr, aus dem vier Soldaten winkten.
Je näher sie Saßnitz kam, desto belebter wurde die Straße. Fuhrwerke, zum Großteil mit Kreide beladen, ratterten

über das Kopfsteinpflaster, dazwischen auch ein paar Kutschen, die meisten Menschen waren jedoch wie sie zu Fuß unterwegs, manche mit Handkarren, manche trugen ihre Last geschultert, viele humpelten an Krücken oder trugen Verbände.

Wie immer, wenn sie nach Saßnitz kam, musste Luise sich erst von dem Schrecken erholen, der sie angesichts dieser fahlen, wie von Kreidestaub umhüllten Gesichter ereilte. Auch jetzt, da die Hitze durch die Saßnitzer Straßen flirrte, meinte sie in eine Stadt der Toten gekommen zu sein. Dabei waren die meisten der in Russland verwundeten deutschen Soldaten in einem extra für sie errichteten Gebäude unten am Hafen untergebracht. Militärposten bewachten das Gelände, das nur mit einem Passierschein zu erreichen war.

»Gut Blietzow?«, fragte der Soldat sichtlich erstaunt, als er Luises Papiere prüfte.

Luise nickte.

»Sie bringen wieder Ware?«

»Eier, Speck, Kartoffeln, Bohnen, Milch«, sagte sie und zeigte auf den Leiterwagen hinter sich.

Der Soldat warf erneut einen Blick auf ihren Passierschein. »Ihr Gut muss ja ein wahres Paradies sein.«

Luise, die nicht einschätzen konnte, wie diese Bemerkung zu verstehen war, sagte lieber nichts.

»Karl!« Der Soldat rief seinen Kameraden heran und zeigte auf Luise und ihren Wagen. »Wird Zeit, dass wir mal ein Dankesschreiben aufsetzen.«

»Weil die Kleine so hübsche Augen hat oder warum?«

»Blödmann. Hören Sie nicht auf ihn«, sagte der Soldat, »man schickt uns hier die Dümmsten auf die Insel.«

Während der andere gelangweilt davontrottete, schwieg

Luise noch immer. Wie schnell die Stimmung von Soldaten umschlagen konnte, hatte sie auf Blietzow schon mehr als einmal erlebt. Eben noch einen Scherz auf den Lippen, konnten sie im nächsten Moment ohrenbetäubend brüllen.
»Ich möchte mich jedenfalls aufs allerherzlichste bei Ihnen dafür bedanken«, sagte er, »dass man auf Gut Blietzow den aufopfernden Einsatz unserer Soldaten offenbar besonders zu schätzen weiß.«
Luise glaubte ihm kein Wort. Entweder hielt er sie gerade zum Narren, oder aber er verwechselte Blietzow mit einem anderen Gut. Laut Petershagen, die das Lazarett leitete, fielen ihre Spenden im Vergleich zu denen der anderen dürftig aus. Und zum Empfang der Kaiserin im April, zu dem halb Rügen gekommen war, hatte man sie auch nicht geladen. Insgeheim rechnete Luise sogar damit, dass der Soldat, der kaum älter sein dürfte als sie, gleich in Gelächter ausbrechen, ihren Wagen konfiszieren und sie nach Hause schicken würde. Doch zu ihrer Verwunderung ließ er sie anstandslos weitergehen.
Im Hafenbecken lagen zahlreiche kleine Boote, die Luise schon bei ihrem letzten Besuch hatten erzittern lassen. Und auch jetzt, da zehn von ihnen auf die See hinausjagten, zuckte sie kurz zusammen. Für einen Moment schwebte der Motorenlärm wie eine Drohung über dem Hafen, in dem es von Soldaten nur so wimmelte. Zwar hatte sich Luise mittlerweile an deren Anblick hier gewöhnt, nicht aber daran, dass statt Kisten mit Hering, Dorsch oder Flunder nun zu Türmen gestapelte Krankentragen am Kai lagerten.
Das Hafenbecken zu ihrer Rechten, ging Luise weiter, bis sie zu einer aus Brettern gezimmerten Halle kam. Rund um

das Lazarett war es vergleichsweise ruhig. Ein junges Mädchen stand etwas abseits in der Sonne, den Blick in die Ferne gerichtet, in einigem Abstand lehnte eine ältere Frau an der Wand und schien ebenfalls zu träumen. Weiter hinten ging jemand in Zivil spazieren. Wenn Luise es nicht besser gewusst hätte, sie hätte geglaubt an einem friedlichen Ort zu sein. Aber sie kannte die Schreie der Verwundeten. Sie kannte ihre Rufe nach Gnade. Und sie kannte ihr Schweigen. Diese leeren Blicke, diese erstarrten Gesichter, diese halb geöffneten Münder fürchtete sie am meisten.

»Fräulein von Salen, wie schön, dass wir Sie auch einmal wieder begrüßen dürfen«, rief ihr eine der jungen Helferinnen zu, die gerade aus der Halle gekommen war. »Ist ja lange her, das letzte Mal.«

Luise, die ihr langsam entgegenging, ärgerte sich über diese Bemerkung, sagte aber nur: »Ist Frau Petershagen hier irgendwo?«

»Frau Petershagen müssen Sie entschuldigen. Wir bereiten gerade alles für die Ankunft neuer Verwundeter vor. In einer Stunde erwarten wir das Schiff aus Schweden, und bis dahin müssen wir auch noch die russischen Kriegsgefangenen reisefertig machen. Die sollen heute noch in ihre Heimat zurück.«

»Ist sie in der Halle?«

»Es tut mir leid, aber da können Sie jetzt nicht rein«, sagte die Helferin und stellte sich Luise in den Weg. »Es wird gerade alles desinfiziert. Die armen Kerle, nicht genug damit, dass sie Arme und Beine verlieren und manche den Verstand, die meisten bringen auch noch Typhus mit. Da müssen Zustände an der Front herrschen.« Sie schüttelte den Kopf. »Manche haben sich monatelang nicht gewaschen, wenn sie hier ankommen. Denen muss man dann erst einmal den Dreck von der Haut kratzen. Mir graut schon wieder davor, aber Ihr Bruder ist da ja ganz unerschrocken.«

»Mein Bruder?«

»Anton. Anton von Salen, das ist doch Ihr Bruder, oder etwa nicht?«

»Sicher, ich verstehe nur nicht ganz ... Ach, auch egal.« Luise winkte ab. »Ich würde trotzdem gerne die Ware an Frau Petershagen persönlich übergeben.«

»Ihr Bruder hilft uns seit kurzem, wissen Sie das denn nicht?«

»Doch, doch, sicher«, erwiderte Luise rasch, obwohl sie tatsächlich keine Ahnung hatte.

»Heute Morgen erst hat er die Verwundeten zum Zug gebracht.«

Ausgerechnet Anton, der seit Kahnicks Tod nur das Nötigste tat, kam hierher, um zu helfen? Luise konnte es kaum glauben. Warum hatte er denn nichts gesagt? Und vor allem, warum hatte er nicht selbst die Spende gebracht? Je länger sie darüber nachdachte, desto mehr ärgerte sie sich darüber, dass er sie diesen langen Weg hatte zurücklegen lassen.

»Am besten«, sagte die junge Frau jetzt, da Luise sie nur nachdenklich ansah, »Sie bringen Ihre Ware in den Schuppen da hinten. Dort lagern wir alle Spenden. Ich werde Frau Petershagen ausrichten, dass Sie da gewesen sind.«

»Na schön, meinetwegen«, entgegnete Luise, in Gedanken noch so sehr mit Anton beschäftigt, dass ihr Wunsch nach einer Aussprache mit der Leiterin des Lazaretts in den Hintergrund gerückt war.

Während sie den Wagen zu dem Schuppen zog, der am äußersten Ende des Hafengeländes stand – dahinter begann gleich die Strandpromenade –, rief die junge Helferin ihr noch hinterher: »Und haben Sie herzlichen Dank für Ihre Großzügigkeit.«
Abrupt blieb Luise stehen und drehte sich zu ihr um. »Woher dieser Sinneswandel?«
Aber da war sie schon im Begriff, zurück in die Halle zu gehen, und hatte Luise nicht mehr gehört.
Kopfschüttelnd ging Luise weiter. Erst machte sich dieser Soldat über sie lustig, dann erfuhr sie von Antons Einsatz im Lazarett, und nun hieß es auch noch, sie sei großzügig, obwohl man sie sonst immer des Geizes bezichtigt hatte. Offensichtlich gab es hier etwas, was sie nicht verstand.

36

Nachdem Luise ihre Ware abgeladen hatte, ließ sie den Handwagen am Schuppen stehen und ging weiter Richtung Strandpromenade. An einem Ort, der ihr so viele Rätsel aufgab, war ihr wenigstens dieser Weg vertraut. Vor Kriegsausbruch war sie öfter von Lohme bis nach Saßnitz gewandert, aber nicht wie jetzt mit einem Handkarren durch den Wald, sondern immer an der Steilküste entlang. Das letzte Mal, nachdem Jakob sie eine »Salensche Lügnerin« genannt hatte.

Damals war es kalt gewesen, während sie innerlich vor Wut geglüht hatte, heute brannte die Sonne vom Himmel, und sie fror, wenn sie an die Verwundeten und an Anton dachte.

In der Ferne schickte der Schwedendampfer einen Gruß in den Himmel. Eine halbe Stunde vielleicht noch, und im Hafen würden zu Tode geängstigte Frauen auf ihre halbtoten Männer treffen; würden Helferinnen wie die junge Frau von eben sich um die Schwerstverletzten kümmern, während die Schwerverletzten warten mussten; würden Soldaten von der Trage springen, weil sie noch immer dachten, sie wären von Feinden umzingelt; würden die, die noch selbst gehen konnten, zu Zwergen schrumpfen, so schwach, so ausgemergelt, so gebeugt würden sie sein.

Sanft plätscherte das Wasser an die Uferpromenade, während Luise immer weiter ging. Sie wollte auf keinen dieser lebenden Toten treffen, sie wollte nicht daran erinnert werden, dass auch Jakob einer von ihnen sein könnte.

Der Kurplatz war wie ausgestorben. Dort, wo früher zu

den Klängen der Kapelle Menschen getanzt hatten, türmten sich abgebrochene Äste. Selbst im Sonnenlicht sah dieser Platz düster aus. Als Luise gerade weitergehen wollte, hörte sie erst ein Rascheln und wenig später hastig davoneilende Schritte. Sie kannte diesen Klang, diesen abwechselnd aufstampfenden und schleppenden Ton.

»Anton!«, rief sie noch, während sie sich umdrehte. Nur wenige Meter von ihr entfernt eilte er Richtung Hafen. »Warte!« Luise lief ihm hinterher.

Erst als sie ihn beinahe eingeholt hatte, als ihre Schritte schon wie Trommelfeuer in seinen Ohren dröhnten, blieb er stehen. Mit schweißgebadetem feuerrotem Gesicht sah er sie erschrocken an.

»Was machst du hier?«, fragte sie erstaunt.

»Verfolgst du mich?«

»Nein! Wie kommst du darauf?«

»Warum bist du dann hier?« Seine Stimme klang hart.

»Ich habe …«, begann sie und hielt irritiert inne, als ihr auffiel, dass sein Hemd falsch geknöpft war, dass sich in seinem Haar ein Zweig verfangen hatte, dass seine Hände zitterten. »Was ist passiert?« Sie sah ihn besorgt an.

»Nichts. Verschwinde.«

»Anton! Ich bin es doch, Luise, deine Schwester.«

»Hau ab.«

»Ganz sicher nicht. Was ist los mit dir? Was tust du hier?« Ihr Blick war noch immer besorgt. »Seit zwei Tagen suche ich dich, weil ich mit dir sprechen muss.«

»Lass mich in Frieden«, sagte er.

Von hinten näherten sich Schritte. Mit gesenktem Blick hastete ein Soldat an ihnen vorbei. Als er glaubte weit genug von ihnen entfernt zu sein, drehte er sich für den

Bruchteil einer Sekunde um. Die Schulter nach oben gezogen, wirkte er selbst von weitem ängstlich.
»Kennst du den?«, fragte Luise, der nicht entgangen war, dass Anton ihm heimlich Zeichen gegeben hatte.
»Was willst du, Luise?«
»Mit dir reden, wissen, was mit dir los ist. Das ist doch nicht so schwer zu verstehen, oder?«
Anton sah sie nur kopfschüttelnd an.
»Weißt du, wo ich gerade herkomme? Ich war gerade am Hafen und habe unsere Ware abgeliefert. Es ist schon merkwürdig, wenn man von Fremden erfahren muss, was der eigene Bruder so treibt.«
»Ich bin dir keine Rechenschaft schuldig.«
»Da wäre ich mir nicht so sicher«, sagte sie, während sie vergeblich versuchte in seinem Blick ein Zeichen von Vertrautheit zu erkennen. »In gewisser Hinsicht vielleicht schon. Zum Beispiel, wenn du statt auf Blietzow deine Aufgaben zu erledigen deine Zeit lieber im Lazarett verbringst, oder wenn du unsere Vorräte plünderst«, fügte sie hinzu, nachdem er noch immer keine Bereitschaft hatte erkennen lassen, sich ihr gegenüber zu erklären.
»Was verstehst du schon.«
»Dann red mit mir.«
»Das geht dich nichts an.«
»Ich denke schon.« Langsam wurde sie wütend. »Glaubst du eigentlich, du kannst hier machen, was du willst, während Mutter und ich uns abstrampeln, damit wir einigermaßen über die Runden kommen? Du hast auch eine Verantwortung zu tragen. Und ich bin nicht bereit, deine Aufgaben auch noch zu übernehmen. Meine Güte, Anton«, sie sah ihn kopfschüttelnd an, »ist es denn zu viel verlangt,

wenn man dich bittet, die Vorräte zu verwalten? Es fehlen mindestens zwanzig Würste, etwas Speck und auch Schwarte, und ich würde zu gerne wissen, wo das alles geblieben ist. Und ich bin mir sicher, wenn ich unsere Kartoffelvorräte mal genauer unter die Lupe nehmen würde …«

»Sei still«, unterbrach Anton sie barsch. »Was ist daran denn so wichtig? An der Front kämpfen sie für uns. Für uns, die wir hier nichts, aber auch gar nichts zu erleiden haben. Sie riskieren ihr Leben. Und wenn sie Pech haben, überleben sie ohne Beine oder ohne Arme. Und du, du scherst dich einen Dreck darum. Dich kümmert doch nur, ob wir genug zu fressen haben.«

»Was redest du denn da.«

»Sag bloß, du hast schon einmal mit einem der Verwundeten ein Wort gewechselt. Dir graut doch davor, der Wahrheit ins Auge zu sehen.«

Luise sah ihn fassungslos an. »Wie kann man nur so selbstgerecht sein? Gibst dich hier als barmherzigen Samariter, dabei bist du doch nur gekränkt, weil man dich nicht den Helden hat spielen lassen. Darüber vergisst du aber ganz offensichtlich, dass unser Kampf hier in der Heimat nicht weniger wichtig ist. Sonst hat nämlich bald keiner mehr was zu fressen, um es mal in deinen Worten auszudrücken.« Sie atmete tief durch. Das hatte jetzt einfach mal sein müssen.

»Ich bin nicht gekränkt«, erwiderte er in einem Ton, der das Gegenteil verriet. Seine Lider zuckten, sein Mund bebte, während er, die Hände in die Hüften gestemmt, den Kopf nach vorne reckte und sie derart durchdringend ansah, dass Luise ihren Blick senkte.

Eine Weile standen sie sich schweigend gegenüber. Auch

Luises Gesicht war jetzt rot vor Erregung. Nimm den Zweig aus dem Haar, hätte sie ihm am liebsten gesagt, aber sie wusste auch, dass sie einen Fehler gemacht hatte. Was war nur mit ihnen geschehen, dass sie so miteinander sprachen? Dieser verdammte Krieg, dachte sie, diese schreckliche Zeit bringt das Schlechteste im Menschen hervor.

»Es tut mir leid«, meinte sie schließlich. »Ich hätte das nicht sagen sollen.« Und dachte, ihre Notizen vom Morgen in Erinnerung, jetzt bin ich ebenfalls schuldig geworden, an Anton, an meinem eigenen Bruder.

Am liebsten hätte sie ihn in den Arm genommen, wie früher, wenn sie geglaubt hatte ihn beschützen zu müssen. Aber er war nicht mehr ihr großer kleiner Bruder. Er war ihr fremd. Und wenn sie ehrlich war, hatte sie schon lange keinen Zugang mehr zu ihm. Nach diesem Unglück mit Alwine musste diese schleichende Entfremdung begonnen haben.

Anton war deutlich anzusehen, wie sehr er mit sich kämpfte, wie er zwischen Selbstmitleid und Aufbegehren schwankte und wie er dennoch für einen Moment die alte Vertrautheit wiederzufinden schien. Als er kurz davor war, ihr alles zu gestehen, ertönte das Tuten des Dampfers, und er entschied sich doch für einen anderen Weg.

»Ich werde in Zukunft mehr Zeit hier in Saßnitz im Lazarett verbringen«, sagte er mit ruhiger, klarer Stimme, ohne auf ihre Entschuldigung einzugehen. »Hier braucht man mich. Hier bin ich nicht der Krüppel, dem man höchstens zutraut, die Vorräte zu verwalten. Hier werde ich nach meiner Meinung gefragt, und ich kann mitentscheiden. Um es kurz zu sagen, hier hört man mich, verstehst du, Luise? Hier springt man nicht mit mir um wie mit einem willfährigen Hund.«

Erschrocken sah Luise ihn an. »Um Himmels willen, Anton, wie kommst du denn darauf, dass wir dich wie einen … Ich bitte dich, nein … Das denkst du doch nicht wirklich?«

»Das Beste wird sein«, erwiderte er ungerührt, »wenn du die Verwaltung der Vorräte selbst in die Hand nimmst. Ich habe eine Liste, die werde ich dir heute Abend noch geben. Und wenn ich etwas fürs Lazarett benötige, spreche ich das vorher mit dir ab. Es wird also nicht mehr vorkommen, dass ich eigenmächtig handle.« Sein spitzer Ton war nicht zu überhören.

»Ich wollte doch nur …«

»Pst.« Anton legte seinen Finger auf den Mund. »Sag nichts. Es ist gut so, wie es ist.«

»Nein, Anton, ist es nicht«, sagte sie, während ihr Blick zwischen dem Zweig in seinem Haar und dem falsch geknöpften Hemd hin und her ging.

»Wenn du glaubst mir verbieten zu können, hier im Lazarett zu helfen, dann täuschst du dich.«

»Natürlich nicht. Ich meine, abgesehen davon, dass du vielleicht noch einmal mit Mutter sprechen solltest, aber … Das ist deine Sache, da mische ich mich nicht ein. Nein, es ist nur«, begann sie zögerlich, »es ist … Ich weiß auch nicht, wie ich es sagen soll. Meine Güte, Anton, ich mache mir Sorgen um dich.«

»Weil ich jetzt nicht mehr rund um die Uhr auf Blietzow sein werde? Das ist doch lächerlich.«

»Nein.« Sie schüttelte den Kopf. Vielleicht hatte er ja recht, vielleicht war er immer der Außenseiter in der Familie gewesen, vielleicht hatte auch sie ihm nie wirklich etwas zugetraut. Umso wichtiger war es jetzt, dachte sie, dass sie ernst nahm, was sie sah. Und Antons zerzauste Erscheinung, sein abweisendes Verhalten, sein Blickwechsel mit dem Soldaten ließen sie nichts Gutes erahnen. »Der Mann vorhin, wer ist das gewesen?«

»Niemand«, antwortete er schroff.

»Ist das … Ist das etwa dein Liebhaber?«, fragte sie leise und fügte noch viel leiser hinzu: »Dafür kannst du ins Zuchthaus kommen.«

»Weißt du eigentlich, wie jämmerlich du bist?«, schnaubte er, drehte sich um und ging einfach davon.

Sein schleppender, sich vorwärtsquälender Gang verfolgte Luise noch in der Nacht.

37

Wann immer Auguste in diesem Sommer 1916 morgens aus dem Fenster sah, das Versprechen eines strahlenden Tages lag bereits über den Feldern. Nach vier Wochen ununterbrochenen Sonnenscheins äußerte sie schließlich die Vermutung, dass es doch eine höhere Macht gebe, und zwar eine, die sie verhöhnte. Wie anders, sagte sie, sei es zu erklären, dass sich der Himmel seit Wochen makellos zeigte, während die Welt voller Makel sei. Dass Alma noch immer jeden Sonntag in die Kirche ging, konnte sie nicht verstehen.

Auch Ella begleitete ihre Mutter mittlerweile nicht mehr dorthin. Zu groß war stets ihre Hoffnung gewesen und zu bitter die Enttäuschungen, die auf diese Kirchgänge folgten.

Nachdem sie seit einem Dreivierteljahr ohne Nachricht von Jakob geblieben war, versuchte sie seit einigen Wochen über sein Regiment Kontakt mit ihm aufzunehmen. Erst hieß es, er sei an der Maas, dann vermutete man ihn in einer Kompanie bei Verdun, vor zwei Wochen schließlich hatte man sie an eine Einheit an der Somme verwiesen. Die Antwort von dort stand noch aus.

Seit einigen Monaten hing nun ein Foto von Jakob neben Alwines Kerze. Er hatte es seinem letzten Brief beigelegt und war darauf neben drei Kameraden in Uniform und mit geschultertem Gewehr zu sehen. In seiner rechten Hand hielt er einen Spaten. Zwei seiner Kameraden lächelten, er und ein anderer blickten mit ernsten Gesichtern in die Kamera. Sowohl Ella als auch ihre Mutter hatten ihn nicht sofort erkannt. Unter den Helmen, die sie alle vier trugen, sahen sie sich verblüffend ähnlich.

Wenn Auguste an dieses Foto dachte, lief es ihr kalt über den Rücken. Es war, als würde man in das Gesicht eines Fremden blicken, das einem dennoch bekannt vorkam. Wenn bloß Ferdinand nicht auf den Gedanken verfiel, ihr Ähnliches zu schicken. Sie wollte sein Bild, das sie von ihm in Erinnerung hatte, nicht in ein vom Krieg gezeichnetes eintauschen müssen.

Für Alma und Ella aber war dieses Foto ein nicht zu ersetzender Trost. Und auch Luise bedeutete es viel, obwohl sie es nur einmal, und auch nur durch Zufall, gesehen hatte.

Ihr war es vor allem der Beweis dafür, dass Jakob lebte. Solange es keine gegenteiligen Nachrichten gab, das hatte sie sich geschworen, wollte sie auch nicht mehr daran zweifeln. Dass er ihr noch immer nicht geschrieben hatte, dass sie noch immer nicht wusste, ob er ihr Steinsäckchen gefunden hatte, dass sie noch immer annehmen musste, er wolle keine Versöhnung, schmerzte sie zwar, aber nach allem, was in den vergangenen Wochen geschehen war, standen momentan andere Sorgen im Vordergrund.

Neben der Angst um Anton, den sie kaum noch zu Gesicht bekam, beunruhigte sie vor allem Augustes Zustand. Von Tag zu Tag schien sie mutloser zu werden, was sich auch darin zeigte, dass sie Antons Ankündigung, seinen »Dienst am Vaterland«, wie er sagte, in Zukunft statt auf Blietzow in Saßnitz zu verrichten, widerspruchslos akzeptierte.

Tatsächlich fiel es Auguste immer schwerer, ihre Pflichten zu erfüllen. Seitdem sie von Mehrichs Vergehen wusste, zehrte es an ihren Kräften, ihm dabei zusehen zu müssen, wie er sich auf dem Gut bewegte, als wäre nie etwas geschehen.

Hinzu kam, dass die Ernte noch schlechter ausgefallen war als ohnehin erwartet, so dass sie die vom Kommunalverband vorgegebenen Getreideliefermengen nicht erfüllen konnten. Wenn sie Pech hatten, dachte sie, würde man ihnen zuerst einen Kontrolleur aufs Gut schicken und kurz darauf ein Schreiben, in dem man ihnen mit Geldstrafe drohte, sollten sich auch bei der Kartoffelernte »auffällige Zahlen« ergeben. Vor einem Jahr hatten sie die angedrohte Strafzahlung noch abwenden können, in diesem Jahr aber deutete alles auch auf eine schlechte Kartoffelernte hin.

Während Auguste einmal mehr die Angaben des Verbands mit der Höhe ihrer Ernte verglich, rief Marta von unten: »Frau von Salen! Schnell! Kommen Sie!«

Doch Auguste war so sehr in ihre Gedanken vertieft, dass sie Marta kaum hörte. Was, wenn sie dieses Mal tatsächlich zahlen mussten? Sollte sie dann von Mehrich das Geld zurückfordern? Ihr Geld, ihre eintausend Mark? Oder sollte sie nicht doch einen Teil ihrer Ernte auf dem Schwarzmarkt verkaufen? Dann würden wenigstens die Plünderer recht bekommen, von denen sie sich manches Mal schon als »Schmarotzer« und »Kriegsgewinnler« hatte beschimpfen lassen müssen. Angesichts ihrer Sorgen auch so ein Beweis für die Existenz eines zynischen Gottes, wie sie dachte.

»Frau von Salen!«, rief Marta erneut, während sie so schnell sie konnte die Treppe nach oben lief. Ohne anzuklopfen, riss sie die Tür zum Arbeitszimmer auf. »Wo bleiben Sie denn?«, fragte sie mit hochrotem Kopf. »Ich habe Sie doch gerufen. Jetzt kommen Sie schon! Schnell!«

»Wie oft habe ich Ihnen schon gesagt, dass Sie anklopfen

sollen?« Auguste blickte missmutig zu Marta, die aufgeregt wie ein junges Mädchen von einem Bein auf das andere trat.
»Kommen Sie schon. Ein Wunder ist geschehen.«
Auguste zog die Augenbrauen hoch. »Marta, bitte, ich habe hier wirklich Wichtiges zu tun.«
»Ich weiß, Frau von Salen, ich weiß. Ich hätte auch anklopfen sollen, aber Sie werden mir alles verzeihen, glauben Sie mir.«
»Ach ja? Sie scheinen mich besser zu kennen als ich mich selbst. Das ist dann wohl auch ein Wunder?«
»Ich flehe Sie an, kommen Sie mit. Sie werden es nicht bereuen.«
Auguste verschränkte die Arme vor der Brust und lehnte sich zurück. »Na schön. Sie wollen ja keine Ruhe geben, also spucken Sie es aus. Was ist so Wundersames geschehen?«
»Ihr Sohn ist da!«, platzte es aus Marta heraus, während sie ihre Arme in alle Richtungen schleuderte.
»Viktor?«

Noch nie war Auguste so schnell aufgesprungen, so schnell durch den Flur geeilt, so schnell die Treppe nach unten gestürmt wie nach Martas bestätigendem Nicken.
Die Eingangstür stand offen, und Augustes erster Blick fiel ausgerechnet auf Mehrich, der am Fuß der Treppe stand. Grußlos eilte sie an ihm vorüber und lief über den Hof bis zu dem Automobil, das neben dem Wirtschaftsgebäude parkte. Schon von weitem war zu erkennen, dass niemand darin saß.
»Viktor!« Auguste drehte sich nach allen Richtungen.

»Hinter dem Haus!«, rief Mehrich von seinem Platz an der Treppe aus und zeigte mit dem Arm nach rechts.
Und tatsächlich hörte sie jetzt zwei Männerstimmen. Auguste ging in ihre Richtung. An der hintersten Ecke des Gebäudes stand Viktor und unterhielt sich angeregt mit einem ihr fremden Mann. Über dem rechten Auge trug er eine Augenbinde, seine Wangenknochen standen spitz hervor, aber das alles nahm Auguste kaum wahr. In dem Moment, in dem sie ihren Sohn zum ersten Mal wiedersah, zählte für sie nur, dass Jahre der Ungewissheit und der Angst, des Hoffens und der Verzweiflung endlich ein Ende gefunden hatten.
Mit zittrigen Knien ging sie weiter. Als sie nur noch wenige Schritte von ihm entfernt war, flüsterte sie seinen Namen. Erst jetzt hob er den Kopf. Und für einen kurzen Moment glaubte sie in seinem Blick all die Enttäuschung zu erkennen, die ihn die Jahre über begleitet haben musste. Aber da zeigte sich auch schon ein Lächeln auf seinem Gesicht, und er ging ihr langsam entgegen.
»Mutter! Schön, dich zu sehen«, sagte er, als hätten sie sich erst vor wenigen Wochen verabschiedet. »Lass dich umarmen.«
Auguste standen die Tränen in den Augen. Vier lange Jahre hatte sie auf diesen Moment gewartet. Sie drückte seinen mageren Körper an sich und zuckte doch zurück, als sie meinte jede seiner Rippen zu spüren.
»Darf ich vorstellen?«, fragte Viktor schnell, diesen ersten Moment der Unsicherheit überspielend. »Unteroffizier Klein. Er war so freundlich, mich mit dem Automobil bis hierherzubringen. Wenn du Marta vielleicht bitten könntest, uns eine kleine Erfrischung zuzubereiten?«
Ihre Augen unverwandt auf Viktor gerichtet, versuchte Au-

guste vergeblich ihre Tränen zurückzuhalten. Es war kein Traum. Ihr Sohn, von dem sie bis vor wenigen Minuten noch nicht einmal gewusst hatte, ob er überhaupt noch lebte, stand leibhaftig vor ihr, fast so, als wäre er nie woanders gewesen.

»Bitte.« Der Soldat reichte ihr ein Taschentuch.

Auguste lächelte verlegen. »Entschuldigen Sie bitte, aber ich habe meinen Sohn …«

»Mutter, bitte. Unteroffizier Klein interessiert sich sicherlich nicht für deine Gefühle.«

Unbeeindruckt von Viktors strengem Ton streichelte sie ihm über seinen dünnen Arm. In Zukunft würde Marta mit Butter kochen müssen, und wenn sie selbst welche auf dem Schwarzmarkt kaufte.

»Gibst du also bitte Marta Bescheid?«, fragte Viktor ungeduldig. »Wir haben eine lange Fahrt hinter uns. Bei der Hitze ist das reichlich anstrengend.«

»Natürlich. Am besten, ihr folgt mir einfach ins Haus.« Erst jetzt reichte sie Viktors Begleiter die Hand. »Herzlich willkommen auf Blietzow. Und haben Sie vielen Dank, dass Sie mir meinen Sohn zurückgebracht haben.«

»Es war mir eine Ehre«, erwiderte Unteroffizier Klein mit einer angedeuteten Verbeugung, während Viktor seine Ungeduld kaum noch verbergen konnte. Immer wieder fuhr er sich über sein unrasiertes Kinn.

»Mutter, geh du doch bitte schon einmal vor. Mehrich hat mir und Unteroffizier Klein noch eine Führung über das Gut versprochen. Du kannst dir vorstellen, wie neugierig ich bin. Auf den ersten Blick hat sich ja nicht viel verändert«, sagte er und zeigte Richtung Pferdestall. »Außer da hinten. Was ist mit Kahnick?«

»Vier Jahre sind eine lange Zeit, Viktor.«

»Ist er tot?«

»Ja«, antwortete sie leise.

»Glaub mir, Mutter, ich habe viele Tote gesehen. Das schreckt mich nicht, oder, Klein?«

»Ein Toter mehr oder weniger«, erwiderte er und zuckte mit den Schultern.

Erst als sie wenig später Viktor beobachtete, wie er über den Hofplatz Richtung Schweinestall ging, nicht weniger aufrecht als Mehrich neben ihm und dennoch gebeugt, liefen ihr erneut die Tränen über die Wangen.

38

Wo bist du gewesen? Warum hast du dich nie gemeldet? Was ist passiert? Das waren die Fragen, die Auguste seit Viktors Rückkehr quälten und auf die er ihr nur spärliche Antworten gab. Außer, dass er auf Gütern in Brandenburg und Ostpreußen gearbeitet hatte, dass er gleich nach Kriegsbeginn nach Frankreich gekommen war, dass er durch einen Granatsplitter sein Auge verloren hatte, erfuhr sie nichts. Was sie denn wolle, nun sei er ja wieder da, gesünder als viele seiner Kameraden. Aber in seiner Stimme, seinen Gesten, seiner Mimik glaubte Auguste Verwundungen zu sehen, Enttäuschungen herauszuhören, Angst zu erkennen, die ihr anfangs das Gefühl gaben, ihn wie ein Kind beschützen zu müssen.

In den ersten Wochen kam es immer wieder zu Zwischenfällen, die sie darin bestätigten, ihm nichts von den Schwierigkeiten auf Blietzow zu erzählen. Dass Mehrich diese Aufgabe längst übernommen hatte, konnte sie nicht ahnen. Auguste sah nur einen Sohn, der aufschrie, wenn ein Krug zu Bruch ging und sich Splitter über den Boden verstreuten, der zitterte, wenn die Tür ins Schloss fiel, der meist abwesend wirkte, wenn sie gemeinsam am Tisch saßen und aßen.

Selbst Luise, die wesentlich hartnäckiger sein konnte und sich nicht so schnell mit einfachen Antworten begnügte, gewährte er nur einmal einen tieferen Einblick. Während eines gemeinsamen Gangs über die angrenzenden Rübenfelder und nachdem sie ihm eine kurze Einführung in die neuesten Zuckerrübenbestimmungen gegeben hatte, auch über die hatte Mehrich ihn längst informiert, stellte sie ihm jene Frage, die sie brennender als alle anderen interessierte.

»Hast du Vater verziehen?«

»Ist das wichtig?«, fragte er zurück, blieb kurz stehen, ohne sie anzusehen, und ließ seinen Blick, wie Ferdinand früher, über die Felder hinunter zum Wasser schweifen.

»Ich denke schon. Wenn er zurück ist, müsst ihr wieder miteinander auskommen.«

»Wenn er zurückkommt«, sagte Viktor und ging, die Hände auf dem Rücken, weiter den Feldweg entlang. »Dieses Unkraut hier«, er zeigte auf Brennnesseln und Ackerdisteln, die mittlerweile überall wucherten, »das muss dringend weg, sonst wächst da bald gar nichts anderes mehr. Können das nicht diese Russen machen? Wozu sind die denn da?«

»Wir tun unser Bestes, glaub mir«, erwiderte Luise und fragte sich, warum sie ihrer Mutter eigentlich das Versprechen gegeben hatte, Viktor erst einmal nichts von ihren Sorgen zu erzählen, waren sie doch so offensichtlich.

»Wenn man das hier alles so sieht, könnte man meinen, Mutter und du, ihr vernachlässigt eure Arbeit.« Noch immer die Hände auf den Rücken, ging er weiter.

Luise folgte ihm kopfschüttelnd, sagte aber nur: »Du wirst schon noch merken, dass sich hier vieles verändert hat.« Dass sie seit zwei Jahren ohne Dünger auskommen mussten, dass die Setzlinge von schlechter Qualität waren, dass sie manchmal sogar froh sein mussten, überhaupt noch welche zu bekommen, würde er schon noch früh genug erfahren.

»Das ist nicht zu übersehen«, entgegnete Viktor scharf.

Sein anmaßendes Verhalten machte es ihr schwer, sich zu

beherrschen. Doch Luise hielt sich an ihr Versprechen und versuchte erst gar nicht sich zu verteidigen.
Nachdem sie eine Zeitlang schweigend weitergegangen waren, er vorneweg, sie dicht hinter ihm, wollte sie erneut das Gespräch auf Ferdinand lenken. »Du musst damals doch sehr verletzt gewesen sein. Ich wäre es jedenfalls, wenn Vater mich vom Gut gejagt hätte.«
Abrupt blieb Viktor stehen und drehte sich zu ihr um. »Damit du eines weißt, Luise, und ich rate dir, nichts Gegenteiliges zu behaupten, nicht Vater hat mich davongejagt, sondern ich bin gegangen. Haben wir uns verstanden?« Er sah sie derart eindringlich an, dass Luise für einen Moment glaubte, er wolle auf sie losgehen.
»Entschuldige bitte, aber …«
»Nichts aber«, unterbrach er sie rüde, drehte sich um und ging weiter. »Kein Wort mehr darüber.«
Im Verlauf ihrer mehrstündigen Begehung versuchte Luise mehrfach das Gespräch zurück auf Ferdinand zu bringen, aber kaum erwähnte sie seinen Namen, bekam er einen hochroten Kopf und verbat ihr das Wort. Schließlich gab sie auf. Sein Verhalten war Antwort genug.

»Viktor scheint unversöhnlich zu sein«, notierte sie am Abend in ihre Kladde. »Er hat etwas Unerbittliches an sich, das mir Sorgen macht.« Ihre »Liste der Herausforderungen«, die sie seit dem Tag führte, an dem sie Anton in Saßnitz begegnet war, ergänzte sie mit Viktors Namen, hinter den sie ein dickes Ausrufezeichen setzte. Die Liste umfasste mittlerweile fast eine Seite. Luise überflog sie flüchtig.

»Anton (Liebe?)
Mehrich / Geld unterschlagen
Mutter (Durchhaltewillen stärken!!)
Schulden Zuckerrübenfabrik
Kohle!!
Reparatur von Dreschmaschine / Dampfpflug
Vorräte (mehr Kartoffeln einbehalten, als erlaubt?)
Futter / Ochsen kaum noch Zugkraft
Gänse (Schwarzmarkt?)
Jakob (an ihn denken, ohne an ihn zu denken. Dafür eine Liste der Unmöglichkeiten erstellen!!! Was ist damals wirklich geschehen?)
Viktor!«

Hinter Viktors Namen setzte sie in Klammern »Rache?«, bevor sie die Kladde wieder in ihrer Kommode verstaute.

39

Drei Monate nach Viktors Rückkehr zeugte nur noch die Augenklappe von seinen erlittenen Verletzungen. Dank Martas Kochkünsten, die auf Augustes Anweisung hin weder an Fett noch Fleisch sparte, hatte er rasch zugenommen. Mittlerweile zeigte sich sogar ein kleiner Bauchansatz. Auch hatte er sich schneller als von Auguste vermutet wieder an die Blietzower Geräusche gewöhnt. Türengeklapper, klirrende Gläser oder heulende Winde, wie jetzt im Herbst, schreckten ihn nicht mehr auf. Viktor schien wieder ganz der Alte zu sein, und Auguste war froh, nach dem für sie noch immer demütigenden Verrat einen tatkräftigen Mann im Haus zu haben, der Luise entlastete und der für sie die täglichen Besprechungen mit Mehrich übernahm.

Ende November, seit Tagen schneite es ohne Unterbrechung, setzte Viktor sich zum ersten Mal auf Ferdinands alten Platz an der Stirnseite des großen Tisches.
Die Beine ausgestreckt, lehnte er sich entspannt zurück und fuhr mit dem Auge die Holzmaserung ab. Er seufzte zufrieden, bevor er seinen Blick zum ersten Mal von Ferdinands Platz aus über den Gutshof schweifen ließ. Zwar verhinderte der Schneefall eine gute Sicht, eine Ahnung, wie weit Ferdinand an manchen Tag von hier aus gesehen haben musste, gewann er dennoch. Die Lücke zwischen den Ställen war wie geschaffen für einen perfekten Ausblick, auch wenn sich dort momentan der Schnee türmte. Gleich morgen würde er den Russen Anweisung geben,

den Berg abzutragen und den Schnee in Zukunft woanders abzuladen. Neben der Tenne war noch genügend Platz. Auch musste er, ging es ihm durch den Kopf, da er auf den verschneiten Hofplatz sah, daran denken, für die Soldaten bei Hagemann Schnaps zu besorgen. Es war empfindlich kalt geworden, und die Kohlen reichten gerade, um den Salon zu heizen.

Als Viktor gerade beschlossen hatte, sich in Anbetracht des zu erwartenden harten Winters einen Bart wachsen zu lassen, öffnete Auguste die Tür und erstarrte vor Schreck. Seit über zwei Jahren, seit Ferdinands Abschied, hatte niemand mehr auf diesem Stuhl gesessen.

»Ich darf doch, oder?«, fragte Viktor fast beiläufig.

Im ersten Moment hatte sie geglaubt einen Geist zu sehen, so sehr ähnelte Viktors entspannte Pose jener von Ferdinand, wenn er am Abend, zufrieden vom Tag, seinen Blick über »unser Blietzow« hatte gleiten lassen.

»Mutter? Geht's dir gut?«

Noch immer benommen, deutete sie nur ein Nicken an.

»Du hast doch nichts dagegen?«, fragte er, während er sie dabei beobachtete, wie sie sich mit zittrigen Knien am Büfett entlangtastete.

Als sie sich schließlich setzte, hatte sie sich wieder so weit beruhigt, dass sich um ihren Mund bereits die ersten Anzeichen eines Lächelns zeigten. Und als sie spürte, wie gut es ihr tat, den Platz zu ihrer Rechten nach so langer Zeit nicht mehr leer zu wissen, schüttelte sie fast übermütig den Kopf. »Nein«, sagte sie, »ich habe ganz und gar nichts dagegen.«

Viktor lachte zufrieden. »Wäre doch auch schade, wenn der beste Platz im Raum unbenutzt bliebe.«

»Wenn aber Vater zu Weihnachten kommt, dann …«

»Ich weiß schon, wo ich hingehöre«, unterbrach er sie rasch. Für einen Moment glaubte Auguste, er habe ihr mit diesem Satz die Antwort auf alle ihre noch offenen Fragen gegeben, doch dann sagte Viktor plötzlich: »An Weihnachten werde ich beim Gefangenenaustausch in Saßnitz dabei sein.«

»Viktor, das wird unser erstes gemeinsames Weihnachten nach mehr als vier Jahren!«

»Da nimmt der Krieg leider keine Rücksicht darauf.«

»Aber du bist kriegsversehrt. Du hast deinen Beitrag geleistet«, sagte sie empört.

»Ich habe mit Anton bereits gesprochen«, erwiderte Viktor. »An Weihnachten fehlt es dort an Freiwilligen. Die können jede helfende Hand gebrauchen. Mehrich wird auch dort sein. Wir werden, wenn du so willst, Blietzow repräsentieren.«

»Blietzow repräsentieren? Mit Mehrich? An Weihnachten? Viktor, was soll das?« Auguste verstand kein Wort.

»Es ist ganz einfach, Mutter. Wir werden jetzt schon die Weichen für die Zeit nach dem Krieg stellen.«

»Was heißt hier nach dem Krieg? Liest du denn keine Zeitungen? Wir sind noch mittendrin.«

»So beruhig dich doch.« Viktor tätschelte ihre Hand. »Früher oder später wird auch dieser Krieg zu Ende gehen. Und wenn du mich fragst, je früher, desto besser.« Er setzte sich aufrecht, und es war ihm deutlich anzusehen, wie sehr er sich in der Rolle des Schulmeisters gefiel. »Das Volk ist müde, und wenn mich mein Gefühl nicht trügt, wird es nicht mehr lange stillhalten. Ein harter Winter noch, und die Rebellion bricht los. Glaub mir, selbst die Soldaten an der Front sind müde. Ich weiß, wovon ich spreche, ich war schließlich dort.«

Auch ich bin müde, hätte Auguste am liebsten gesagt. Sieh mich doch an, der Krieg hat sich mir in tiefen Falten eingegraben, und meine Hände sind rauh und fleckig wie die einer alten Frau. Für einen Moment ruhte ihr Blick auf diesen Händen, die sie kaum mehr als ihre erkannte. Aber dass auch Hindenburg und Ludendorff müde sein könnten oder der Kaiser oder wer auch immer letztendlich das Sagen hatte, daran glaubte sie nicht. Die Zeitungsberichte strotzten nur so vor Siegeswillen. »Was war an der Front?«, fragte sie zögerlich und hoffte, er würde ihr wenigstens von seinen Erlebnissen berichten, wenn sie seine Einschätzung schon nicht teilen konnte. »Was ist dort passiert, das dich annehmen lässt, der Frieden stünde bevor?«

Aber wie immer gab er ihr auf diese Fragen keine für sie zufriedenstellende Antworten. »Wen interessiert das jetzt noch, was damals war. Wichtig ist allein, was morgen sein wird.«

Auguste musterte ihren Sohn nachdenklich. »Mich interessiert das.«

»Ach, Mutter.« Er legte seine Stirn in Falten. Damit schien für ihn alles gesagt.

»Na schön, wie du willst«, entgegnete Auguste, und ihrer Stimme war deutlich anzuhören, dass sie schon oft von ihm in den vergangenen Wochen enttäuscht worden war. »Ich kann mir allerdings nicht vorstellen, dass der Krieg bald zu Ende sein wird. Auch wenn ich natürlich wünschte, du hättest recht«, fügte sie hinzu.

»Man muss doch nur einmal genauer hinsehen, um zu begreifen, was da gerade geschieht«, erwiderte Viktor. »Wenn

ich zum Beispiel sehe, dass es Menschen gibt, die den weiten Weg von Stralsund bis hierher zu uns nach Blietzow auf sich nehmen, nur um auf unseren Feldern nach Kartoffeln zu graben, dann sagt mir mein Verstand, dass der Tag nicht weit ist, an dem sie uns die Ernte aus den Speichern klauen. Und danach vielleicht deinen Schmuck, unsere Möbel, alles, was wir haben. Vielleicht erschlagen sie uns auch aus Wut und Hass und Verzweiflung.«
»Viktor, bitte! So schlimm sind diese paar wenigen Plünderer auch wieder nicht.« Auguste sah ihren Sohn verständnislos an.
»Wenn nicht bald etwas geschieht, dann werden sie ihre Verzweiflung nicht nur auf unserem Rücken austragen, sondern auch auf dem des Kaisers und des Reichskanzlers. Der Frieden wird kommen müssen«, sagte er und schlug plötzlich mit der Faust auf den Tisch. »Er muss kommen, verstehst du?«
»Ich wünschte, er würde es«, entgegnete sie leise. Alle ihre Sorgen wären mit einem Schlag verschwunden. Zumindest dachte sie das in diesem kurzen Augenblick, in dem sie sich mit Ferdinand die Nächte am Königsstuhl verbringen sah.
»Er wird kommen.« Viktor machte sich jetzt kerzengerade. »Und dann werde ich nicht der Letzte in der Reihe derer sein, die etwas vom neu zu verteilenden Kuchen abhaben wollen. Ich werde einer der Ersten sein, wenn es darum geht, neue Kräfteverhältnisse auf Rügen zu installieren. Ich werde mich nicht wie eine Marionette vorführen lassen.« Wie Vater, dachte er, sagte aber: »Wir tun also gut daran, uns bereits jetzt tatkräftig zu zeigen. Die Fürstenfamilie lässt sich nicht ohne Grund so oft in Saßnitz blicken. Und soweit ich weiß, sind auch andere Gutsbesitzerinnen gern-

gesehene Gäste von Frau Petershagen. Es gibt also einiges nachzuholen, wenn wir in Zukunft eine gewichtige Rolle spielen wollen.«

»Dann wirst du also bei uns bleiben? Für immer?«, fragte sie. Bislang hatte Auguste sich kaum Gedanken über die Zeit nach Kriegsende gemacht, viel zu illusionär war ihr diese Vorstellung gewesen, aber jetzt, da Viktor sich so entschlossen zeigte, spürte auch sie, wie sich ein Hauch von Hoffnung in ihr breitmachte.

»Ich bin doch nicht zurückgekommen, um wieder fortzugehen«, sagte er entschieden.

Während Auguste sich für einen Moment dazu hinreißen ließ, von Blietzow als einer familiären Trutzburg gegen alle äußeren Widrigkeiten zu träumen, dachte Viktor, dass er seinem Ziel noch nie so nahe gewesen sei.

»Vielleicht wird ja doch noch alles gut«, sagte sie lächelnd, stand auf und strich ihm flüchtig über die Schulter.

Beim Blick aus dem Fenster durchzuckte sie ein Schauer. Starker Wind war aufgekommen und peitschte den Schnee gegen die Scheibe. Es war, als würde Blietzow allmählich unter der weißen Last verschwinden.

40

»Bukarest, 10. Dezember 1916

Meine liebe Auguste,
zu lesen, dass Viktor wieder bei Euch ist, hat mich mit großer Freude erfüllt. Ich habe nie daran gezweifelt, dass er eines Tages zurückkommen würde.
Wenn ich Dir einen Rat geben darf, führe ihn langsam an seine Aufgaben heran und wache sorgsam darüber, dass er nicht übermütig wird. Die Zeiten sind viel zu ernst, als dass wir uns einen Luftikus auf dem Gut erlauben könnten. Bedenke immer, Du bist diejenige, der ich die Verantwortung für Blietzow übertragen habe! Im Zweifel soll auch Luise ein Auge auf ihn haben. Ich ahne nämlich, wie nervenaufreibend es für Dich sein muss, alle diese neuen Bestimmungen und Vorschriften im Blick zu behalten.
Wenn sich die Lage hier stabilisiert, werde ich alle mir zur Verfügung stehenden Mittel nutzen, um beim Kriegsernährungsamt in Berlin vorzusprechen. Es müsste doch mit dem Teufel zugehen, wenn sich keine Regelung finden ließe, die sowohl uns Landwirten als auch dem Volk dienlich ist. Die momentane Lage jedenfalls ist untragbar geworden. Und mit dieser Meinung stehe ich nicht alleine da. Die desolate Situation zu Hause auf den Gütern ist auch bei meinen Offizierskollegen oft genug Gesprächsthema. Jeder schimpft auf diese Zwangswirtschaft, die keinem nützt. Vielleicht ist das ein kleiner Trost, dass Du mit Deinen Sorgen nicht alleine bist?
Ach, meine liebe Auguste, was mute ich Dir nur zu? Was

mutet diese schwere Zeit uns zu? Aber es werden auch wieder andere Tage kommen, und vielleicht werden wir uns dann zurücklehnen und sagen: Wir können stolz auf uns sein, dieses Tal durchschritten zu haben und gestärkt daraus hervorgegangen zu sein. Ich glaube jedenfalls fest daran.

Bis dahin zehre ich von meinen Erinnerungen. Dass Du allerdings schreibst, man komme nicht mehr zum Königsstuhl, da dort die Küstenwache ihren Posten bezogen habe, hat mich doch ein klein wenig traurig gestimmt. Die Erinnerung an Blietzow ist eben auch immer mit der Erinnerung an unsere Nächte dort verbunden. Und ehrlich gesagt hatte ich gehofft, während meines Urlaubs gemeinsam mit Dir dorthinfahren zu können.

Leider aber muss ich Dir sagen, dass dieser Urlaub noch etwas auf sich warten lässt. General Schmeritz hat mich überraschend nach Rumänien beordert. Dort gilt es jetzt erst einmal die Stellung zu halten. Du verstehst sicherlich, dass unter diesen Umständen an Urlaub nicht zu denken ist und wir uns an Weihnachten wieder einmal nur in Gedanken nahe sein können.

Aber vielleicht ergibt sich die Möglichkeit, den entgangenen Urlaub im Frühjahr nachzuholen. Wir werden abwarten müssen, wie die Lage sich entwickelt. Noch bin ich optimistisch, und wie die Dinge stehen, ist auch ein baldiger Frieden nicht ausgeschlossen. Soweit ich weiß, soll es darüber bald Gespräche geben. Wobei ich nicht verschweigen will, dass die Heeresleitung darüber alles andere als erfreut ist. Ein Frieden, der am Tisch erzielt wird, so höre ich allenthalben, schade uns mehr, als dass er uns diene.

Ich gestehe, meine Haltung dazu ist zwiespältig. Einerseits sehne ich mich nach Dir und Blietzow, nach dem Geruch eines frisch umgepflügten Ackers, nach einem Blick über die Felder hinunter auf die weite See (allein der Gedanke daran stimmt mich wehmütig), andererseits möchte ich meine Entbehrungen und Opfer, die ich die vergangenen zweieinhalb Jahre gebracht habe, die auch Du gebracht hast, belohnt wissen. Und um ehrlich zu sein, ist die Vorstellung, dass dies alles umsonst gewesen sein könnte, schmerzhafter als die Aussicht, noch eine Zeitlang von Dir und meinem geliebten Blietzow getrennt sein zu müssen.
Nun aber genug der Spekulationen!
Jetzt, meine liebe Auguste, wünsche ich Dir und den Kindern erst einmal ein schönes Weihnachtsfest. Sag Marta, sie soll die Gans wie früher mit Äpfeln und Maronen füllen. Der Gedanke, dass dieser Duft durch unser Haus strömt, wird mir Weihnachten weniger einsam machen.
In Liebe, Dein Ferdinand«

41

Schneegrau lag der Himmel über Rügen. Und ebenso grau wie der Himmel schienen auch die Schneeflocken zu sein, die es noch immer auf Rügen schneite. Die russischen Kriegsgefangenen, eigentlich gewöhnt an kalte Winter, ließen ihrem Unmut freien Lauf, wenn sie von Viktor einmal mehr dazu verdonnert wurden, einen Weg zwischen Ställen, Tenne, Gutshaus und Wirtschaftsgebäude freizuschaufeln. Die Hände nur notdürftig mit wollenen Fäustlingen geschützt, litten viele von ihnen nach Wochen der Kälte an Erfrierungen. Auch im ehemaligen Pferdestall war es kaum wärmer. Der Wind heulte durch die Ritzen, Eiszapfen hingen von der Decke, und die Innenwand war mit einer dünnen Eisschicht überzogen.

In dieser Trostlosigkeit war Marta ihre einzige Hoffnung. Sie brachte ihnen Tee, in den sie manchmal Schnaps mischte, sie kochte Rübeneintopf, und wenn sie gut gelaunt war, was selten vorkam, schenkte sie ihnen ein freundliches Wort. Für die Russen aber, die ansonsten nur deutsche Befehle zu hören bekamen, war ihre tiefe und energische, in diesen raren Momenten mit sanften Tönen versetzte Stimme gleichbedeutend mit einer Liebeserklärung.

Am späten Nachmittag des Heiligabends, Dämmerlicht lag bereits über Rügen, trug Marta wieder einmal Tee und Eintopf in den Pferdestall. Nachdem der wachhabende Soldat ihr die Tür geöffnet hatte, fiel ihr Blick auf einen groß gewachsenen, bärtigen Mann, der zusammengekauert wie ein Tier auf feuchtem Stroh lagerte. Zwar kannte sie noch immer keinen der Gefangenen beim Namen, aber nach all der Zeit glaubte sie zumindest etwas über ihre Eigenschaften zu wissen. Und dieser Hüne, der früher ein Bär gewesen sein musste, schien ihr der Sanfteste von allen zu sein. Behutsam beugte sie sich zu ihm hinunter. »Krank?«, fragte sie und deutete auf ihren Magen.

Er schüttelte den Kopf.

Marta legte ihre Hand auf ihre Stirn. »Fieber?«

Wieder schüttelte er den Kopf.

»Doktor?«

Er sah sie nur mit großen Augen an.

»Wenn du mir nicht sagst, was du hast, kann ich dir auch nicht helfen.« Ihre Stimme klang sanft. Langsam richtete Marta sich wieder auf. »Schade«, flüsterte sie, und da glaubte sie ein Lächeln auf seinen Lippen zu erkennen. Für einen Moment sahen sie sich schweigend an. Dann wandte sie sich den anderen zu. »Zur Feier des Tages«, sagte sie jetzt mit jenem energischen Ton, den Auguste schon manches Mal zur Verzweiflung gebracht hatte, »habe ich euch viel Schnaps in den Tee getan. Versteht ihr? Viel Schnaps.« Sie lachte und gab vor zu torkeln.

Da griff der Hüne plötzlich nach ihrem Bein, zog sie zu sich auf sein Lager und griff ihr unter den Rock. Marta war so überrascht, dass sie im ersten Moment nicht schreien konnte, und als sie es hätte können, da befand sie sich bereits im Bann seiner rauhen Hände. Seine Berührungen entfachten einen ungeahnten Brand in ihr. Ohne es zu wollen, stöhnte sie in seinen Armen, und erst als sie langsam begriff, mit wem und wo sie lag, riss sie sich ruckartig von ihm los.

Er ließ sie ohne Gegenwehr gehen.

»Ich hab dich gesehen«, rief ihr der Soldat hinterher, als sie über den eisigen, von Schneebergen gesäumten Weg zurück ins Gutshaus eilte. Immer wieder rutschte sie aus und musste sich im harten Schnee abstützen, um nicht hinzufallen. Als sie endlich in der Küche war, glühten ihre Hände feuerrot. Ohne zu zögern, schnappte sie sich den Topf mit dem heißen Wasser, lief damit in ihre Kammer und füllte ihn in ihre Waschschüssel. Mit dem kleinen Stück Seife, das sie sorgsam aufbewahrt hatte, schrubbte sie sich so lange, bis von der Seife kaum noch etwas übrig war. Beim Blick in den Spiegel war auch ihr Gesicht tiefrot.

Noch am Abend war Marta derart aufgewühlt, dass es ihr noch nicht einmal gelang, die Kerzen am Weihnachtsbaum anzuzünden.

»Herrgott, was ist denn heute mit dir los?«, fragte Auguste schließlich und nahm ihr die Streichhölzer aus der Hand. Obwohl sie diesen Weihnachtsbaum nicht hatte haben wollen, obwohl sie seit Ferdinands Brief auf Weihnachten am liebsten ganz verzichtet hätte, zündete sie nun Kerze für Kerze an.

Ein warmes Licht erfüllte den Raum, und für einen Moment schien es ein Heiligabend wie früher zu werden. Wie immer hatten sie den Baum vor das Porträt Gottfried von Salens gestellt, und wie immer war er mit silbernen Kugeln und weißen Kerzen geschmückt.

Im Ofen knackte das Feuer. Es hätte gemütlich sein können. Auguste aber war deutlich anzusehen, wie unpassend sie diesen Baum in diesem Salon mit diesem großen leeren Tisch fand, diesem Tisch, an dem später weder Ferdinand noch Viktor oder Anton sitzen würde. »Willst du jetzt etwa auch noch Weihnachtslieder singen?«, fragte sie Luise, die auf diesen Baum bestanden hatte.

Luise nickte. »Im Gedenken an Vater.« Und an Jakob, wie sie nur dachte.
Noch ehe Auguste etwas erwidern konnte, begann Marta mit zittriger Stimme zu singen.
»Stille Nacht, heilige Nacht! Alles schläft, einsam wacht.« Sie stockte, dann summte sie die Melodie weiter.
Auguste warf Luise einen Blick zu, in dem ihre ganze Verachtung für dieses Weihnachtsfest zum Ausdruck kam, ließ Marta aber gewähren.
»Stille Nacht, heilige Nacht! Alles schläft, einsam wacht«, sang Marta jetzt wieder.
»Nur das traute, hochheilige Paar«, half Luise ihr weiter.
»Holder Knabe im lockigen Haar, schlaf in himmlischer Ruh.«
»Schlaf in himmlischer Ruh.«
Dann begann sie erneut von vorne. Dieses Mal sang Luise von Anfang an mit. Nach der dritten Wiederholung wurden Augustes Augen feucht. Nach dem vierten Mal legte Luise ihren Arm um sie und wünschte leise »frohe Weihnachten«.
Auguste sagte nichts. Allein das Wort »froh« in den Mund zu nehmen schien ihr unmöglich zu sein. Und auch während des Essens, das wie immer an Heiligabend aus eingelegtem Hering mit Bratkartoffeln bestand, schwieg sie fast durchgehend.
Die von Ferdinand ersehnte Gans, ihr traditionelles Weihnachtstagsessen aus Berliner Tagen, hatte sie auf Viktors Bitte hin für Saßnitz gespendet. »Mit Blick auf die Zukunft«, wie er gesagt hatte. Auguste aber hatte sie vor allem im Bewusstsein eines freudlosen Weihnachtsfestes hergegeben, was sie Ferdinand gegenüber in ihrem letzten

Brief jedoch nicht erwähnt hatte. Ihn ließ sie in dem Glauben, in einem von Weihnachtsdüften durchwehten Gutshaus an ihn zu denken.
Als sie mit Luise an diesem für sie beide viel zu großen Heiligabendtisch saß und vergeblich versuchte ihre Sehnsucht zu bekämpfen, glaubte sie für einen kurzen Moment tatsächlich, all diese Düfte zu riechen, die Ferdinand beschworen hatte, Bratäpfel und Zimt, Maronen und Anis, Gerüche aus ihrer gemeinsamen Vergangenheit, die in ihrer Phantasie eine Intensität erlangten, die sie in Wirklichkeit nie besessen hatten.

Die Kerzen am Baum waren längst niedergebrannt, als die Eingangstür krachend ins Schloss fiel. Grölende und lachende Stimmen näherten sich, dann riss jemand die Tür auf, und Auguste und Luise blickten auf die beiden Soldaten, die sie beherbergten. Der eine schwankte, der andere krächzte »O du fröhliche, o du selige«, bevor er ihnen zurief: »Na, habt ihr einen schönen Abend?«
Auguste, die sich kurz vor dieser Störung noch gefragt hatte, ob sie nächstes Weihnachten wohl endlich wieder wie früher feiern könnten, und die darüber in eine Hoffnungslosigkeit geraten war, die auch Luise gespürt hatte, war schlagartig hellwach. »Verlassen Sie bitte augenblicklich meinen Salon«, sagte sie. »Wie Sie wissen, befindet sich Ihr Zimmer am anderen Ende des Gangs.«
»Haben Sie nicht gehört? Gehen Sie«, sagte Luise in scharfem Ton, nachdem jetzt beide unverdrossen das Weihnachtslied grölten. Im Gegensatz zu ihrer Mutter war sie den Abend über mehr wütend als traurig gewesen, so dass ihr die Soldaten gerade gelegen kamen. So konnte sie we-

nigstens ihren Ärger loswerden, der eigentlich Viktor und Anton galt. Noch am Morgen hatte sie mit Viktor gestritten. Aber er war nicht von seinem Entschluss abzubringen gewesen, Weihnachten in Saßnitz verbringen zu wollen. Einen Egoisten hatte sie ihn geschimpft, »genauso anmaßend und selbstherrlich wie unser Kaiser«, der auch geglaubt hatte, nur nach seinen eigenen Gesetzen leben zu müssen. »Und was war die Folge? Krieg!« Aber wie immer hatte er sie nur ausgelacht und ihr vorgeworfen, blind zu sein für die Wirklichkeit. »Herrgott, sind Sie taub?«, rief sie den Soldaten jetzt zu. »Wenn Sie Weihnachtslieder singen wollen, tun Sie das bitte in Ihrem Zimmer oder gehen Sie dafür vor die Tür, aber verlassen Sie augenblicklich unseren Salon.«

»So herzlos heute, Fräulein Luise?«

»An Heiligabend?«

»Tun Sie uns das nicht an.«

»Bitte, gehen Sie.« Auguste versuchte es erneut auf die höfliche Art. »Meine Tochter und ich würden gerne in Ruhe Heiligabend feiern.«

»So ganz allein?«

»Das ist doch traurig, nur zu zweit.«

»Verschwinden Sie. Und schlafen Sie Ihren Rausch aus«, sagte Luise gereizt, doch die beiden zeigten sich davon wenig beeindruckt.

Das Gewehr über die Schulter gehängt, torkelte einer der Soldaten zum Tisch und schnappte sich die halbvolle Weinflasche, die vom Essen übrig geblieben war. Der andere blieb in der Nähe der Tür stehen, als wollte er sie bewachen. Sein unruhiger, flackernder Blick machte Luise Sorgen, auch wenn er weniger betrunken zu sein schien als sein Freund.

»Mit den beiden werden wir noch viel Spaß haben«, sagte

der mit der Flasche, während er sich den Rotwein vom Kinn wischte. »Franzosenwein.« Er schüttelte sich angewidert, dann knallte er die leere Flasche auf den Tisch. »Ist denn kein ordentlicher Korn im Haus, so wie es sich gehört?«

»Und ein Stralsunder? Zur Feier des Tages?«, fragte der an der Tür. »Wir wollen uns doch nicht am Feind vergiften.«

»Es hat Sie keiner gebeten, unseren Wein zu trinken. Aber jetzt, da die Flasche leer ist, können Sie ja gehen.«

»He, schon vergessen, es ist Weihnachten? Da ist etwas mehr Freundlichkeit angebracht, Fräulein Luise«, sagte der, der am Tisch stand, bevor er lautstark rülpste. »Oh, 'tschuldigung.« Er schlug sich mit der Hand vor den Mund. »Daran sind nur die Franzosen schuld. Was ist nun mit dem Schnaps?«

»Meinetwegen, weil Heiligabend ist. Gehen Sie zu Marta in die Küche«, sagte Auguste, noch immer um einen versöhnlichen Ton bemüht.

»Marta?« Der Nüchternere verzog sein Gesicht zu einem höhnischen Grinsen. »Dieses Flittchen treibt es ja ganz schön wild mit den Russen. Hätte ich ihr gar nicht zugetraut, unserer braven Küchenmamsell.«

»Es reicht jetzt.« Luise schlug mit der Faust auf den Tisch.

»Aber, aber, Fräulein Luise. Was werden Sie denn an Heiligabend so energisch sein.« Er lachte jetzt wieder. »Holen Sie lieber den Korn aus der Küche.«

»Raus!«

Doch da warf sich der Betrunkene ihr auch schon an den Hals. Sein Gesicht direkt vor ihrem, atmete sie den Geruch von Schnaps und Zigaretten. Luise würgte, während sie versuchte sich zu befreien.

»Lass mich los.«

»Luise, Schätzchen, jetzt sei doch nicht so.«
Mit aller Kraft versuchte Luise ihn wegzuschieben, aber er war stärker, als sie vermutet hatte. Mit seiner Zunge tastete er sich jetzt bis zu ihrem Mund.
Luise spuckte auf ihn, trat um sich, schrie. Der Soldat aber machte unter den Anfeuerungsrufen seines Freundes immer weiter.
»Sofort raus hier«, brüllte Auguste schließlich so laut, dass selbst Marta in der Küche erschrak.
Hastig sprang sie auf und eilte durch die Eingangshalle zum Salon. Als sie die beiden Soldaten sah, blieb sie abrupt vor der Tür stehen. Doch da war es schon zu spät.
Im Nu drehte sich der Soldat um, packte Marta an der Hüfte und presste ihren schweren Körper gegen seinen. »Na, das gefällt dir doch? Oder magst du nur dreckige, stinkende Läuse-Russen?«
»Lassen Sie mich«, flüsterte Marta. »Bitte.«
»Jetzt stöhn schon, du alte fette Kuh. Vorher konntest du das doch auch.«
Marta liefen die Tränen über die Wangen, während Luise weiter fluchte und spuckte und kratzte.
»Aufhören!«, schrie Auguste jetzt noch lauter als zuvor. »Sofort aufhören.« Doch je lauter Auguste brüllte, desto lauter stöhnten die beiden Soldaten.
Was dann mit ihr geschah, hatte sie noch nie zuvor erlebt. Es war, als würde sie von einer Welle aus Wut überrollt. Ohne zu zögern, sprang Auguste auf, lief um den Tisch, packte den Soldaten, der neben Luise kniete, am Kragen, riss ihn von ihr los und nutzte den kurzen Augenblick, in dem er das Gleichgewicht verlor und nach hinten kippte, um ihm sein Gewehr zu entreißen.

»Und jetzt raus hier«, brüllte sie, das Gewehr auf ihn gerichtet. »Das gilt auch für dich.« Sie zielte abwechselnd auf beide.

Der eine lag kichernd am Boden, während der andere so tat, als würde er sie nicht bemerken. Noch immer rieb er sich an Marta wie an einem Stück Holz.

»Wenn du nicht sofort damit aufhörst, ist dein Freund tot«, schrie sie.

Unterdessen war Luise aufgesprungen und ans andere Ende des Tisches geeilt. Dort stand sie nun, den Atem des Soldaten noch immer in der Nase, und fragte sich verzweifelt, wie sie die beiden loswerden konnten.

»Du bist wohl nicht ganz bei Trost«, brüllte der Soldat, Marta mit dem linken Arm noch immer umklammernd, während er sein Gewehr über die rechte Schulter schwang, das ihm jedoch entglitt.

Als er erneut versuchte sein Gewehr in den Anschlag zu bringen, drückte Auguste ab.

Marta schrie, während es von der Decke Holzsplitter regnete. Nachdem der Hall verklungen war, rappelte sich der Soldat, der Luise eben noch bedrängt hatte, mühsam auf.

»Und jetzt raus«, brüllte Auguste, während sie weiterhin das Gewehr auf ihn und den anderen gerichtet hielt.

»Ist ja schon gut.« Der Betrunkene schien langsam zu sich zu kommen. »Kein Problem. Alles kein Problem«, sagte er und torkelte Richtung Tür. »Wenn ihr euch an Heiligabend nicht ein bisschen aufwärmen wollt, bitte. Ist alles kein Problem. Nicht wahr, Hans?«

Doch der interessierte sich nicht für das, was sein Freund zu sagen hatte, sondern spielte lieber mit seiner Zunge an Martas Ohr.

»Es war sicherlich kein leichter Tag für Sie heute«, sagte Luise plötzlich. »Heiligabend, so fern der Familie …«
»Sei still«, unterbrach Hans sie barsch.
»So fern der Familie feiern zu müssen«, fuhr sie unbeirrt fort. »Ohne seine Liebsten in den Arm nehmen zu können …«
»Halt's Maul, hab ich gesagt.«
»Ich könnte mir vorstellen, dass einen das sehr traurig macht.«
»Luise«, zischte Auguste, »lass gut sein.« Sie zielte noch immer auf die beiden. »Nimm endlich die Finger von Marta. Und dann raus hier aus meinem Salon.«
»Du hast es gehört, Hans, die wollen uns nicht.« Der Betrunkene kicherte jetzt wieder. »Komm, lass uns abhauen. Irgendwo gibt es bestimmt noch Frauen. Ich meine dankbare Frauen. Du weißt schon, solche, die sich nach Wärme sehnen.«
»Du Idiot.« Hans warf seinem Freund einen verächtlichen Blick zu. »Na los, geh schon, geh, hau ab.«
Der Soldat torkelte in die Eingangshalle, wo er gegen einen Ziertisch stolperte, hinfiel, sich wieder aufrappelte, erneut hinfiel und schließlich laut fluchend liegen blieb.
»Und was ist mit dir, du Schlampe?« Hans umklammerte Marta wieder fester. »Willst du mit uns kommen?«
Sie schüttelte zaghaft den Kopf.
»Soll ich dich dann vielleicht zu deinem Liebhaber bringen?«
»Nein«, flüsterte sie.
»Nein? Dabei hast du so schön in seinen Armen gestöhnt.« Er lachte gehässig, bevor er ihr mit der Zunge übers Gesicht fuhr. »Pfui Teufel, alles an dir schmeckt nach Ivan.«

»Lass die Finger von ihr.« Auguste ging jetzt direkt auf ihn zu, das Gewehr im Anschlag.
»Ist ja schon gut, Gnädigste.« Er lachte wieder, ließ Marta aber los. »Dachten Sie wirklich, ich würde mich an einer alten Schrapnelle wie der hier vergehen? Ich müsste ja vollkommen übergeschnappt sein.«
»Raus!«, brüllte Auguste, während sie ihm immer näher kam.
Ein höhnisches Grinsen auf den Lippen, ging er rückwärts Richtung Tür. »Ach ja, das Gewehr«, sagte er und fasste es am Lauf. »Wenn Sie die Freundlichkeit besäßen, es mir zu übergeben. Es ist Heereseigentum. Das kann ich Ihnen nicht einfach so überlassen.«
Wortlos drückte sie es ihm in die Hand. »Und jetzt raus«, fauchte sie.
Er grinste noch immer. »Wir wollten Ihnen nur ein kleines Weihnachtsgeschenk machen.«
»Gehen Sie jetzt.«
»Wir konnten ja nicht ahnen, dass es Ihnen nicht gefallen würde.«
»Raus!«, schrien Luise und Auguste fast zeitgleich.
Er zuckte mit den Schultern. »Und dabei ist doch Heiligabend«, sagte er, drehte sich um und ging.
Hastig schloss Auguste die Salontür hinter ihm.
Mit einem Schlag war es totenstill.
Marta kauerte auf dem Boden, das Gesicht in den Händen vergraben, Luise starrte auf das Loch an der Decke, Auguste, die erst jetzt weiche Knie bekam, wankte zum Tisch und ließ sich mit letzter Kraft auf einen Stuhl sinken. Erschöpft stützte sie ihren Kopf auf den Arm. Wieder und wieder sah sie vor ihrem inneren Auge die gleiche Szene: Im letzten

Moment riss sie das Gewehr nach oben und schoss in die Decke.
»Schweine«, sagte Luise plötzlich, nachdem über Minuten kein Ton gefallen war. Und dann wieder: »Schweine.« So sehr sie sich auch bemühte, einen klaren Gedanken zu formulieren, sie brachte nur dieses eine Wort hervor.
Als Marta schließlich von Schuld und Sünde zu stammeln begann und von einem Vergehen, das nicht zu verzeihen sei, als sie aufstand und sagte, sie packe jetzt ihre Koffer, und Luise sie nur mühsam zurückhalten konnte, als sie immer wieder ihre Bereitschaft zur Buße beschwor und nicht müde wurde, ihre Schuld zu bekennen, hörte Auguste ihr nicht zu.
So unbegreiflich es für sie selbst auch war, aber sie konnte an nichts anderes denken als an diesen einen Wunsch, den sie Luise vorher verweigert hatte. »Frohe Weihnachten«, sagte sie leise, als glaubte sie einen Fehler wiedergutmachen zu müssen.

42

Unterdessen waren Viktor und Mehrich in Saßnitz eingetroffen. Gegen eine Handvoll Kartoffeln und das letzte Stück Speck hatte Viktor sich vom Stellmacher in Sagard Pferd und Schlitten geliehen. Bereits am Vormittag waren sie aufgebrochen und hatten auf Mehrichs Wunsch Ella und Alma mitgenommen, um sie bei Almas Schwester im Forsthaus von Werder abzusetzen.

Zwar war es Mehrich nur recht, die Feiertage nicht mit seiner Frau und seiner Tochter verbringen zu müssen, dennoch war ihm bei dem Gedanken unwohl gewesen, sie allein zurückzulassen.

Bei Almas Schwester, so hoffte er, würden sie die ständige Sorge um Jakob, die meist einem Wehklagen glich und die ihn schon mehr als einmal bis an den Rand des Wahnsinns getrieben hatte, vielleicht für ein paar Stunden vergessen.

»Noch ein Kind, Paul, noch ein Kind, das wir verlieren.«

Almas Angst steckte ihm derart in den Knochen, dass er glaubte ihre Stimme auch dann noch zu hören, als er alleine auf der Saßnitzer Mole vorne beim Leuchtfeuer stand und auf die Birger Jarl wartete.

»Wenn Jakob nicht zurückkommt … Ich halte das nicht aus.«

Wie Peitschenhiebe schlug ihm der Schnee ins Gesicht, doch Mehrich dachte nicht daran, sich mit dem Rücken zum Wind zu stellen. Für das, was er vorhatte, benötigte er einen klaren Kopf, und er hoffte, der eisige Wind würde ihm dabei helfen, diesen Ballast aus Sorge und Angst abzuwerfen, der seine Gedanken zu seinem Leidwesen noch immer beherrschte.

»Paul, verstehst du denn nicht? Auf unserer Familie lastet ein Fluch.«

Wenn Alma wüsste, wenn sie wüsste, wie recht sie damit hat, dachte er jetzt, und wie falsch sie dennoch mit ihrer Vermutung liegt. Es war keine Verwünschung, ausgesprochen von höherer Stelle, wie Alma glaubte, die ihnen Alwine genommen hatte und vielleicht auch noch Jakob nahm. Seine Familie war Opfer eines Verbrechens geworden. Und diesen Fluch galt es zu durchbrechen.

»Meine Kräfte schwinden, Paul. Jeder Tag wird mir zur Last, jeder Morgen zu einem schrecklichen Erwachen. Ich wünschte, ich könnte nur noch schlafen.«

»Alma.« Auch jetzt, auf dieser Mole, flüsterte er ihren Namen. Dabei war er hierhergekommen, um in Ruhe seine Strategie für die nächsten Tage zu überdenken.

Gleich bei ihrer Ankunft hatte Viktor die Lazarettleiterin Ruth Petershagen in ein Gespräch verwickelt. Blietzow wolle alles dafür tun, dass es den Verwundeten an nichts fehle. Er hatte die Gans überreicht, dazu Milch und Rüben, und sie immer weiter mit sich gezogen, weg von Mehrich und weg vom Pier, an dem Soldaten und Helfer auf die Ankunft des Schwedendampfers warteten.

Wie sehr Ruth Petershagen diese Form der Aufmerksamkeit genoss, wusste Mehrich nur zu gut. Schon mehr als einmal hatte er ihr seine Aufwartung gemacht, ihr zugeraunt, wie sehr er ihren Einsatz schätze, ja, dass Jasmund ohne sie undenkbar geworden sei, dass man sicherlich auch in Zukunft noch viel von ihr zu erwarten habe. Stets durfte ein Handkuss am Ende des Gesprächs nicht fehlen.

Dass Viktor nun dasselbe tat, konnte er ihm nicht verdenken. Selbst Kerk, dieser reiche Kreidewerksbesitzer, ließ keine Gelegenheit aus, die »fette Wanze«, wie die Marinesoldaten sie heimlich nannten, zu hofieren. Dabei galt diese Schmeichelei weniger ihr als vielmehr ihrem Mann. Seitdem er im Sommer überraschend als stellvertretender Leiter des Kriegsernährungsamts nach Berlin berufen worden war, hatte sich die Spendenbereitschaft der Gutsbesitzer noch einmal deutlich erhöht.

Alma muss durchhalten, dachte Mehrich, während er sich die Schneeflocken aus dem Gesicht wischte. Er kämpfte doch auch für sie. Wenn er wenigstens Jakob ausfindig machen könnte. Aber Waldow verlangte jetzt das Doppelte. Sein ehemaliger Zuträger, dieser Stabsoffizier, den er in Bergen getroffen hatte, war an der Westfront gefallen, und der Neue wusste offensichtlich um seinen Wert.

In Gedanken listete Mehrich seine Ersparnisse auf. Aber wie er es auch drehte und wendete, mehr als fünfhundert Reichsmark, die Hälfte des Geldes, das er, wie er fand, vollkommen zu Recht einbehalten hatte, kamen nicht dabei heraus. Davon gingen noch die acht Mark ab, die er schweren Herzens für Kerzen ausgegeben hatte. Allein der Gedanke daran schmerzte ihn noch immer. Zwei Kerzen kosteten mittlerweile so viel wie früher eine dicke Scheibe Speck. Dafür hätte er mal lieber auf dem Schwarzmarkt Wolle gekauft. Es war so bitterkalt, dass er kaum noch schlafen konnte. Aber er hatte es nicht übers Herz gebracht, Alma zu sagen, dass sie sich Alwines Andenken nicht mehr leisten konnten. Immerhin hatte er mit Ellas Hilfe durchgesetzt, dass die Kerze nur noch für zwei Stunden am Abend brannte. Damit müssten sie, wenn er richtig

gerechnet hatte, das nächste Jahr über die Runden kommen. Er brauchte doch diese finanziellen Reserven.
In der Ferne hörte man es knacken. Eis brach auseinander, Wasser schwappte über ziellos treibende Schollen. Der Dampfer schob sich immer näher an Saßnitz heran, auch wenn er nicht zu sehen war.
Mittlerweile hing so dichter Nebel über der See, dass Mehrich sich auf dieser Mole wie ein Gestrandeter fühlte. Selbst das Stimmengewirr am Pier, das er bis vor wenigen Augenblicken noch als Rauschen wahrgenommen hatte, wurde vom Nebel geschluckt. Jetzt hörte er nur noch das Knacken der gefrorenen See, das immer lauter zu werden schien. Mehrich kannte diesen Effekt. Als Kind hatte er sich zu Tode gefürchtet, wenn er einem der Fischer auf Geheiß seiner Mutter mal wieder hatte helfen müssen und sie auf See in eine Nebelbank geraten waren. Die urplötzliche Stille hatte jeden Wellenschlag zu einem Ungeheuer gemacht. Bis heute konnte er dieses Wetter nicht leiden, das ihm jedes Mal das Gefühl von Ausweglosigkeit vermittelte.
Vorsichtig tastete er sich über die schmale und vereiste Mole zurück zum Pier. Als er plötzlich glaubte Stimmen zu hören, dachte er zuerst, der Wind spiele ihm einen Streich. Behutsam setzte er einen Fuß vor den anderen. Und dann hörte er doch ein Flüstern. Es musste aus unmittelbarer Nähe kommen und klang wie ein Rauschen oder Wispern, wie Mäusegeraschel, dachte er, wohl wissend, dass es auf dieser Mole zu dieser Jahreszeit keine Mäuse gab.
»Küss mich.«
Mehrich blieb stehen.
»Küss mich, bitte.«
Er hatte sich nicht getäuscht.

»Bitte.«
Der Nebel war so dicht, dass Mehrich noch nicht einmal erkennen konnte, wohin er trat.
»Verdammt«, schrie plötzlich jemand laut auf und drehte sich ruckartig um.
Mehrich hatte ihn versehentlich an der Wade getroffen.
»Was müsst ihr euch auch ausgerechnet hier vergnügen?«, blaffte er zurück und wollte sich schon kopfschüttelnd an den beiden vorbeischieben, als er plötzlich stutzte. »Anton? Anton von Salen?«
»Gehen Sie weiter«, sagte eine Männerstimme mit einem für Mehrich nicht zu bestimmenden Dialekt.
»Nicht so frech, mein Freundchen.« Mehrich versuchte einen besseren Blick zu erhaschen, aber er konnte nur schemenhafte Umrisse erkennen. Zudem pressten sich die beiden jetzt so eng aneinander, dass man meinen konnte, eine unförmige Gestalt mit nur einem Kopf stünde auf dieser vom Nebel umschlossenen Mole.
»Wollen Sie hier Wurzeln schlagen?«
»Ihr wisst, dass ich das melden muss, was ihr hier treibt.«
»So gehen Sie doch bitte weiter.«
»Bist du hier der Sprecher für zwei? Was ist mit deinem …«
Mehrich stockte. Wenn er nur daran dachte, wurde ihm schon übel. »Mit deinem Freund?«
»Hören Sie den Dampfer? Er müsste jeden Augenblick einlaufen.«
»Als ob euch das interessieren würde«, erwiderte Mehrich kopfschüttelnd. »Also, Anton, gib dich schon zu erkennen.«
»Wen auch immer Sie meinen, hier gibt es keinen Anton.«
»Ach ja?« Aber so sehr Mehrich sich auch bemühte, er

konnte kaum etwas erkennen. Einer von beiden schien eine Uniform zu tragen, doch selbst da war er sich nicht sicher.
»Denken Sie nicht, dass diese Zeiten schon genügend Sorgen bereithalten?« Der andere sprach jetzt ganz leise. »Lassen Sie uns in Frieden, wir haben Ihnen nichts getan.«
»Ihr habt mir den Weg versperrt.«
Die beiden drückten sich enger an die Molenmauer. »Bitte.«
Für einen Moment blieb Mehrich noch stehen. »Glaubt bloß nicht, dass ihr damit durchkommt«, sagte er, bevor er sich weiter durch den Nebel tastete.
Dieser Taugenichts. Mehrich lachte plötzlich laut auf. Wenn das wirklich Anton von Salen gewesen war, woran er kaum zweifelte, dann hielt er Trümpfe in der Hand, von denen er noch nicht einmal zu träumen gewagt hatte.

43

Wieder am Pier, schob Mehrich sich durch die Menge von Soldaten und Freiwilligen. Ein leises Stimmengewirr lag über dem Hafen, ähnlich dem unermüdlichen Summen von Bienen im Sommer. Ein Geräusch, das so gar nicht zu diesem Nebeltag passte, wie Mehrich dachte. Bei genauerem Hinhören aber entpuppte sich diese vermeintliche Leichtigkeit als sehnsüchtiges Verlangen nach einem verlorengegangenen Paradies. Worte wie »Karpfen« oder »Gans« fielen, »Kachelofen«, »Christbaumkugeln«.

»Am meisten vermisse ich die leuchtenden Augen meiner kleinen Schwester.« Die Stimme des Soldaten zitterte.

»Kartoffelsalat und Würstchen«, sagte einer und erntete rege Zustimmung. Gerade dieses einfache Gericht schien den meisten der Inbegriff eines glücklichen Heiligabends zu sein. Aber auch diese Sehnsucht blieb an diesem Tag ungestillt. Eine Schöpfkelle Rübeneintopf und dazu Brot aus Rübenmehl, mehr gab es für sie nicht.

Mittlerweile hatte die Dämmerung eingesetzt und Laternen wurden entzündet, so dass es für kurze Zeit so aussah, als wäre der Hafen von einem gelblichen Schleier umhüllt. Unwillkürlich rieb Mehrich sich die Augen. Zwar lief er nun nicht mehr Gefahr, über jemanden zu stolpern, dennoch war die Sicht noch immer so schlecht, dass er Viktor bereits mehrfach mit einem Fremden verwechselt hatte. Es gab doch mehr Augenklappenträger als gedacht.

Vorbei an den pechschwarzen Minensuchbooten, kam Mehrich in die Nähe eines Schuppens, vor dem eine kleine Gruppe von vier, fünf Männern stand. Genauer konnte er

es nicht erkennen. »Wenn das stimmt, dann sehe ich nicht, wie wir noch ein weiteres Jahr durchhalten sollen«, hörte er jemanden mit gedämpfter Stimme sagen.
Mehrich drückte sich an die hintere Außenwand, so dass die Männer ihn nicht sehen konnten.
»Ich bitte euch, malt den Teufel nicht an die Wand.«
»Glaub mir, das ist kein Hirngespinst. Ich habe es von Petershagen höchstpersönlich.«
Carl von Bohn, dieser alte Gauner. Über Mehrichs Gesicht huschte ein Lächeln. Schon früher war er besser informiert gewesen als die meisten. Außerdem war er ein Fuchs, wenn es Verträge zu verhandeln galt. Zeitwillig kursierte auf Rügen das Gerücht, sein Zwischenhändler würde ihm das Doppelte des üblichen Preises für sein Getreide bezahlen.
»Und was schlägst du vor, was wir tun sollen?«, fragte einer, dessen Stimme er Albert Schönnagel zuordnen konnte, einem Grabower Gutsbesitzer.
»Unsere Ernte werden wir kaum retten können, mal abgesehen natürlich von den Mengen, die wir auch jetzt schon beiseiteschaffen.«
»Sag bloß, du hast noch nennenswerte Vorräte, um sie zu verkaufen? Ich musste wegen der Fäule meine komplette Kartoffelernte vernichten.«
Heinrich von Gudderitz aus Wittow. Offenbar hatte sich hier die Elite der Rügener Gutsbesitzer verabredet.
»Ich weiß, dieser Pilz hat fast allen das Rückgrat gebrochen.«
»Dir etwa nicht?«
»Einen Teil der Ernte konnte ich retten.«
Für einen Moment hörte Mehrich nur ein undeutliches Murmeln, als würde jemand leise schimpfen.

»Wie machst du das, Carl? Bestichst du jetzt auch schon Krankheitserreger?«

»Reiß dich zusammen, Heinrich.«

Otto von Wakenitz, natürlich. Mehrich nickte. Es wurde immer interessanter. Fehlte nur noch der Fürst zu Putbus, dann hätten sich hier, an diesem unwirtlichen Ort, die Gutsbesitzer mit den größten Ländereien versammelt. Mehrich konnte es kaum glauben. Aber er schien tatsächlich Zeuge eines offensichtlich geheimen Treffens geworden zu sein.

»Ich hatte Glück, das ist alles.«

»Natürlich.«

Der zynische Ton entging auch Mehrich nicht.

»Heinrich, bitte. Ich werde zu Hause erwartet. Mein Sohn ist auf Heimaturlaub. Lasst uns schnell auf den Punkt kommen. Carl, was meinst du? Wie wollen wir verfahren?«

Plötzlich spürte Mehrich eine Hand auf seiner Schulter. Abrupt drehte er sich um. Viktor hatte sich herangeschlichen und legte seinen Zeigefinger auf den Mund. Mehrich deutete auf sein rechtes Ohr. Viktor nickte. »Ich weiß.« Er bewegte nur seine Lippen. »Hab alles gehört.« Dann zeigte auch er auf sein Ohr.

»Wenn es so kommt, wie von Petershagen angekündigt, dann werden die nach und nach unseren Viehbestand konfiszieren. Und wir sind uns sicherlich einig, dass wir es ausschließlich unserem Vieh zu verdanken haben, dass wir bislang einigermaßen über die Runden gekommen sind.«

»Das will ich wohl meinen. Ohne die zusätzlichen Fleischverkäufe stünde ich heute bestimmt nicht mehr hier. Die Getreidepreise decken doch noch nicht einmal die Kosten, und dann diese schlechten Arbeiter, ich sag euch …«

»Heinrich!«, unterbrach Otto von Wakenitz ihn barsch. »Glaubst du, ich stehe hier an Heiligabend in der Kälte, um mir von dir diese alten Geschichten anzuhören? Glaub mir, das alles kennen wir aus eigener Erfahrung zur Genüge. Bitte, Carl, fahr fort.«

»Um es kurz zu machen, wir werden einen Teil unseres Viehs an einen geheimen Ort bringen und es dadurch vor staatlichen Zugriffen schützen.«

»Geht das nicht ein bisschen zu weit? Ich meine, die wissen doch, wie viel Vieh wir auf den Gütern haben, zumindest ungefähr.«

Mehrich schmunzelte. Albert Schönnagels Skrupel wunderten ihn nicht, bei allem, was man sich so erzählte. Schon seit langem sagte man seiner Frau ein Verhältnis mit einem der Bohnschen Söhne nach, sogar eine Abtreibung hatte man ihr unterstellt. Dass Schönnagel und von Bohn überhaupt noch miteinander sprachen, war allein ihrer Stellung auf Rügen geschuldet. Im Zweifel aber würde kaum jemand auf der Seite des Grabower Gutsbesitzers stehen.

»Jetzt mach dir mal nicht in die Hose. Wir sitzen alle in einem Boot, und wir lassen dieses Boot nicht untergehen.«

»Vielleicht wisst ihr es ja nicht, aber erst neulich haben sie einen Gutsbesitzer aus Ostpreußen zu zwei Jahren Zuchthaus verurteilt, nur weil er ein paar Vorschriften nicht eingehalten hat.«

»Du weißt doch nicht, was da wirklich vorgefallen ist. Außerdem befinden wir uns noch immer auf Rügen und nicht in der Walachei. Ganz abgesehen davon, dass man uns noch dankbar für unsere gute Tat sein wird. Schließlich sind unsere Güter nur dann überlebensfähig, wenn wir wenigstens unser Schlachtvieh zu Preisen verkaufen können, die uns nicht in den Ruin treiben. Und nur wenn unsere Güter überleben, können wir auch dafür garantieren, dass die Bevölkerung etwas zu essen auf den Tisch bekommt. Wir stellen uns also nicht gegen, sondern ganz explizit hinter das Volk, auch wenn es auf den ersten Blick manchem vielleicht so erscheinen mag, als hätten wir nur unseren eigenen Gewinn im Kopf.«

Jemand lachte, während Viktor Mehrich ansah, als hätte er gerade die beste Ernte seines Lebens eingefahren.

»Da gibt es nichts zu lachen, Otto. Es ist doch ganz offensichtlich, dass diese Bürokraten den Überblick verloren haben. Und ich frage euch, ist es da nicht sogar unsere Pflicht, uns gegen diese absurden Anweisungen zu stellen?«

»Natürlich, Carl, du hast vollkommen recht. Die Frage ist nur, wohin bringen wir das Vieh. Es muss ja weiterhin versorgt werden.«

»Die fürstliche Familie hat mir ihre Unterstützung signalisiert, und …« Carl von Bohn hielt plötzlich inne.

Schritte waren zu hören, die immer näher kamen. Soldaten unterhielten sich und gingen weiter. Danach war nur noch ein Flüstern zu hören, und mit einem Mal schien das Gespräch beendet.

»Dann noch frohe Weihnachten«, hörten sie Otto von Wakenitz sagen.

»So ein Mist.« Mehrich schlug sich mit der Hand auf den Oberschenkel. »Wir haben das Beste verpasst.«

Viktor deutete auf sein Ohr. »Pst.«

»Euch auch, und grüß deinen Sohn«, sagte Heinrich von Gudderitz. »Meine drei sind leider verstreut, einer im Westen, einer im Osten, und der andere langweilt sich in Kiel.«

»Wie lange wollen die eigentlich noch warten?«, fragte

Carl von Bohn. »Eine ordentliche U-Boote-Offensive, und die Briten werden so ausgeblutet sein, dass sie um Gnade winseln.«

»Ganz meine Meinung. Ich verstehe wirklich nicht, warum die noch immer zögern. Ich erinnere nur an Skagerrak. Unsere Marine hat den Engländern doch das Doppelte an Verlusten beigebracht. Wenn man danach zügig begonnen hätte die U-Boote in Stellung zu bringen und alle Handelsschiffe zu versenken, müssten sie im Westen vermutlich nicht mehr wie die Fliegen sterben. Karl schreibt, dass die Hälfte seines Regiments gefallen sei.«

Mehrich stöhnte leise. Von Kriegsgeschichten hatte er nun wirklich genug. Ihn interessierte allein, wohin sie ihr Vieh zu bringen gedachten. Warum mussten vorhin auch diese Soldaten ausgerechnet hier vorbeimarschieren. Hatten die am Kai nicht genügend zu tun? Der Dampfer war doch eingelaufen. Er hatte das Tuten deutlich gehört.

»Warum holst du ihn nicht nach Hause? Es wurden schon viele wegen kriegswichtiger Tätigkeit vom Heer freigestellt.«

»Denk nur nicht, dass das noch so einfach wäre wie 1915. Die lassen schon lange keinen mehr gehen. Erst neulich wurde mein achtzehnjähriger Neffe eingezogen, ein kräftiger Kerl, der sich auf dem Gut meines Bruders, Gott hab ihn selig, um alles gekümmert hat. Meiner Schwägerin wollen sie jetzt ein oder zwei Frauen aus Stettin schicken. Als Ersatz, wenn du so willst. Wahrscheinlich zwei Mütterchen, das kennt man doch. Und dann schieben sie uns wieder die Schuld in die Schuhe, wenn sie in den Städten Hunger leiden. Versteht das einer?«

Für einen Moment herrschte Schweigen. Dann war wieder nur ein unverständliches Flüstern zu hören und wenig spä-

ter stampfende, davoneilende Schritte, vermischt mit dem Klappern von Taschenuhrketten, das in Mehrichs Ohren wie Brei klang.
Er schüttelte kaum merklich den Kopf. Es war immer das Gleiche. Kaum beraubte man diese Junker ihrer Privilegien, fingen sie auch schon an ihre eigenen Gesetze zu machen. Als ob sie sich alles erlauben könnten. Eigentlich sind sie keinen Deut besser als Gottfried von Salen, dachte er, während sein Blick zu Viktor wanderte. Langsam wurde es wirklich Zeit, dass er seinen Plan vollendete.

»Haben Sie das gehört?« Viktor rieb sich die Hände. »Wenn wir jetzt keinen Fehler machen, dann gehört bald ganz Rügen uns. Wusste ich es doch, dass es eine weise Entscheidung sein würde, Heiligabend nicht auf Blietzow zu verbringen.«
Mehrich schmunzelte. Wenn es noch eines Beweises bedurft hätte, dass Viktor der perfekte Mann für ihn war, dann hatte er ihn soeben erbracht. Anders als sein Vater besaß er das nötige Maß an Skrupellosigkeit, auf der anderen Seite aber war er um Längen naiver. Niemals hätte Ferdinand von Salen von »ganz Rügen« geträumt. Aber ihm sollte es recht sein. Noch ein Trumpf, den man ihm heute unverhofft in die Hände gespielt hatte. »Haben Sie schon eine Vorstellung, was Sie tun wollen, Herr von Salen?«, fragte er fast beiläufig, als würde ihn das eben belauschte Gespräch nur mäßig interessieren.
»Mehrich, Mehrich«, Viktor schlug ihm auf die Schulter, »nun freuen Sie sich schon. Ein besseres Weihnachtsgeschenk hätte man uns doch gar nicht machen können.«
»Vielleicht sollten wir erst einmal abwarten.«

»Was heißt hier abwarten? Sie haben es doch selbst gehört. Die kriegen wir ran, und dann …« Viktor lachte laut auf. »Ich kann es noch immer kaum glauben. Ich sehe schon unsere Ställe aus allen Nähten platzen, und wenn ich richtig informiert bin, hat jeder von denen noch mindestens zehn Pferde in seinem Besitz. Stellen Sie sich vor, Mehrich, wir könnten unsere Felder wieder wie gewohnt bestellen. Und es müsste doch gerade mit dem Teufel zugehen, wenn wir dort nicht auch noch einen stolzen Vorrat an Benzin finden würden und funktionstüchtige Pflüge.« Er hielt kurz inne und zupfte seine Augenklappe zurecht, die ihm im Überschwang verrutscht war. »Und dieser Carl von Bohn, ich fresse einen Besen, wenn der nicht auch noch irgendwo Dünger gehortet hat. Mehrich, wir gehen goldenen Zeiten entgegen.«

»Ich möchte ja kein Spielverderber sein, aber Sie scheinen zu vergessen, dass wir das Wichtigste leider nicht mitbekommen haben.«

»Ach, machen Sie sich da mal keine Gedanken. So groß ist Rügen auch wieder nicht, und bei Ihren Kontakten dürfte es doch ein Leichtes sein, das Versteck ausfindig zu machen. Nicht wahr?« Er schlug ihm erneut auf die Schulter, während Mehrich Mühe hatte, sich ein Grinsen zu verkneifen. »Jetzt muss ich mich aber beeilen. Was ist, kommen Sie mit zum Pier? Ich habe Frau Petershagen meine Hilfe bei der Aufnahme der Personalien zugesagt. Da kann ich jetzt nicht kneifen.«

»Ja, ja, der lieben Frau Petershagen kann man keinen Wunsch abschlagen.«

»Wie recht Sie haben.« Viktor lachte. »Aber der Einsatz hat sich doch schon jetzt gelohnt, finden Sie nicht?«

Mehr als das, dachte Mehrich, sagte aber: »Ich werde mein Bestes geben, verlassen Sie sich darauf.«

»Gut so, mein lieber Mehrich, gut so.« Er nickte ihm anerkennend zu.

Auf dem Weg zum Pier malte Viktor sich bereits im Stillen ein Leben als Herrscher über Rügen aus. Ihm, dem man so viele Verletzungen zugefügt hatte, dieser Überzeugung war er jedenfalls, würde nun endlich Gerechtigkeit widerfahren.

44

Ende Januar lag so viel Schnee auf der Insel, dass man selbst mit dem Schlitten nicht mehr nach Blietzow kam. Viktor, der bis dahin nichts unversucht gelassen hatte, Näheres über die Pläne der vier Gutsbesitzer in Erfahrung zu bringen, sah sich mit einem Mal zur Untätigkeit gezwungen. Den ganzen Tag stromerte er wie ein Getriebener durchs Haus, so sehr in Gedanken vertieft, dass er selbst den Rübenkaffee klaglos trank, der ihm noch im Dezember einen Aufschrei des Ekels entlockt hatte. Auch die eisigen Temperaturen schienen ihn nicht mehr zu quälen. Im Gegensatz zu Luise, die ihren Wintermantel selbst zum Schlafen nicht ablegte, trug er wie immer Hemd und Weste. Dabei hatte die Kälte vor wenigen Wochen noch unangenehme Erinnerungen in ihm wachgerufen. Die Tage und Nächte im Schützengraben waren wieder so lebendig geworden, dass er an manchen Tagen ununterbrochen gezittert hatte.

Aber nicht nur er war seit jenem Heiligabend verändert. Marta weigerte sich beharrlich, die Soldaten in ihre Küche zu lassen. Stattdessen stellte sie ihnen ihre Verpflegung vor die Tür, morgens Kaffee und Brot, abends einen Teller Suppe. Auch zu den Gefangenen ging sie nicht mehr, obwohl sie jede Nacht von diesen warmen russischen Händen träumte, die ihr eine ungeahnte Welt offenbart hatten.

»Können wir denn wirklich nichts machen?« Einmal mehr saß Luise bei Auguste im Arbeitszimmer und versuchte sie dazu zu bewegen, gegen die Soldaten auf ihrem Gut vorzugehen. »Ich meine, einen Versuch wäre es doch wenigstens wert. Bitte, Mutter. Wenn du möchtest, dann setze ich auch das Schreiben an die Militärbehörde auf. Irgendetwas wird mir schon einfallen, warum man die drei unbedingt von Blietzow abziehen und durch neue Soldaten ersetzen muss.«

»Luise, wie oft soll ich es denn noch sagen? Es wird sich dadurch nichts ändern. Selbst wenn sie uns andere Soldaten aufs Gut schicken sollten, woran ich mehr als zweifle, wer garantiert uns denn, dass diese nicht ebenso ausgehungert sind?«

»Wir sollten es wenigstens versuchen.«

»Nein, Luise, wir arrangieren uns lieber. Und wenn ich höre, was man sich in Lohme so erzählt, sind wir noch gut davongekommen.«

»Ich ertrage ihren Anblick aber nicht.«

»Du solltest demütiger sein. Denk an die, die für uns ihr Leben lassen, an die, die vor Hunger und Kälte sterben, an die, die jetzt irgendwo in den Schützengräben liegen und vielleicht mit letzter Kraft gegen den Feind kämpfen, obwohl sie schon lange keine Kraft mehr haben.«

Luise atmete tief durch. Seit Wochen verliefen ihre Gespräche in ähnlichen Bahnen. Am Anfang war sie voller Zuversicht, und am Ende tötete Auguste alle Hoffnung mit dieser Demutsbeschwörung. Aber dieses Mal war sie nicht gewillt, sich abweisen zu lassen. Sie war nicht gewillt, mit in den Abgrund zu steigen, in dem ihre Mutter offensichtlich schon saß. Allein diese schleppende Art zu sprechen war ein deutliches Zeichen. »Aber sind wir denn nichts wert?«, fragte Luise leise. »Du? Marta? Ich? Dürfen wir nicht auch um unser Leben kämpfen?«

»Ach, Luise.« Auguste schlug beide Hände vors Gesicht

und schloss für einen Moment die Augen. Wenn doch nur alles endlich vorbei wäre. Wenn sie sich doch nur endlich keine Sorgen mehr machen müsste, weder um Ferdinand noch um das Gut oder um diese wild gewordenen Soldaten, denen sie jederzeit alles zutraute.

»Bitte, Mutter, du darfst jetzt nicht aufgeben. Wir müssen weiterkämpfen.«

Das Gesicht noch immer hinter den Händen verborgen, spürte Auguste, wie ihr die Tränen in die Augen stiegen.

»Mutter.«

»Ja.«

»Sag mir, dass wir kämpfen. Dass du kämpfst. Ich schaffe das nicht allein.«

»Viktor ist doch auch noch da«, erwiderte Auguste leise, und obwohl sie ihr Gesicht noch immer versteckte, konnte Luise ein Lächeln um ihren Mund erkennen.

Noch so ein Argument, gegen das Luise schwer ankam. Dass Auguste in Viktor gerne den Retter sah, konnte sie zwar als Wunsch nach einer starken und schützenden Hand verstehen, aber es blieb eben nur ein Wunsch. Für Luise jedenfalls war er auch fünf Monate nach seiner Rückkehr ein Fremder, einer, der noch immer nicht antwortete, wenn man ihm Fragen stellte, und, was für sie noch schwerer wog, einer, der selbst nie welche stellte. Manchmal kam es ihr fast so vor, als hätte sich das Bild, das er sich von ihr gemacht hatte, über all die Jahre nicht verändert, als wäre sie seine kleine, nicht ernst zu nehmende Schwester geblieben. Dabei hatte sie gerade ihren dreiundzwanzigsten Geburtstag gefeiert und mittlerweile so viel Erfahrung, dass sie sich sicher war, es mit jedem Landwirt aufnehmen zu können. Sogar mit Mehrich. Für Viktor aber galt nur dessen Wort, so dass sie sich immer öfter ausgeschlossen fühlte. Noch ein Grund, warum sie sich schwertat, mit ihrer Mutter über ihren Bruder zu sprechen. Viktor schien ihr wie ein Minenfeld zu sein. Bei jedem unbedachten Schritt drohte eine von vielen Verletzungen zu explodieren.

»Vielleicht kann sich Viktor ja darum kümmern«, sagte Auguste nachdenklich, nachdem sie ihre Hände vom Gesicht genommen hatte. Deutlicher als zuvor waren nun ihre dunklen Augenringe zu erkennen.

Luise erschrak, als sie diese schwarzgrüngrauen Schatten sah. Tief unter den Augen eingegraben, konnte man auf den ersten Blick glauben, es würden Löcher in Augustes Gesicht klaffen. »Du willst ihm also doch erzählen, was Heiligabend vorgefallen ist?«, fragte sie vorsichtig.

»Gott bewahre, nein.« Auguste lehnte sich jetzt so weit zurück, dass sie auf ihrem Stuhl mehr zu liegen schien, als zu sitzen. »Ich dachte nur, ach, ich weiß auch nicht.« Sie stöhnte. »Es ist vielleicht doch das Beste, wir lassen alles, wie es ist.«

Lange ruhte Luises stiller Blick auf Augustes Gesicht, das sich im Rhythmus ihres gleichmäßigen Atems bewegte. Noch nie hatte ihr die Müdigkeit ihrer Mutter so deutlich vor Augen gestanden wie in diesem Moment. Von nun an, dachte sie, würde sie alleine Entscheidungen treffen müssen.

Auf Zehenspitzen verließ Luise das Zimmer. Auguste war eingeschlafen.

45

»Gott sei's gedankt, wir sind nicht mehr von der Außenwelt abgeschnitten.«

Mit diesen Worten hatte Marta am späten Vormittag des 8. Februar 1917 die Post in Empfang genommen, die nach zehn Tagen der Isolation zu einem Berg angewachsen war. Die *Rügensche Zeitung* der vergangenen Tage war darunter, ein Schreiben vom Kriegsernährungsamt, das monatliche Flugblatt vom Landrat mit Durchhalteparolen, zwei Briefe aus Stralsund und Feldpost, die Marta schon deshalb staunend betrachtete, weil jede Feldpost für sich genommen ein Ereignis war. Dass sie an Luise adressiert war, merkte sie erst, als sie den Brief Auguste auf den Schreibtisch legte und diese ihn ihr wortlos, aber mit enttäuschtem Blick zurückgab.

Als Marta an Luises Zimmertür klopfte, versuchte Luise sich gerade an einem Schreiben für die Militärbehörde. Vor ihr lag ein weißes Blatt Papier, ihr zu Füßen türmte sich ein Haufen angefangener und wütend zerknüllter Briefbogen. Seit Tagen mühte sie sich um eine Formulierung, die nichts über den Angriff der Soldaten verriet und dennoch die Dringlichkeit ihres Anliegens nicht schmälerte. Ein Unterfangen, das ihr von Tag zu Tag unmöglicher zu sein schien.

»Fräulein Luise.« Marta streckte den Kopf durch die Tür, und zum ersten Mal seit langem lächelte sie. »Post für Sie.«

»Legen Sie sie auf die Kommode«, sagte Luise, ohne aufzusehen, während sie den Füller durch ihre Finger gleiten ließ. Sollte sie in ihrem Schreiben an die Behörde besser von Vorkommnissen oder von Ereignissen sprechen? Oder sollte sie erwähnen, dass die Soldaten von einem Fronteinsatz träumten, was zwar nicht stimmte, aber durchaus denkbar war? Wenn nur nicht jede Formulierung so etwas eindeutig Uneindeutiges hätte, dachte sie. Nur ein aus der Zeit Gefallener würde nicht verstehen, wovon in Wirklichkeit die Rede war. Allein, dass sich Anfang des Jahres die Enkelin vom Strandvogt Lenz das Leben genommen hatte, machte ihr Anliegen nicht leichter. Es war ein offenes Geheimnis, dass sie von einem der wachhabenden Soldaten vom Königsstuhl vergewaltigt worden war.

»Fräulein Luise?«

Erschrocken drehte sie sich um. »Marta? Ich dachte, Sie wären schon längst wieder weg. Ist noch etwas?«

»Die Post.« Sie zeigte mit dem Kopf in Richtung Kommode. »Sie sollten sie nicht allzu lange unbeachtet lassen.«

Luise, schon im Begriff, über neue Behördenanweisungen zu schimpfen, die sie getrost noch einen Moment ignorieren könne, verstummte, als ihr Blick auf den grauen Umschlag fiel, der neben einem ihrer Orchideentöpfe lag.

Marta lächelte wieder. »Bestimmt gute Nachrichten von Ihrem werten Herrn Vater.«

»Für mich?« Luise nahm den Brief von der Kommode. Warum sollte ihr Vater ausgerechnet ihr schreiben und nicht ihrer Mutter? Nichts Gutes ahnend, wagte sie es nicht, den Umschlag zu öffnen.

Lange nachdem Marta das Zimmer verlassen hatte, lag der Brief noch immer verschlossen auf ihrem Tisch. Dass er in Frankreich abgestempelt worden war, erhöhte ihr Misstrauen nur zusätzlich. Es sprach alles dafür, dass man ihren Vater zurück an die Front geschickt hatte. Was, wenn er schrieb, dass er schwer verwundet sei und es keine Hoffnung mehr gebe? Aber vermutlich hatte er den Brief gar nicht selbst verfasst, sondern einer Krankenschwester diktiert, die ihn pflegte. Nein, gepflegt hatte, wie Luise jetzt dachte. Wahrscheinlich war er seinen Verletzungen bereits erlegen, und der Brief enthielt letzte Anweisungen, wie mit Blietzow weiter zu verfahren sei. Und ganz sicher war er der Meinung gewesen, dass es besser wäre, sie würde die schlechte Nachricht ihrer Mutter persönlich überbringen. Wie Nebelschleier zogen die Gedanken an Luise vorüber. Als sie den Umschlag schließlich mit zitternden Händen öffnete, war sie sich sicher, ihrem Vater nicht mehr lebend zu begegnen.

»Grancourt, 9. Januar 1917

Liebe Luise,
wie beginne ich einen Brief, den ich schon hundert-, nein tausendmal geschrieben habe? In Gedanken natürlich nur. Hoffentlich kannst Du meine Schrift überhaupt lesen. Ich schreibe mit links. Außerdem bin ich nicht sehr geübt im Briefeschreiben.
Momentan liege ich in einem Lazarett in Frankreich. Es ist bitterkalt. Der Ofen wird nur einmal am Morgen befeuert. Am Mittag bekommen wir einen Teller Suppe, meistens eine dünne Brühe. Aber immerhin ist sie warm. Was genau passiert ist, weiß ich nicht mehr. Die meisten meiner Kameraden sind bei dem Angriff ums Leben gekommen. Ich hatte wohl Glück. Sagen die Ärzte. Sie haben mir nur ein paar Granatsplitter entfernen müssen. Allerdings kann ich meinen rechten Arm noch immer nicht richtig bewegen. Überhaupt ist meine ganze rechte Seite grün und blau. Nächste Woche wollen die Ärzte

darüber entscheiden, wann ich wieder an die Front kann.
An die Front, Luise. Ich weiß, was das bedeutet. Daher muss ich diese ruhige Zeit nutzen und Dir endlich diesen Brief schreiben. Wer weiß, ob ich später noch einmal die Gelegenheit dazu bekommen werde.
Während ich Dir schreibe, knete ich Dein Steinsäckchen mit meiner rechten Hand. Es hilft, meine Finger zu kräftigen, sagt die Schwester. Aber ich halte nie länger als fünf Minuten durch.
Die Erinnerung ist eine teuflische Begleiterin, besonders hier im Lazarett, wo man zum Nachdenken verdammt ist. Wusstest Du das?
Ich sehe Dich vor mir, Dein wehendes langes dunkles Haar, ich rieche es sogar, ich spüre es durch meine Finger gleiten. Aber mit einem Mal wendest Du Dich ab und gehst davon. Du wirst zu einem winzig kleinen Punkt am Horizont. Ich rufe Dir hinterher, aber Du drehst Dich nicht um. Ich bitte Dich zu bleiben, aber Du hörst mich nicht.
Ich vermisse Dich. Das ist mir erst hier im Lazarett deutlich geworden.
Wenn man im Schützengraben liegt und der Feind auf der anderen Seite auf einen wartet, denkt man ja nur an das, was in der nächsten Sekunde passieren kann. Aber hier denke ich nur an Dich. Wenn ich aufwache, sehe ich Dein Gesicht vor mir. Wie damals, mit den Efeuranken im Haar. Und dann fliegst Du davon und lachst. Ich bleibe am Boden zurück und schaue Dir wie einem Vogel hinterher.
Ich war so wütend anfangs, auch über das Steinsäck-

chen in meinem Rucksack. Mehr als zwei Jahre habe ich es nicht angerührt. Es lag ganz unten, und wenn es geklappert hat, dann habe ich Dich verflucht, weil ich nicht erinnert werden wollte, weder an Dich noch an Jasmund oder an Blietzow. Dass ich es damals nicht weggeworfen habe, ist allein meinem lieben Freund Ludwig zu verdanken. Leider hat auch er den Angriff vor zwei Wochen nicht überlebt. (Noch einer, der die Liste der Gefallenen immer länger werden lässt.) Aber seine Worte klingen mir noch so deutlich im Ohr, als hätte er sie mir eben erst zugeflüstert.

›Man kann Erinnerungen nicht wegwerfen, man kann nur darauf hoffen, sie eines Tages in besserer Gesellschaft vorzufinden.‹

Er war ein guter Flüsterer, musst Du wissen, einer, der auch nachts Geschichten erzählen konnte, ohne die schlafenden Kameraden zu wecken. Dass er nun nicht mehr mit mir zurück an die Front gehen wird, ist mir noch unvorstellbar. Sein bayerischer Dialekt war wie ein neues Zuhause für mich. Er konnte so wunderbare verrückte Geschichten über seinen Namensvetter, den Bayernkönig, erzählen. Ein richtiger Dichter war er, der beste Freund, den ich je hatte.

›Für dieses Elend‹, hat er immer gesagt, ›gibt es nur eine Berechtigung. Wir werden die Schönheit erkennen können, wenn sie uns begegnet.‹

Und jetzt sehe ich Dich in meinen Träumen. Ich sehe Dein zartes Gesicht, Deine Hände, ich höre Dein befreiendes Lachen. Tag und Nacht begegne ich nun der Schönheit, von der Ludwig gesprochen hat. Und ich möchte sie greifen und festhalten, aber es gelingt mir nicht.

Noch immer verstehe ich nicht, was damals wirklich vorgefallen ist. Je länger ich darüber nachdenke, desto rätselhafter scheint alles zu werden. Immer öfter frage ich mich nun, ob die Schuld für unseren erbitterten Streit nicht woanders zu suchen ist. Wenn ich könnte, ich würde die Zeit zurückdrehen und hören, was Du zu sagen hast, und Dich nicht gleich anklagen, so wie ich es damals getan habe.

Von meinem Krankenlager aus betrachtet kommt mir mein Verhalten von damals wie das eines Esels vor. Das solltest Du unbedingt wissen, denn nichts wünsche ich mir momentan sehnlicher, als dass ich mich an schönen Erinnerungen wärmen könnte.

Was macht unser Findling am Strand? Sitzt Du manchmal noch dort und siehst aufs Wasser? Und die Aussicht vom Hügelgrab, ist die noch immer so weit und schön wie früher?

Verzeih mir bitte,

Dein Jakob«

Als Luise den Brief beiseitelegte, weinte sie so sehr, dass sie kaum noch Luft bekam. Sie weinte vor Freude, vor Schmerz, vor Angst, sie weinte um die vergangenen Jahre, die von so viel Unsicherheit geprägt gewesen waren. Und sie weinte um all die Sorgen, die sie sich noch um Jakob würde machen müssen, jetzt, da sie ihr Wiedersehen kaum erwarten konnte und der Tod doch so nahe gerückt war. Es hatten sich so viele Tränen angestaut, dass sie, als sie ihm am Abend schrieb, noch immer stark zitterte. Mit Zeilen, die einer stürmischen See glichen, bedeckte sie Blatt um Blatt.

Sie schrieb über ihre Erleichterung, ihn lebend zu wissen, und dass sie ihm verzeihe, »alles, Jakob, für immer. Was auch immer damals passiert ist, eines Tages werden wir es herausfinden und feststellen, dass keinen von uns Schuld trifft.« Sie berichtete von Kahnicks Tod und dem staatlich verordneten Schweinemord, von der Kartoffelfäule, die auch ihre Ernte befallen habe, und dass sie sich nun fast ausschließlich von Rüben ernähren würden. »Fast alle im Reich tun das, es ist also keine Entbehrung, die der Rede wert wäre. Nicht zu vergleichen jedenfalls mit dem Leid, das Du durchlebst.« Dann wieder bekräftigte sie ihre Liebe, die sie trotz allem nie verloren habe, »nie, Jakob, nie habe ich Dich vergessen«, bevor sie von Viktors Rückkehr erzählte und seinem merkwürdigen Verhalten. Auch den Zusammenstoß mit den Soldaten an Heiligabend verschwieg sie nicht. Mehrfach beschwor sie ihn, auf sich aufzupassen, heil zurückzukommen, nichts zu riskieren, damit sie ihn bald wieder in die Arme schließen könne. »Ich hoffe, Du wärmst Dich nun an mir. Bis Du zurück bist, werde ich nicht aufhören von Dir zu träumen. Es küsst Dich Deine Dich sehnsüchtig erwartende Luise.«

Am Ende hatte sie fünfzehn Seiten gefüllt.

Bevor sie zu Bett ging, sammelte sie noch das zerknüllte Briefpapier ein, mit dem Marta am Morgen den Herd würde heizen können. Jakobs Brief hatte ihr so viel Auftrieb gegeben, dass sie beschloss, dem Wunsch ihrer Mutter erst einmal Folge zu leisten und nicht an die Militärbehörde zu schreiben.

46

Ende März war es noch immer ungewöhnlich kalt, doch zum ersten Mal seit langem zeigte sich wieder die Sonne über Rügen. Der über die Wochen hart gewordene Schnee war in diesem strahlenden Licht kaum mehr zu unterscheiden von der dicken Eisschicht, die sich auf dem Jasmunder Bodden gebildet hatte. Es schien, als würde es Jahre dauern, diese Schneemassen zum Schmelzen zu bringen, und dennoch wusste Viktor, dass es jetzt keine Zeit zu verschwenden galt.

Wie so oft stand er am Kopf der Gutshaustreppe und ließ seinen Blick über Blietzow schweifen. Zwei der polnischen Arbeiter waren gerade auf dem Weg in den Kuhstall, ein anderer, dessen Namen er ebenso wenig kannte, schob eine Karre, beladen mit Heu, aus der Tenne. Von seinem Platz aus hatte man den Eindruck, sie schlängelten sich durch hohe, glänzende Schneewände.

Viktors Interesse aber galt seit einigen Tagen ausschließlich dem, was im Wirtschaftsgebäude vor sich ging. In Absprache mit Mehrich ließ er dort von einem der russischen Gefangenen, der sich als versierter Mechaniker erwiesen hatte, alle Maschinen auf Tauglichkeit prüfen. Bislang war das Ergebnis erschreckend. Der Rost hatte sich über den Winter durch zwei von drei noch funktionstüchtigen Pflügen gefressen.

Als er die Tür öffnete, schraubte der Russe gerade an einer der Dreschmaschinen. Sein Deutsch war schlecht, aber Viktor sah seinem Gesicht schon von weitem an, dass wohl auch hier nicht mehr viel zu retten war.

»Öl«, sagte der Russe und zuckte mit den Schultern.
»Kein Öl. Du musst zaubern«, erwiderte Viktor, wohl wissend, dass der Russe ihn nicht verstehen würde. Wenn er nicht bald an Öl und Benzin und Ersatzteile käme, sah er für die kommende Saison schwarz. Und sein Plan, es mit Erpressung zu versuchen, schien sich nicht zu erfüllen.
Vor wenigen Tagen erst war Mehrich mit schlechten Nachrichten von einer erneuten Erkundungsreise über die Insel zurückgekehrt. Wie es aussah, hatten die vier ihr Vorhaben aufgegeben, ihre Tiere an einen geheimen Ort bringen zu wollen. Auf dem Gut der von Bohns hatte er jedenfalls keine Unstimmigkeiten erkennen können. Auch ein Gespräch mit dem Gutsherrn, den Mehrich seit vielen Jahren kannte, hatte keine neuen Erkenntnisse erbracht. Ebenso wenig wie ein Besuch beim fürstlichen Gutsverwalter auf Spycker, dem er noch immer besonders verbunden war.
»Was ist denn kaputt?«, fragte Viktor und beugte sich jetzt ebenfalls über die Maschine. Doch obwohl er sich schon immer für die neueste Technik begeistert hatte, verstand er erstaunlich wenig von deren Innenleben. Auf den Gütern in Ostpreußen und Brandenburg hatte es Mechaniker gegeben, die ihr Wissen wie einen Schatz gehütet hatten.
Unverständliches murmelnd zeigte der Russe auf eine Stahlwanne, die von Rost überzogen war.
»Auch das noch.« Viktor stöhnte. »Und die andere Dreschmaschine?« Er deutete mit dem Kopf nach rechts.
»Njet.«
»Verdammter Mist.«
Der Russe lachte.
»Nix lustig.« Viktor sah ihn wütend an. »Mach dich mal lieber wieder an die Arbeit. In drei Wochen musst du die

Maschinen zum Laufen gebracht haben, sonst Kopf ab.« Er unterstrich seine Worte mit entsprechender Geste.

Doch der Russe grinste nur. »Mist«, sagte er und nickte. »Große Mist.«

»Genau, du hast vollkommen recht, das hier ist Großmist.« Unentschlossen ging Viktor von einem Gerät zum anderen und inspizierte jedes von allen Seiten, zum einen, um dem Russen zu zeigen, wie ernst es ihm war, zum anderen aber auch, weil er, seitdem er ein Auge verloren hatte, die Dinge gezwungenermaßen aus der Nähe betrachten musste. Es passierte zwar nur noch selten, aber manchmal kam es doch vor, dass ihm Wichtiges entging, weil er vergessen hatte, dass seine Sicht eingeschränkt war. Beim letzten Mal hatte Luise ihn darauf hinweisen müssen, dass rechts neben ihm noch sechs Kannen Milch darauf warteten, verladen zu werden. In diesen Momenten hasste er den Krieg besonders.

Als er sich von dem Russen verabschiedete, nicht ohne ihn vorher noch einmal eindringlich darauf hingewiesen zu haben, dass er nichts unversucht lassen solle, morgen komme er wieder, fragte er sich, wie lange es wohl dauern würde, bis die russischen Kriegsgefangenen erfuhren, was in ihrer Heimat gerade passierte, und bis sie auch hier den Aufstand wagten. Während er zurück ins Haus ging, nahm er sich vor, vorsorglich schon einmal alle Gewehre zu reinigen und zu laden.

»Viktor, um Himmels willen, was hast du vor?« Augustes Stimme klang entsetzt. Eigentlich war sie nur in den Salon gekommen, um sich für ein paar Minuten an dem einzigen noch beheizten Ofen im Haus zu wärmen. Als sie aber diese in Einzelteilen zerlegten Gewehre auf dem großen Esstisch liegen sah, fror sie erst recht.

»Ich sorge für unsere Sicherheit.«

»Was ist passiert?«, fragte sie und dachte sofort an die Soldaten und an Heiligabend und an ihren ersten und bislang einzigen abgegebenen Schuss.

»Bislang noch nichts, zum Glück«, erwiderte Viktor, ohne seinen Blick von dem Gewehrlauf zu wenden, den er gerade mit einem Tuch polierte. »Aber du weißt ja selbst, Veränderungen kommen schneller, als man denkt. Ich will nur vorbereitet sein.«

»Auf was willst du vorbereitet sein?« Noch immer stand Auguste wie angewurzelt im Türrahmen.

»Hast du denn nicht mitbekommen, was in Russland gerade geschieht?«

»Aber was hat das denn mit uns hier zu tun?«, fragte sie und ging nun doch, wie ursprünglich geplant, zum Ofen und wärmte ihre kalten Hände dicht am Feuer.

»Verstehst du das denn nicht? Dort haben sich Soldaten mit Aufständischen verbündet. Soldaten, Mutter! Nur deshalb musste der Zar abdanken. Stell dir mal vor, unsere Russen bekommen Wind davon und entschließen sich, es ihren Brüdern gleichzutun? Was glaubst du, was hier los ist, wenn zehn ausgehungerte, zu allem bereite Russen zu meutern beginnen? Die haben doch nichts mehr zu verlieren.«

Auguste trat dicht hinter Viktor und streichelte ihm mit ihren warmen Händen behutsam über die Schulter. Dann beugte sie sich zu ihm hinunter und umarmte ihn. »Was ist das nur für eine schreckliche Zeit, in der wir leben?«, fragte sie leise und legte ihren Kopf auf seine Schulter.

Bislang hatte er es nie zugelassen, dass sie ihm so nahe kommen konnte, aber heute sah er eine Chance darin. Während er ihren Atem an seinem Hals spürte, entschloss er sich, alles auf eine Karte zu setzen. Vorsichtig drehte er sich zur Seite, so dass er sich, ohne sie zu brüskieren, aus ihrer Umarmung winden konnte. »Ich denke, wir sollten noch einmal über Blietzow reden«, sagte er.

Ohne etwas zu erwidern, setzte sie sich neben ihn und stützte ihren Kopf auf beide Arme.

Wie erschöpft sie aussieht, dachte Viktor und streichelte ihr wie einem Kind übers Haar. An zärtliche Gesten nicht gewöhnt, wunderte er sich selbst, wie leicht ihm diese gefallen war. Es war fast wie früher, und für einen Moment wäre er gerne wieder der kleine Junge gewesen, der bewundernd zu seiner Mutter aufsah. Doch ihre Rollen waren jetzt vertauscht, und sein Anliegen schien ihm daher nur folgerichtig. »Ich habe nachgedacht«, sagte er. »Blietzow befindet sich momentan, wie wir wissen, in einer schwierigen Situation. Es ist Krieg, es gibt unzählige Vorschriften und Anweisungen, und wie mir scheint, zehren diese ungewöhnlichen Anforderungen an deinen Kräften. Ich denke jedenfalls, dass du dringend Unterstützung brauchst. Ich würde dir gerne helfen, Mutter. Ich meine, richtig helfen, verstehst du? Dir die Verantwortung abnehmen, an der du so schwer zu tragen hast.« Sein Blick streifte ihre müden Augen, die ihn in seinem Vorhaben zu bestätigen schienen. »Ich halte es daher für das Sinnvollste, wenn du mir die Zeichnungsbefugnis für das Gut überträgst.«

Auguste sah ihn schweigend an.

»Es ist doch so, keiner von uns weiß, wie lange dieser Krieg tatsächlich noch dauern wird«, sagte er, enttäuscht über die doch nicht zustande gekommenen Friedensverhandlungen. »Nur eines ist sicher, wir müssen durchhalten, und zwar bis zum Ende. Das wird uns aber nur gelingen, wenn wir jetzt das Beste aus der Situation machen.« Er hielt kurz inne. »Mutter!«

Auguste aber schwieg noch immer. Zeitungsmeldungen der vergangenen Tage geisterten durch ihre Gedanken. Da war von Demonstrationen in Berlin, Leipzig und anderen größeren Städten die Rede gewesen, von dem Ruf nach Brot und Freiheit, und zwischen den Zeilen hatte sie geglaubt von einem nahen Kriegsende zu lesen. »Die Menschen gehen jetzt auf die Straße«, sagte sie schließlich leise.

»Das heißt doch aber nicht, dass gleich morgen die Waffen ruhen werden. Mutter, Blietzow benötigt jetzt eine starke Hand. Wenn ich dich neulich richtig verstanden habe, hast du bislang ja noch nicht einmal die Bestellung für das Saatgut abgeschickt und auch die Anträge für Benzin und Kohle noch nicht gestellt.«

»Ich hab die Papiere gerade ausgefüllt.«

»Aber dir ist doch hoffentlich klar, dass das eigentlich viel zu spät ist. Ganz abgesehen davon, dass wir dringend Ersatzteile und Dünger brauchen und dass wir auch endlich mit der Behörde über die Zwangsabgaben verhandeln müssen. Ich habe mir die Bücher mal angesehen, Blietzow schreibt seit zwei Jahren rote Zahlen.«

»Die Zeiten sind vorbei, dass man wirtschaften könnte, wie man möchte.« Auguste hob resigniert die Schultern. »Ich fürchte, da gibt es nichts zu verhandeln.«

»Es gibt immer Mittel und Wege«, erwiderte er knapp.

»Ach, Viktor.« Sie legte ihre Hand auf seinen Arm und sah ihn mit müdem Lächeln an.

»Ich verspreche dir, ich finde welche. Ich muss dafür nur eigenständig verhandeln können.« Schwer wie Blei lastete Augustes Hand auf ihm, aber er spürte, dass er sie bald so weit hatte, ihm seinen sehnlichsten Wunsch zu erfüllen. »Wie würde es denn aussehen, wenn ich sagen müsste: Entschuldigen Sie bitte, aber ich muss erst meine Mutter um Erlaubnis fragen, sie ist nämlich diejenige, die bei uns das letzte Wort hat.«

Auguste fühlte sich plötzlich so müde, dass sie ihren Kopf am liebsten auf Viktors Arm gebettet hätte.

»Ich bin sicher, Vater würde auch nicht wollen, dass wir klein beigeben«, fügte er hinzu.

»Was würde Vater nicht wollen?«, fragte Luise überrascht, die auf dem Weg zum Schweinestall Viktors Stimme gehört hatte und nun, neugierig geworden, ihren Kopf durch die Salontür streckte. Seit ihrem Gespräch damals hatte er ihren Vater nicht mehr erwähnt. Umso erstaunter war sie, ihn jetzt von ihm reden zu hören.

»Dass Blietzow vor die Hunde geht«, sagte er, und seiner Stimme war die Verärgerung über diese Störung deutlich anzumerken.

»Viktor hat angeboten, die Verantwortung für das Gut zu übernehmen«, berichtete Auguste.

»Tun wir das nicht alle? Ich meine, das ist doch selbstverständlich.«

»Komm, setz dich zu uns.« Zu Viktors Ärger deutete Auguste auf den Platz ihr gegenüber. »Wir sollten das gemeinsam besprechen.«

»Was besprechen?« Luise ahnte nichts Gutes.

»Du siehst doch selbst, dass Mutter mit ihren Kräften am Ende ist«, entgegnete Viktor. »Ich würde sie gerne entlasten, ich meine, ich weiß, was zu tun ist. Ich brauche dafür nur die Zeichnungsbefugnis für das Gut.«

Daher weht also der Wind, dachte Luise. Viktor will die Abwesenheit ihres Vaters nutzen, um endlich an die Position zu gelangen, von der er glaubt, dass sie ihm zustehe.

»Ich denke nicht, dass Vater ...«, begann sie, doch Viktor unterbrach sie barsch.

»Ich mache es auch für ihn.« Dass er sich jetzt auch noch mit Luise auseinandersetzen musste, ärgerte ihn über alle Maßen.

Beschwichtigend streichelte Auguste ihrem Sohn über den Arm. Hätte Ferdinand in seinem Brief nicht ausdrücklich erwähnt, dass er ihr das Gut überlassen habe und nur ihr, sie würde keinen Moment zögern und ihm mit größter Freude die ganze Verantwortung übergeben. »Ich weiß, dass du nur das Beste für Blietzow willst«, sagte sie, »aber ...«

»Was aber?« Viktor saß jetzt kerzengerade.

»Ohne die Zustimmung deines Vaters kann ich diese Entscheidung nicht treffen.«

»Aber du hast doch jetzt das Sagen auf Blietzow. Außerdem bin ich auch dein Sohn. Hier sieh mich an. Habe ich dich jemals enttäuscht?« Er versuchte zu lächeln, aber er war derart erregt, dass sein Mund unkontrolliert zuckte. »Oder hat dir Vater eingeredet, ich sei nicht gut genug?«

»Nein, Viktor, nein.« Auguste war es jetzt wieder so kalt, dass sie am ganzen Körper zitterte. »Bitte versteh doch. Ich habe deinem Vater mein Versprechen gegeben, das muss ich halten.«

»Mit anderen Worten, meine Zukunft auf diesem Gut besteht darin, ein rechtloser Gehilfe zu bleiben?«, fragte er und verschränkte die Arme vor der Brust.

»Aber nein.« Erneut wollte Auguste ihm über seinen Arm streicheln, doch dieses Mal schob er ihre Hand unwirsch zur Seite. »Ich brauche dich doch. Du kannst alles machen, was du für richtig hältst.«
Er schüttelte den Kopf.
»So versteh mich doch.«
»Ich verstehe sehr gut. Ich soll nach wie vor bei jedem Schritt um Erlaubnis bitten. Du kannst dir vielleicht vorstellen, dass das für einen fünfundzwanzigjährigen erfahrenen Landwirt, der für euch sein Leben riskiert und ein Auge verloren hat, keine vielversprechenden Aussichten sind.«
»Viktor, bitte, jetzt bedräng Mutter doch nicht so.«
Viktor, der so tat, als hätte er Luise nicht gehört, sah Auguste nachdenklich an. »Du bleibst also dabei? Du gibst mir die Zeichnungsbefugnis nicht?«
»Ich kann nicht, so versteh das doch.« Auguste war den Tränen nahe. Zu gerne hätte sie ihrem Sohn bewiesen, dass sie ihm vertraute, ja, dass sie ihm sogar zutraute, Unmögliches möglich zu machen, aber abgesehen von dem Versprechen, das sie gegeben hatte, durfte sie auch Ferdinands mahnende Worte nicht ignorieren.
»Gut, wie du willst«, sagte er und begann fast im selben Augenblick die Gewehrteile einzusammeln. Während er sie in Tücher wickelte, herrschte eine bedrückende Stille am Tisch.
Nur einmal versuchte Auguste dieses Schweigen zu durchbrechen, indem sie ihm anbot, mit Ferdinand zu reden, sobald er endlich Urlaub bekomme. Doch Viktor sah sie weder an, noch zeigte er eine Regung oder erwiderte etwas auf diesen Vorschlag. Ohne Auguste oder Luise eines Bli-

ckes zu würdigen, ging er, die Gewehre unter dem Arm, wortlos aus dem Salon.

»Viktor!« Auguste eilte ihm in die Eingangshalle hinterher. »Jetzt lass uns doch wie Erwachsene miteinander reden.«

Doch er ging einfach die Treppe nach oben, Stufe um Stufe, ohne sich umzudrehen.

»Du darfst nicht denken, dass ich dich wegschicke. Hörst du? Es ist nicht wie damals. Ich habe keine Wahl.«

Als er oben angelangt war, blieb er für den Bruchteil einer Sekunde mit dem Rücken zu ihr stehen. Dann verschwand er in die Dunkelheit des Flurs.

In diesem Moment ahnte Auguste, dass sie ihn ein zweites Mal verlieren würde.

47

Anfang Juni trafen drei Briefe im Inspektorenhaus ein, einer für Ella, einer für Alma, einer für Paul Mehrich. Die Briefe unterschieden sich deutlich voneinander, in einem aber glichen sie sich. Jedem stellte Jakob dieselbe Frage: »Hast Du damals meine Verabredungen mit Luise hintertrieben?«

Hätte er geahnt, welchen Hass er in seiner Familie damit entfachte und welche Folgen diese Feindseligkeit haben würde, er hätte diese Briefe niemals geschrieben.

Sogar Alma, die bis dahin noch nicht einmal etwas von Jakobs und Luises Verbindung gewusst hatte und die nie etwas auf die von Salens hatte kommen lassen, war sich recht schnell sicher, dass hinter dieser Unterstellung nur Luise von Salen stecken konnte. Zwar machte sie anfangs noch den Krieg für Jakobs, wie sie fand, unverständliches Verhalten verantwortlich, doch es dauerte nicht lange, bis Ella sie davon überzeugt hatte, dass »die kleine von Salen« die Schuld an ihrem Schmerz trug.

»Mein Junge«, sagte Alma immer wieder, während sie über das Briefpapier strich, als wäre er es leibhaftig, »was hat sie nur mit dir gemacht? Wir sind doch deine Familie, wir sind nicht deine Feinde.«

Ella war nicht weniger verletzt. Noch Wochen später konnte sie sich über »diese Unverschämtheit« derart erregen, dass sie, wenn sie Luise zufällig begegnete, ihren Kopf abwandte und so tat, als müsste sie sich übergeben. Dass Jakob ausgerechnet ihr, seiner Zwillingsschwester, die ihn über Monate vergeblich gesucht hatte, die ihn vermisste wie

keine, eine solche Gemeinheit unterstellte, war für sie so unbegreiflich, dass sie sich gar nicht vorstellen konnte, dass Jakob von alleine auf diesen Gedanken gekommen war.
Sie schrieb ihm, dass sie alles daransetzen werde, ihm zu beweisen, wie hinterhältig dieses »kleine Biest sei. Eine Intrigantin wie Luise hat einen wie Dich doch gar nicht verdient. Ich hoffe, Du weißt das!«
In den folgenden Wochen fragte sie jeden, den sie traf, nach Luise von Salen. Sie befragte die Hotelierswitwe aus Lohme, die neue Pfarrersfrau aus Bobbin, ebenso Hagemann und Lenz. Sogar zum Stellmacher nach Sagard fuhr sie. Niemand konnte ihr Schlechtes berichten, auch wenn die Hotelierswitwe nach anfänglichem Zögern zugab, dass Luise ja schon als junges Mädchen »ein bisschen anders« gewesen sei. »Aber ich will mich nicht beklagen, sie ist immer freundlich«, auch jetzt, in diesen schweren Zeiten, lasse sie den Kopf nie hängen. Hagemann erinnerte kopfschüttelnd an die Wanderlehrerseminare, fügte aber schnell hinzu, dass sie ihrem Vater immer auch »eine große Stütze« gewesen sei, so wie jetzt ihrer Mutter, man müsse diese Leistung anerkennen.
»Luise von Salen?«, fragte Ruth Petershagen, und es war ihr deutlich anzusehen, dass sie erst nach einem Gesicht zu diesem Namen suchen musste. »Ja, richtig, ein hübsches Ding. Viel getan hat sie zwar nicht für uns, aber ihre Brüder machen das wett. Wenn Sie mich fragen, dann sollte sie zusehen, dass sie schnellstmöglich unter die Haube kommt. Die jungen Männer sterben ja weg wie die Fliegen. Haben Sie schon gehört, Heinrich von Gudderitz hat jetzt auch zwei seiner Söhne verloren?«

Als Viktor Ende Juni einmal mehr seinen Abend im Inspektorenhaus verbrachte, entschloss sich Ella, auch ihn nach Luise zu befragen.

»Ella, bitte, was soll das?«, fragte Mehrich verärgert, nachdem sie sich zu ihm und Viktor an den Tisch gesetzt hatte. »Wir haben Wichtiges zu besprechen.« Seit Wochen schon versuchte er Viktor davon zu überzeugen, Blietzow nicht den Rücken zu kehren. Schließlich war er Teil seines Plans. Doch Viktor war noch immer unentschlossen, und so bedeutete für Mehrich jede Störung eine verpasste Gelegenheit, seinem Ziel näherzukommen. Er zeigte mit dem Kopf zur Tür, aber Ella machte keine Anstalten, aufzustehen.

»Ich weiß, Vater, entschuldige bitte. Aber das, was ich Viktor fragen möchte, wird auch dich interessieren.«

»Hat das nicht Zeit?«

»Nein.« Ella lächelte, und erst jetzt merkte er, dass sie verändert aussah. Ihre Haare, sonst zu einem langen Zopf geflochten, trug sie offen, ihre Wangen, von der vielen Arbeit oft grau und eingefallen, leuchteten blassrot. Überhaupt wirkte sie, als hätte sie gerade ein erfrischendes Bad in einer kühlen See genommen. »Es gibt da etwas, was mich seit Wochen umtreibt«, sagte Ella an Viktor gewandt. »Es geht um Blietzow.« Dann sprach sie von seiner großen Opferbereitschaft, nicht ohne den Verlust seines Auges zu erwähnen, sie sprach von seiner Stärke, die sie bewundere, »andere Kriegsheimkehrer können vor lauter Zittern ja kaum noch einen Löffel halten«, sie sprach von seinem unbedingten Willen, das Gut nicht diesen Bürokraten zu überlassen, sie erwähnte seinen Lazaretteinsatz an Weihnachten, seine Liebe zu diesem Land, zu dieser Insel, sie sagte, dass Blietzow ohne ihn nicht denkbar sei. Sie schmeichelte ihm, wo sie nur konnte, während Viktor zu seiner eigenen Überraschung dachte, dass ihre Stimme ähnlich zärtlich sei wie die pflegenden Hände der Krankenschwester damals im Lazarett. Je länger sie sprach, desto mehr verlor er sich in diesem warmen, tiefen Klang, so dass er die Frage, die sie ihm schließlich stellte, gar nicht hörte.

»Viktor, bist du noch da?«

»Entschuldige.«

»Meine Tochter«, sagte Mehrich ungeduldig, »hat Sie gerade gefragt, ob Sie es für möglich halten könnten, dass Luise gegen die Interessen des Guts arbeitet?«

Er zuckte mit den Schultern. Bei aller Enttäuschung, aber auf diesen Gedanken war er noch nie gekommen.

»Mich würde das schon interessieren«, fuhr Mehrich fort, während er sich über den Bart strich. »Ich meine, es ist doch nicht unerheblich zu wissen, ob Sie das generell für denkbar halten.« Mit einem Mal war aller Groll gegen Ella vergessen. Ihr Einfall war so einfach wie genial. Damit würde er Viktor endgültig an Blietzow binden können. Zumindest so lange, wie er ihn noch brauchte.

»Um ehrlich zu sein«, sagte Viktor, doch seine Gedanken schweiften ab.

Sein Blick ruhte auf Ella, deren Gesicht jetzt im orangefarbenen Abendlicht leuchtete. Früher war ihm ihre forsche Art stets Provokation gewesen. Aber jetzt, da sie so sanft mit ihm gesprochen hatte, war ihm, als wäre sie von einem Liebreiz, dem er sich nicht entziehen konnte. Vor allem diese großen grünen Augen, in denen er glaubte ihre Sanftmut zu erkennen, faszinierten ihn.

»Herr von Salen?«

Mehrichs Stimme hatte ihn aus seiner Träumerei geschreckt.
»Was glauben Sie? Verfolgt Ihre Schwester eigene Interessen, wenn es um Blietzow geht?«
Noch immer in Gedanken bei Ella, schüttelte er den Kopf. »Nein, ich denke nicht. Ich meine ... nein.« Natürlich war er noch immer wütend, natürlich verstand er noch immer nicht, warum er die Gutsleitung nicht übernehmen sollte, aber zu behaupten, Luise würde sich gegen Blietzow stellen und damit gegen ihren Vater, das ging dann doch zu weit.
»Dann lassen Sie mich eine andere Frage stellen.« Wieder strich sich Mehrich über den Bart, während er Viktor nicht aus den Augen ließ. »Was sagen Sie dazu, dass Ella mehr als sieben Monate lang nach ihrem Bruder gesucht hat?«
»Worauf wollen Sie hinaus?« Wenn er seine Beine ausstreckte, dachte Viktor jetzt, würde er Ella vielleicht berühren können. Aber er tastete ins Leere.
»Ich frage mich nur, ob Ihre Schwester jemals nach Ihnen gesucht hat«, erwiderte Mehrich. »Immerhin galten Sie vier Jahre als verschollen, Herr von Salen. Zwei Jahre davon während des Krieges. Und Sie wissen so gut wie ich, dass Blietzow in dieser Zeit dringend eine starke Hand gebraucht hätte. Eine wie Ihre«, fügte er hinzu, wohl wissend, wie sehr Viktor diese Bemerkung gefiel. »Ich meine, hat überhaupt jemand in Ihrer Familie jemals nach Ihnen gesucht?«
Viktor stutzte. »Nein«, sagte er und sah Mehrich dabei direkt in die Augen. »Davon weiß ich zumindest nichts. Und ich denke, man hätte mir davon erzählt, wenn es so gewesen wäre.«
»Wenn aber Luise die Interessen Blietzows wirklich im

Blick gehabt hätte«, sagte Ella jetzt, »hätte sie doch nach dir suchen müssen, findest du nicht?«

»Ihr hätte doch klar sein müssen«, ergänzte Mehrich und nickte Ella flüchtig zu, »dass Ihre werte Frau Mutter überfordert ist und mein Einfluss als Gutsinspektor begrenzt. Sie hätte erkennen müssen, dass es einen erfahrenen Landwirt an der Spitze des Guts braucht. Im Interesse Blietzows.«

»Wenn sie nur einmal an Blietzow gedacht hätte«, sagte Ella energisch, »hätte sie doch alle Hebel in Bewegung gesetzt, um dich zu finden.«

»So habe ich das noch nie gesehen«, entgegnete Viktor, konnte aber noch immer keinen klaren Gedanken fassen. Erinnerungen an Luise und seinen Vater und seine Mutter und an das letzte gemeinsame Essen, das von einer tödlichen Schweigsamkeit geprägt gewesen war, vermischten sich mit seiner frisch entflammten Sehnsucht nach Nähe.

»Man könnte also sagen«, fuhr Ella fort, »dass Luise Interessen verfolgt, die nicht zwangsläufig mit den Interessen des Guts übereinstimmen.«

»Ja, Ella, ja, ganz genau.« Plötzlich schien er glasklar zu sehen. »Natürlich, du hast vollkommen recht. Sie hätte nach mir suchen müssen, wenn es ihr mit Blietzow ernst gewesen wäre.« Dass er nicht von selbst auf diesen Gedanken gekommen war. Mit einem Mal schien er auch zu verstehen, weshalb sie ihm nach seiner Rückkehr die Probleme und Schwierigkeiten auf Blietzow verschwiegen hatte. Sie hatte nie nach einer Lösung gesucht, sie suchte nach einem Weg, selbst das Gut zu übernehmen.

Während Viktor seinen Gedanken nachhing, lächelte Ella zufrieden. Endlich würde sie Jakob schreiben können, wie hinterhältig Luise war.

Sie hat mich verraten, dachte Viktor. Sie hat mich verraten, wie Vater mich verraten hat. Als er überlegte, ob es nicht doch besser wäre, schnellstmöglich von diesem für ihn so unglückseligen Ort fortzugehen, hob Mehrich seine Stimme.

»Was wäre«, fragte er, »wenn ich Ihnen sagen würde, dass ich es im Gegensatz zu Ihrer Schwester mit Blietzow sehr ernst meine?«

»Ach, Mehrich, als ob ich das nicht wüsste.«

»Ich kann es Ihnen sogar beweisen.«

»Habe ich jemals an Ihrer Vertrauenswürdigkeit gezweifelt?« Viktors Blick streifte Ella. Sie schien zu lächeln, sah ihn aber nicht an. Am liebsten wäre er aufgesprungen, hätte sie geschnappt und wäre mit ihr auf und davon.

»Das freut mich natürlich zu hören«, sagte Mehrich. »Aber da wir ja gerade gesehen haben, dass Selbstverständliches nicht immer auch selbstverständlich sein muss, ist es, denke ich, an der Zeit, dass Sie endlich erfahren, wer schon immer gewusst hat, dass nur Sie Blietzow retten können.«

»Wie meinen Sie das?«

»Haben Sie sich nie gefragt, warum Sie vom Lazarett aus nicht zurück an die Front geschickt worden sind?«

»Es hieß das Auge, und der Kompaniechef habe auch …«

Mehrich lächelte. »Es sind schon viele mit nur einem Auge zurück an die Front gekommen. Und Ihr Kompaniechef hätte da nichts ausrichten können. Nein, mein lieber Herr von Salen, das haben Sie allein mir zu verdanken.« Mehrich verschränkte die Arme vor der Brust und lehnte sich zurück.

»Ihnen?«

»Gemeinsam mit Waldow habe ich die Sache eingefädelt. Sie können ihn fragen, wenn Sie mir nicht glauben.«
»Nein, nein.« Viktor winkte ab, obwohl er kaum fassen konnte, was Mehrich ihm da gerade erzählt hatte.
»Vielleicht verstehen Sie nun auch besser, warum ich unbedingt möchte, dass Sie sich von diesem Rückschlag nicht entmutigen lassen und bei uns auf Blietzow bleiben«, sagte Mehrich und sah ihm dabei direkt ins Gesicht. »Ich habe Sie gesucht, damit Sie die Leitung des Guts übernehmen, und nicht, damit Sie gleich wieder verschwinden. Ich will und kann Blietzow doch nicht vor die Hunde gehen lassen.«
Viktor war derart perplex, dass er erst gar nicht wusste, was er sagen sollte. Mehrichs Bekenntnis war mehr als ein Vertrauensbeweis, es war Anerkennung seiner Leistung, Wertschätzung seiner Person, vielleicht sogar so etwas wie ein väterlicher Liebesbeweis, wie er jetzt dachte, da er in Mehrich den Menschen zu erkennen glaubte, den er sich immer als Vater gewünscht hatte.
Mehrich lächelte zufrieden. Ein Blick auf Viktors Gesicht genügte ihm, um zu wissen, dass es keinen besseren Zeitpunkt gegeben hätte, diesen Trumpf auszuspielen.
»Ich weiß gar nicht, wie ich Ihnen dafür danken kann«, entgegnete Viktor, noch immer sichtlich bewegt.
»Bleiben Sie, das ist Dank genug.« Mehrich sprach leise, der feierlichen Stimmung angemessen, die sich über den Raum gelegt hatte.
»Aber natürlich. Natürlich bleibe ich. Nach allem, was ich jetzt weiß, wäre es doch eine Schande zu gehen.«
»Sie würden mir eine große Freude damit machen.«
»Ich stehe für immer in Ihrer Schuld. Das werde ich nie

vergessen«, erwiderte er, während Ella ihren Vater nachdenklich ansah.

Warum, fragte sie sich, konnte er nicht auch Jakob nach Hause holen, wenn er doch Viktor vor dem Schlimmsten hatte bewahren können?

Nur ein Lächeln, dachte Viktor, nur ein Zeichen ihrer Zuneigung, und er wäre sich sicher, eine Familie gefunden zu haben, die ihn niemals verraten würde, eine Familie, zu der er gehörte.

Erneut tastete er nach ihrem Fuß.

Erschrocken zuckte Ella zurück. Doch da erkannte sie dieses Verlangen in seinem Blick, dieses Flehen nach Nähe, und ein warmer Schauer durchströmte sie, der sie für einen Moment die peinigende Frage nach Jakobs Schicksal vergessen ließ.

Als Viktor sie lächeln sah, war er sich sicher, dass sich für ihn nun alles zum Guten wenden würde.

Dritter Teil

48

Seit Stunden hielt Auguste Ferdinands Hand. Sie war kalt, und dennoch fürchtete sie nichts mehr als den Moment, an dem sie ihren Platz an seinem Bett würde verlassen müssen. Er sah so verändert aus, wie mit einer Wachsschicht überzogen, dass sie die Angst quälte, sie könnte jede Verbindung zu ihm verlieren, wenn sie seine Hand auch nur für den Bruchteil einer Sekunde losließe. Seine geschlossenen Augen waren in dunkle Höhlen gebettet, seine Wangen glichen tiefen überwucherten Tälern. Sie würde ihn noch rasieren müssen, dachte sie, während sie sein Gesicht wie eine fremde Landschaft zu durchwandern schien.

Noch wusste außer ihr niemand, dass er gestorben war.

Viktor war mit Mehrich auf den Feldern, Anton würde wie immer erst am Abend kommen, Marta hatte sie nach Bergen geschickt, Kohlen auf dem Schwarzmarkt kaufen, und Luise war nach Saßnitz aufgebrochen, um den Arzt zu holen. In der Nacht hatte Ferdinand plötzlich hohes Fieber bekommen, das mit kühlen Tüchern nicht zu lindern gewesen war.

Nichts hatte auf diese Entwicklung hingedeutet. Bei seiner Rückkehr vor gut drei Wochen hatte er lediglich über eine Schussverletzung am Bein geklagt, die in einem Lazarett an der französischen Grenze behandelt worden war. Für Auguste und auch für Ferdinand war sie jedoch mehr Grund zur Freude als zur Sorge gewesen. Schließlich hatten sie es dieser Verletzung zu verdanken, dass er nach mehr als vier Jahren endlich wieder nach Hause gekommen war.

Während Auguste jetzt an seinem Totenbett wachte, glaubte sie noch immer seine erste Umarmung zu spüren, diesen warmen, festen Druck, den sie so sehr herbeigesehnt hatte und den sie für immer mit jenem 22. Oktober 1918 in Verbindung bringen würde, dem Tag ihres Wiedersehens.

Ihn zum ersten Mal nach so langer Zeit zu berühren war wie nach einer langen Abwesenheit nach Hause zu kommen. Zwar hatten vier Jahre Krieg Spuren hinterlassen, seine Haare waren grau geworden, sein Gesicht hager, seine Zuversicht aber war ungebrochen, so dass er bereits am zweiten Tag nach seiner Rückkehr Zukunftspläne geschmiedet hatte.

»Im nächsten Jahr kauf ich uns ein Automobil. Du wirst sehen, es wird herrlich werden, damit über Rügen zu brausen. Wir werden frei und schwerelos sein und alle Sorgen hinter uns lassen.«

Wie an jenem Tag, als er mit ihr in Gedanken über die Insel gefahren war, durch die Stubnitz, an Saßnitz vorbei, bis nach Binz und zurück über den Damm zwischen dem Großen und Kleinen Jasmunder Bodden, mit geöffnetem Wagendach, den Wind in den Haaren, stiegen ihr auch jetzt die Tränen in die Augen.

Vor zehn Tagen noch hatte er sie ihr mit seinem Taschentuch aus dem Gesicht gewischt, jetzt tropften sie ungehindert auf die weiße Decke.

»Hinter die Linie, schnell in den Graben, alle Mann an die Waffen, feuern.« Den ganzen Vormittag hatte er Kommandos gebrüllt, als würde er sich mitten im Bombenhagel wähnen. Er hatte sich aufgebäumt und um sich geschlagen, während Auguste hilflos danebengesessen hatte.

Nur die letzte halbe Stunde seines Lebens hatte er ruhig

und gleichmäßig geatmet, so dass sie schon geglaubt hatte, das Schlimmste wäre überstanden. Dass er nie wieder die Augen öffnen würde, hatte sie erst gemerkt, als sie ihn auf ein frisches Kissen hatte betten wollen.
Seitdem hielt sie seine Hand.
Auguste weinte lautlos, ihre Tränen aber waren nicht zu übersehen. Rund um ihre und Ferdinands Hand bildete sich ein großer feuchter See. Ihr Blick haftete auf diesem Fleck, in dem ihre Hände die Insel zu sein schienen und Ferdinands Arm der Steg zu diesem Paradies.
Unvorstellbar, dass sie ihn jemals wieder loslassen sollte. Ihn, den sie doch eben erst wiedergefunden hatte.

49

Am Tag von Ferdinands Beerdigung wirbelte der Wind die letzten noch verbliebenen Blätter von den Bäumen. Wolken fegten über den Himmel, Äste bogen sich, die See tobte gegen das Land. Über der ganzen Insel lag jenes herbstliche Rauschen und Raunen, das wie ein Wehklagen klang.

In der Kirche war das Geheul besonders laut, und der Pfarrer, der seine Orgel ohnehin schmerzlich vermisste, bedauerte es jetzt umso mehr, die Orgelpfeifen im Jahr zuvor dem Krieg geopfert zu haben. Seine Stimme kam gegen diesen Lärm kaum an. Beim Blick auf die vollbesetzten Kirchenbänke beschlich ihn allerdings der Verdacht, dass man ihm wenig Beachtung schenkte.

Viele der Trauergäste steckten die Köpfe zusammen, flüsterten oder warfen sich vielsagende Blicke zu. Auf den Gesichtern einiger Bauersfrauen war ein Leuchten zu erkennen, das diesem Anlass nicht angemessen war. Selbst Luise, die zwei Tage lang Totenwache gehalten hatte und die diesen plötzlichen Verlust noch immer kaum begreifen konnte, drehte sich immer mal wieder zu den anderen um. Nur Auguste, die zwischen Luise und Anton in der ersten Reihe saß, schaute den Pfarrer unverwandt an. Ihr leerer Blick aber verriet ihm, dass seine Worte auch sie nicht erreichten. An anderen Tagen wäre ihm dieses Verhalten Grund genug gewesen, die Predigt in die Länge zu ziehen. An diesem Tag aber, an dem sie neben Ferdinand auch den Krieg zu Grabe trugen, hatte er nicht nur für die Witwe Verständnis.

Er beschloss, den Trauergottesdienst so kurz wie möglich

zu halten und übersprang einige Stellen in seinem Manuskript. Statt die vergangenen schweren Kriegsjahre zu erwähnen, die mit der Abdankung des Kaisers vor drei Tagen und der Unterzeichnung des Waffenstillstandsabkommens am gestrigen 11. November 1918 endlich ein Ende gefunden hatten, sprach er lieber über die Zeit davor, als gälte es nicht nur Auguste, sondern allen wieder ein besseres Leben vor Augen zu führen. Er sprach über Ferdinands Traum, das Erbe seines Großvaters fortzuführen, über seine Beharrlichkeit, ein Gut, das über viele Jahre die unterschiedlichsten Besitzer gesehen hatte, auf stabilen Grund zu stellen, und über sein Engagement beim Bau des Lohmer Hafens. Auch Alwines Gedenkstein ließ er nach kurzem Zögern nicht unerwähnt, was Alma, die ihm von Anfang an als eine der wenigen andächtig zugehört hatte, zu Tränen rührte.

»Lassen Sie uns Ferdinand von Salen in ehrendem Andenken bewahren. Seine Kraft und sein Wille werden uns fehlen in diesen Zeiten der Erneuerung. Er wird fehlen als verantwortungsbewusster Gutsbesitzer, als treusorgender Ehemann und Vater«, sagte er und stellte nicht ohne Genugtuung fest, dass es ihm zum Schluss der Predigt doch noch gelungen war, die Aufmerksamkeit auf sich und weg von den politischen Ereignissen zu lenken.

Es war still geworden auf den Kirchenbänken.

Luise weinte, während Auguste, der Tränen müde, ihre und Antons Hand umklammert hielt. Heimlich streichelte Ella über Viktors Finger. Die sanfte Berührung erregte ihn derart, dass er Mühe hatte, diesen Moment der Einkehr nicht mit einem lauten Stöhnen zu durchbrechen.

Als sie aus der Kirche traten, zitterte Viktor noch immer.

Hätte Hagemann ihn nicht sofort in Beschlag genommen, er hätte nicht gewusst, wie er diesen Vulkan in sich hätte besänftigen sollen. Das Gefühl, schreien zu müssen, war plötzlich so stark gewesen, dass ihm auf dem Weg zum Ausgang ganz schwindlig geworden war.

»Mein aufrichtiges Beileid, Herr von Salen«, sagte Hagemann und zog Viktor beiseite. »Es ist schrecklich, dass Ihr werter Herr Vater ausgerechnet jetzt von uns gehen musste. So eine Blutvergiftung ist aber auch eine teuflische Angelegenheit. Da überlebt er den Krieg, und dann …«

»Ja, ja, das Schicksal hat es nicht gut mit ihm gemeint.« Viktor, der sich noch immer leicht benommen fühlte, lehnte sich an die Kirchenmauer.

»Ich würde es ja schon fast tragisch nennen, vor allem für Ihre tapfere Frau Mutter. Ich kann mir nur zu gut vorstellen, wie sehr sie in den vergangenen Jahren gelitten hat, die für uns alle außerordentlich schwer gewesen waren. Es sind ja so schrecklich viele ums Leben gekommen, allein bei uns in Lohme. Und jetzt hat dieser Wahnsinn endlich ein Ende gefunden, und Ihr Vater durfte diesen glücklichen Tag nicht mehr erleben.« Er schüttelte fassungslos den Kopf. »Und dabei habe ich ihn noch vergangene Woche besucht. Er war so voller Tatendrang. Wir hatten sogar die Gelegenheit, kurz über den Ausbau des Hafens zu sprechen, obwohl ihn sicherlich dringendere Sorgen geplagt haben müssen«, sagte er und tätschelte Viktors Schulter. »Dieser Tod trifft Sie sicherlich alle sehr hart.«

»Sie haben recht«, entgegnete Viktor und machte dabei ein betroffenes Gesicht, »meine Mutter hat in den vergangenen Jahren viel durchgemacht.« Dabei hielt sich sein Mitgefühl in Grenzen. Zu deutlich standen ihm die letzten eineinhalb Jahre noch vor Augen, in denen sie Blietzow, wie er glaubte, endgültig an den Rand des Abgrunds getrieben hatte. Vor allem für ihre Entscheidung, die kaputten Pflüge und Dreschmaschinen einer Munitionsfabrik zu überlassen, fehlte ihm noch immer jegliches Verständnis. Es wäre doch nur eine Frage der Zeit gewesen, bis sie die nötigen Ersatzteile bekommen hätten. Und jetzt war dieser Krieg zu Ende, und sie hatten keine Maschinen mehr. Allein bei dem Gedanken daran hätte er toben können. Noch mehr ärgerte ihn allerdings, dass sein Vater nach seiner Rückkehr nur lobende Worte für sie gefunden hatte. Seinen Einwand, sie hätte fordernder auftreten müssen, wie die von Bohns und Gudderitzens und wie sie alle hießen, und wenigstens eine ausreichende Anzahl an Pferden einklagen müssen, hatte er weggewischt wie eine lästige Fliege. Die Umstände, hatte er gesagt, die Umstände waren eben schlecht. Hätte Mehrich ihn nicht ermahnt, sein Ziel nicht aus dem Auge zu verlieren, und hätten Ellas beruhigende Worte ihn nicht daran erinnert, zu wem er eigentlich gehörte, er hätte sich vergessen und ihn einen Heuchler geschimpft. Viktor atmete tief durch. Dass sein Vater ihn einen Phantasten und Träumer genannt hatte, schmerzte ihn noch immer.

»Herr von Salen«, sagte Hagemann und zögerte, »nicht, dass Sie mich für pietätlos halten, aber ... Die Welt ändert sich momentan in einer Eile, dass einem ja ganz schwindlig werden kann. Was ich sagen will, bei aller Trauer, ich denke, es gilt jetzt vor allem den Blick rasch nach vorne zu richten, damit wir gewappnet sind. Sie verstehen? Diese Aufständischen in Berlin. Ich meine, wenn wir nicht aufpassen ... Wir haben schon diesen Krieg verloren ... Und

jetzt wollen sie in Saßnitz einen Arbeiterrat gründen … Sie wissen, was das bedeuten kann?«
»Hagemann, nun sagen Sie schon, womit kann ich Ihnen dienlich sein?«, unterbrach Viktor sein aufgeregtes Gestammel. In Gedanken aber war er noch immer bei seinem Vater. Während sein Blick über die braunen Ackerflächen hinunter zum Jasmunder Bodden wanderte, den Spuren des peitschenden Windes folgend, fragte er sich, ob dieser plötzliche Tod nicht auch eine gerechte Strafe für seine Respektlosigkeit ihm gegenüber sei.
»Unser gemeinsamer Freund Mehrich sagte mir, dass Sie nun die Leitung des Guts übernehmen würden?« Hagemann trat unruhig von einem Bein aufs andere.
Über Viktors Gesicht huschte ein Lächeln. Dieser alte Fuchs vergeudete wirklich keine Zeit. Dabei wollten sie dieses Gerücht erst in einigen Tagen in die Welt setzen. Aber er verstand natürlich, dass in Anbetracht des Kriegsendes und dieser umstürzlerischen Stimmung schnelles Handeln erforderlich war.
»Warum fragen Sie?«
Als Hagemann ihm gerade sein Anliegen vortragen wollte, näherten sich Schritte, und vier Männer in schwarzen Fräcken trugen Ferdinands Sarg an ihnen vorbei. Auguste, Luise und Anton folgten ihm, dahinter gingen in einigem Abstand Marta, Mehrich, Alma, Ella, Lenz, von Bohn, von Gudderitz und all die anderen Gutsbesitzer samt Ehefrauen, Arbeiterinnen und Arbeiter sowie deren Kinder. Viktor reihte sich rasch neben Anton ein.
Es war nur ein kurzer Weg, den sie wie in einer Prozession zurücklegten. Sie gingen um die steinerne Kirche herum, zwischen grauen, verwitterten, mit Moos bewachsenen

Grabsteinen hindurch, bis sie neben einem Ahornbaum zum Stehen kamen. Dort war Ferdinands Grab ausgehoben.

Sie mussten ein komisches Paar abgeben, er und sein Bruder, dachte Viktor. Ein Einäugiger und ein Hinkefuß. Dass sich am Ende des Trauerzugs zwei Männer auf Krücken mühten, dass einem die Jackenärmel schlaff von den Schultern hingen und ein anderer aussah, als wäre seine Nase zu einem Klumpen geschmolzen, sah er nicht. Vielleicht hatte sein Vater ja nichts Besseres verdient als zwei Krüppel als Söhne, dachte er jetzt, während er dicht an dem ausgehobenen Grab stand und sein Blick auf einen unversehrt gebliebenen, aufrecht stehenden Gutsbesitzersohn fiel.

Während sie darauf warteten, dass der Sarg in die Erde gelassen wurde, beugte er sich zu Anton. »Was hast du jetzt vor?«

»Was meinst du?«

»Bald wird es kein Lazarett mehr geben«, sagte Viktor leise, als plötzlich eine Windböe das Laub erfasste und leuchtend gelbe Ahornblätter durch die Luft wirbelte.

Anton stülpte seinen Mantelkragen nach oben, während die Blätter taumelnd zu Boden fielen.

»Willst du wieder auf dem Gut arbeiten?«

Er zuckte mit den Schultern. »Warum?«

»Nur so. Man hört eben so einiges.«

Den Blick stur auf das leere Grab gerichtet, vergrub Anton seinen Kopf noch tiefer im Kragen.

»Es heißt, du hättest schon so manchen Soldaten glücklich gemacht.«

»Ach, Viktor.« Was wusste sein Bruder denn schon? »Sie schreiben mir sogar Dankesbriefe.«

Viktor lachte.
»Pst.« Luise stieß ihn in die Seite.
Entschuldigend hielt er sich die Hand vor den Mund, während manche der Trauergäste ihn neugierig beäugten.
Währenddessen hatte sich das nur noch aus drei Mann bestehende Orchester des Krieger- und Militärvereins in Position gebracht, zwei Trompeter und ein Posaunist, die jetzt ein Trauerlied anstimmten. Der blecherne Klang legte sich wie eine Schlinge um Luises Kehle. Tränen schossen ihr in die Augen, und sie hatte das Gefühl, dass der Boden schwankte.
Dass ihr Vater jetzt gleich für immer in dieser Erde verschwinden sollte, schien ihr mit einem Mal unvorstellbar zu sein. Sie hatte ihn doch noch so deutlich vor Augen, wie er bei seiner Rückkehr aus dem Wagen gestiegen war, stolz und hager, wie er sich nach allen Seiten umgeschaut hatte, jedes Detail genau studierend, wie er schließlich die Treppe zum Eingang des Gutshauses nach oben geschritten war, mit diesem Strahlen auf seinem Gesicht, das allen deutlich gezeigt hatte: Seht her, der Gutsherr ist wieder da, das hier, das ist mein Land, hier bin ich zu Hause. Auch seine Dankesworte hatte sie noch deutlich im Ohr. Selbst den Russen hatte er gedankt. Und natürlich auch ihr. »Das hier, Luise«, hatte er gesagt und dabei mit seinem Stock über die Ställe und Scheunen bis hinunter auf die damals im Nebel versunkene See gezeigt, »das hier wird eines Tages alles dir gehören. Wann heiratest du endlich den passenden Mann? Was ist denn mit dem Sohn von …« Und wie früher hatte er ihr die Namen aller Rügener Gutsbesitzer heruntergebetet, wohl wissend, dass keiner für sie in Frage kam. »Und was ist mit dem Sohn von Mehrich?«, hatte er zum Schluss

gefragt, und sie hatte verunsichert genickt und er über seinen vollen Bart gestrichen und schließlich gesagt: »Der Krieg kann aus Menschen Tiere machen, mir aber hat er das Herz weit gemacht.« Danach hatten sie sich lange umarmt.

Seine Wärme glaubte sie jetzt wieder zu spüren. Nur Jakob, dachte sie, würde die Lücke füllen können, die Ferdinands Tod auf Blietzow hinterlassen hatte. Wenn sie nur wüsste, wo er war, wie es ihm ging, ob er noch lebte.

Während die Musik spielte und der Sarg in die Erde gelassen wurde, traten den meisten Trauergästen Tränen in die Augen. Sie dachten an all die Toten, die sie in den vergangenen vier Jahren beerdigt hatten – Ehemänner, Söhne, Neffen. Keine Familie war ohne Toten geblieben. Im Februar 1918 war auch der Mann von Almas Schwester gefallen.

Alma aber weinte um Alwine, die nur wenige Schritte von hier entfernt begraben lag, und sie weinte um Jakob, für dessen Leben sie täglich betete.

Auch Ellas Gedanken schweiften zu ihrem Bruder, während ihr Blick von Viktors Rücken über die Köpfe der Trauergäste hinweg zurück zur Kirche wanderte. Seitdem sie sich ihm versprochen hatte, sah sie Dinge, die sie vorher nie bemerkt hätte. Wie jetzt den Spatz, der vom Kirchturm kommend eine Pirouette über dem Kopf des Posaunisten drehte, bevor er weiter Richtung See abbog. Wenn Jakob erst einmal zurück sein würde, dachte sie, würde sie dieses für sie noch immer ungewohnte Glück vielleicht begreifen können. Wenn er allerdings tot wäre und nicht mehr käme, dann ... Der Gedanke war ihr so unerträglich, dass auch sie jetzt von ihren Tränen geschüttelt wurde.

Auguste blickte starr auf das Grab ihr zu Füßen. Sie sah rote und gelbe Blätter auf den Sargdeckel rieseln, sie sah ein Rotkehlchen darüberhüpfen, und doch war ihr, als würde sie nichts anderes als Ferdinands wächserne Gestalt erblicken, die unter diesem Holzdeckel lag.
Sie hörte den Pfarrer ein paar letzte freundliche Worte sagen, sie spürte Luises Arm auf ihrer Schulter, sie warf Erde auf Ferdinands Sarg, sie schüttelte Hände, dankte, erkundigte sich nach den Familien, Männern, Söhnen, fragte nach dem Schicksal der Wittower Gutsbesitzer, deren Güter seit einigen Tagen in den Händen von Aufständischen waren, und dennoch würde sie sich später nur an die Leere erinnern, die sie seit Ferdinands Tod umgab.

50

»Macht Schluss mit der Günstlings- und Gewaltherrschaft! Stellt Euch hinter die revolutionäre Idee! Besetzt die Güter, kämpft für Eure Rechte! Wir, der Arbeiter- und Soldatenrat, kämpfen für Euch. Saßnitz, 23. November 1918«

Das Flugblatt in Händen, eilte Viktor über den Hofplatz, stürmte die Treppe zum Gutshaus nach oben, durch die Eingangshalle, an Marta vorbei, hoch in den ersten Stock und riss die Tür zum Arbeitszimmer auf.

Auguste aber war so sehr in ihre Gedanken vertieft, dass sie nur flüchtig zu ihm aufsah, bevor sie ihren Blick wieder auf das Stück Papier lenkte, das mit ein Grund dafür war, warum sie seit Ferdinands Tod kaum noch in den Schlaf fand.

»Hast du das schon gesehen?« Viktor hielt ihr das gelbstichige Flugblatt vor die Nase.

»Setz dich doch bitte.«

Aber Viktor dachte gar nicht daran. Rastlos ging er vor dem Schreibtisch auf und ab. »Du musst jetzt endlich handeln. Alle fragen mich schon, alle wollen wissen, was wir zu tun gedenken. Wir lassen uns doch von diesen Halunken nicht unseren Besitz wegnehmen. Bolschewistische Verhältnisse«, sagte er und betonte jede Silbe, als würde sie ihm Übelkeit verursachen.

»Wer fragt?«

»Hagemann, Petershagen, die Hoteliers in Lohme, alle eben.«

Neuerdings trug Viktor sein Haar wieder kurz geschoren,

so dass das schwarze Band seiner Augenklappe deutlich zu sehen war. Wenn Auguste nicht wüsste, dass er ihr Sohn war, und wenn sie sich nicht sicher wäre, ihm vertrauen zu können, sie würde denken, dass er einem auch Angst einjagen konnte. »Mit mir hat noch keiner gesprochen«, sagte sie.

»Du bist in Trauer. Sie wollen dich schützen.« Er bemühte sich, verständnisvoll zu klingen, was ihm allerdings nicht gelang. Seit Ferdinands Tod wurde er von einer Ungeduld beherrscht, die er nicht in den Griff bekam. Seine täglichen Runden über das Gut, seine Unterredungen mit Mehrich, seine flüchtigen Momente mit Ella wurden von der einen für ihn alles entscheidenden Frage beherrscht, wann Auguste ihm endlich Blietzow übertragen würde.

Erneut fiel Augustes Blick auf das Papier, das vor ihr lag. »In der Zeitung stand, dass es keinen Grund gebe, sich Sorgen zu machen. Der Landrat sei noch im Amt.«

»O Mutter, denkst du wirklich, unser werter Herr Landrat würde persönlich erscheinen, wenn sich hier diese Verrückten verschanzen? Ich muss dich wohl nicht an dieses unerfreuliche Zwischenspiel mit den Russen und unseren Freunden, diesen nichtsnutzigen Soldaten, Anfang November erinnern?«

»Natürlich weiß ich, wie aufgeladen die Stimmung zurzeit ist«, entgegnete sie, während Viktor unermüdlich vor ihrem Schreibtisch auf und ab ging. »Willst du dich nicht doch setzen?«

»Nein, will ich nicht«, erwiderte er, lehnte sich nach kurzem Zögern aber immerhin an die Kommode, die links neben dem Schreibtisch stand. »Dann weißt du ja sicherlich auch noch«, sagte er jetzt deutlich ruhiger, »dass Mehrich und ich es waren, die dich, Luise und Vater vor dem Schlimmsten bewahrt haben. Hätte ich die Waffen nicht griffbereit gehabt, sie hätten euch als Geiseln genommen in ihrem umstürzlerischen Aufstandswahn. Und hätte ich mich in den vergangenen eineinhalb Jahren nicht um beste Kontakte zur Militärbehörde bemüht, die Soldaten hätten vielleicht weniger Skrupel gezeigt.«

Während Viktor redete und redete, zogen vor Auguste die Bilder jenes 1. November 1918 vorüber, der ihm als Beweis für seine Sorge um Blietzow galt. Gewehrsalven hatten sie aus dem Schlaf gerissen, dann hatte jemand geschrien, er wolle den Hausherrn sehen, er sei hiermit entmachtet.

Der Gutshof war von einem Getrampel und Geschrei erfüllt, dass ganz Blietzow aufschreckte. Die wenigen Schweine, die sie noch besaßen, quiekten so laut, dass man meinen konnte, der Stall sei gut gefüllt, Hühner gackerten, die Schafe blökten, auch die fünf Rinder stießen durchdringende Schreie aus. Als sie aus dem Fenster sah, standen Viktor und Mehrich, die Gewehre im Anschlag, bereits am Fuß der Treppe und hinderten die Soldaten und Russen daran, ins Gutshaus vorzudringen. Ferdinand riss das Fenster auf und brüllte, er werde sie wegen Ungehorsams anzeigen. »Auf Fahnenflucht steht die Todesstrafe«, schrie er und schlüpfte in seine Hose. »Bleib, wo du bist«, brüllte Viktor nach oben. »Ich erledige das.« Als Ferdinand nach unten kam, war der Spuk bereits vorüber. Neben Mehrich lagen drei Gewehre, die Russen, ohnehin viel zu schwach für lange Kämpfe, saßen erschöpft auf dem Boden, die Soldaten standen an das Wirtschaftsgebäude gelehnt und schwiegen. »Keine Sorge, ich hab alles im Griff. Ich werde jetzt unsere Freunde gemeinsam mit Mehrich nach Bergen bringen«, sagte Viktor.

»Zu unserem lieben Herrn Waldow. Der wird wissen, was mit Pack wie diesem zu tun ist.« Von ihrem Platz am Fenster aus sah Auguste, wie Ferdinand seinem Sohn auf die Schulter klopfte, dann ging er zurück ins Haus.

Danach hatten sie nie wieder über diese Episode gesprochen.

»Dem Landrat«, sagte Viktor jetzt, »geht es doch nur um seinen Posten. Wie lange ist er jetzt schon in diesem Amt? Von 1903 bis heute?« Er rechnete schnell nach. »Fünfzehn Jahre, Mutter. Vier Jahre länger, als unsere Familie überhaupt auf Rügen ist.« Er setzte sich nun doch. »Das ist in einer Zeit wie dieser länger als ein ganzes Leben. Ich bin sicher, er kennt mittlerweile alle Tricks, um sich an der Macht zu halten. Mich würde es jedenfalls nicht wundern, wenn er mit diesen Aufständischen bereits Vereinbarungen getroffen hätte, wem im Falle ihres Sieges welche Ländereien zufallen sollen.«

Behutsam strich Auguste über das cremefarbene Papier. Das rote Siegel bröckelte bereits. Vielleicht hatte Viktor ja recht, vielleicht war Blietzow tatsächlich gefährdet. Nach kurzem Zögern schob sie ihm das Papier über den Tisch. »Du wolltest es doch immer sehen.«

Nervös strich er über seinen Bart, und für einen kurzen Moment war so etwas wie ein Lächeln um seinen Mund zu erkennen. Das Papier fühlte sich speckig an, als wäre es bereits durch Hunderte von Händen gegangen. Viktor las, ohne aufzusehen.

»Im Falle meines Todes vermache ich Gut Blietzow meiner geliebten Ehefrau Auguste von Salen, geborene Claussen, geb. am 4. Juli 1870. Sollte sie aus gesundheitlichen oder anderen zwingenden Gründen nicht in der Lage sein, diese schwierige Aufgabe im Sinne des Guts erfüllen zu können, verfüge ich wie folgt zu verfahren:

Meine Tochter Luise von Salen, geb. am 28. Januar 1894, wird, eine Eheschließung mit einem zum Wohle des Guts ehrbaren Manne vorausgesetzt, die Erbfolge antreten. Sollte die von mir als zwingend angesehene Bedingung zum Zeitpunkt des Inkrafttretens dieses Testaments nicht gegeben sein, wird meinem Sohn Viktor von Salen, geb. am 8. August 1891, das Gut zugesprochen.

Des Weiteren verfüge ich, meinem Sohn Anton von Salen, geb. am 16. Juli 1892, ein lebenslanges Wohnrecht auf Gut Blietzow zu gewähren.

Blietzow, 23. August 1914«

Nachdem er das Testament beiseitegelegt hatte, sahen sich Auguste und Viktor schweigend an. »Es ist über vier Jahre alt«, sagte er schließlich und fuhr sich erneut über den Bart.

»Es ist sein Letzter Wille.«

Viktors Atem ging schnell. Beim Lesen hatte ihn wieder jene Unruhe ergriffen, die ihn vorhin wie einen Getriebenen hatte hin und her wandern lassen. Dass er für seinen Vater nur zweite Wahl gewesen war, überraschte ihn nicht. Und dennoch, es war etwas anderes, diese Vermutung nun schwarz auf weiß bestätigt zu sehen. Sein Puls raste. Wenn er sich nicht sofort beruhigte, würde er alle Papiere und Briefbeschwerer samt Tintenfass und Füller vom Schreibtisch wischen.

»Er hat sein Testament in einer Zeit verfasst, als noch keiner wissen konnte, dass uns ein jahrelanger Krieg bevorstehen würde«, sagte er so gelassen, wie er nur konnte, aber seine Nervosität war nicht zu übersehen.

Immer wieder strich er sich über seinen Bart, knetete seine Hände, verschränkte die Arme vor der Brust, lehnte sich zurück, setzte sich auf die Kante, bis er schließlich doch aufstand und, die Hände in den Hosentaschen, wo er sie zu Fäusten ballte, erneut vor dem Schreibtisch auf und ab ging.

»Was ich damit sagen will, hätte er geahnt, wie dramatisch sich die Lage zuspitzen würde …« Viktor hielt inne und sah seine Mutter an. »Ich frage mich, warum er es in den ganzen Jahren nie geändert hat?«

»Du kennst deinen Vater, er war immer so voller Hoffnung gewesen«, entgegnete Auguste leise, und wie immer, wenn sie an seine unerschütterliche Zuversicht dachte, stiegen ihr auch dieses Mal Tränen in die Augen. Wenn sie doch nur ein bisschen seines Glaubens hätte. Aber noch nicht einmal dieses Kriegsende konnte sie hoffnungsfroh stimmen. Das Chaos, das jetzt tobte, schien kaum besser zu sein, und wer wusste schon, ob das, was darauf folgen würde, nicht noch viel schrecklicher wäre als dieser Krieg. Er war immer blind gewesen, er hat nie begriffen, worum es wirklich geht, dachte Viktor, schwieg aber lieber.

»Seine Hoffnung hat mich am Leben erhalten«, sagte Auguste mit zitternder Stimme. »Sie hat mich diese schrecklichen Jahre überstehen lassen.«

Wortlos reichte Viktor ihr sein Taschentuch.

»Blietzow war alles für ihn. Er hätte es niemals aufgegeben, auch nicht in seinen schwersten Stunden. Er wollte nicht kapitulieren. Nicht vor diesem Krieg. Er wollte in sein altes Leben zurück. Und er hatte keine Sekunde daran gezweifelt, dass ihm das nicht eines Tages auch gelingen würde.« Auguste wischte die Tränen aus den Augen, während sie sich erneut fragte, warum Ferdinand dieses Glück nicht vergönnt gewesen war, so kurz vor dem Ziel, nach vier Jahren Krieg.

Seine Mutter so verzweifelt zu sehen ließ Viktor nicht unberührt. Seitdem er für Ella zärtliche Gefühle hegte, ahnte er, wie schmerzlich es sein musste, einen geliebten Menschen zu verlieren. Hätte sie in diesem Moment nicht plötzlich nach dem Testament gegriffen und ihn damit an den Grund seines Kommens erinnert, er wäre vielleicht über seinen Schatten gesprungen und hätte ihr ein paar mitfühlende Worte gesagt. Stattdessen aber ergriff ihn wieder diese altbekannte Ungeduld, und er ging erneut, die Hände in den Hosentaschen, vor dem Schreibtisch auf und ab. »Aber es ist nun einmal alles anders gekommen, und ich frage mich, ob Vater dir das Gut überlassen hätte, wenn er gewusst hätte, welche Bürde er dir damit auferlegt. Er konnte doch nicht ahnen, was für eine gewaltige Aufgabe es sein würde, Blietzow zu führen. Steht nicht in seinem Testament, du sollst im Sinne des Guts handeln?«

Als ob Viktor ahnen würde, dass genau dieses Problem sie quälte. Tag und Nacht fragte Auguste sich, ob sie ein Erbe antreten dürfe, dem sie vielleicht nicht gewachsen war. Momentan jedenfalls schien ihr jedes neue Problem ein unüberwindliches Hindernis zu sein. Und dabei dachte sie noch nicht einmal an diese Umstürzler, die Viktor Kopfzerbrechen bereiteten. Seitdem die Polen sie verlassen hatten, waren außer dem Stallburschen und dem Schweinemeister keine Arbeiter mehr auf dem Gut. Einige Tagelöhnerinnen trieben sich noch herum, aber damit konnte man kein Gut von ihrer Größe bewirtschaften. Sie würden Tiere benötigen, Schweine, vor allem Pferde, aber auch Rinder, neue

Maschinen, einen Anschluss an die Elektrizität, ein Automobil, und, wie Viktor meinte, wehrhafte Männer, die im Zweifelsfall Blietzow verteidigen konnten. Die Liste wurde von Tag zu Tag länger, was sie immer mutloser machte.

»Wenn ich Vaters Testament richtig interpretiere«, sagte Viktor, »dann stand für ihn doch immer das Wohl des Guts an erster Stelle.«

»Er wollte das Erbe seines Großvaters in Ehren halten.«

Wer, wenn nicht ich wüsste das am besten, dachte er, während sein Blick auf die alte Karte fiel. Wenn er erst einmal auf der anderen Seite des Schreibtisches säße, würde er als Erstes dieses verstaubte Ding abnehmen. »Es geht also wie immer um nichts anderes als um Blietzow. Ist das richtig?«

»Es geht um Ferdinands Letzten Willen, Viktor, das ist ein kleiner Unterschied.«

»Dann fasse ich also noch einmal zusammen. Vaters Letzter Wille besagt, Blietzow soll es an nichts fehlen. Des Weiteren besagt sein Wille, dass du dafür Sorge zu tragen hast, dass genau dieser Zustand eintritt und erhalten bleibt. Es sei denn, du bist krank und fühlst dich nicht in der Lage dazu.« Nachdenklich strich er sich über seinen Bart. »Mutter, ich weiß, wir haben schon oft darüber gesprochen, aber ich muss dir diese Frage trotz allem ein letztes Mal stellen.« Er hielt kurz inne, doch als Auguste ihn nur schweigend ansah, fuhr er in dem unaufgeregten Ton fort, der ihn so viel Beherrschung kostete. »Du weißt, ich bin ein echter Blietzowianer, wenn man das so sagen kann. Zum Beweis habe ich dich in den vergangenen eineinhalb Jahren nicht im Stich gelassen, obwohl ich mir eine andere Situation gewünscht hätte, wie du weißt.«

Dass Mehrich für sein Bleiben verantwortlich gewesen

war, erwähnte er mit keiner Silbe, auch nicht, dass er es war, der ihn stets ermutigte, nie aufzugeben.

»Ach, Viktor«, Auguste lächelte jetzt sogar, »du weißt, wie dankbar ich dir dafür bin.«

Davon merke ich nichts, hätte er ihr am liebsten entgegnet, aber er hatte sich vorgenommen, diesen gleichmäßigen sachlichen Ton beizubehalten, der ihn zu seiner eigenen Überraschung auch beruhigte. Der Drang, pausenlos auf und ab zu gehen, war jedenfalls verschwunden. Viktor setzte sich. »Mit Blick auf dieses Testament ist die alles entscheidende Frage doch die: Fühlst du dich gesund genug, diese verantwortungsvolle Aufgabe zu übernehmen?«

Auguste sagte nichts.

»Du weißt, ich stehe bereit, diesen steinigen Weg zu gehen. Ich bin jung und bei Kräften, ich werde bald eine Frau an meiner Seite haben, ich besitze die nötige Erfahrung, die es braucht, um ein so großes Gut zu führen. Außerdem habe ich in den vergangenen Jahren wichtige Kontakte geknüpft, die mir jetzt von Nutzen sein werden. Von manchen Seiten wurde mir bereits Unterstützung signalisiert für den Fall, dass ich das Gut übernehmen sollte«, sagte er, nachdem er sie für einen Moment schweigend angesehen hatte, in der vergeblichen Hoffnung, sie hätte endlich ein Einsehen mit ihm. »Frau Petershagen zum Beispiel hat mir bereits zehn Pferde zugesichert, zum Dank für meine Unterstützung. Du hast ja sicherlich davon gehört, dass ihr Mann zum Leiter des Reichsernährungsamts aufgestiegen ist und sie ihr Gut aufgeben werden. Sie würde mir auch ihre Rinderherde zu günstigen Konditionen verkaufen. Außerdem hat sie noch zwei funktionstüchtige Pflüge und eine Dreschmaschine in ihrem Besitz. Was ich sagen will, wenn ich das

Gut übernehme, dann kannst du sicher sein, dass es mit Blietzow schnell bergaufgehen wird.«

»Das klingt alles sehr durchdacht«, erwiderte Auguste, sichtlich überrascht, wie ausgereift seine Pläne bereits waren.

»Es geht mir ausschließlich um Blietzow«, entgegnete Viktor und faltete das Flugblatt auseinander, das er jetzt vor ihr auf den Schreibtisch legte. »Blietzow wieder auf die Beine zu helfen ist das eine, den Besitz zu verteidigen die noch schwierigere Herausforderung. Ich frage dich daher ein letztes Mal: Nach diesen schweren Jahren und diesem schrecklichen Verlust, bist du da nicht viel zu erschöpft, um diese Aufgaben im Sinne von Vater zu meistern?«

Natürlich war sie das, erschöpft, traurig, hoffnungslos, alles zusammen, und sie wusste, dass dies keine guten Voraussetzungen waren, das Gut zu führen. Als sie sich das letzte Mal gegen Viktor entschieden hatte, hatte sie immerhin die Aussicht auf Ferdinands Heimkehr stark gemacht. Wenn sie jetzt in die Zukunft blickte, sah sie nur ein hochverschuldetes Gut, bedroht von Aufständischen. Immerhin würde Luise an ihrer Seite stehen. Wenn aber Viktor seine Drohung wahrmachte und ginge und Ella mitnähme und vielleicht die ganze Familie und Jakob nicht mehr nach Hause kämen, würde auch Luise irgendwann fortgehen und heiraten, und sie bliebe mit Marta allein zurück und …

Während Auguste sich in Gedanken das Schlimmste ausmalte, ließ Viktor seine Mutter nicht aus dem Auge. Dieses Mal sprach alles für ihn, das wusste er, trotz dieses Testaments, das ihn, kaum dachte er erneut an die für ihn so kränkenden Zeilen, sofort wieder in Rage brachte. Am liebsten hätte er den Topf mit der Orchidee genommen und ihn gegen diese Karte geschleudert, die wie ein Mahnmal in Augustes Rücken hing. Schau her, mein Sohn, sagte es ihm, ich bin zwar tot, aber los wirst du mich deswegen noch lange nicht. Viktor atmete tief durch. Es wurde wirklich Zeit, dass hier frischer Wind einkehrte.

»Ich verstehe natürlich, dass du noch Zeit benötigst. Ich gebe dir eine Woche, dann musst du dich allerdings entschieden haben. Frau Petershagen erwartet Ende nächster Woche eine Entscheidung von mir. Im Übrigen hat sie mir auch angeboten, ihr ganzes Gut zu kaufen«, fügte er hinzu, während er bereits auf dem Weg zur Tür war. »Ich würde dich also bitten, im Falle, dass du dein Erbe antreten möchtest, mir meinen Erbanteil auszuzahlen.«

Bevor er aus dem Zimmer trat, blieb Viktor für den Bruchteil einer Sekunde stehen, und wie damals, als Auguste ihm vom Fuß der Treppe aus hinterhergesehen hatte, fürchtete sie auch jetzt, ihn zu verlieren.

51

»Blietzow, 26. November 1918

Mein geliebter Jakob,
wenn Du doch nur ein Zeichen schicken würdest, nur einen Gruß, der mir sagt, dass Du noch am Leben bist. Jeden Tag warte ich auf Nachricht von Dir. Jeden Tag hoffe ich, dass Du einer von denen sein wirst, die jetzt aus dem Krieg nach Hause kommen. Der kleine Paul aus Hagen ist vorgestern als einer der Ersten zurückgekehrt. Du kannst Dir das Jubelgeschrei wahrscheinlich vorstellen. Bis zu uns nach Blietzow war es zu hören gewesen. Was gäbe ich darum, wenn ich meine Freude über unser Wiedersehen ebenso laut in die Welt hinausschreien könnte.

Manchmal habe ich das Gefühl, Dich in meiner Nähe zu spüren, ganz dicht, aber eben doch zu weit weg, als dass ich Dich sehen könnte. Dann stelle ich mir vor, dass Du, egal, wo Du jetzt bist, an mich denkst. Ich stelle mir vor, dass Du einem Freund, einem, der Dir ein ebenso guter Kamerad wie Ludwig geworden ist, von mir erzählst und wie Du ihn über die Insel führst von Sagard über die Hügel bis zu uns hinunter nach Blietzow.

Wenn Du mit ihm durch die Stubnitz gehst, solltest Du allerdings vorsichtig sein. Die Wege sind zurzeit rutschig, und man muss achtgeben, nicht in den Abgrund zu stürzen. Aber Du weißt ja, die Aussicht macht alles wett. Gerade jetzt, wenn die See durch die kahlen Herbstbäume blinzelt. Stell Dir einfach vor, die Sonne würde scheinen. Dein Freund muss ja nicht wissen, dass es um diese

Jahreszeit auf Rügen eher stürmt und regnet und die Nebelwolken tief über dem Wasser hängen.
Erzählst Du ihm auch von unserem Stein? Erst gestern war ich wieder dort. Es tut so gut zu wissen, dass es Dinge auf dieser Welt gibt, die sich nicht verändern. Unser Platz jedenfalls gehört dazu. Wie eh und je liegt der schwere Stein am Strand und lässt sich von der See kitzeln. Erinnerst Du Dich noch, wie es sich anhört, wenn sich das Wasser an ihn schmiegt und sich kurz darauf wieder zurückzieht? Gestern jedenfalls habe ich geglaubt ein gurgelndes Lachen zu erkennen. Es hat so vertraut geklungen, als hättest Du gelacht.
Ach, Jakob, diese Tage bieten mir so wenig Grund zur Freude. Und dabei müssten wir alle in Jubelgesänge ausbrechen, jetzt, da dieser schreckliche Krieg endlich ein Ende gefunden hat. Aber die schlechten Nachrichten wollen einfach kein Ende finden. Jetzt setzt auch noch Viktor Mutter die Pistole auf die Brust, als ob sie nicht schon genug zu leiden hätte.
Er will unbedingt das Gut. Wenn nicht, soll sie ihm sein Erbe auszahlen. Dabei weiß er doch so gut wie Mutter und ich, dass der Krieg uns tief in die roten Zahlen getrieben hat. Wo soll sie denn das Geld hernehmen? Aber Du kennst Viktor auch. Wenn er sich erst einmal etwas in den Kopf gesetzt hat, lässt er davon nicht mehr ab. Ich bin mir sicher, er würde sein Recht zur Not einklagen. Und das würde bedeuten, Mutter müsste Blietzow verkaufen, um ihn auszahlen zu können. Es gibt einem ja keiner einen Kredit in diesen unsteten Tagen. Ist das nicht alles verrückt?
Heute Morgen habe ich versucht mit ihm zu reden, aber

er beharrt auf seinem Standpunkt. Mutter sei am Ende ihrer Kräfte, Blietzow stelle für sie die reinste Überforderung dar, er wolle nur das Beste, und wenn man das Testament richtig lese, sei nun einmal er der rechtmäßige Erbe. Das Schlimme ist, im Grunde hat er recht. Jeder Arzt würde Mutter vermutlich bescheinigen, dass sie mit ihren Nerven am Ende ist.

Das Problem ist nur, dass er ihr überhaupt keine Wahl lässt. Wie man es auch dreht und wendet, und glaub mir, die ganze Nacht habe ich an nichts anderes gedacht, es läuft immer auf das Gleiche hinaus: Wenn Mutter Blietzow nicht verkaufen will, was sie niemals täte und wogegen auch ich strikt wäre, muss das Gut an Viktor fallen.

Nicht, dass Du mich falsch verstehst, Jakob. Ich weiß ja, wie eng Deine Beziehung zu Ella ist. Vermutlich kommt es Dir fremd und vielleicht auch falsch vor, so schlecht über den eigenen Bruder zu reden, aber glaub mir, ich rede nicht schlecht über ihn, ich bin einfach nur verzweifelt.

Was wird denn aus mir?

Entschuldige bitte, dass ich ausgerechnet Dich, der Du doch so viel durchgemacht hast und noch durchmachst (bitte, bitte, sag mir, dass Du noch lebst!!!), das frage. Aber ich habe niemanden, mit dem ich darüber reden könnte. Mutter verkriecht sich in ihrem Musikzimmer. Sie hat das Grammophon wieder nach oben bringen lassen, und das ganze Haus ist jetzt von Carusos traurig schöner Stimme erfüllt.

Und Anton geht mir aus dem Weg, erst vorhin wieder. Ich kam gerade aus dem Hühnerstall, da ging er über den Hof und war auf dem Weg ins Gutshaus. Kaum aber hatte er mich gesehen, schlug er einen Haken und schien es plötzlich sehr eilig zu haben, zum Pferdestall zu kommen. Jakob, der Pferdestall ist der einzige Ort auf dem ganzen Gut, an dem es momentan nichts zu tun gibt!! Vielleicht ist das ja seine Art, um Vater zu trauern. Ich weiß es nicht. Bei ihm scheint ohnehin alles ein bisschen anders zu sein. Aber darüber will ich jetzt nicht spekulieren, ich möchte mir nämlich nicht noch mehr Sorgen machen müssen.

Die Frage, die mich umtreibt, ist: Warum hat Vater sein Testament nicht geändert? ›Das wird alles einmal dir gehören‹, hat er gesagt. Ich habe seine Worte noch deutlich im Ohr.

Er wusste von uns, Jakob. Und er hat gewollt, dass ich mit Dir auf Blietzow glücklich werde. Wenn er geahnt hätte, dass sein Ende nahe ist, er hätte doch niemals von mir verlangt, verheiratet sein zu müssen, um das Gut zu erben. Er wusste doch, dass ich auf Dich warten würde. Er hätte Viktor Blietzow nie gegeben. Niemals, das weiß ich. Wenn Du doch nur da wärst! Wenn ich doch nur Deine Stimme hören könnte. Wenn ich doch nur wissen würde, was Du zu alldem zu sagen hast. Würdest Du mir Mut machen zu kämpfen? Oder würdest Du sagen, ich kann auch ohne dieses Gut glücklich werden? (Oder würdest Du mich heiraten? Aber daran wage ich ja gar nicht zu denken.)

Wo bist Du, Jakob? Wo?

Du schreibst nicht, niemand weiß, wo Du Dich aufhältst, zuletzt hieß es, Deine Kompanie sei bei Verdun. Mittlerweile ernte ich nur noch Schulterzucken auf mei-

ne Fragen. In Bergen herrscht Chaos, keiner will zuständig sein. In Stralsund sieht es nicht besser aus. Ich solle eben Angaben über Regiment und Kompanie machen, man würde Dich früher oder später schon finden. Das sagen sie seit Monaten. Es ist, als ob alle den Verstand verloren hätten, nur weil dieser Krieg verloren gegeben werden musste.
Manchmal glaube ich noch immer Dein Gesicht in den Wolken zu sehen, so wie früher, wenn ich am Hügelgrab auf Dich gewartet habe. Aber es verändert sich jetzt so schnell. Kaum, dass ich meine es erkannt zu haben, ist es auch schon wieder verschwunden. Dann schließe ich die Augen und versuche mir Dich vorzustellen. In meiner Erinnerung siehst Du noch immer aus wie vor fünf Jahre, mit diesem Lachen, das so ansteckend ist, und Deinen wilden roten Locken, die nach allen Seiten abstehen. Und Du hast noch immer diese zupackenden und doch so zarten Hände. Nachts, wenn ich im Bett liege und an Dich denke, spüre ich sie manchmal auf meinen Schenkeln, und dann jagen sie mich von einem Schauer zum nächsten.
Ich habe so große Angst, dass mich meine Erinnerung trügt.
Bitte, Jakob, bitte komm zurück.
Ich küsse Dich.
Ich umarme Dich.
Ich wärme Dich.
Ich vermisse Dich.
Ich brauche Dich.
Ich liebe Dich!
Deine Luise«

52

Raus, raus, das auch hier, raus.« Viktor zeigte auf den Stuhl, die Kommode und den kleinen Beistelltisch. Die alte Karte hatte er bereits von der Wand genommen und drückte sie Marta jetzt in die Hand. »Die und die anderen Sachen kommen alle in den Schuppen neben dem Schweinestall.«

»Jawohl, Herr von Salen.«

»Und vergessen Sie die Bilder aus dem Salon nicht.«

»Auch das Porträt Ihres Urgroßvaters?«, fragte Marta verunsichert. Kurz nach drei hatte Viktor sie aus dem Bett geholt, jetzt war es vier Uhr, und sie verstand noch immer nicht, was hier vor sich ging.

»Außer dem Tisch und den Stühlen kommt alles raus. Haben Sie verstanden?«

Marta nickte. »Der Schrank und die Kommode auch?«

»Alles, Marta.«

»Und was ist mit den Leuchtern?«

»Die natürlich nicht. Oder sollen wir in Zukunft im Dunkeln sitzen?«

»Aber wenn die Kommode und der Schrank … Ich meine, wo sollen sie denn dann stehen, wenn …«

»Nicht so laut.« Viktor legte seinen Zeigefinger auf den Mund. »Wir wollen doch niemanden wecken.«

»Wo sollen die Leuchter denn stattdessen hin?«, flüsterte sie.

»Da wird Ihnen schon was einfallen.«

»Aber …«

»Kommen Sie, wir haben noch viel zu tun.« Er gab ihr ein

Zeichen, ihm die Treppe nach unten zu folgen. »Die Wandteppiche nehmen Sie auch ab. Und den da«, er zeigte auf einen zarten dreibeinigen Wandtisch, »können Sie meinetwegen mit zu sich in Ihr Zimmer nehmen. Ich möchte ihn hier jedenfalls nicht mehr sehen.«

»Aber Ihre Frau Mutter ... Sie hat dort doch immer so gerne Blumen ...«

»Marta!«

Schweigend folgte sie ihm ins Kaminzimmer, das schon lange nicht mehr benutzt worden war. »Ich möchte, dass Sie den Sessel in den zweiten Stock bringen. Stellen Sie ihn direkt vors Fenster. Der Stallbursche soll Ihnen helfen. Und wenn Sie schon oben sind, dann schaffen Sie diese furchtbare Récamiere in die Eingangshalle hinunter. Und alles, was Sie dort sonst noch so finden. Vor allem das Grammophon.«

»Aber Herr von Salen, das ist doch, das ...«

»Tun Sie einfach, was ich sage.«

Sie gingen weiter von Zimmer zu Zimmer. Sogar in der Waschküche, dem Nähzimmer und den Abstellkammern wünschte er Veränderungen. Er verlangte, die Zuber in die Eingangshalle zu bringen, ebenso das Waschbrett, das Nähkästchen sowie alle Bettlaken und Bezüge, die die Initialen F. v. S. trugen. Als sie zum ehemaligen Raum der Soldaten kamen, weigerte sich Marta, ihn zu betreten.

»Herrje, Marta.«

Die Lippen aufeinandergepresst, schüttelte sie den Kopf.

»Ich habe jetzt wirklich keine Zeit für solche Kindereien. Diesen Schweinestall können Sie an die Wohlfahrt geben.«

»Damit Kinder darin schlafen? Niemals.« Marta wurde knallrot.

»Dann werfen Sie das Zeug eben auf den Müll, Hauptsache, es kommt weg. Und danach reinigen Sie das Zimmer gründlich. Und wenn ich gründlich sage, dann erwarte ich, dass Sie jeden gottverdammten kleinen Winkel säubern. Ich möchte anschließend kein einziges Staubkorn mehr sehen. Haben wir uns verstanden?«
»Jawohl, Herr von Salen«, erwiderte sie leise.
»Also, worauf warten Sie noch? Bis heute Abend müssen Sie alles erledigt haben.«
»Aber das Frühstück ... Ihre Frau Mutter ...«
»Es bleibt nicht viel Zeit, Sie sollten sich sputen.«
Während Marta sich widerwillig an die Arbeit machte – es war jetzt kurz vor fünf, und normalerweise stand sie um diese Uhrzeit erst auf –, ging Viktor in den Salon und setzte sich auf Ferdinands alten Platz. Draußen war es stockfinster. Keine Sterne funkelten, kein Mond leuchtete, kein Fischerboot blinkte am Horizont. Dass der Himmel voller Schneewolken hing, war ebenfalls nicht zu erkennen. Noch war die Welt in schwarze Farbe getaucht.
Die Arme hinter dem Kopf verschränkt, wippte Viktor auf seinem Stuhl vor und zurück.

»Marta!«
Augustes Schrei war im ganzen Haus zu hören.
Wie immer im Winter war sie Punkt sechs Uhr aufgestanden, aber so wach wie jetzt, da sie in der Eingangshalle einen Stapel Bettlaken neben zwei Zubern, dem Waschbrett und ihren Wandteppichen liegen sah, war sie zu so früher Stunde noch selten gewesen.
»Was soll diese Unordnung hier?«
Das Nähkästchen unter dem Arm, eilte Marta in die Halle.

»Ich hoffe, Sie haben eine gute Erklärung dafür.«
»Ihr Sohn hat mich angewiesen …«
»Was ist denn hier los?« Luise, aufgeschreckt von Augustes Geschrei, hatte sich rasch eine Wolljacke über ihr Nachthemd gezogen und stand jetzt am Kopf der Treppe, das Chaos direkt im Blick.
»Das wüsste ich auch gern. Wo ist mein Sohn?«, fragte sie Marta, die, starr vor Schreck, das Nähkästchen fest umklammert hielt.
»Im Salon. Glaube ich.«
Unterdessen wippte Viktor auf seinem Stuhl noch immer vor und zurück. Er hatte alles gehört, und er fühlte sich auf alles vorbereitet. Gleich würden Auguste und Luise in den Salon stürmen, ihn zur Rede stellen, ihn zum Teufel jagen, ihn einen Verräter nennen, und er würde alle Beschimpfungen an sich abprallen lassen. Oft genug hatte er dieses Szenario schon durchgespielt, so dass er der festen Überzeugung war, nichts würde ihn mehr überraschen können.
Draußen wurde es langsam hell, und als Auguste, gefolgt von Luise, in den Salon stürzte, sah Viktor gerade den Schneeflocken dabei zu, wie sie gegen die Scheibe prallten und langsam zu Boden glitten. Das Schauspiel entlockte ihm ein Lächeln, und er lächelte auch dann noch, als Auguste ihn anherrschte, er solle ihr gefälligst erklären, was da draußen vor sich gehe.
»Ich gestalte das Gutshaus um, nichts weiter.«
»Ich fürchte, ich verstehe nicht ganz«, erwiderte sie, aber da fing ihr Puls auch schon an zu rasen, und sie glaubte das Bewusstsein zu verlieren, so dass sie sich gerade noch auf eine der Stuhllehnen stützen konnte, bevor sie zusammengesackt wäre.

Luise packte sie unter den Achseln und half ihr, sich zu setzen. »Soll Marta dir ein Glas Wasser bringen?«
»Nein«, presste sie mühsam hervor, während sie beide Hände auf ihr Brustbein drückte und keuchte.
»Bist du sicher?« Luises Blick war besorgt.
Auguste nickte. »Viktor …« Aber sie bekam noch immer viel zu wenig Luft.
»Marta!«, rief Luise. »Schnell, wir brauchen Wasser!«
Als Marta kurz darauf mit einer Wasserkaraffe in den Salon geeilt kam, hatte sich Auguste zwar wieder so weit beruhigt, dass sie nicht mehr ununterbrochen keuchen musste, dafür aber fühlte sie sich jetzt so schwach, dass sie das Glas kaum halten konnte, das Luise ihr reichte.
Die Hand auf Augustes Schulter, blickte Luise zu Viktor. Der saß, die Hände hinter dem Kopf verschränkt, scheinbar entspannt auf seinem Stuhl, dabei hatte auch er sich Sorgen gemacht. Diese, wie er fand, beunruhigende Reaktion hatte er nicht vorhergesehen. Und das Wesentliche hatte er ihnen noch gar nicht gesagt.
»Würdest du uns also bitte etwas genauer erklären, was das alles zu bedeuten hat?«, fragte Luise.
»Nun, ich bin jetzt der Hausherr, gewöhn dich einfach daran.«
»Und was willst du damit sagen?«
»Dass es als Hausherr mein gutes Recht ist, selbst zu bestimmen, wie ich leben möchte.«
»Und weiter?« Luise wurde langsam ungeduldig. »Heißt das, du wirfst jetzt einfach ein paar Sachen auf den Müll, die dir überflüssig zu sein scheinen? Wie Zuber und Waschbrett, weil es in deiner Welt keine schmutzige Wäsche mehr geben wird?« Sie sah ihn unverwandt an, aber sie wurde

aus seinem Gesicht nicht schlau. Seit einer Woche ließ er keine Gefühlsregung erkennen, und dabei, dachte Luise, hätte er eigentlich Luftsprünge machen müssen.
Am 10. Dezember war Auguste mit ihm nach Bergen zum Notar gefahren und hatte ihm das Gut übertragen. Weniger als zehn Minuten hatte es gedauert, diese weitreichende Entscheidung zu besiegeln, aber die Last, die ihr von der Schulter gefallen war, war unermesslich gewesen. Ihrem Verzicht vorausgegangen waren endlose Diskussionen mit Luise. Bitte um Aufschub, frag bei der Bank nach einem Kredit, sprich mit Frau Petershagen. Doch am Ende hatte Auguste stets nur den Kopf geschüttelt.
»Dann warte wenigstens, bis Nachricht von Jakob kommt. Mutter, ich liebe ihn, und er liebt mich, er wird mich heiraten. Vater hätte es so gewollt.«
Auguste hatte sie angesehen, gezögert und ihr dann doch das gesagt, was sie eigentlich nie hatte sagen wollen. »Auch wenn es schmerzhaft ist, Luise, du musst damit rechnen, dass er nie wieder zurückkommt. Er ist jetzt schon so lange verschollen.«
»Er lebt, Mutter, er lebt. Ich weiß das.«
»Du bist wie dein Vater, genauso unerschütterlich.«
»Seine Hoffnung hat ihn zurückgebracht, meine Hoffnung wird Jakob retten.«
»Aber du musst verstehen, dass ich nicht so lange warten kann, ich bin mit meiner Kraft am Ende. Das Gut ist bei Viktor in guten Händen, glaub mir.«
Dieses Gespräch im Ohr, ruhte Luises Blick noch immer auf Viktor, der sich nun aufrichtete und ans Fenster trat.
»Ich werfe nichts weg«, sagte er, während er den Schneeflocken dabei zusah, wie sie sich auf dem schmalen Fens-

tersims zu kleinen Hügeln türmten. »Ihr könnt damit machen, was immer ihr möchtet.«
»Was willst du damit sagen?«
»Ihr könnt die Sachen mitnehmen, wenn ihr wollt«, entgegnete Viktor, ohne dabei Luise oder seine Mutter anzusehen.
»Wie mitnehmen?«
»Ich werde Ella und ihre Eltern zu mir ins Gutshaus holen.« Viktor sprach leise, leiser als gewöhnlich.
Dafür wurde Luise jetzt umso lauter. »Du wirfst Mutter aus ihrem eigenen Haus?«
»Es gehört jetzt mir.« Er flüsterte fast.
»Sprich lauter, ich kann dich nicht verstehen.« Luise schrie.
»Das Gutshaus gehört mir«, sagte er und drehte sich nun doch zu seiner Mutter und seiner Schwester um. »Ich kann damit machen, was ich will.«
»Aber du kannst doch Mutter …« Luises Stimme wurde brüchig, »du kannst doch deiner eigenen Mutter nicht das Dach über dem Kopf wegnehmen.«
Augustes Puls raste jetzt wieder. Bei dem Versuch, sich etwas Wasser einzuschenken, zitterte sie so sehr, dass sie ihr Glas umstieß und sich das Wasser auf der Tischplatte ergoss.
»Marta! Wir brauchen einen Lappen«, rief Luise, bevor sie sich zu ihrer Mutter hinunterbeugte. »Möchtest du dich vielleicht lieber hinlegen?«
Auguste schüttelte den Kopf, während sie versuchte etwas zu sagen, aber sie brachte nur keuchende Laute über die Lippen.
Die Hände in den Hosentaschen, sah Viktor wieder aus dem Fenster. »Ich habe für euch das Inspektorenhaus vorgesehen. Es wird heute noch leer geräumt.«

Augustes Keuchen wurde immer lauter.
»Warum, Viktor, warum? Du hast doch jetzt, was du immer wolltest.« Luise schrie, als würde sie um ihr Leben schreien. »Klare Verhältnisse«, sagte Viktor. »Es ist immer besser, klare Verhältnisse zu schaffen.«
Das hatte er mit Mehrich so besprochen, als er um die Hand seiner Tochter angehalten hatte. Seine Einwilligung zur Hochzeit war an die Bedingung geknüpft, dass er eine »Lösung im Gutshaus« fand, wie Mehrich sich ausgedrückt hatte. Nach allem, was Luise seiner Familie angetan habe, Viktor war mittlerweile auch über Jakobs Briefe auf dem Laufenden, könne man es Ella unmöglich zumuten, gemeinsam mit »dieser Person« unter einem Dach zu leben. Außerdem, so hatte er hinzugefügt, müsse er Viktor ja wohl kaum darauf hinweisen, dass das Verhältnis zu Luise zukünftig »noch schwieriger« werden würde, jetzt, da sie sich hatte geschlagen geben müsse. Viktors Vorschlag, sie einfach der Tür zu verweisen, hielt Mehrich allerdings für keine gute Idee.
»Wie sähe es denn aus, wenn Sie Ihre eigene Schwester vom Hof jagen würden? Es ist nicht mehr wie früher. Diese unberechenbaren Zeiten verlangen höchste Sensibilität, sonst ist Ihr Ruf schnell ruiniert. Und für den haben Sie doch so hart gearbeitet.«
Nach einigem Hin und Her waren sie schließlich übereingekommen, dass es das Beste wäre, Alma und Paul Mehrich würden mit ins Gutshaus ziehen und das Inspektorenhaus Luise und ihrer Mutter überlassen. Während Mehrich sich heimlich die Hände gerieben hatte, hatte Viktor sich im Glauben gewogen, die gerechteste Lösung gefunden zu haben.

Jetzt aber, da Auguste so zitterte und keuchte und Viktor ihren Anblick kaum ertragen konnte, war er sich nicht mehr sicher, die richtige Entscheidung getroffen zu haben.
»Wenn Mutter möchte, kann sie natürlich im Gutshaus bleiben. Ich würde ihr dann das Zimmer hier unten herrichten lassen«, sagte er und sah dabei noch immer aus dem Fenster.
»Du meinst das, in dem die Soldaten gewohnt haben?«
»Genau das.«
»Du hast wohl den Verstand verloren.«
Während Luise tobte und ihren Bruder einen »erbärmlichen, von Rachegelüsten getriebenen Verräter« schimpfte, »einen herzloseren Sohn als dich kann es gar nicht geben«, fühlte Auguste ein tonnenschweres Gewicht auf ihrer Brust lasten.
»Viktor ...«, sagte sie, »dein Vater ... und ich ...« Doch ihre Worte verloren sich in ihrem Keuchen.
»Mutter geht nirgendwohin. Haben wir uns verstanden?«
Luise zog die Wolljacke enger um ihren Körper. Der Salon war nicht beheizt, und ihr leinenes Nachthemd bot ebenso wenig Schutz wie Ferdinands alte, viel zu große Filzpantoffeln, in denen ihre nackten Füße steckten.
Die Arme vor der Brust verschränkt, drehte Viktor sich jetzt zu ihr um. »Du scheinst es offensichtlich noch immer nicht begriffen zu haben, aber das Gut gehört jetzt mir, und du hast hier nichts zu sagen. Was Mutter möchte, ist ganz allein ihre Entscheidung, halt du dich da raus.«
»Vater würde sich im Grab umdrehen, wenn er wüsste, was du hier tust.« Luise warf ihm einen verächtlichen Blick zu.
»Vater interessiert mich nicht.«

»Er hatte recht, dir nicht zu vertrauen.«
»Du weißt doch gar nicht, was du da sagst.«
»Ach, und warum bin ich dann vor dir im Testament vermerkt? Er wollte, dass ich das Gut eines Tages erbe. Ich, Viktor, nicht du. Er wusste nämlich, dass ich mich niemals so selbstherrlich aufführen würde.«
»Das sagst ausgerechnet du? Hast du dich in der Zeit meiner Abwesenheit jemals gefragt, wo ich bin, wie es mir geht, ob ich überhaupt noch lebe? Du warst doch froh, mich los zu sein, um deinen eigenen Plan verfolgen zu können. Von Anfang an hast du es darauf angelegt, dir Blietzow unter den Nagel zu reißen. Denkst du, das hätte ich nicht gemerkt? Ein Mädchen, das auf die Landwirtschaftsschule geht, das ist doch lächerlich.«
»Wenn hier einer lächerlich ist, dann bist das ja wohl du.«
»Dumm nur, dass du nicht Vaters Ratschlag befolgt hast.«
»Was für einen Ratschlag denn?«
»Einen der reichen Gutsbesitzersöhne zu heiraten. Du hast wohl geglaubt dir alles erlauben zu können, was? Tja, so kann man sich täuschen. Am Ende siegt eben doch die Gerechtigkeit. Tut mir leid für dich, Luise, aber du wirst schon darüber hinwegkommen.«
»Das nennst du Gerechtigkeit?«
»Wie würdest du es denn nennen, wenn der älteste Sohn die Nachfolge seines verstorbenen Vaters antritt?«
Natürlich, so war es fast überall, das wusste sie auch. Aber warum musste es denn immer so sein? Und mit Gerechtigkeit, dachte sie jetzt, hatte das schon gar nichts zu tun, aber sie sagte nichts. Sie konnte Viktor ja noch nicht einmal vorwerfen, dass er der Falsche sei. Er verstand etwas von seinem Beruf. Stattdessen rief sie jetzt nach Marta. Das

Wasser tropfte bereits auf den Boden, und sie hatte noch immer keinen Lappen gebracht.

»Gewöhn dich lieber daran, so etwas in Zukunft selbst machen zu müssen.«

»Marta!«, rief sie erneut.

»Merkst du denn nicht, dass sie dich nicht hört?«

Ohne etwas zu erwidern, raffte Luise ihr bodenlanges Nachthemd und wischte damit den Wasserfleck auf.

»Was ist ... mit ... Anton?«, fragte Auguste keuchend.

»Ich würde mich doch niemals Vaters Wunsch widersetzen. Er kann natürlich im Gutshaus bleiben, wenn er möchte. Allerdings, und das weißt du ja auch, zieht er es vor, sich herumzutreiben. Ich nehme also an, wir werden ihn hier nicht allzu oft zu Gesicht bekommen.«

»Herr von Salen?« Marta stand plötzlich im Türrahmen. »Soll ich die Schallplatten auch nach unten bringen?«

»Bitte.«

»Nein, Marta, Sie rühren das Musikzimmer nicht an«, schrie Luise.

»Aber ...«

»Tun Sie bitte, was ich sage.«

»Jawohl, Herr von Salen.« Marta sah entschuldigend zu Auguste und Luise. Und während Luise glaubte, man würde ihrer Mutter die Seele ausreißen, wenn man ihr das Musikzimmer nähme, atmete Auguste mit einem Mal ganz ruhig.

»Wenn mein Sohn damit einverstanden ist«, sagte sie leise, »würde ich Sie bitten, einen Kaffee zu machen.«

»Aber Frau von Salen, selbstverständlich, sofort.«

»Und nachher schaffen wir alles gemeinsam ins Inspektorenhaus.«

»Ins Inspektorenhaus?«, fragte sie entsetzt.
»Man soll seinen Kindern Freiräume lassen, zumal, wenn sie erwachsen sind«, erwiderte sie mit einem Lächeln, das Viktor wie tausend Nadelstiche traf.
»Du nimmst mein Angebot also nicht an?«, fragte er, und seiner Stimme war die Verunsicherung deutlich anzuhören.
Sie lächelte noch immer. »Du sollst dein Leben leben, wie du es für richtig hältst.«
»Aber Mutter«, Luise war den Tränen nahe, »du kannst doch nicht ... du kannst ihm doch ... du bist doch hier zu Hause.«
»Marta, wenn Sie so freundlich wären, mir den Kaffee später hoch in mein Zimmer zu bringen?«
Marta nickte. Wie Luise hatte auch sie Tränen in den Augen.
Ohne etwas zu sagen, stand Auguste auf. Die Anstrengung hatte deutliche Spuren hinterlassen, und es war ihr, als würden die Wände wackeln und der Boden beben, und für einen Moment glaubte sie erneut die Besinnung zu verlieren, aber sie versuchte ruhig zu bleiben und atmete tief ein und aus, und plötzlich schien Ferdinand ihr seinen Arm zu reichen, und sie gingen Seite an Seite aus dem Raum.
Luise sah ihr fassungslos hinterher, während sich Viktor wieder zum Fenster drehte. In der Zwischenzeit hatte es aufgehört zu schneien. Stattdessen nieselte es jetzt, und die grauen Wolken schienen noch tiefer über Blietzow zu hängen.

53

Die erste Nacht im Inspektorenhaus würde Auguste nie vergessen. Wider Erwarten war sie sofort eingeschlafen, am Morgen aber, zwischen Traum und Tag, glaubte sie Ferdinand neben sich zu sehen, mit starrem, totem Blick. Sie spürte seine wächserne Hand auf ihrer, dann, und da hätte sie schreien können, aber sie fühlte sich wie gelähmt, legte er sich auf sie, küsste ihren Hals, ihre Brüste, presste seine Lippen auf ihre, die sich kalt und leblos anfühlten, sagte, dass er im Salon auf sie warten wolle, bevor er plötzlich neben ihrem Bett stand, gesichtslos, nichts weiter als ein Schatten, der sich langsam in Nichts auflöste, ähnlich dem Dampf ihrer alten Dreschmaschinen. Als Auguste aus diesem Traum erwachte, riss sie als Erstes das Fenster auf. Noch nie war sie gerne in diesem Haus gewesen, jetzt aber glaubte sie darin zu ersticken.

Bis sie die erste Nacht ruhig schlafen konnte, vergingen mehrere Wochen. Ferdinand allerdings war ihr nie wieder erschienen, was sie, je länger der Traum zurücklag, mehr und mehr bedauerte. Das Foto, das sie von ihm aufgestellt hatte, brachte ihn ihr jedenfalls nicht zurück. Darauf war er in Uniform zu sehen, und als Offizier hatte sie ihn nicht in Erinnerung.

An manchen Tagen ging sie den Hügel nach oben, passierte den Eingang zum Gut, ging über den Hof, ganz dicht an der Gutshaustreppe vorbei, grüßte, wenn es jemanden zu grüßen gab, bekannte und unbekannte Gesichter, Kriegsheimkehrer, Flüchtlinge aus dem Osten, die Viktor als Arbeiter eingestellt hatte. Auch Mehrich grüßte sie. Er schien unverändert. Wie früher nickte er ihr auch jetzt mit grimmiger Miene zu, während er von Stall zu Stall hastete. Alma dagegen drehte sich weg, wenn sie sie traf, was Auguste beruhigend fand. Immerhin eine, dachte sie, die sich der Situation angemessen verhält.

Viktor war wie ausgewechselt. Früher hatte er fast ausschließlich über das Gut gesprochen, jetzt aber fragte er, wie es ihr gehe, ob sie etwas brauche, ob sie noch genügend Speck und Würste habe, sie wisse, dass sie Marta jederzeit danach bitten könne. Wenn es seine Zeit erlaubte, bat er sie auch auf eine Tasse Tee ins Haus. Bislang aber hatte Auguste seine Einladungen stets abgelehnt.

Zu fremd schien ihr plötzlich das Gutshaus zu sein. Allein der Eingang wirkte verändert, obwohl alles wie immer war – die vier Stufen zum Haus, die große Holztür, die Fassade mit der Wölbung rund um den Eingang. Manchmal dachte sie, sie sehe das Gutshaus zum ersten Mal, wie damals, als sie nach Blietzow gekommen war. Es schien ihr dann eher grau als ockerfarben zu sein und wenig einladend. Manchmal aber war es ihr allzu vertraut, und sie konnte es kaum ertragen, Ferdinand nie wieder am Kopf der Treppe stehen zu sehen. An diesen Tagen hielt sie den Kopf gesenkt und ging weiter, an den Feldern entlang, bis sie in die Stubnitz kam.

Den ganzen Winter über schien ihr dieser Teil Jasmunds der einzige verlässliche Ort auf Rügen zu sein. Während im Gutshaus nun Viktor das Sagen hatte und sie und Luise versuchten sich im Inspektorenhaus einzurichten, während immer mehr Soldaten nach Hause kamen, teils jedoch so verstümmelt, dass sie nie wieder in ihr altes Leben zurückfinden würden, während sie zum ersten Mal hatte wählen dürfen, ein Moment, der ihr gleichzeitig bedeutsam und nichtig vorkam, ahnend, dass diese Wahl die Aufständischen nicht würde besänftigen können, während es kurz darauf auf dem Gut der von Bohns tatsächlich zu Tumulten gekommen war, bei denen ein Arbeiter sein Leben verloren hatte, hatte sich ihr der Wald von einer wohltuenden Gleichmäßigkeit dargeboten. Die Tümpel gefroren, die Blätter von einer dünnen Eisschicht überzogen, musste man hier keine Überraschungen fürchten.

Am Königsstuhl angekommen, hatte sie stets gehofft den ersehnten Gesang zu hören. In den ersten Wochen aber war die Brandung vor allem ohrenbetäubend gewesen, danach hatte sie mehr einem Schmatzen geähnelt, am 23. Februar 1919 aber, das Datum hatte sie sich später notiert, hatte sie zum ersten Mal wieder Ferdinands Nähe gespürt. Es war fast wie damals gewesen, als er sie zum ersten Mal hierhergebracht hatte. Den Arm um ihre Schulter gelegt, hatte sie geglaubt Caruso singen zu hören.

Auch jetzt im Frühjahr, wenn der Waldboden gelb leuchtete, wenn die Vögel sangen, wenn es nach Erde und frisch geschlagenem Holz roch, wenn sich das Moos wie ein saftig grüner Teppich über die Baumstämme legte und der Fels in hellem Weiß erstrahlte, war ihr, als wäre ihr Ferdinand hier ganz nah. Nur am Königsstuhl konnte sie ihn wiederfinden, und sie ging fast täglich dorthin.

Anfang April nahm Auguste zum ersten Mal Viktors Einladung an. Er hatte dringlicher geklungen als sonst, und nach kurzem Zögern war sie ihm ins Gutshaus gefolgt.

In der Eingangshalle hingen nun wieder die Geweihe, die sie nach ihrem Einzug hatte entfernen lassen, im Salon stand Mehrichs altes Büfett, und statt des Porträts Gottfried von Salens waren an den Wänden Fotografien zu sehen, Jakob in Uniform, Alwine in einem Matrosenkleid, Alma neben ihrer Schwester und, größer als die anderen und mit einem goldenen Rahmen versehen, Ella und Viktor. Er hatte seinen Arm um ihre Schulter gelegt, sie lächelte ungewöhnlich schüchtern in die Kamera.

»Wir haben uns verlobt, nur wir zwei, ohne Feier, neulich in Bergen«, sagte Viktor. »Aber die Hochzeit soll ein Fest werden. Du kommst doch?«

Augustes Blick fiel erneut auf das Foto. Er trug sein Haar wieder länger, was ihn gleich freundlicher wirken ließ, und auch in seiner aufrechten Haltung war nicht mehr jene Arroganz zu erkennen, die ihm früher zu eigen gewesen war. Er machte einen gelassenen und zufriedenen Eindruck, was Auguste umso mehr überraschte, als sie ihn seit Jahren nur als Getriebenen kannte. »Meinen herzlichen Glückwunsch. Wann heiratet ihr?«, fragte sie, während sie versuchte auf seinem Gesicht jene Ruhe wiederzufinden, die ihn auf dem Foto auszeichnete.

»Ella möchte warten, bis Jakob zurück ist.«

»Natürlich«, erwiderte sie, aber ihr skeptischer Blick verriet ihm, dass sie nicht an diese Heimkehr glaubte.

»Sie will die Hoffnung nicht aufgeben, und ich werde einen Teufel tun, ihr das auszureden, zumal die Aussicht auf seine baldige Rückkehr durchaus besteht. Erst letzte Woche soll wieder ein Soldat nach Hause gekommen sein. Marta hat jedenfalls erzählt, dass man in Glowe gefeiert habe.«

»Aber was ist …?« Auguste sprach nicht weiter.

»Doch, doch, er wird kommen. Ganz sicher.«

Auguste lief ein Schauer über den Rücken bei dem Gedanken, dass nicht nur Luises Glück, sondern nun auch Viktors Zukunft von Jakob abhängig zu sein schien. Hätte sie zu diesem Zeitpunkt bereits geahnt, wie eng auch Antons Schicksal mit Jakob verknüpft sein würde, sie hätte nicht nur gefröstelt, sie hätte am ganzen Körper gezittert.

»Er muss kommen«, erklärte Viktor entschieden. »Möchtest du Tee?«

Auguste nickte.

Nachdem er nach Marta gerufen hatte, und nachdem Marta sich beinahe überschlagen hätte vor Freude, Auguste nach so langer Zeit zum ersten Mal wieder im Gutshaus zu sehen, sagte Viktor: »Du musst mit Luise sprechen.«

»Weshalb?«

»Ich kann ihr die monatlichen Raten für ihren Erbanteil momentan nicht auszahlen.«

»Aber das Erbe steht ihr zu, das weißt du.«

»Sie soll es ja bekommen, nur zurzeit ...« Er atmete tief durch. »Sie muss sich einfach gedulden. Wo soll ich das Geld denn hernehmen, ich kann schließlich nicht zaubern. Meine Arbeiter schreien nach mehr Lohn. Gestern haben sie wieder den ganzen Tag die Arbeit verweigert. Alma musste in den Stall, die Kühe melken, und Mehrich, Ella und ich waren allein auf den Feldern. Ausgerechnet jetzt, wo Aussaat ist. Wenn ich nicht auf ihre Forderungen eingehe, dann ...« Er stockte. »Ich kann mir diese Streiks nicht länger leisten. Ich brauche tüchtige Hände, sonst werde ich Blietzow nicht lange halten können.«

»Was sagt Mehrich denn dazu?«, fragte Auguste, da sie selbst nicht wusste, was sie sagen sollte. Nur zu gut waren ihr noch all die Sorgen in Erinnerung, die sie über Jahre gequält hatten, und allein bei dem Gedanken daran fühlte sie sich wieder ähnlich erschöpft wie damals.

»Warum interessiert dich das?«

»Er hat doch immer zu allem etwas zu sagen«, erwiderte sie, während sie sich mit Schaudern daran erinnerte, wie er fast täglich bei ihr im Zimmer gestanden hatte.

»Er drängt darauf, Luise und Anton auszuzahlen. Er meint, es sei besser, sich aller Schulden entledigt zu haben, bevor man heiratet.«

»Ganz unrecht hat er damit vermutlich nicht.« So sehr Mehrich sie auch immer geärgert hatte, unberechtigt waren seine Einwände selten gewesen. »Was meint Ella denn dazu?«

»Wieso Ella?«

»Nun ja, wenn ich mir vorstelle, dein Vater hätte mich in ein mit Erblasten hochverschuldetes Gut gebracht …« Ihr Blick fiel auf ihre fleckigen Hände, Großmutterhände, wie sie nun dachte, bevor sie sich wieder Viktor zuwandte. »Ich glaube, ich wäre davon nicht sehr angetan gewesen.«

»Aber Vater hat dich doch noch nicht einmal gefragt, ob er Blietzow kaufen soll.«

»Da hast du recht.« Die ersten Monate auf dem Gut hatte sie nicht vergessen, und je länger sie nun im Inspektorenhaus lebte, desto mehr schienen sie ihr ein schlechtes Omen gewesen zu sein. »Aber du musst ja nicht die gleichen Fehler machen.«

»Du hättest doch dem Kauf niemals zugestimmt.«

»Du verstehst nicht, Viktor.«

»Was verstehe ich nicht?«

»Niemand mag es, vor vollendete Tatsachen gestellt zu werden. Denk doch nur an dich.«

»Ich werde die Löhne erhöhen müssen, daran führt kein Weg vorbei.«

»Du wirst aber auch Luise und Anton auszahlen müssen. Hast du mit Anton eigentlich schon gesprochen?«

»Nein, ich wollte erst, dass du mit Luise ... Weißt du, wenn ich wirtschaften könnte, wie ich wollte, wenn der Preis für Schlachtvieh oder Getreide nicht länger von irgendwelchen Bürokraten in Berlin bestimmt werden würde, dann sähe meine Lage bestimmt sehr viel besser aus. Aber solange ich noch an diese Vorgaben gebunden bin ...« Er zuckte mit den Schultern.

»Du wirst schon das Richtige tun«, sagte sie, während sie für einen Moment überlegte, ob sie Viktor erzählen sollte, dass Mehrich dem Gut noch tausend Mark schuldete. Aber dann stand sie doch auf.

Sie hatte nichts gegen ihn in der Hand, und außerdem fühlte sie sich für die Blietzower Probleme nicht mehr zuständig. Mit ihrer Unterschrift im Dezember hatte sie sich ihre Freiheit teuer erkauft, und jetzt, da sie Viktors Sorgenfalten sah, wusste sie, dass der Preis dafür nicht zu hoch gewesen war. Selbst ihre Dachkammer im Inspektorenhaus, die kleine Küche, der dunkle Flur kamen ihr nun nicht mehr ganz so schäbig vor.

»Du willst schon gehen?«

»Du hast sicherlich noch viel zu tun, ich will dich nicht von der Arbeit abhalten.«

»Du sprichst also nicht mit Luise?«

»Nein, Viktor. Du wirst ihr deine Entscheidung schon selbst mitteilen müssen. Und Anton auch.«

»Luise hört mir doch überhaupt nicht mehr zu.« Seine Stimme klang verärgert. »Und Anton bekommt man ja kaum zu Gesicht. Weißt du eigentlich, wo der immer steckt?«

»In Saßnitz, im Hafen, er fährt mit den Fischern raus. Du bist es doch gewesen, der ihn nicht mehr hatte beschäftigen wollen.«

»Hat er das erzählt?«

»Stimmt das etwa nicht?«

»Für wen hältst du mich? Ich wollte, dass er sich wie früher um die Pferde kümmert. Ich habe ihn mehrfach darum gebeten, aber er wollte ja nicht.«

»Ach, und ich dachte immer ...«

»Dann frag ihn mal. Würde mich wirklich interessieren, was er dazu zu sagen hat.«

Auguste sah Viktor verwundert an.

»Und bei der Gelegenheit kannst du ihn auch gleich darüber aufklären, was in diesem Land erlaubt ist und was nicht. Ich habe nämlich keine Lust, seinetwegen Ärger zu bekommen.«

»Wie meinst du das?«

»Vielleicht täusche ich mich ja, aber ich denke, du solltest ein Auge auf ihn haben«, entgegnete er und wiegte den Kopf hin und her, als würde er überlegen, wie weit er gehen konnte.

»Was willst du damit sagen?« Auguste verstand kein Wort, nur eines schien sie schlagartig zu begreifen. Ihren Sohn, der früher ihr Sorgenkind gewesen war, hatte sie über die Jahre aus den Augen verloren.

»Mehrich sagt«, begann Viktor, zögerte aber doch. »Nein, am besten, du sprichst selbst mit Anton.«

»Was sagt Mehrich?«

»Nichts Konkretes, es ist nur ...« Er zögerte erneut. »Seitdem einer der Wakenitzschen Söhne die Leitung des Kommunalverbands übernommen hat, will man mich dort nicht mehr empfangen. Es heißt …« Er stockte jetzt wieder. »Also Mehrich sagt, dass dieses Verhalten auf Erlebnisse im Saßnitzer Lazarett zurückzuführen sein könnte. Man sagt, er habe die Soldaten glücklicher gemacht, als es seine Aufgabe gewesen wäre.«

Auguste, die sich vor wenigen Augenblicken noch darüber gefreut hatte, alle Sorgen bei Viktor zurücklassen zu können, meinte jetzt eine Hand auf ihrer Schulter zu spüren, die sie mit aller Kraft zurück auf den Stuhl drückte.

»Du weißt schon, wie ich das meine.«

Auguste schüttelte den Kopf. »Was hat das zu bedeuten, Viktor?«

Obwohl sie ihn danach mehrfach aufgefordert hatte, ihr alles zu erzählen, erfuhr sie nicht mehr. Viktor beteuerte, nur diese Gerüchte zu kennen, und wenn sie geahnt hätte, wie oft er bereits vergeblich versucht hatte Anton zur Rede zu stellen, sie hätte nicht so lange auf weitere Erklärungen gepocht.

Zum Schluss hatten sie sich schweigend gegenübergesessen, eine Minute, zwei, vielleicht auch fünf, Auguste konnte es später nicht mehr sagen. Auf dem Weg zum Königsstuhl jedenfalls erinnerte sie sich nur noch an den Gedankensturm, der wie ein Gewitter über sie hereingebrochen war und der auch dann noch in ihr tobte, als sie längst vorne an der Steilküste angekommen war.

Fragen türmten sich zu Bergen, und Gewissheiten wurden weggewischt.

Eine davon war die, dass sie geglaubt hatte, Anton habe

trotz seiner Behinderung seinen Weg gefunden. Jetzt fragte sie sich, warum ausgerechnet er, der doch immer die Menschen gemieden hatte, plötzlich so besorgt um sie gewesen war. Wie nah war er den Verwundeten tatsächlich gekommen?

Dass sie sich überhaupt diese Frage stellen musste, kam ihr bereits wie ein Verrat an ihm vor. Als sie schon so weit war, die Gerüchte beiseitezuwischen, schließlich hatte sie noch nie viel auf das Gerede anderer gegeben, wurde in ihr plötzlich die Erinnerung an seinen vor Schuld gequälten Blick nach Alwines Tod wach. Damals hatte er sie frösteln lassen, nun aber traf er sie mit ganzer Wucht.

Zitternd stützte sich Auguste auf einen mit Moos bewachsenen Baumstamm, während sie den steilen Abhang hinunter auf das Wrack eines Frachters sah. Bislang hatte sie diesen Kriegsspuren nicht viel Beachtung geschenkt, nun aber fürchtete sie, dass ihre Familie, die einst ihr ganzer Stolz gewesen war, diesem rostigen, langsam auseinanderbrechenden Ungetüm nicht unähnlich sein könnte.

54

Hellweiße, fast durchsichtig schimmernde Wolken zogen sich über den ansonsten tiefblauen Himmel, Möwen schrien, das Wasser plätscherte leise, und Jakob, der bis dahin seinen Gedanken nachgegangen war, schob nun das Fenster in seinem Zugabteil nach unten und hielt seinen Kopf in den Fahrtwind.

Er sah den Spuren der Fischerboote hinterher, wanderte mit seinen Augen von Altenkirchen die Rügener Küste entlang, folgte den Möwen über den Strelasund, bis sie weiter Richtung Hiddensee flogen. Der Wind umschmeichelte sein Gesicht, seine eingefallenen Wangen, sein spitzes Kinn, seine knöcherne Nase. Schon lange hatte er nichts Vergleichbares mehr gespürt, und ihm war, als würden ihn samtweiche Hände streicheln.

Jakob schloss die Augen.

Türen schlugen, Wärter schrien, Staub lag auf den Straßen, auf Ruinen, auf herausgerissenen Öfen, zerborstenen Schränken, auf umgestürzten Tischen. Auf ihm.

»Allez, allez, plus vite.«

Dass er nicht langsam machen durfte, hatte er schnell begriffen. Wie die anderen Gefangenen auch musste er von morgens früh bis abends spät die Verwüstungen eines Krieges beseitigen, der für ihn länger gedauert hatte als für die meisten.

Rasch sah er wieder nach draußen. Sein Blick fiel nun auf tiefgrüne Blätter, auf Kirschbäume mit schwarzroten Früchten, auf eine backsteinerne Kirche, auf Felder so weit und flach, dass er glaubte, sie würden sich ins Unendliche erstrecken. Auf einer Wiese grasten Kühe, Arbeiter banden Ähren zu dicken Bündeln, am Horizont dampfte eine Dreschmaschine, ein Kutscher trieb sein Pferd voran. Blassgelbe und rosafarbene Malvenstauden ragten an den Fassaden der gedrungenen Katen empor, fast wie bei ihm zu Hause, dachte er.

In Bergen musste er umsteigen. Mit ihm warteten nur noch drei weitere Personen auf den Zug nach Sagard, so dass ihm die Stille auf dem Bahnsteig fast unheimlich vorkam. Das Gedränge bei seiner Abreise vor fast fünf Jahren war ihm jedenfalls unvergessen geblieben, und auch gestern, als er in Dünkirchen in den Zug gestiegen war, waren die Stimmen durcheinandergegangen.

»Komm gut nach Hause.«

»Grüß mir die See.«

»Wir bleiben in Verbindung.«

»Besuch mich mal. Bei uns gibt es die besten Würste.«

»Mann, freu ich mich auf ein richtiges Bett.«

»Auf ein Bad und Seife.«

»Hoffentlich erkennt mich mein Sohn auch wieder.«

»Ich glaube, ich rieche schon die Kartoffelklöße und die Bratensoße.«

»Auf Nimmerwiedersehen, Frankreich.«

Am Abend zuvor waren sie überraschend freigekommen. Ein Friedensvertrag sei unterzeichnet worden, so viel hatten sie gerade noch verstanden. Immer wieder war das Wort »Versailles« gefallen, und ausnahmslos alle Franzosen hatten ihre Mittelfinger an ihren Daumen gerieben, was als Geste unmissverständlich gewesen war.

»Payer, payer.«

Jakob hätte ihnen ihr Grinsen am liebsten aus dem Gesicht

geprügelt. Als hätte er nicht schon genug für diesen Krieg bezahlt. Aber die Freude, endlich nach Hause zu dürfen, war letztendlich größer gewesen als seine Wut.
In seiner Hand klapperte das Steinsäckchen. Die ganze Fahrt über hatte er es nicht beiseitegelegt, und auch während der Zeit seiner Gefangenschaft hatte er es immer in seiner Hosentasche mit sich getragen. Bei jedem Schritt hatte er geglaubt die rauschende See zu hören, jedes Scheppern, mal lauter, mal leiser, war mit Erinnerungen verbunden gewesen, an Luise am Strand, an ihre Lippen auf seinen, an ein in der Abendsonne glitzerndes Meer, an wogende Felder, an schäumende Wellen, an Möwengeschrei, an Alwines Gesang, an knackende Eisschollen, an Ella mit Milcheimern in der Hand.
Als er in den Zug nach Sagard stieg, lachte die See. Zumindest hörten sich für ihn in diesem Moment die sich aneinanderreibenden und aufeinanderprallenden Steine in seiner Hand so an.
Baum um Baum zog an ihm vorüber, zu beiden Seiten war jetzt nichts als Wald zu sehen. Für einen Moment spürte er, wie ihn die Beklemmung ergriff, aber da war er auch schon wieder frei, und Jasmund und der Bodden begrüßten ihn in bunten Farben. Die Kreideküste sah aus, als wäre sie mit Sonnenblumengelb bemalt, das Wasser mit Dunkelblau, die Blätter tiefgrün, die Turmspitze, die aus den Bäumen ragte, war dagegen schneeweiß. Jakob streckte erneut den Kopf aus dem Fenster. Die Sanddornsträucher glitzerten silberfarben in diesem Sommerlicht, vereinzelt aber zeigte sich bereits ihr orangefarbenes Leuchten.
Während der Fahrtwind durch das offene Fenster wehte, nahm er für die letzten Minuten seiner Heimreise wieder

auf der Holzbank Platz. Zwei lange Jahre, in denen er ohne Nachricht aus Blietzow geblieben war, hatte er an nichts anderes gedacht als an diesen Moment, wenn er nach Hause kommen würde. Wie er aus dem Zug stiege, wie er eine Kutsche nähme, wie er erst hoch zum Gut fahren würde, um Luise zu begrüßen, wie er sie umarmen und küssen würde, egal, ob jemand in der Nähe sein würde, wie er danach den Hügel hinunterstürmen würde, wie er Ella ebenso fest an sich drücken würde wie seine Mutter, wie er auch seinen Vater kurz in den Arm nehmen würde.

Als der Zug in den Bahnhof von Sagard einfuhr und er Blietzow bereits zu riechen glaubte, zweifelte er nicht eine Sekunde daran, dass sich gleich alles so oder so ähnlich zutragen würde.

55

Die Kutsche fuhr auf den Hof, und Jakob, dem es auf der Fahrt von Sagard nach Blietzow nicht schnell genug hatte gehen können, blieb noch für einen Moment sitzen. Aus dem Wirtschaftsgebäude kam ein Arbeiter, den er nicht kannte, ihm folgte ein anderer, den er ebenfalls noch nie gesehen hatte. Sie beäugten ihn neugierig, und er nickte ihnen freundlich zu. Jemand schob eine Karre mit Heu aus der Tenne, und dann, in der Ferne, in der Nähe des Pferdestalls, erkannte er das erste bekannte Gesicht. Jakob sprang aus dem Wagen und winkte, blieb aber inmitten des Platzes stehen. Das Geräusch, das entstand, wenn er über den mit Kieselsteinen ausgelegten Hof ging, hatte er lange vermisst. Er rieb seine Schuhsohlen über die Steine und atmete erleichtert auf. Es hatte sich offensichtlich nichts verändert.

»Anton!«

»Jakob?«

Jakob eilte ihm entgegen, Anton schien zu zögern, und für einen Moment sah es so aus, als wollte er davonlaufen, doch dann ging er mit langsamen Schritten auf ihn zu. Aber noch ehe sie sich begrüßen konnten, ging die Tür zum Gutshaus auf und Marta stürmte nach draußen.

»Jakob?«, rief sie. »Jakob, sind Sie's?«

»Ja!«, schrie er so laut er konnte. »Ich bin wieder da. Geben Sie Luise Bescheid?«

Ohne etwas zu erwidern, stürzte Marta zurück ins Haus.

»Fräulein Ella«, rief sie, »Fräulein Ella, Frau Mehrich, schnell!«

Währenddessen drückte Jakob Anton an sich. »Meine Güte, ist das lange her.« Er lachte. »Komm, lass dich gleich noch einmal umarmen.«
Anton aber, der weder seine Umarmung erwidert hatte noch sein Lachen, sah zu Boden.
»Was ist? Freust du dich nicht, mich wiederzusehen?«
»Doch, sicher … Ich bin nur …« Tränen standen ihm in den Augen. »Ich bin nur so überrascht.« Seit einer Woche erst arbeitete er wieder auf dem Gut, Auguste hatte ihn dazu überredet, aber wenn er geahnt hätte, dass Jakob doch noch wiederkommen würde, er hätte sich anders entschieden.
»Mir geht's nicht anders«, sagte Jakob und lachte noch immer. Antons Verunsicherung sah er in seiner Aufregung nicht. »So, jetzt muss ich aber schnell Luise suchen. Weißt du, wo sie ist?«
Anton schüttelte den Kopf.
»Na, ich werde sie schon finden. Wir sehen uns dann später«, rief er ihm noch zu, während er bereits in Richtung Gutshaus eilte, aus dem gerade Ella gestürmt kam. Wenig später tauchte auch Alma am Kopf der Treppe auf.
»Jakob? Jakob! Du bist wieder da?« Ellas Stimme brach.
»Ella! Mutter!«
»Jakob. Mein Sohn.« Alma lief ihm ebenfalls entgegen, auch wenn sie bei weitem nicht so schnell war wie ihre Tochter.
Sein Name, von Ella geschrien, von Alma geflüstert, lag jetzt wie ein alles übertönender Klangteppich auf dem Hof, und aus den Ställen äugten neugierige Gesichter.
»Was macht ihr denn hier im Haus?«, rief Jakob überrascht, aber da hing Ella auch schon an seinem Hals und presste sich an ihn.

»Jakob, o Jakob, du bist …« Die Tränen stürzten aus ihr hinaus.
Er küsste sie sanft auf die Wange.
Alma kam mit zitternden Schritten näher. »Mein Sohn«, flüsterte sie, während sie ihn von Kopf bis Fuß betrachtete. »Du bist es wirklich?«
Auch Jakobs Augen wurden nun feucht. »Ja, Mutter.« Er streckte seinen Arm nach ihr aus und zog sie zu sich heran. »Ich bin es wirklich.«
»Der Herrgott hat meine Gebete erhört«, schluchzte sie, während sie in seinem Arm lag und Ella sein Gesicht in beide Hände nahm und es von der Stirn über die Augen, die Nase, die Wangen bis zum Kinn und in umgekehrte Richtung abküsste. Bei jedem Kuss, dem sie ihm gab, flüsterte sie seinen Namen. Hätte Jakob seinen Kopf nicht irgendwann weggedreht, sie hätte stundenlang so weitergemacht.
»Du musst mich schon am Leben lassen«, sagte er leise. »Ich bekomme ja kaum noch Luft.«
Ella legte nun ihre Wange auf seine Brust. »Du bist so dünn geworden, Jakob, so schrecklich dünn.«
Während sie seinem Herzschlag lauschte, streichelte Jakob ihren und Almas Rücken, und für einen Moment war es ganz still, zum ersten Mal, seitdem er nach Hause gekommen war.
Die Ruhe währte jedoch nicht lange. Erich, der Stallbursche, der Einzige, der während des Krieges auf Blietzow geblieben war, kam auf ihn zugeeilt, um ihn zu begrüßen. Auch der Schweinemeister rief seinen Namen und winkte. »Schön, dass du wieder da bist. Einen wie dich können wir hier gut gebrauchen«, rief er über den Hof.

»Komm.« Ella griff nach seiner Hand. »Du musst jetzt erst einmal wieder zu Kräften kommen. Marta soll dir gleich etwas zu essen machen.«

»Nein, nein. Ich komm gleich zu euch runter, ich will nur rasch Luise begrüßen. Weißt du, wo sie ist?«

»Jetzt komm erst mal mit rein.«

»Marta ist eine gute Köchin«, sagte Alma leise. »Eine viel bessere als Ella und ich.«

»Aber warum denn Marta? Sie ist doch die Köchin der von Salens?«

Ohne etwas zu erwidern, zog Ella ihn hinter sich her. Jakob folgte ihr zögerlich.

»Ist Luise im Haus?«

»Jetzt iss erst mal etwas.«

»Aber …« Jakob blickte sich verunsichert um. Es sah doch alles aus wie immer, abgesehen von den vielen neuen Gesichtern vielleicht. Aber Anton war da, der Stallbursche, der Schweinemeister, die Schweine quiekten, Pferde wieherten, Hühner gackerten, Schafe blökten. Alles klang wie in seiner Erinnerung, es roch auch so. »Ist sie mit Vater auf den Feldern?«, fragte er.

Doch statt ihm eine Antwort zu geben, zog Ella ihn die Treppe zum Gutshaus hinauf. Auch auf ihrem Weg durch die Eingangshalle hielt sie ihn noch immer an der Hand. Erst im Salon, nachdem sie ihm einen Stuhl zurechtgerückt hatte, ließ sie ihn los.

Aber Jakob setzte sich nicht. Er sah zu seiner Mutter. Alma sah verlegen zu Boden. Ella hingegen strahlte. Dann entdeckte er die Fotografien an der Wand.

»Was ist passiert?«, fragte er und fürchtete das Schlimmste. »Ist sie … ist sie … Was ist mit Luise?«

»Wir sind jetzt hier zu Hause«, sagte Ella und lächelte. »Und du natürlich auch. Dein Zimmer ist im ersten Stock. Wenn du möchtest, dann zeig ich es dir gleich. Du wirst sehen, es ist herrlich. Und Strom haben wir jetzt auch und eine Badewanne. Sie steht gleich neben deinem Zimmer. Ich sag Marta Bescheid, dann macht sie dir Wasser heiß. Doch vielleicht möchtest du dich ja auch erst einmal ausruhen und etwas hinlegen. Am besten, Marta lüftet gleich in deinem Zimmer, es wurde bislang ja noch gar nicht genutzt. Aber alle deine Möbel stehen darin, und Marta hat jede Woche dein Bett frisch gemacht, für den Fall, dass du …« Zum ersten Mal holte sie Luft. »Dass du nach Hause kommst«, sagte sie leise.

»Was ist mit Luise?«, fragte er erneut. »Ist sie …« Er brachte das Wort nicht über die Lippen.

»Marta«, rief Ella jetzt, »würden Sie meinem Bruder bitte etwas zu essen bringen?«

Sie streckte ihren Kopf durch den Türrahmen. »Hering und Bratkartoffeln?«

»Sehr gut.« Ella nickte. »Du bist doch damit einverstanden, Jakob?«

Gedankenverloren schüttelte er den Kopf.

»Möchtest du lieber Nackenkarbonade mit Erbsen?«

Luise, wo war Luise? Er sah Ella unverwandt an.

»Nun setz dich doch.«

Aber er blieb stehen.

»Hering oder Karbonade, Jakob?« Ella blickte entschuldigend zu Marta, nachdem Jakob noch immer nichts gesagt hatte. »Am besten, Sie machen beides. Wenn gleich Vater und Viktor kommen, bringen sie bestimmt einen gesunden Hunger mit.«

»Jawohl, Fräulein Ella.«
»Viktor ist also wieder zurück.« Sein Blick fiel erneut auf die Fotografien.
»Wir werden sogar heiraten«, berichtete Ella und lachte und hielt ihm ihre Hand mit dem Verlobungsring hin. »Sieh doch, den hat er mir geschenkt.« Der kleine Brillant glitzerte im einfallenden Licht.
Viktor war da, Anton war da. »Ist Luise fortgegangen?«, fragte er und fürchtete nun plötzlich, sie könnte einen anderen geheiratet haben.
»So kann man es auch sagen.« Ella zuckte mit den Schultern. »Aber Hauptsache, du bist jetzt wieder da. Endlich sind wir alle wieder zusammen. Ach, Jakob.« Sie war es jetzt, die sich setzte. »Wir haben uns solche Sorgen um dich gemacht. Nicht, Mutter?«
Alma nickte. Noch immer weinte sie leise.
Er fühlte sich wie betäubt. »Wo ist sie denn hin?«
»Wer?«
»Luise natürlich.«
»Hast du meinen Brief denn nicht erhalten?«
»Was für einen Brief, Ella? Ich war fast zwei Jahre in Gefangenschaft. Da bekommt man keine Post. Jetzt sag mir schon die Wahrheit, was ist passiert? Wo sind die von Salens? Wo ist Luise, wo ist ihr Vater, wo ist ihre Mutter? Sind sie tot?« Nun hatte er es doch ausgesprochen. Er war den Tränen nahe.
»Du warst in Gefangenschaft?« Almas Stimme zitterte.
»Ja, Mutter.« Er versuchte zu lächeln. Er wollte nicht, dass sie dachte, es sei schlimm gewesen. »Aber man hat mich dort gut behandelt.«
Sie sah ihn dankbar an.

»Mutter, du weißt doch bestimmt etwas über den Verbleib der von Salens?«

»Ferdinand von Salen ist im letzten Jahr von uns gegangen«, sagte sie.

»Und Luise, was ist mit ihr?«

»Jakob.« Ella nahm seine Hand.

»Bitte, nun sag es mir doch endlich.«

»Erinnerst du dich noch an die Briefe, die du Mutter, Vater und mir geschickt hast?«, fragte sie.

»Was ist damit?«

»Du hast uns doch unterstellt, wir hätten dich und Luise auseinanderbringen wollen.«

»Ich habe jedem von euch eine Frage gestellt, aber nichts unterstellt.« Er sah besorgt aus.

»Na schön, meinetwegen.« Ella lächelte, während sie über seine Finger streichelte. »Ach, Jakob, ich kann es noch immer kaum glauben, dass du wirklich wieder bei uns bist … Marta«, rief sie, »wo bleibt denn das Essen? Mein Bruder stirbt gleich vor Hunger.«

»Ella, bitte.«

»Weißt du«, sie zögerte, »Luise hat Viktor übel mitgespielt.«

»Ella, was geht hier vor?«

Und dann erzählte sie ihm, woran sie seit jenem Abend mit Viktor und ihrem Vater glaubte. Dass Luise schon immer nur das Gut hatte haben wollen, dass sie sich bei ihrem Vater eingeschmeichelt habe, um ihren Bruder als Erben auszustechen, dass sie ohnehin nie gewollt habe, dass Viktor nach Blietzow zurückkehre. »Luise ist nicht zu trauen, Jakob. Eine wie sie stiftet Unheil, glaub mir. Sie hat dich damals nur benutzt.«

»Sie lebt also?« Das war das Einzige, was ihn momentan interessierte.
»Sie redet schlecht über uns, verstehst du denn nicht?«
»Wo ist sie jetzt?«
»Überall erzählt sie herum, dass wir sie aus dem Gutshaus vertrieben hätten. Dabei haben wir nichts Unrechtmäßiges getan, verstehst du, Jakob? Es hat alles seine Ordnung. Alles ist gut so, wie es ist.«
»Wo ist Luise, Ella?«
Sie schüttelte den Kopf. »Jetzt bleibst du erst einmal hier bei uns.« Sie umklammerte seine Hand. »Iss etwas, und dann ruhst du dich aus. Du bist doch bestimmt ganz erschöpft. Außerdem wird Vater gleich kommen. Er hat doch auch ein Recht darauf, seinen Sohn nach so vielen Jahren endlich wiederzusehen. Jakob, wir haben dich so sehr vermisst.«
Alma, die sich etwas abseits in der Nähe des Büfetts aufhielt, wischte sich eine Träne von der Wange. Die ganze Zeit über hatte sie ihren Sohn nicht aus den Augen gelassen, als würde sie fürchten, er könnte sich doch noch als Geist entpuppen. »Ich habe jeden Tag für dich gebetet, Jakob.«
»Mutter.« Er drehte sich jetzt zu ihr. »Bitte, nun redet schon mit mir.«
»Ich war es nicht, Jakob«, erwiderte sie, »ich habe dich nicht verraten.«
»Verraten?«
»Das war doch deine Frage gewesen.«
»Du meinst den Brief?«
Sie nickte.
»Ach, Mutter.« Er nahm sie in den Arm.

»Meinen eigenen Sohn verraten«, sagte sie mit tränenerstickter Stimme, »so etwas würde ich …« Der Rest ging in ihrem Schluchzen unter.

Er küsste sie auf die Wange. »Ich wollte dich nicht verletzen. Entschuldige bitte.«

»Niemand von uns hat dich verraten, Jakob. Ich nicht und Vater auch nicht. Es kann also nur deine Luise gewesen sein.«

»Wo ist sie?«

»Bitte, Jakob, du bist gerade erst angekommen.«

»Wenn du mir nicht sagen möchtest, wo sie ist, dann suche ich sie eben. Ich werde sie schon finden.« Er fasste Alma, die noch immer weinte, sanft an den Schultern und führte sie zu einem Stuhl. »Mach dir keine Sorgen, Mutter. Ich bin bald wieder zurück.«

»Sie ist bei uns zu Hause.«

»In unserem Haus?«

Alma nickte.

»Das hier ist jetzt unser Haus, Mutter«, sagte Ella streng. Doch da hatte Jakob seiner Mutter bereits einen Kuss auf die Stirn gegeben und eilte aus dem Salon. Im Türrahmen wäre er beinahe mit Marta zusammengestoßen. Teller zersprangen, Marta schrie. Vor Schreck hatte sie das Tablett fallen lassen.

»Entschuldigung«, rief er noch, dann stürmte er aus dem Haus.

56

Jakob nahm zwei Stufen auf einmal und lief so schnell er konnte den Hügel hinunter.

»Luise!«

Seine Rufe hallten über die ungemähten Wiesen. Vögel stoben auf, Fliegen schwirrten. Die Sonne stand über Kap Arkona und tauchte die Steilküste in orangerotes Licht. Jakob aber hatte nur das Haus am Fuß des Hügels im Blick. Bohnen rankten in den Himmel, Malven und Sonnenblumen blühten. Auf dem sandigen Boden rutschte er immer wieder aus.

»Luise!«

Er schlug nach den Fliegen, die jetzt um seinen Kopf kreisten. Der Busch links des Eingangs trug rosafarbene Blüten, Efeu schlang sich um den Weißdorn, daneben leuchtete der Rittersporn tiefblau.

Die Tür war verschlossen.

»Luise!«

Jakob hämmerte dagegen.

Im ersten Stock öffnete sich ein Fenster. Auguste streckte den Kopf heraus.

»Was ist denn das für ein ...? Jakob?«

»Guten Tag, Frau von Salen. Entschuldigen Sie bitte die Störung, ist Luise da?«

»Du bist wieder zurück?« Sie sprach leise, als spräche sie zu sich selbst.

»Frau von Salen, bitte, wo ist Ihre Tochter?«

»Jakob, wie schön dich zu sehen«, sagte sie und dachte, dass vielleicht doch noch alles gut werden würde.

»Ist Luise im Haus?«
Auguste schüttelte den Kopf. »Leider nicht.«
»Wissen Sie, wo ich sie finden kann?«
»Vielleicht am Wasser. Da ist sie oft.«
»Am Stein?«
»An welchem Stein?«
»Nicht so wichtig. Ich finde sie schon. Haben Sie vielen Dank, Frau von Salen.«
Jakob nahm den Feldweg, der ihn nach Lohme führte. Er würde am Hafen mit der Suche beginnen und sich dann am Strand entlang weiter Richtung Osten vorarbeiten, bis zum Findling oder weiter.
»Ist das nicht der junge Mehrich?« Zwei ältere Damen, die auf einer Bank vor ihrem Haus in der Dorfstraße saßen, tauschten vielsagende Blicke aus.
Ohne zu grüßen, hastete er weiter Richtung Hafen. Auf der steilen Treppe, die hinunter zum Wasser führte, wäre er beinahe gestolpert, konnte sich aber gerade noch rechtzeitig retten und hielt nun seinen Blick stur auf die schmalen Stufen gerichtet, bis ihm plötzlich vier Beine den Weg versperrten.
»So eilig, junger Mann?«
»Ist das nicht …?«
»Jakob?«
»Herr Hagemann. Herr Lenz.« Er deutete eine Verbeugung an, während er versuchte an ihnen vorbeizukommen. Doch die beiden wichen nicht zur Seite.
»Da wird sich Ihre Frau Mutter aber freuen.« Hagemann schlug ihm auf die Schulter. »Und Ihr lieber Herr Vater natürlich. Und Ihre Schwester erst. Nun kann sie endlich den jungen von Salen heiraten.«

»Entschuldigen Sie bitte …« Jakob drückte sich am Geländer entlang, aber die beiden standen so felsenfest, dass er keine Chance gegen sie hatte.
Hagemann lachte. »Wir nehmen hier Wegezoll. Wer vorbei möchte, muss erst unsere neue Attraktion bewundern.« Er zeigte nach rechts.
Schienen zogen sich über den Hang, und ein Wagen schob sich ächzend von unten nach oben.
»Na, da staunen Sie, oder?«
Jakob nickte.
»So viel Fortschrittlichkeit hätten Sie uns gar nicht zugetraut, was?« Er schlug ihm erneut auf die Schulter. »Aber in Lohme muss ab sofort niemand mehr schwere Kisten nach oben schleppen. Das erledigt jetzt der Aufzug.«
»Herr Hagemann, ich muss jetzt wirklich …«
»Sie werden noch staunen, glauben Sie mir. Ich mache Lohme zum modernsten Seebad auf Rügen. Noch im Sommer beginnen wir mit dem Wiederaufbau der Hotels. Dieser schreckliche Brand hat ja …«
»Herr Hagemann«, Jakob lächelte gequält, »ich muss wirklich weiter.«
Widerwillig machte er ihm Platz. »Ich dachte, ihr Soldaten freut euch, wenn man euch zu Hause mit offenen Armen empfängt.« Er schüttelte den Kopf. »Der Krieg hat sie alle verdorben«, flüsterte er Lenz zu. »Grüßen Sie Ihren Vater recht herzlich von mir. Er soll unsere Abmachung nicht vergessen«, rief er ihm noch hinterher, doch da war Jakob bereits am Damenbad vorbei und hörte nur noch die See gegen das Ufer schlagen.
Die Steine knackten unter seinen Sohlen. Um schneller voranzukommen, ging er so dicht wie möglich am Wasser-

saum entlang. Aber auch dort musste er immer wieder Hindernissen ausweichen, so dass ihm nichts anderes übrigblieb, als durchs Wasser zu warten, und er ärgerte sich jetzt, dass er nicht doch den Weg durch den Wald genommen hatte. Baumstämme lagen quer, schief gewachsene Buchen ragten weit in den Strand hinein, manchmal musste er über Steinwälle klettern.
Jakob hatte ganz vergessen, wie weit es von Lohme bis zum Findling war.
Unterdessen plätscherte die See unverdrossen gegen das Ufer. Zu einem anderen Zeitpunkt hätte er ihr stundenlang gelauscht, jetzt aber wollte er nur Luise finden, und dieses gleichmäßige Rauschen war ihm lästig. Keuchend bog er um die nächste Kurve. Noch immer war sie nicht zu sehen.
Endlich glaubte er in der Ferne einen dunklen Punkt zu erkennen.
»Luise!«, rief er, doch seine Stimme verlor sich in der Weite. Er ging jetzt wieder schneller.
»Luise!«
Der Punkt schien sich zu bewegen.
»Luise! Bist du's? Ich bin es, Jakob!«
Der Punkt bekam Arme und Beine. Er winkte.
»Jakob!«
Luise war vom Stein gesprungen und lief ihm entgegen.
Als sie nur noch wenige Meter voneinander entfernt waren, verlangsamten beide ihre Schritte. Sie sagten nichts, sie staunten nur, als würden sie es selbst jetzt, da sie sich tatsächlich gegenüberstanden, nicht für möglich halten, sich nach so langer Zeit wiedergefunden zu haben.
Luise zitterte.

Jakob brach in Tränen aus. Er hielt sich die Hände vors Gesicht und schluchzte.

Während sie ihn in den Arm nahm, flüsterte sie unentwegt seinen Namen, und als sie sich küssten, wieder und wieder, und sich so festhielten, dass sie kaum noch Luft bekamen, weinten sie beide. In diesem Moment konnten sie es sich nicht vorstellen, sich jemals wieder loszulassen.

57

Unterdessen waren auch Viktor und Mehrich nach Hause gekommen.

»Jakob ist da!«, rief Ella ihnen schon von weitem entgegen, und sie fiel Viktor noch in der Eingangshalle um den Hals. »Jetzt steht unserer Hochzeit nichts mehr im Weg.«

Mehrich ließ sich nichts anmerken, aber am liebsten hätte er seinen Ärger hinausgeschrien. Nicht, dass er sich nicht über die Rückkehr seines Sohnes gefreut hätte, aber es wäre ihm lieber gewesen, wenn er sich damit noch ein Jahr Zeit gelassen hätte. Allein, dass Anton wieder auf dem Gut arbeitete, hatte seine Pläne durchkreuzt, und nun wollte seine Tochter doch tatsächlich heiraten. Aber dieses letzte Hindernis würde er schon auch noch aus dem Weg räumen. »Und, wo ist mein Sohn?«, fragte er.

»Draußen«, antwortete Ella leise.

»Dann ruf ihn herein, ich will ihn begrüßen.«

»Das geht leider nicht.«

»Ist er nun da oder nicht?«

»Er ist kurz weggegangen«, antwortete Alma, die jetzt ebenfalls aus dem Salon gekommen war und ihrem Mann beruhigend über den Arm streichelte. Dass er bei Luise war, würde ihm nicht gefallen.

»Ohne seinen Vater zu begrüßen? Was sind das denn für Manieren?« Mehrich stapfte in den Salon. »Marta, Schnaps!«

»Für mich auch«, sagte Viktor. »Bitte.« Er reichte Ella seinen Arm. Bei dem Gedanken, dass er sie nun bald zum Traualtar führen würde, wurde ihm ganz warm. Sein Blick streifte ihren, und er war sich sicher, dass ihre Augen heller strahlten als sonst. Als sie für einen kurzen Moment ihren Kopf auf seine Schulter legte, durchzuckte ihn ein Schauer, der ihn bis in die Zehenspitzen erregte. Noch nie war er so glücklich gewesen, und zum ersten Mal bedauerte er es, dass er seinem Vater dieses Glück nicht mehr zeigen konnte.

Mehrich stürzte zwei Gläser Schnaps hinunter, dann sah er zu seiner Frau. »Du hast ihm doch aber hoffentlich gesagt, dass wir jetzt im Gutshaus wohnen?«

»Beruhig dich, Paul.« Sie griff nach seiner Hand. »Er wollte nur Luise begrüßen. Er kommt sicherlich gleich zurück.«

Mehrichs Gesicht verdüsterte sich.

»Das Wichtigste ist doch, dass er lebt und wieder zu Hause ist.«

»Natürlich, Alma, natürlich.« Ungeduldig zog er seine Taschenuhr aus der Weste. »Wenn er nicht gleich kommt, dann hol ich ihn bei dieser …« Er stockte. »Bei dieser verlogenen Intrigantin da unten aus dem Haus.«

»Paul, bitte.« Alma sah entschuldigend zu Viktor, aber der störte sich nicht daran, dass Mehrich schlecht über seine Schwester sprach.

Immer wieder warf Mehrich einen Blick auf seine Uhr. Nach einer halben Stunde, in der er einen weiteren Schnaps getrunken hatte und Alma nicht müde geworden war, von Jakob und seiner »glücklichen Heimkehr« in allen Einzelheiten zu erzählen, stand er schließlich auf. »Ruft mich bitte, wenn er kommt«, sagte er. »Ich habe noch etwas zu erledigen.«

Er ging den Flur entlang und schloss die Tür zu seinem Arbeitszimmer auf. Noch am Tag seines Einzugs hatte er sich hier eingerichtet. Provisorisch nur, aber das wusste außer ihm niemand. Dass der Raum einst von Soldaten bewohnt gewesen war, störte ihn nicht. Umso mehr ärgerte ihn aber, dass sein Schreibtisch nur die Hälfte von Viktors Schreibtisch maß und dass sein Stuhl nicht annähernd so bequem war wie seiner. Sein einziger Trost war Gottfried von Salens Karte an der Wand. Er hatte sie im Schuppen gefunden, und Viktor hatte sie ihm kopfschüttelnd überlassen.

»Das alte Ding, das wollen Sie bei sich aufhängen? Machen Sie damit, was Sie wollen, Hauptsache, ich muss es nicht mehr sehen.«

Seitdem verging kein Tag, an dem er die Karte nicht eingehend studiert hätte. Und auch jetzt, da er sich auf seinen verhassten Stuhl setzte, folgte er erst einmal den gestrichelten Linien von Spycker durch die Stubnitz bis nach Blietzow, die einst Gottfried von Salen eingezeichnet hatte.

Mehrich öffnete die Schublade und holte sein Notizbuch heraus. Seit 1907, seit jenem Tag, an dem er von Ferdinand von Salen zum Gutsinspektor ernannt worden war, führte er akribisch Buch. Seitenlange Listen füllten die Kladde. Er machte Aufstellungen über alle Maschinen, die Blietzow je besessen hatte oder noch besaß, über alle Geräte, Werkzeuge und Ersatzteile. Keine Schraube ist ihm in den vielen Jahren entgangen. In eine andere Liste trug er sämtliche Preise für Weizen, Roggen, Hafer, Gerste, Kartoffeln, Rüben und Schlachtvieh ein. Zwar waren die vergangenen Jahre von Festpreisen bestimmt gewesen, aber ein Blick genügte, und er konnte sagen, wie viel 1913 eine Tonne Weizen wert gewesen war. Wenn sich der Markt erst wieder öffnete, war dieses Wissen goldwert, das glaubte er jedenfalls. Auch führte er Buch darüber, wie viele Arbeiter an welchem Tag auf welchen Feldern gewesen waren und wem er welche Aufgabe zugeteilt hatte. Ebenso über Details zum Wetter. Für den 23. August 1911 war zum Beispiel zu lesen: »Morgens Sonne, gegen elf Uhr dunkle Wolken aufgezogen, Regen bis sechzehn Uhr, Schwüle am Abend, Sonnenuntergang 22.21 Uhr.«

Mehrich schlug die letzte Seite auf. Seine wichtigste Liste war kurz und für andere nicht zu verstehen. Sie trug keine Überschrift und bestand ausschließlich aus Stichworten. Die meisten davon hatte er bereits durchgestrichen, zwei Punkte allerdings waren noch offen.

»Hochzeit«

»Schreibtisch«

Die Hochzeit bereitete ihm größeres Kopfzerbrechen, als er gehofft hatte. Vor allem Jakobs überraschende Rückkehr brachte ihn in Bedrängnis. Die Zeit lief ihm nun davon, und er würde schneller handeln müssen, als ihm eigentlich lieb war. »Einladungen bald verschicken«, notierte er nach kurzem Zögern hinter dem Stichwort. Dann legte er die Kladde zurück in die Schublade.

Noch immer hatte niemand nach ihm gerufen, und so blieb ihm Zeit, auch sein zweites Notizbuch hervorzuholen. Es war kleiner und passte in seine Hosentasche, so dass er es immer bei sich tragen konnte. Alle seine Einkünfte waren darin vermerkt. Sein Inspektorengehalt, die fünfundzwanzig Prozent Gewinnbeteiligung, die er bis 1915 erhalten hatte, auch die eintausend Mark für die vorgetäuschte Polenvermittlung, von ihm zur Gewinnbeteiligung gerechnet.

Die größten Summen hatte er zwischen 1917 und 1918 verbuchen können. Fast zehntausend Mark waren in nur wenigen Monaten zusammengekommen. Carl von Bohn, Heinrich von Gudderitz, Otto von Wakenitz und Albert Schönnagel hatten ihm monatlich eine, wie er es nannte, »Anerkennung« zukommen lassen. Schnell hatte er herausgefunden, wo sie ihre Tiere versteckt hielten. Wenn man sich »einig« werden würde, hatte er gesagt, gebe es keinen Grund, sie an die Behörden zu verraten. Nicht ganz so leicht war es gewesen, Viktor davon zu überzeugen, dass die vier ihre Pläne aufgegeben hatten. Immer wieder hatte er ihn losgeschickt, um das Versteck zu finden. Bis nach Mönchgut sollte er sogar fahren. Sein Glück war gewesen, dass Viktor sich auf Rügen nicht annähernd so gut auskannte wie er, so dass seine eigenen Erkundungsfahrten stets ohne Ergebnis geblieben waren.
Das Jahr 1919 war bislang weniger ertragreich gewesen. Sein Inspektorengehalt belief sich nach wie vor auf, wie er fand, lächerliche einhundertfünfzig Mark. Mittlerweile bekam ein Stallbursche ja schon fast mehr. Seitdem sie im Gutshaus wohnten, sparte er wenigstens am Essen. Noch nicht einmal sein Bier musste er selbst bezahlen. Trotzdem ärgerte es ihn noch immer, dass Viktor keine Bereitschaft gezeigt hatte, seinen Lohn zu erhöhen.
»Es tut mir leid, mein lieber Mehrich«, hatte Viktor gesagt, und er hasste es, wenn er so mit ihm sprach, »aber ich muss erst die Arbeiter besänftigen. Die Burschen zünden mir sonst noch das ganze Gut an. Diese Verbrecherbande ist sich ja für nichts zu schade. Einsperren sollte man diese Gewerkschafter und Sozialisten, aber mir sind die Hände gebunden, das wissen Sie.«

Schon damals hatte er sich über diese Arroganz geärgert, und auch jetzt, da er an dieses Gespräch dachte, freute er sich schon auf den Tag, an dem er ihm endlich seine Meinung würde sagen können.
Bis dahin musste er sich mit kleineren Siegen begnügen. Einen davon hatte er im Mai errungen. Es war ihm gelungen, Viktor davon zu überzeugen, den Bau des Lastaufzugs im Lohmer Hafen mit eintausend Mark zu unterstützen. Fünfhundert aber waren an ihn gegangen, fünfhundert an Hagemann, so hatten sie es vorher besprochen.
Sein Blick fiel wieder auf die Karte. Gleich morgen würde er Hagemann treffen müssen. Die Zeit drängte jetzt.
Als Marta ihn kurz darauf zum Essen rief, war Jakob noch immer nicht zurück.

58

»Küss mich.« Luise zog Jakob näher zu sich heran. Sie lagen am Fuß des Abhangs, direkt am Strand, zwischen Zweigen und Wurzeln und spitzen Steinen, den Findling im Blick. Seit Wochen trafen sie sich hier und feierten ihr Wiedersehen.

Jakob streichelte ihre Wange. »Ich muss gleich gehen.«

»Bleib noch.« Sie schloss die Augen. »Bitte.« Die See plätscherte leise, Möwen schrien, Laub raschelte, während die Sonne sie wärmte.

»Ich habe meinem Vater versprochen, ihn nach Bergen zu begleiten.«

Luise, die noch immer die Augen geschlossen hielt, spitzte ihre Lippen.

Jakob lachte.

»Bitte.«

Er strich ihr Haar zur Seite und beugte sich über sie. Manchmal konnte er es noch immer kaum glauben, dass sie nicht davonflog, wenn er sie berührte, so wie in seinem Traum. Stundenlang hätte er dann ihr Gesicht betrachten können, jede Pore, jede noch so kleine Falte schien ihm in diesen Momenten ein Wunder zu sein. Er küsste sie, bevor er seinen Kopf auf ihren Bauch legte und gedankenverloren über ihre Schenkel streichelte. »Ich habe nachgedacht«, sagte er leise. »Ich finde, du solltest wieder auf dem Gut arbeiten.«

Luise öffnete die Augen. Schleierwolken zogen über den hellblauen Himmel.

»Gestern habe ich mit Viktor gesprochen. Er sagt …«

»Das will ich gar nicht wissen.«
»Er wäre einverstanden«, meinte Jakob dennoch.
»Und was soll ich tun, die Ställe ausmisten? Das kommt überhaupt nicht in Frage.« Noch jedes ihrer Gespräche hatte im Streit geendet, da war an eine Zusammenarbeit überhaupt nicht zu denken. Und seitdem sie auf die monatlichen Auszahlungen ihres Erbes bestanden hatte, ging er ihr aus dem Weg. Nein, sie sehnte den Tag herbei, an dem sie endlich genügend Geld zusammenhätte, um sich einen kleinen Hof zu kaufen. Luises Blick fiel auf den Zweig direkt über ihrem Kopf. Zwei einsame Blätter hingen dort.
»Aber es muss doch möglich sein, dass wir alle in Frieden miteinander leben.«
»Nicht mit meinem Bruder«, erwiderte sie.
»Er wird meine Schwester heiraten.«
Luise zuckte mit den Schultern.
»Viktor wird mein Schwager und Ella deine Schwägerin sein. Wir sind dann eine Familie«, sagte er, während er sie nicht aus den Augen ließ.
Luise aber blickte nach wie vor in den Himmel. Ein leichter Wind war aufgekommen, und die Buchenblätter berührten sich jetzt ganz sanft. Sie tastete nach Jakobs Hand.
»Dass wir beide uns wiederhaben«, sagte sie, »das ist doch das Einzige, was zählt.«
Er küsste ihre Finger, jeden einzeln. »Ich sehne mich nach Frieden.«
Luise schloss die Augen. Warum konnten sie nicht für immer hier liegen bleiben? Nur sie und er? Nach diesen Jahren mit nichts als Sorgen und Ängsten.
»Ich war fünf Jahre weg.«
»Ich weiß.«

»Und an jedem verdammten Tag in diesen fünf Jahren war ich im Krieg, selbst dann noch, als er eigentlich längst hätte vorbei sein sollen.«

Luise richtete sich langsam auf.

»Verlange ich denn Unmögliches, wenn ich nach so langer Zeit endlich in Frieden leben möchte?«

Sie schüttelte den Kopf.

»Dann sprich wenigstens mit Viktor. Mir zuliebe. Er ist nicht mehr so wie früher.«

»Zu dir vielleicht nicht.«

»Bitte.«

»Er hat mir das Gut genommen.«

»Dann zeig ihm, dass dir noch etwas an Blietzow liegt. Das tut es doch, oder?«

Sie nickte.

»Sag ihm, dass du ihm helfen willst, durch diese schwierige Zeit zu kommen, oder irgendetwas anderes in der Art.«

»Jakob, bitte.«

»Mir ist es ernst.« Er griff nach ihrer Hand und hielt sie ganz fest. »Du und ich, wir gehören zusammen. Und unsere Familien tun es auch, und ich hasse es, wenn es immer diesen Streit und dieses Gerede gibt.«

Ich habe damit nicht angefangen, dachte sie, sagte aber: »Es ist ja nicht nur Viktor, der Ärger macht. Dein Vater …«

»Was ist mit ihm?«

»Er hasst mich.«

»Er hasst dich nicht, er ist kein schlechter Mensch.«

Luise sah ihn skeptisch an.

»Er ist vielleicht … vielleicht … etwas unduldsam.«

»Und deine Schwester wäre sicherlich auch nicht begeistert, mich jeden Tag auf dem Gut zu sehen.«

»Meine Schwester wird Viktor heiraten und ihr Glück finden. Mach dir um sie also keine Sorgen.«
Luise zog die Augenbrauen hoch.
»Tu es für dich. Du wirst unglücklich werden, wenn du Blietzow aufgibst. Ich war lange genug weg, um das beurteilen zu können.«
»Ich möchte nur dich.«
»Du möchtest mich, deine Familie und auf Blietzow leben, glaub mir, ich weiß das. Und das ist dein gutes Recht. Wir beide«, sagte er, und seine Stimme überschlug sich fast, »wir haben nämlich ein Recht auf Frieden.«
Luise standen die Tränen in den Augen, während sie sein Gesicht in beide Hände nahm und ihn küsste. Von ihm zu hören, was sie eigentlich schon immer gedacht hatte, aber was sie sich in den vergangenen Monaten verboten hatte zu denken, war das schönste Geschenk, das er ihr hatte machen können.

59

Als Jakob kurz darauf aufbrechen wollte, hörten sie plötzlich Zweige knacken, dann fluchte jemand, Steine kullerten, und als sie sich erschrocken umdrehten, sahen sie, wie sich Anton vergeblich mühte, auf dem steilen Abhang einen Halt zu finden. Mit dem Rücken voraus rutschte er geradewegs auf einen Baumstamm zu.
»Verdammt.« Die Wucht des Aufpralls hatte ihn auf die Seite geschleudert, so dass er nun in einem Gestrüpp festhing und laut fluchend mit den Beinen strampelte.
Jakob grinste, während Luise auf allen vieren zu ihm nach oben kroch.
»Verfluchter Mist.«
Luise drückte die Zweige beiseite, so dass er sich rasch befreien konnte. Unter Stöhnen richtete er sich mühsam auf, verlor aber sofort wieder den Halt, fiel auf Luise und riss sie mit den Hang hinunter. Ineinanderverhakt landeten sie direkt neben Jakob, der Luise jetzt seine Hand reichte.
»Hast du dir weh getan?«
»Nein, nein, und du?« Sie blickte auf Anton hinunter.
»So ein gottverdammter, verfluchter Mist.«
»Was ist denn passiert?«
»Ich bin ausgerutscht, was sonst.« Verärgert schlug er seine Hände gegen seine verdreckte Hose. Staub wirbelte auf, und zu allem Überfluss musste er jetzt auch noch husten.
Luise reichte ihm ihre Hand. »Versuch mal aufzustehen.«
»Danke, aber es geht schon.« Noch immer laut fluchend wuchtete er sich hoch.
Auf Luises weißem Sommerkleid waren die Spuren des

Sturzes nicht zu übersehen. Braungelbe Flecken zogen sich von der Schulter bis zum Saum, aber sie versuchte erst gar nicht sie auszuklopfen.

»Was tust du hier?«, fragte Jakob, während Anton zum Ufer humpelte. »Hast du dich verirrt?«

Anton bückte sich und hielt seine Hände ins Wasser. »Man wird ja wohl mal noch spazieren gehen dürfen.«

»Mitten in der Woche zur Erntezeit?«

»Ihr beiden vergnügt euch ja auch«, sagte er und sah dabei auf die offene See hinaus. Am Horizont stieß ein Ausflugsdampfer Rauch in den Himmel, und er wünschte sich in diesem Moment nichts mehr, als ebenfalls nur ein Ausflügler sein zu können.

»Wirst du nicht im Stall gebraucht?«

»Ich bin niemandem Rechenschaft schuldig, und dir schon gar nicht«, erwiderte Anton gereizt, der sich mittlerweile zu den beiden umgedreht hatte, die dicht nebeneinanderstanden.

Jakob sah Luise kopfschüttelnd an. »Kannst du mir sagen, was ich verbrochen habe?«

»Wieso verbrochen?«

»Seitdem ich zurück bin, gibt mir dein Bruder das Gefühl, dass ich mich bei ihm entschuldigen müsste. Und beim besten Willen, ich weiß nicht, wofür.«

Anton sagte nichts.

»Also, bitte, ich bin ganz Ohr. Wir haben uns doch früher immer gut verstanden.«

»Keine Sorge, Jakob, du wirst mich nicht mehr lange ertragen müssen.«

»Was ist denn nur los?« Luise, die bis dahin noch überhaupt nichts begriffen hatte, ging jetzt zu Anton. Als sie versuchte ihren Arm um ihn zu legen, stieß er sie unsanft beiseite, doch statt sich danach noch größer zu machen, schien er immer kleiner zu werden. Die Hände in den Hosentaschen vergraben, zog er die Schultern fast bis zu den Ohren. »Was heißt, Jakob muss dich nicht mehr lange ertragen?«, fragte sie, wusste aber im selben Moment, dass sie ihm eigentlich eine ganz andere Frage stellen sollte. Erinnerungen an ihre unerwartete Begegnung in Saßnitz tauchten wieder auf, an seinen verstohlenen Blick, an seine Empörung, ähnlich wie jetzt. »Bist du uns gefolgt?«, fragte sie leise.

»Hagemann hat …«, aber dann presste er doch lieber die Lippen aufeinander.

»Was hat Hagemann?«

Er schüttelte den Kopf.

»Hat er dir gesagt, wo du uns finden würdest?«

Anton nickte.

»Und warum hast du uns gesucht?«

»Weil …« Beschämt blickte er zu Boden.

»Ist etwas passiert? Auf dem Gut? Mit Mutter?«

»Nein, nein.« Er schluckte.

»Aber es muss doch einen Grund geben«, sagte sie, obwohl sie ihn bereits ahnte. Dass er es noch nicht einmal wagte, sie anzusehen, war ihr schon Hinweis genug. »Wolltest du uns beobachten?«

Aber Anton schwieg noch immer.

»Wolltest du …« Sie zögerte, aber sie musste es jetzt wissen, sie konnte nicht mehr wie damals in Saßnitz die Augen verschließen und hoffen, dass sie sich getäuscht haben könnte. Wenn Anton wirklich Männer liebte, dann würde sie ihm helfen müssen, dann würde sie nicht einfach zusehen dürfen, wie er dem Abgrund immer näher kam. Erst neulich hatte sie wieder gelesen, dass deswegen jemand zu drei Jahren Gefängnis verurteilt worden war. »Wolltest du ... Ist es wegen Jakob?«

»Sei still«, flüsterte er.

»Liebst ... du ... ihn?« Die Frage ging ihr kaum über die Lippen.

Er sagte nichts, aber als sie sah, wie er zu zittern begann, wie er sich duckte, als würde er gleich fürchten, Schläge einstecken zu müssen, war ihr mit einem Mal auch noch etwas ganz anderes klar. »Du bist es gewesen, nicht wahr? Du hast damals ...«

»Hör auf, bitte.«

Luise sah ihn unverwandt an. »Herrgott noch mal, Anton«, brach es plötzlich aus ihr heraus, und sie schien sich selbst am meisten darüber zu erschrecken, denn sie schlug sich nun die Hand vor den Mund, als wollte sie sich jeden weiteren Ausbruch verbieten.

»Was ist denn passiert?« Jakob, der von diesem Gespräch bislang nichts mitbekommen hatte, ging zu den beiden vor ans Ufer.

»Sag es ihm.« Luise kämpfte mit den Tränen, während sie glaubte noch einmal die Verzweiflung von damals zu spüren, als sie vergeblich auf Jakob gewartet hatte, als ihre Sehnsucht ins Grenzenlose gestiegen war, als sie die Welt einfach nicht mehr verstanden hatte.

Anton hielt noch immer den Blick gesenkt und schwieg.

»Was soll er mir sagen?«

Er presste jetzt wieder die Lippen aufeinander.

»Dass er es damals gewesen ist, der verhindert hat, dass wir uns treffen konnten«, antwortete sie so leise, dass Jakob erst glaubte sich verhört zu haben.

»Du? Warum?«
»Verdammt, Anton, nun sag schon etwas.«
»Und ich ...« Jakob sah Anton fassungslos an. »Und ich habe meine Familie verdächtigt? Ich habe geglaubt, dass mein Vater oder vielleicht auch meine Schwester ...« Er spürte, wie es in ihm brodelte. »Warum, Anton? Warum hast du das getan?«
Während Anton auf das Meer aus Steinen zu seinen Füßen blickte und sich nichts sehnlicher wünschte, als darunter begraben zu sein, wurde Jakob immer wütender. Er packte ihn an der Schulter, rüttelte ihn und hörte nicht auf, ihm immer wieder dieselbe Frage zu stellen. »Warum?«
»Weil er dich liebt«, sagte Luise schließlich leise, nachdem Anton beharrlich geschwiegen hatte. Tränen liefen ihr über die Wangen, und sie wäre am liebsten davongerannt, aber Jakob war bereits so außer sich, dass er sie gar nicht mehr gehört hatte. Er schob und stieß Anton vor sich her, immer weiter ins Wasser hinein, bis dieser das Gleichgewicht verlor und nach hinten sackte.
»Was fällt dir eigentlich ein, dich in das Leben anderer einzumischen?«, schrie Jakob so laut, wie er noch selten geschrien hatte, während Anton im Wasser lag.
Ohne etwas zu sagen, den Blick noch immer gesenkt, richtete Anton sich langsam wieder auf. In seiner nassen Hose und dem nassen Hemd sah er so verloren aus, dass Luise ihn am liebsten an die Hand genommen hätte, doch Jakob stieß ihn erneut vor sich her, und erst als sie beide bis zur Hüfte im Wasser standen, ließ er von ihm ab.
»Weißt du eigentlich, was du angerichtet hast?«, schrie Jakob. »Deinetwegen bin ich in diesen verdammten Krieg gezogen. Deinetwegen habe ich unzählige zerfetzte Leiber

gesehen, deinetwegen kann ich nachts nicht schlafen, weil es in meinen Träumen vor Blut nur so trieft. Du, du wolltest vielleicht immer in diesen Krieg, aber ich …« Er rang nach Luft. »Ich bin nur gegangen, weil du mein Vertrauen in Luise und überhaupt alles zerstört hast. Glaub bloß nicht, dass ich dir das jemals verzeihen werde.« Jakob zitterte am ganzen Körper.

»Es tut mir leid«, sagte Anton leise.

»Wie bitte? Ich kann dich nicht verstehen.«

»Es tut mir leid.«

Jakob zitterte noch immer. »Verschwinde.«

Ohne Jakob anzusehen, watete Anton zurück ans Ufer. Auch Luise, die ihm zuflüsterte, dass sie mit ihm reden wolle, dass sie sich Sorgen um ihn mache, würdigte er keines Blickes. Während er einfach weiterging, immer am Wasser entlang, überlegte sie sogar, ob sie ihm hinterherrufen solle, dass sie ihm vergebe, doch da fiel ihr Blick auf Jakob, der nun Stein um Stein auf die See hinausschleuderte, und da ahnte sie, dass sie bald eine ähnliche Wut ergreifen würde.

60

Noch am Abend hatte Anton seine Tasche gepackt und wurde erst Tage später in Stralsund zum ersten Mal wieder gesehen. Als Mehrich davon erfuhr, rieb er sich heimlich die Hände. Viktor aber schäumte vor Wut. Die Rübenernte stand unmittelbar bevor, und nun hatte er niemanden mehr, der sich um die Pferde kümmerte. Nach langem Zögern bat er Luise um Hilfe. Ihre Zusage knüpfte sie jedoch an die Bedingung, nach der Rübenernte eine andere Aufgabe auf dem Gut zu übernehmen, und zwar eine, die sie »auf eine Stufe mit Mehrich« stellte.

»Ich brauche Hilfe, und du erpresst mich?«

»Ich verhandle, das ist etwas anderes.«

»Du nutzt meine Notlage aus.«

»Ich biete dir an, dich in Zukunft besser zu unterstützen.«

Nach langem Hin und Her willigte er schließlich ein, und in den darauffolgenden Wochen schien es fast so, als würde sich Jakobs Wunsch nach Frieden doch noch erfüllen können. Allein Luise dabei zu beobachten, wie sie morgens zu allen Seiten grüßte, wie sie dem Schweinemeister zuwinkte und die Stallburschen mit einem Lächeln bedachte, verriet ihm, dass es richtig gewesen war, sie zu diesem Schritt zu drängen. Auch zu sehen, dass sie und Viktor wieder miteinander sprachen, stimmte ihn hoffnungsfroh. Und Ella hatte er immerhin schon so weit gebracht, dass sie in seinem Beisein Luise nicht mehr eine Intrigantin nannte. Nur sein Vater zeigte sich noch unwillig, aber den würde er schon auch noch davon überzeugen, dass alles ein großes Missverständnis gewesen war und dass Luise

nicht hinter seinen Verdächtigungen gesteckt hatte, für die er sich unzählige Male entschuldigte.
Dass sie kein Wort über Anton verlieren wollten, darauf hatten sie sich schnell geeinigt. Er war fortgegangen und würde es schwer genug haben, das ahnte vor allem Luise. Wie Jakob war aber auch sie vor allen Dingen erst einmal froh, ihm nicht mehr begegnen zu müssen. Je länger jener Tag am Strand zurücklag, desto weniger konnte sie verstehen, wie Anton so lange hatte schweigen können. Ihr Unglück in Kauf zu nehmen war schon schlimm genug, den Mut aber nicht zu haben, sich zu seiner Schuld zu bekennen, schien ihr ein noch viel größeres Vergehen zu sein.
Auguste wusste von alldem nichts. Luise hatte ihr erzählt, dass Anton aufgrund einer Auseinandersetzung mit Mehrich Blietzow den Rücken gekehrt habe. Er wolle Abstand von allem, hatte sie noch hinzugefügt. Natürlich wunderte sie sich, wie wenig Luise über den Streit erzählte, vor allem aber wunderte sie sich, dass Anton sich nicht von ihr verabschiedet hatte. Schließlich war sie es gewesen, deretwegen er überhaupt zurückgekommen war. Aber sie wagte es nicht, näher nachzufragen, wie sie es auch nie gewagt hatte, sich bei Anton nach den Gerüchten zu erkundigen, von denen Viktor gesprochen hatte.

Ende November 1919, an einem Dienstag, es war ungewöhnlich mild und Luise wollte diesen vielleicht letzten schönen Tag im Jahr nutzen, um noch einmal auszureiten, beobachtete sie von weitem, wie Mehrich und Viktor miteinander gestikulierten. Sie schienen sich zu streiten, aber sie war zu weit von ihnen entfernt, als dass sie auch nur Wortfetzen hätte aufschnappen können, und dennoch

zweifelte sie nicht daran, dass sie der Grund für diese Auseinandersetzung war.
Mit Viktor war sie übereingekommen, dass sie sich im neuen Jahr um ihre Saatgut- und Düngerlieferanten kümmern sollte, was bislang Mehrichs Aufgabe gewesen war, und vermutlich, so dachte sie, hatte er Mehrich gerade davon in Kenntnis gesetzt. Noch während sie ihr Pferd sattelte, eilten die beiden zurück ins Haus.
Als sie wenig später über den Gutshof ritt, kam Viktor wieder heraus, die Hand an der Stirn, als wollte er einen erlösenden Gedanken erzwingen. Luise brachte ihr Pferd zum Stehen und sah ihm für einen Moment dabei zu, wie er, in sich versunken, unentwegt hin und her ging.
»Macht Mehrich Ärger?«, fragte sie schließlich, bereit, dem Pferd gleich die Sporen zu geben und an den kahlen Ackerflächen vorbei Richtung Glowe zu reiten. Seit Alwines Tod war sie nur noch selten dort gewesen, das klare Herbstlicht aber schien ihr heute ideal für einen Ausritt an diesem weiten, menschenleeren Strand zu sein. »Viktor?«
Er schien sie nicht gehört zu haben und setzte sich nun auf die unterste Stufe der Treppe.
Luise ritt etwas näher zu ihm heran, und erst als er die Pferdehufe klappern hörte, hob er den Kopf. »Gibt's Probleme mit Mehrich?«, fragte sie erneut.
»Mit Mehrich?« Er sah sie verwundert an.
»Ich habe euch streiten sehen, und ich dachte … Na ja, er wird es sicherlich nicht so ohne weiteres akzeptieren, dass ich nun einen Teil seiner Arbeit übernehme.«
Viktors gedankenverlorener Blick blieb auf den ungeduldig tänzelnden Hufen des Pferdes haften. »Davon weiß er noch nichts.«

»Du hast es ihm nicht gesagt?«
Er atmete tief ein. »Ich muss nachdenken, also lass mich bitte in Ruhe.«
»Du wirst es ihm aber sagen müssen. Wir haben eine schriftliche Vereinbarung.«
»Ich habe es nicht vergessen.«
»Ab Januar richte ich mir ein kleines Büro im Gutshaus ein, ob es dir passt oder nicht, das ist dir doch hoffentlich klar? Und auch ganz egal, was Mehrich dazu sagen wird«, fügte sie hinzu.
Viktor rieb sich nervös über die Beine. »Luise, bitte, ich habe jetzt wirklich andere Sorgen.«
»Was ist denn passiert?«
Den Kopf auf die Hände gestützt, stöhnte er leise.
»Ist etwas mit Ella?«, fragte sie, obwohl sie die beiden erst gestern noch in vertrauter Eintracht über den Hof hatte gehen sehen, miteinander tuschelnd und scherzend, wie so oft, seitdem sie bekanntgegeben hatten, dass sie im Mai heiraten wollten.
»Er ist aber auch so ein Dummkopf«, brach es aus Viktor heraus.
»Wer?«
»Unser Bruder natürlich, wer denn sonst.«
»Du hast Nachricht von Anton?«
»Nachricht ist gut.« Viktor stand auf, tätschelte den Hals von Luises Pferd und ging dann weiter über den Hofplatz, bis er zu der Lücke zwischen Schuppen und Hühnerstall kam, von wo aus man einen freien Blick auf die See hatte. Luise zögerte keine Sekunde und ritt hinter ihm her. »Was ist mit Anton?«
»Ich glaube nicht, dass du das wirklich wissen möchtest«,

sagte er, während das Pferd in seinem Rücken unruhig schnaubte.
Hatte sie bis dahin noch geglaubt, gleich Richtung Glowe davonzujagen, stieg sie jetzt von ihrem Pferd, rief nach Erich, dem Stallburschen, und bat ihn, sich um das Tier zu kümmern. Was auch immer Viktor über Anton wusste, sie ahnte, dass es nichts Gutes sein würde.
Viktor, der die ganze Zeit über reglos auf die glatte See gestarrt hatte, drehte sich erst dann zu Luise, als Erich mit dem Pferd nicht mehr in Hörweite war. »Kannst du dir vorstellen, dass ein Dummkopf wie Anton alles kaputt machen kann?«
Und wie ich das kann, besser als jeder andere, dachte sie, sagte aber nichts. »Was ist jetzt mit Anton?«, fragte sie stattdessen, und ihr Blick verriet, dass sie sich Sorgen machte.
»Gerade hat mir der Direktor der Zuckerrübenfabrik ausrichten lassen, dass er sich an den Kommunalverband wenden werde, damit dieser alle Verträge mit Blietzow kündigt. Weißt du, was das bedeutet?«
»Ich dachte, die Ernte sei gut ausgefallen und wir hätten alle Vorgaben erfüllt«, erwiderte sie und fragte sich, was Anton damit zu schaffen hatte. Während sie schon hoffte, dass Viktor nur einen Sündenbock suchte, stöhnte er plötzlich so laut, dass sie fürchtete, er würde gleich zusammenbrechen. »Geht's dir nicht gut?«
»Wie soll es einem bei solchen Nachrichten denn gutgehen?«
»Gab es doch Probleme mit den Erntevorgaben?«
»Als ob die Vorgaben jemals ein Problem gewesen wären«, sagte er und sah sie dabei grimmig an.

»Hast du etwa die Kartoffelernte vom Winter 1916 vergessen?«
»Ich meine, seitdem ich das Gut übernommen habe, hat es noch nie Probleme mit den Vorgaben gegeben.«
Du führst es ja auch erst seit einem Jahr, dachte Luise und ärgerte sich bereits, dass sie wegen dieser Streiterei darauf verzichtet hatte, auszureiten.
»Das Problem sind nicht die Vorgaben, das Problem ist Anton. Unser lieber Bruder, der mich von heute auf morgen einfach so im Regen hat stehenlassen, bewirft jetzt auch noch meinen guten Ruf mit Dreck.«
»Wieso, was tut er denn? Redet er schlecht?«
»Glaubst du wirklich, dass irgendjemand auch nur einen Pfifferling darauf geben würde, was ein Anton von Salen über mich und Blietzow zu sagen hätte?«
Luise erwiderte darauf nichts. Für diese Diskussion war ihr die Zeit nun wirklich zu schade.
»Verstehst du es denn nicht?«, fragte Viktor jetzt und sah ihr dabei direkt ins Gesicht.
»Nein, ich verstehe es nicht«, sagte sie gereizt.
»Jetzt denk doch mal nach.«
»Viktor, bitte.« Sie verdrehte innerlich schon die Augen.
»Er hat sich erwischen lassen, dieser Blödmann. Mit einem Matrosen, am helllichten Tag. So dumm kann doch nur dieses Hinkebein sein.«
Luise war wie erstarrt.
»Hast du verstanden, was ich gesagt habe?«
»Ist er …« Sie spürte, wie ihre Knie weich wurden. »Hat man ihn verhaftet?«
»Was denkst du denn? Natürlich. So einen lässt man doch nicht wieder laufen.« Er schüttelte den Kopf. »Vor den Augen

einer gaffenden Meute hat man ihn und den Matrosen abgeführt. Du kannst dir vorstellen, dass es nur noch eine Frage der Zeit sein wird, bis jeder auf Rügen Bescheid weiß.«

»Wir müssen ihn da rausholen«, entgegnete Luise, die jetzt zitterte und sich an der Außenwand des Schuppens abstützte. Vor dieser Nachricht hatte sie sich immer gefürchtet. Seit dem Tag in Saßnitz hatte sie Angst davor, und jetzt war es tatsächlich geschehen, und sie trug womöglich auch noch Schuld daran. Wenn sie ihn doch nur am Strand aufgehalten hätte.

Viktor schnaubte vor Wut. »So ein Dummkopf.«

»Wenn er ins Gefängnis muss, dann ist das eine Katastrophe für ihn.«

»Für ihn?« Viktor lachte. »Das wäre eine Katastrophe für mich, ich meine, das ist jetzt ja schon eine.«

»Wir müssen den besten Anwalt finden.«

»Wir? Ich muss ihn doch bezahlen.«

»Das hast du dir ja wohl selbst zuzuschreiben.« Diese Gehässigkeit konnte sie sich trotz allem nicht verkneifen.

»Ich habe ein Gut mit tiefroten Zahlen übernommen, wenn ich dich erinnern darf.«

»Dann erinnere ich dich gerne daran, dass Krieg gewesen ist.«

»Ja, ja, schon gut«, sagte er und unterstrich seinen Einwand mit wegwerfender Geste. »Jedenfalls muss ich auch noch meine Schulden bei den Petershagens begleichen, die gestiegenen Löhne bezahlen, ganz zu schweigen von deinem Erbanteil, der mir den Rest gibt.«

Als Luise ihm gerade sagen wollte, dass sie unter diesen Umständen auf die Auszahlung ihres Erbes vorläufig verzichten werde, schallte Mehrichs Stimme über den Hof.

»Herr von Salen?«, rief er. »Wo stecken Sie denn?«
»Hier.« Viktor ging ihm entgegen.
»Ich werde jetzt nach Stralsund fahren und dem lieben Herrn Direktor Zuckerrübenfabrikant mal einen Besuch abstatten. Es wäre doch gelacht, wenn ich nicht meine guten alten Beziehungen spielen lassen könnte.«
Viktor nickte. »Tun Sie das. Und sagen Sie ihm bitte, dass es sich um ein Missverständnis handeln muss. Es wird sich sicherlich alles sehr schnell aufklären. In der Zwischenzeit kümmere ich mich um einen Anwalt.«

Als Mehrich in der Kutsche saß und sich nach Sagard zum Bahnhof fahren ließ, grinste er übers ganze Gesicht. Wenn er jetzt keine Fehler machte, dann würde sich seine Geduld bald auszahlen.
In Stralsund angekommen, ging er als Erstes zum Hafen und bestellte im Gasthof Zum Anker einen Krug Bier. Kaum dass er Platz genommen hatte, klopfte ihm von hinten jemand auf die Schulter.
»Sind Sie Paul Mehrich?«
Er nickte.
»Hagemann hat gesagt, dass Sie …«
Doch Mehrich gab ihm ein Zeichen, still zu sein. »Sie haben also die Polizei freundlicherweise auf dieses, wie soll ich sagen, unschöne Vorkommnis aufmerksam gemacht?«
»Hagemann hat gesagt, dass ich, sobald ich den einen, na, Sie wissen schon, den mit dem lahmen Bein, sobald ich den in verfänglicher …«
»Ja, ja, schon gut.« Er schob ihm einen Umschlag mit fünfzig Mark über den Tisch.
»Danke, und wenn Sie mal wieder Hilfe …«

»Gehen Sie bitte«, unterbrach Mehrich ihn mit scharfem Ton. »Ich möchte nicht, dass man uns hier zusammen sieht.« In Wahrheit aber fürchtete er, sich gleich übergeben zu müssen. Dieser süßliche Geruch, der von dem Mann ausging, würde ihm noch tagelang in der Nase hängen.
Hastig trank er aus, dann schlenderte er über den Marktplatz zurück zum Bahnhof. Das letzte Mal war er vor über zwölf Jahren hier gewesen. Damals hatte er mit Alma auf seinen Inspektorenvertrag angestoßen, bald schon würden sie auf Blietzow anstoßen können, dachte er und grinste wieder, während er gemächlichen Schrittes weiterging.
Sein Zug fuhr erst in zwei Stunden, und er würde einen Teufel tun, den Direktor der Zuckerrübenfabrik aufzusuchen. Besser konnte es für ihn doch gar nicht laufen.

61

»Sag, dass das nicht wahr ist. Ich dachte, Viktor hätte den besten Anwalt engagiert. Ein halbes Jahr Gefängnis. Wie soll Anton das denn durchstehen?«, fragte sie, während sie sich das Tuch umband, das sie während der Verhandlung unentwegt geknetet hatte. »Er hätte doch alles abstreiten können. Warum musste er auch zugeben, dass er dort …« Aber sie sprach nicht weiter. Der Prozess hatte Details zutage befördert, die sie noch immer viel zu sehr erschütterten, als dass sie dafür angemessene Worte hätte finden können.

Luise blickte betreten zu Boden. Das über die Jahre grau gewordene Parkett ließ das Gerichtsgebäude noch kälter erscheinen, als es ohnehin schon war.

»Warum hat er nicht einfach alles abgestritten?«, fragte Auguste erneut.

»Weil es nichts abzustreiten gab«, sagte Luise leise.

»Aber Anton … er ist doch … er ist doch kein Verbrecher.«

»Nein.« Luise versuchte zu lächeln.

»Und warum wird er dann wie einer behandelt?«, fragte sie und fröstelte noch immer bei dem Gedanken, wie der Staatsanwalt Anton einen »Verbrecher nach Paragraph 175« genannt hatte.

»Der homosexuelle Verkehr ist eine Unsittlichkeit, welche wir aus dem tiefsten Grunde unseres Herzens verabscheuen müssen.« Seine Worte würde sie niemals vergessen.

»Wo bleibt denn Viktor?« Luise trat ungeduldig von einem Bein aufs andere. Sie wollte so schnell wie möglich weg von hier, weg von Anton und seinem vor Schuld und Scham geplagten Blick, vor allem aber weg von ihrer eigenen Schuld, die sie seit seiner Verhaftung quälte. Was, fragte sie sich immer wieder, wäre gewesen, wenn sie ihn an jenem Septembertag am Strand nicht einfach hätte gehen lassen? Wenn sie ihn ermutigt hätte zu reden? Und vor allem, wenn sie ihm zugehört hätte? »Habe ich mich schuldig gemacht?« Die Frage stand seitdem über allen ihren Einträgen in ihrer Kladde.

»Was habe ich falsch gemacht, Luise?«, fragte auch Auguste nicht zum ersten Mal, und nicht zum ersten Mal antwortete sie ihr, dass sie nichts falsch gemacht habe, und dennoch wurde Augustes schlechtes Gewissen nicht geringer.

Die ersten Tage nach der Verhaftung hatte sie sich noch den Vorwurf gemacht, mit Anton nicht rechtzeitig gesprochen zu haben, ihn nicht aufmerksam gemacht zu haben auf die Gefahren, denen er sich aussetzte, vor allen Dingen aber, ihn nicht davon abgehalten zu haben, sich diesen, wie sie dachte, »unnatürlichen Trieben« hinzugeben. Ein Arzt hätte ihm vielleicht helfen können. Mittlerweile aber warf sie sich ganz andere Vergehen vor, Vergehen, über die sie nur mit Ferdinand sprach, wenn sie ihn am Königsstuhl besuchte. Dass sie Anton nie etwas zugetraut habe, dass sie ihn damit zum Außenseiter gemacht habe und, was ihr jetzt in Anbetracht der Anklage besonders schwerwiegend zu sein schien, dass sie sich niemals habe vorstellen können, dass er einmal eine Frau finden würde, die ihn liebte, so wie er war. Noch schamvoller war es für sie allerdings, sich an jenen Tag zu erinnern, an dem Ferdinand Viktor vom Gut gejagt hatte. Damals hatte sie Viktor angesehen und gedacht, dass er der einzige Sohn sei, den sie habe.

Niemals, so glaubte sie, würde sie sich diesen Gedanken verzeihen können, der aus ihrem tiefsten Inneren gekommen war.

Als Viktor den Flur entlangeilte, stand ihm der Ärger ins Gesicht geschrieben. »Lasst uns bloß schnell weg von hier, sonst vergesse ich mich noch«, sagte er und gab Auguste und Luise Zeichen, ihm zu folgen. »Eintausend Mark, glaubt man das? Der Herr Anwalt verlangt eintausend Mark dafür, dass er ein paarmal den Mund aufgemacht hat und eigentlich nie etwas anderes gesagt hat, als dass das Hohe Gericht doch bitte berücksichtigen möge, dass Anton bislang noch nie auffällig geworden sei. Herrgott aber auch.« Er winkte die erstbeste Kutsche heran. »Fahren Sie uns ohne Umwege zum Bahnhof, und zwar schnell.«

Auch während der Zugfahrt konnte er sich nicht beruhigen. »Ich zahl doch kein Geld dafür, dass man Anton ins Gefängnis steckt. Seien Sie doch zufrieden«, äffte er seinen Anwalt nach, »Ihr werter Herr Bruder wäre ohne mein Zutun sicherlich zu einer ein-, wenn nicht sogar zweijährigen Haftstrafe verurteilt worden.«

Pah, als ob es darauf ankommen würde. Ein halbes Jahr, ein Jahr, zwei Jahre, was machte das schon für einen Unterschied? Schuldig war schuldig. Schuldig wegen Unsittlichkeit. Da wird einem ja ganz schlecht, dachte er.

Unterdessen sah Auguste schweigend aus dem Fenster. Kahle Bäume flogen an ihr vorüber, kahle Ackerflächen, kahle Wiesen, und, wie es ihr schien, ebenso kahle Kirchen und kahle Häuser. Ihr war, als wäre ganz Rügen unbewohnt, und selbst die Möwen, die unter dem trüben Winterhimmel unermüdlich ihre Kreise zogen, kamen ihr vor,

als wären sie ausgestopft und als würden sie an Fäden geführt.
In Berlin, dachte sie, und es war nicht das erste Mal in diesen Tagen, dass sie sich an ihr altes Leben erinnerte, hätte man ihn allenfalls zu einer Geldstrafe verurteilt. In Berlin gab es sogar Lokale für Menschen wie Anton, wie sie erst neulich gelesen hatte.
Sie hätte es niemals zulassen dürfen, dass Ferdinand sie in dieses hinterwäldlerische Stück Land verschleppte. Sobald Anton freikäme, würde sie zwei Tickets nach Berlin kaufen und Rügen und Blietzow für immer hinter sich lassen.
Kaum aber war sie bereit gewesen für einen Abschied von Rügen und damit auch von Ferdinand, schien wieder Leben in die Insel zu kommen. Plötzlich sah sie Schornsteine rauchen, Lichter flackern, und als sie den Bodden passierten, war ihr, als würden die Wellen im Wind tanzen.

62

Die Nachricht von Antons Verurteilung verbreitete sich wie ein Lauffeuer. Selbst in Bergen und Putbus sprach man hinter vorgehaltener Hand über diesen adeligen Gutsbesitzersohn, der sich nun »mit Ratten und anderem Gesindel eine Zelle« teilen müsse. Von »Verrohung der Sitten« war die Rede, vom Verlust jeglichen Anstands, manche aber versuchten Erklärungen zu finden und mutmaßten, dass dieses »widerliche Verhalten« auf die Folgen des Krieges zurückzuführen sein könnte. Als man ihnen aber sagte, dass Anton nie Soldat gewesen sei, war ihr Entsetzen nur umso größer.

Ab Februar 1920 trafen die ersten Schmähbriefe auf Blietzow ein. Viktor musste lesen, dass sein Gut ein »Sündenbabel« sei, ein »Hort wider die Anständigkeit«, ein »Drecksloch«, man werde dafür sorgen, dass Rügen sauber bleibe. »Einen wie Sie«, hieß es, »wollen wir auf Rügen nicht.«

Anfangs lachte er noch über die Drohungen, brachte teilweise sogar Verständnis für die Wut der Rügener auf, die fürchteten, dass mit Anton die Sünde auf die Insel gekommen sei. Vermutlich hätte er an deren Stelle nicht anders gehandelt. Auch er hätte sein Land verteidigt und alles dafür getan, dass an ihm kein Makel haftenbliebe.

Um allen zu zeigen, wie ehrenhaft er im Gegensatz zu Anton war, bat er nun Ella, ihn stets zu begleiten. Egal, ob er nach Saßnitz fuhr, um dort eine Schiffsladung Saatgut in Empfang zu nehmen, oder nach Bergen, um beim stellvertretenden Leiter des Kommunalverbands die Aufhebung

seiner Verträge zu verhindern, Ella, »meine Verlobte«, wie er sie in Anwesenheit anderer nannte, war immer dabei.
Als die Angriffe auf ihn dennoch nicht weniger wurden und nun kein Tag mehr verging, an dem er nicht aufgefordert worden wäre, die Insel zu verlassen, jemand hatte sogar in großen weißen Lettern HAUEN SIE AB! auf einen seiner Schuppen gemalt, erwog er, alle Rügener Gutsbesitzer zu einem Fest einzuladen, doch Mehrich riet ihm davon ab.
»Die schlagen sich nur ihre Bäuche voll, und am Ende schimpfen sie, weil sie keinen Champagner bekommen haben und die Suppe nicht warm genug war. Nein, nein, mein lieber Herr von Salen, mit einem Fest hat man noch keine Gemüter beruhigt.«
»Aber wir müssen handeln, dringend«, sagte Viktor und zeigte Mehrich den Brief, den er am Vortag erhalten hatte.

»Bergen, 13. März 1920

Sehr geehrter Herr von Salen,
nach reiflicher Überlegung und der gewissenhaften Abwägung aller Vor- und Nachteile, die uns durch einen solchen Schritt entstehen, möchte ich Sie hiermit davon in Kenntnis setzen, dass wir zu der Entscheidung gelangt sind, bis auf weiteres auf Ihren Beitrag zur Erfüllung unserer Abgabepflicht zu verzichten. Nach Rücksprache mit dem Reichsernährungsamt in Berlin und in Anbetracht der noch immer prekären Versorgungslage der Bevölkerung in den Großstädten werden Sie angewiesen, Ihre Ware in verarbeiteter Form direkt nach Berlin zu liefern. Dazu zählen insbesondere Milch, Mehl, haltbar gemachte Schlachtprodukte …«

Mehrich legte den Brief beiseite und machte ein ernstes Gesicht. »Das ist natürlich ein starkes Stück, was sich der Kommunalverband da hat einfallen lassen.«

»Wenn Wakenitz diese Anweisung nicht rückgängig macht, wird Blietzow daran zugrunde gehen. Allein die Verarbeitungskosten übersteigen unser Budget um ein Vielfaches, die Transportkosten noch gar nicht eingerechnet.« Viktors Stimme überschlug sich fast. »Dabei hat mir sein Stellvertreter erst vergangene Woche zugesichert, ein gutes Wort für mich einzulegen. Er wisse ja, wie zuverlässig Blietzow immer gewesen sei im Gegensatz zu manch anderen«, sagte Viktor, und er zitterte jetzt so stark, dass er das Glas, aus dem er eigentlich einen Schluck Wasser hatte nehmen wollen, wieder absetzen musste. Wütend öffnete er die oberste Schublade seines Schreibtisches und griff nach den Tabletten, die der Arzt ihm verschrieben hatte. Anfangs hatten sie ihn noch beruhigt, mittlerweile aber zeigten sie kaum noch Wirkung. Er nahm drei auf einmal.

Mehrich senkte währenddessen seinen Blick und tat so, als würde er noch einmal den Brief des Kommunalverbandsleiters studieren. »Dass er so weit gehen würde, wirklich, das hätte ich nicht für möglich gehalten.« Er wiegte nachdenklich den Kopf. »Was wollen Sie jetzt tun?«

Viktor zitterte noch immer. »Ich weiß es nicht, Mehrich, ich weiß es wirklich nicht. Wakenitz empfängt mich ja schon seit längerem nicht mehr. Können nicht Sie versuchen …?«

»Herr von Salen«, unterbrach er ihn, »Sie wissen doch selbst, dass mein Besuch beim Direktor der Zuckerrübenfabrik zu nichts geführt hat.«

Viktor rieb sich die Stirn.

»Ich fürchte«, fuhr Mehrich fort, »dass die Zeiten vorbei sind, in denen ein kleiner Inspektor, wie ich einer bin, noch etwas auf dieser Insel ausrichten kann.«

»Aber Blietzow …« Viktor schluckte.

»Sie sind der Gutsbesitzer, Herr von Salen. Ich bin nur Ihr Angestellter.«

»O nein Mehrich, Sie sind viel mehr. Und das wissen Sie auch. Ohne Sie wäre das Gut nicht das, was es ist.«

Mehrich genoss es, dieses Kompliment aus Viktors Mund zu hören, zeigte ihm seine Freude aber nicht. Stattdessen sah er ihn nachdenklich an, und erst als Viktor sich räusperte und den Anschein erweckte, als wollte er etwas sagen, hob Mehrich seine Stimme. »Bei so viel Lob«, sagte er, »frage ich mich natürlich, warum Sie mich dann von einigen meiner wichtigsten Aufgaben entbunden haben?« Von Anfang an hatte er keinen Hehl aus seiner Verärgerung über Viktors Entscheidung gemacht, ihm Luise an die Seite zu setzen, und jetzt war genau der richtige Moment, noch einmal in dieser Wunde zu rühren, die nicht ihn, sondern Viktor schmerzen sollte.

»Mein lieber Mehrich, ich weiß, wie sehr Sie diese Entscheidung getroffen hat, und glauben Sie mir, wenn nicht meine Schwester … aber was rede ich. Wenn Sie möchten, dann werde ich gleich mit ihr sprechen. Ich bin mir sicher, sie wird Verständnis dafür haben, dass es in Anbetracht der schwierigen Lage unausweichlich ist, dass Sie wieder diese verantwortungsvolle Aufgabe übernehmen«, entgegnete er mit zitternder Stimme.

Mehrich sah ihn schweigend an.

»Wir müssen doch jetzt zusammenhalten. Wir wollen doch alle, dass Blietzow diese schwere Zeit übersteht. Unser

Blietzow«, fügte er hinzu. »Wir werden doch bald eine Familie sein.«
Aber auch dazu schwieg Mehrich nur.
Viktor wurde immer nervöser. So kannte er ihn nicht, so beängstigend ruhig, wie er fand. Früher, da hatte er getobt, wenn es Probleme gab, da war er nie um Vorschläge verlegen gewesen, da hatte er stets angeboten, seine Kontakte spielen zu lassen. Und jetzt, jetzt saß er einfach nur da und starrte ihn an und sagte noch nicht einmal etwas zu dem Angebot, das er ihm eben unterbreitet hatte. Dabei würde er seinetwegen stundenlange Kämpfe mit Luise auf sich nehmen, nur um ihn zufriedenzustellen. Das Schlimmste, das jetzt passieren konnte, dachte er, wäre Mehrichs Unterstützung zu verlieren. »Sie wollen doch nicht etwa aufgeben?«, fragte Viktor verunsichert.
Mehrich ließ ihn nicht aus den Augen. »Aufgeben«, erwiderte er, »ist ein Wort, das ich nicht kenne.«
»Sehr gut, Mehrich, sehr gut, und ich dachte schon, Sie wollten Blietzow vielleicht den Rücken kehren.« Viktor atmete auf, doch es gab keinen Grund, erleichtert zu sein, was er sehr schnell merkte.
»Ich frage mich nur«, sagte Mehrich in ungewohnt bedächtigem Ton, »inwiefern meine Familie an dieser Hetzjagd Schaden nimmt.«
»Ihre Familie?«
»Sie haben, wenn ich das so sagen darf, momentan nicht den besten Leumund.«
»Aber Sie wissen doch so gut wie ich, dass mich daran keine Schuld trifft, sondern dass Anton …«
»Genau das ist ja das Problem«, unterbrach er ihn. »Der schlechte Ruf eines Einzelnen fällt immer auch auf die ihm

Nahestehenden zurück. Auf die Familie, wie Sie nun ja am eigenen Leib erfahren müssen, und in Ihrem Fall auch auf ganz Blietzow. Der Brief des Kommunalverbands ist der beste Beweis dafür.« Mehrich machte eine Pause und holte tief Luft.

Währenddessen fingerte Viktor erneut zwei Tabletten aus seiner Schublade, die er hastig mit einem Schluck Wasser hinunterspülte.

»Alma«, fuhr Mehrich fort, »erzählt mir fast täglich von verstörenden Erfahrungen, die sie jetzt machen muss. Nicht allein, dass man sie nun kaum mehr grüßt, man spuckt ihr jetzt regelrecht vor die Füße. Ich nehme an, ich muss Ihnen nicht sagen, wie sehr sie die ganze Sache mitnimmt.«

»Aber warum hat sie mir denn nie davon erzählt?«

»Ich nehme an, sie wollte Ihnen nicht noch mehr Kummer bereiten. Sie kennen meine Frau, sie ist ein herzensguter Mensch, sie würde es nie wagen, die Schuld für ihr Leid bei anderen zu suchen.«

Mehrichs ruhige Art zu sprechen wurde Viktor immer unheimlicher. Nervös rieb er sich übers Gesicht, wobei seine Augenklappe verrutschte.

Wäre Mehrich nicht sicher gewesen, im Recht zu sein, Viktor hätte ihm in diesem Moment leidgetan, so aber fuhr er in jenem gelassenen Ton fort, von dem er wusste, dass Viktor ihn nicht mehr lange ertragen würde.

»Meine Frau«, sagte Mehrich jetzt, »hat die meiste Zeit ihres Lebens hinter sich. Sie wird es vielleicht aushalten können, in Zukunft ausgegrenzt und geächtet zu sein. Wenn ich aber meine Tochter sehe …«

»Was ist mit Ella? Bespuckt man sie etwa auch?«

»Ich weiß es nicht, aber sie ist schweigsam geworden, haben Sie das noch nicht bemerkt?«
»Doch, doch, natürlich.«
»Und Sie haben sich noch keine Sorgen gemacht?«
»Natürlich, aber …«
»Wissen Sie, mein lieber Herr von Salen«, unterbrach Mehrich ihn erneut, »wenn man meine Frau schon schlecht behandelt, stellt sich doch die Frage, wie wird man erst der Ehefrau eines Mannes begegnen, den man am liebsten hängen sehen würde?«
Viktor hielt es jetzt nicht mehr auf seinem Stuhl. Unruhig klopfte er mit den Fingern auf die Tischplatte, während er auf Mehrich hinuntersah, dessen unerschütterliche Ruhe ihn langsam um den Verstand brachte. »Aber ich …«, begann er, doch es wollte ihm kein Argument einfallen, das Mehrich überzeugt hätte, dass er Ella würde beschützen können. Er war ja diesen Angriffen selbst wehrlos ausgesetzt, er wusste nicht, wie er das Gut über die Runden bringen sollte, und, was noch viel schlimmer war, er hatte nicht die leiseste Vorstellung davon, was er tun könnte, um diesem Treiben endlich ein Ende zu bereiten.
»Was ich damit zum Ausdruck bringen möchte«, fuhr Mehrich fort, »ist, dass ich mir Sorgen um meine Tochter mache. Sie ist noch jung, sie hat ihr Leben noch vor sich, und, verzeihen Sie mir, wenn ich es in aller Deutlichkeit so sagen muss, ich frage mich, ob sie unter diesen Umständen an Ihrer Seite ein ihr angemessenes Leben führen kann.« Er hielt kurz inne, und erst als er sich von Viktors sorgenvollem Gesicht überzeugt hatte, sprach er weiter. »Man wird Sie auch fernerhin beschimpfen, man wird verlangen, dass Sie von Rügen verschwinden, Sie werden Ihren Weizen,

Ihre Rüben, Ihre Kartoffeln nicht mehr an den Kommunalverband liefern können, Sie werden erst für die Löhne, später für die Saat und den Dünger kein Geld mehr haben. Viktor«, sagte er, und es war das erste Mal, dass er ihn bei seinem Vornamen nannte, »es geht hier nicht mehr nur um Ihren Ruf und Ihr Leben und Ihr Gut, bedenken Sie bitte, dass Sie auch eine große Verantwortung zu tragen haben, für Blietzow und natürlich auch für Ella. Ich an Ihrer Stelle wüsste nicht, ob ich es mit meinem Gewissen vereinbaren könnte, dass ich die, die sich mir anvertraut haben, sehenden Auges mit in den Abgrund ziehe.«

Sprachlos sackte Viktor auf seinen Stuhl zurück.

»Sie sollten über Ihre Verantwortung nachdenken.« Mehrich stand auf. »Das ist der einzige Ratschlag, den ich Ihnen geben kann.«

63

Wie mit einem hellgrünen Flaum überzogen sahen die Felder aus, die sich rund um Blietzow über die Hügel erstreckten. Wie unschuldige neugeborene Kinder, dachte Ella, und Tränen stiegen ihr in die Augen, während sie weiter und weiter ging, ohne zu wissen, wohin sie ihr Weg führte. Die Frühlingssonne wärmte das Land, und vor einigen Monaten noch hätte sie einen Tag wie diesen mit offenen Armen begrüßt und gehofft, dass an ihrer Hochzeit ähnlich schönes Wetter sein würde. Jetzt aber schienen die Sonnenstrahlen sie wie spitze Pfeile zu treffen, und nicht nur ihr Gesicht, auch ihre Hände, ihre Arme, ihre Beine schmerzten.

Am Morgen hatte sie Almas Schrei geweckt. »Paul, Jakob, Ella, Herr von Salen, schnell!« Auf jeden Schuppen, jeden Stall, sogar auf die Fassade des Gutshauses hatte jemand in roter Farbe Hetzparolen geschmiert.

»Verschwinde!«

»Hau ab!«

»Schweine gehören geschlachtet!«

»Du Sau!«

Daneben waren unzählige Galgen gemalt.

Und als ob diese Drohungen nicht deutlich genug gewesen wären, war plötzlich auch noch eine Horde Bewaffneter aufgetaucht. »Du entkommst uns nicht«, hatten sie wieder und wieder geschrien.

Viktor, bleich vor Schreck, war wortlos zurück ins Haus geschlichen, und sie hinter ihm her, hatte ihn am Arm gepackt, ihn zu sich gedreht und ihm gesagt, dass er sich

wehren müsse, dass er nicht tatenlos dabei zusehen dürfe, wie sie ihm alles kaputt machen würden.
»Es ist schon alles kaputt.«
»Nein, du irrst. Wir haben noch immer uns.«
»Ich bin doch nur ein Niemand.«
»Ich liebe dich.«
Er hatte sie lange angesehen, viel zu lange, wie sie da schon gedacht hatte, hatte ihre Hand genommen und schließlich gesagt: »Vergiss mich, Ella, vergiss mich ganz schnell.«
»Wir werden heiraten.«
»Es wird keine Hochzeit geben.«
»Nein, Viktor, nein.« Sie hatte sich an ihn geklammert. »Wir lieben uns doch.«
»Man will mich hier nicht. Und wenn du mich heiratest, dann wird man auch dich nicht mehr wollen.«
»Die Zeiten ändern sich.«
»So lange kann ich nicht warten, bis dahin ist Blietzow am Ende.«
»Ich liebe dich.«
Ihr Flehen klang ihr auch jetzt noch in den Ohren, während sie durch die Dorfstraße von Nardevitz ging. Neugierige Blicke begleiteten sie, eine alte Frau grüßte, eine andere tuschelte mit ihrer Nachbarin, die Frau des Stellmachers aber winkte sie zu sich heran.
»Ella«, sagte sie und musterte sie dabei von oben bis unten, »du bist doch eine patente junge Frau. Ich dachte mir, jetzt, da du diesen von Salen nicht heiratest, könntest du doch meinen Neffen zum Mann nehmen. Das ist ein tüchtiger Bursche mit einem kleinen Hof, der könnte eine Frau wie dich gut gebrauchen.«
Ella sah sie fassungslos an.

»Du wirst ihn doch nicht etwa heiraten wollen, nach allem, was passiert ist?«
»Er hat nichts getan.«
»Ist dir denn gar nicht zu helfen? Weißt du denn nicht, dass sich so etwas vererbt, so eine Schweinerei?«
Ohne etwas zu sagen, ging Ella einfach weiter, während die Stellmachersfrau ihr hinterherrief, dass sie sich versündigen werde, wenn sie einen wie diesen zum Mann nehme.
»Gott wird dich bestrafen, frag deine Mutter.«
Vögel zwitscherten, auf einer Wiese grasten Kühe, Butterblumen reckten ihre gelben Blüten der Sonne entgegen, und es roch wie in jedem Frühling, so frisch und hoffnungsfroh, dass es Ella erneut die Tränen in die Augen trieb. Sie lief jetzt so schnell sie konnte.
»Ich liebe dich«, hatte sie gesagt, immer wieder. Er hatte ihr gegenübergestanden, ihre Hände in seinen, und sie hatte Tränen in seinem Auge gesehen, und dann, mit einem Mal, hatte er sie losgelassen.
»Ich habe deinem Vater ein Versprechen gegeben. Ich werde meiner Verantwortung gerecht werden.«
»Und was ist mit deinem Verlobungsversprechen? Ist das weniger wert?«
»Er wird es nicht dulden, dass ich dich heirate.«
»Er muss.«
»Nein, Ella, er hat recht. Du wirst an meiner Seite nicht glücklich werden. Sie werden auch dich bedrohen und beschimpfen, sie werden dich meiden.«
»Sie können nicht ewig drohen.«
»Ich werde Blietzow verlieren.«
»Was hast du vor?«
»Ich gehe fort.«

»Ich komme mit.«
»Nein, Ella, du gehörst hierher, nach Rügen.«

Während Ella immer weiter und weiter lief, über schmale, ausgetretene Pfade, an Tümpeln, Äckern und Wiesen vorbei, und sich fragte, ob sie sich ein Leben fernab dieser Insel, vor allem aber fernab von Jakob vorstellen konnte, saß Viktor in seinem Arbeitszimmer, das einst Ferdinands, dann Augustes Zimmer gewesen war.
Er hatte sich nichts vorzuwerfen. Dreimal noch war er in Bergen gewesen und hatte versucht bis zum Leiter des Kommunalverbands vorzudringen. Er hatte ihm Nachrichten übermitteln lassen, ihm Briefe geschrieben, bis er ihn am 27. März endlich vor dem Gebäude hatte abfangen können.
»An der Entscheidung gibt es nichts zu rütteln, so leid es mir persönlich auch für Sie tut«, hatte von Wakenitz gesagt.
»Kein Gut auf der Welt kann diese Bedingungen erfüllen. Das ist das Todesurteil für Blietzow. Das wissen Sie doch.«
»Verzeihen Sie meine Offenheit, aber mit Ihrem Namen können Sie auf Rügen keine Geschäfte mehr machen.«
»Und alles nur, weil mein Bruder in Stralsund mit einem Mann in verfänglicher Pose erwischt worden ist?« Er hatte keine Scheu mehr, die Wahrheit auszusprechen.
»Wenn es nur dieses eine Mal gewesen wäre, Herr von Salen.«
»Was heißt das?«
»Sie verstehen sicherlich, dass ich dazu lieber schweigen möchte. Es ist wirklich zu abscheulich.«
»Nein, das verstehe ich nicht. Sie ruinieren meine Existenz,

und ich habe ein Recht darauf zu erfahren, warum Sie das tun.«

»Wenn ich Ihnen sage, dass es in einem Lazarett viele wehrlose Männer gibt, muss dies als Erklärung genügen.«

»Und Anton soll diese Männer gegen ihren Willen verführt haben? Ist es das, was Sie sagen wollen?«

»Das muss als Erklärung genügen«, wiederholte er.

»Selbst wenn es so gewesen sein soll, Sie können doch nicht mich dafür bestrafen?«

»Ich muss schon sehr bitten, Herr von Salen. Sie wollen doch nicht die Glaubwürdigkeit ehrbarer Männer anzweifeln?«

»Nein, sicherlich nicht, aber …«

»Es ist, wie es ist, und ich bitte Sie nun endlich Ruhe zu geben. Das Ganze ist schon widerwärtig genug.«

Als einen Tag später auch noch ein Schreiben von Ruth Petershagen eingetroffen war mit der Aufforderung, er solle unverzüglich seine Schulden begleichen, sie sehe sich sonst zu juristischen Schritten gezwungen, hatte er endgültig alle Hoffnung verloren.

Er konnte es kaum glauben: Gleich würde er einen Vertrag unterschreiben, der für Blietzow zwar die Rettung bedeutete, für ihn aber das Ende eines Traums markierte.

Er hasste Anton. Er hasste ihn so sehr, dass er sich wünschte, ihm nie wieder begegnen zu müssen. Dabei hätte er allen Grund gehabt, Mehrich zu hassen, aber das ahnte er nicht. Stattdessen sah er in ihm den Hüter seines Erbes.

Den Vorschlag, Blietzow zu kaufen, hatte er ihm schon vor einigen Tagen gemacht, aber da hatte Viktor noch gezögert und gedacht, er würde sich diesen Schritt nie verzeihen, wie ihm sicherlich auch seine Mutter und Luise nie verzeihen würden. Aber würden sie es ihm denn je verzeihen, wenn er Blietzow in den Ruin triebe?

»Wir müssen durchhalten.« Luise beschwor ihn jeden Tag. Wenn er sie aber fragte, wie sie sich das vorstelle, wusste auch sie keinen Rat.

Nein, er war es, der die Verantwortung trug, er musste im Sinne Blietzows entscheiden, so hätte es auch sein Vater gewollt. Das Gut hatte bei ihm immer an erster Stelle gestanden, und wenn er es jetzt an Mehrich verkaufte, dann war er sich wenigstens sicher, es in gute Hände zu geben.

64

Die Eingangstür zum Gutshaus stand offen, und Mehrich, der seinen besten Anzug aus dem Schrank geholt hatte, den, von dem Alma noch immer glaubte, er würde ihn zu Viktors und Ellas Hochzeit tragen, ging nervös zwischen Hofplatz und Eingangshalle hin und her.

Sein Blick fiel auf Marta und einen Stallburschen, die versuchten die Außenwand des Wirtschaftsgebäudes zu säubern. Die rote Farbe lief in Rinnsalen zu Boden, die Galgen aber waren noch immer deutlich zu erkennen. Jakob und Luise standen am Schuppen, einen Bottich Wasser neben sich, und kämpften ebenfalls mit dieser hartnäckigen Farbe. Alma machte sich am Schweinestall zu schaffen, zwei Stallburschen schrubbten den Hühnerstall, die anderen die restlichen Scheunen und Schuppen. Sogar Auguste sah er jetzt. Sie versuchte den Pferdestall von den Schmierereien zu befreien. Nur Ella konnte er nirgendwo entdecken.

»Marta!« Mehrich schrie über den Platz. »Bis heute Abend muss hier alles blitzblank sein. Haben wir uns verstanden?«

Marta nickte, sagte aber nichts.

»Helfen Sie uns doch«, rief Luise ihm zu. »Gemeinsam schaffen wir es vielleicht.«

Mehrich tat so, als hätte er sie nicht gehört, und warf noch einmal einen Blick in die Eingangshalle. Da er noch etwas Zeit hatte, entschloss er sich, ein paar Schritte ums Haus zu machen. In der Ferne ragte Kap Arkona aus der See, Mehrich aber hatte nur Augen für die Felder, die sich bis zum Horizont erstreckten. Nicht mehr lange, und er wäre ihr rechtmäßiger Besitzer. Gleich morgen würde er Gottfried von Salens alte Karte verbrennen, dachte er, und der Gedanke ergriff ihn so sehr, dass er plötzlich glaubte, die Vögel würden nur ihm zu Ehren singen, zu Ehren eines Mannes, der nie vergessen hatte, was Recht und Unrecht war.

Als er zurück ins Haus ging, war ihm, als würde er schweben. Und als er die Treppe nach oben nahm, meinte er sie zum ersten Mal in seinem Leben zu betreten. Für einen Moment blieb er auf der Galerie stehen und blickte hinunter in die Eingangshalle, die ihm nun größer zu sein schien als in seiner Erinnerung. Nur der Flur war dunkel wie immer. Bevor er an die Tür zu Viktors Arbeitszimmer klopfte, strich er noch einmal seine Anzugjacke zurecht, dann machte er sich kerzengerade.

Viktor hatte ihn bereits erwartet. Wortlos schob er ihm den Vertrag über den Tisch. Nach zähem Ringen hatten sie sich auf einen Kaufpreis von zwanzigtausend Mark geeinigt. Sein Vater hatte damals noch das Fünffache gezahlt, aber die Folgen des Krieges, vor allem aber die Folgen dieser Hetzkampagne hatten den Wert des Guts deutlich gemindert.

Mehrichs Hand zitterte, und zum ersten Mal bedauerte er es, dass außer ihm niemand wusste, welchen Triumph er mit dieser Unterschrift feierte. Noch nicht einmal Hagemann ahnte etwas, obwohl er ihn nach Jakobs Rückkehr als Einzigen in seinen Plan, Blietzow kaufen zu wollen, eingeweiht hatte. Das Gut gehöre in »rechtschaffene Rügener Hände«, hatte er gesagt, und Hagemann hatte nie an dieser Erklärung gezweifelt.

Als Viktor und Mehrich wenig später gemeinsam aus der Tür des Gutshauses traten, war Ella gerade zurückgekommen. Der Schweiß stand ihr auf der Stirn, die Verzweiflung aber, die sie am Morgen noch weggetrieben hatte, schien aus ihrem Gesicht verschwunden.

Viktor atmete tief durch, während er am ganzen Körper zitterte. Diesen Blick würde er vergessen müssen, diesen Blick auf das Gut mit seinen Ställen und Schuppen und Scheunen, und auch den Blick über die geschwungenen Hügel hinunter auf die See. Er räusperte sich und schwieg dann doch.

»Wenn Sie möchten, dann kann auch ich …«, sagte Mehrich.

»Nein, nein«, unterbrach Viktor ihn rasch. Als er erneut tief Luft holen wollte, sah er Ella am Ende des Wirtschaftsgebäudes stehen. Auch sie würde er vergessen müssen, dachte er und senkte den Blick. Sein Atem ging schnell, und während Mehrich langsam die Geduld verlor und schon im Begriff war, seine Stimme zu erheben, räusperte sich Viktor wieder und bat um Ruhe.

Schnell hatten sich alle auf dem Hofplatz versammelt. Luise und Jakob hielten sich etwas abseits, dicht an der Tenne, Ella war zu Marta gegangen, Auguste stand in der Nähe von Luise, Alma neben dem Schweinemeister.

»Der heutige Morgen«, sagte Viktor mit zittriger Stimme, »hat mir noch einmal deutlich vor Augen geführt, wie ernst die Lage geworden ist.«

Während er erneut tief einatmete, tastete Luise nach Jakobs Hand. Gebannt starrten nun alle auf Viktor.

»Wir werden mit dem Tod bedroht, man schickt uns Bewaffnete aufs Gut, malt Galgen an die Wände.« Er schluckte. »Glauben Sie mir, auch für mich ist das alles kaum zu begreifen, zumal ich mich, und das möchte ich ausdrücklich betonen, keines Vergehens schuldig gemacht habe, ganz im Gegenteil. Mit Fug und Recht kann ich behaupten, dass ich nie etwas anderes als das Beste für Blietzow gewollt habe. Das sollten Sie nie vergessen.«

Luise zitterte, während sie glaubte hinter jedem von Viktors Worten eine grenzenlose Traurigkeit zu spüren. Tränen stiegen ihr in die Augen, und zum ersten Mal in ihrem Leben tat er ihr aufrichtig leid.

»Aus Sorge um das Gut, und allein aus diesem Grund, habe ich mich zu einem Schritt entschieden, von dem ich Ihnen nun Mitteilung machen möchte.« Sein Blick fiel jetzt wieder auf Ella, und als er sah, dass sie lächelte, hielt er inne und schaute zu Boden. Er würde sie nicht vergessen können.

Mit einem Schlag wurde es unruhig auf dem Hof. Manche flüsterten, Luise drückte Jakobs Hand, Alma suchte vergeblich Ellas Blick, während Mehrich von einem Bein auf das andere trat.

»Nun reden Sie schon.« Einer der Stallburschen verlor als Erster die Geduld.

Erschrocken sah Viktor auf. Erst jetzt schien er zu bemerken, dass er noch immer am Kopf der Treppe stand und die alles entscheidende Neuigkeit noch gar nicht verkündet hatte. »Ich habe gerade Blietzow an Paul Mehrich verkauft«, sagte er fast beiläufig, dabei hatte er sich für diesen Moment so Großes vorgenommen. Er hatte seinen Respekt vor seinem Vater bekunden wollen, auch den vor seiner Mutter, und hatte vorgehabt, seinen Verzicht zum Wohle des Guts noch einmal deutlich zum Ausdruck zu bringen.

Er hatte allen danken und Mehrich alles Gute wünschen wollen, vor allem aber hatte er sich vorgenommen, souverän zu sein. Nun aber stand er hier und wusste nichts mehr zu sagen.

Aber nicht nur er war sprachlos. Für einen Moment war es totenstill auf Blietzow, und erst als Mehrich zu seiner ersten Rede als Gutsbesitzer ansetzen wollte, tat es einen lauten Schlag, und ein aufgeregtes Stimmengewirr legte sich über den Hof. Alle Augenpaare wandten sich jetzt zur Tenne.

Auguste hatte das Bewusstsein verloren und war mit dem Oberkörper gegen die Holzwand geprallt, bevor sie zu Boden gerutscht war. Dort lag sie nun, den Kopf schräg gegen die Wand gelehnt.

»Mutter!« Luise stürzte zu ihr und hob ihren Kopf vorsichtig auf ihre Knie. »Mutter, wach auf!«

Auch Alma eilte herbei, ebenso Marta, Ella und Jakob und einige der Stallburschen und Arbeiterinnen, so dass sich eine Traube um sie bildete, auf die Mehrich nun verärgert blickte. So hatte er sich seine ersten Minuten als Gutsbesitzer nicht vorgestellt. Es sollte ein feierlicher Moment ihm zu Ehren sein und keiner, bei dem mal wieder ein Mitglied der von Salenschen Familie die Hauptrolle spielte.

Viktor fühlte sich wie benommen. Bis er begriff, dass seine Mutter ohnmächtig am Boden lag, hatte Jakob sich schon ein Pferd geschnappt und war auf und davon, um einen Arzt zu holen.

Mit zittrigen Knien näherte er sich Auguste. Zwischen Gutshaus und Tenne lagen kaum mehr als zweihundert Meter, doch der Weg, den er schon unzählige Male zurückgelegt hatte, schien ihm mit einem Mal unendlich lang zu sein. Nicht auszudenken, wenn seine Mutter diese Nachricht nicht überlebte. Er betete jetzt sogar, was er seit seiner Kindheit nicht mehr getan hatte. Plötzlich spürte er eine Hand an seinem Arm, und dann sah er in Ellas Gesicht, die ihm etwas zuzuflüstern schien, aber er konnte sie nicht verstehen. Es war jetzt viel zu laut um ihn.

»Frau von Salen, Frau von Salen. So öffnen Sie doch die Augen.«

»Marta, hol einen Eimer kaltes Wasser.«

»Mutter, wach auf, bitte.«

»Frau von Salen.«

»Sie müssen ihr eine Ohrfeige geben. Nein, stärker, Fräulein Luise.«

»Er hat das Gut verkauft.«

»Das wurde aber auch höchste Zeit.«

»Aber doch nicht an Mehrich.«

»Haben Sie schon Ihren Puls gefühlt?«

»Die arme Frau von Salen.«

»Nun trauen Sie sich schon.«

»Mutter.«

»Woher hat er bloß so viel Geld?«

»Frau von Salen, wachen Sie auf.«

»Man kann so eine Sünde nicht ungesühnt lassen.«

»Frau von Salen.«

Die Stimmen wurden immer lauter, und Viktor glaubte gleich selbst das Bewusstsein zu verlieren, so sehr dröhnten sie in seinem Kopf. Ella war jetzt dicht neben ihm, aber er drehte sich nicht zu ihr. Eine falsche Bewegung, und er würde ebenfalls am Boden liegen, und diese Blöße wollte er sich nicht geben.

Mit einem Mal stürmte Marta mit einem Eimer Wasser an

ihnen vorbei, doch sie wagte es nicht, ihn über Auguste auszuleeren.

»Mutter.« Luise streichelte jetzt wieder ihre Wangen. Aber Auguste rührte sich noch immer nicht.

Als Ella nach seiner Hand griff, durchströmte Viktor ein warmer Schauer. Er hatte alles verloren, sein Gut, sein Land, seine Liebe. Er musste sie vergessen, dachte er, während er auf den leblosen Körper seiner Mutter starrte. »Atmet sie noch?«, fragte er leise, bevor er sich neben Luise kniete.

»Natürlich atmet sie. Glaubst du, sie fällt hier tot um, nur weil du das Gut verkaufst?«, herrschte Luise ihn an, bevor sie in Tränen ausbrach. »Entschuldige.« Sie griff nach Viktors Arm. »Entschuldige bitte.«

Viktor sagte nichts.

»Was passiert nur mit uns?«, fragte Luise leise.

»Wir müssen fort von hier, wir alle, du, Mutter und ich.«

Luise schüttelte den Kopf. »Niemals«, entgegnete sie, während sie noch immer die Wangen ihrer Mutter streichelte. »Wach auf, bitte.«

»Sie werden euch jagen wie mich.«

»Ich lasse mich nicht von Blietzow vertreiben. Nicht deswegen. Nicht, weil Anton ... Mutter?« Sie hatte geglaubt Auguste blinzeln zu sehen.

»Er ist schuld. An allem.«

»Er leidet, Viktor. Er leidet wie ein Hund. Ich war bei ihm. Er isst kaum noch.«

»Du erwartest hoffentlich kein Mitleid von mir.«

»Anton kann nichts dafür, dass man dich schlecht behandelt hat.«

Sie sprachen so leise, dass niemand um sie herum sie verstand.

»Viktor.« Ella legte ihre Hand auf seine Schulter und beugte sich zu ihm hinunter, und wieder durchwehte ihn diese angenehme Wärme, in die er sich nun am liebsten gebettet hätte. Aber er musste sie vergessen, er hatte keine Wahl, wie er auch keine Wahl gehabt hatte, als es darum gegangen war, Blietzow zu verkaufen. Er schob ihre Hand weg.
»Lass mich«, sagte er barsch.
Aber sie lächelte nur und zeigte auf die sich öffnende Menschentraube, durch die der Arzt geeilt kam.

65

Wenig später saß Auguste im Gutshaus vor einer Tasse Kräutertee und versuchte zu begreifen, was geschehen war. Niemals hätte sie damit gerechnet, dass Viktor das Gut an Mehrich verkaufte. An die Fürstenfamilie vielleicht, aber nicht an Mehrich. Ausgerechnet Mehrich, dachte sie, der sie betrogen hatte, dem sie noch nie über den Weg getraut hatte, von Anfang an nicht, und der nun unruhig auf und ab ging, während sie mit Alma, Luise, Jakob, Ella und Viktor um ihren alten Tisch saß, der jetzt ihm gehörte und an dem eine bedrückende Stille herrschte. Nachdem sie wieder zu sich gekommen war, hatte sie der Arzt wie selbstverständlich ins Gutshaus bringen lassen und Marta angewiesen, ihr einen Tee zu kochen. Und nun war sie hier, zum ersten Mal seit langem, und plötzlich stiegen ihr die Tränen in die Augen, als sie an Ferdinand dachte und daran, wie oft sie mit ihm hier schon gesessen hatte. Was er wohl dazu sagen würde, dass Blietzow nun Mehrich gehörte?

Ausgerechnet Mehrich, dachte sie erneut, während ihr Blick auf Viktor fiel, der ihr gegenübersaß und der, als er ihre Tränen sah, rasch wegschaute. Alma aber griff nach ihrer Hand.

Auch für sie war es eine Überraschung gewesen zu erfahren, dass sie nun Gutsbesitzerin sein würde. In den zwei Jahren, in denen sie nun schon in diesem großen Haus lebte, hatte sie sich stets wie ein Gast gefühlt, und auch jetzt, mit Auguste von Salen an ihrem Tisch, wurde sie das Gefühl nicht los, nur ihre Angestellte zu sein. Sie lächelte verlegen. »Wollen Sie nicht wieder zu uns ins Gutshaus ziehen?«, fragte sie leise, als würde sie spüren, dass es ein Unrecht wiedergutzumachen galt. »Wir sind doch trotz allem bald eine Familie.«

Als Mehrich das hörte, ballte er verärgert die Fäuste. Die ganze Zeit über hatte er sich gezwungen, ruhig zu bleiben. Er hatte es zugelassen, dass man Auguste in sein Haus brachte, er hatte es geduldet, dass Marta ihr einen Tee kochte, er hatte nichts gesagt, als sich Ella neben Viktor setzte, sogar Luise hatte er an seinem Tisch Platz nehmen lassen, und, was für ihn am schlimmsten war, er hatte auf seine erste Rede als Gutsbesitzer verzichtet, nur, damit sich alle um Auguste hatten kümmern können, die nichts weiter als einen kleinen Schwächeanfall erlitten hatte. Nun war seine Geduld am Ende, nun war es an der Zeit, dass er endlich für Klarheit sorgte.

Die Arme verschränkt, glitt sein Blick hinaus auf den wie ausgestorben wirkenden Hofplatz, auf dem noch die Eimer und Bottiche mit dem rotgefärbten Wasser standen. »Marta!«, brüllte er. »Machen Sie sich gefälligst wieder an die Arbeit. Heute Abend will ich keine Schmierereien mehr an den Wänden sehen.«

»Aber die Suppe …« Marta steckte den Kopf durch den Türrahmen. »Der Arzt hat mich angewiesen, für Frau von Salen eine kräftige Hühnersuppe zu kochen.«

»Machen Sie gefälligst sauber.«

»Aber …«

»Schon gut, Marta.« Auguste versuchte zu lächeln.

»Und Ihre Suppe?«

»Haben Sie vorhin nicht richtig zugehört?«, fragte Mehrich in schneidendem Ton. »Mir gehört jetzt das Gut, und Sie tun gefälligst, was ich sage.«

»Jawohl, Herr Mehrich«, erwiderte Marta und warf Auguste einen entschuldigenden Blick zu.

»Machen Sie sich keine Sorgen«, sagte Alma zu Auguste. »Ich werde Ihnen nachher die Suppe kochen.«

»Du tust gar nichts«, schnitt Mehrich ihr das Wort ab.

»Aber Paul?«

»Wie mir scheint, werde ich ein paar Dinge klarstellen müssen. Vorher blieb ja leider keine Zeit dafür.« Er schaute missmutig auf seine ungebetenen Gäste.

»Lassen Sie es gut sein, Mehrich.« Viktor stand auf. »Komm, Mutter. Wir sollten gehen, wir haben kein Recht mehr hier zu sein.«

Auguste erhob sich mit zittrigen Knien. Es war alles ihre Schuld. Sie hätte besser aufpassen müssen, auf Blietzow, auf Anton, auf ihr Leben, das einmal so glücklich gewesen war.

»Du bleibst!«, herrschte Mehrich seine Tochter an, die fast zeitgleich mit Viktor aufgestanden war.

»Aber Paul, die beiden …« Alma sah ihren Mann verständnislos an.

»Die beiden werden gar nichts. Du glaubst doch nicht, dass ich es zulassen werde, dass meine Tochter den Bruder eines Verbrechers heiratet?«

»Mein Bruder ist kein Verbrecher«, entgegnete Luise barsch, die nun ihrerseits aufgestanden war, was wiederum Jakob dazu gebracht hatte, sich ebenfalls zu erheben.

Nur Alma saß noch am Tisch. »Aber Paul …«

»Es wird keine Hochzeit geben.«

»Aber die Einladungen … sie sind doch …«

»Ich schicke doch keine Einladungen für eine Hochzeit in die Welt, von der ich weiß, dass sie nie stattfinden wird.«

»Aber wir haben sie doch schon im vergangenen Jahr verschickt.«

»Nichts haben wir.«

»Ich habe sie doch eigenhändig geschrieben«, sagte Alma verunsichert.

»Und ich habe sie eben eigenhändig verwahrt«, erwiderte er verärgert.

»Du hast mich die ganze Zeit belogen?«, fragte Ella mit zittriger Stimme.

»Herrje, Ella, ich habe dich beschützt. Warum willst du das denn nicht verstehen? Du kannst doch keinen wie den da heiraten.« Er zeigte jetzt auf Viktor wie auf einen, der eine ansteckende Krankheit besitzt. »Ein von Salen passt nicht auf Rügen. Ein von Salen bringt nur Leid und Verderben mit sich.«

»Was redest du denn da?« Ella sah ihn fassungslos an. »Viktor und du, ihr seid doch immer gut miteinander ausgekommen. Du bist es doch sogar gewesen, der ihn damals zurückgeholt hat, der ihn überhaupt erst dazu gebracht hat zu bleiben und sich für Blietzow einzusetzen. Du, Vater. Oder hast du den Abend im Inspektorenhaus etwa vergessen?«

Mehrich holte tief Luft. Das hatte ihm gerade noch gefehlt, sich vor Auguste, vor Luise, vor Jakob rechtfertigen zu müssen. Er hatte seine Gründe gehabt, wie er auch jetzt gute Gründe hatte, Ella davon abzuhalten, Viktor zu heiraten. Niemals würde er es zulassen, dass seine Kinder jemanden aus der Familie von Salen heirateten. Auch Jakob würde er, wenn es sein musste, davon überzeugen.

Viktor musterte Mehrich wie jemanden, dem er zum ersten Mal begegnete. »Soll ich mich etwa in Ihnen getäuscht haben?«

»Wie meinen Sie das?«

»Ich dachte immer, uns vereint ein Ziel?«

Mehrich zuckte mit den Schultern. »Eine Zeitlang war das wohl so. Nun trennen sich eben unsere Wege, das muss Ihnen aber doch schon vorher klar gewesen sein.«

Viktor ließ ihn nicht aus dem Auge. »Ich werde keine Sekunde länger auf Blietzow bleiben als nötig, so viel ist sicher. Ich frage mich nur«, er sah ihn nachdenklich an, »was Sie dazu bringt, nun ebenfalls in den Chor der Hetzer einzustimmen? Was heißt hier, ein von Salen bringt nur Leid und Verderben mit sich? Verwechseln Sie mich jetzt etwa auch mit meinem Bruder?«

Über Mehrichs Gesicht huschte ein Lächeln. Er hatte es doch gar nicht mehr nötig, sich länger mit den von Salens abzugeben. Das waren jetzt sein Haus und sein Gut, und er konnte empfangen oder wegschicken, wen auch immer er wollte. »Wenn Sie jetzt bitte gehen würden«, sagte er so höflich er konnte.

»Nein.« Ella packte Viktor am Arm. »Wenn Viktor gehen muss, gehe ich auch.«

»Du bleibst.« Er sah seine Tochter eindringlich an. »Und Sie, Sie nehmen bitte Ihre Frau Mutter und Ihre Schwester mit.«

»Vater! Was soll das?« Jakob war wie vor den Kopf geschlagen. »Du kannst sie doch nicht rauswerfen.«

Doch Mehrich tat so, als hätte er ihn gar nicht gehört. »Ich möchte Sie in diesem Haus nicht mehr sehen«, sagte er ungerührt. »Und Sie, Fräulein Luise, räumen bitte Ihr Büro. Das Inspektorenhaus überlasse ich Ihnen noch bis Ende des Jahres. Aus Freundlichkeit, ich hoffe, Sie wissen das zu schätzen. Danach bitte ich Sie, auch das zu verlassen.«

»Paul!« Alma schüttelte jetzt ebenfalls den Kopf. »Was ist bloß in dich gefahren?«
Doch statt zu antworten rief Mehrich nach Marta und herrschte Sie an, ihm eine Flasche Champagner zu bringen. Die, die er von Hagemann geschenkt bekommen hatte, nachdem er Viktor noch einmal dazu hatte überreden können, den Ausbau des Lohmer Hafens zu unterstützen. Er wollte jetzt endlich mit Alma auf ihr neues Leben anstoßen.

66

Im Saßnitzer Hafen herrschte geschäftiges Treiben. Fischerboote legten an, Segel wurden eingeholt, Schiffe vertäut, Netze aufgeschlagen und der frische Fang verladen. Vor allem Hering lag in den Kisten. Viktor aber hatte für all das keinen Blick. Auch nicht für die See, die von der Sonne in einen glitzernden Teppich verwandelt wurde.

Als er Blietzow am frühen Morgen verlassen hatte, war er gegangen, ohne sich noch einmal umzusehen. Um halb zwölf, so hatte er Ella am Abend noch gesagt, werde er an der Fähre auf sie warten. Aber nach allem, was vorgefallen war, glaubte er nicht, dass er sie noch einmal wiedersehen würde. Nachdem Mehrich ihn, Auguste und Luise so rüde aus dem Haus geworfen hatte, war sie zwar später noch gemeinsam mit Jakob ins Inspektorenhaus gekommen, aber sie hatten kaum miteinander gesprochen. Überhaupt hatte kaum jemand von ihnen noch etwas gesagt nach diesem Tag, der für Auguste einer der schlimmsten Tage ihres Lebens gewesen war, wie sie nachts im Bett liegend dachte, als sie vergeblich versucht hatte zur Ruhe zu kommen. Nur Ferdinands Todestag war ihr in noch schrecklicherer Erinnerung. Zu fünft hatten sie an dem kleinen Tisch in der Küche gesessen und Martas Hühnersuppe gegessen, die sie trotz Mehrichs Verbot für Auguste gekocht hatte.

Als er später mit Ella allein gewesen war und sie Hand in Hand an den Strand gegangen waren, hatte sie ihm gesagt, dass sie mit ihm kommen wolle, dass sie sich am Morgen, als sie bis zu Alwines Gedenkstein gelaufen sei, zu diesem

Schritt entschlossen habe. Kurz darauf aber hatte sie seine Hand losgelassen und war auf und davon gerannt, und selbst nachdem er ihr mehrfach hinterhergerufen hatte, war sie immer weiter gelaufen, bis sie aus seinem Blickfeld verschwunden gewesen war.

Es war wohl ihre Art, ihm Lebewohl zu sagen, dachte er, und nachdem er sich anfänglich darüber geärgert hatte, war er ihr mittlerweile sogar dankbar dafür. So waren wenigstens keine Tränen geflossen, und sie hatten sich keine falschen Versprechungen gemacht.

Es war jetzt kurz nach zehn Uhr am Morgen, und Viktor setzte sich auf einen der Poller direkt am Pier. Alles um ihn herum war in Bewegung, nur er saß ganz still. Fähnchen flatterten, Segelmasten schwankten, Bootsplanken knarrten, während Fischer ihre Netze flickten.

Viktor schloss die Augen. Dieser Klang eines Hafens würde also seine letzte Erinnerung an Rügen sein. Er hörte nun das Wasser gegen die Mauer schwappen und dachte, dass ein ähnliches Geräusch entstand, wenn man die Tröge füllte. Schlagartig öffnete er sie wieder. Er wollte nicht an Blietzow erinnert werden.

Wenn er doch nur verstehen könnte, was wirklich geschehen war. Mehrichs gehässige Art über ihn zu sprechen hatte ihn gekränkt, aber auch stutzig gemacht. Niemand hatte sich sein Verhalten erklären können, weder Ella, die er mehrfach danach gefragt hatte, noch Jakob, der zwar gesagt hatte, dass sein Vater schon früher seltsame Andeutungen über die von Salens gemacht habe, er aber irgendwann gedacht habe, er wolle sich nur wichtig machen. Schließlich habe er auf Nachfragen nie eine Erklärung erhalten.

Die Karte fiel ihm jetzt wieder ein, die Karte seines Urgroßvaters, die schon sein Vater so fasziniert hatte und die Mehrich so unbedingt hatte haben wollen. Aber das alte Ding hatte ihn nie interessiert. Nein, er wollte alles vergessen. Er musste vergessen, sonst würde er noch den Verstand verlieren.

Viktor zog die Uhr aus seiner Westentasche. Es war gerade mal eine Viertelstunde vergangen. Wenn die Zeit weiterhin so langsam verstrich, würde er gleich in die Fischerkate gehen und sich einen Krug Bier bestellen.

Der Abschied von Auguste war kurz gewesen und doch viel herzlicher als sein erster Abschied damals, als sein Vater ihn vom Gut gejagt hatte.

»Geh, Viktor, geh und nimm Ella mit.« Sie hatte seine Hand gehalten und ihm ein letztes Mal übers Haar gestrichen wie einem Kind, das man in die Welt entlässt. »Du wirst deinen Platz finden.« Und dann hatte sie ihm zugeflüstert, dass er ihr nach Berlin an die Adresse von General Schmeritz schreiben solle. Sie werde Rügen so schnell wie möglich verlassen. Über Blietzow hatten sie kein Wort mehr verloren.

Als er in die Fischerkate eintrat, musste er sich erst an das schummrige Licht gewöhnen. Die Wände waren mit einer dunklen Holzvertäfelung verkleidet, von der Decke hingen Netze. Es gab vier Tische, leere Stühle und einen kurzen, klobigen Tresen, an den er sich lehnte und darauf wartete, dass jemand kommen würde, ihn zu bedienen.

Draußen rumpelten Leiterwagen vorbei, Pferdehufe klapperten, Stimmen gingen durcheinander. Es wurde gerufen und geschrien, manche lachten auch, während er noch immer wartete. Aber es war ihm ganz recht, dass niemand kam. Er wollte nicht wieder den gleichen Fehler machen wie damals, als sein Vater ihn weggeschickt hatte. Da hatte er sich in Stralsund tagelang betrunken und sich mit jedem angelegt und geprügelt, bevor er sich entschieden hatte, weiterzufahren. Damals war er so wütend gewesen, jetzt aber war ihm, als würde er nichts mehr fühlen. Seine Wut jedenfalls war längst aufgebraucht.

»Bier?«, fragte die Wirtin, die von Viktor unbemerkt aus einem Hinterzimmer gekommen war und die nun direkt vor ihm stand und ihn neugierig musterte. »Oder doch lieber Schnaps? Oder beides?«, schob sie hinterher.

Viktor lächelte. »Danke, ich habe schon alles gehabt.«

Als er aus der Tür trat, sah sie ihm kopfschüttelnd hinterher. Viktor aber ging geradewegs auf den Fähranleger zu, der am rechten äußersten Rand des Hafens lag. Die Hafenbahn polterte vorbei, Fischkisten stapelten sich auf der gesamten Länge seines Wegs. Damals, während des Krieges, hatten sie hier Tragen gelagert. Wenn er jetzt daran dachte, kam ihm diese Zeit schon fast unwirklich vor, dabei lagen gerade einmal zwei Jahre zwischen Kriegsende und heute. Zwei Jahre, in denen er seine Hoffnung verloren hatte. Was hatte er nicht für Pläne gehabt? Das erfolgreichste Gut auf ganz Rügen hatte er aus Blietzow machen wollen. Und er hatte nie daran gezweifelt, dieses Ziel auch erreichen zu können. Bis die Gerüchte über Anton aufgekommen waren. Hätte er ihn fortjagen sollen, so wie sein Vater es mit ihm getan hatte und wie es jetzt ganz Rügen mit ihm machte?

Aber es war müßig, darüber zu grübeln, und da er sich ohnehin vorgenommen hatte, nicht mehr zurückschauen zu wollen, verbot er sich nun auch jeden weiteren Gedanken an Anton.

Der Dampfer lag bereits im Hafen, und Viktor beobachtete einige Arbeiter dabei, wie sie Kisten auf Waggons verluden. Wie er würden auch sie später im Bauch des Schiffs verschwinden. Schon unzählige Male hatte er die KONUNG GUSTAV V am dunstigen Horizont kommen und gehen sehen, aber noch nie hatte er daran gedacht, mit ihr ins Unbekannte zu fahren. Was sollte er auch in Schweden? Aber in der Eile war ihm kein besseres Ziel eingefallen, und von dort würde es immer noch Möglichkeiten geben, weiterzukommen.

Viktor stellte sich jetzt direkt neben das armdicke Tau, mit dem das Schiff am Anleger festgemacht worden war. Zu sehen, wie gleichmäßig sich die einzelnen Seile ineinanderschlangen und wie sie erst dadurch zu diesem stabilen Tau wurden, rührte ihn zu seiner eigenen Überraschung.

Er stand hier ganz allein.

Es war zehn nach elf, als er sich aufmachte, ein Ticket zu kaufen. Der Schalter war noch geschlossen, und zum zweiten Mal an diesem Morgen fühlte er sich verloren inmitten dieser hektischen Betriebsamkeit, die alle zu erfassen schien, nur ihn nicht, der nicht wusste, was er mit seiner Zeit anfangen sollte. Kisten und Koffer wurden verladen, Pferdekutschen fuhren vor, auch einige Automobile. Er hatte lediglich eine Tasche bei sich, den Rest würde er sich nachschicken lassen, sobald er wusste, wo er bleiben wollte.

Viktor lehnte sich an die Holzbaracke und schloss sein Auge. Die Sonne schien ihm ins Gesicht. Möwen schrien, Arbeiter schrien, ein unglaublicher Lärm schien plötzlich über dem Hafen zu liegen, doch als er wieder aufsah, war ihm, als wäre es mit einem Mal ganz still.

Sein Blick fiel direkt auf Ella, die vor ihm stand und versuchte zu lächeln, obwohl ihre rotgeränderten Augen nicht zu übersehen waren. Sie nahm seine Hände, und ihre Hände waren kalt wie seine. Sie sagte nichts, und auch er sagte nichts, sondern drückte sie fest an sich.
Sie hatte einen kleinen Koffer dabei.

67

Die Nachricht von Viktors Abreise verbreitete sich wie ein Lauffeuer, und es gab kaum jemanden, der seinen Abschied von Rügen bedauerte. Auch unter den Stallburschen und Arbeitern auf Blietzow überwog die Erleichterung darüber, dass nun endlich wieder so etwas wie Normalität einkehren konnte. Die Scheunen und Schuppen waren nicht mehr mit Hetzparolen übersät, und niemand lief mehr Gefahr, beschimpft zu werden, nur weil er für einen von Salen arbeitete. Vor allem aber musste keiner mehr um seine Zukunft fürchten. Ein Schreiben an den Kommunalverband hatte genügt, um die Sanktionen gegen Blietzow aufzuheben. Nun galten für Blietzow wieder dieselben Vorgaben wie für alle anderen Güter, was bedeutete, dass sie das Getreide wie in Zeiten des Krieges zu Festpreisen abgeben mussten. Und auch wenn Mehrich mit einigen anderen Gutsbesitzern versuchte dagegen vorzugehen, den Arbeitern schien diese Einschränkung nicht der Rede wert zu sein.

Dass sie Luise jedoch nicht mehr über den Hofplatz eilen sahen, immer ein Lächeln auf den Lippen und für jeden einen Gruß parat, dass sie nicht mehr nach ihrem Befinden fragte und auch nicht mehr danach, wie denn der neue Dünger sich mache oder die Saat, das bedauerten die meisten. Jetzt, da sich Mehrich um alles alleine kümmerte, herrschte ein rauher Ton auf dem Gut, und man fragte sich hinter vorgehaltener Hand, wann er nun endlich einen neuen Inspektor einstellen würde.

Viele glaubten, dass der Schweinemeister den Posten bekäme, schließlich war er am längsten auf dem Gut beschäftigt. Andere waren der Meinung, dass er einen aus Spycker nehmen würde, um die Konkurrenz zu schwächen. Und tatsächlich hatte Mehrich kurz an diese, wie er fand, verlockende Lösung gedacht, bevor er sich dann aber doch für einen anderen Weg entschieden hatte, der auch noch ein weiteres Problem lösen sollte.

Sein Angebot an Jakob war großzügig. Vierhundert Mark sollte er im Monat erhalten und das Inspektorenhaus dazu. »Wenn wir diese Weiber endlich los sind«, wie er nicht müde wurde zu betonen. »Überleg es dir gut. Du wirst nichts Besseres auf Rügen finden. Wenn du überhaupt etwas findest.« Dass Jakob nirgendwo unterkommen würde, dafür hatte er mit kleinen Gaben an die Gutsbesitzer längst gesorgt.

Noch stand Jakobs Antwort aus, und wie so oft in den vergangenen Wochen verbrachte er seine Tage mit Luise am Strand. Um nachzudenken, wie Luise sagte, um in aller Ruhe herauszufinden, wie ihr Leben weitergehen sollte. Vier Wochen blieben ihr dafür noch, dann würde Anton aus dem Gefängnis entlassen.

Jakob und Luise lagen auf dem Rücken, dicht nebeneinander inmitten des steinernen Strands, und warteten darauf, dass sich Wolken vor ihr Blickfeld schoben und wieder daraus verschwanden. Das Spiel war Teil ihres täglichen Rituals geworden, und die einzige Regel lautete, dass man seinen Kopf nicht bewegen durfte. Schneeweiße Wolken kamen und gingen, auch graue waren darunter. An diesem Tag Anfang Juni 1920, der ungewöhnlich kühl war und an dem ein starker Wind wehte, waren viele Schattierungen am Himmel zu sehen.

»Ist meine Wolke schon bei dir angekommen?«, fragte Luise.
»Da kommt gerade ein grauer Zipfel von rechts.«
»Der wird gleich noch rund und fett.«
»Jetzt sehe ich es auch. Wie widerlich. Die hat ja richtige Beulen.«
»Pestbeulen«, ergänzte Luise und lachte.
»Wehe, wenn der einfallen sollte, sich über uns zu erleichtern.«
»Denkst du, wir würden dann ebenfalls Pestbeulen bekommen?«
»Na und ob. Sieh dir das Ungetüm doch an. Wir wären dem Tode geweiht.«
»Dann bete ich jetzt, dass es regnet.«
»Spinnst du?« Jakob drehte seinen Kopf ruckartig nach rechts.
»Du darfst dich nicht bewegen«, sagte Luise, während sie sich jetzt ebenfalls zu ihm drehte.
Für einen Moment sahen sie sich schweigend an.
»An so etwas darfst du erst gar nicht denken«, erwiderte Jakob und legte seine Hand auf Luises Hüfte.
»Ich weiß, aber es wäre so einfach.«
»Unsinn.« Er schüttelte den Kopf. »Wir werden eine Lösung finden.«
Luise stöhnte leise. Sie hatten doch schon alle Möglichkeiten durchgespielt. Egal, ob sie darüber nachgedacht hatten, gemeinsam wegzugehen oder gemeinsam auf Rügen zu bleiben, immer hatte es ein Hindernis gegeben, das ihnen unüberwindlich zu sein schien.
»Und wenn ich doch erst einmal das Angebot meines Vaters annehme?«, fragte er vorsichtig.

»Nein, Jakob, das darfst du nicht. Ich kann hier unmöglich bleiben, nach allem, wie dein Vater mit mir und Viktor und vor allem auch mit Mutter umgegangen ist. Das musst du doch verstehen.«

»Aber egal, bei wem ich gefragt habe, niemand will mir Arbeit geben. Ich kann nicht länger untätig sein.«

»Wir müssen weg von Rügen, ganz weit weg. So wie Viktor und Ella.«

Er sah sie nachdenklich an. Viel zu oft hatten sie solche Gespräche schon geführt und waren nie zu einem Ergebnis gekommen. Und dennoch hatte er die Hoffnung noch nicht aufgegeben, sie doch noch davon überzeugen zu können, mit ihm auf Rügen zu bleiben. Er konnte hier nicht weg, nicht nach dieser langen Zeit der Abwesenheit. »Ich kann Rügen nicht verlassen«, sagte er einmal mehr.

»Warum bist du nur so stur? Deine Schwester ist doch auch weggegangen.«

»Ella ist unter Tränen fort. Sie wollte nicht, sie hat es nur für Viktor getan.«

»Und warum tust du es nicht für mich?«

Jakob schob jetzt sein Gesicht dicht an ihres, so dass sich ihre Nasenspitzen berührten. »Weil wir im Gegensatz zu deinem Bruder die Möglichkeit haben, gemeinsam auf Blietzow zu leben. Das Gut ist unsere Heimat, deine und meine, und ich bin nicht bereit sie aufzugeben, nur …« Er stockte.

»Nur weil mein Vater sich nicht zu benehmen weiß.«

»Du kannst hier leben, aber ich kann es nicht. Man wird mich wie Viktor verfolgen und beschimpfen. Möchtest du das?«

»Wenn du erst einmal …« Aber er führte den Satz nicht zu Ende. »Niemand wird dich beschimpfen, dafür sorge ich.«

»Und was ist mit deinem Vater? Er würde es niemals akzeptieren, dass ich bleibe.«
Jakob streichelte über ihre Wange. »Gib dir einen Ruck. Du wirst dich doch von einem wie meinem Vater nicht unterkriegen lassen wollen.«
Luise sagte nichts, aber sie dachte, dass Mehrich sie doch schon längst kleinbekommen hatte. Dass sie ihr Büro hatte räumen müssen, war ja nur das Ende einer Reihe von Demütigungen gewesen. Schon lange vorher hatte er sie geschnitten und gemieden und sie wie eine Aussätzige behandelt. Und jetzt, da er auch noch Herr über Blietzow war, hatte sie keine Handhabe mehr gegen ihn.
»Du würdest doch Blietzow und Rügen niemals verlassen wollen, wenn du dich nicht wie jetzt dazu genötigt fühlen würdest.«
Sie nickte.
»Dann kämpfe.«
»Ich kann aber nicht mehr«, entgegnete sie mit Tränen in den Augen.
»Wenn wir jetzt unsere Heimat aufgeben, werden wir es immer bereuen. Ich kann nirgendwo anders glücklich werden.«
»Und ich kann hier nicht mehr glücklich sein.«
»Bitte, lass es uns wenigstens versuchen«, sagte er, bevor er ihre Nasenspitze küsste.
Luise schloss die Augen. Sie konnte nicht, sie konnte unmöglich gemeinsam mit Mehrich auf Blietzow bleiben. Ohne etwas zu sagen, erhob sie sich und ging zum Ufer. Das Wasser war bewegt, und es sah danach aus, als würde es bald regnen. Für einen Moment blieb sie reglos dort stehen und lauschte den Wellen, die gegen die mächtigen Stei-

ne am Strand schlugen. Diesen Klang würde sie nie vergessen, dachte sie, bevor sie loslief, immer weiter Richtung Kreidefelsen, ohne sich nach Jakob umzusehen.

»Warte!« Jakob, der noch seinen Gedanken nachgegangen war und erst spät bemerkt hatte, dass Luise nicht mehr am Ufer stand, erhob sich nun blitzartig und lief ihr hinterher. Als er sie eingeholt hatte, war sie schon um die Spitze, die direkt zum Königsstuhl führte. Doch sie ließ sich von ihm nicht aufhalten und lief einfach weiter, immer dicht am Ufer entlang, so dass Jakob, der nun neben ihr lief, den steinigen Weg nehmen musste.

»Luise.« Er keuchte. »Jetzt lass uns doch reden.«

»Worüber denn? Du hast dich doch schon längst entschieden«, entgegnete sie, ohne ihn dabei anzusehen.

»Weil ich weiß, wohin wir beide gehören.«

»Du vielleicht, ich nicht.«

Jakob packte sie von hinten an der Schulter. »Jetzt bleib endlich stehen.«

»Nein, verdammt.«

»Doch.« Er riss sie zu sich herum, und erst da bemerkte er ihr verweintes Gesicht. »Du glaubst doch nicht, dass ich dich gehen lasse.«

Luise sah ihn wütend an.

»Heirate mich«, sagte er keuchend. »Bitte.«

»Dein Vater …«

»Lass meinen Vater jetzt mal aus dem Spiel«, unterbrach er sie und schnappte nach Luft, bevor er vor ihr auf die Knie fiel. »Luise von Salen, möchtest du meine Frau werden?«

»Steh schon auf.«

»War das ein Ja?«

»Du wirst ganz nass.«

»Willst du mich heiraten?«, fragte er erneut.

Luise sah ihn nachdenklich an, sagte aber nichts.

»Willst du?«

»So geht das nicht, Jakob«, erwiderte sie schließlich leise.

Er lächelte. »Warum denn nicht? Es ist doch ganz einfach. Du musst nur ja sagen.«

»Du versuchst mich zu erpressen. Merkst du das denn nicht?«

»Ich liebe dich.«

»Ich dich doch auch, aber ich kann nicht auf Blietzow bleiben.«

»Lass es uns doch wenigstens versuchen.«

Sie schüttelte den Kopf, während sie ihn unverwandt ansah.

»Luise!« Jakob, der noch immer vor ihr kniete, umklammerte jetzt ihre Hände. »Bitte!«

»Ich kann nicht«, flüsterte sie, und Tränen liefen ihr über die Wangen.

Er sah sie lange an, und Luise spürte, wie er mit sich kämpfte, aber dann ließ er ihre Hände los und stand auf.

Als er schließlich ging, sah sie ihm weinend hinterher.

68

Hast du Vaters Taschenuhr gesehen?«, fragte Auguste, die zwischen Bergen von Strumpfbändern und Korsagen saß, während sie eine Schublade durchwühlte, die sie gerade aus ihrem Nachttischschrank gezogen hatte. Unzählige Taschentücher kamen zum Vorschein, zum Teil noch mit dem Monogramm ihres Mädchennamens versehen. Dazwischen entdeckte sie Manschettenknöpfe mit dem Wappen der von Salens, und sogar der goldene Ohrring mit dem schönen Rubin, den sie schon seit Jahren suchte, kam zum Vorschein. Aber nirgendwo konnte sie diese alte Taschenuhr finden.

»Welche?«, fragte Luise, die die schmale Treppe nach oben geeilt kam. Sie selbst hatte noch nichts gepackt. Dabei sollten morgen die Möbelpacker kommen, und für übermorgen war geplant, die ersten Koffer nach Charlottenburg zu schicken.

»Die in dem dunkelgrünen Lederetui.«

Luise schüttelte den Kopf. »Die kenne ich nicht.«

»Doch, natürlich, dein Vater hat sie in Berlin immer benutzt.«

»In Berlin? Das ist so lange her, daran erinnere ich mich nicht«, sagte sie und dachte, dass sie irgendwann vielleicht auch Blietzow und Jakob vergessen könnte, was ihr allerdings noch unvorstellbar war. Wie es ihr ebenso unvorstellbar war, dass sie tatsächlich in einer Woche abreisen sollte. Dann würde Anton endlich entlassen, und Rosa, ihre alte Köchin aus Berliner Tagen, wollte bis dahin ihre neue Wohnung eingerichtet haben. So hatte es Auguste jedenfalls mit ihr besprochen.

»Hilf mir doch bitte mal suchen.« Auguste öffnete den Kleiderschrank, der vor Kleidern und Blusen und Jacken und Mänteln nur so überquoll.
Allein bei dem Gedanken, das alles noch heute in die Schrankkoffer packen zu müssen, wurde Luise schon ganz übel. »Bist du sicher, dass du die Uhr überhaupt mitgenommen hast? Ich habe sie hier noch nie gesehen.«
»Sie war immer in dieser kleinen Kommode, die mit den Blumenintarsien. Erinnerst du dich?«
Luise nickte. »Und wo ist die Kommode jetzt?«
»Ich weiß es nicht. In der Abstellkammer ist sie jedenfalls nicht, da habe ich schon nachgesehen.«
»Und unten im Schuppen?«
»Auch nicht. Ich fürchte …« Sie holte tief Luft. »Ich fürchte, dass sie auf Blietzow geblieben ist«, sagte sie, und wie immer zitterte ihre Stimme, wenn sie den Namen des Guts erwähnte, das ihr so viel Glück, aber noch viel mehr Leid gebracht hatte.
»Und du … du möchtest …« Luise wurde plötzlich schwindlig, und sie hielt sich am Türrahmen fest. »Du möchtest diese Uhr mitnehmen?«
»Sie war ein Hochzeitsgeschenk meines Vaters«, erwiderte sie. »Ich kann sie doch nicht zurücklassen.« Ihr Puls raste. Nur dieses Wort zu hören brachte sie bereits an die Grenzen dessen, was sie aushalten konnte. Was würde sie nur alles zurücklassen, wenn sie ginge? »Würdest du … meinst du, du könntest … auf dem Gut mal nachsehen?«, fragte Auguste, die es kaum wagte, Luise um diesen Gefallen zu bitten, aber sie selbst sah sich außerstande, dorthin zurückzukehren.
Luise zögerte. Seit einer Woche war sie nicht mehr oben

gewesen. Da hatte sie zum letzten Mal mit Jakob gesprochen. Dabei war sie zwischenzeitlich so hoffnungsfroh gewesen, dass sie doch noch eine gemeinsame Lösung finden würden. Einen Tag nach seinem Heiratsantrag hatte sie Jakob vor dem Pferdestall abgefangen, und sie waren gemeinsam in die Stubnitz geritten. Sie hatten lange miteinander gesprochen und sich ihrer Liebe versichert und einander geschworen, sich nicht zu trennen. In den Tagen darauf aber hatten sie doch wieder nur gestritten und sich gegenseitig der Sturköpfigkeit bezichtigt. Keiner von beiden war bereit, von seinem Standpunkt abzurücken. Der letzte Streit vor einer Woche hatte dann zum Bruch geführt.

»Du bist schlimmer als mein Vater, noch engstirniger und überhaupt nicht bereit zu verzeihen. Ich nehme das Angebot jetzt an, das ist meine einzige Möglichkeit, auf Rügen zu bleiben, und wenn du mich wirklich liebst, dann bleibst du auch und wirst meine Frau.«

Wie Peitschenhiebe hatte er ihr die Worte entgegengeschleudert, aber Luise war nicht weniger laut gewesen.

»Wenn du glaubst, du kannst mir die Pistole auf die Brust setzen, dann hast du dich getäuscht.«

Danach war sie gegangen. Seitdem hatten sie sich nicht mehr gesehen, und Luise hatte sich geschworen, ihn auch nie wiedersehen zu wollen. Doch je näher ihr Abschied rückte, desto größer wurde ihre Angst, einen Fehler zu machen.

69

Wie ein Dieb schlich Luise über den Hofplatz, um unbemerkt in den Schuppen zu gelangen, in den Viktor damals einen Großteil ihrer Möbel hatte bringen lassen. Aber einer der Stallburschen hatte sie bereits entdeckt und grüßte lautstark. Rasch kam ein weiterer hinzu und rief nun ebenfalls freundliche Worte, und ein dritter stieß sogar einen lauten Freudenschrei aus, als er sie sah. Luise winkte ihnen flüchtig, legte ihren Zeigefinger auf den Mund und huschte in den Schuppen, dessen Tür zum Glück nicht verschlossen war.

Es war so düster darin, dass sie im ersten Moment nichts sehen konnte und prompt gegen einen Schrank stieß. Nur langsam gewöhnten sich ihre Augen an diese Dunkelheit, und erst als sie die ersten Umrisse erkannte, tastete sie sich vorsichtig weiter. Kreuz und quer standen große und kleinere Schränke, Kommoden, Ziertische, Stühle, Bänke und alte Öfen, die vor langer Zeit einmal in Benutzung gewesen sein mussten. Auch Holzkisten, bis obenhin mit Büchern gefüllt, hatte dort jemand abgestellt.

Erstaunt blickte Luise sich um, während sie sich immer wieder Spinnfäden aus dem Gesicht wischte, die sich quer durch den Schuppen zogen. Bis auf einen kleinen Tisch, den sie dem alten Arbeitszimmer ihres Vaters zuordnen konnte, erkannte sie keines der Möbelstücke wieder. Sie kniff die Augen zusammen, um besser sehen zu können. In einer Ecke entdeckte sie jetzt ein altes Küchenbüfett, das sie aus Berlin mitgebracht hatten, um dann aber festzustellen, dass es auf Blietzow schon genügend Küchenbüfetts gab.

Luise kämpfte sich zu dem alten Erinnerungsstück und zog eine Linie durch die dicke Staubschicht, bevor sie die Türen der Ober- und Unterschränke öffnete. Ihre Hoffnung, ein Andenken aus ihrer Kindheit zu finden, erfüllte sich jedoch nicht. Außer einer alten Tasse samt Unterteller, die sie noch nie gesehen hatte, befand sich nichts darin. Linker Hand standen vier Kommoden dicht an dicht hintereinander, und die letzte in der Reihe meinte sie als diejenige zu erkennen, in der Auguste Ferdinands Uhr vermutete.

Die erste Kommode ließ sich noch leicht verrücken, die zweite war zwar schwerer, aber auch die konnte Luise noch unter Mühen beiseiteschieben, die dritte allerdings bewegte sich keinen Millimeter. Luise wischte sich den Schweiß von der Stirn, dann stemmte sie sich gegen das Möbelstück und zog so lange an einem der Messinggriffe, bis das Holz endlich quietschte und knackte und sich die oberste Schublade ächzend herausziehen ließ. Modergeruch schlug ihr entgegen, und sie hielt sich die Hand vor die Nase, während sie auf fein säuberlich zusammengelegte leinene Unterwäsche blickte.

Mit spitzen Fingern hob sie eine Unterhose hoch, die größer war als alle Unterhosen, die sie je gesehen hatte. Selbst die Pfarrerswitwe, dachte Luise, würde noch genügend Platz darin finden, obwohl sie mit Abstand die dickste Frau auf Jasmund war. Neugierig geworden, zog sie auch ein Unterhemd heraus, das nicht weniger gewaltig war. Auch Mieder von beeindruckender Größe kamen zum Vorschein. Als Luise einen ganzen Stapel Unterwäsche griff, um ihn neben sich auf den Tisch zu legen, schließlich wollte sie die Kommode nur leeren, um sie beiseiteschieben zu können,

hielt sie plötzlich ein dünnes Buch in der Hand, das unter der Wäsche gelegen hatte.
Mit ungelenker Schrift hatte jemand Seite um Seite gefüllt. Bei dem schummrigen Licht waren die krakeligen Buchstaben allerdings nicht zu entziffern. Erst als Luise das Büchlein in einen der schmalen Lichtstreifen hielt, die durch die Ritzen der Bretterwand fielen, konnte sie die Schrift mit Mühe lesen.

»2. Februar

Mein erster Tag auf Blietzow. Es hat geschneit, und ich musste Schnee schippen. Der Herr hat geschimpft, weil ich nicht schnell genug war und den ganzen Tag gebraucht habe, um den Hof frei zu machen. Ich muss mich besser anstrengen.

3. März

Ich soll jetzt in der Kammer neben der Küche schlafen. Dort ist es so kalt, dass an den Fenstern Eiszapfen hängen. Mein Bettzeug ist gefroren, aber ich darf mir kein warmes Wasser nehmen. Der Herr sagt, es ist nur für ihn und seine Familie bestimmt. Ich muss erst noch zeigen, dass ich richtig arbeiten kann. Bislang hätte ich noch gar nichts gemacht. Einen Monat bin ich jetzt schon auf Blietzow. Ich hoffe auf den Sommer, dann ist es bestimmt schön hier. Die See habe ich bislang nur von weitem gesehen. Noch nicht einmal am Sonntag bekomme ich frei. Aber wenn ich mich gut mache, hat Mutter gesagt, zeigt der Herr bestimmt auch seine guten Seiten.

28. März

Sonnenschein. Brotsuppe gegessen. Ein guter Tag. Er hat mich sogar gelobt. Die Diele ist jetzt immer so schön sauber, hat er gesagt. Vielleicht hat Mutter ja recht. Gute Dinge brauchen eben ihre Zeit.

3. April

Wenn diese Kinder nur nicht wären. Die bringen alles durcheinander mit ihren Dreckstiefeln. Und ich muss es dann wieder sauber machen. Und wehe, ich bin nicht rechtzeitig zur Stelle, dann gibt es vielleicht Ärger. Heute hat mich sogar die Madame angeschrien, was sie sonst nie tut. Ich muss besser schrubben und immer einen Eimer mit frischem Wasser parat haben. Und dann soll ich natürlich auch noch die Zimmer putzen und helfen, die Kühe zu melken, weil eine der Melkerinnen krank geworden ist. Aber ich darf mich nicht beklagen, sagt Mutter. Anderen würde es viel schlechter gehen.«

Luise, die sich mittlerweile auf einen Hocker gesetzt hatte, überblätterte einige Seiten, auf denen zum Teil nur einzelne Wörter vermerkt waren. »Putzen, Holz holen, endlich am Wasser gewesen.« Wäre nicht plötzlich nur das Wort »Hand« aufgetaucht, teilweise mit Ausrufezeichen versehen, sie hätte das Tagebuch wieder zur Seite gelegt und sich weiter darangemacht, die alte Uhr ihres Vaters zu suchen.

»1. September

Wenn nur seine Hände nicht so grob wären.

2. September

Er war heute in der Küche und hat meine Brüste in beide Hände genommen. Weil sie so schön prall sind, hat er gesagt, und dann hat er sie so lange gedrückt, bis ich geschrien habe, und er hat mir die Hand vor den Mund gehalten und gelacht und gesagt, dass ich wohl vor Lust schreien würde, und wenn ich möchte, dann würde er mir noch sehr viel mehr Lust bereiten, Dralle wie ich würden das sehr gerne mögen. Ich wünschte, ich könnte meine Kammer abschließen.

5. September

Er war da. Heute Nacht. Ich musste mich ausziehen, und als ich mich geweigert habe, hat er den Stock genommen und mich geschlagen und mir gedroht, überall zu erzählen, was für ein Flittchen ich sei.

6. September

Das Bettlaken ist voller Blut.

12. September

Ich höre seine Schritte schon von weitem. Am schlimmsten ist es, wenn er von oben kommt und erst noch in den Salon geht und ich schon hoffe, dass er es sich anders überlegt und mich vielleicht in Ruhe lässt. Aber ich kann nicht aufhören zu lauschen, und dann kommt er doch und öffnet die Tür, und im Kerzenschein sieht sein Gesicht so gespenstisch aus, dass ich schreien möchte, aber wenn ich schreie, sagte er, wüssten alle, was für eine ich wäre. Und dann zieht er sich aus, ohne ein Wort zu sagen, und lacht so schrecklich laut, und ich versuche an zu Hause zu denken, aber mir fällt nichts Schönes ein. Er ist so groß und schwer, und ich habe Angst zu ersticken, wenn ich seine Zunge spüre.

15. Oktober

Vielleicht gewöhne ich mich ja daran. Es tut nur noch manchmal weh. Er möchte, dass ich ihn Gottfried nenne, wenn er auf mir liegt, und dass ich ihn streichle. Ich ekle mich so vor ihm.

28. Oktober

Er kommt noch immer jede Nacht, obwohl ich so viel bete und Gott bitte, dass er nicht mehr kommen soll, und auch kaum noch etwas esse. Die Madame schimpft jetzt wieder so viel mit mir, dabei versuche ich meine Arbeit noch besser zu machen. Als sie sich heute wieder über mich geärgert hat, habe ich zum ersten Mal geweint, und dann ist sie noch lauter geworden, weil ich eine Heulsuse sei, und Heulsusen wären die Schlimmsten, und sie hätte es ja schon immer von mir gedacht, dass ich so eine wäre, und dann hat sie ihre Kinder geholt und auf mich gezeigt und ihnen gesagt, dass ich zu nichts tauge, und wenn sie noch einmal weinen würden, dass sie dann auch den lieben langen Tag nur Böden schrubben müssten.«

Mit zittrigen Fingern blätterte Luise weiter. Auf jeder Seite tauchte jetzt der Name Gottfried auf, und während sie es anfangs nicht hatte wahrhaben wollen, dass es sich dabei um ihren Urgroßvater handelte, erzitterte sie nun umso mehr, als sie plötzlich seinen vollständigen Namen las.

»21. November
Der Teufel soll dich holen, Gottfried von Salen!«

Schlagartig wurde ihr übel.
Luise ließ das Buch fallen und schwankte nach draußen, wo sie das grelle Licht blendete und der Boden anfing zu beben und die Scheune sich drehte und sie nur noch Hände sah, die nach ihr greifen wollten, bevor alles schwarz um sie herum wurde.
Jakob, der von einem Stallburschen erfahren hatte, dass Luise im Schuppen war, und der gerade hatte nachschauen wollen, was sie da machte, sah sie als Erster dort liegen. Und wie sie dort so lag, mit diesem bleichen Gesicht, konnte er nicht anders, als sich über sie zu beugen, wie damals, als sie sich in den Sträuchern verfangen hatte, und ihr sanft über die dunklen Haare zu streichen. Als sie aber die Augen aufschlug und er das Entsetzen auf ihrem Gesicht sah, wich er schnell zurück.
»Was ist passiert?«, fragte er, während er jetzt von oben auf sie hinuntersah.
Luise rieb sich die Augen.
»Ist dir nicht gut?«
»Mir war plötzlich so schlecht«, sagte sie und setzte sich langsam auf.
»Was ist los? Was tust du hier?«
Doch statt ihm zu antworten, musste sie sich übergeben.
»Soll ich einen Arzt holen?«
»Es geht sicherlich gleich wieder.« Sie schloss die Augen und versuchte tief ein- und auszuatmen, während Jakob aus dem Schuppen rasch einen Stuhl brachte. Er packte sie unter den Achseln und half ihr auf den Stuhl.

»Besser?«

Sie nickte. »Entschuldige bitte.«

Er hockte sich vor sie und strich ihr die Haare aus dem Gesicht. »Ich bin froh, dass du gekommen bist. Ich dachte nämlich schon …«

»Pst.« Sie legte ihren Finger auf seinen Mund. »Nicht jetzt.«

Und dann erzählte sie ihm von dem Tagebuch, das sie gefunden hatte, und warum ihr so übel geworden war, und noch während sie redete und sich fragte, was für ein Mensch man sein müsse, um so etwas zu tun, beschlich Jakob eine Ahnung.

»Weißt du, von wem das Tagebuch stammt?«

Luise schüttelte den Kopf. »Nein, es war zu dunkel im Schuppen.«

Als Jakob gerade das Buch holen wollte, kam Mehrich über den Hof geeilt und brüllte, was die da denn schon wieder hier mache, und zeigte auf Luise. »Gehen Sie nach Hause, und packen Sie Ihre Koffer. Sie haben kein Recht mehr, hier zu sein.«

»Beruhige dich, Vater.« Jakob packte ihn an der Schulter und zog ihn beiseite. »Luise hat gerade etwas gefunden, was dich interessieren dürfte«, sagte er leise.

»Mich interessiert nur eins. Diese von Salens sollen endlich von Blietzow verschwinden.«

»Warte und rühr dich nicht von der Stelle, ich bin gleich wieder da. Bitte, es ist wichtig«, fügte Jakob hinzu, nachdem sein Vater schon wieder hatte anfangen wollen gegen Luise zu giften.

Leise vor sich hin schimpfend sah Mehrich Jakob in den Schuppen verschwinden. »Was soll das?«, rief er ihm noch hinterher, doch Jakob antwortete ihm nicht.

Währenddessen ließ Luise Mehrich nicht aus den Augen. Zwar fühlte sie sich noch immer schwach, aber zum ersten Mal, seit Blietzow nun ihm gehörte, dachte sie, dass sie vollkommen verrückt sein müsse, wenn sie sich ihr Glück von einem wie Mehrich zerstören lassen würde. Was konnte er ihr schon anhaben, nach allem, was sie über Gottfried von Salen wusste?

»Haben Sie die Sauerei da zu verantworten?«, fragte er und zeigte neben Luises Stuhl.

»Ja, leider.«

Mehrich stöhnte, aber er verkniff sich jede weitere Bemerkung. Wenn Jakob nicht gleich zurückkäme, würde er Luise ohnehin eigenhändig von seinem Gut werfen, doch da kam er auch schon aus dem Schuppen, das Büchlein in der Hand. Und noch ehe Jakob etwas sagen konnte, schrie Mehrich ihn an, wo er das herhabe, er solle es ihm sofort geben.

Jakob aber schlug es auf der ersten Seite auf und las laut: »›Blietzow, 1845. Dies ist das Tagebuch von Ernestine Mehrich.‹«

»Gib das sofort her.« Mehrich brüllte so laut, dass sich aus allen Ställen neugierige Köpfe reckten, um zu sehen, was da los war.

»Ist es deswegen?«, fragte Jakob.

»Das geht dich nichts an«, schrie Mehrich und zog an dem Buch, als ginge es um sein Leben.

»Bist du deswegen so wütend auf die von Salens?«

»Sei still, Jakob«, herrschte er ihn an. »Und gib mir endlich das verdammte Ding. Das geht niemanden etwas an. Und Sie, mein Fräulein, Sie verlieren kein Wort darüber, sonst vergesse ich mich.«

Mehrich tobte und schrie, während er mit Jakob um das Buch kämpfte, das er seit Jahren vergeblich gesucht hatte. Schließlich gab Jakob nach, allein schon aus Sorge, sein Vater könne eine Herzattacke erleiden. Ein polnischer Schnitter, der erst seit kurzem auf Blietzow war, bekreuzigte sich vor Schrecken bereits.

Kaum hatte Mehrich das Buch an sich genommen, stürzte er sich auf Luise und zerrte sie von ihrem Stuhl. »Verschwinden Sie!«

Doch Jakob zog ihn von ihr weg und bedeutete ihr, ruhig zu bleiben und auf ihn zu warten, während er seinen Vater zum Gutshaus stieß und schob. Er rief nach seiner Mutter, die nach draußen geeilt kam und sich erschrocken die Hand vor den Mund schlug, als sie ihren Mann mit diesem feuerroten Kopf sah.

Als Jakob zurückkam, saß Luise an den Schuppen gelehnt und versuchte zu verstehen, was eben vorgefallen war. Ernestine Mehrich, der Name ging ihr nicht mehr aus dem Kopf. »War das deine Urgroßmutter?«, fragte sie.

»Ich nehme es an, ich weiß es aber nicht. Mein Vater hat nie über seine Familie gesprochen. Ich kenne noch nicht einmal meine Großmutter.«

»Du musst mit ihm reden, unbedingt.«

»Später, ja, aber jetzt soll ihn Mutter erst einmal beruhigen«, sagte Jakob nachdenklich und setzte sich neben sie auf den sandigen Boden. »Weißt du, woran ich die ganze Zeit denken muss?«

Sie schüttelte den Kopf.

»An dein Steinsäckchen.«

»Wie kommst du denn jetzt darauf?«

Er lächelte, während er es aus seiner Hosentasche zog. »Ich habe es heute Morgen zum ersten Mal seit langem wieder in der Hand gehabt. Und …« Seine Augen wurden feucht. »Und da habe ich gedacht, wenn … wenn ich es wieder bei mir trage … dass du dann … dass du vielleicht … dass du es vielleicht hören würdest und dass dich der Klang … Also, dass dich sein Klang vielleicht daran erinnern würde, wohin du gehörst. Und du bist tatsächlich gekommen.«

Luise nahm seine Hand und legte ihren Kopf auf seine Schulter. »Ich weiß, wohin ich gehöre«, sagte sie leise.

»Heißt das, du bleibst?«

»Ja.«

»Und heißt das auch, dass du mich heiraten wirst?«

Sie nickte, und alle Last schien in diesem Moment von Jakob zu fallen, und er atmete erleichtert auf, bevor er sie an sich drückte.

Noch lange saßen sie danach schweigend an die Schuppenwand gelehnt, und als sie schließlich aufstanden und sich voneinander verabschiedeten, sagte Luise: »Es ist merkwürdig, aber dein Vater hat mir vorhin irgendwie leidgetan.«

70

Zwei Tage vor Antons Entlassung und drei Tage vor Augustes geplantem Abschied von Blietzow – die meisten Koffer hatte sie mittlerweile verschickt, ebenso die Möbel, nur Ferdinands Taschenuhr hatte sie noch immer nicht gefunden – bat Alma Luise und Auguste auf einen Tee ins Gutshaus. Doch Auguste weigerte sich, auch nur darüber nachzudenken, noch einen Schritt in dieses Haus zu setzen, von dem sie hoffte, es so schnell wie möglich vergessen zu können. Auch dass Luise auf Blietzow bleiben wollte, fiel ihr schwer zu akzeptieren.

»Aus Liebe, Luise«, sagte sie immer wieder, »aus Liebe macht man Fehler.« Sie dachte dabei an ihren eigenen, wie sie fand, unverzeihlichen Fehler, dass sie sich von Ferdinand hatte täuschen lassen und ihm geglaubt hatte, dass Mehrich ein verlässlicher und treuer Inspektor sei. Hätte sie auf ihr Gefühl gehört, sie hätte ihn rausgeworfen, wie er sich später auch nicht gescheut hatte sie rauszuwerfen. »Wenn du das hier liest, dann denkst du vielleicht anders darüber.« Sie hielt Luise den Brief hin, den sie heute erhalten hatte.

»Worüber denke ich anders?«

Auguste fuhr sich nervös durchs Haar. »Über Blietzow und Mehrich und diese Einladung natürlich.«

»Galström, 10. Juni 1920

Liebe Mutter,
nun möchte ich Dir endlich nach so langer Zeit ein Lebenszeichen schicken. Ella und ich sind gut in Schweden angekommen. Nach einigen Tagen in Stockholm sind wir weiter Richtung Norden gefahren und schließlich auf einem kleinen Hof direkt am Fjord gelandet. Er liegt in der Nähe von Galström, und sie züchten hier vor allem Schafe.

Daran werde ich mich wohl erst noch gewöhnen müssen, aber wie es aussieht, werde ich bereits im Herbst einen eigenen Hof übernehmen können. Es ist schöner hier, als ich gedacht habe. Rauher und kälter zwar als auf Rügen, aber wenn man erst einmal die Seeluft in der Nase hat, ist der Unterschied nicht mehr so groß.

Ich bin jedenfalls guter Dinge, dass ich mich hier einleben werde, und Ella, glaube ich, auch. Es ist nur ziemlich ruhig hier, so dass ich viel Zeit zum Nachdenken habe, was mir gar nicht so recht ist, denn es gibt so vieles, woran ich mich nicht gerne erinnere.

Am meisten quält mich zurzeit, dass ich Dir damals das Gutshaus genommen habe. Ich hoffe, Du kannst mir verzeihen. Ich war verblendet und wütend.

Je länger ich darüber nachdenke, desto klarer sehe ich. Mehrich hat mich mit Ella erpresst, auch wenn ich das damals so nicht empfunden habe. Vielleicht kannst du ja jetzt verstehen, warum ich meinte so handeln zu müssen.

Leider ist man immer erst hinterher klüger.

Liebe Mutter, verzeih bitte einem Sohn, der erst in der Fremde langsam erwachsen wird. Und richte auch Luise viele Grüße aus. Ich werde mich auch bei ihr noch für vieles entschuldigen müssen.

Es küsst und umarmt Dich, Dein Viktor«

»Freut mich, dass es den beiden gutgeht«, sagte Luise und legte den Brief zurück auf den Tisch.

»Mehr fällt dir nicht dazu ein?«

»Mehrich, ich weiß.« Luise sah ihre Mutter nachdenklich an.

»Er hat Viktor dazu gebracht, uns aus unserem Zuhause zu werfen, verstehst du denn nicht?«

»Doch, natürlich. Dass Mehrich uns übel mitgespielt hat, steht außer Frage, aber vielleicht«, sagte sie zögerlich, »vielleicht ist alles doch auch ein bisschen anders.« Noch hatte sie ihrer Mutter nichts von dem Tagebuch erzählt, und eigentlich hatte sie sich vorgenommen, ihr so lange nichts zu sagen, bis sie Näheres wusste, schließlich hatte Auguste schon genügend Sorgen, aber jetzt, da diese Einladung anstand, entschied sie sich, wenigstens ein paar Andeutungen zu machen.

»Was meinst du?«

»Ich weiß es nicht, aber dass Alma uns beide heute zum Tee einlädt, ist doch ungewöhnlich.«

»Allerdings. Und glaub mir, mich bekommen keine zehn Pferde an diesen Tisch. Das letzte Mal, als ich dort gewesen bin, das hat mir für mein ganzes Leben gereicht.«

»Und wenn ich dich darum bitte?«

»Niemals.«

»Tu es mir zuliebe.«

Auguste schüttelte den Kopf.

»Aber du würdest doch kommen, wenn ich dich zu meiner Hochzeit einlade?«

»Das ist etwas anderes.«

»Dann müsstest du dich aber auch mit Mehrich an einen Tisch setzen.«

»Du lädst ja hoffentlich noch andere Gäste ein.« Auguste stöhnte.

Und auch Luise stöhnte jetzt, während sie ihre Mutter nicht aus den Augen ließ. »Vielleicht«, sagte sie, »hast du nach diesem Besuch ja gar keinen Grund mehr, abzureisen.«

»Wie kommst du denn auf diesen abwegigen Gedanken?«

»Weil es … weil es da … ein Tagebuch gibt«, erwiderte sie und erzählte ihr doch von ihrem Fund und Mehrichs Reaktion darauf.

Für einen Moment war Auguste sprachlos, dann aber packte sie erneut die Wut. »Und du glaubst, dass so eine Geschichte, sei sie auch noch so schrecklich, jedes Verhalten verzeiht? Nein, Luise, ich will gar nicht wissen, was Mehrich dazu veranlasst hat, uns alle ins Unglück zu stürzen.«

71

Luise machte sich allein auf den Weg zum Gutshaus. Alma erwartete sie bereits, und nachdem sie ihr versichert hatte, wie sehr sie Augustes Absage bedauerte, bat sie Luise in den Salon. Dort standen eine Schale mit Keksen, vier Tassen und eine Kanne Tee auf dem Tisch.
»Jakob wird auch gleich da sein«, sagte Alma und knetete nervös ihre Hände, während sie Luise einen Platz mit Blick zum Fenster zuwies. »Marta«, rief sie, »tragen Sie bitte ein Gedeck ab, Frau von Salen ist leider verhindert.«
»Sind wir nur zu dritt?«, entgegnete Luise verwundert, die fest mit Mehrichs Anwesenheit gerechnet hatte und sich nun fragte, ob sie nicht falsche Erwartungen gehegt hatte. Alma aber, die unruhig auf und ab ging, schien sie nicht gehört zu haben. »Wo bleibt denn bloß Jakob?«, murmelte sie und trat in die Eingangshalle, um nach ihm zu sehen. »Jakob?«, rief sie vom Fuß der Treppe nach oben in den ersten Stock.
Aber er kam nicht von dort, sondern von draußen und hatte noch Dreck an den Stiefeln. »Entschuldige die Verspätung, aber ich musste noch einmal kurz aufs Feld. Den Schnittern fehlte noch ein Fuder fürs Heu.«
»Luise wartet im Salon.«
In Windeseile zog Jakob seine Schuhe aus und schlüpfte in seine Holzpantoffeln. »Wo ist Frau von Salen?«
»Sie hat abgesagt.«
»Und Vater?«
»Der ist oben.«
Als Jakob in den Salon trat, sah Luise ihn erleichtert an.

Hier an diesem Tisch zu sitzen, der doch einmal ihr Tisch gewesen war und an dem sie sich nun wie eine Fremde fühlte, hatte sie schon ganz unruhig gemacht. Zur Begrüßung strich Jakob ihr flüchtig über die Schulter, dann setzte er sich ihr gegenüber. Alma, die erst noch den Tee servierte, nahm an der Stirnseite Platz, dort, wo früher Ferdinand gesessen hatte und später dann Viktor.

Luise und Jakob warfen sich verstohlene Blicke zu, während Alma mit zittriger Hand ihre Teetasse zum Mund führte. Über dem Tisch lag eine bedrückende Stille, bis Jakob schließlich die Geduld verlor.

»Mutter, ich nehme an, du hast uns hierherbestellt, um uns etwas mitzuteilen.«

Alma schluckte und rieb ihre feuchten Hände über den Rock. »Ja, das ist richtig«, erwiderte sie, während die erwartungsvollen Blicke von Jakob und Luise tonnenschwer auf ihr zu liegen schienen. »Zuallererst will ich aber sagen, wie sehr ich es bedaure, dass wir nicht vollzählig sein können. Nicht nur Ihre Frau Mutter fehlt«, sagte sie an Luise gewandt, »auch Viktor, Ella und Anton fehlen leider, um …« Sie stockte. »Um … Nein, am besten ist es wohl, ich erzähle erst einmal, dann werden wir ja sehen.«

»Ich bitte darum.« Jakob hielt es kaum auf seinem Stuhl.

Zögerlich und stockend begann Alma zu berichten, was Mehrich ihr nach langem Hin und Her und geduldigem Nachfragen endlich offenbart hatte.

Dass Ernestine Mehrich seine Großmutter sei, dass Gottfried von Salen sie so lange geschändet habe, bis sie von ihm schwanger geworden war, und er sie dann ohne einen Pfennig Geld in der Tasche vom Hof gejagt habe. Dass seine Mutter dieses Kind der Schande sei, wie er sich ausge-

drückt hatte, und dass er, als Kind eines Kindes der Schande, selbst die Schande in sich getragen habe, was man ihn täglich habe spüren lassen. Bis Kahnick gekommen sei, der ihn bei sich aufgenommen habe, um ihm ein neues Leben zu schenken, so habe er es damals jedenfalls empfunden.
»Und vermutlich hätte er nie davon erfahren«, sagte Alma jetzt, »wenn ihm seine Mutter nach ihrem Tod nicht dieses Tagebuch vererbt hätte, das er gar nicht hatte haben wollen, das ihm der Notar aber einfach zugeschickt hatte. Es hat jahrelang bei ihm unbeachtet im Schrank gelegen, bis wir heiraten wollten und er dafür seine Papiere brauchte. Da ist er durch Zufall wieder daraufgestoßen und hat …« Sie stockte. »Da hat er dann zum ersten Mal seine wahre Geschichte erfahren und …« Aber sie sprach nicht weiter.
»Und was?«, fragte Jakob vorsichtig.
»Und Rache geschworen«, sagte Alma mit zittriger Stimme.

Es war totenstill im Raum. Sowohl Jakob als auch Luise saßen regungslos auf ihren Stühlen und wagten kaum zu atmen, geschweige denn, sich anzusehen. Sie hatten denselben Urgroßvater, das wurde ihnen in diesem Moment schlagartig bewusst.
Alma aber plagten andere Sorgen. Dass ihr Mann sich rächen wollte und sie alle benutzt hatte, um diese Rache in die Tat umzusetzen, machte sie derart sprachlos, dass jeder ihrer Versuche, auch davon zu erzählen, für Jakob und Luise erst einmal unverständlich blieb.
Nur durch geduldiges Zuhören und Nachfragen kristallisierten sich langsam die Zusammenhänge heraus. Und als sie endlich begriffen hatten, dass Mehrich hinter vielen

Übeln steckte, die ihnen in den vergangenen Jahren widerfahren waren, angefangen von Ferdinands nie zustande gekommenem Bahnanschluss bis hin zu Antons Verrat und der von Mehrich befeuerten Hetze gegen Viktor, wussten auch sie erst einmal nichts mehr zu sagen.
Lange saßen sie schweigend am Tisch, hin und wieder schüttelte Jakob den Kopf, Luise stöhnte leise, Alma wischte sich die Tränen aus den Augen, aber einen klaren Gedanken, den man hätte aussprechen können, konnte keiner von ihnen fassen.
Es war, als würde ihnen mit einem Mal bewusst, dass sie ein Leben geführt hatten, das von fremder Hand bestimmt gewesen war, und als müssten sie sich erst Klarheit darüber verschaffen, welches nun ihr eigenes Leben war und welches das von Mehrich gesteuerte.
Als Luise sich fragte, ob die Liebe zwischen ihr und Jakob vielleicht auch Teil von Mehrichs Plan gewesen sein könnte, erschrak sie so sehr, dass sie für einen Moment glaubte, ihr Herz bliebe stehen. Mit einem Mal schien nichts mehr sicher zu sein. Erst als Jakob die Stille durchbrach und sie seine vertraute Stimme hörte, da erinnerte sie sich daran, dass Mehrich immer gegen diese Liebe gewesen war, und sie atmete erleichtert auf.
»Ich hole jetzt Vater von oben«, sagte Jakob. »Ich möchte, dass er mir in die Augen sieht und mir das alles persönlich erzählt.«
»Nein, mach das nicht.« Alma hielt ihn am Arm. »Er braucht noch etwas Zeit.«
»Er war doch bislang nicht so zimperlich.«
»Er weiß, dass es falsch gewesen ist. Glaub mir, es war nicht leicht für ihn, das alles zu beichten«, sagte Alma leise.

»Aber er kann sich doch jetzt nicht wie ein Feigling in seinem Zimmer verkriechen und darauf hoffen, dass wir ihm alle verzeihen werden. So leicht mache ich es ihm jedenfalls nicht«, entgegnete Jakob und stand auf.

In der Zwischenzeit hatte Mehrich das Tagebuch aus der Schublade geholt und es vor sich auf den leeren Schreibtisch gelegt. Jahrelang hatte er nach ihm gesucht, in allen Schränken und Schubladen hatte er gewühlt, aber offensichtlich nicht richtig nachgesehen. Hätte er das Buch gefunden, er hätte es längst verbrannt. So wie er auch Gottfried von Salens alte Karte verbrannt hatte, die ihm ebenfalls ein Beweis für dessen Selbstherrlichkeit gewesen war.

Nur ein Skrupelloser scheute nicht davor zurück, sich ganz Jasmund untertan machen zu wollen, dachte er. Sein Fehler war nur gewesen, dass er in der Annahme, ihn könne nichts aufhalten, bereits die entsprechenden Grenzmarkierungen auf seiner Karte eingetragen hatte, als ob ein Großteil der Spyckerschen Ländereien schon zu seinem Gut gehört hätten.

Wie ihm der alte Kahnick später erzählt hatte, hatte der Spyckersche Gutsverwalter über die Köchin der von Salens davon erfahren. Er hatte den Fürsten darüber in Kenntnis gesetzt, der wiederum den Landrat hinzugezogen hatte. Binnen kurzer Zeit hatten sie Gottfried von Salen aller Möglichkeiten beraubt, seine Güter von der Insel zu bringen. Niemand wollte mehr sein Getreide verschiffen, niemand ihm ein Boot leihen, und tat es doch einer, weil er das Geld bitter nötig hatte, wurde auch er geächtet, so dass sich die anderen hüteten, diesem Beispiel zu folgen. Meh-

rich erinnerte sich noch gut an das Lächeln auf Kahnicks Gesicht, als er ihm erzählt hatte, dass Gottfried von Salen nur ein Jahr, nachdem seine Pläne bekannt geworden waren, Blietzow hatte aufgeben müssen.
Mehrich blickte auf das Tagebuch und fragte sich, was gewesen wäre, wenn Luise es nicht durch Zufall gefunden hätte. Hätte ihm seine Rache dann doch noch jenen Frieden beschert, den er sich so sehr erhofft hatte und den er bislang nicht hatte finden können?
Der Triumph, endlich dieses Zimmer und diesen Tisch und diesen Stuhl erobert zu haben, war jedenfalls ein einsamer gewesen. Und was noch schwerer wog, er hatte ihm seine Wut nicht genommen.
Nach wie vor bestimmte die Familie von Salen sein Leben. Jakob, der nicht von Luise lassen wollte, Ella, die mit Viktor gegangen war, Alma, die sich fremd in diesem Haus fühlte, das sie stets als das Haus der von Salens betrachtete, gaben ihm das Gefühl, dass alles umsonst gewesen war.

Als Jakob auf der Mitte der Treppe war, um seinen Vater zu holen, hallte ein Schuss durchs Haus. So schnell er konnte lief er zum Arbeitszimmer, auch Alma und Luise waren sofort aufgesprungen, und Marta kam aus der Küche geeilt und rannte ebenfalls die Treppe nach oben.
Jakob riss die Tür zum Arbeitszimmer auf, und sein Blick fiel sofort auf seinen Vater, der blutüberströmt vor seinem Schreibtisch lag. Starr vor Schreck blieb er im Türrahmen stehen. Marta schrie vor Entsetzen. Alma taumelte und konnte gerade noch rechtzeitig von Luise aufgefangen werden.
»Vater.« Jakob flüsterte. Er zitterte am ganzen Körper,

während er sich nun über seinen toten Vater beugte, dessen Gesicht entstellt war. Als er fürchtete das Bewusstsein zu verlieren, tastete er sich zurück in den Flur, in dem seine Mutter mit verstörtem Blick neben Luise saß.
Luise reichte ihm ihre Hand, während er sich wie in Trance neben sie auf den Boden gleiten ließ. Sie sagten nichts.
Nur Alma fragte immer wieder leise, warum er das getan habe, warum auch er sie habe verlassen müssen, sie habe doch schon Alwine verloren.
Weil er seiner Frau und seinen Kindern nicht mehr in die Augen hatte sehen können, dachte Luise, weil er wusste, dass es falsch gewesen war zu glauben, er habe ein Recht auf Blietzow. Aber sie sagte nichts, sondern nahm Alma in den Arm und wiegte sie wie ein Kind.

72

Mehrichs unerwarteter tragischer Tod hatte alle tief getroffen, auch Auguste, die ihre Abreise nach kurzem Zögern dennoch nicht verschob. Am Morgen des 29. Juni 1920, Anton wurde tags zuvor aus dem Gefängnis entlassen und war auf Bitten von Luise noch einmal nach Blietzow zurückgekehrt, machte sie sich auf den Weg zum Königsstuhl, um sich von Ferdinand zu verabschieden.

Zarte Wolkentupfen bedeckten den Himmel, die Sonne schien, und eine milde Brise wehte ihr durchs Haar, das mittlerweile grau geworden war. Sie ging langsam, als versuchte sie jede Wurzel und jeden Stein unter ihren Schuhen zu erspüren, und immer wieder blieb sie stehen, drehte sich um und schaute für einen Moment auf Blietzow zurück, das zwischen wogenden Feldern lag.

Für Fremde sah es aus wie jedes andere Gut auch, für sie war es Glück und Leid, und noch wusste sie nicht, welche Empfindung überwog. Wenn sie aber erst einmal mit Anton in Berlin sein würde, so hoffte sie, könnte es vielleicht eine schöne Erinnerung sein. Nach allem, was in den vergangenen Tagen geschehen war, ging sie zumindest mit der Gewissheit, Blietzow bei Luise und Jakob in guten Händen zu wissen.

Als sie in den Wald eintrat, empfing sie das zartgrüne Licht der Buchenblätter. Es war angenehm kühl, und der Waldboden schien bei jedem ihrer Schritte zu federn. Noch gut erinnerte sie sich daran, wie sie mit Ferdinand zum ersten Mal hierhergekommen war, damals in der Nacht, als es kalt gewesen war und sie die Schönheit der Insel entdeckt hatte, den im Mondschein hellweiß leuchtenden Kreidefelsen, den Gesang der ans Ufer brandenden See, die mächtige Kulisse einer Landschaft, die ihr später die Opernbesuche ersetzt hatte.

Die Jahre danach, bis zum Kriegsbeginn, waren ihre schönsten gewesen, und seitdem sie von Mehrichs Geschichte wusste, fragte sie sich, was gewesen wäre, wenn es diesen Krieg nicht gegeben hätte, wenn Ferdinand noch am Leben wäre. Aber vermutlich, so dachte sie jetzt, während sie zum Königsstuhl ging, hätte auch er nichts gegen diesen Hass ausrichten können, der so groß gewesen sein musste, dass Mehrich ihm schließlich selbst zum Opfer gefallen war.

An der Steilküste angekommen, setzte sie sich auf einen der umgestürzten Baumstämme, und ihr Blick wanderte den weißen Felsen hinunter auf die ruhige See. Auguste lauschte der Brandung. Sie glich einer zarten Melodie, und ihr war, als würde Ferdinand ihr zum Abschied sanft über die Wangen streicheln.

Währenddessen saß Luise mit Anton auf den Stufen zum Gutshaus.

Die Zeit im Gefängnis hatte deutliche Spuren bei ihm hinterlassen. Er war abgemagert und blass, und dennoch hatte Luise das Gefühl, dass er sich seit ihrem letzten Besuch verändert hatte. Er schien sich nicht mehr so sehr zu schämen, auch wenn er nicht müde wurde sie zu fragen, ob sie ihm auch wirklich »für alles« vergeben habe, und meinte damit das Leid, das er über sie und Jakob gebracht hatte.

»Schon lange habe ich das, das weißt du doch«, sagte sie einmal mehr und lächelte.

»Und Jakob auch?«, fragte er zögerlich und sah sie dabei verunsichert an.

»Er weiß mittlerweile, dass du es nicht aus Boshaftigkeit getan hast.«

»Ich möchte nämlich auf keinen Fall, dass ihr denkt, ich könnte wie sein Vater sein«, sagte er, und bei dem Gedanken an dessen Verrat an ihm, von dem er erst seit gestern wusste, spannte sich sein ganzer Körper, und er hätte am liebsten seine Wut laut hinausgeschrien.

»Mach dir keine Sorgen, das denken weder Jakob noch ich«, entgegnete Luise und fügte leise hinzu: »Aber ich glaube auch nicht, dass Mehrich aus Boshaftigkeit gehandelt hat.«

»Wie kannst du so etwas sagen?«, fragte er empört. »Er hat mich ins Gefängnis gebracht.«

»Ich weiß.« Sie sah ihn nachdenklich an. »Ich weiß, dass er unrecht getan hat und wie sehr du gelitten hast, glaub mir. Und ich möchte auch gar nichts entschuldigen, auch nichts von dem, was er Viktor angetan hat und Mutter und Vater und seiner eigenen Familie. Auch Ella hat er ja nicht verschont. Aber ich glaube … ich glaube, dass er sehr verletzt gewesen ist. Und leider trägt unser Urgroßvater die Schuld daran.«

Anton nickte. »Er muss ein furchtbarer Mensch gewesen sein.«

»Ja.«

»Dass Vater das nie gesehen hat?«

»Er war ein Kind, als er gestorben ist«, sagte Luise und fragte sich einmal mehr, wie ihr Vater wohl auf die Wahrheit über seinen Großvater reagiert hätte. Vielleicht wäre sein Blick auf Blietzow realistischer geworden, wie ihrer es im Lauf der Jahre auch geworden war. Sie wusste längst, dass Blietzow kein Paradies sein würde, wie von ihrem Vater erhofft, aber es war der Ort, an dem sie glücklich sein wollte.

»Weißt du, was das einzig Beruhigende an dieser ganzen schrecklichen Geschichte ist?«, fragte Anton plötzlich.

Luise schüttelte den Kopf.

»Dass Mehrich es offensichtlich nie persönlich auf mich abgesehen hatte und damit ja irgendwie auch nicht …« Er stockte, und sein Blick ging zu Boden. »Auch nicht auf meine … auf meine Art zu leben.«

Über Luises Gesicht huschte ein Lächeln, und sie hätte ihm gerne etwas Ermutigendes gesagt, aber sie hatte Angst, die falschen Worte zu wählen, und so drückte sie einfach nur seine Hand.

Als die Kutsche vorfuhr, waren Luise und Anton bereits wieder zurück ins Haus gegangen, und auch Jakob, Alma und Auguste saßen nun an dem großen Tisch, dessen Kopfende auf Almas Wunsch hin frei geblieben war. »Aus Respekt vor den Toten und Abwesenden«, wie sie sagte, nachdem sie dort fünf Kerzen aufgestellt hatte, eine für Ella, eine für Viktor, eine für Alwine, eine für Ferdinand und eine für ihren Mann.

Marta servierte frischen Hering mit Bratkartoffeln. »So etwas Gutes werden Sie in Berlin nicht bekommen«, sagte sie mit Tränen in den Augen.

Auch Auguste bekam feuchte Augen, als sie Marta mit zittriger Hand den Fisch servieren sah und daran dachte, wie treu sie ihr auch in den vergangenen beiden Jahren trotz allem immer geblieben war.

»Sie kommen doch wieder, Frau von Salen?«
Auguste nickte.
»Ich werde Sie vermissen, Blietzow wird Sie vermissen, wir alle werden Sie ganz schrecklich vermissen«, sagte sie.
»Ich Sie auch, Marta«, erwiderte Auguste und legte ihr die Hand auf den Arm. »Ich werde niemals vergessen, was Sie alles für mich und meine Familie getan haben. Aber Luise bleibt Ihnen ja erhalten, und Frau Mehrich und Jakob auch«, fügte sie leise hinzu.
»Ja, Frau von Salen, ja. Das ist ein großes Glück«, hauchte sie und eilte aus dem Salon, da sie nun ihre Tränen nicht mehr zurückhalten konnte.
Außer Jakob schien niemand wirklich Appetit zu haben. Auguste nahm einen Bissen, dann legte sie die Gabel beiseite, auch Luise und Anton aßen kaum, und Alma rührte den Teller erst gar nicht an.
Sie sprachen wenig, dafür tauschten sie umso mehr Blicke aus. Vor allem Auguste sah immer wieder mitfühlend zu Alma, die in sich versunken auf ihrem Stuhl saß. Sie ahnte, wie schwer die kommenden Monate für sie noch werden würden, und Alma dankte ihr das Mitgefühl mit einem zaghaften Lächeln. So wie auch Anton für Jakobs aufmunternden Blick dankbar war, nachdem er es endlich gewagt hatte, ihm in die Augen zu sehen und sich bei ihm zu entschuldigen.
Wenn Jakob und Luise sich ansahen, dann war die Erleichterung auf ihren Gesichtern deutlich abzulesen. So schrecklich Mehrichs Tod auch war, für sie beide zählte vor allem, dass sie für immer zusammengehörten und dass ihrer gemeinsamen Zukunft auf Blietzow nichts mehr im Weg stand.

Luise und Auguste genügten flüchtige Blicke, um sich ihrer Verbundenheit zu versichern. In den vergangenen Tagen hatten sie so viele Gespräche geführt, dass beide wussten, sie würden sich spätestens zu Luises und Jakobs Hochzeit im Herbst wiedersehen. Ein Versprechen allerdings musste Luise ihrer Mutter zum Abschied doch noch geben.

»Hör immer auf dein Gefühl.«

Als Auguste bereits in der Kutsche saß, drehte sie sich noch ein letztes Mal nach Blietzow um. Das Gut lag in gleißendem Licht, und alles schien zu blitzen und zu blinken, selbst die Scheunen und Schuppen, und als sie sah, wie Jakob Luises Hände zärtlich ergriff, da dachte sie, dass für Blietzow die beste Zeit erst noch kommen würde.

JUDITH KERN

Das Leuchten des Sanddorns

ROMAN

Das Rauschen der Ostsee, die Blumenpracht, die Faszination der weißen Kreidefelsen – nach Rügen und besonders in das Seebad Binz zieht es Anfang des 20. Jahrhunderts zahlreiche Gäste. Hier lebt die schöne junge Marie, die glaubt, mit ihrem Mann, einem ehemaligen Kapitän, glücklich zu sein. Bis sie Sophie von Blankenburg kennenlernt, die für die Rechte der Frauen kämpft – eine Begegnung, die nicht nur Maries Ehe gefährdet, sondern auch das Schicksal ihrer Töchter und Enkelinnen dramatisch beeinflussen wird …

KNAUR

JUDITH KERN

Der Tanz der Kraniche

ROMAN

Stralsund Ende des 19. Jahrhunderts: Wenn es nach dem Willen ihrer Eltern ginge, würde die junge Ida sich einen Mann suchen, dem sie eine brave Ehefrau ist. Doch Ida hat ganz andere Träume: Sie will Künstlerin werden. Ida setzt ihren Kopf durch und erkämpft sich Zeichenstunden bei einem anerkannten Lehrer. Dies führt sie auf die kleine Insel Hiddensee, die auf dem besten Weg ist, zur Künstlerkolonie zu werden. Auch Ida kann sich dem Zauber der wildromantischen Landschaft nicht entziehen – ebenso wenig wie der Anziehungskraft des berühmten Malers Klausen. Doch der ist verheiratet …

KNAUR